O Circo dos Fantasmas

Barbara Ewing

O Circo dos Fantasmas

Tradução
Natalie Gerhardt

BERTRAND BRASIL
Rio de Janeiro | 2015

Copyright © 2011 Barbara Ewing
Publicado originalmente na Grã-Bretanha em 2011 por Sphere

Título original: *The Circus of Ghosts*

Capa: Silvana Mattievich

Editoração: Futura

Texto revisado segundo o novo
Acordo Ortográfico da Língua Portuguesa

2015
Impresso no Brasil
Printed in Brazil

Cip-Brasil. Catalogação na publicação.
Sindicato Nacional dos Editores de Livros, RJ.

E95c Ewing, Barbara, 1944-
       O circo dos fantasmas / Barbara Ewing; tradução Natalie Gerhardt. — 1. ed. —
       Rio de Janeiro: Bertrand Brasil, 2015.
       434 p.; 23 cm.

       Tradução de: The circus of ghosts
       ISBN 978-85-286-2019-1

       1. Ficção neozelandesa (Inglês). I. Gerhardt, Natalie. II. Título.

15-22714   CDD: 828.99333
                                                            CDU: 821.111(931)-3

Todos os direitos reservados pela:
EDITORA BERTRAND BRASIL LTDA.
Rua Argentina, 171 — 2º andar — São Cristóvão
20921-380 — Rio de Janeiro — RJ
Tel.: (0xx21) 2585-2076 — Fax: (0xx21) 2585-2084

Não é permitida a reprodução total ou parcial desta obra, por
quaisquer meios, sem a prévia autorização por escrito da Editora.

Atendimento e venda direta ao leitor:
mdireto@record.com.br ou (0xx21) 2585-2002

Impresso no Brasil pelo Sistema Cameron da Divisão Gráfica da
DISTRIBUIDORA RECORD DE SERVIÇOS DE IMPRENSA S.A.

Para Bill, uma vez mais.

NOTA HISTÓRICA

Em meados dos anos 1840, a reportagem um tanto sensacionalista de um assassinato escandaloso na alta sociedade em Londres — com ligações, ainda que tênues, tanto com a prática duvidosa do mesmerismo quanto com a jovem e respeitável Rainha Vitória — forçou a principal protagonista, uma lady mesmerista absolvida do assassinato por um júri, mas com a reputação inexoravelmente manchada pela cobertura dos eventos feita pela imprensa, a deixar Londres. Acompanhada por um grupo estranho de pessoas, a quem chamava de família, ela parte para a América.

Sabe-se que, com eles, por motivos do coração, viajava o inspetor Arthur Rivers, um dos primeiros detetives britânicos, da recém-formada divisão de polícia baseada em Scotland Yard, em uma rua lateral à Whitehall.

As irmãs Fox, que deram início ao "culto de batidas" e alegavam falar com os mortos, constituíram um fenômeno norte-americano no século XIX amplamente divulgado pela imprensa. Acredita-se que o ópio sempre pairasse no ar; o alcoolismo e os escândalos vieram depois.

Gallus Mag era uma figura conhecida no submundo das gangues de Nova York no século XIX. E ainda podem ser encontrados artigos de jornais sobre o desempenho da célebre Sra. Ray, do Royal Theatre, Nova Zelândia, em "The Bandit Chief".

Embora Sigmund Freud não tenha feito parte desta história, é interessante observar que ele visitou os Estados Unidos em 1909 para divulgar as teorias da psicanálise. A visita não foi um sucesso: posteriormente, Freud descreveu a viagem como um "erro gigantesco".

1

Na parte mais elegante de Londres, em sua mansão, o duque de Llannefydd, velho e cansado, se serviu de uísque e esbravejou:

— Encontrem a meretriz! Encontrem a messalina! Encontrem a atriz!

— Nossas investigações mostraram, milorde, que, há algum tempo, ela viajou para a América e, sinto informar, entrou para um circo.

— O que o senhor quer dizer com "suas investigações mostraram"? Essa informação foi publicada no *Times* para todos lerem e rirem!

— Realmente, o fato foi relatado pelos jornais.

— Encontrem a meretriz!

— A América é grande e sem leis, milorde.

— Bem, se é grande e sem leis, a messalina estará em um dos lugares óbvios, não? Washington. Nova York. Boston. O senhor acha que eu não conheço a geografia daquela terra desleal e revolucionária povoada por traidores, camponeses irlandeses e democratas? É claro que ela escolheria tal lugar para ir. A meretriz! Ela matou o meu filho!

O Sr. Doveribbon pai (advogado rico da nobreza, um homem alto e acostumado com o conforto, mas que não fora convidado a se sentar naquela reunião) limpou a garganta e trocou um olhar preocupado com o filho, o Sr. Doveribbon filho (suposto advogado e frequentador de lugares sofisticados).

— Milorde, creio que vossa senhoria deva abandonar essa noção, pois já foi provado que seu filho foi assassinado pela própria esposa.

O duque praguejou e gesticulou e, ao fazê-lo, derrubou a garrafa de uísque no piso de mármore, onde ela se espatifou, espirrando o conteúdo dourado sobre as caras botas do Sr. Doveribbon filho, para total horror do elegante jovem. O odor da bebida se elevou e um serviçal apareceu, como que por milagre, trazendo consigo uma vassoura e uma garrafa, e uma expressão de mártir no rosto.

— Lady Ellis pode ter matado meu filho *de fato* — brandindo o punhal que lhe tirou a vida. — Mas quem assassinou o meu filho em termos *morais*? Quem? A meretriz! A atriz! — (Talvez seja incongruente ouvir a palavra *moral* naquela sala de Mayfair repleta de canalhas, pois não apenas o duque, mas também o serviçal, o advogado, o filho do advogado e o médico que tentava ouvir atrás da porta sem ser notado, nenhum deles poderia reconhecer o significado da palavra *moral* mesmo que ela estivesse escrita em suas testas.) — Quero que sumam com a atriz messalina e quero a *filha*, seja lá qual for o nome dela. Ela tem o meu sangue. *Meu*. Ela tem de cuidar de mim. Ela é a filha do meu filho, mesmo que a mãe não passe de uma prostituta. — Ele pegou uma segunda garrafa e se serviu de mais uísque. — Estou sozinho. — Os olhos se encheram de lágrimas que escorreram pelo rosto astuto. — Eu a quero aqui comigo. — E as lágrimas se secaram tão rapidamente quanto haviam aparecido. — E quando ela estiver *comigo* poderei aniquilar o interesseiro do sobrinho do meu primo, o pulha que só espera a minha morte para que possa herdar Gales!

O Sr. Doveribbon pai limpou a garganta novamente.

— Milorde, sua neta é mulher e, de acordo com a lei, não poderia herdar qualquer parte de Gales de propriedade de vossa senhoria.

— A antiga e nobre família Llannefydd está acima da lei! Eu mudarei a lei! Aquela menina demonstrou mais senso do que a irmã, por quem eu fiz tanto, e do que aquele garoto mimado e *estúpido* — esbravejou ele, cuspindo um pouco de uísque. — E ela deve ser devolvida a mim como me é de direito! E a mãe deve sumir!

— Quando vossa senhoria diz "sumir", quer dizer...

— O que *acha* que quero dizer, seu idiota? Com certeza, o senhor pode conseguir um brutamontes irlandês disposto a encontrar um canto escuro naquela terra traiçoeira! Será que preciso explicar tudo para o senhor? — Então, lançou um olhar demorado e perspicaz para advogado e filho e suavizou a voz: — É claro que minha carteira estará aberta para os senhores. Todas as despesas. Qualquer conta será paga. Apenas encontrem a meretriz e tragam a minha neta!

Agora que dinheiro havia sido mencionado, o Sr. Doveribbon pai ponderou:

— Eu teria de mandar meu filho para a América. Ele é um inglês muito distinto.

O Sr. Doveribbon filho, com suas botas manchadas de uísque, parecia ainda mais alarmado. Certamente era distinto. Na verdade, tinha consciência de que era extremamente bonito. E de burro não tinha nada. Estava envolvido (sem o conhecimento do pai) em alguns negócios imobiliários escusos no novo bairro residencial próximo a Edgware Road. Ele tinha seus planos, e estes não incluíam uma viagem para qualquer parte que fosse da América.

— Seria uma viagem longa e árdua para encontrar mãe e filha — continuou o pai.

— Livrem-se da mãe! Aquela meretriz de cabelo preto e branco! Se ela interferir não será nada bom. Livrem-se da mãe e tragam minha neta!

— Precisaremos de um adiantamento considerável para cobrir as despesas, milorde.

Novamente, o olhar agudo e perspicaz.

— Nada de adiantamentos! Livrem-se da mãe, tragam a minha neta e eu lhes pagarei dez mil libras!

Ao ouvir essa declaração, os dois Doveribbon mostraram-se admirados: *dez mil libras?* Nem os mais ricos falavam de tal soma, mesmo no sombrio mundo dos advogados.

Entretanto, o instinto fez com que o Sr. Doveribbon pai recusasse aquelas instruções em particular. O duque de Llannefydd era certamente um dos mais ricos e proeminentes nobres na Inglaterra, mas também era conhecido por não ser confiável, mesmo entre aqueles que faziam da desconfiança uma norma. E "livrar-se de alguém" era algo que o Sr. Doveribbon deixava a cargo de homens mais rústicos. No entanto, *dez mil libras* falavam alto. Além disso, seu filho era bastante atraente e — de repente, sonhou ainda mais alto — bem poderia atrair a herdeira. A cobiça e o instinto travavam uma batalha na mente do Sr. Doveribbon pai.

A cobiça venceu.

2

Nova-iorquinos de todos os tipos (independentemente da classe social) iam ao Incrível Circo do Sr. Silas P. Swift: buscavam o selvagem, o exótico, o vulgar e o perigoso. Na ousada cidade de Nova York, superpovoada, barulhenta e em franca expansão e enriquecimento, o Incrível Circo do Sr. Silas P. Swift era o mais famoso — e o mais visitado. A bandeira brilhante e chamativa tremulando sobre a Grande Tenda podia ser vista da Broadway e os pôsteres do circo eram maiores, mais atraentes e interessantes do que qualquer outro.

VENHAM! VENHAM TODOS!
O INCRÍVEL CIRCO DO SR. SILAS P. SWIFT
apresenta
A ASSASSINA absolvida de LONDRES
SRTA. CORDELIA PRESTON, A FAMOSA MESMERISTA!
E sua filha, a Srta. Gwenlliam Preston,
INCRÍVEL ACROBATA!
Acompanhadas pelos cavaleiros e artistas mais
famosos do Mundo Circense
E ANIMAIS SELVAGENS, incluindo
UM FEROZ LEÃO DA ÁFRICA!
UM ENORME ELEFANTE DA ÁFRICA!
UM CAMELO DA ARÁBIA!
CAVALOS DANÇARINOS!
LINDAS ACROBATAS E CAUBÓIS MEXICANOS!
DESTEMIDOS ENGOLIDORES DE FOGO!
PALHAÇOS E ANÕES!
O show mais excitante já visto neste país!
Apenas $1,00 (crianças pagam $0,75)

ASSASSINA e *MESMERISTA* eram as palavras que reverberavam, como ***FEROZ LEÃO DA ÁFRICA***, atraindo uma multidão e muitos dólares para a Grande Tenda do Sr. Swift, que abrigava 1.500 pessoas. O chão era coberto de serragem e os bancos feitos de tábua. Mascates montavam estandes ao redor e vendiam ostras e cerveja e sarsaparilla e grandes tortas.

Naquela tarde, os conselheiros municipais foram assistir ao show levando consigo os filhos vestidos com roupas elegantes e enfeitadas. Não muito distante deles, mas mantendo-se nas sombras, estavam membros da mais cruel gangue de Nova York, esparramados nos precários bancos de madeira, rindo e comendo tortas. Usavam camisas escuras e brincos de ouro.

O domador de leões já havia escapado da morte certa (como fazia duas vezes por dia); o elefante soltava altos bramidos enquanto palhaços faziam malabarismo com bolinhas coloridas e o mestre do circo, com casaca vermelha e cartola, estalava o chicote. Engolidores de fogo cuspiam chamas no público que fedia a suor, álcool e animação e inalava os odores peculiares e eletrizantes do circo: a mistura do cheiro de animais selvagens e serragem, de lona e lampiões, de estrume e fogo. A banda tocava marchas patrióticas. E, durante todo o tempo, a trupe do circo mantinha, como sempre, comentários entre si sobre o público, entre os gritos de *VIVA!* e *BRAVO!* e o rugido do leão. As pessoas que vinham para se divertir no circo talvez não soubessem que elas também forneciam diversão. Não importava se eram garotas bonitas ou pomposos conselheiros municipais ou gângsteres desbocados: eles talvez não notassem, mas também eram observados. Os artistas se comunicavam entre si usando linguajar próprio do circo: uma mistura de gírias — *janotas, cambalacho* — somada a gestos teatrais que poderiam parecer parte do espetáculo e gritos em espanhol dos *charros*, os destemidos e espertos caubóis mexicanos. Foi um dos engolidores de fogo que apontou os conselheiros municipais, aqueles homens com tantos recursos para gastar, e um dos anões correu em direção aos degraus de madeira na plateia e plantou um beijo na bochecha de um deles: seja o que for que o conselheiro tenha pensado sobre aquele gesto exuberante e um tanto desagradável, ele, é claro, acenou para a multidão, aceitando a honra e soltando uma gargalhada. Os acrobatas balançavam cada vez mais alto e os lampiões iluminavam todos os cantos e, embora os membros da perigosa gangue estivessem bem no fundo, a luz dos lampiões captava o brilho dos brincos e crucifixos de ouro que usavam no pescoço. E sentada entre os membros da gangue havia uma pessoa muito alta, com cabelo desgrenhado e suspensórios grossos; só se você observasse detidamente perceberia que a figura alta e de aparência selvagem era uma mulher. E apenas se estivesse prestando muita atenção é que talvez percebesse que a mulher de cabelos vermelhos bagunçados e um dos conselheiros da cidade (uma combinação bastante improvável) trocaram um quase imperceptível aceno de cabeça. Os anões correram e deram um salto mortal e os *charros* galopavam a toda velocidade pelo picadeiro, passando pelo hostil e ruidoso elefante africano e pelos palhaços, com o rosto branco e sorrisos rubros pintados, grandes narizes vermelhos e sapatos enormes, e a banda que não parava de tocar a tuba, as cornetas e os tambores.

E Silas P. Swift era, acima de tudo, um incomparável produtor teatral e apresentador.

Subitamente, a música parou. Palhaços, *charros*, anões e engolidores de fogo diminuíram a luz dos lampiões e, de repente, acrobatas começaram a voar como pássaros nebulosos e silenciosos sobre o público. Então, a estrela do espetáculo, a linda, escandalosa e infame mesmerista emergiu lentamente das sombras dos bastidores da Grande Tenda e o público suspirou e, à meia-luz, eles viram uma mulher bonita e madura, envolta em xales esvoaçantes. E os tambores rufaram, ela ergueu os braços com movimentos suaves, os xales longos e brilhantes escorregaram de sua cabeça e eles viram que ela possuía olhos grandes e rosto pálido. Viram que tinha no cabelo uma mecha extraordinariamente branca por entre os fios escuros, como se tivesse levado algum choque conferindo-lhe um ar antigo ou sábio ou fantasmagórico. Então, ouviu-se uma voz estranha e rouca, usada para lugares amplos — *A dor de quem posso aliviar aqui?* — E se achavam que realmente se tratava de uma assassina ou não, as pessoas se aproximaram, ou foram levadas a se aproximar por familiares. Pois elas ouviram falar sobre os poderes do mesmerismo e queriam milagres. Das sombras, a mesmerista ergueu o olhar para os acrobatas e os observou por um tempo como se esperasse por um sinal. E, então, apontou o dedo para um homem pálido na multidão, cujos ombros estavam envergados de dor.

Nervoso, o homem se aproximou. A mesmerista deu um passo à frente e sentou o homem em uma cadeira que aparecera de forma misteriosa. Falou com ele em voz baixa e gentil, o que obrigou o público a se esforçar para ouvi-la. Será que ela dissera *Entregue-se aos meus cuidados* ou enunciara algum tipo de encantamento? Então, a mulher sombria, sem afastar os olhos do homem, começou a passar os braços sobre ele, bem acima da cabeça: de um lado para o outro, em movimentos rítmicos, acima do corpo, sem nunca tocá-lo, inspirando profundamente repetidas vezes, em total concentração: sua própria energia invadindo a dor do homem, tentando expulsá-la, expurgá-la. Será que sussurrava algo para ele? Não estava claro. A tenda enorme, quente, malcheirosa e abafada estava no mais completo silêncio: o público parecia enfeitiçado. Podiam ver que o homem pálido caíra no sono, observavam o suave movimento rítmico dos braços da mulher passando sobre ele, sem nunca tocá-lo, de um lado para o outro, sem parar.

E, no final (pois a mesmerista havia escolhido o paciente com muito cuidado, e com a ajuda da filha que voava por sobre o público em um trapézio: elas sabiam que não podiam curar membros quebrados ou tumores cancerígenos, mas podiam aliviar a dor), o homem despertou, a expressão leve e o corpo ereto. Surpreso e aliviado, o homem olhou para si. E, com um sorriso suave e descrente nos lábios, foi acompanhado para fora do picadeiro. De repente, as luzes fortes e brilhantes voltaram a iluminar o circo e os palhaços entraram com suas trapalhadas, o leão rugiu e os acrobatas balançaram e voaram pelo ar repentinamente leve: — *BRAVO! BRAVO!*, gritavam as pessoas, enquanto olhavam de um trapézio para outro e a banda tocava marchinhas alegres e, quando olharam novamente para o centro do picadeiro, não havia mais ninguém ali.

— *Será que era um fantasma?* — sussurrou um dos homens com brincos de ouro para seus companheiros. Ele estava inclinado como se fosse levantar, mas mudara de ideia. A voz soara quase infantil.

— Sente-se, Charlie, seu vagabundo estúpido — disse a mulher alta, com aparência selvagem e suspensórios segurando a saia. Ela se inclinou em direção a ele e continuou: — É apenas um truque!

Mas o rosto de Charlie estava pálido sob a luz dos lampiões. Com a música da banda ao fundo, ela murmurou no ouvido dele usando um tom maligno:

Que o diabo te condene em negro, biltre de cara de coalhada.
*Onde encontraste essas feições de ganso?**

---

* Shakespeare, *Macbeth*, Ato V, Cena 3. (N.T.)

Entretanto, zangado, ele a afastou com os ombros e cuspiu o tabaco que mascava.

Os *charros* agora galopavam em formação de pirâmide humana, de forma perigosa e interessante, cada vez mais rápido ao redor do picadeiro, gritando uns com os outros em espanhol.

— Malditos estrangeiros — praguejou Charlie, voltando a cuspir tabaco, mas, dessa vez, na parede da tenda. Seus olhos estavam presos no lugar onde estivera o fantasma. Entretanto, a imagem bela e sombria desaparecera.

O *New York Tribune* escreveu:

> *Artigos de jornais de Londres descreveram Cordelia Preston, mesmerista, como uma mulher escandalosa e imoral que foi acusada (e absolvida) de ter assassinado o pai de seus filhos, lorde Morgan Ellis, herdeiro do duque de Llannefydd, que, ao que parece, é proprietário de quase a totalidade de Gales. (Gostaríamos de saber como os galeses se sentem quanto a isso.) Sabe-se agora que a verdadeira assassina era a esposa de lorde Ellis, prima da Rainha Vitória. Mas como bem sabemos em nossa querida república democrática, aqueles próximos à monarquia são protegidos por ela (neste caso, até que ficou impossível esconder a verdade quando lady Ellis tentou matar Cordelia Preston).*
>
> *Nem todos os fatos dessa questão vieram à tona — e, sem dúvida, Cordelia Preston, absolvida do assassinato, é, de fato, uma mulher imoral e, certamente, escandalosa. Sabe-se que agora trabalha como mesmerista no* **INCRÍVEL CIRCO DO SR. SILAS P. SWIFT** *aqui em Nova York, o que fala por si. Contudo, por acaso, este jornal também apurou que tanto Cordelia quanto sua filha, Gwenlliam, acrobata, prestam serviços de mesmerismo gratuitamente, sem publicidade, em um dos hospitais de Nova York que usa essa técnica para fins anestésicos durante operações dolorosas. Elas trabalham junto com o renomado e mundialmente conhecido mesmerista Monsieur Alexander Roland, treinado pelo próprio Mesmer. Descobrimos que eles têm sido bem-sucedidos na ajuda aos pacientes.*
>
> *Seja qual for a história completa, que contaremos aqui, como fazemos quase sempre, que Deus abençoe a América, a terra da liberdade. E sejamos gratos a Cordelia Preston e sua filha pelo bom trabalho que estão desenvolvendo.*

O Sr. Silas P. Swift (que tomou para si a tarefa de divulgar para o *Tribune* o trabalho filantrópico acima mencionado) esfregou as mãos em pura satisfação, enquanto o faturamento subia: fizera uma aposta ao trazer as escandalosas srtas. Preston para a América e o retorno foi maior do que em seus sonhos mais loucos. Sabia perfeitamente que tudo funcionara tão bem, pelo menos de certa forma, porque a Srta. Cordelia Preston (tendo trabalhado por tantos anos como atriz) e a Srta. Gwenlliam Preston (tendo sido educada como a filha de um nobre) comportavam-se com graça e dignidade que contrastavam com as histórias horríveis que as cercavam. A filha era muito bonita e estava se tornando uma excelente acrobata e equilibrista, mas a mãe mesmerista (com a mecha branca no meio do cabelo escuro) era assustadoramente linda: com um toque quase etéreo nas feições e nas maçãs do rosto, além dos olhos escuros e enigmáticos.

Então, duas vezes por dia, centenas e centenas de nova-iorquinos vinham ao circo: milhares deles, todos respirando a mistura de odores excitantes de serragem, estrume, lona e animais selvagens, de lampiões, lama e animação. E, duas vezes por dia, em uma das pequenas carroças da caravana do circo que ficavam estacionadas na parte de trás da Grande Tenda, a Srta. Cordelia Preston, a imoral assassina, absolvida por júri, vestia sua fantasia fluida e esvoaçante, prendia os cabelos compridos e enrolava xales ao redor do rosto pálido. Em algumas ocasiões, lembranças assustadoras e dolorosas a arrebatavam e ela se encolhia, arfando em choque. Nessas ocasiões, sua filha Gwenlliam abria caminho por entre fantasias, xales e sapatos e marombas para chegar até a mãe. Por alguns momentos, as duas ficavam abraçadas, buscando conforto uma na outra. Certa vez, Cordelia encontrou a filha, sempre tão calma e sensata, chorando incontrolavelmente em sua fantasia brilhante de acrobata na carroça pequena e entulhada; rapidamente abraçou-a e respiraram juntas, pensaram ter ouvido um som distante: *shshshshshshshshshsh*. Pensaram ter ouvido o som das ondas do mar arrebentando na praia e vozes de criança chamando: *Manon! Morgan!*

Manon.

Morgan.

Os filhos de Cordelia, a irmã e o irmão de Gwenlliam.

E, então, elas terminavam de se vestir e deixavam a pequena carroça e empertigavam-se, sorriam, provocavam, riam e conversavam enquanto se aproximavam do elefante africano com orelhas grandes e olhos miúdos e inteligentes. Elas se espremiam entre os palhaços, os *charros,* os engolidores de fogo, os anões e os outros acrobatas e, juntas, voltavam para a Grande Tenda, enquanto o perigoso leão rugia e o imprevisível elefante bramava de repente e os mexicanos chamavam, em espanhol, seus cavalos; e, em vez do som do mar, Cordelia Preston e sua filha Gwenlliam ouviam novamente o som de gritos estridentes e animados da multidão ruidosa de Nova York, todos aguardando a magia do circo.

3

O Experimentador estava atrasado. Na verdade, naquele exato momento, estava correndo pela Cambridge Street em direção ao Massachusetts General Hospital o mais rápido que suas finas pernas de dentista permitiam. Carregava consigo uma garrafa de formato estranho.

No anfiteatro, um burburinho de impaciência se elevava no ar: ninguém deixava o renomado e respeitado cirurgião dr. John C. Warren esperando. Assim, todos os outros cirurgiões proeminentes de Boston que se encontravam na plateia tamborilavam os dedos nas bengalas, enquanto os alunos de medicina sussurravam de forma animada entre si (porém em tom respeitoso e baixo). Talvez tudo não passasse de um embuste e todos tivessem sido chamados ali por nada.

Duas figuras impassíveis com olhos escuros pintados e rachados observavam os procedimentos em silêncio. Essas figuras estavam pintadas na parte externa de dois sarcófagos egípcios desgastados pelo tempo, dispostos na parte de trás do palco do anfiteatro. Não se sabia se os sarcófagos expostos continham ou não os restos mortais de alguma múmia.

Alguns dos cirurgiões acenaram com a cabeça cumprimentando um senhor francês sentado entre eles: distinto, ereto e imóvel. Tratava-se de um conhecido médico mesmerista, Monsieur Alexander Roland — um estrangeiro, certamente, mas pelo menos francês e não inglês, muito respeitado em hospitais de Boston e de Nova York. Monsieur Roland despertava grande interesse entre os médicos: por muitos anos, em vários países, fora bem-sucedido ao fazer com que operações médicas dolorosas para pacientes se tornassem suportáveis, usando o mesmerismo como técnica anestésica. Embora muitos médicos recusassem o mesmerismo como anestesia, a filosofia não era ridicularizada nessas novas cidades grandes. Monsieur Roland já trabalhara algumas vezes com o próprio dr. John C. Warren ali, em Boston. Muitos cirurgiões presentes naquele dia e alguns alunos com autorização especial já haviam assistido ao mesmerista em ação em mais de uma ocasião — observando a total concentração do senhor francês no paciente. *Entregue-se aos meus cuidados*, diria ele e, depois, de forma gentil, sem afastar os olhos do doente, começaria a movimentar os braços e as mãos: realizando passes mesmeristas bem acima do corpo do paciente sem nunca tocá-lo e sem parar, repetidas vezes. Sua respiração e a do doente integrando-se de forma paulatina até o paciente — *Acreditem ou não!*, exclamariam os espectadores mais tarde — entrar em um tipo de transe. A operação, então, tinha início. Se o paciente se mexesse durante o procedimento, Monsieur Roland começaria os movimentos rítmicos longos e repetidos, sem parar, até que o paciente se acalmasse e voltasse a dormir. Ainda assim, entretanto, a prática causava certo desconforto entre a classe médica: eles viam o que viam, mas o mesmerismo não constituía uma técnica científica ou explicável. Alguns deles admitiam, porém, que era melhor do que embebedar o paciente com uísque ou ouvir os gritos de dor.

No entanto, naquele dia, Monsieur Roland não havia sido convidado para mesmerizar o paciente antes da operação, mas estava particularmente interessado nos procedimentos que seriam realizados ali.

Agora, no palco do anfiteatro, o dr. John C. Warren estava em pé ao lado do paciente, o qual se encontrava amarrado a uma cadeira cirúrgica. Um grande inchaço era visível abaixo do maxilar do doente, cuja camisa se encontrava aberta e pronta. O paciente era um trabalhador nova-iorquino, a quem chamavam, formalmente, de Sr. Abbot. Trazia uma expressão neutra no rosto (mas seu coração batia disparado no peito).

Dr. John C. Warren lançou um olhar impaciente para o relógio.

Em Cambridge Street, dois homens ainda corriam: um baixo, outro alto. O baixo arfava de maneira alarmante, encontrando dificuldade em manter o ritmo. O alto, o já mencionado dentista, ainda carregava a estranha garrafa nos braços, a capa voava às suas costas, enquanto galgava rapidamente os degraus da entrada principal e subia outros lances de escada até chegar ao quarto andar. Com o baixinho heroicamente em seus calcanhares, o dentista adentrou o anfiteatro e, tentando recuperar o fôlego e tirar a capa ao mesmo tempo, informou ao cirurgião que estava pronto. Os dois homens que corriam estavam vindo diretamente do local onde o instrumentador havia preparado a garrafa.

Então, o Sr. Morton, dentista (tendo recebido um aceno de cabeça como permissão do altivo cirurgião), apresentou seu companheiro de baixa estatura ao paciente.

— Sr. Abbot, este é o Sr. Frost — disse o dentista.

O paciente parecia confuso enquanto observava os homens desgrenhados e a garrafa de aparência estranha e com um tubo protuberante, mas o Sr. Frost apertou-lhe a mão com entusiasmo.

— Meu camarada! Eu vim com o Sr. Morton porque eu já fiz esse... hã... tratamento. — O Sr. Frost respirou fundo para se acalmar. — Agora, meu camarada, preste atenção. Olhe aqui! — Na sua animação o Sr. Frost abriu a própria boca e apontou para dentro, se esforçando para falar e apontar ao mesmo tempo. — Está vendo este espaço? Viu? Viu? Aqui havia um dente. A dor estava me matando. Eu queria morrer. Nunca senti uma dor como aquela. Mas eu passei por esse tratamento que o senhor vai fazer agora e não senti absolutamente nada, nenhum efeito colateral. Eu assinei uma declaração dizendo isso! Tenha fé, amigo!

— Obrigado — agradeceu o Sr. Abbot, engolindo em seco.

A um sinal do cirurgião, um lençol de borracha foi puxado em direção ao pescoço do paciente. O Sr. Morton levou o tubo, que estava preso à garrafa que segurava, até os lábios do Sr. Abbot e pediu que ele respirasse pela boca.

— Está com medo, Sr. Abbot? — perguntou o cirurgião.

O jovem paciente meneou a cabeça em sinal de coragem. O Sr. Abbot confiava plenamente no dr. John C. Warren, que lhe explicara tudo em detalhes. Então, respirou pela boca conforme haviam pedido.

Sr. Morton, o dentista, estava certamente apreensivo. Havia realizado essas experiências por meses a fio, inclusive em si mesmo. Sabia que se falhasse (o que acreditava ser impossível), seria preso bem ali, no anfiteatro médico, por homicídio culposo. O suor brotava de sua testa enquanto ajustava o tubo à garrafa.

E, na plateia, silenciosa e atenta, Monsieur Alexander Roland compreendeu perfeitamente bem o objetivo de tudo aquilo. Conhecera diversos alunos de medicina em Nova York e em Boston que praticavam o que chamavam, de forma descompromissada, "embriaguez de éter": inalar a quantidade suficiente de gás para ficarem alucinados. — *É para ficarmos altos* — explicavam.

— *Como se tivéssemos bebido champanhe!* Monsieur Roland conhecera um homem que inalara outro gás, óxido nitroso, e que lhe relatara em êxtase: — *Eu não conseguia parar de rir! Eu me sentia como o som de uma harpa!* Monsieur Roland sabia que experimentos dessa natureza vinham sendo feitos há anos.

— Tomem cuidado — era tudo que o distinto senhor francês dizia e os alunos sempre lhe asseguravam que inalavam apenas a quantidade suficiente para ficarem altos ou para se sentirem como o som de harpa, talvez, mas nunca o bastante para ficarem inconscientes, por temerem nunca mais acordar.

O paciente respirou pelo tubo preso à garrafa, enquanto o Sr. Morton ficava ao seu lado. As figuras pintadas nos sarcófagos egípcios permaneciam impassíveis. Depois de alguns minutos, sob o olhar intenso e silencioso da plateia, o Sr. Abbot pareceu adormecer. O Sr. Morton não afastava o olhar do paciente e acenou para o cirurgião, que pegou o bisturi.

Dr. Warren falou com a plateia apenas uma vez e de maneira breve:

— Senhores. Como sabem, estamos realizando uma experiência e não sabemos bem quais serão os resultados. Removerei esse grande tumor que veem sob o maxilar do paciente. Não se trata de operação perigosa, embora seja extremamente dolorosa.

Então, fincou o bisturi, com extremo cuidado, no pescoço do paciente, sabendo exatamente onde podia cortar e onde não podia. O sangue brotou na hora. Todos no anfiteatro aguardavam os gritos que acompanhariam o procedimento, pois já os haviam ouvido centenas de vezes. Os berros faziam parte das operações hospitalares.

Não se ouviu grito algum.

O paciente foi suturado, o sangue foi limpo e o cirurgião lavou as mãos em uma cuia especial. O Sr. Abbot murmurara algo e agitara-se em determinado momento, mas não acordara; neste momento, estava imóvel e era difícil para a plateia saber até mesmo se ele respirava. O silêncio que reinava no anfiteatro soava como um grito: *será que está morto?* Ninguém se mexia, não se ouvia nada, nem uma tosse. O suor escorria pelo rosto do Sr. Morton, o dentista. Por fim, pegou um lenço no casaco e enxugou a testa sem, no entanto, afastar os olhos do homem deitado na cadeira de operação, nem por um segundo. Como sabia a duração da cirurgia, calculara a dose exata necessária. Obtivera o éter mais puro possível. Guardou o lenço no bolso, sem tirar os olhos do homem adormecido.

— Sr. Abbot — chamou o Sr. Morton. — Sr. Abbot.
Notaram um movimento no braço.
Por fim, o Sr. Abbot abriu os olhos. (O Sr. Morton contou posteriormente que quase suspirou de alívio nesse momento.)
O cirurgião se inclinou para o paciente.
— Tudo bem, Sr. Abbot?
Sr. Abbot concordou com a cabeça.
— O senhor sentiu dor?
Viram o paciente mover os lábios, molhando-os com a língua, como se tentasse falar. Um assistente se aproximou com um copo d'água.
— Não senhor. Nenhuma dor.
Dr. John C. Warren, com seus quase 70 anos, olhos agudos e sobrancelhas desgrenhadas, um dos cirurgiões mais respeitados de Boston, se inclinou novamente para o paciente, olhou para o grande curativo e para o rosto do Sr. Abbot.
— O senhor sentiu alguma coisa?
— Acho que... Não sei bem. Acho que não me lembro. Talvez uma sensação de arranhadura no queixo.
— Mais nada?
— Mais nada.
O cirurgião se empertigou e voltou para os demais respeitados cirurgiões e os alunos de medicina atrás deles: todos aqueles que ficaram sentados no mais absoluto silêncio enquanto ele realizava o experimento. Inclinou-se para o Sr. Morton em saudação. Depois deu o veredito:
— Senhores — começou dr. Warren. — Esta é a primeira vez que o éter é usado como anestésico em um hospital. Vimos o que vimos. Certamente, não se trata de embuste!
E o anfiteatro, por fim, explodiu com o som de vozes animadas, pessoas se movendo, falando, gesticulando, apertando a mão do dentista. Enquanto isso, Monsieur Alexander Roland permanecia sentado, em silêncio, ouvindo o som de vozes triunfantes que soavam no anfiteatro.
Providenciaram para que o paciente voltasse à ala de recuperação. O cirurgião estava indo embora, cercado por vários outros cirurgiões, mas viu o velho mesmerista, mergulhado em pensamentos, com o queixo apoiado na bengala. O cirurgião parou.

— Ah, Monsieur Roland. — O francês ergueu o olhar e acenou, com rosto impassível.

— Pois não, dr. Warren.

— Sem dúvida ainda precisaremos dos seus serviços no período de transição. Ainda estamos no início. Mas temos de usar o novo telégrafo, como sempre.

— Sem dúvida, dr. Warren.

No entanto, ambos eram sábios e entenderam. Naquele dia — não no velho mundo, onde toda a ciência e todo o conhecimento eram produzidos, mas ali, em Boston, na nova América —, a medicina mudara para sempre.

Mergulhado em pensamentos, Monsieur Roland permaneceu onde estava, enquanto os médicos saíam, até que ficou sozinho no anfiteatro, tendo como companhia apenas as imagens egípcias pintadas nos sarcófagos.

Dr. Warren, porém, também não partiu. Despedira-se dos colegas, dizendo que logo se juntaria a eles e voltou. Sentou-se ao lado do francês. Por alguns momentos, nenhum deles falou. Então, dr. Warren quebrou o silêncio de forma abrupta:

— Bem, o que acha que presenciamos hoje aqui?

Monsieur Roland pareceu despertar da meditação. Quando falou, o fez de forma cautelosa, mas firme.

— Quanto mais pratico o mesmerismo, *Monsieur*, mais me maravilho com a infinita importância e o absoluto mistério da mente humana. — Dr. Warren concordou com a cabeça, mas nada disse. — Eu esperava que essa nova prática, chamada *hipnose*, a qual não dá importância apenas à energia emanada pelo praticante, como o dr. Mesmer me ensinou, mas também à energia emanada *pelo paciente*, constituiria um meio mais forte e eficaz para a filosofia, se o senhor me permite chamar assim, de compreender que podemos *fazer a mente esquecer a dor*. Mas, o senhor me pergunta o que presenciamos hoje. O que vimos nesta manhã é que a mente também pode ser desligada por determinado período, de forma clínica e artificial, com o uso de gás, de modo que o paciente não sinta dor.

— O senhor acha que isso é bom?

Monsieur Roland ficou em silêncio por um instante.

— Sim — respondeu. — Porque nós, profissionais de saúde, conhecemos a agonia que os pacientes tinham de enfrentar por tanto tempo, praticamente desde que o mundo é mundo. Então, sim. Eu acho que é bom. Dr. Mesmer só

obteve sucesso porque havia poucos meios de se controlar a dor. Mas temo que, embora continue funcionando tão bem quanto sempre funcionou, de agora em diante o mesmerismo e a hipnose tornar-se-ão... — ele fez uma pausa. — Puro entretenimento.
 — O que quer dizer com isso?
 — Certamente, o próprio dr. Mesmer era espetaculoso. Quando trabalhamos juntos, costumava usar ternos roxos em suas aparições públicas, fazendo qualquer coisa para chamar a atenção para o seu trabalho. Mas era seríssimo e cheio de integridade quando se tratava da prática do mesmerismo e do que era possível fazer com ela. Depois desta manhã, devo, é claro, aceitar o fato de que o éter, administrado de forma cuidadosa e controlada, será bem-sucedido como anestésico e assim... — Monsieur Roland se permitiu um pequeno suspiro. — A aplicação séria e útil do mesmerismo encontrou o seu fim. — Ele meneou a cabeça de leve. — Temo, dr. Warren, que o mesmerismo já esteja sendo usado para fins muito mais atraentes e teatrais do que possa imaginar nos seus sonhos mais loucos! Hoje em dia, charlatães e impostores cobram grandes somas de dinheiro para estimular e divertir as pessoas com demonstrações pífias do que chamam mesmerismo, usando efeitos de fumaça e sombras em recintos escuros. Ou fraudes ridículas de pessoas que alegam falar com os mortos ou que fazem demonstrações duvidosas do mesmerismo para divertir as senhoras entediadas da alta sociedade. Tudo isso me enche de vergonha.
 — Creio que esta seja a primeira vez que o vejo irado, Monsieur Roland!
 — Perdoe-me. Essa é uma das únicas coisas no mundo capazes de me tirar do sério. Para ganhar a vida, duas das pessoas por quem tenho mais apreço neste mundo têm de demonstrar o mesmerismo, técnica que dominam e da qual são praticantes admiráveis e genuínas, em *circos*! E os donos e os produtores dos shows sempre querem encontrar um novo modo de realçar o mesmerismo; vulgarizar ainda mais a técnica a fim de atender às demandas cada vez mais exigentes do público em sua eterna busca por diversão. Cada vez mais luzes, sombras, trapézios, leões, música! Se esse é o futuro de algo que tanto respeito, o senhor deve desculpar a minha raiva.
 — Talvez o senhor esteja zangado pelo que viu na manhã de hoje. Porque talvez essa nova descoberta signifique o fim do trabalho de sua vida.
 Monsieur Roland esboçou um sorriso.

— Não, dr. Warren. Já presenciei dor demais nesta vida para não ficar feliz ao me deparar com a solução para esse problema.

— É claro que existem riscos.

— Obviamente, o Sr. Morton trabalhou muito para que o experimento saísse conforme previsto, para que o resultado fosse mais do que os alunos de medicina chamam de *embriaguez de éter.* — Por fim, os olhos do francês cintilaram. — Congratulo o Sr. Morton e espero que ganhe muito dinheiro! Ele e o paciente demonstraram muita coragem, assim como o senhor, meu amigo. — Ele se levantou. — Também o congratulo, dr. Warren.

O cirurgião também se levantou e os dois trocaram um aperto de mãos.

Uma pessoa adentrou o anfiteatro. Tratava-se do Sr. Morton, o dentista: alto e jovem, com seus 27 anos e arrebatado de entusiasmo.

— Gostaria de agradecer-lhe novamente, dr. Warren, pela confiança que depositou em mim. Sei que poucos homens honoráveis estariam dispostos a colocar suas reputações em risco! Tudo saiu como esperado, não foi? O éter sulfúrico *funcionou*! Como sabia que funcionaria. Quantas vezes não experimentei em mim mesmo ou no meu cachorro? Cheguei a enviar meu assistente às docas para ver se eu poderia *pagar* um marinheiro para participar da experiência! O Sr. Frost foi o primeiro paciente em quem o tratamento foi bem-sucedido. O seu dente doía tanto que ele não se importava em que experiência poderia estar se metendo. Mas o senhor permitiu que eu demonstrasse em público o que posso fazer, dr. Warren, e eu patentearei a descoberta! Éter como anestesia! O Sr. Frost resolveu ir para uma taberna aqui perto e vou juntar-me a ele, agora que já conversei com o senhor.

Monsieur Roland estendeu a mão para o dentista.

— O seu nome entrará para a história, Monsieur Morton. O senhor mudou a prática da medicina para sempre e, por isso, eu o congratulo. Creio que o senhor também tenha mudado a história do mesmerismo, motivo pelo qual tenho alguns sentimentos contraditórios. — Mas Monsieur Roland sorria para o jovem dentista, enquanto saíam para a manhã de outono, tão imersos no que havia sido descoberto que nem notaram duas damas com vestidos azuis, passeando com poodles igualmente azuis, de acordo com a última moda de Boston.

No anfiteatro, ficaram apenas as múmias egípcias para refletirem sobre o que se passara naquela manhã.

***

Na viagem de volta para Nova York, onde residia, Monsieur Roland, envolto em sua capa escura, estava em silêncio, ainda mergulhado em pensamentos. Embora fosse um homem de natureza cortês, naquele momento, com esforço heroico, declinou tomar parte no eterno fluxo de conversa que ocorria entre os passageiros, os quais, quando se davam conta de que era estrangeiro, o inundavam com perguntas, do jeito íntimo, amigável e insistente bem próprio aos americanos.

A máquina articulada, ruidosa e veloz — o trem de ferro — passava por plantações, pequenos povoados ou florestas, ressoando e trepidando sem parar. O pôr do sol dourado e frio iluminava as folhas de outono, e a sombra e a luz se alternavam nas janelas à medida que o trem passava por árvores, que rapidamente ficavam para trás. De vez em quando, em cruzamentos desertos, um pequeno grupo misterioso de pessoas acenava: uma criança com a mãe, um fazendeiro. Em um cruzamento, havia um negro solitário e sério. De onde vinham essas pessoas? Não se viam casas ou luzes até onde a vista alcançava. O sol continuava a descer no horizonte e o trem parou algumas vezes como se não tivesse sido alimentado rápido o suficiente para manter a velocidade: os passageiros ouviam o silvo de lamento da máquina a vapor. Alimentavam a fornalha com lenha e as fagulhas se espalhavam; os ferroviários gritavam entre si sob a luz tênue do fim de tarde e acendiam grandes lampiões. Às vezes, os passageiros saíam para observar a máquina ou a vastidão que os cercava, gravando sua pegada no chão duro e frio, querendo seguir viagem e chegar em casa, enquanto sua respiração também virava vapor na escuridão gelada.

Monsieur Roland, porém, não se moveu. Ele sabia: o que vira naquele dia mudaria tudo. Nesses tempos modernos, não demoraria muito para que a notícia se espalhasse. Sempre, desde o início, teve de lutar pelo respeito de sua profissão. O mesmerismo sempre andou de mãos dadas com a controvérsia e a reprovação, porque as pessoas acreditavam que o mesmerismo não podia ser explicado pela ciência e, por isso, eles viam, mas não acreditavam; achavam que se tratava de truque. Além disso, a prática envolvia o que muitos viam como uma relação íntima entre duas pessoas que, de outro modo, talvez nem chegassem a se conhecer. Muitas pessoas e instituições achavam que relações de *qualquer* tipo entre duas pessoas não deviam, francamente, ser permitidas em público: e certamente não uma relação mesmerista. Sem dúvida, o fim do mesmerismo traria consigo muito regozijo.

***

Monsieur Roland estava certo. Não demorou muitas semanas para que as notícias da experiência com éter chegassem à Grã-Bretanha e para que uma experiência idêntica fosse realizada na Escócia. Um jornal escocês publicou imediatamente:

> **Uma descoberta extraordinária foi feita. Diferentemente dos truques e poderes do mesmerismo, esta descoberta é fundamentada nos princípios científicos e só pode ser realizada pelas mãos de cavalheiros que não fazem segredo acerca da questão ou da técnica. Para evitar que seja utilizada de forma abusiva ou de cair nas mãos de pessoas irresponsáveis, de pouco conhecimento, ou com más intenções, fomos informados de que o descobridor entrou com pedido de patente.**

Então, Monsieur Roland entendeu: o éter, administrado por pessoas inexperientes, poderia matar um paciente. Ainda assim, não causaria tanta controvérsia quanto a filosofia à qual dedicara a vida. Doía-lhe a alma saber que o destino final da descoberta do dr. Franz Mesmer, outrora incrível, fosse, provavelmente, o circo.

4

— Vou direto ao ponto — declarou o Sr. Silas P. Swift.
Não foi apenas a descoberta do éter que afetou a sorte do mesmerismo. Aquela nova América, sempre dinâmica, estava repleta de novidades: novas descobertas, novas invenções, novas sensações. O novo sistema telegráfico do Sr. Morse provou que tudo era possível. As pessoas falavam sobre ocultismo, sobre prever o futuro, sobre leituras psíquicas, sobre sessões espíritas e conversas com entes queridos já falecidos: por que não? Se mensagens podiam ser enviadas por fios elétricos em vida, por que não poderiam ser enviadas por fios psíquicos depois da morte? O mesmerismo por si só não era mais suficiente, nem fascinante ou exótico o bastante, e o passado escandaloso de Cordelia Preston foi logo esquecido, sobrepujado por outros dramas mais recentes: o público da Grande Tenda começou a decair.
Então, veio o pior: em Nova York, assim como em Londres, a Igreja, alarmada com as novas ideias, começou não apenas a denunciar teatros (comportamento imoral e decadente em público) e circos (mulheres e homens vestidos de forma indecente se jogando uns nos braços dos outros pelo ar) — essas censuras eram antigas —, mas passaram também a vociferar contra os supostos milagres que o mesmerismo e a hipnose, o ocultismo e os sonhos psíquicos professavam realizar. Milagres, explicava a Igreja com firmeza, vinham apenas de Deus. As igrejas americanas sensatas e práticas enviavam não apenas pregadores para a porta dos principais teatros das cidades grandes, mas também providenciavam para que ficassem ao lado da barraca de vendas de entradas, lançando olhares reprovadores às pessoas que ali se encontravam, denunciando os acrobatas pelados e, em especial, o mesmerismo, como afronta ao Senhor. Todas as artistas do sexo feminino,

incluindo Cordelia e a filha, passaram a ser consideradas não apenas imorais e vulgares (elas sempre foram vistas assim), mas também perigosas. As srtas. Cordelia e Gwenlliam Preston, devido à sua história, eram alvo de mais insultos e, sob o novo ar de moral, tinham seus nomes associados a *charlatanismo diabólico* em vez de *trabalho filantrópico*; Silas P. Swift providenciou para que o nome de Cordelia fosse trocado nos cartazes para **SRA**. Preston, para lhe conferir pelo menos um toque de respeitabilidade, mas já era tarde demais.

Os jornais agora vociferavam: *enquanto a vida das pessoas cujo objetivo é nos entreter for marcada, com raras exceções, por um estado de moral humilhante à natureza humana, iremos nos afastar delas.*

Cordelia e Gwenlliam apenas riram. Ganhavam muito dinheiro e já estavam acostumadas com os jornais: afinal, eram as histórias publicadas que faziam lotar a Grande Tenda.

Entretanto, a Grande Tenda não lotava mais quanto antes.

Um dia, Silas P. Swift foi ao American Hotel, onde elas viviam suntuosamente, para visitar a Estrela do espetáculo e sua filha. Esperava que nenhum membro da sua louca família estivesse presente: velhas senhoras e oficiais de polícia não eram sua companhia favorita. Ficou aliviado por ver apenas uma pessoa, embora se tratasse de um sujeito traiçoeiro: o mesmerista Monsieur Alexander Roland, amigo e professor de ambas. O chá foi servido.

— Vou direto ao ponto — declarou Silas P. Swift, desprezando o chá.

— A respeitabilidade e a Igreja, de repente, se tornaram uma grande nuvem negra pairando sobre Nova York. Teatros e circos estão fechando em toda a cidade e também em todo o país, pelo que ouvi. Se Phineas Barnum[*] está temeroso e buscando trazer um pouco de respeitabilidade e fazer mudanças em seu American Museum e fechar todos os bares que vendem bebidas alcóolicas no prédio e apresentar... — Bom Deus, não consigo acreditar que éramos os empresários mais bem-sucedidos da América! — Se Phineas Barnum está promovendo apresentações de melodramas no seu American Museum, então o Incrível Circo do Sr. Silas P. Swift também tem de mudar. Já planejei tudo. Vamos viajar para longe e nos apresentarmos de forma bem diferente. Nunca pensei que veria o dia em que aventuras londrinas e envolvimento em assassinato deixassem de ser adequados para

---

[*] Empresário norte-americano, fundador do circo que viria a se tornar o Ringling Bros. and Barnum & Bailey Circus. (N.T.)

um pôster de circo americano, mas esse dia chegou. Os pôsteres terão de ser alterados, viajaremos para onde conseguirmos trabalhar e os salários terão de ser cortados pela metade ou pior. Tive de despedir alguns palhaços, além de alguns acrobatas. Mas não você, Gwen. Tenho planos para você. E quanto a você, Cordelia — lançou um olhar azedo para o francês; ele era persistente, como Silas P. Swift descobrira no passado. Mas, a Silas P. Swift, nunca faltavam novos planos e entusiasmo. — Já fizemos algumas reservas e conseguimos alguns novos números de circos que já fecharam as portas pagando um bom preço. E aquele elefante africano estava ficando cada vez mais perigoso e imprevisível. Ele tentou me atacar! Elefantes são seres bastante traiçoeiros. Então, atirei nele e o vendi para o taxidermista. Comprei outro que acabou de chegar na carga de um navio com artigos indianos. Os elefantes indianos são menores, com trombas e orelhas menores. Sinto muito por isso, mas ouvi dizer que são mais fáceis de treinar. Mantive o antigo treinador e lhe disse para fazer o trabalho. Também comprei um cacique pele vermelha com toda sua parafernália; ele será uma atração extra e dizem que realiza verdadeiros milagres com os cavalos. Também consegui um urso dançarino. Branco. Baratinho.

— Achei que apenas ursos marrons pudessem dançar — disse Cordelia. Esse foi o seu primeiro comentário desde que ele começara a falar.

— Bem, esse é branco e dançou. E o treinador do leão passará a usar uma toga e sandálias romanas.

Gwenlliam soltou uma gargalhada. O treinador de leão tinha apenas um braço: tentou imaginá-lo de toga.

— *Por quê*, Silas?

— Ora, para que eu possa dizer que ele veio do Coliseu, é claro! — respondeu Silas. — Um remanescente do Império Romano! E Gwen, você está prestes a se tornar a principal acrobata e equilibrista. Você realizará novos números para os novos clientes. Precisaremos de truques mais modernos e vou lhe conseguir uma pequena coroa e passarei a chamá-la de princesa, isso vai atraí-los para cá. Queremos um pouco de polêmica. Eles odeiam a realeza, mas amarão você se eu conseguir a fantasia certa. Agora, Cordelia, você é boa. Sempre foi boa, mas o mesmerismo não é mais suficiente por si só. Seu número ainda será o principal e você continuará como minha estrela, é claro, mas precisamos... *aprimorá-lo*.

— Aprimorá-lo — repetiu ela.

— Vamos colocar da seguinte forma: outros circos irão à falência e nós... Bem, nós apenas faremos algumas mudanças, isso é tudo. O que precisa no seu número é de um pouco mais de *extravagância*. Não basta mais que você surja das sombras como fazemos agora. Isso não é empolgante o suficiente. Decidi que você pode aparecer e desaparecer de forma misteriosa usando as barras e os cabos de acrobacia.

— *Silas!* Pelo amor de Deus, não seja ridículo! Não sou acrobata! Gwenlliam é quem é acrobata e mesmerista!

— Mas eu não sou você, mamãe — murmurou Gwenlliam, e Silas concordou com a cabeça.

— Confie em mim, Cordelia. Vou transformá-la em acrobata também! Basta subir um pouco e balançar. E muitos tambores ajudarão também. — Cordelia apenas olhava para ele, incrédula. — Pensei em tocar uma música suave como "Home, Sweet Home" quando o voluntário entrar em transe para engrandecer o número. E usar um novo nome. MESMERISTA perdeu o glamour. Então, agora que você balançará em trapézios saindo das sombras para fazer o seu número, passaremos a chamá-la de FANTASMA ACROBATA. Isso lhe dará mais poderes: saber coisas que apenas os fantasmas sabem, ver o passado, prever o futuro, esse tipo de coisa. — Ele estava bem satisfeito com o novo nome e o repetiu, orgulhoso: — FANTASMA ACROBATA. Soa bem. E você aparecerá de forma misteriosa, como se viesse dos céus. Vamos fazer parecer mágica.

Monsieur Roland, que sempre se esforçava para permanecer em segundo plano nas conversas com Silas P. Swift, embora tanto Cordelia quanto Gwenlliam fossem suas pupilas, levantou de repente e confrontou o empresário usando o tom cortês e cavalheiresco que lhe era peculiar.

— Monsieur Swift. *Pardonnez-moi.* O senhor já tem muitos acrobatas em seu estimado circo. Devo avisá-lo que Cordelia Preston é, como o senhor bem sabe, uma mesmerista de renome internacional e com grandes habilidades. E o senhor tem muita, mas muita sorte mesmo de tê-la em seu circo. Entretanto, mesmerismo *não* é mágica, *muito menos* uma questão de poderes paranormais: o mesmerismo nada mais é do que a transferência de energia de um praticante para outra pessoa com fins benéficos. Isso é tudo. Mágica não existe. E o mesmerismo não tem nada a ver com *fantasmas*. Ninguém finge prever o futuro ou ver o passado ou visitar o mundo dos mortos e o nome que o senhor sugere é totalmente enganoso.

Sr. Silas P. Swift tirou o chapéu e o atirou no chão do saguão do hotel na frente de todos.

— Ouça bem, senhor... hã... Roland. *Eu faço mágica!* Cordelia é a Estrela do meu Circo. Como bem sabes, eu a trouxe da Inglaterra, quando ela estava coberta por um manto de escândalo. E com o meu dinheiro, como o senhor também sabe. Eu a pago muito bem e a trato, e a todos vocês, muito bem. — E ele indicou o salão suntuoso que os cercava. — Ela sempre fala do senhor de forma respeitosa, como professor e membro da família etc. etc. Entretanto, os gostos mudam, as pessoas se esquecem. Ela não é mais o chamariz que costumava ser. Todos já esqueceram sua história. Houve centenas de assassinatos desde então e o mesmerismo não é mais a novidade que costumava ser. Todos se cansaram dele. Afinal, o que é o mesmerismo quando se podem enviar telegramas por fios elétricos e inalar éter? Pessoas em todos os lugares fazem mesmerismo em troca de centavos. — Silas P. Swift fez uma pausa. — Eu sei que Cordelia tem algo especial... Sim, ela faz com que os cabelos do pescoço se ericem e que as pessoas não consigam esquecê-la depois de vê-la, não nego. Entretanto, Sr. Roland, e o mais importante de tudo é que o meu circo começou a perder dinheiro. Não temos escolha, mas começar um *tour*. E eu não poderei pagar o que vinha pagando. Podemos ficar uma semana aqui, outra acolá. Escolher povoados grandes como Buffalo, Rochester, Syracuse, ver o que podemos fazer para nos mantermos acima da respeitabilidade e do senhor. E se não conseguirmos mais encontrar esses lugares... Bem, teremos de viajar mais para o interior e fazer apresentações de apenas uma noite! E diminuirmos a Grande Tenda, embora isso me despedace o coração! Mas é como as coisas são, Sr. Roland. E preciso transformar Cordelia em algo mais. Chamá-la de FANTASMA ACROBATA e colocá-la em trapézios e usar jogos de luz para lhe conferir um ar fantasmagórico é o que faremos e fingiremos que a mágica existe, porque *eu faço mágica*, esse é o meu trabalho!

Cordelia tocou o braço de Monsieur Roland de forma gentil. Ele fez uma leve saudação com a cabeça e se virou e saiu: quando voltou mais tarde, demonstrou não estar zangado e compreendeu as exigências do negócio do entretenimento, mas que não queria discutir tal assunto.

Os preparativos foram feitos para que partissem de Nova York. Gwenlliam aperfeiçoava truques acrobáticos cada vez mais sofisticados enquanto Cordelia ensaiava estoicamente manobras básicas de acrobacia: *Não sou velha*, repetia sempre para si, ensaiando por horas a fio, escorregando do mastro e amarrando pequenas almofadas nos joelhos a fim de protegê-los. Vários dos palhaços também eram mais velhos. Os que não haviam sido despedidos — ainda — aceitavam as grandes reduções salariais e pintavam, frenéticos, os sorrisos vermelhos nos rostos enrugados, noite após noite para as últimas apresentações em Nova York, temerosos de perder o emprego. Bebiam bem mais do que costumavam e Cordelia percebia o medo deles. *Não é de estranhar que bebam*. Ela pediu grandes taças de vinho do Porto no American Hotel. *Não é de estranhar que todos bebamos*. Aprendera a se segurar em uma corda e meio que escalar e meio que se içar para cima. Balançava no trapézio, para a frente e para trás (mas não muito alto): muitos dos efeitos foram obtidos graças à iluminação inteligente de Silas. Conseguira ficar em pé na extremidade de uma barra horizontal nas sombras, desde que tivesse algo em que se segurar. No fim, conseguira aperfeiçoar seu número, mas, às vezes, chegava ao final da noite tão cansada que parecia que as pernas não a sustentariam. Abolira o espartilho depois que a peça lhe cortara a pele (porém o uso de diversos xales e lenços esvoaçantes ocultava muitas coisas). Nos novos pôsteres do circo passou a ser chamada, respeitosamente, de Sra. Cordelia Preston: FANTASMA ACROBATA. Não havia qualquer menção a assassinato.

    Todavia, o Sr. Silas P. Swift era um sagaz homem de negócios; sem a sua Estrela, era muito provável que o circo quebrasse, passasse a ser como todos os outros. Então, embora os salários tivessem sofrido uma redução e embora ele mesmo se contentasse em viajar à noite junto com o circo, decretou que a Estrela do espetáculo e sua filha deveriam sempre se hospedar em um hotel local e dormir confortavelmente por algumas horas e seguir viagem apenas na manhã seguinte, antes do alvorecer.

— Obrigada — agradeceu Cordelia, pesarosa.

Passaram as últimas noites no glamoroso American Hotel em Nova York com água corrente e todos os privilégios, mas ela e Gwenlliam eram gratas por ainda estarem trabalhando para sustentarem a si e à família. Para Monsieur Roland, ela dissera e ele acreditara:

— O senhor sabe que sempre trataremos o mesmerismo com respeito.

Na última noite antes que o circo deixasse Nova York, Cordelia e Gwenlliam sentaram-se com as pessoas que chamavam de família na grande sala de estar do American Hotel: detetive-inspetor Rivers, marido de

Cordelia; Monsieur Alexander Roland; duas velhas senhoras; e a amiga mais próxima e antiga de Cordelia, Rillie Spoons, que os mantinha todos juntos e administrava o dinheiro. Todos beberam o vinho do Porto. Cordelia e Rillie encheram as taças e discutiram os planos para a mudança.

— Sinto muito que tenhamos de nos mudar daqui — declarou Cordelia com pesar.

— Nós vamos arrumar tudo, não se preocupe — respondeu Rillie Spoons.
— Enviaremos mensagens para onde quer que o circo esteja e as coisas podem mudar novamente e vocês estarão de volta em um piscar de olhos! Todos sabemos como Silas é!

Enquanto estavam sentados ali conversando, receberam uma notícia exultante: *Temos um bebê elefante indiano!* Ninguém sabia que a elefanta estava prenha, nem o comprador, nem o vendedor. Silas P. Swift apenas riu, maravilhado, e disse que a boa sorte sempre o seguia: o seu circo ficaria ainda melhor com essa atração adicional e o bebê elefante recebeu o nome de Lucky.*

O detetive-inspetor Arthur Rivers manteve a esposa nos braços aquela noite: não discutiram se eram afortunados ou não; também não falaram sobre quanto tempo ou quão afastada dele ela talvez tivesse de ficar; todas essas coisas pairaram entre eles, sem serem ditas, como tantas outras coisas.

---
* *Lucky*: sortudo em inglês. (N.T.)

5

— Pai, fiz algumas investigações sobre a tarefa que tenho em mãos e, francamente, creio que ainda preciso de mais informações. E, talvez, mais dinheiro.

Os senhores Doveribbon pai e filho tiveram um jantar de despedida no clube do pai na Strand Street e, agora, encontravam-se sentados em poltronas no salão, tomando vinho do Porto e fumando charutos. Falavam em voz baixa sob o burburinho das conversas dos demais cavalheiros. É claro que o Sr. Doveribbon não era membro de um dos clubes mais exclusivos de Londres. Entretanto, aquele respeitável estabelecimento de advogados e médicos bem relacionados possuía exclusividade e jamais concederia título de sócio a comerciantes ou, digamos, atores. A Sra. Doveribbon, infelizmente, era morta. Assim, pai e filho costumavam frequentar bastante o local, embora tivessem contratado uma cozinheira e uma criada para a casa, que ficava em uma rua lateral à Wigmore, e elas realizassem a maior parte das tarefas antes destinadas à Sra. Doveribbon. Talvez até todas.

— Já lhe dei todas as informações de que dispunha, James: meretriz, messalina, atriz etc. etc. Você leu os jornais da época. Ela não cometeu o assassinato, é certo, mas obviamente era uma meretriz e, o mais importante, alegava ser mesmerista, com todo o engodo que isso significa. — Sr. Doveribbon pai tinha as costas largas. Mexeu-se na poltrona de couro para ficar mais confortável e ouviu-se um som abafado, como se o assento reclamasse. — Também lhe dei mais dinheiro do que um homem próspero ganharia em dois anos. E Boston fica a pouco mais de duas semanas daqui! E, quando encontrar Cordelia Preston, ela nos levará à *joia* que nos tornará homens riquíssimos!

Por um momento, ambos recordaram as palavras mágicas: *dez mil libras*.

— Tem certeza de que o duque cumprirá sua parte no trato?
O Sr. Doveribbon deu um sorriso e levou o dedo ao lado do nariz.
— Não sou advogado à toa. Eu mesmo redigi os documentos. Entregamos a garota a ele junto com as informações do "sumiço" — ele insistiu nessas cláusulas —, e ele nos entrega o dinheiro.
— E se falharmos?
— Como poderemos falhar? Você partirá de Liverpool amanhã, seguindo diretamente para Boston, viajando de primeira classe em um confiável e conhecido navio a vapor. Em Boston, começará a investigar os circos. Em cada circo, indagará sobre Cordelia Preston. É bem provável, meu caro, que o pessoal do circo se conheça entre si. Se ela não estiver em Boston, você deverá partir para Nova York. A viagem não é longa. Se ela não estiver em Nova York, você seguirá para Washington, que também não é longe. Afinal, não estamos falando de uma missão difícil. Poderemos estar aqui tomando vinho do Porto juntos novamente em pouco mais de um mês.

Sr. Doveribbon filho podia até ser considerado tolo por sua *propensão* por botas da moda, festas elegantes e transações financeiras duvidosas apoiadas por sua posição respeitável como sucessor do pai. Porém, como mencionado antes, não era burro. Havia se preparado para a missão que tinha em mãos, deixando, inclusive, detalhes das negociações imobiliárias em andamento com um conhecido de sua confiança. Visitou diversos circos nos arredores de Londres. Era um cavalheiro bastante distinto e atraente e não tivera a menor dificuldade em conversar educadamente com a trupe dos circos que encontrara e conseguir informações com eles. Estava certo de que poderia falar de homem para homem também com as trupes da América. Era um jovem muito confiante. Acreditava que já tinha visto acrobatas e palhaços o suficiente e macacos adestrados para saber no que estava se metendo. Já guardara na memória o cheiro estranho, forte e acre do esterco de animais selvagens e exóticos. Entretanto, apesar da confiança que depositava em si mesmo, estava ansioso.

— Pai, precisamos discutir mais a questão do... hã... *sumiço*.
Essa era a palavra que sempre usavam para se referir a Cordelia Preston, mesmo que estivessem sozinhos: fazia com que a tarefa soasse menos cruel. Afinal, o que uma atriz, messalina e meretriz com cabelo branco e preto significava para eles?
A cadeira de couro rangeu novamente.

— *É claro* que não deve tentar nada sozinho. Na verdade, você não deve ter *absolutamente nada* a ver com o assunto. Não temos nada a ver com isso: colocaremos apenas as engrenagens para funcionar. Você encontrará pessoas na América que ficarão muito satisfeitas em ajudá-lo. Sabemos que se trata de um lugar selvagem e livre. Creio que foi o Sr. Charles Dickens que disse que se pode comprar e vender qualquer coisa na América se o preço for adequado. Em cada lugar para onde for, deverá se hospedar em um bom hotel e começar suas investigações. Uma vez que encontrar a pessoa que procura, e a joia, sua investigação deverá incluir a busca por pessoas dispostas a fazer alguém sumir. Cada uma dessas três cidades que visitará conta com um porto. Dizem que se pode encontrar todo tipo de gente nesses locais.

O Sr. Doveribbon pai parecia ter uma visão meio confusa acerca da América e dos portos em geral, mas o filho não era insensato.

— A meu ver, pai, o senhor talvez esteja subestimando as dificuldades. Ao que sei, mesmo a viagem marítima é repleta de perigos. Isso sem contar a busca por pessoas dispostas a fazer o que precisamos em uma cidade estranha. — O jovem James Doveribbon baixou o tom da voz, mesmo no salão barulhento. — Creio que eu precise de uma arma.

Sr. Doveribbon lançou um olhar descrente ao ouvir a temeridade do pedido do filho.

— Você *não deve*, repito, *não deve* se envolver no sumiço!

— Estou falando de *proteção* para mim e não do sumiço em si.

Sr. Doveribbon pai, como mencionado antes, nunca se envolvia nos detalhes físicos e obscuros. Sentia-se desconfortável com eles.

— James, você é um advogado respeitável e será o seu jeito agradável e, de fato, charmoso que, acima de tudo, vai ajudá-lo, e não uma arma.

— Sou jovem, pai. O senhor está me enviando para um país bárbaro e sou inteligente o suficiente para saber que não chegamos simplesmente nos portos e começamos a perguntar sobre pessoas dispostas a dar sumiço em alguém. Eu deveria carregar comigo algum tipo de arma. Encontrei uma adaga discreta, bem-feita, de excelente qualidade, além de fácil de carregar.

— Você não deve ferir a garota!

— Não estou falando da garota. Ela não será de nenhuma serventia se eu não a trouxer de volta sã e salva. Sei disso.

Sr. Doveribbon pai pensou um pouco.

— Quanto?

James Doveribbon pensou rápido. Ainda precisava de dinheiro para os detalhes de negócios em Edgware Road.

— Trata-se de uma adaga extraordinária. Vinte guinéus.

A cadeira do pai rangeu em alarme.

— Vinte guinéus!

— Trata-se de lindo punhal que pode ser facilmente escondido nas minhas roupas.

Sr. Doveribbon pai não acreditava existir punhal no mundo que pudesse custar vinte guinéus. Todavia, James era seu filho e herdeiro e estava prestes a embarcar em uma viagem importante e lucrativa. Concordou com a cabeça.

O filho sorriu.

— Darei o melhor de mim para cumprir nossas obrigações nesta questão — disse ele. E as palavras mágicas pairaram no ar uma vez mais: *dez mil libras*.

— E James. — Sr. Doveribbon pai olhou para o filho. — Nunca... Como posso dizer isso de forma precisa? Nunca subestime a *atração* que exerce sobre as mulheres. Você pode conseguir... hã... ainda mais do que esperamos com a herdeira de grande parte de Gales... Na verdade, creio que nossos planos talvez requeiram champanhe! — E fez sinal para o garçom.

Sr. Doveribbon filho parecia convenientemente simples ali no clube do pai na sua última noite em Londres, mas tinha nos lábios um sorriso convencido enquanto o garçom trazia o líquido borbulhante e dourado para celebrarem. A poltrona do pai rangeu uma vez mais, antes deste se acomodar e suspirar.

6

Celine Rimbaud, **LA GRANDE CELINE**, como fora descrita nos pôsteres de circo, era uma engolidora de fogo de cabelos vermelhos flamejantes (estranho, porém real), que, infelizmente, queimara um dos olhos e parte do rosto em uma noite em Cincinnati. Diziam que um amante possessivo adulterara seu equipamento, mas isso nunca foi provado. Ainda assim, e apesar desse amante ciumento, não se poderia dizer que ela tinha azar no amor (a não ser que muitos amantes fosse sinal de infortúnio): Celine amara de Paris a Nova York, passando por Londres, e muitos dos seus amantes eram homens ricos e generosos. Assim, apesar do acidente que sofrera, La Grande Celine não era, como diriam, uma mulher de poucos recursos.

Depois do acidente, passou a usar (claro que sim, pois era La Grande Celine) um grande tapa-olho negro com uma pequena pérola bordada no centro, como um rico pirata. Esse acessório cobria a maior parte dos danos sofridos e, sem dúvida, lhe conferia uma aparência exótica e garbosa. Não podia mais trabalhar como engolidora de fogo, uma vez que a visão não era confiável o bastante para conseguir a precisão necessária. La Grande Celine, porém, era uma mulher de grande energia e iniciativa: antes que muitos meses se passassem, tornara-se dona de um dos muitos restaurantes que se espalhavam pelos arredores da Broadway e das ruas adjacentes. Seu restaurante logo encontrou a combinação certa de sociabilidade, boa comida e diversão. Não que muitos nova-iorquinos se divertissem e relaxassem enquanto comiam: eles queriam acabar logo e voltar aos negócios e, em geral, comiam em absoluto silêncio e apressados, mesmo entre amigos. Tudo que se ouvia era o tilintar dos talheres e a comida sendo cortada. Entretanto, Celine tornara seu estabelecimento o mais atraente possível para os clientes.

Pagava bem aos cozinheiros, supervisionava a compra de suprimentos e estava sempre presente na CASA DE REFEIÇÕES DA CELINE, como nomeara orgulhosamente o estabelecimento, sempre sorrindo, dando as boas-vindas e gerenciando o dinheiro que logo começou a entrar. O cardápio estava sempre na janela:

SALMÃO COZIDO
LOMBO GRELHADO
OSTRAS: EM CONSERVA, ASSADAS, FRITAS OU CRUAS
TORTA DE MAÇÃ
TORTA DE CREME

Certificava-se (verificando os outros restaurantes) de que seus preços fossem justos e competitivos.

A Nova York do novo mundo, excitante, agitada, selvagem, eletrizante e em franco crescimento tinha de acomodar e alimentar cada vez mais gente, que chegava todos os meses. Havia um enorme número de restaurantes e diversos hotéis, variando desde o American Hotel e o Astor House (para os visitantes mais ricos) até o Tremont Temperance Hotel e o Florence's (que só recebia visitantes de Nova Orleans e do sul). Em 1845, foi publicado um censo da cidade: 375.223 almas viviam em Manhattan — 128.492 das quais eram estrangeiras. Essas pessoas tinham de morar em algum lugar. Assim, um número cada vez maior de hotéis e, em particular, "pensões" começou a aparecer. Em 1849, estimava-se que pelo menos 170 mil imigrantes esperançosos aportassem em Nova York em busca de nova vida e fortuna: a cada semana desembarcava mais gente.

As pensões, fossem elas antigas mansões convertidas ou prédios especialmente construídos para esse fim, tornaram-se o lar de muitas das pessoas que chegavam todos os dias à cidade. Algumas ofereciam apenas quartos; outras contavam com uma sala de estar comunal, onde, com sorte, haveria uma lareira para aquecer dos invernos gelados de Nova York. Alguns jornalistas, americanos ou estrangeiros em visita, publicavam críticas sobre o fenômeno das "pensões", as quais eram descritas como "uma ameaça ao lar e ao modo de vida americano". A Igreja na América vociferava contra a "má vontade de algumas jovens damas em assumir as responsabilidades do lar e o fardo das tarefas domésticas". Ainda assim, um número crescente de imigrantes chegava diariamente à cidade, e novas pensões abriam as portas. Algumas ofereciam suítes equipadas com cozinha e até banheira; a maioria, porém, oferecia apenas um quarto com um cabide. À medida que mais imigrantes desembarcavam, as acomodações se tornavam mais lotadas. Assim, algumas das pensões se transformaram em fétidos cortiços. Na época em que imigrantes desafortunados se estabeleciam (ou nasciam) em acomodações violentas e insalubres, como Five Points ou na outrora elegante Cherry Street, próxima ao rio East, "pensão" se tornara uma palavra fina demais.

É certo, porém, que La Grande Celine não seria vista nas redondezas de Cherry Street ou Five Points. Seu estabelecimento ficava na Maiden Lane, próximo à esquina com a Broadway. E La Grande Celine logo percebeu o que deveria fazer em seguida. Alugou toda a casa que ficava acima do restaurante. Convidou um antigo amigo, Jeremiah, o ex-halterofilista do circo, para trabalhar como gerente e garçom. Por fim, o seguinte anúncio foi publicado em todos os jornais que se prezem:

CASA DE REFEIÇÕES DA CELINE, MAIDEN LANE, esquina com BROADWAY

A nova proprietária anuncia extensa melhoria no estabelecimento acima, apresentando um salão de jantar DE CONFORTO E QUALIDADE insuperáveis na cidade. Tanto a comida quanto a decoração agradarão às pessoas de bom gosto. Em algumas noites, uma suave música ambiente acompanha as refeições.

Uma mesa especial com biombo está disponível para jantares de mulheres, caso prefiram.

PS: *Convencida por muitos amigos e visitantes, a proprietária agora também oferece quartos de bom gosto para inquilinos a preços excelentes. Por que pagar mais? Venha conferir!*

MULHERES TRABALHADORAS SÃO BEM-VINDAS PELA PROPRIETÁRIA.

CASA DE CELINE.
MAIDEN LANE

***

Em uma doce manhã de abril, La Grande Celine abriu a porta da frente respondendo a uma batida. Quando percebeu que o visitante era um francês, entusiasmou-se (suas reações eram sempre exageradas). Não importava que tivesse deixado a França com a mãe igualmente ruiva quando tinha apenas 8 anos de idade, não importava que nem se lembrasse do pai francês, nem que só conseguisse falar umas poucas frases naquele idioma. Era uma cidadã americana orgulhosa e leal, mas tinha antepassados franceses e também tinha orgulho deles: afinal, os franceses não vieram ajudar na revolução americana? (E, na verdade, os homens franceses eram seu fraco: o amor de sua vida, o mais passional e inesquecível, fora um acrobata francês grande, elegante e inteligente, com um enorme bigode preto. Chamava-se *Pierre l'Oiseau*: Pierre, o pássaro, e ela ainda pensava nele.)

— *Bonjour,* Monsieur Roland! — exclamou depois de ele lhe dizer o nome. — Seja bem-vindo. Sou Celine Rimbaud e também nasci na França.

O velho cavalheiro francês entrou no amplo salão de jantar com paredes repletas de quadros: pinturas alegres de flores coloridas, uma representação das cataratas do Niágara e, para sua surpresa, muitos pôsteres em cores vivas. Havia uma grande lareira, que não estava sendo usada naquela agradável manhã; poltronas e dois grandes sofás eram como um convite aos hóspedes. Um relógio repousava sobre o console da lareira, com seu agradável tique-taque. Duas empregadas de pele escura arrumavam talheres pesados sobre grandes guardanapos brancos em várias das mesas do salão, e, no canto, algo surpreendente: um harmônio com pedais — algo que se esperava encontrar em uma capela talvez, não em um restaurante. Uma escadaria levava ao segundo andar.

— *Bonjour,* madame Celine — respondeu ele, notando sua aparência interessante enquanto ela o observava, séria. — Este salão é deveras agradável. A senhora é a proprietária com quem posso obter algumas informações?

— Sou a única proprietária. Esta casa pertencia a um dos primeiros comerciantes ianques — explicou ela, orgulhosa. — E, é claro, conta com água encanada, pois o senhor bem sabe que Nova York possui água encanada desde a abertura do reservatório. Se o senhor for recém-chegado à cidade *precisa* visitar nosso reservatório. Nós o chamamos de oitava maravilha do mundo!

— Já moro aqui há um bom tempo, madame. E, de fato, nós fomos até a 42nd Street com grande interesse para ver o famoso Croton Reservoir assim que chegamos. Somos sempre muito gratos pelo encanamento.

— Eu mesma — contou Celine — já comi em tavernas e dormi em pensões que fariam um homem chorar e, portanto, tentei fazer algo melhor. — Então, já que eram conterrâneos, nada lhe agradaria mais do que se sentarem nas poltronas e tomarem um pouco de café com *brandy*, enquanto conversavam informalmente antes de falar de negócios. Ela se desculpou por não falar com ele na língua pátria. Falaram sobre Paris com um suspiro (embora há anos nenhum deles tenha posto os pés lá), e madame Celine pareceu ainda mais feliz quando descobriu que Monsieur Roland nascera próximo ao belíssimo *Institut de France*, não muito distante da rue de Condé, onde ela vivera quando criança.

— Ah, Monsieur Roland! — suspirou ela. — Creio que nunca mais verei o amado rio Sena. Tenho de me contentar com o rio East e o Hudson! — Então, ela soltou uma gargalhada contagiante e alta. — Estou falando bobagens. Não visito a França há mais de 35 anos! — E começaram a discutir Nova York com espanto: o crescimento, a riqueza, os habitantes de diversos lugares e os dois rios caudalosos e turbulentos.

— Então, o que posso fazer pelo senhor, Monsieur Roland? — perguntou madame Celine, enfim falando de negócios, pousando nele o olho bom brilhando de interesse.

— Madame Celine, estou à procura de uma suíte para alugar por longo prazo para sete pessoas.

— Sete pessoas!

— Sete. Cinco mulheres, as quais apreciaram muito seu anúncio.

Naquele momento, apareceram duas damas descendo as escadas e conversando entre si. Contornaram as mesas e seguiram para a grande porta de entrada. As saias farfalhavam de modo agradável, enquanto cumprimentavam madame Celine e seu visitante com um simpático aceno de cabeça antes de saírem para o sol da manhã. Uma das mulheres carregava um estojo de violino.

— Cinco mulheres! — exclamou Celine. — Sua esposa, certamente. E filhas talvez?

— Sinto dizer que não tenho esposa ou filhas — informou o digno cavalheiro, o que despertou interesse e atenção no coração de madame Celine: o coração de Celine sempre ia direto ao ponto e este senhor era um francês. Homens jovens, com toda sua paixão e problemas não a interessavam mais, exceto como espécimes fascinantes da raça humana. Também reconhecia um homem que não gostava de mulheres a vinte passos de distância e Monsieur Roland certamente não era um deles. Madame Celine talvez não tenha se dado conta, mas soltou um pequeno suspiro. Imagine, arranjar um digno companheiro francês (embora velho) aqui na América seria a realização de um sonho e ele conferiria um toque de classe à CASA DE REFEIÇÕES DE CELINE e a ela também.

— Meus companheiros, madame, são todos da Inglaterra — continuou Monsieur Roland.

— Ah. — Ela não apreciou muito essa informação. Isso ficou claro.

— O motivo porque ficamos tão cativados pelo seu anúncio é porque duas delas trabalham também.

— Nossa, fico feliz em ouvir isso. Mas conte-me, no que elas trabalham? Ele olhou para os pôsteres.

— São mãe e filha e trabalham em um circo.

Celine ficou boquiaberta. Será que esse estranho grupo, composto por sete pessoas, fazia parte da trupe de um circo?

— Ora, Monsieur Roland, é verdade? Parece o destino! Em que circo trabalham? Pois eu mesma trabalhei em um circo. Houve uma época em que o circo era a minha vida! — E o tapa-olho com a pérola de enfeite brilhou com alegria, enquanto indicava os pôsteres. — Saiba que essa não é mais uma época propícia para os circos. Olhe! *Olhe* para este anúncio que tenta promover um novo circo aqui em Nova York. Eu o estava lendo, pronta para cuspir, quando ouvi o senhor bater na porta.

Então, ela passou-lhe o jornal e apontou o anúncio com o dedo adornado com um anel.

> O gerente assegura que este circo está de acordo com a moral e os bons costumes e livre de quaisquer objeções frequentemente ligadas a esse tipo de entretenimento.

> Não há mulheres nesta companhia a fim de assegurar a decência dos artistas. Também não há qualquer número com negros.

— Agora, diga-me, Monsieur, isso lá é maneira de se anunciar um *circo*?
— De fato, madame Celine.
— E olhe aqui! — Ela apontou para o jornal de novo. — "**Este circo não satisfaz gostos depravados!**" Meu Deus do céu! O circo é uma profissão honrada, como o senhor bem sabe, que data desde os romanos e os egípcios antigos e até antes! E todos rimos do que Phineas Barnum fez com seu American Museum na Broadway! — Com seu jeito exuberante, apontou o dedo na direção da rua. — Pensei que estivesse sonhando a primeira vez que ouvi que *ele baniu todas as bebidas alcoólicas das dependências do museu*. Todos aqui sabem que havia uma dúzia de bares (isso sem mencionar as mulheres disponíveis) e, por causa da nova "respeitabilidade" que infelizmente surgiu nesta cidade como uma imitação dos fracassados ingleses, ele agora está fazendo apresentações de *melodramas* junto com seu homem-leão, sua sereia e seus anões! O senhor já ouviu falar de algo assim? Ele os coloca no que chama de "sala de palestras" para que as pessoas respeitáveis possam dizer a si mesmas que estão assistindo a uma palestra, quando, na verdade, estão assistindo a uma peça de teatro, é claro, o que agora é algo que decidiram reprovar. Melodramas, pois sim!
— De fato, madame Celine! Lembro-me de ter sido informado há alguns meses sobre esses melodramas. — Trazia um sorriso nos lábios, provocado pela exuberância dela.
— Perdoe minha exaltação! — Ela soltou novamente sua gargalhada amigável.
— Compreendo bem o seu *fureur*, madame. Creio que meus amigos pensam exatamente como a senhora. É interessante perceber com que rapidez a "respeitabilidade" se insere até nas sociedades mais modernas e democráticas.

E madame Celine concordou com a cabeça. Estavam em total harmonia, ela e o francês.

— Em que circo, Monsieur? — indagou. Ela se perguntava se algum deles era acrobata ou anão; e o que será que este senhor fora em sua época? Um vidente?

— A senhora talvez tenha ouvido falar de Monsieur Silas P. Swift? — perguntou ele.

— Ah, Silas — concordou ela. — Ele é um louco, mas um artista. Costumava ser muito bem-sucedido aqui em Nova York com seus números exóticos. Ele tentou me contratar nos meus dias de glória. Mas, pelo que sei, teve de sair em turnê pelo país fazendo apresentações únicas para ganhar algum dinheiro.

— Temo que seja verdade. Eles fizeram algum sucesso em uma ou outra cidade por algum tempo, mas agora têm de viajar todas as noites. Entretanto, parece que o Sr. Swift tem novos planos. Notei que é um homem de muitos planos. Ele chegou a Nova York na semana passada e fomos informados de que chamou o circo de volta. Estamos felizes, é claro, porque sentimos muita falta de nossas amigas. Presumimos que talvez haja algum lugar vago para o circo.

— Deus! Será que ele vai arrancar uma página do livro de Phineas Barnum e chamar o seu circo de "melodrama qualquer coisa"?

Monsieur Roland sorriu.

— Quem sabe? Já estamos todos acostumados com o Sr. Silas P. Swift e suas mudanças de planos. Na verdade, quando os circos eram um sucesso em Nova York, ganhávamos muito bem. Desde que o Sr. Silas começou a turnê, tentamos vários hotéis menores, mas temo que ainda temos despesas acima dos nossos recursos. Então, sejam quais forem os novos planos do Sr. Silas P. Swift, achamos que alugar nossos próprios quartos em uma pensão seria uma ideia bastante sensata.

Celine não escondia a alegria.

— O senhor já trabalhou no circo, Monsieur Roland? E os outros também? O senhor disse que são sete no seu grupo?

Ele entendia o jeito americano. Eles faziam muitas perguntas: é claro que queriam saber se você tinha dinheiro para pagar, mas também eram curiosos de modo diferente dos contidos ingleses, com os quais estava bem mais acostumado. Assustara-o no início: *quantos anos o senhor tem?*, *quanto ganha?*, mas agora já estava acostumado. Madame Celine até podia ter vindo da França, mas certamente era americana.

— Sou o que chamam de mesmerista, madame.

Ela levou as mãos ao coração, muito animada. Os anéis brilhavam em seus dedos na luminosa manhã de primavera.

— O senhor coloca pessoas em transe? Nossa, qual é mesmo aquela palavra moderna que ouvi? *Hipnotizar*. O senhor hipnotiza as pessoas? No circo?

— Meu trabalho costumava ser realizado em hospitais. Eu podia ajudar os cirurgiões em operações. Posso mesmerizar os pacientes de modo que não sintam dor durante a cirurgia.

— Ah, Monsieur Roland — suspirou madame Celine, que conhecera muita dor, concordando com a cabeça. — Quisera eu tê-lo conhecido antes!

Monsieur Roland deu um sorriso amargo.

— Temo que a descoberta primeiro do éter e agora de outros gases como anestésicos signifique que o meu trabalho em hospitais seja bastante dispensável hoje em dia. Então, agora tenho um pequeno consultório de mesmerismo na Nassau Street. Ainda posso ajudar as pessoas a lidarem com diversos tipos de dor.

Por um momento, madame Celine apenas olhou para o homem. Viu o cabelo branco, os olhos gentis e sábios e a postura ereta que mantinha. *E ainda é francês. Ele seria perfeito para mim!* E foi naquele exato momento que madame Celine Rimbaud, que se encantava com bastante frequência, se apaixonou (à sua maneira) pelo Monsieur Alexander Roland.

— E... Seus outros amigos, Monsieur Roland? — Seu coração batia forte. *Será que tem uma amante? Afinal, é francês! Deve ter uma amante.*

— Somos um grupo de pessoas que o destino uniu há muito tempo. Assim como as duas artistas de circo, as duas damas idosas. — (Os olhos de madame Celine brilharam de alívio.) — E a filha de uma dessas senhoras, a Srta. Amaryllis Spoons — (Ela ouviu a voz dele se suavizar e sentiu o coração doer.) —, que cuida dos assuntos domésticos de forma admirável.

— Entendo.

— Somos uma família pouco comum. — A palavra *família* foi uma punhalada em suas expectativas. — Também inclui um detetive da polícia de Londres, o inspetor Arthur Rivers.

Os olhos dela endureceram, ou melhor, o olho que ele podia ver ganhou um brilho inflexível. *Definitivamente não se tratava de uma trupe de circo.*

— A Casa de Celine não é um estabelecimento para um policial, Monsieur Roland. Outras pessoas que vivem na pensão poderiam se sentir desconfortáveis com isso. Membros da polícia de Nova York não são lá os cidadãos mais populares. Monsieur é estrangeiro e talvez não compreenda. O senhor sabia que eles nem precisam usar uniforme ou quepe? Apenas uma pequena estrela de cobre serve como identificação. Apenas uma estrela porque sabem que não são populares!

Monsieur Roland ergueu-se com pesar.

— Então, sinto muito por ter feito a senhora perder seu valioso tempo, madame, mas foi um grande prazer conhecê-la. Embora ele precise ficar frequentemente no departamento de polícia próximo à prefeitura por causa do trabalho, esse oficial da polícia faz parte da nossa família.

Aquela palavra de novo. Família. Ela quase o deixou partir, apesar do coração romântico que carregava no peito. Detestava a polícia de Nova York. Todavia, viu uma vez mais — e mal podia articular a palavra para si — a *beleza* dele. Quem poderia pensar que La Grande Celine, com sua vida repleta de aventuras, um dia acharia um homem velho *belo*?

— Monsieur Roland. — Ela também se levantou.

— Madame Celine.

— Lembro-me de que havia policiais gentis em Londres, guardando a paz em seus uniformes.

— Inspetor Rivers é um dos melhores homens que já tive a sorte de conhecer.

— Talvez ele possa ajudar a manter a paz na cidade! Muitas greves violentas têm ocorrido.

— Creio que peçam a opinião dele sobre esse e outros assuntos.

— Entendo. — Ela estava considerando a possibilidade. — Um grupo de sete, o senhor disse. — Os braços estavam cruzados e ela batia os dedos nos braços. — Então, deixe-me ver se compreendi corretamente: dois cavalheiros, o senhor e o oficial de polícia. Duas senhoras idosas e a filha de uma delas. E apenas duas artistas do circo: mãe e filha. — Ele concordou com a cabeça e não elaborou mais as relações que tinham entre si ou explicou como um grupo de pessoas tão diferentes se uniu. De qualquer forma, La Grande Celine resolveu investigar isso posteriormente. Naquele momento, disse apenas: — Será que as senhoras idosas conseguirão subir as escadas?

— Desta agradável casa?

— Sim. Sinto informar que são cinco lances de escada.

— Creio que elas consigam. As capacidades físicas de ambas ainda funcionam muito bem. — Não mencionou as faculdades mentais.

— O senhor, é claro, também conseguiria? — Mas ela sorria ao dizer isso, em tom de provocação, jogando o cabelo ainda cor de fogo para o lado. A pérola no tapa-olho brilhou ao refletir a luz do sol primaveril que entrava pelas janelas.

— Creio que eu consiga dar conta dos degraus — sorriu ele, gentil.

— Que pergunta tola. Claro que o senhor consegue. O último andar da casa é um grande sótão, onde há quatro quartos pequenos e uma sala de estar e está prestes a ser desocupado. Há até uma cozinha, embora eu assegure que a comida que servimos em meu restaurante seja inigualável tanto em qualidade quanto em preço e muitos dos meus hóspedes comem aqui regularmente. E seu próprio banheiro! — Ela abriu os braços como se estivesse lhe oferecendo o paraíso. — É como se o destino conspirasse. O último andar será desocupado em três ou quatro dias porque a família inteira que mora ali, incluindo duas crianças pequenas, partirá para a Califórnia! Duas crianças pequenas! Este é o mundo louco da corrida do ouro, Monsieur! E precisamos discutir os termos.

— Sem dúvida. Precisamos discutir os termos e as escadas, mas asseguro-lhe de que somos um grupo intrépido. Trarei a Srta. Amaryllis Spoons para avaliar os cômodos com a senhora.

Madame Celine tinha certeza de que não gostaria da Srta. Amaryllis Spoons. Por outro lado, não queria deixar seu conterrâneo partir.

— Muito bem, Monsieur Roland. Vejamos se conseguiremos chegar a um acordo. — Acompanhou-o até a grande porta da frente. — Se me permite dizer, essa sua família é bastante estranha. Mas é claro que existem inúmeros grupos estranhos de pessoas em Nova York.

Monsieur Roland nada disse, mas deu um sorriso sério e La Grande Celine sentiu uma vontade repentina de pegar-lhe a mão e beijá-la, mas conteve tal ímpeto.

La Grande Celine e a Srta. Amaryllis Spoons se deram bem como uma casa em chamas, como se dizia na época (principalmente em Nova York, onde, de fato, ocorriam muitos incêndios — o sino de incêndio, que ficava no topo da prefeitura, onde sempre havia um vigia, tocava a qualquer hora do dia ou da noite e bombeiros voluntários puxando equipamentos concorrentes contra fogo brigavam entre si para chegarem ao cano de água da rua primeiro).

— Pode me chamar de Rillie — declarou a Srta. Spoons. — Todo mundo me chama de Rillie.

— Pode me chamar de Celine — respondeu La Grande Celine.

Era impossível não gostar de Rillie — pequena, roliça, calorosa, agitada e tão amável com a pobre mãe idosa que (ficou claro para Celine na hora) era louca. A outra senhora chamava-se Regina (nome bastante inadequado na América democrática, pensou). Regina era barulhenta e esquisita, mas não apresentava sinais óbvios de loucura, no sentido literal da palavra. Rillie, Monsieur Roland e essas duas senhoras idosas mudaram-se para o sótão da pensão em Maiden Lane assim que a família que ali morava partiu para a Califórnia. Os novos pensionistas tiveram a ajuda do gerente e garçom, Jeremiah, e do policial inglês, inspetor Arthur Rivers para subirem com seus pertences, incluindo uma gaiola contendo um cantante canário amarelo. O inspetor Rivers era tão gentil quanto Monsieur Roland o descrevera, além de (Celine percebeu) deveras atraente; por algum motivo, nem usava a estrela da polícia o tempo todo, e os outros residentes não precisariam ser avisados. De forma cortês, explicou à madame Celine que costumava trabalhar à noite e que precisaria entrar e sair em horários pouco convencionais. Madame Celine logo decidiu que não se tratava de um policial nova-iorquino comum, mas sim de alguém bastante confiável. Assim (apesar de ele ser inglês), decidiu lhe dar uma cópia da longa chave de ferro da porta da frente. As duas outras damas estavam a caminho de Nova York com o circo e chegariam na semana seguinte, conforme instruções do Sr. Silas P. Swift e, na Maiden Lane, seu novo lar as aguardava. Enquanto levava um prato de broas de milho assadas como boas-vindas para o sótão, notou que Monsieur Roland se acomodou no pequeno quarto do canto que estava mais para um armário ou uma cela, contando com uma cama estreita, um cabide e uma janela no telhado. Afirmou que lhe serviria maravilhosamente bem. O coração de Celine encheu-se de esperanças: *talvez não houvesse uma amante.* Ainda estavam desfazendo as malas: não apareceu qualquer outra pista sobre a qual Celine pudesse matutar.

Quanto a Rillie Spoons (que adorava quase todas as coisas da América), esta ficou fascinada por La Grande Celine: o entusiasmo, as pretensões francesas, os anéis, o tapa-olho brilhante, a gargalhada sonora e a bondade. Rillie notou imediatamente o efeito que Monsieur Roland despertava na proprietária da pensão e embora talvez não tenha dado todas as informações de que dispunha (pois Rillie sabia que Monsieur Roland tivera um grande amor em sua longa vida), ela assegurou a Celine de forma sincera que, embora conhecesse Monsieur Roland há anos e soubesse muito sobre o seu trabalho, acreditava que ele jamais havia se casado.

Celine cantava antigas músicas francesas que esquecera que sabia enquanto supervisionava as empregadas negras.

Frère Jacques
Dormez-vous?

Cantarolava enquanto ajudava os cozinheiros a tirar as ostras das conchas para preparar as tortas.

7

Casa da Celine, Maiden Lane

Querido irmão Alfie,
Bem, Alfie, isso será uma surpresa para você. Sou eu! Regina Tyrone, sua irmã, que costumava morar no asilo de Cleveland Street!! Agora acho que você vai desmaiar!
 Como não consegui encontrá-lo aqui em Nova York por todo esse tempo e como agora eu tenho um endereço fixo e adequado na cidade, decidi finalmente escrever para o grande posto dos Correios de Nova York, na esperança de que você pegue sua correspondência ali e que se lembre da sua querida irmã e venha me encontrar onde eu moro agora, a Casa de Celine, em Maiden Lane. Estive nas docas e no cais muitas e muitas vezes desde que cheguei a Nova York, mas nunca consegui notícias suas, Alfie. Talvez não seja mais um marinheiro, mas sim um rico fazendeiro a centenas de quilômetros de distância, quem sabe! Você sempre disse que faria fortuna.
 Alfie, você ficará muito surpreso de saber que estou na América também, pois da última vez que me viu eu estava nos meus dias de glória em Londres, quando eu escrevia canções de rua para eles e poemas para os jornais sobre assassinatos na Drury Lane e na Seven Dials e tudo aquilo. Eu ganhei um dinheirinho morando lá. Lembro que você ficou surpreso por me ver, uma garota, ganhando um bom dinheiro! Viu, toda aquela leitura de salmos

e cânticos e estudos da Bíblia que nosso pai nos obrigava a fazer acabou sendo bom para mim, Alfie. Ah! Eu nunca contei a ninguém que o nosso pai era o zelador do asilo e que nós morávamos lá e como ele nos tratava.

Você não imagina, eu vim para Nova York também. As damas com quem estou têm bom coração, não importa o que os jornais tenham dito quando tivemos nossos problemas, elas receberam um convite. Estou pensando Alfie, quando eu escrevia aqueles poemas de assassinato baratos para os jornais nunca pensei nas pessoas sobre as quais escrevia, é claro que não — aqui — lembra daquele de quem gostava? Dizia que evocava uma imagem na sua mente.

COM UMA BARRA ESMAGOU-LHE A CABEÇA
UMA SOPA DE MIOLOS PELO CHÃO SE ESPALHOU
A BRUXA DEIXOU O CORPO PARA QUE APODREÇA
E A ELA SOMENTE A FORCA RESTOU

Mas talvez ele tenha feito coisas ruins com ela, bem eu nunca pensei nisso naquela época, eu ganhei dois xelins do jornal e ele disse que poderia usá-lo para mais de um assassinato se mudasse um pouquinho as palavras!

Alfie, você ouviu falar deste novo poeta, Sr. Poe? Ele escreve poemas maravilhosos e sinto os dedos coçarem de vontade de pegar uma pena novamente. Encontrei um chamado "O Corvo" em um jornal, se você não o conhecer — mas me lembro que você gostava de uma boa poesia, e talvez já tenha lido também — segue um trecho que decorei, não deu para evitar, pois é bastante musical:

E o corvo, na noite infinda, está ainda, está ainda
No alvo busto de Atena que há por sobre os meus umbrais.
Seu olhar tem a medonha cor de um demônio que sonha,
E a luz lança-lhe a tristonha sombra no chão mais e mais.*

---

* Tradução de Fernando Pessoa obtida em http://www2.dem.ist.utl.pt/~jsantos/Literature/O_Corvo.html. (N.T.)

Não sei quem é Atena, mas não importa de verdade, "no alvo busto de Atena", isso não é poético e o poema não é bom e assustador, Alfie? "um demônio que sonha..."

Minhas duas senhoras se envolveram em algo assustador em Londres, Alfie, por sorte a verdade veio à tona, mas isso arruinou o bom trabalho delas e nossa boa casa com banheiro do lado de dentro, Alfie, ah! Cordelia era uma mesmerista e muito boa para os doentes. Rillie era a gerente. Gwenlliam, que menina boa, é filha de Cordelia, e isso foi parte do escândalo. Agora mãe e filha trabalham no circo. A mãe de Rillie, a Sra. Spoons, é demente, mas não dá muito trabalho, tomo conta dela há mais tempo do que consigo lembrar, eles podem deixá-la comigo e eu consigo controlá-la, mesmo que ela não me conheça mais nem como uma lembrança. Às vezes, eu via aquele brilho e ela sabia que era sua velha amiga, mas não mais, coitadinha. Também muito tempo atrás, eu dei a Cordelia e a Rillie algum dinheiro para começarem um negócio, mas elas me pagaram cem vezes mais. Ou cem vezes a mais como diz a Bíblia! E elas ficaram ricas, mas depois do escândalo ficaram pobres. Então receberam o convite, aí viemos todos para Nova York.

Além disso, moramos com dois cavalheiros em uma pensão! Um é francês, mas é gentil. Ele era um mesmerista muito famoso e foi professor delas quando nós era tudo mais jovem. O outro homem é um detetive da polícia — Pronto! Aposto que isso assustou você Alfie! Mas ele é bom — é que ele, na verdade, casou com Cordelia, mas ele trabalha e praticamente mora na delegacia de polícia e ela está em turnê com o circo. Mas ele vem para casa nos ver quando pode e logo Gwenlliam e Cordelia estarão de volta com o circo e ficaremos todos juntos nesta pensão que encontramos. É bom, é como ter uma pequena casa. Ele é um bom homem, o nosso policial, mas às vezes vejo tristeza em seus olhos, mas ele nunca diz nada.

Nova York é um lugar bastante agitado. Muitos assassinatos acontecem por aqui. Não é de se estranhar que o Sr. Poe escreva tão bem. Ainda leio os jornais de um centavo, é claro, como eu costumava ler, mas eles são bem mais rudes aqui na América, num é? Assim mesmo, agora que sei o que sei, Alfie, sobre o que escrevem nos jornais, não acredito em tudo que leio, mesmo que esteja gostando de ler! De qualquer modo, agora que li o Sr. Poe gostaria de escrever mais e com mais emoção.

Sim, Alfie, está tudo bem. A vida está boa. Mas Alfie, acho que a velha senhora está cada vez mais frágil. E se ela morrer? Talvez eles não precisem mais de mim. Eles acham que sou velha, é claro, meu cabelo está grisalho agora, Alfie. Ah! Eu me pergunto como você deve estar. Mas num sou velha, ainda tenho todas as minhas faculdades e funções e sou bem mais esperta do que imaginam. Também tinha dinheiro debaixo do colchão e eu trouxe para a América no meu chapéu grande. Ganhei muito dinheiro, Alfie, quando escrevia os meus poemas. Mas num tenho muito agora para ser honesta, mas ainda tem um pouquinho embaixo do colchão daqui. Num tô pedindo dinheiro. Mas é claro que gostaria de encontrá-lo, Alfie. Só para se eu precisar. Realmente tenho procurado por você há muito tempo. Espero que num esteja com problemas, mas você sempre foi um bom garoto, eu acho.

Sinceramente,
Sua irmã,
Regina.

É claro que acho que podem ter acontecido várias coisas, pois acabei de perceber que já faz cinquenta anos, Alfie, desde que nos vimos pela última vez. É difícil pensar nisso. Oh, Alfie, não seria bom cantar como costumávamos fazer, depois de todos esses anos...

8

QUITANDA era o que se lia nas placas do lado de fora.
Couve-flor. Alface. Aipo. Espinafre. Feijão. E repolhos, pilhas de repolhos grandes e verdes. Verduras da quitanda: talvez boas e firmes na parte de cima, empapadas e fétidas na parte de baixo, todas empilhadas em grandes cestos ao lado de barris contendo grandes cenouras e cebolas do lado de fora das lojas de esquina: as quitandas. Aqueles estabelecimentos em particular com suas verduras expostas do lado de fora pontilhavam certas áreas da parte baixa de Manhattan. Dentro das quitandas, entre as miudezas e a carne de porco, havia também lanches mais elaborados, especialmente para os clientes mais especiais. E as pessoas que viviam nessas áreas da cidade iam até lá, escolhiam repolhos, feijão e espinafre; compravam farinha barata e açúcar e sal importados. Os clientes não comentavam, principalmente as mulheres (exceto talvez pelo piscar de olhos sagaz ou um meneio de cabeça), sobre o odor de uísque que vinha de trás da cortina escura nos fundos da loja, ou do cheiro pungente de fumaça de cigarro. Tampouco comentavam sobre as vozes masculinas — murmúrios na maior parte do tempo, mas que, em algumas ocasiões, se elevavam, que também vinham de trás das cortinas escuras. Isso, porém, não era problema dos clientes. Comprar mercadorias na quitanda, isso sim, era competência deles.
QUITANDA era o que se lia nas placas do lado de fora.
Começaram a mencionar atrás das cortinas das quitandas em Lower East Side entre os vapores de uísque e a fumaça de cigarro, uma abominação que arrepiaria os pelos de todos os verdadeiros americanos: um policial inglês, trabalhando nas docas de Nova York — e causando problemas. Teriam de lidar com ele.

***

É estranho o preço que, às vezes, se paga pelo amor. Talvez, no início, esse preço não seja claro.

O detetive-inspetor Arthur Rivers, da Scotland Yard, começou a trabalhar para a força policial de Nova York porque se apaixonara por uma mulher que se tornara tão malvista que não era mais seguro para ela aparecer em público em Londres. Como o empresário Silas P. Swift, certamente, reconhecia uma grande publicidade quando a via, rapidamente a convidou para trabalhar no INCRÍVEL CIRCO DO SR. SILAS P. SWIFT na América. Cordelia Preston, mesmerista e agora artista circense, foi absolvida de um assassinato que não cometeu por um júri em Londres, em um caso no qual Arthur Rivers trabalhou para a promotoria. Durante as poucas semanas daquele terrível julgamento, conheceu a coragem e a força dela, sua paixão louca e insensata e sua dor inimaginável. O julgamento foi uma farsa, inflamado pela imprensa sensacionalista, principalmente porque o nobre assassinado era casado com a prima da Rainha Vitória. Quando Arthur Rivers pediu Cordelia Preston em casamento, temia por sua segurança: ele substituíra o vidro de uma janela de sua casa em Bloomsbury, Londres, porque, do lado de fora daquela casa, as pessoas que haviam lido sobre aquela mulher abominável e imoral nos jornais vinham, observavam, apontavam o dedo, gritavam e atiravam esterco, repolhos e pedras nas janelas e um homem andava de um lado para o outro em frente à casa com uma grande placa onde se lia **ARREPENDA-SE!** Quando lhe pedira em casamento, enquanto uma multidão gritava ofensas do lado de fora, ela o olhara como se estivesse completamente louco.

Talvez, estivesse louco mesmo.

A primeira esposa de Arthur Rivers falecera. Ele tinha duas filhas, Milly e Faith, e ele e sua cunhada solteira com seus lábios sempre apertados (ele tentava não perceber aquela característica, uma vez que lhe era grato pela ajuda prestada), Agnes, criaram as duas meninas da melhor forma que puderam. Arthur Rivers amava as filhas, mas quando fora nomeado um dos primeiros detetives da nova divisão de polícia da Scotland Yard, a maior parte da responsabilidade ficara com a tia Agnes. Não era culpa das meninas que a mãe tivesse morrido e que a tia tivesse se tornado uma influência tão grande sobre elas nos anos de formação. Agnes lhes ensinara a tocar cânticos religiosos no piano que ele comprara com otimismo: esperara uma abordagem mais popular, mas aquele era o temperamento dela. Entretanto, quando Agnes as encorajou a espetar lindas borboletas do pequeno jardim em Marylebone com alfinetes afiados e emoldurá-las para enfeitar a parede da sala (sendo essa uma atividade bastante adequada para jovens damas respeitáveis, assegurara ela), o pai teve certeza de que estava perdido. Na hora certa, ambas as filhas conheceram jovens agradáveis, casaram-se e deixaram a casa de Marylebone. Ele se tornou um avô orgulhoso — chamaram o menino de Arthur também. E a cunhada presumiu que continuaria cuidando do detetive policial. Talvez (embora ele jamais tenha cogitado isso), ela esperasse por algo mais. Sejam lá quais fossem seus desejos mais íntimos, os lábios apertados da cunhada apertaram-se ainda mais quando compreendeu que Arthur não continuaria morando em Marylebone: *ele estava prestes a viajar para a América com uma assassina infame!*

— Cordelia Preston nunca foi condenada por assassinato, Agnes.

— Os jornais publicaram tudo sobre o assunto.

— Os jornais não necessariamente são um guia para a verdade, Agnes. Já lhe disse isso muitas vezes. Você e as meninas devem conhecê-la e julgarem por si mesmas. E o que quer que aconteça, Agnes, você sabe que o meu lar será sempre o seu lar.

O encontro, porém, não foi dos melhores. Tanto as filhas quanto a tia, compreensivelmente talvez, foram implacáveis em sua oposição a Arthur ir a qualquer lugar que não fosse a casa deles em Marylebone; haviam lido tantas manchetes difamatórias, infames e vergonhosas sobre aquela mulher indecorosa e sedutora (por pelo menos uma semana as pessoas em Londres não leram sobre mais nada) que recebê-la em sua respeitável casa era insuportável, e elas temiam que os vizinhos a vissem, mesmo que de relance. Para tornar a situação ainda mais desconcertante, nenhuma das três conseguia afastar o olhar daquela anti-heroína porque ela tinha olhos negros e profundos e tez tão límpida e pálida que as inquietava; além disso, uma mecha de cabelo branco assustadora brilhava por entre os fios negros. Elas não conseguiram tirar os olhos dela porque, embora já não fosse jovem, e embora fosse indecorosa, era linda.

Desde que Arthur Rivers partira para a nova vida, Agnes escrevia regularmente cartas lastimosas para o cunhado. Ele era um avô, seu lugar era em Londres, Agnes não estava bem: ele devia a ela estar em Londres, foi avô de mais uma criança e de mais outra. Será que aquelas pobres crianças teriam de crescer sem conhecê-lo? Será que não devia nada a elas? Ele também respondia com regularidade e costumava incluir algum dinheiro e, às vezes, desenhos de barcos que mandava para o neto, o pequeno Arthur. E contou à sua família londrina sobre aquela cidade grande e nova: Nova York.

Arthur Rivers e Cordelia Preston se casaram de forma discreta assim que chegaram; a filha de Cordelia, Gwenlliam (um antigo nome galês), servira de testemunha (embora por requisitos de publicidade a noiva tenha mantido o nome "Srta. Cordelia Preston"). Mas Arthur sabia (todos os membros da sua estranha segunda família sabiam, exceto talvez pela própria Cordelia Preston) que o amor dele lhe dava forças nos momentos difíceis, quando as lembranças do passado dela ameaçavam devastá-la. Ninguém sabia exatamente quais eram os sentimentos de Cordelia em relação a Arthur Rivers, nem mesmo ele. O amor trouxera tanta desgraça para a vida dela que, às vezes, ele pensava que ela jamais consideraria sentir aquilo outra vez. Amava Cordelia Preston: viu uma vez mais sua força e estoicismo quando ela entrou para o circo de Silas P. Swift. Em algumas ocasiões, porém, quando ela e sua melhor amiga, Rillie Spoons, riam sobre algo do passado perigoso que viveram, era naqueles momentos que Arthur vislumbrava a exuberância e a alegria da liberdade selvagem, vistosa e confiante que também deviam fazer parte de sua personalidade. Em algumas noites, chorava silenciosamente em seus braços e ele sempre a abraçava apertado: era tudo o que podia fazer e ela nada dizia. Ele também não falava sobre o seu passado. Não contava sobre as cartas de Agnes vindas de Londres; ele as pegava no grande posto dos Correios e as mantinha trancadas em sua mesa na delegacia.

Às vezes, porém, sentia como se centenas de pequenos cacos de vidro cobrissem o espaço entre eles.

Só possuía uma parte do coração dela. Ele amava Cordelia Preston, mas em seu coração agora carregava algumas farpas solitárias e sombras naquela terra estranha.

Logo que o detetive-inspetor Arthur Rivers chegou a Nova York as pessoas lhe faziam a inevitável pergunta:

— O que o senhor acha deste nosso maravilhoso país, a nossa América?

Ele sempre respondia:

— Inacreditável!

As pessoas sempre interpretavam sua resposta como um elogio e ele deixava passar. Era verdade que estava cheio de espanto e curiosidade sobre aquela cidade grande, nova e excitante com seus altos postes de telégrafo, o maravilhoso reservatório de água, a ruidosa e brilhante Broadway sempre cheia de gente, de lojas novas resplandecentes e nova-iorquinos barulhentos e agitados, sempre apressados, correndo e se acotovelando; o entusiasmo e o barulho, a ebulição e os sítios de construção, as vendas, o riso, os gritos e as manchetes de jornal.

Entretanto, em Londres, o policial inglês entendia as coisas. Compreendia a estrutura social de seu país e reconhecia como tudo funcionava. Principalmente na força policial. Sabia — é claro que sim — das pequenas desonras e contravenções cometidas por policiais londrinos do outro lado do oceano e, na verdade, sobre a corrupção dentro do pequeno mundo da Scotland Yard. Sempre havia maus policiais, mas costumava trabalhar com os confiáveis. E, em geral, havia mestres confiáveis. Mas ali, naquela cidade perigosa e violenta, naquela Nova York, o ancoradouro era mais escorregadio porque não compreendia muito bem o labirinto subjacente do policiamento de Nova York e não sabia ao certo quem era pago por quem para prestar qual serviço específico.

Um dos capitães da polícia, um sujeito agradável e direto, que ficou muito satisfeito quando recebera mensagens de Londres sobre um de seus detetives estar chegando a Nova York (pois notícias da Scotland Yard e de suas atividades já haviam chegado à América), foi bastante franco quando Arthur levantou (da forma mais delicada possível) a questão da corrupção.

— Não tenho como impedir isso — respondeu o capitão. — Faz parte da natureza dessa nova democracia.

O inglês meneou a cabeça, como se quisesse clarear os pensamentos. Era policial há muitos anos e entendia que as coisas funcionavam de forma diferente em Nova York, tanto na força policial quanto na população, mas nunca vira tamanha corrupção cívica escancarada — e nunca antes testemunhara um homem arrancar o nariz do outro com uma dentada e cuspir de volta na cara do outro.

E nunca vira nada como o porto de Nova York.

Na extremidade inferior da ilha de Manhattan, com o rio Hudson de um lado e o East de outro, Nova York operava o que provavelmente era o mais próspero e bárbaro porto marítimo do mundo. Estaleiros, cervejarias, fundições, fábricas, matadouros, tudo isso às margens do rio East. Centenas e centenas de embarcações importando mercadorias e pessoas para o novo mundo clamavam e lutavam por espaço nos píeres do rio; centenas de outros navios partiam em direção ao velho mundo repletos de algodão cru e grãos. Marinheiros assoviavam "Blow the Man Down" quando desembarcavam com seu pagamento no bolso em busca de diversão. Barcos vindos da América do Sul esbarravam em navios africanos, trazendo carregamentos de frutas e temperos exóticos; embarcações mexicanas e árabes lutavam com marinheiros europeus para atracarem e, em algumas ocasiões, vislumbravam-se lâminas de facas sob a luz do sol — e toda a atividade marítima contínua, caótica e febril significava que havia uma renda enorme e crescente entrando na cidade de Nova York: dinheiro, *muito* dinheiro — no ano anterior os impostos portuários haviam chegado a vinte milhões de dólares, uma soma inimaginável.

Não demorou muito para que o detetive percebesse que grande parte desses impostos ia direto para os bolsos dos oficiais da cidade: os conselheiros municipais. Os homens eleitos para administrar a cidade naquela nova democracia. E não demorou muito para que o detetive percebesse que os conselheiros municipais, *acima de todos*, desejavam continuar em seus gabinetes uma vez que chegavam lá. Para ser direto, estava claro que transações financeiras, digamos, *não convencionais*, se espalhavam pela cidade.

Ele viu esses Pais da Cidade, ricos e democratas, os conselheiros municipais, marchando, orgulhosos, nas paradas cívicas pela Broadway acompanhados por uma banda de música e balançando bandeiras americanas, com suas listras brancas e vermelhas e quadrado azul estrelado, cantando vigorosos:

> *Hail Columbia, happy land!*
> *Hail ye heroes, heav'n-born band*
> *Who fought and bled in freedom's cause*
> *Who fought and bled in freedom's cause...**

Então, não demorou muito para o detetive ver aqueles mesmos Pais da Cidade exigindo abertamente o pagamento de um quinhão para liberarem contratos de construção, concessão para o transporte por barcas, licenças

---

* Considerado o primeiro hino dos Estados Unidos, em tradução livre: "Aclamamos Colúmbia, terra da felicidade! / Aclamamos seus heróis, rebanho do paraíso / Que lutaram e sangraram em nome da liberdade / Que lutaram e sangraram em nome da liberdade." (N.T.)

para venda de bebida alcóolica e aluguel e licença para abertura de tavernas e venda de terras. Também esperavam receber pagamentos dos funcionários públicos da cidade a quem davam emprego — inclusive de policiais. Dessa forma, o inspetor Rivers descobrira, para seu espanto que, em Nova York, muitos *pagavam* para se tornarem policiais — porque sabiam que logo receberiam muito mais dinheiro além de seus salários: todo bordel, toda pensão barata e todo salão suspeito e estabelecimento ilegal e empresários esperançosos em Nova York pagavam abertamente um quinhão para os policiais para poderem continuar com seus negócios.

Os Pais da Cidade eram conhecidos por darem tanto quanto recebiam: grandes somas de dinheiro também eram pagas por eles em segredo para as pessoas de quem precisavam para se manterem no poder. Todo tipo de gente recebia um quinhão de pagamento deles, inclusive os receptores de imigrantes (aquelas pessoas solidárias com sotaque irlandês que aguardavam os viajantes nas docas).

— Sejam bem-vindos! — gritavam os receptores que se deparavam com novos imigrantes esperançosos, em geral, doentes e desnorteados ao desembarcarem. — Bem-vindos à América! Sigam-me, amigos, a Santíssima Mãe sorri para vocês! — E levavam os recém-chegados, de forma gentil e carinhosa, para receberem alimento e abrigo.

Arthur logo compreendeu, porém, que aqueles receptores sorridentes recebiam dinheiro de cada pessoa que desembarcava, em geral, desesperada, que levava para os refeitórios e albergues baratos — e o nome de cada um dos recém-chegados era anotado de forma cuidadosa em grandes cadernos. Viajantes exaustos e gratos, vários deles vindos da Irlanda, vindos de tão longe, fugindo da fome e da desgraça, em busca de uma nova vida em um novo país, *é claro* que prometiam votar em seus benfeitores quando fosse necessário. E era por aquele motivo que seus nomes eram escritos de forma tão cuidadosa nos grandes cadernos — para o caso de esquecerem tal promessa.

— É assim que o *american way of life* funciona, Art — repetiu o capitão quando o inglês voltou a lhe perguntar. — Olhe para a nossa prosperidade! Olhe para o porto! Olhe para a Broadway, uma das ruas mais bonitas e visadas do mundo! Tudo parte da nossa democracia.

— Democracia? É claro, *sir*, em *qualquer* sociedade civilizada a polícia, entre todas as pessoas, deveria ser nomeada de forma imparcial a fim de manter as leis da cidade e recebendo um salário para isso.

— A América é uma nova sociedade, Art — respondeu o americano. — Estamos tentando novas formas de fazer as coisas. Lembre-se: cada homem em Nova York tem direito ao voto, cada um deles. — (É claro que isso não incluía os negros.) — E cada imigrante também pode se registrar para votar. E se não gostarem do que está acontecendo podem tirar os chefes da cidade do poder e esses chefes sabem disso. Creio que não seja como em seu país! O seu conterrâneo, Sr. Charles Dickens, veio aqui há alguns anos e se preocupou, assim como percebo que você se preocupa, Art, sobre todos poderem governar, não apenas as pessoas inteligentes de certas classes. Ao que me parece, esse argumento depende da sua definição de inteligente.

O inglês baixou a cabeça. Estava em Nova York agora, não em Londres.

— Entendo o que quer dizer, *sir*.

— Art, por favor, não me chame de *sir*. Quantas vezes preciso lembrar-lhe? — (Outra coisa com a qual Arthur Rivers tinha de se acostumar: o uso imediato e casual do primeiro nome das pessoas assim que se conheciam. Nunca ninguém chamara Arthur Rivers de *Art*.) — Meu nome é Washington Jackson e todos me chamam de Wash.

Arthur Rivers gaguejou ao tentar esse novo nome.

— Bem, *sir*... Wash — (*Wash?*) — Entendo que este é um novo país com uma nova forma de fazer as coisas. Mas sou um policial, profissão que sempre acreditei ser honrada. Além de dinheiro ser aceito como suborno, vejo aqui confrontos violentos e cruéis acontecendo todas as noites entre violentas gangues rivais. A violência aqui é pior do que a das partes mais perigosas de Londres. E a polícia, os supostos guardiões da paz, se demonstrarem qualquer interesse que seja, não estão sendo, de forma alguma, imparciais! No meu país, a polícia precisa ser a figura impessoal da autoridade. Aqui, ela *toma partido!*

— Mas, Art, nossos policiais são membros de suas comunidades. É assim que o trabalho da polícia funciona aqui. Eles são escolhidos por suas comunidades de origem, onde às vezes são obrigados a usar os próprios punhos. Surpreende o fato de protegerem sua gente tal como sua família! — Washington Jackson era um homem muito agradável; falava de forma gentil, porém firme. — Ouça, Arthur, pelo menos quarenta barcos descarregam passageiros em nossa costa simultaneamente. *Centenas de milhares de imigrantes já chegaram aqui*, principalmente irlandeses e, chegam cada vez mais todos os dias, pois a entrada não é recusada a ninguém. A América precisa de gente, mas essa entrada ininterrupta de estrangeiros trouxe enormes problemas para a cidade, os quais você acredita serem tratados de forma não convencional. Ainda assim, um dia, alguns dos imigrantes que chegaram hoje, os inteligentes, os empreendedores e os afortunados, terão a chance de talvez dirigirem a força policial da cidade também! Você acha que essa chance existe para todos os homens de Londres? Acho que você precisa conhecer um pouco mais sobre os diferentes problemas que a nossa cidade enfrenta antes de nos criticar, Art. Equilibre toda a liberdade e a esperança com um levante popular não controlado! Agora, vamos aos negócios. Espero que fique em Nova York. Quero muito que trabalhe conosco.

Arthur compreendeu que precisava dar uma resposta.

— Estou interessado em entender como as outras forças policiais funcionam.

— Muito bem! Então, vamos ensinar a você! — E repetiu: — Quero que trabalhe conosco, Art, mas precisa saber algumas coisas sobre o submundo de Nova York antes de decidir, embora eu espere que não volte correndo para Londres aterrorizado!

— Tento não fugir das situações, Wash — respondeu Arthur Rivers, secamente.

— Então, temos sorte de conhecê-lo. — Washington Jackson analisou o honrado inglês. — Eu poderia levá-lo a Five Points, um lugar sem esperança, o fim da linha, onde a ralé irlandesa vive em prédios que estão afundando no pântano. As gangues cruéis de lá, os Pangarés Terríveis, os Coelhos Mortos, todos têm muita experiência em chutar a cara das pessoas com suas botas cravejadas de pregos ou em arrancar seus olhos. Mas vou poupá-lo de ir a Five Points. Tenho outros planos para você e não faltará oportunidade de presenciar chutes na cara e olhos arrancados nas docas. É ali que quero você, Art, nas docas.

O detetive não demonstrou nenhuma emoção ao ouvir seu destino.

— Mas antes, passaremos por Bowery — informou Wash. — Porque esse lugar é tão violento quanto Five Points, mas em Bowery ainda existe esperança, canto e riso. Saiba que eles não gostam de ingleses, mas nós o protegeremos! Diferente de Five Points, muitos membros de gangues em Bowery possuem empregos. Empregos simples, como garis e açougueiros, mas empregos ainda assim. E eles podem chutar a sua cara ou esfaqueá-lo pelas costas e jogar pimenta em seus olhos, mas ainda sabem se divertir. Então, vamos.

Ele enviou a ordem. Um grande grupo de homens diferentes se reuniu no pátio de baixo. O inspetor Rivers pareceu confuso quando olhou pela janela.
— Não usamos uniformes aqui, Art, como bem pode ver.
— Por quê, *sir*?
— Wash! Me chame de Wash! Os uniformes lembram as pessoas de coisas que desejam esquecer. Como pessoas dando ordens. Desculpe-me a franqueza, Art: o uniforme faz as pessoas se lembrarem dos ingleses. E não são apenas as pessoas comuns, os próprios homens não querem usar. Chegamos a tentar, mas temo que as pessoas... — O capitão deu um sorriso irônico. — ... zombaram e riram nas ruas e, depois disso, os policiais foram categóricos ao se recusarem a usá-los. Então, usamos uma estrela de cobre em nossos casacos para fins de identificação apenas. Ou seja, não usaremos uniformes nesse nosso curto passeio, mas iremos armados com cassetetes, pois lhe garanto de que não seria seguro de outra forma. — Ele pegou seu grosso cassetete de madeira de alfarroba, como informou a Arthur. — Olhe bem, Art: firme, durável e... — Bateu com ele na parede ao lado. — ... produz um som alto e inconfundível, principalmente quando batido em uma parede de pedra. Então, é bom sempre carregá-lo com você nas ruas e batê-lo no pavimento ou nas paredes e outros policiais virão correndo. — E, na verdade, depois de um breve momento apareceu um policial correndo em direção a eles. Wash explicou que estava apenas fazendo uma demonstração e todos riram e o policial voltou de onde viera. — E não devemos ficar muito tempo em qualquer um desses lugares. Tenho certeza de que ficará grato por isso. *Porcos.* Creio que essa tenha sido a palavra que o Sr. Charles Dickens usou para chamar as pessoas que moravam nessas áreas. Ele visitou Five Points e descreveu o local como um chiqueiro habitado por pessoas que viviam como verdadeiros porcos. Veja só, sou levado a crer que o nariz dele ficou desconcertado por não ter recebido a "deferência merecida" na América. Não fazemos deferência aqui. — O capitão Washington Jackson pegou algo embaixo da mesa. — Na verdade, Arthur, também tenho um revólver. Eu o carrego comigo de forma discreta, pois não é oficial, mas como vamos para as docas, onde machados e porretes cheios de pregos são a norma, ficarei mais tranquilo com o meu revólver. Então, vamos!
O contingente policial sem uniforme e carregando seus cassetetes saiu para a luz do dia e seguiu em direção a Bowery. Os policiais ouviram sons

altos e violentos antes sequer de chegarem: gritos, brigas, música, berros, carroças barulhentas, explosões, gargalhadas e acessos de raiva.

Parecia óbvio que havia muitas opções de entretenimento em Bowery: Arthur observou grandes teatros que já tinham visto dias melhores, pequenos salões anunciando melodramas, musicais e dança. Tapumes traziam anúncios: **MACBETH!**, exclamou um cartaz ilustrado com um desenho grosseiro de uma mulher seminua segurando uma adaga. **MENESTRÉIS NEGROS! (nenhum artista negro)**, exclamou outro. **JARDIM DA CERVEJA!**, dizia um terceiro, oferecendo tanta cerveja quanto uma pessoa conseguisse consumir direto da mangueira por três centavos. E, acima dos muitos prédios, baixos ou altos, a bandeira americana tremulava orgulhosamente com suas listras vermelhas e brancas e o quadrado azul com estrelas brancas: a bandeira da nova democracia.

Em todas as barulhentas vielas, havia porões imundos transformados em tavernas e clubes construídos sob construções pútridas de onde vinham sons de vozes e violinos. Mulheres de aparência perigosa se reuniam em volta de uma casa de penhores; algumas pareciam estar (para surpresa do inspetor Rivers) lixando as unhas para lhes conferir um formato pontiagudo enquanto gritavam convites obscenos para os policiais, que respondiam de forma afável. Uma banda tocava tambores e cornetas em jardins malcuidados, as pessoas cantavam músicas anti-inglesas com bastante satisfação:

> *I met with Napoleon Bonaparte and he took me by the hand*
> *And he said "How's poor old Ireland, and how does she stand?"*
> *"She's the most distressful country that ever yet was seen*
> *For they're hanging men and women for the wearing of the green."**

Em Bowery, então, havia música, como Wash prometera. E energia. Um grande grupo de homens jovens vestidos de forma estranha — quase almofadinhas afetados — caminhava e falava alto, cheios de vida e atrevimento: calças listradas, camisas de cores fortes, cabelos lambidos. Alguns deles usavam cartolas extraordinárias, bastante gastas, e levantaram os chapéus para o contingente policial.

---

* Tradução livre: "Encontrei Napoleão Bonaparte e ele pegou a minha mão / Ele disse "Como vai a pobre e velha Irlanda, e como ela aguenta?" / "É o país mais desgraçado que já se viu / Pois eles enforcam homens e mulheres por usarem verde." (N.T.)

— Exibindo seus pequenos distintivos de cobre, cavalheiros? — debocharam antes de explodirem em gargalhadas.

— Esses são alguns dos Irlandeses de Bowery — explicou Washington Jackson em voz baixa. — Uma das maiores gangues locais, eles costumam chutar, esfaquear e jogar pimenta nas pessoas. Durões, violentos e jovens: assaltantes, ladrões, falsários. Também costumam agir como bombeiros voluntários. Assim como muitos grupos, possuem o próprio equipamento contra incêndio e são conhecidos por matarem uns aos outros para chegarem ao hidrante primeiro! Mandam um corredor na frente para se sentar sobre ele e lutar com os outros enquanto levam o equipamento particular até o fogo! Em Bowery, eles preferem deixar as casas queimarem até o chão do que perderem a corrida para apagar o fogo. Na verdade, eles mesmos devem começar esses incêndios só para se divertirem.

— São todos irlandeses aqui em Bowery?

— Não, embora os chamemos de *Irlandeses de Bowery* como um todo, mas assim como em muitas gangues, há outros imigrantes: franceses, italianos, alemães, todos misturados com os irlandeses, *sendo que* nas gangues de Bowery, em particular, há ainda os americanos nativos.

O inspetor Rivers pareceu espantado.

— Nativos?

— Por americanos nativos — explicou Washington Jackson, rindo — você, como inglês, deve estar pensando que estou falando dos índios, que desapareceram, mas não. Este termo é usado aqui, de forma orgulhosa, para se referir aos nascidos na América. Eles se veem como verdadeiros americanos e se referem a si mesmos, sem nenhum resquício do senso de superioridade que vocês ingleses veem no uso de tal palavra, de *americanos nativos*. Eu mesmo tenho orgulho de dizer que sou um americano nativo.

Arthur Rivers digeriu a informação.

— Então, o que une todos esses diferentes garotos de Bowery sem que acabem se matando entre si?

O capitão deu de ombros.

— Juventude, energia. Quem consegue beber mais cerveja, gritar mais alto, arrancar a cabeça de ratos com os dentes, desafiar a morte e todas essas coisas heroicas! Todos eles têm facas e porretes e coturnos. Alguns também carregam revólveres. Mas, aqui em Bowery, preferem resolver os problemas primeiro com os punhos. E, então, nas noites de sábado, como todos os jovens com um bocado de energia e um pouco de dinheiro, vestem as melhores roupas e se encontram com garotas e dançam os novos ritmos nos salões de Baile. A valsa pode ser condenada em Astor Place, com toda aquela coisa de segurar as garotas e passar a mão nelas de maneira imoral, mas está no auge em Bowery!

Na multidão perto de um dos teatros, onde jovens vestidas de forma alegre carregavam cestas e cumprimentavam os garotos com suas cartolas, alguém, de repente, gritou, mas se era de animação ou de terror, ninguém soube dizer.

— Esta é a Bowery, Art: brutal, violenta e cheia de vida. Agora, o verdadeiro motivo desta excursão: seguiremos para as docas. — O capitão deu as ordens para os homens e eles partiram novamente, desta vez, em direção ao rio East. Alguns deles piscaram para as mulheres de Bowery como se talvez as conhecessem de forma mais íntima enquanto assoviavam a balada irlandesa "The Wearing of the Green", e marchavam. Arthur Rivers já trabalhara em muitas ruas violentas em Londres, mas sentiu que realmente estava em uma terra estranha enquanto os sons de Bowery ecoavam atrás deles.

— Meu Deus! — foi tudo que disse quando chegaram à Cherry Street.

— Esta costumava ser uma das partes mais elegantes de Nova York — observou o capitão em tom ameno. — Mas, agora, Water Street, Cherry Street, Pearl Street e todas as demais ruas no entorno das docas do rio East talvez sejam as mais perigosas de todas. Entretanto, esta rua em que estamos, a Cherry Street, recebeu esse nome devido às lindas flores de cerejeiras e era aqui que George Washington vivia quando se tornou presidente. — O rosto de Arthur, vendo casebres sombrios e tavernas ainda mais escuras, enquanto sentia os odores fétidos e ouvia os sons suspeitos, demonstrou dúvida. — Asseguro a você, Art, havia mansões aqui não há muito tempo. Mansões bonitas e flores de cerejeira. Então, mais e mais imigrantes começaram a chegar e os antigos nova-iorquinos se mudaram para o norte. — Então, o tom amistoso do americano se alterou. — Esta área da cidade também abriga as cargas lançadas ao mar — informou ele. — Como Five Points. Mas de uma classe diferente.

Então, acrescentou algo, falando bem devagar, como um aviso:

— Ouça bem, Art: tenha mais cuidado nesta região do que em qualquer outro lugar, pois aqui existe uma energia sombria e perigosa, além da decadência. Permita-me apresentar-lhe ao território de Nova York agora dominado não mais por George Washington, mas por piratas do rio: os Anjos do Pântano, os Caudas Curtas. No entanto, tenha ainda mais cuidado com os Garotos do Alvorecer que, em minha opinião, são a gangue mais violenta da cidade. Os Garotos do Alvorecer — repetiu ele. — Alguns deles não passam de meninos. Sempre à espreita na área do rio bem antes do amanhecer com seus remos silenciosos e cavilhas bem lubrificadas, como fantasmas assassinos e furtivos. — E talvez o capitão tenha suspirado. — Pelo menos, em Bowery, eles brigam às claras e riem do lado de fora dos salões de música. Pelo menos, em Five Points, não há nada o que esperar. Mas, nesta área, próxima às docas, é onde as transações mais obscuras ocorrem, de dia ou à noite, em algum lugar sob os grandes prédios dos cortiços, com passagens subterrâneas secretas que levam ao rio. Hoje evitaremos os antros de jogatina nos porões onde grandes ratos famintos são jogados para lutarem contra cães esfomeados, mas sabemos que muitas mercadorias importadas são escondidas bem aqui, nesta área. E marujos que desembarcam podem encontrar alojamento e garotas aqui, mas costumam nunca mais voltar para seus navios.

O grande contingente de policiais, agora apreensivos, seguiu adiante com as mãos nos cassetetes. Nada de assovios naquele momento, enquanto cruzavam a Cherry Street, passando por espeluncas, bordéis, casas de penhores e quitandas, mantendo os olhos atentos para evitarem as latas que, segundo Wash contou a Arthur, eram atiradas das janelas mais altas sobre os intrusos.

Quase sem acreditar, Arthur leu numa placa quebrada: PARADISE BUILDINGS.* As portas e janelas despedaçadas ou destruídas estavam soltas feito pipas, presas e velhas. Do lado de dentro, podia ver escadas e corredores deteriorados e cômodos sombrios e lotados. Do lado de fora, degraus quebrados levavam às galerias subterrâneas. E, em todos os lugares, se ouvia um barulho inquietante, contínuo, incontido e violento: crianças gritando, gente berrando e algo semelhante a uma risada maligna.

— Agora faremos uma breve visita às galerias de Paradise Buildings, Art — sugeriu Wash. — Para que nunca esqueça! Há uma tubulação que corre em algum lugar sob esses prédios.

---

* Morada do paraíso. (N.T.)

Arthur sentiu-se inquieto: pensou nos cães e ratos famintos. Desceram por degraus úmidos, cobertos de lodo. Agora um lampião da polícia iluminava os porões fétidos e enlameados. De repente, viram, iluminadas pelo lampião, diversas fileiras de banheiros; muitos deles estavam sendo usados e os ocupantes não ficaram nada satisfeitos com o contingente policial que chegava sem ser convidado: xingamentos ecoaram e um monte de bosta foi atirado aos pés de Wash. Um líquido desconhecido escorria pelas paredes e o fedor que pairava no ar era de revirar o estômago. O que mais havia nessas galerias, perguntou-se Arthur, tentando enxergar na escuridão asquerosa: alçapões, passagens secretas, armários ocultos cheios de ratos? Túneis? Cadáveres? Pessoas? Ao saírem daquele buraco do inferno, um grande número de pessoas havia formado grupos em frente aos prédios da Paradise Buildings: mulheres com expressões neutras, crianças imundas, muitos jovens de aparência ameaçadora, usando brincos nas orelhas. Os malditos e violentos encaravam de forma sombria e silenciosa os policiais.

Arthur Rivers também os encarou.

— E estes também têm direito ao voto?

— Todo homem que se registra tem direito ao voto. Já expliquei. Em uma democracia, você não pode escolher quem pode e quem não pode votar.

Não houve qualquer sugestão para entrarem; o capitão deu um sinal e o contingente seguiu adiante.

— Como eu disse, suspeitamos que muitos marinheiros estrangeiros tenham encontrado seu fim nos canos lá de baixo: roubados e assassinados e jogados no rio East. Oh, e uma das suas conterrâneas é bastante conhecida nesta área.

— Como uma Dama da Noite?

O capitão soltou uma gargalhada.

— Pode-se dizer que sim. Ela trabalha em um bar famoso. Deve ter pelo menos um metro e oitenta e tem um estilo inconfundível: sua saia é presa por um suspensório masculino e ela carrega mais facas do que um açougueiro. Gallus Mag é como a chamam. Alguém me disse que *gallus* é a palavra que os escoceses usam para suspensório, mas tenho para mim que o verdadeiro significado é bruxa velha e louca. Pode escolher.

Foi como se suas palavras tivessem conjurado uma aparição. Na esquina, uma multidão de repente saiu de uma taverna aos gritos, no final de um beco.

Sucedia uma briga violenta e, no meio das pessoas, mesmo a vários metros de distância, dava para ver — e ouvir — uma mulher alta e descabelada se jogar sobre um homem enquanto gritava impropérios. Talvez sob a fraca luz do sol que passava por entre os prédios tenha brilhado a lâmina de uma faca enquanto caía. Quando os policiais relutantes — segurando firme os cassetetes — chegaram à taverna, a multidão já havia dispersado. Entretanto, uma trilha de sangue levava para um beco estreito e escuro. O beco os levava de volta para Paradise Buildings.

A polícia se aproximou da passagem coberta de sangue com cuidado: parecia estar vazia.

O capitão de polícia empunhou seu revólver e fez um sinal para que todos os homens erguessem os cassetetes. Assim, entraram pela porta da taverna escura e proibida: HOLE IN THE WALL*, dizia uma placa desbotada. Quando os olhos do policial inglês se acostumaram à escuridão, não havia sinal de nenhuma mulher inglesa alta usando uma saia presa por suspensórios masculinos. Mas poderia jurar que vira, em uma prateleira atrás do bar, um recipiente de vidro cheio de orelhas humanas.

O que nenhum dos policiais viu foi uma figura alta observando silenciosamente sua partida de uma pequena janela suja, bem no alto de um dos prédios de Paradise Buildings. Ela percebeu que havia um homem novo entre eles e pensava ter ouvido um sotaque inglês: *o que a merda de um inglês está fazendo aqui com esse bando de policiais?*

Então, aquela foi a excursão educativa e escoltada que fez assim que chegou a Nova York, por amor. Da janela da sala do capitão no Departamento de Polícia atrás da Prefeitura dava para ver plátanos, que, a julgar pelo que haviam visto, pareciam uma miragem. No caminho de volta, passaram pelo parque da cidade, onde crianças bem-vestidas brincavam ao lado de um chafariz. Em sua sala, após a excursão, Washington Jackson ofereceu um charuto a Arthur Rivers, assim como um emprego.

— Agora você conheceu outra parte de nossa cidade democrática — disse ele, irônico, enquanto acendia os charutos de ambos. — Mas tive um bom motivo para essa pequena saída. Eu ficaria muito grato de ter sua ajuda e ouvir seus conselhos sobre algo. Sabemos que Paradise Buildings, Cherry Street, Water Street e locais como a taverna Hole in the Wall são os lugares de

---

* Buraco na parede. (N.T.)

onde os piratas do rio, os contrabandistas e engambeladores de marinheiros operam seus negócios.

— Será que realmente vi um vidro cheio de orelhas humanas?

— Viu sim. A sua conterrânea é conhecida por mantê-las em um vidro com álcool, do mesmo modo que os homens marcam a coronha dos seus revólveres. Dizem que ela arranca as orelhas com os *dentes*, mas não sei se isso é verdade ou não. Gallus Mag é uma força que se deve levar em conta: louca como o chapeleiro e costuma se comunicar usando frases de Shakespeare.

— Apesar do vidro de orelhas, Arthur riu, incrédulo. — Porém — suspirou Wash. — Não devemos achá-la engraçada. Ela pode falar um monte de baboseiras ou o que quer que seja que aquelas bruxas recitem em *Macbeth*. E talvez ela seja apenas uma louca violenta: não sabemos, mas suspeitamos que aquela velha bruxa tenha muito mais poder lá nas docas do que parece.

— Por que não prendê-la? É apenas uma mulher.

— Uma vez, fomos àquele bar, quarenta homens. Depois de uma briga particularmente violenta, orelhas perdidas e homens mortos, não se via sinal de uma inglesa alta cuja saia é presa por suspensórios escoceses. E foi depois dessa excursão que nos demos conta de que, embora alguns de nós já a tenha visto, ela nunca está lá quando nós estamos.

— Talvez ela seja uma dessas figuras míticas das quais as pessoas adoram falar: uma louca que arranca a orelha dos homens com os dentes, mas que não existe!

Você certamente a viu hoje, Art, bem no meio da luta. Também a ouviu. E o que restou quando chegamos até lá? Uma trilha de sangue levando a um beco. E, como sempre, nada de Gallus Mag. — Washington Jackson deu uma longa tragada no charuto antes de continuar. — Porém, o que quero dizer sobre Water Street e Cherry Street é o seguinte: até mesmo os Pais da Cidade, que, como você já entendeu, são bastante permissivos, *não podem* aceitar essa violência extrema e a perda de renda provocada pelos gatunos noturnos que saqueiam até os navios nas docas antes de eles serem descarregados. Recebemos importações valiosas: tabaco, álcool, barras de ouro e prata, medicamentos, fardos de tecido de algodão dos moinhos ingleses. Sal, temperos, quadros antigos, joias, açúcar, seda, ópio e muito mais. Os Garotos do Alvorecer estão se tornando extremamente arrogantes. Muitas dessas valiosas mercadorias estão sendo roubadas. Os engambeladores das docas sequestram muitos marinheiros estrangeiros e os jogam em outros navios; isso se não os roubarem e matarem primeiro. Essas notícias estão correndo depressa à medida que o porto ganha mais fama. Não podemos permitir que uma má reputação interfira ainda mais nos negócios de Nova York.

— A polícia não pode fazer nada?

— Você já tentou policiar marinheiros, Art, quando chegam a um porto novo dispostos a se divertir e com os bolsos cheios de dinheiro? Estamos interessados em lidar com a pilhagem de mercadorias que chegam nos navios quando aportam e não com marujos bêbados. Temos de descobrir um jeito de lidar com isso.

— Sou um detetive, Wash. Não imagino como minhas habilidades poderiam ser usadas no rio East.

— Mas você poderia observar os padrões de pilhagem. Isso talvez seja trabalho para um detetive?

Arthur Rivers deu um longo suspiro: percebeu logo como seria.

— Não existe nenhum tipo de força policial para o rio?

— Não, não existe. Mas... — O americano bateu a cinza em um grande cinzeiro de latão com o formato do rosto de George Washington. — Eu gostaria de colocar à sua disposição meia dúzia de homens e ver o que você consegue fazer.

Arthur, na verdade, riu.

— Meia dúzia de homens no rio East para policiar as docas de dia e de noite? — perguntou, descrente. — O rio East tem quantos ancoradouros? Cinquenta? Há centenas de navios lá!

— Mas como eu disse, você poderia observar os padrões. As ações são organizadas? São aleatórias? Isso é o início. E as gangues não o conhecerão por um tempo, o que lhe protegerá. Mas temos de mostrar resultados. As gangues, todas as gangues de Five Points, Bowery, Paradise Buildings e Hole in the Wall terão de saber que nem mesmo seus amigos na prefeitura podem permitir a violência no rio e nas docas. Pois é dali que vem o sustento financeiro da cidade. E não se deve interferir nesses negócios.

Arthur meneou a cabeça. Queria dizer: *tudo isso explodirá um dia*. Em vez disso, respondeu:

— O seu chefe, o homem que administra tudo isso. Qual é a opinião dele?

O capitão tragou o charuto. A princípio, Arthur achou que ele não fosse responder. A fumaça pairou no ar. Do lado de fora, podia ouvir ao longe o som de vozes de crianças enquanto brincavam na água do novo reservatório que jorrava no chafariz. Um vidro cheio de orelhas humanas não muito longe dali parecia um pesadelo horrível.

Era verdade, como o americano lhe contara, que os primeiros nova-iorquinos haviam dançado com o próprio George Washington em bailes elegantes, nas belas casas de Cherry Street, em uma época em que as janelas e as portas não balançavam de forma precária e desesperada pelas dobradiças. Mas, agora, Washington Jackson sabia, atrás das cortinas nas notórias quitandas, naquela mesma área havia outra dança, completamente diferente: o dinheiro trocava de mãos entre vários parceiros, por serviços diversos prestados naquela ainda nova e próspera cidade — Nova York.

— A democracia é um negócio confuso, Arthur Rivers — suspirou o capitão de polícia, dando mais uma tragada em seu charuto e observando a fumaça azulada e pesada se elevar no ar.

Pois havia pessoas importantes e poderosas naquela dança de suborno e corrupção. Conselheiros municipais — e sim, policiais do alto escalão — *se associavam* a alguns dos homens que viviam em becos escuros, poluídos e em declínio do lado de fora das quitandas ou em moradias fétidas e imundas nas margens do rio. Os líderes das gangues poderiam recrutar um exército de homens se necessário, cuidar de certos negócios ou fazer algum protesto. Os líderes das gangues eram pagos por esses serviços e ajudavam a manter a renda imensa e cada vez maior desta violenta cidade portuária nas mãos dos conselheiros municipais eleitos democraticamente. Aqueles homens com tantos favores a conceder.

Assim, quando finalmente respondeu, enquanto as crianças brincavam no parque com a água fria e límpida, o capitão pareceu escolher as palavras com muito cuidado.

— O chefe de polícia de Nova York quer uma polícia para o rio. Ele ficará feliz com sua ajuda. Mas não conte muito com um verdadeiro apoio por parte dele. — Washington Jackson tragou o charuto. — Digamos que há muita coisa acontecendo entre os diversos círculos de poder de Nova York que você, como estrangeiro, nunca entenderá. Para ser chefe de polícia desta grande cidade, um homem precisa responder a muitas facções díspares. Ele já foi descrito por alguns como um pedaço estragado e podre de gordura e mesquinhez.

Então, o capitão Washington Jackson, da força policial de Nova York, apagou o charuto na cara de George Washington.

***

Nos dias e noites e nas semanas e meses em que o detetive inglês trabalhou nas docas do rio East, ele mal teve qualquer apoio confiável. Trabalhou por muitas horas, usando apenas seu instinto de detetive e uns dois homens leais e sinceros em quem sabia que podia confiar: muitos membros da força policial, incluindo homens da sua pequena equipe, se ressentiam dele e de seus métodos ingleses e — em particular — de sua recusa em receber dinheiro por fora. (Arthur Rivers faria bom uso do dinheiro extra: tinha muitas pessoas que dependiam dele, mas jamais pensaria em pegar aquele "dinheiro fácil".) Por um longo tempo, parecia que não fazia a menor diferença naquele lugar enorme, selvagem, difícil e perigoso, onde o nevoeiro noturno descia, que também era um local excitante com tesouros valiosos e comercializáveis, de grande interesse para muitas pessoas por diversos motivos.

Ainda assim, depois de muitos meses e bem devagar, obteve algum sucesso. Apenas com o conhecimento de policiais de sua confiança, Arthur criou um sistema em que os navios com cargas mais valiosas mandavam um aviso com antecedência de modo que uma guarda adequada pudesse estar a postos até que a carga fosse descarregada e seguisse seu caminho, entrando na próspera cidade ou seguindo para o oeste para atravessar a América em constante expansão. Entendeu que os Garotos do Alvorecer usavam um bar antigo em Slaughterhouse Point como quartel-general. Descobriu moradores de Water Street insatisfeitos e que poderiam ser persuadidos a dar informações. Ficou claro que os ambulantes de Ragpickers Row, que batiam latas e tocavam sinos enquanto puxavam suas carroças cheias de mercadorias de segunda mão para vender nas ruas de Nova York, costumavam ser usados para comercializar os bens roubados nas docas. Nos últimos tempos, várias das gangues silenciosas que agiam no rio haviam sido presas e várias mercadorias chegaram a ser devolvidas aos legítimos donos. Corpos de vagabundos começaram a ser jogados no rio em vez dos de vigilantes. Os Pais da Cidade ficaram satisfeitos (desde que determinados "parceiros de negócios" não fossem condenados se as coisas chegassem a um ponto crítico) e pareciam não perceber a ironia da lealdade dividida.

Entretanto, os "parceiros de negócios" dos Pais da Cidade não estavam nada satisfeitos.

E aquele foi o motivo pelo qual começaram a falar, principalmente nos últimos tempos, entre repolhos, aipos e alfaces, atrás das cortinas das quitandas, sobre um tal policial. Um policial *inglês*.

— Por que um inglês está trabalhando na polícia de Nova York? Quem permitiu isso?

Ninguém sabia responder a essa pergunta.

— Já lhe oferecemos um quinhão?

— Ele não aceita dinheiro.

— Bem, ele está se tornando um grande problema. Peguem-no.

E, nas sombras, uma mulher alta e violenta deu um breve sorriso e passou pela cortina da quitanda da Cherry Street (a rua na qual, certa vez, George Washington dançara, cheio de orgulho).

9

Marylebone
Londres

Estimado Arthur,
Espero que esta carta lhe encontre bem ao me deixar. O tempo que as missivas levam de Londres para Nova York é longo e tão incerto que, como sempre, minhas mãos se enchem de temor e ansiedade: esta é a vida que o senhor legou à sua família deixada aqui na Inglaterra.
 Estou escrevendo neste momento específico para lhe contar que sua filha Millie deu à luz o quarto filho, uma menina, por fim, a quem, é claro, chamamos de Elizabeth, em homenagem à amada mãe de Millie e Faith, ou seja, minha falecida irmã e sua adorada esposa. Uma vez mais uma criança nasce sem a presença do avô materno e essa ausência é intensamente sentida por todos nós e eu sou a única parente para Millie e Faith!
 Desejo que encontre no seu coração vontade de deixar aquela pecadora para trás e voltar para a Grã-Bretanha, pois precisamos da sua ajuda aqui. Fred, o marido devasso de Faith, se eu puder ser ousada o bastante para dizer isso, se machucou um pouco nesta semana ao descer de um dos muitos ônibus que lotam as ruas. Tivemos sorte de não ter ocorrido o pior e estamos felizes por seu emprego na escola não ter sido afetado. Não cabe a mim dizer se ele estava bêbado, mas tenho notado que ele tem uma inclinação para bebidas alcoólicas. Isso não o persegue, Arthur Rivers?
 E Faith tem quatro filhos que precisam ser sustentados de alguma forma. Como o senhor pode perambular por este país desleal com

sua meretriz pecaminosa, enquanto sua filha sofre, é algo que não consigo compreender. O que me serve de consolo é que o Senhor nos julgará a todos quando o dia chegar.

Fui informada de que o príncipe Albert defende a ideia de que o novo telégrafo do Sr. Morse seja colocado sob o oceano Atlântico por um tubo e puxado por um navio a vapor até chegar à Inglaterra. Ele – o príncipe – é um homem cheio de ideias, algumas das quais talvez sejam um pouco vulgares e modernas demais para este país velho e histórico. Mas sendo um alemão, o que mais poderíamos esperar?! Nossa querida rainha tem muito o que tolerar.

Se eu estivesse bem escreveria mais, porém o tempo cobra caro e eu encerrarei a mensagem.

Sua cunhada zelosa,
Agnes Spark (Srta.)

PS: recebemos sua contribuição financeira. Sétima parcela.

10

O circo: a hora dos sonhos por apenas uma noite em uma cidadezinha minúscula chamada Hamford, a muitos quilômetros a oeste de Nova York.

Os lampiões dentro da Grande Tenda lançavam uma luz quente, suave e singular, atraindo a multidão ao entardecer a atravessar a plantação em direção a um lugar mágico e encantado: o circo. Nas sombras da parte de trás da tenda, sem ser visto pelo público que a lotava, havia um elefante indiano. Orelhas pequenas, presas de marfim, olhos melancólicos e inteligentes: o elefante aguardava com muita paciência. A tromba estava enrolada na alça de um grande cesto sobre rodas, que nada mais era do que a versão de Silas P. Swift de uma dessas novas invenções chamada *carrinho de bebê*. Dentro do carrinho, havia um pequeno bebê elefante: as orelhas escapavam de um gorro de tricô feito especialmente para ele e a pequena tromba balançava de um lado para o outro.

A multidão dentro da tenda sentia o cheiro de lona e serragem, de animais exóticos e lampiões, enquanto gritavam uns para os outros, todos ávidos e impacientes. Homens cuspiam grandes talos de fumo mastigado os quais pousavam sobre as paredes da tenda e escorriam lentamente, deixando manchas escuras na lona. Mulheres com chapéus coloridos chamavam suas amigas em tom alto e ansioso, rindo e acenando; crianças brincavam no chão; ninguém parecia se preocupar com a lama nas botas, nos vestidos ou no rosto, enquanto aguardavam, sentados ou em pé. Mal continham a animação, enquanto olhavam a serragem que cobria o picadeiro iluminado por lampiões e para os trapézios, presos no teto alto, tão silenciosos, sombrios e estranhos.

A chegada do circo foi o acontecimento mais excitante em Hamford. Como esperaram: fazendeiros e comerciantes, cordoeiros e ferreiros, curtidores de couro e marceneiros e suas esposas e filhos; como esperaram pelo dia em que eles entrariam na cidade ou caminhariam pelas estradas solitárias até a rua principal, onde os donos de loja logo fechariam seus estabelecimentos ou puxariam suas carroças de mercadorias e todos se apressariam para a Grande Tenda que aparecera de forma milagrosa naquela tarde no campo — erguida logo depois da procissão exótica e brilhante do circo pela rua principal, com a banda tocando alto. As pessoas de Hamford fizeram fila para pagar enquanto o mestre de cerimônias do circo, com sua casaca vermelha, gritava pelo megafone e pegava o dinheiro (no lugar do Sr. Silas P. Swift, que voltara às pressas para Nova York).

— DIRETAMENTE DA SELVA DA ÍNDIA! — gritava ele, ou: — DIRETAMENTE DO POLO NORTE! — ou: — DIRETAMENTE DAS ARÁBIAS! — ou: — DIRETAMENTE DO COLISEU EM ROMA! VENHAM! VENHAM TODOS! SENHORAS E SENHORES! VENHAM VER O LINDO BEBÊ ELEFANTE! VENHAM! VENHAM TODOS! VENHAM VER A FANTASMA ACROBATA DIRETAMENTE DE LONDRES, INGLATERRA, QUE APARECERÁ DOS CÉUS PARA AJUDÁ-LOS NESTA NOITE! VENHAM! VENHAM TODOS, SENHORAS E SENHORES! APENAS 40 CENTAVOS. AS CRIANÇAS PAGAM APENAS 20 CENTAVOS! VENHAM VER O INCRÍVEL CIRCO DO SR. SILAS P. SWIFT!

Naquele momento, na tenda, o barulho da multidão que aguardava ficava cada vez mais alto: então, de repente, a banda entrou. Homens vestindo uniformes azuis brilhantes (talvez os únicos uniformes tolerados nos Estados Unidos fossem os de músicos de banda) começaram a tocar uma música e, quase ao mesmo tempo, o mestre de cerimônias do circo, usando casaca vermelha, cartola e carregando um grande chicote (o dinheiro trancado em um grande cofre em uma das carroças), adentrou o centro da tenda pulando sobre um palco bem iluminado. O público, sentado nas tábuas de madeira, aplaudiu e o mestre de cerimônias ergueu o chapéu em saudação. Então, usou o chicote: **CRACK! CRACK!** E o som reverberou ao redor da Grande Tenda. E sempre, de alguma forma, nas pequenas e grandes cidades de todo o país, sempre acontecia a mesma coisa: as pessoas prendiam a respiração porque chegara o momento, tudo em volta deles era como um sonho. A magia do circo.

Os palhaços com rosto branco e grandes sorrisos vermelhos, narizes de borracha e sapatos enormes surgiram das sombras, gritando sobre a banda, rindo e chamando as pessoas de Hamford, que imediatamente gritavam de volta, *Oi! Olá!* Os palhaços devam saltos mortais e cambalhotas, tropeçavam nos próprios sapatos e batiam uns nos outros; faziam malabarismo com pequenas bolas coloridas, as quais, às vezes, jogavam para o público, que lutava bravamente entre si para possuir tal tesouro. Os palhaços carregavam uma grande rede, como a de um pescador: às vezes jogavam um ou outro na rede para o delírio do público, principalmente das crianças, jogavam a vítima para cima e para baixo e ela parecia voar de forma desajeitada: **BRAVO! VIVA!**

Depois de o chicote estalar mais duas vezes, um cacique entrou galopando no picadeiro com um penacho adornando-lhe a cabeça, o rosto pintado, brincos nas orelhas e cordões no pescoço: controlava doze cavalos com cobertores coloridos. Todos os animais circundaram o picadeiro, trotando cada vez mais rápido, seus cascos levantando lama e serragem; então, a um comando do cacique, todos ergueram os cascos dianteiros de forma graciosa seguindo o ritmo da banda: *cavalos dançarinos!* O público, independentemente do que pensasse sobre os índios pele vermelha, ficou impressionado. Então, logo que os cavalos se curvaram — *vejam os cavalos estão fazendo uma reverência!* — o triste elefante mencionado anteriormente, com as orelhas balançando, surgiu das sombras, empurrando com a tromba um grande cesto sobre rodas. O bebê elefante foi logo visto e o público gritou extasiado: *Ooooooooh!,* exclamavam eles, *ele veio da selva indiana! Aaaaaaah, veja que gracinha o pequeno! Vejam, vejam a touca de tricô! Que fofura!* O mestre de cerimônias do circo com seu casaco vermelho fez um movimento: **CRACK!** Estalou o chicote e o elefante que empurrava o seu bebê no cesto sobre rodas parou por um instante e ficou em pé sobre as patas traseiras, como os cavalos haviam feito antes, e acenou com a tromba. Então, delicadamente, pousou as patas dianteiras no chão, colocou a tromba sobre a alça do carrinho e caminhou calmamente pelo picadeiro: os olhos sábios observavam o público; eles podiam ver a pele cinzenta, enrugada e marcada do elefante. Os cavalos, mantidos juntos pelo cacique que falava com eles em tom tranquilo, como se fizesse um encantamento, tocaram os guizos nos arreios e a banda continuava a tocar.

— A Rainha Vitória da Inglaterra encomendou três dessas novas invenções: o carrinho de bebê! — anunciou o mestre de cerimônias de forma triunfal pelo megafone que amplificava sua voz, e a multidão gritou novamente.

Mencionar a rainha da Inglaterra era sempre uma aventura, não dava para saber a reação que causaria. Naquela noite, o grito da multidão foi de zombaria: *ela deve ter tido bebês gigantes! Hahaha!* Mas o mestre de cerimônias (encorajado por Silas P. Swift) gostava de provocar, elevando a animação aos níveis mais altos possíveis.

Agora, engolidores de fogo saíram da escuridão; anões apareceram logo atrás deles, pulando uns nos ombros dos outros, fazendo malabarismo com tacos de madeira; um camelo corcunda e exótico foi levado para o centro do picadeiro, seus olhos piscavam por causa das luzes. E, sempre, entre os gritos de **BRAVO!** e **VIVA!**, os artistas conversavam entre si, enviando mensagens uns para os outros sobre os números, sobre o público, contando piadas, cronometrando tudo cuidadosamente — usando a conversa constante, secreta e regular do circo. O camelo balançou de um lado para o outro e andou de forma tão delicada, coberto com valiosas e luxuosas tapeçarias (bem, na verdade, cobertores bordados com contas brilhosas pela costureira dos figurinos). **BRAVO!** As contas brilhavam como joias sob a luz dos lampiões que iluminavam todos os cantos. **DE PÉ!** O camelo elegante com sua corcunda estranha virou o pescoço comprido de um lado para o outro como se não acreditasse no próprio destino; então, o chicote estalou uma vez mais e o animal subiu no palco do mestre de cerimônias com suas pernas finas e cambaleou, ainda que graciosamente, até descer do outro lado, enquanto os engolidores de fogo corriam engolindo grandes chamas e soprando-as no ar. Os tambores rufavam cada vez mais alto e as pessoas gritavam: *Viva! Viva!*

Agora, homens com jaquetas brilhantes entraram no picadeiro: os cauböis mexicanos, os *charros*, seguidos por uma matilha de cães; pegaram os cavalos que os aguardavam, galopavam por um instante em um, depois pulavam para outro, galopavam mais um pouco e estimulavam os cavalos a correr, enquanto os cachorros latiam e os seguiam. Os mexicanos pularam uns nos ombros de outros, formando uma pirâmide humana. O público aplaudia, gritava e balançava no ritmo da música e os homens animados, mesmo que os cavaleiros fossem mexicanos, cuspiam tabaco, manchando ainda mais a tenda com gosma escura. E, durante todo o tempo, serragem e lama voando para todos os lados, gritos em espanhol se elevando no ar, cavalos suando, cachorros latindo, homens suando, música tocando, cheiro de animais, barulho e animação: *Oh! O circo!*

CRACK! CRACK! O chicote cortou o ar: a multidão se aquietou quando duas jaulas foram colocadas no centro do picadeiro, puxadas por dois cavalos separados e cada qual era acompanhada por um treinador com um chicote na mão. Em uma das jaulas, um leão rugia e, a cada rugido, o treinador, que tinha apenas um braço e vestia uma toga romana, acertava as barras com o chicote, e o leão rugia de novo e arreganhava os dentes e o público gritava. Algumas vezes, um cavalo se assustava e se erguia nas patas traseiras, sendo acalmado por um som estranho feito pelo cacique. Quando o público voltou sua atenção para uma jaula ainda maior, viram um enorme urso branco e sujo, que parecia não ligar para o chicote e se perguntaram *por que enjaular um urso? Olhem para ele! Não fará mal a ninguém!* (Tratava-se do urso que fora vendido a preço reduzido para Silas P. Swift enganadoramente como um urso dançarino: ele dançara uma vez, é verdade, mas nunca mais o fez). O público não conseguira ver direito os olhos pequenos e sem expressão; talvez não soubessem que ursos brancos comem carne humana.

Os tambores rufaram e o domador de leão com um braço só se aproximou da jaula do leão. Os tambores silenciaram: o público reteve a respiração. Um pouco antes de a porta da jaula se abrir, o mestre de cerimônias falou em seu megafone:

— SENHORAS, SENHORES E CRIANÇAS. DEVEMOS PEDIR O MAIS ABSOLUTO SILÊNCIO ENQUANTO O TREINADOR DE LEÃO, QUE VEIO DIRETAMENTE DO COLISEU DE ROMA PARA ESTAR COM VOCÊS NESTA NOITE, ENTRA NA JAULA DESTE ANIMAL PERIGOSO E SELVAGEM. QUALQUER BARULHO DA PLATEIA PODERÁ COLOCAR A VIDA DESTE HOMEM EM PERIGO.

Houve um burburinho de vozes enquanto as pessoas falavam com seus filhos. Um chicote estalou, dessa vez, o do treinador de leão: silêncio. Então, o treinador destrancou a jaula com sua única mão e entrou. O leão arreganhou os dentes para ele, mas não emitiu qualquer som: na tenda lotada era possível ouvir um grampo cair no chão. Então, o treinador, com movimentos bastante suaves, posou o chicote no chão da jaula, colocou a mão na boca do leão e a abriu bem lentamente, enfiando a cabeça entre os dentes do animal, enquanto a mão ainda segurava a mandíbula superior da fera. Um arfar audível veio da plateia, o mestre de cerimônias ergueu a mão em aviso. Mas, como acontecia todas as noites, em todas as cidades, ouviu-se um grito *Arranque a cabeça dele*. Em uma fração de segundos, o domador de leão estava do outro lado da jaula com o chicote nas mãos (ele deixara a porta destrancada: era assim que funcionava, como o mecanismo de um relógio, em todas as cidades); o leão que permanecera parado rugiu, mas rapidamente o treinador estava fora da jaula e com a porta trancada novamente. (Na verdade, ele perdera o braço não em um ataque do leão, mas quando uma carroça pesada o atropelara, mas isso ninguém contava.) Ele chicoteou a lateral da jaula e o leão rugiu e atacou as barras.

Como as pessoas comemoraram! Como gritaram e aplaudiram, aliviadas! *Ele quase foi devorado!* E o cheiro forte de esterco e lona, suor e animais, ficou ainda mais forte e o leão rugia e os chicotes estalavam no ar e os palhaços gritavam e, com baldes coloridos, jogavam mais serragem na lama que se formara. O ar estava cada vez mais pesado e quente e era tanta excitação que uma pobre senhora desmaiou e teve de ser carregada para fora, passando de mão em mão sobre a cabeça das pessoas como um pacote, seu pequeno pé calçado com uma bota saindo pelas saias de forma tão imprópria que alguns cavalheiros no público se animaram.

Mas a senhora com a perna desnuda logo foi esquecida, quando os tambores rufaram novamente. Surgiram dois acrobatas: um homem enorme e musculoso com um bigode extremamente grande e uma garota bonita com a cabeça adornada com uma tiara: **BRAVO!** Eles correram para o círculo bem iluminado, acenando para o público, resplandecentes em suas fantasias coloridas e brilhantes. Pularam nas traves da tenda e subiram até chegar aos trapézios pendurados no alto: **BRAVO!** Eles deram saltos mortais entre as barras com uma facilidade perfeita, balançando cada vez mais rápido. O grande acrobata, que gritou para a menina em francês e parecia particularmente atlético e audacioso, era conhecido como *Pierre l'Oiseau:* Pierre, o Pássaro. A garota usando a tiara saltou em direção a ele: *Olhem para ela com uma coroa. Ela acha que é uma princesa! Mas ela é bonita e inteligente, não é?* O francês a pegou e pareceu jogá-la de novo para o outro trapézio: **BRAVO! BRAVO!** A plateia estava animadíssima e havia uma vibração no ar: *e se eles caírem?* Só havia serragem no picadeiro. Os espectadores arfaram quando pareceu que ele não conseguiu pegá-la com uma mão e a pegou com a outra: *ela poderia facilmente ter caído!* Muitos deles, fiéis da igreja, se esqueceram por um momento que aquele comportamento desonroso, com pessoas com pouca roupa, era exatamente o que os pastores criticavam, tão arrebatados estavam com a coragem e a habilidade dos artistas. Agora, uma longa vara foi entregue à garota com a coroa brilhante: ela deixou a segurança do parceiro e começou a caminhar por um longo cabo horizontal, quase invisível, usando apenas uma vara fina para se equilibrar. Os pés protegidos por sapatilhas cor-de-rosa. A plateia arfou: *será que ela vai cair?* Talvez quisessem que caísse para acrescentar emoção — certa vez, uma trapezista caiu aqui em Hamford. O médico na plateia não pôde fazer nada por ela. Morreu aqui em Hamford e isso seria assunto por muitos e muitos meses. E esse pensamento acrescentava *frisson,* enquanto observavam a princesa colocar um pé na frente do outro em silêncio emocionado. Ela chegou à outra extremidade do cabo, virou-se e começou o caminho de volta. Então, parou de repente, pareceu perder o equilíbrio, deixou a vara cair no chão e correu, realmente correu pelo cabo, até chegar aos braços carinhosos de Pierre, o Pássaro: *VIVA!* E eles acenaram de forma graciosa para o público. E todos acenaram de volta e comemoraram! Como gritaram de alegria! Então, com leveza, os dois acrobatas se separaram e se penduraram sobre a plateia, de cabeça para baixo, balançando devagar, enquanto a multidão aplaudia e gritava e batia com os pés, acompanhando o ritmo da banda.

Depois, de forma repentina, a banda parou de tocar, a não ser pelos tambores que rufaram novamente. Dessa vez, porém, o som parecia ameaçador. E, de alguma maneira (o público ficou inquieto olhando ao redor), as luzes diminuíram, muitos dos lampiões devem ter sido retirados ou a intensidade da chama reduzida. Os aplausos da plateia se reduziram, o leão se virou de repente na direção de um som diferente. Os outros animais ficaram parados no picadeiro.

De alguma forma (não ficou muito claro como), podiam ver um outro acrobata sombrio acima deles: uma figura que definitivamente não estivera ali antes *bem no final do cabo da acrobata.* Era quase impossível: *como chegara ali?* Os outros dois ainda balançavam nos trapézios; a figura sombria estava meio encoberta pela escuridão na outra extremidade ficou parada ali, nas alturas, sem se mover. A multidão não conseguia entender: *como chegara ali?* Então, o que quer que fosse desapareceu completamente nas sombras, em um lugar que — certamente? — não havia trapézios. E no silêncio enfeitiçado, os tambores rufaram — e agora, na parte de baixo do mastro da tenda, a mesma figura reapareceu. Parecia um fantasma. Um silêncio assustador tomou conta do lugar. O fantasma se moveu devagar, parecia flutuar até a luz: tratava-se de uma figura envolta em xales. O mestre de cerimônias do circo desaparecera, e a figura subiu no palco vermelho bem no centro do picadeiro. Até mesmo o leão estava em silêncio agora: apenas o cheiro dos animais, da multidão e de lama, tudo misturado com serragem, lona e cordas. Algo sobre a figura de pé fez com todos na tenda quente e suada prendessem a respiração, enfeitiçados.

Então, o fantasma falou.

Ela (pois, na verdade, era uma mulher) falou com uma voz acostumada a preencher lugares amplos: de alguma forma, ela falou sem gritar, usando um tom baixo, mas que foi claramente ouvido por todos.

— A dor de quem posso aliviar aqui? — perguntou a fantasma.

Era esse o momento específico que os espectadores aguardavam. Já haviam ouvido falar daquilo: ocorreram algumas brigas, homens começaram a gritar e as pessoas empurravam para frente ou eram carregadas por outras pessoas. *Aqui!* gritavam as pessoas. *Aqui!*

Naquele momento, o leão, zangado, começou a rugir tão alto e a bater a cabeça contra as barras da jaula que o treinador teve de estalar o chicote para o cavalo que puxava a jaula, para que a levasse para as sombras e para os fundos (essas eram instruções rigorosas do gerente para o caso de o leão atrapalhar os procedimentos) e o rugido foi ficando mais distante à medida que a jaula desaparecia, mas ainda podia ser ouvido, soando tão estranho na noite de uma pequena cidade na grande e nova América.

O urso que comia seres humanos e não dançava não emitiu nenhum som sequer no lugar onde sua jaula havia sido colocada no picadeiro. A mamãe elefante batia as orelhas levemente. Algumas vezes os cavalos ao lado do cacique sacudiam as rédeas e os pequenos guizos brilhavam e soavam nas sombras.

A figura fantasmagórica agora fez um gesto lento e gracioso para cima, seus xales drapejados cintilaram quando se virou na direção da princesa que agora estava de pé no trapézio.

E *algo* aconteceu entre a fantasma e a princesa. Nada foi dito: ainda assim algo aconteceu, quase como se os espectadores tivessem visto, mas nada viram. Muitas pessoas estremeceram, desconfortáveis, e se inclinaram, buscando conforto na proximidade dos amigos e da família. Algo silencioso, não dito e o som baixo dos tambores. Então, de seu ângulo de visão vantajoso, a princesa indicou algo para a fantasma. Ela apontou, apenas uma **vez**, em direção a alguém que havia sido trazido para a frente da plateia.

Esta parte poderia parecer duvidosa para aqueles que não acreditavam em fantasmas ou em poderes mágicos, talvez alguém pudesse ter sido plantado na plateia especialmente para isso. Mas ali não era Nova York, era Hamford, a muitos quilômetros a oeste de Nova York; uma cidade agrícola com plantações de milho com menos de oitocentas almas e a maioria delas se encontrava ali naquela noite — a tenda comportava seiscentas pessoas e estava lotada. Aqui as pessoas se conheciam ou conheciam alguém que conhecia: não dava para enganar as pessoas de Hamford. "Nenhuma falsidade escapa às pessoas de Hamford!", sempre diziam uns aos outros. Ninguém poderia ter sido colocado na plateia como um truque, pois as pessoas sensatas e animadas de Hamford teriam notado na hora, o que causaria uma revolta.

Então, quando a acrobata apontou para alguém na plateia, os espectadores se voltaram para olhar uma mulher pequena e pálida sustentada por duas outras mulheres e um homem.

— Ora, mas é a Emily — sussurravam uns aos outros. — Ora, mas é a pobre Emily.

A novidade se espalhou rapidamente em sussurros pela multidão. Todos conheciam a pobre Emily; seus dois filhos pequenos queimaram até a morte na nova e linda casa de madeira pintada de branco. Emily enlouquecera como consequência. Sua cabeça doía tanto que não conseguia suportar a dor e balançava-a sem parar, andando pelas ruas de Hamford, chorando, lamentando e causando muitos problemas para a família. Mas nunca mencionava os filhos, então, os lamentos se tornaram incoerentes e — as pessoas comentavam entre si — ela enlouquecera. *Ela precisa ser levada para algum lugar,* diziam os moradores de Hamford, embora não soubessem para onde.

— Tragam-na para mim — pediu a figura fantasmagórica em pé no palco, bem no centro do picadeiro, em tom sombrio e estranho.

A mulher pálida e perturbada, obviamente sentindo dor, foi levada, meio carregada na verdade, até o centro do picadeiro e os tambores pararam o rufar grave. Em silêncio, uma cadeira foi colocada no palco e a família que acompanhava a mulher a ajudou a subir. O homem tentou sentá-la na cadeira, mas ela se arremessou em direção à figura envolta em xales.

— Minha cabeça dói! — exclamou ela, balançando a cabeça. — Minha cabeça não para de doer! — E, de forma bem clara, a multidão silenciosa ouviu o fantasma dizer:

— Entregue-se aos meus cuidados.

Talvez fosse algo na voz ou talvez fossem as palavras: Emily permitiu que a colocassem na cadeira, embora ainda balançasse a cabeça de um lado para o outro. A família, a um sinal da figura etérea, se afastou do palco e ficou em pé, sem se mover, sobre a serragem do picadeiro. Nas sombras, um cavalo bateu com o casco no chão e espichou o pescoço; o tilintar dos guizos presos aos arreios quebrou o silêncio. A figura envolta em xales lentamente desenrolou os que estavam em volta do seu rosto: as pessoas mais próximas viram uma mulher bonita de cabelos escuros, tez pálida e uma estranha mecha de cabelo branco na parte da frente. Os xales caíram no palco, o fantasma se aproximou de Emily, que a encarou, mesmo enquanto a cabeça balançava de um lado para outro. A figura, inclinando-se um pouco, começou a mover as mãos um pouco acima da cabeça da mulher e da parte superior do corpo, fazendo longos movimentos com as mãos e os braços, repetidas vezes, em ritmo constante, sem parar, e seus olhos não se afastavam dos de Emily. Parecia talvez sussurrar algo para Emily enquanto trabalhava — a multidão não conseguia ouvir as palavras. A cabeça da mulher ainda se movia, percebeu a plateia, mas ela estava tranquila.

Então, pareceu que a pobre Emily, triste e pálida, adormecera. Os braços caíram soltos ao lado da cadeira e a cabeça tombou para trás. Ainda assim, a figura sobre ela não parou os movimentos das mãos, repetindo-os sem parar, por alguns minutos, às vezes murmurando algo para Emily. A multidão estava em silêncio: apenas a respiração excitada, uma tossida, uma pergunta de criança em voz alta; em certo momento, o elefante bramiu o que fez o público se mexer um pouco, mas ainda assistiam ao que acontecia no centro do picadeiro. Por fim, a figura misteriosa, envolta em xales, diminuiu os movimentos, ficou parada sem se mover, observando a jovem pálida, observando a pobre Emily a quem todos conheciam.

Como se recebesse um sinal (o que talvez tenha acontecido, afinal, isso tudo não passava de entretenimento), a banda começou a tocar novamente. Às vezes, Silas P. Swift pedia que um hino religioso fosse tocado naquele momento, apenas se houvesse alguma interrupção de algum pastor ou seguidor da igreja desaprovando os procedimentos (e essa era a parte que eles mais reprovavam de todo o número, pois milagres e uso das mãos para suposta cura — com bastante ênfase naquilo — era totalmente inaceitável a não ser que fosse realizado por Deus). Naquela noite, porém, não houve qualquer interrupção, então, a banda começou a tocar, mas bem baixinho, uma versão bem açucarada de "Home, Sweet Home". O elefante bramiu uma vez mais — talvez em resposta à corneta da banda — e a plateia riu nervosa, mantendo os olhos na mulher adormecida. Ela não se moveu.

Depois, aconteceu algo estranho — mas não para os artistas do circo, pois isso acontecia todas as noites em todas as cidades pequenas —, o público reconheceu a música e começou a acompanhá-la, primeiro apenas cantarolando com a banda e depois cantando as palavras, bem baixinho:

> *Mid pleasures and palaces,*
> *Wherever we may roam*
> *Be it ever so humble*
> *There's no-o place like home.* *

Cantavam os moradores de Hamford suavemente.

Então, a mulher, a pobre Emily, cujos filhos morreram queimados, acordou.

A banda parou de tocar ao final do último verso e as vozes foram silenciando.

Não foi de forma repentina, assustada ou de uma vez só — mas como se voltasse de um sono profundo —, a pobre Emily acordou: eles a viram se mexer; o homem que estava próximo, o pai dos filhos que morreram, viu que o rosto pálido da esposa estava corado. A mulher olhou para a fantasma — isto é, para a figura envolta em xales novamente — e o público ouviu o longo suspiro de Emily. A cabeça estava parada. Trêmula, sorriu para a dama de xales.

— Sim — disse ela, como se respondesse a uma pergunta enigmática, e se voltou para o marido.

E, o público surpreso viu o marido segurando a esposa pelo braço — mas ela andava sozinha, sem ser carregada e sem balançar a cabeça —, enquanto Emily e a família saíam da tenda em uma procissão silenciosa até mergulharem na escuridão. E quando o público (aquelas pessoas que conheciam Emily e seus bebês, seus problemas e assistiram a toda cena com grande espanto) olhou de volta para o palco vermelho, ele estava vazio. A fantasma se fora — não, ali estava ela, meu Deus, *lá em cima de uma das barras de balanço*

---

* Tradução livre: "Entre prazeres e palácios / Por onde quer que vaguemos / Mesmo que seja humilde / Não há nenhum lugar como o lar." (N.T.)

com os outros dois acrobatas, vejam! Vejam a figura sombria! A figura sombria, aquela fantasma, estava em pé em um trapézio acima deles, balançando para a frente e para trás, das sombras para a luz, que, de alguma forma, diminuiu ainda mais e, então, ouviu-se um estrondo de tambores que fez a plateia gritar em choque e, quando olharam de novo, o trapézio estava vazio. Em silêncio fascinado, as pessoas assistiram ao trapézio se mover cada vez mais devagar, até que, por fim, parou.

O público demonstrou sua aprovação com gritos e aplausos, e a banda começou a tocar uma animada marcha ianque, e todo o circo: animais, treinadores, engolidores de fogo, anões, palhaços, cavalos e o cacique, todos circundaram o picadeiro. Os caubóis mexicanos carregavam alguns lampiões, acenando com eles no meio da plateia: a tenda estava cheia de sombras estranhas e de mágica. O elefante e seu bebê e o novo carrinho se juntaram ao círculo — todos brilhantes e glamorosos — todos em torno do picadeiro mágico do circo do Sr. Silas P. Swift em turnê e, de repente, acima deles, a princesa e o grande francês Pierre, o Pássaro, estavam de pé no trapézio acenando sua despedida para o povo de Hamford. Mas a fantasma já havia partido.

O público, suas vozes ainda cheias de animação, saiu da tenda e caminhou junto sob o clima agradável da primavera. A lua quase cheia banhava o campo e várias tochas foram colocadas para iluminar o caminho de volta. Ao verem a estrada que os levaria de volta à vida, pareceu que um suspiro coletivo se elevou da multidão — *não, não, ainda não* — e muitos se viravam uma vez mais em direção ao circo. As tochas agora iluminavam as jaulas dos animais, as carroças e a parte externa da Grande Tenda; lá dentro, as pessoas que realizavam o circo se moviam, lançando compridas sombras na lona; barras acrobáticas foram erguidas, estacas da tenda e argolas foram arrancadas do chão: arrumavam tudo para seguir para a próxima cidade e o povo de Hamford sentiu um tipo mágico de melancolia: tinham visto o circo e agora a trupe estava de partida.

Ainda assim, muitas pessoas não saíram do campo — *ainda não, ainda não* — e vagaram em direção à parte de trás da Grande Tenda, atraídos pelos movimentos estranhos e excitantes, o rugir do leão, o latido dos cães, os artistas do circo chamando uns aos outros. Alguém cozinhava em uma pequena fogueira, o cheiro de salsicha e cebola no ar misturando-se ao odor de esterco, lama e pessoas.

— Será que era uma fantasma de verdade? — perguntou uma criança em voz alta. — Era mesmo uma fantasma?

— Aquela fantasma! — exclamou uma mulher, erguendo a saia para evitar a lama e a sujeira. — Ela foi boa para Emily. Pobre Emily. Acho que li em algum lugar que ela é prima da Rainha Vitória.

— Quem?

— A fantasma, é claro!

— Que chique! — respondeu a amiga.

— Com licença — interrompeu outra dama. — Você leu errado! Eu li que ela tentou matar a própria rainha, por isso ela é uma fantasma!

E os homens riram.

— Bom para ela! — gritaram eles. — Abaixo a nobreza!

E começaram a cantar uma antiga canção que os pais costumavam cantar:

> *Poor Britannia!*
> *Britannia waves the rules!*
> *Britons ever ever ever*
> *Will be fools!**

Todos aplaudiram e cantaram juntos com vozes roucas e prontas e o leão rugiu em algum lugar, bem mais próximo agora, e as mulheres soltaram gritos e se dirigiram à jaula do urso. E ainda se perguntavam: *será que era uma fantasma de verdade?* E as esposas se aconchegaram aos maridos. O urso encarou as pessoas com olhos inexpressivos atrás das barras que o prendiam. Conseguiam sentir o cheiro profundo, forte e desagradável, mesmo que muitos deles fossem fazendeiros e conhecessem o odor dos animais. O urso tinha olhos pequenos de porco sem expressão e, de perto, os seres humanos podiam ver pedaços de pele de onde o pelo caíra. Ele se coçou, ainda observando-os, e todos se sentiram apreensivos.

— Bem, eu gostaria de levar este urso para casa — declarou um lojista em voz alta e corajosa. — Ele não ruge e não se mexe muito, não é muito

---

* Tradução livre: "Pobre Bretanha! / Bretanha que dá as regras! / Os bretões sempre / Serão idiotas!" (N.T.)

útil para o circo, mas poderia comer todo o lixo na sarjeta, matar os ratos e perseguir os porcos!

Um dos treinadores passava naquele momento e respondeu:

— Aquele urso, senhor, poderia comê-lo em trinta segundos se quisesse.

Mas eles não acreditaram. Olhem como o urso branco fica quietinho apenas olhando e, então, lentamente, como um grande balão, a tenda começou a cair.

— Aquela fantasma, ela foi muito boa para a pobre Emily — disse alguém de novo. — Vocês viram a Emily?

— Eu vi. Eu vi a pobre Emily.

— Achei que tudo não passasse de um truque barato, mas como pode ser um cambalacho se eles usaram a pobre Emily?

— E aquele leão perigoso! Dizem que, em Nova York, naquele museu, tem um leão que é um homem!

— Um dia iremos a Nova York.

— Mas nós vimos um leão de verdade aqui hoje. Eu nunca tinha visto um na minha vida. Só gravuras. Vejam! Vejam, lá está ele!

Um grupo grande de pessoas se aproximou da jaula nas sombras, mas o leão estava na outra extremidade, com as costas voltadas para eles, comendo uma grande porção de carne.

Com cuidado, uma das mulheres bateu nas barras: o leão, com sangue e carne escorrendo pela boca, se virou, zangado, arreganhando os dentes para a mulher, que agarrou o braço do marido, arfando e rindo. O leão voltou para o seu jantar. O elefante bramiu de novo bem próximo das pessoas que se juntavam na frente da sua jaula para ver o adorável bebê; os cães latiam, o camelo permanecia imóvel, ouviram gritos de aviso nas sombras quando as últimas cordas e estacas foram arrancadas e a última parte da tenda do circo flutuou para baixo, enquanto os homens a pegavam antes que caísse no chão enlameado, enrolando a lona de modo experiente. Os palhaços passavam com seus lábios finos sob os grandes sorrisos vermelhos pintados no rosto e os homens, por fim, conduziram as esposas de volta para casa, afastando-se do fedor da lama do ar perigoso e não respeitável, enquanto a lua de abril brilhava sobre Hamford.

Em uma das carroças, Cordelia Preston, exausta, desamarrou as almofadas ocultas sob o vestido para lhe proteger os joelhos quando escalava o grande mastro do circo na escuridão para o céu sombrio, onde, noite após noite, ela aparecia de forma misteriosa e fantasmagórica. De pé ou sentada em um trapézio balançando, aprendera a lidar com aquilo; entretanto, escalar e descer por mastros escorregadios exigia dela os limites de suas forças, embora não admitisse isso a ninguém. *Só tenho 51 anos,* repetia para si todas as noites. *Tenho apenas 51 anos* e desatava as almofadas.

Podia ouvir a risada da filha, Gwenlliam, enquanto chamava um dos *charros*.

— Hola Manuel!
— Hola Inglesa, que tal?
— Bien, gracias!

Gwenlliam Preston amava o circo. Amava voar pelo ar: aprendera como um pássaro e era muito boa naquilo. Conhecia as regras: não tinha senso de perigo. Voar preenchia sua alma com uma luz clara e brilhante (era assim que descrevia a sensação para si). Gwenlliam Preston não temia absolutamente nada. Naquela noite, a cabeça pequena e bonita apareceu na porta da carroça onde a mãe guardava os xales esvoaçantes, embalando-os junto com as almofadas que usava nos joelhos.

— Mãe, seguirei com a carroça do telégrafo!

E Cordelia sorriu para a filha, assoprou-lhe um beijo e continuou a guardar as coisas. Ela se obrigava a sempre deixar Gwenlliam ir, mesmo quando queria gritar: *Não! Não saia da minha frente! E se alguma coisa acontecer com você?* Ela entendera, porém, há muito tempo, que não podia prender Gwenlliam. No passado, Cordelia também teria desejado viajar na carroça do telégrafo. Os caubóis mexicanos, audazes e violentos em muitas situações, tomavam conta de sua menina sempre com muito cuidado: eles admiravam sua coragem e alegria. As velas na pequena carroça tremularam quando Gwenlliam subiu para guardar a tiara, as sapatilhas de balé cor-de-rosa e procurar sua saia de viagem e anáguas; fariam mais um show no dia seguinte e retornariam a Nova York, atendendo aos chamados urgentes do homem que pagava seus salários, Silas P. Swift.

— Você acha que Silas realmente tem um grande local em Nova York para o circo? — perguntou Gwenlliam, retirando as meias, mantendo-se distante das velas. — Talvez recebamos mais dinheiro, mãe? — Pois sabiam muito bem quanto seus ganhos eram necessários: era difícil receber salários tão baixos, depois dos dias de triunfo quando eram um sucesso escandaloso. Então, Gwenlliam acrescentou: — Mesmo assim, vou sentir falta da turnê.

Adoro a primavera. Tudo é tão lindo e hoje temos uma lua quase cheia. Mas agora resta apenas mais uma cidade.

— E voltaremos para casa, para nossa família! — E Gwenlliam pegou a pequena bolsa com seus pertences e mãe e filha riram: o riso exasperado, amoroso e saudoso.

Em algum lugar entre as carroças do circo, um violão quebrava o silêncio na escuridão. No campo enlameado, a carroça do telégrafo estava pronta para partir e um dos *charros* segurava um lampião para que Gwenlliam pudesse encontrá-los e dava para ver que, do lado de fora da carroça, estava pintado **O INCRÍVEL CIRCO DO SR. SILAS P. SWIFT** em letras grandes e coloridas. Dentro da carroça do telégrafo, parte dos assentos rústicos do circo já estava guardada, rapidamente desmontada assim que o público saía. Todos os outros tinham mais tempo para guardarem seus pertences e parafernália em todas as carroças, onde depois poderiam dormir um pouco, enquanto a longa e lenta procissão de animais, carroças e jaulas seguisse seu caminho. Mas a carroça do telégrafo tinha de partir imediatamente com um mapa desenhado à mão (Silas P. Swift não deixava nada ao acaso): sua tarefa era marcar a rota para todas as outras que seguiriam e detectar qualquer surpresa ou perigo.

Gwenlliam, enrolada em seu manto, subiu e se sentou na frente, ao lado do condutor mexicano e seu companheiro. Três cachorros aguardavam, alertas, ao lado dos cavalos.

— Tudo bem, *Inglesa*?

— *Sí*.

— Vamos seguir por um quilômetro e meio. Está com frio?

— Não.

— Então, vamos!

Os cavalos seguiram pelo campo, viraram para entrar na estrada principal e sair da cidade, seguindo para o próximo destino.

— Para onde acha que vamos depois de Nova York, *Inglesa*?

— México! — respondeu ela, e todos riram. Os mexicanos deram gritos de alegria que ecoaram na noite.

A lua cheia mostrou-lhes todos os campos de milho pelos quais passavam; viam claramente os recortes sob a luz prateada. Ouviram o som do gado em algum lugar. Às vezes, ouviam o som de algum córrego. Quando os campos das fazendas ficaram para trás as árvores ficaram mais densas e o caminho mais estreito e, em alguns momentos, íngreme.

Depois de cerca de uma hora, chegaram à primeira bifurcação; o condutor, olhando para o mapa iluminado por um lampião a óleo, indicou que deveriam virar ali. O outro mexicano saltou e, com a faca, entalhou em um pedaço de madeira retirado da cerca de uma fazenda até completar uma placa. Para que pudesse ficar mais visível, mergulhou a placa em uma substância branca que ele mesmo fizera e a colocou no meio do caminho que o circo não deveria seguir. Esse era o trabalho deles: marcar a rota. Partiram de novo, deixando a bifurcação para trás. Por vezes, paravam: Gwenlliam segurava os cavalos enquanto os mexicanos, sob a luz da lua, atacavam com suas facas os obstáculos mais óbvios da jornada: um tronco de árvore, uma pedra grande, sempre conversando entre si em espanhol, rindo de vez em quando, e os cachorros corriam em volta e os cavalos sacudiam as rédeas e resfolegavam no ar noturno. Os mexicanos sabiam a importância do seu trabalho, assim como Gwenlliam: tinham de abrir uma rota segura da melhor forma que conseguissem. Várias vezes no passado, uma carroça do circo virara e, em uma ocasião, um dos condutores foi esmagado. De vez em quando, enfrentavam chuva forte e pesada e árvores caíam obstruindo a estrada. Às vezes as grandes rodas das carroças atolavam na lama e as pessoas tinham de sair para empurrar, pois o circo tinha de seguir em frente. Naquela noite, porém, o céu estava limpo e a lua brilhava iluminando o caminho e as estradas estavam em boas condições. Os mexicanos cantavam suas músicas e Gwenlliam soltou um suspiro de prazer enquanto atravessavam os campos e a carroça do telégrafo deixava sinais misteriosos para o circo.

Cordelia Preston foi acompanhada, de forma bastante respeitosa e orgulhosa, por um dos anciões da cidade (e sua esposa, é claro), até o único hotel de Hamford, onde jovens locais tinham voltado do circo e tomavam cerveja em grandes copos ou diretamente da mangueira presa a um grande barril. Ao verem Cordelia sendo acompanhada para o andar de cima, ergueram os chapéus de forma breve como um cumprimento de admiração e gritaram elogios enquanto ela seguia caminho: *Ela é real!*, exclamavam e queriam saber mais e pediam que ela descesse para conversar com eles (com toda cortesia de que eram capazes). Não importava que se tratasse de uma mulher desacompanhada; não importava que não fosse jovem: ela era conhecida agora. Era a estrela do circo. Eles a tinham visto e foram enfeitiçados por sua mágica. De alguma forma, nunca a esqueceriam. *Ela é real!*, diziam entre si. E, em todas as cidades, se as pessoas a vissem de perto, desejavam que se juntasse a eles no andar de baixo, no grande salão de jantar. Queriam conversar sobre poderes mágicos, perguntar se sabia alguma coisa sobre mães falecidas ou amantes. Perguntar sua idade, perguntar (se ainda se lembrassem) sobre o escândalo em que estivera envolvida em Londres, sobre o qual todos provavelmente haviam lido nos jornais, mas não se lembravam dos detalhes: era verdade que tentara assassinar a rainha da Inglaterra? Se fosse verdade, eles apertariam-lhe a mão e pagariam-lhe uma bebida.

Entretanto, depois de vários encontros amigáveis e inquisitivos: *quantos anos a senhora tem? O que acha da América? Não é um país adorável? A senhora realmente é uma assassina?, Quanto ganha por semana?,* Cordelia aprendeu a se enrolar em xales e desaparecer. (Por sorte, era uma fantasma: as pessoas tinham de aceitar que não era como os outros.) Aprendera também a pedir primeiro e educadamente que a perdoassem: eram amigáveis, curiosos, americanos e podiam dificultar muito as coisas para os ingleses se assim desejassem.

— Perdoem-me, meu trabalho é muito cansativo. Preciso dormir. — (E certamente essa era a mais absoluta verdade para uma mulher de 51 anos como Cordelia Preston, que escalava mastros e balançava em trapézios.)

Providências eram tomadas para que o jantar fosse levado até o seu quarto. Assim que fechava e trancava a porta, depois que a comida era servida, soltava um enorme suspiro de alívio, tirava os sapatos, pegava uma garrafa de vinho do Porto de sua mala e dava um longo e grato gole. E foi exatamente o que fez naquela noite, usando uma caneca de estanho que sempre levava na bagagem junto com a garrafa de vinho.

Aquela era a hora perigosa, a hora do vinho e das lembranças: a hora dos seus fantasmas. Todavia, ela se impusera um treinamento rigoroso de pensar apenas sobre o presente: canalizou seus pensamentos no circo, pensou novamente sobre a jovem mulher de Hamford cuja história soubera mais tarde, a mulher cuja cabeça doía tanto, e sobre o seu sofrimento. Às vezes, em casos como aqueles, assim que passava as mãos repetidas vezes em movimentos longos e fluidos nas estranhas cidades americanas, Cordelia sentia que ela, de forma quase impessoal, tomava para si a dor da pessoa para se juntar com a própria dor que tomava seu coração, a fim de permitir que as pessoas tristes das cidades pequenas descansassem. E ela, como sempre, se lembrava das sábias palavras de Monsieur Roland: *ainda sabemos muito pouco sobre a mente humana e como ela funciona; ainda estamos aprendendo e não devemos parar... porém, enquanto forem usados de forma adequada, o mesmerismo e a hipnose serão sempre forças do bem, não importa o que venha a ser descoberto no futuro.*

Cordelia sabia que ajudara a aliviar a dor da mulher naquela noite e dado a ela descanso, por um momento pelo menos. Esse era o seu trabalho: era paga para isso, não importava se estivesse em Londres, Nova York ou Hamford, e as acrobacias e sombras (e suas lembranças) talvez a exaurissem, mas tinha de suportá-las. Aquela era sua vida.

Sentou-se na cama macia e frágil no único hotel de Hamford, girando a caneca de vinho do Porto nas mãos e bebendo novamente. O som da conversa dos jovens barulhentos chegava até o andar de cima e, por vezes, ela ouvia um grito e, depois, uma gargalhada.

No dia seguinte, ao alvorecer, como sempre, um condutor com dois cavalos descansados e uma fantasma acrobata parcialmente descansada seguiriam as marcas deixadas pela carroça do telégrafo, percorrendo todo o caminho até encontrarem um córrego ou um rio perto da próxima cidade; ali encontrariam o resto da trupe do circo.

Assim, Cordelia terminou de tomar o vinho e comeu ensopado de coelho, bolo de milho e lavou o rosto. Depois de amanhã, voltariam para Nova York: quem sabe o que aconteceria, então? Havia rumores de um novo grande local para o circo em Nova York. Cordelia Preston, porém, já era experiente e sabia que Silas tinha um plano. Talvez eles recebessem mais, o que ajudaria muito. Ainda assim, o que mais o Sr. Silas P. Swift poderia exigir dela? Por fim, deitou-se na cama e fechou os olhos.

A praia longa e deserta era a vida delas: podia ver as três cabecinhas louras brincando na areia molhada enquanto as ondas quebravam. Eles se inclinavam e catavam pedras, conchas e gravetos; o dia inteiro suas vozes ecoavam no ar, ela os ouvia rindo e falando sobre os tesouros estranhos que encontravam. Aves marinhas sobrevoavam a praia e havia sempre o cheiro de sal e de algas. E, então, viria uma forte tempestade galesa e a chuva intensa castigaria o mar e o vento levaria as crianças de volta para dentro da casa cinzenta de pedra que era o seu lar enquanto as ruínas do antigo castelo lançavam sombras atrás deles e as lareiras eram acessas por criados e, de vez em quando, Cordelia cantaria:

> *When that I was and a little tiny boy*
> *With a heigh ho, the wind and the rain*
> *A foolish thing was but a toy*
> *For the rain it raineth every day...**

Mais tarde naquela noite, ela sonhou com antimônio de potássio e viu órgãos internos queimados; lágrimas escorreram pelo seu rosto e ela se virou para os braços de Arthur, que sempre a abraçavam, consolavam e a compreendiam, mas Arthur não estava lá.

Como sempre, na tarde seguinte todos se encontravam de novo: a carroça do telégrafo, a Sra. Cordelia Preston e toda a parafernália do circo — carroças cheias, jaulas limpas, animais e pessoas. A cidade seguinte se aproximava. Todos estavam acordados e já vestidos com as fantasias do circo. Água do córrego próximo foi colocada em grandes barris e guardada em uma carroça para ser usada quando deixassem a cidade naquela noite para a longa viagem de volta a Nova York. Os cachorros corriam uns atrás dos outros em volta de árvores antigas.

O cacique Great Rainbow, com traços azuis pintados no rosto, estava sentado na relva jogando cartas e apostando dinheiro com um dos engolidores de fogo e dois dos *charros*; Gwenlliam estava sentada ali também, assistindo ao jogo como costumava fazer. Há meses, o grande cacique ensinava à menina como jogar pôquer. Quase nunca lhe dirigia a palavra, mas — em uma concessão extraordinária para qualquer jogador de pôquer — permitia que ela sentasse ao seu lado, onde poderia ver suas cartas, ver como ele apostava, quando blefava e quando fazia o fold.

— Observar, menina — era tudo o que dizia.

Ela via que o rosto dele, escuro e estranho, nunca demonstrava nada e tentava treinar para fazer o mesmo.

Apenas uma vez quase perdera o professor: em um jogo de quatro, ele tinha um *Royal Flush* e ela não conseguia entender por que ele não subia as apostas de forma mais rápida: as apostas aumentavam de forma lenta demais e ela começou a roer as unhas, ansiosa por ele não estar fazendo apostas

---

* Tradução livre: "Quando eu era um menininho / Com um ei, olá, o vento e a chuva / Algo tolo, não passava de brincadeira / Pois a chuva chovia todos os dias..." (N.T.)

mais altas e os dedos dela chegaram a sangrar. Ficou claro para os demais jogadores que ele devia estar com um bom jogo nas mãos; todos desistiram da rodada e começaram a rir de Gwenlliam. *Obrigado, garota.* O cacique não demonstrou nada enquanto recolhia os poucos ganhos. Logo, ele se levantou e se afastou. Ela o seguiu, indignada.

— Mas por que você não dobrou ou mesmo triplicou a aposta logo? — perguntou ela, obstinada. — Você poderia ter aumentado as apostas muito mais e mais rapidamente e ganhado muito dinheiro!

Por sobre os ombros, o cacique Great Rainbow respondeu:

— Se fazer isso rápido demais, eles saber o que ter nas mãos e parar de apostar. Você má sorte. Você mostrar minha mão. — E se afastou de novo.

Depois disso, ela passou a se sentar mais distante, mas foi se aproximando devagar, até estar de volta ao lugar de costume.

— Observar, garota — orientou ele, por fim.

O rosto dela nunca mais revelou nada em um jogo de pôquer. A partir de então, era como se um baralho transformasse seu rosto expressivo em uma máscara fria. Naquela tarde, viu o cacique Great Rainbow ganhar o salário da semana de um dos *charros,* que também era um excelente jogador, sem demonstrar qualquer emoção.

O elefante estava na beira do córrego, jogando água fresca na boca com sua tromba e estimulando o bebê elefante a fazer o mesmo. Como sempre, o treinador reclamou que aquele elefante precisava de muita água e muitos quilos de feno.

— Todos os dias! — exclamava ele. — Todos os dias! Eu preferia ter um camelo! — Mas todos amavam o pequeno elefante: Kongo era o nome da mãe e todos chamavam o filhote que tanto amavam de Lucky.

O mestre de cerimônias do circo com sua casaca vermelha era um ator que conhecera épocas mais glamorosas; ninguém conseguia calá-lo quando começava a contar sobre os triunfos de outrora. Sua vítima daquela tarde foi o domador de leão, já com sua toga e sandálias romanas, preso pela voz trovejante:

— Edwin Forrest — reclamava o mestre de cerimônias. — Ele pode ser o herói de Bowery agora, mas já foi meu aluno!

Um dos *charros* deu um sorriso amigável e encorajador enquanto escovava os cavalos, e o leão bocejou, abrindo a bocarra. Os músicos da banda também bocejaram, coçaram as costas com galhos de árvores, acordaram novamente o corneteiro e vestiram as casacas azuis. Os palhaços retiraram a garrafa de bebida de um dos colegas mais ébrios e pintaram o rosto de branco com grandes sorrisos vermelhos que cobriam os lábios finos de tristes.

Cordelia, olhando para eles, pensou novamente: *pelo menos três deles são mais velhos do que eu, aterrorizada que Silas os despedisse assim que tivessem dificuldades em arrancar gargalhadas e tropeçarem uns nos outros. Então, o que seria deles?* Um deles arrastou uma bolsa cheia de narizes vermelhos e sapatos pretos enormes pela relva. *Não é de se espantar que bebam: não é de se espantar que todos nós bebamos.*

Alguns dos *charros* mexicanos cantavam uma canção de amor em espanhol ao som de um violão, às vezes acompanhavam a música como palmas e um deles dançava com os braços erguidos sobre a cabeça. Próximo ao rio, o urso branco que não dançava coçou o pelo gasto e olhou para todos da jaula puxada por um cavalo com os olhos miúdos e sem vida. As mulheres vestiram as fantasias de acrobacia, reclamando em tom alegre:

— Mãe do céu, ainda está frio quando o sol se esconde atrás de uma árvore. Graças a Deus, voltaremos para Nova York amanhã. Espero que Silas nos mantenha por lá.

O mestre de cerimônias, ainda falando das glórias do passado, colocou a casaca vermelha brilhante; Cordelia se enrolou em xales.

A fantasia de Gwenlliam descosturou nos ombros.

— Peggy Walker! — chamou ela e os outros começaram a chamar também.

— Peggy Walker, precisamos de você! — E uma mulher grande saiu de uma das carroças carregando o cobertor exótico do camelo.

Peggy Walker fazia verdadeiros milagres e era responsável por se certificar de que todas as fantasias já gastas parecessem — pelo menos a distância e sob a iluminação enganadora dos lampiões — glamorosas e brilhantes. Ela sempre carregava consigo tesouras e pequenas facas, linha, agulha, alfinetes e centenas de contas brilhantes. Na carroça das fantasias, havia escovas, sabão forte e baldes de água; ela se esforçava para retirar a pior parte da lama, mato e sujeira que encontrava, sem nunca ter tempo suficiente para lavar as fantasias de forma adequada; os artistas reclamavam amargamente se tivessem de usar fantasias molhadas, diziam que prefeririam feder e avisaram a ela, com níveis variáveis de animosidade, que se morressem de edema, tosse ou febre, voltariam para assombrá-la.

— Não! Lucky, anjinho. *Não!* — pediu Peggy enquanto o curioso bebê caminhava em sua direção e tentava investigar o cobertor brilhoso com a pequena tromba. Peggy riu, afastou a trombinha e depositou o cobertor nas mãos do treinador do camelo, que estava apoiado no animal triste, com olhos de lebre. — É o melhor que posso fazer. Diga a Silas que você precisa de um novo. Se fôssemos viajar por mais uma semana, esse cobertor se desfaria por completo! — E foi costurar a fantasia de Gwenlliam.

— Suas mãos estão geladas!

— Não tão geladas quanto as suas ficarão se sua fantasia desmontar!

— Estamos atrasadas!

— Não tão atrasadas quanto você ficará se o xerife a prender por atentado ao pudor!

A animação costumeira pairava no ar: Silas sempre viajava com eles, mas primeiro teve de voltar às pressas para Nova York e, depois, enviou aquela mensagem. Será que realmente encontrara uma data para se apresentarem em Nova York? Risos, gracejos e assovios para os cachorros; os anões contavam uns para os outros histórias indecentes e fumavam tabaco de qualidade duvidosa; os engolidores de fogo brincavam com o bebê Lucky, mas de forma cuidadosa para não aborrecerem Kongo; o cacique Great Rainbow, com seu penacho na cabeça pronto para a parada, colocou os arreios com guizos nos cavalos (guardando seus ganhos de pôquer consigo para que os mexicanos não os roubassem de volta). Os olhos perspicazes de Peggy Walker analisaram uma vez mais as inglesas, que se juntavam a todos e ainda assim se mantinham afastadas. A trupe do circo nunca se importava com escândalos, todos tinham os seus. Sempre que se juntavam à tarde à beira dos inúmeros rios antes da próxima apresentação na próxima cidade: sempre, todos eles, toda a trupe do circo costumava dividir com os outros histórias escandalosas: o acrobata francês, *Pierre l'Oiseau*, os *charros* mexicanos, os anões e os verdadeiros americanos nativos, como a própria Peggy, os treinadores de animais e os palhaços. Todos cheios de histórias de suas vidas e do passado selvagem, trocando aventuras e perigos, riso e dor. Peggy era neta de um dos filhos da revolução, orgulhosa de sua história, de sua dura vida de pioneira e de sua fuga da fazenda para o circo. Mas Peggy Walker notou que quando os outros contavam sobre suas aventuras passadas, as inglesas permaneciam em silêncio. Sempre.

Laços de cores alegres foram presos em todas as carroças. Eles flutuavam ao lado das palavras pintadas: **O INCRÍVEL CIRCO DO SR. SILAS P. SWIFT.**

A um sinal do maestro, o tambor rufou e a banda começou a tocar uma marcha alegre — e a trupe glamorosa e animada do circo do Sr. Silas P. Swift, uma vez mais, fez uma entrada triunfante na cidade.

11

Marylebone
Londres

Estimado Arthur,
Espero que esteja bem. Não posso dizer que tudo esteja bem aqui. O senhor não ouviu sobre a previsão de uma epidemia de cólera em Londres? Será que eles não ligam para essas coisas nesse país de republicanos? Será que o senhor não está se preparando para a ira divina? A próxima carta pode facilmente trazer a notícia de que o Senhor levou uma de suas filhas ou um de seus netos (que praticamente não o conhecem). Ou até mesmo eu.

    O senhor agora tem oito netos. Essas almas inocentes continuarão crescendo, jovens demais para saber que o avô materno decidiu abandoná-los em busca dos seus próprios prazeres. A saúde do pequeno Arthur é preocupante desde que nasceu, como se seu próprio nome carregasse consigo a desolação de ter um bêbado como pai e um desertor como avô — ele já o esqueceu agora, é claro.

    Millie e Faith levam, obedientes, a vida de casadas, cumprindo seus deveres conjugais, mas sem o apoio amoroso do pai.

    A outra notícia que devo contar diz respeito ao marido de Faith, Fred, que agora está desempregado. A escola decidiu que ele não deveria mais lecionar. Não digo nada sobre os motivos, mas já comentei sobre a tendência dele às bebidas alcoólicas. É claro que estamos todos rezando fervorosamente para que ele encontre outro emprego.

    A última ideia do príncipe alemão é uma Grande Exposição para demonstrar a grandeza da Grã-Bretanha. Notei que a Rainha

Vitória está inclinada a realizar os desejos dele, então, não tenho dúvida de que Londres logo será inundada por todos os tipos de forasteiros, incluindo, sem dúvida, nativos escuros do vasto Império.

    Ainda assim, comandamos um magnífico império e entristece a mim e às suas filhas que o senhor viva em um país que não julgou conveniente fazer parte dele. O fato de o senhor viver entre selvagens democráticos é um fardo para aqueles a quem deixou para trás a fim de buscar o próprio prazer; aqueles que rezam todos os dias pelo seu retorno.

                Continuo, como sempre,
                sua zelosa cunhada,
                Agnes Spark (Srta.)

PS: recebemos sua contribuição financeira. Vigésima primeira parcela.

Querido pai,
Faith costuma postar as cartas da tia Agnes, mas como ela teve problemas em casa hoje, nossa tia me incumbiu da missão. E, bem, eu a li! E não me envergonho disto. Pai, não sou boa em escrever cartas, mas gostaria de ter escrito antes se este é o tipo de carta que o senhor tem recebido! Ela nos diz que escreve em nome de todos nós, mas estou envergonhada do que ela escreveu, é mesquinho demais. A cólera não passa de um rumor, não um fato, e nós seremos muito cuidadosos, o senhor não precisa se preocupar com coisas que talvez nunca aconteçam! E o querido Charlie sempre pergunta por que meu pai não pode viver a vida dele? E eu percebi que só achava que o senhor deveria viver para nós porque é nosso pai, mas o querido Charlie me fez pensar melhor. O pai dele um dia disse: "eu pegaria o primeiro navio para a América se fosse mais jovem". O senhor se lembra dele, pai? Do pai de Charlie? Um sujeito alegre e gentil comigo e com as crianças, mesmo tendo apenas uma perna depois daquele acidente com a carruagem. Então, pensei em escrever esta carta imprópria sem que tia Agnes ficasse espiando por sobre meu ombro, pois aprendi muito com o querido Charlie e embora sinta muita saudade, querido pai, estou feliz pelo fato de o senhor também ter

uma vida porque o querido Charlie me faz rir e me faz feliz. Bem, é melhor eu postar esta carta junto com a carta da nossa tia. Com amor da sua princesa, Millie. Beijos.

O inspetor Rivers assoviava "Lavender Blue", enquanto caminhava pelas docas com as duas cartas no bolso do paletó.

— Eu gosto da música, inspetor, deveríamos ter mais policiais que assoviam! — comentou seu melhor assistente, Frankie Fields; Arthur Rivers riu e logo ambos estavam rindo enquanto observavam os homens das docas levantarem um grande contêiner com quadros e joias antigos e o colocarem, com segurança, em terra firme, chegando a salvo em Nova York. E o comerciante pegando pessoalmente a entrega com um aceno alegre.

*Lavender blue, dilly dilly
Lavender green
When I am King dilly dilly
You'll be my Queen**

Essa era a música que ele costumava cantar para as filhas quando eram pequeninas; "dilly dilly" cantavam elas, felizes, "dilly dilly".

— Faith pode ser a rainha, pai — dizia Millie, com firmeza. — Eu não ligo, prefiro muito mais ser uma linda princesa.

---

* Tradução livre: "Alfazema azulzinha, *dilly dilly* / Alfazema verdinha / Quando eu for rei, *dilly dilly* / Tu serás a minha rainha". (N.T.)

12

Quando mais jovem, Amaryllis Spoons, conhecida como Rillie, dava gritinhos de pura alegria quando algo a agradava muito. Agora, com 50 anos, gritinhos ainda escapavam de seus lábios porque Nova York a alegrava demais.

Naquela época, enquanto as flores de abril dançavam, Rillie era vista quase todos os dias, de manhã cedo, saindo da Casa de Celine, onde viviam, carregando sua cesta de compras, seguindo para a esquina da Maiden Lane com a Broadway, onde o padeiro alemão vendia pão fresco e uma italiana vendia verduras frescas. Também se podia comprar ostras, moluscos e caranguejos e tortas frescas. Em praticamente todos os lugares, as pessoas ganhavam dinheiro de todas as formas imagináveis: em todas as esquinas, mulheres vendiam verduras e flores em cestos; sucateiros vendiam objetos usados em seus carrinhos batendo latas para anunciar sua chegada; leilões de móveis improvisados nos quais cadeiras de madeira eram sacudidas no ar; havia barracas que vendiam ostras recém-retiradas do mar; havia grandes anúncios por todos os lugares: muros, árvores e telhados. Propaganda para venda de pernas e dentes falsos, sapatos e medicamentos. Em todos os lugares, novos prédios eram erguidos: o som de marteladas, gritos, escavação e de transporte de madeira. Nova York era uma nova cidade: nova energia, novos edifícios; lama e poeira, sim, porém uma esperança mais clara e límpida e, em todos os lugares, tremulando sobre todo o resto, tão orgulhosa e republicana, a bandeira de listras vermelhas e brancas e quadrado azul com estrelas brancas: a bandeira americana.

No meio de todo aquele barulho, Rillie podia ouvir novas palavras, *gírias*, como falavam e ela aprendia as palavras com alegria: *pomposo, cambalacho, vagabundo, almofadinha, camarada, adeusinho!*

As ruas estavam entupidas até ficarem paradas com carroças e carruagens puxadas por cavalos; a maior parte das pessoas se apressava a pé: até mesmo crianças passavam apressadas com seus livros e sacolas — educação gratuita para as crianças de Nova York, tanto para meninos quanto para meninas — correndo, gritando, acenando e esbarrando em Rillie, já andando apressados como os pais. E os pais passavam rápido por Rillie, ávidos para ganharem dinheiro: americanos, irlandeses, escoceses, alemães, italianos, suecos, negros, homens e mulheres, todos correndo de um lado para o outro. Rillie imaginava o que iriam fazer: contar, empacotar, escrever, comer, investir, pegar fogo, beber, serrar, pescar, costurar, cortar árvores, gritar ordens, receber ordens; estivadores, ferreiros, vendedores de velas; escritórios, lojas, oficinas, fábricas, lojas pequenas e grandes lojas de departamento. Meninos corriam por Rillie e entregavam papéis em suas mãos — mais propaganda: cardápios de restaurantes, mais membros e dentes falsos, daguerreótipos, caixões, sorvete; um *zunido* era como Rillie chamava isso tudo, toda essa energia: o zunido de Nova York, acima de tudo, o som do dinheiro. E ninguém era mais realista do que Rillie no que dizia respeito à importância do som do dinheiro, enquanto ela pesquisava cuidadosamente os preços naquela manhã agradável de primavera e fazia compras.

Descendo um pouco mais pela Broadway passou por uma placa em que se lia SR. L. PRINCE: DAGUERREOTIPISTA e se inclinou um pouco, apenas para ver as imagens mágicas e reais das pessoas pela janela. Na primeira semana depois que chegaram da Inglaterra, enquanto passeava pela Broadway com aquele mesmo entusiasmo, a atenção de Rillie foi atraída por uma criança morta em um cesto: algo sobre a cor de cera no rosto, as expressões tristes e as roupas escuras dos pais. Por mais estranho que pareça, o pequeno grupo entrara no novo estúdio de daguerreotipia: a criança morta e os pais foram recebidos respeitosamente na porta e acompanhados para dentro, saindo do sol forte do verão. Curiosa, Rillie lera o grande anúncio:

SR. L. PRINCE: DAGUERREOTIPISTA
IMAGENS TIRADAS: PREÇOS DE $1,50 A $5.
TEMPO DE ESPERA REDUZIDO COM NOSSO NOVO PROCESSO
RETRATOS
GRUPOS
MEMORIAIS
A LUA

A Rillie parecera uma lista estranha e extraordinária: "retratos, grupos, memoriais, a lua." Compreendera, então, que os pais queriam um retrato da criança falecida e vira, novamente, os semblantes tristes. Então, correra para casa e contara o que vira aos outros e, por sua insistência, a família estranha e recém-chegada realmente se "agrupou" naquela primeira semana na América.

Na recepção no andar de baixo da galeria do Sr. Prince, todos observaram os tapetes macios e as imagens de pessoas pareciam observá-los de seus lugares nas paredes. Foram convidados a subir e o Sr. Prince os colocara bem juntos, até chegar à posição que desejava no seu estúdio, banhado pela luz do dia através de uma claraboia. Posicionara as duas senhoras idosas no centro da composição, uma robusta e bem falante e a outra frágil: ambas com a cabeça imobilizada por um apoio de ferro. Ele explicara que, apesar da promessa de tempo de espera reduzido, o processo exigia imobilidade, concentração, apoios de ferro, composição e luz. Bem atrás das senhoras, ficaram as duas outras mulheres de idade incerta, com seus vestidos e chapéus alegres da última moda. Os olhos do Sr. Prince sempre eram atraídos por uma das mulheres de beleza estranha e perturbadora. Aos pés das duas senhoras idosas, sentou-se uma jovem bonita com cerca de dezessete anos de idade: *Gwenlliam* ouvira-os dizer, quando ela rira, feliz com aquela nova experiência com o daguerreótipo. — *Você não deve nem sorrir, Gwenlliam!*

— Que nome engraçado — comentara o daguerreotipista. — Gwenlliam.

— É galês, Sr. Prince — explicara a menina.

E, em cada ponta da composição, um cavalheiro. Um mais velho, ereto, com cabelos brancos e, obviamente, estrangeiro (algo em suas roupas demonstrara isso, mesmo antes que falasse); e um cavalheiro sério do outro lado, que fora apresentado como detetive-inspetor Rivers. O Sr. Prince tinha pouco tempo para a polícia de Nova York, mas aquele policial, com certeza, era inglês (não que tivesse tempo para ingleses também) e demonstrava muito mais interesse no processo do que os outros, perguntando sobre tempo, placas de cobre e nitrato de prata.

— Em um primeiro momento, achamos que esse tipo de imagens seria de grande interesse para o departamento de polícia de Londres — declarara.

— Mas entendo que não se possam fazer cópias de um daguerreótipo e as cópias é que seriam muito úteis. Talvez o senhor devesse cruzar o Atlântico, Sr. Prince. Acredito que um novo processo fotográfico esteja sendo desenvolvido na Inglaterra.

— É claro, camarada! — O Sr. Prince soou indignado. — Estou ciente disso, *é claro* que estou! Sou um homem de negócios! Não dormimos no ponto por aqui, amigo! E a minha passagem para Londres já está reservada para o próximo mês exatamente por esse motivo! Cópias são necessárias, então, elas devem ser feitas. Olha só, ficarei feliz em aconselhar os senhores, policiais, quanto às minhas novas habilidades, assim que eu aprendê-las. Pode ter certeza de que entrarei em contato. Larry Prince é o meu nome. Larry Prince! Sou americano.

(E o inspetor Rivers trocara um olhar com Monsieur Roland: quando chegaram à América, espantaram-se com a energia e o empreendedorismo daqueles americanos que não achavam nada de mais em viajar longas distâncias, experimentar novas ideias, conversar com recém-conhecidos como se fossem velhos amigos. Nada no mundo era problema para eles desde que ganhassem dinheiro.)

O Sr. Prince movera o espelho de reflexão cuidadosamente, de um lado para o outro até que, por fim, este captasse a luz desejada.

— É isso! — exclamara ele. — Agora, senhoras e senhores, precisamos de quinze a vinte segundos. Peço que olhem pra mim e mantenham essa exata posição, que fiquem totalmente parados e, por favor, eu imploro, não pisquem, não sorriam, porque um sorriso não aguenta vinte segundos

Seu aparelho quadrado, como uma caixa, estava sobre um apoio e ele olhara através de um vidro. A senhora frágil, porém, com a cabeça presa ao apoio, parecia cada vez mais agitada; começara a alisar a saia, ansiosa, tentando mover a cabeça. O Sr. Prince pedira licença e desaparecera, por um breve momento, no cômodo contíguo, reaparecendo rapidamente com um pássaro de cores vivas pousado no ombro, como se a velha senhora fosse uma criança.

— Agora, veja aqui, querida senhora, veja este pequeno pássaro e tente ficar parada. Será que ela entende? — perguntara ele para Rillie Spoons, ansioso e em voz alta. Estava claro que aquela senhora era a mãe de Rillie. Mas ele não precisava ter se preocupado: a Sra. Spoons observara, fascinada e surpresa, o pássaro em seu ombro.

— Então vamos lá — dissera o daguerreotipista.

Nesse momento, o daguerreótipo ocupava um lugar de honra no novo lar em Maiden Lane e, naquele mesmo dia, na primeira semana da família em Nova York, Monsieur Roland comprara para a Sra. Spoons um canário amarelo em uma gaiola que viajava com eles de hotel para hotel e que, agora, estava em Maiden Lane como parte da família.

***

Então, Rillie acenou para o Sr. Prince naquela manhã ensolarada de abril, enquanto ele acompanhava alguns clientes para dentro e, com as compras concluídas, pegou as duas senhoras da família, a Sra. Spoons e Regina, no novo lar no sótão, e as levou para o passeio diário. Naquele dia, desceram pela Broadway até Battery Park e Castle Garden, onde salgueiros chorões se inclinavam ao lado dos píeres do rio Hudson. Todos os nova-iorquinos gostavam do espaço aberto e fresco de Battery Park e do antigo castelo fortaleza, onde, às vezes, havia concertos. À noite, casais de namorados caminhavam por entre os plátanos, enquanto a luz do luar banhava os barcos brancos nas águas do rio.

Em um dos píeres, viram grupos de homens empurrando e se esforçando para entrar a bordo de um velho navio que parecia ter visto dias melhores. Os homens falavam em voz alta e confiante sobre o ouro. Um índio nativo, enrolado em um cobertor vermelho, com marcas estranhas no rosto, observava, impassível, o navio zarpar, já partindo com suas velas e seguindo para o mar aberto. De um navio a vapor desembarcavam imigrantes, tocando, por fim (exatamente como Cordelia e Rillie e sua família), a terra com a qual tanto sonharam: aquela Eldorado, a América. Rostos irlandeses magros e cinzentos pareciam perplexos, vindos diretamente de Liverpool. Os agentes de imigração, com olhos frios e calculistas, davam as boas-vindas e os guiavam para um lugar onde dormiriam e comeriam. Homens confiantes se comprimiam e se acotovelavam para tentar enganar os ingênuos.

De repente, a velha senhora Regina gritou, zangada e em tom bem alto, "Meu Deus!" Um dos imigrantes pálidos, tendo chegado tão longe, desabou no chão do píer com uma pequena sacola e as pessoas apenas passaram por cima dele, apressados para tratar de suas vidas. Regina não era muito sentimental, mas ficou bastante comovida. Também não era muito religiosa, mas tinha uma relação histórica e forte com as publicações cristãs. Então, enquanto Rillie se ajoelhava ao lado do homem, Regina ficou de pé ao lado dele como uma sentinela e começou a cantar:

> *The Lord's my Shepherd, I'll not want*
> *He makes me down to lie*
> *In pastures green feedeth me*
> *The quiet waters by.**

---

* Tradução livre: "O Senhor é o meu Pastor, nada me faltará / Deitar-me faz em verdes pastos, guia-me mansamente a águas tranquilas." (N.T.)

E embora ela fosse grisalha e enrugada e usasse um vestido preto e largo, sua voz era agradável e ela usava um chapéu respeitável e ainda mantinha a postura ereta. Então, as pessoas pararam para ouvi-la e viram o homem deitado no píer. Logo, apareceram agentes da imigração e levaram o corpo do pobre irlandês embora.

Dois estivadores empurrando enormes carros de malas pararam por um momento para um descanso da pesada carga e, ao final do terceiro verso, Regina parou de cantar e fez a pergunta inevitável:

— Será que vocês, por acaso, conhecem meu irmão, Alfie Tyrone? Ele veio de Londres como marujo em um dos navios há muitos anos atrás. — Ela esperava que alguém reconhecesse o nome. — Alfie Tyrone — repetiu.

— Não conheço — responderam os estivadores, enquanto pegavam a carga e seguiam o caminho.

Muitos dos marinheiros e estivadores já conheciam a velha senhora de vista.

— Regina! — chamavam eles sempre que a viam no meio de descarregamentos e gaivotas, da multidão e do lixo. — Cante uma música.

Regina era uma pessoa peculiar e, às vezes, cantava, outras não. Naquele dia, como sempre, não tivera notícias do irmão que sempre esperava encontrar, e decidiu não cantar, apenas cantarolou baixinho sob o sol primaveril.

A senhora idosa apoiada no outro braço de Rillie, a Sra. Spoons, mãe de Rillie, com seu rosto enrugado e doce, falava pouco, mas costumava sorrir para tudo que via e, só as pessoas atentas talvez notassem seu olhar vazio que demonstrava que não estava talvez — totalmente — no presente. Naquele dia, no píer, ela viu uma luva amarela: pegou-a das gretas de madeira, embora as pessoas já tivessem passado por cima dela várias vezes, e não a soltou mais. Então, ao segurar a luva, começou a dar novos sinais de ansiedade que Rillie começara a notar: o lamento era novo, o olhar de sofrimento também, um tipo de pânico que cortava o coração amoroso de Rillie enquanto observava o rosto pálido da mãe. A Sra. Spoons já estava esclerosada há muito tempo, mas, até recentemente, não parecia sofrer ou demonstrar ansiedade por causa daquilo. Rillie lhe deu um abraço apertado.

— Não fique assim, mamãe — pediu Rillie. — Eu estou aqui, assim como Regina, e nós vamos para casa agora.

E o trio se afastou do rio. Andaram lentamente através da confusão e da correria, ainda de braços dados, seguindo para a casa de Celine em Maiden

Lane, abrindo caminho para carregadores, ferradores, estivadores, comerciantes, vendedores e carroças de bebida e fardos de algodão, que pediam passagem e as ultrapassavam, apressados. No caminho de volta, compraram dois jornais que meninos vendiam por todos os lugares: sempre compravam um mais sério para saberem as notícias, mas também, em deferência à carreira literária de muito tempo atrás de Regina, um dos jornais de um centavo mais escandalosos.

No sótão, Rillie acomodou as senhoras de volta nas cadeiras de balanço compradas para elas e colocadas ao lado das janelas que davam para a sempre barulhenta, ressoante e lotada Maiden Lane. Serviu-lhes uma xícara de chá e sentou-se com a própria xícara à pequena escrivaninha.

Regina pegou os jornais, primeiro o escandaloso, e procurou notícias interessantes. Desde que se lembravam, Regina sempre lia os jornais para eles; em voz alta todos os dias. "Ouçam isto", diria ela. Sua fascinação por jornais se manteve firme desde a juventude quando trabalhara para um dos jornais populares vendidos nas ruas de Londres. Ela demonstrara tanta alegria com as palavras que os editores costumavam deixar que escrevesse manchetes chamativas, **CORPO ENSANGUENTADO ENTERRADO NO CESTO DO AÇOUGUEIRO**, e ainda recitava um de seus pequenos poemas ou músicas que eram cantados, ou gritados, com grande entusiasmo, pelos vendedores de jornal, enquanto vendiam suas mercadorias:

> *Pelas pernas os adoráveis gêmeos foram agarrados*
> *Na cama, adormecidos.*
> *Dissera o pai desgraçado:*
> *Agora, com sua mãe, vocês logo terão partido.*
> *Agarrou-os pelas pequenas pernas*
> *E ao chão os lançou.*
> *E logo a delicada vida se esvaiu*
> *Ai de mim! Vida não havia mais ali.*

— Ah, os dias de glória! — exclamaria Regina, com um misto de orgulho e saudade, sempre que recitava os poemas do passado.

Naquele dia, lia em voz alta sobre um escândalo de Nova York com seu estilo poético, cheio de floreios, embora atualmente tivesse de segurar o jornal mais próximo dos olhos. **ASSASSINATO NA RUA DO CANAL,**

CORAÇÃO ARRANCADO COM SERROTE. A Sra. Spoons deu um sorriso vago, ainda agarrada à luva amarela imunda, a qual se recusava a soltar. Rillie estava debruçada sobre as contas da família, somando e subtraindo da pilha de dinheiro que ficava na gaveta: o dinheiro que Cordelia e Gwenlliam ganhavam no circo, o dinheiro que Arthur Rivers deixava com ela e os ganhos meticulosos de Monsieur Roland. O que sobrava no final do mês, se é que sobrasse, depois que fizesse a contabilidade e retirasse o dinheiro necessário para manter a casa, seria levado ao novo Bank of America que ficava em Wall Street. Não se permitia que mulheres gerenciassem uma conta bancária própria, nem mesmo na nova América (embora houvesse muitas cartas aos jornais sobre esse assunto), então, era Arthur Rivers quem sempre a acompanhava até Wall Street e assinava todos os papéis. Mas quem cuidava do dinheiro era Rillie. Ela franziu o cenho enquanto olhava o dinheiro. Nunca sentia que eles estivessem garantidos. Nunca. O circo estava pagando bem menos do que costumava pagar logo que chegaram. Agora, depois de somar e subtrair os números, contou, atentamente, o dinheiro do aluguel para La Grande Celine e o necessário para as despesas diárias.

— Ouçam isto — disse Regina.

DESCASCADORES DO KENTUCKY

Briga em Maysville, Kentucky, no dia 20. Um Sr. Coulster foi esfaqueado e está morto; *um Sr. Gibson foi* bastante ferido *com uma faca; um Sr. Faro foi gravemente ferido na cabeça e um outro, com o mesmo nome, no quadril; um Sr. Shoemaker foi espancado e vários outros, feridos de diversas formas. Esse foi o resultado de uma brincadeira para* descascar milho *quando todos, sem dúvida, estavam* alterados *pelo consumo de* bom uísque.

— Ouçam — disse ela novamente. — **OURO RELUZENTE PARA TODOS NA CALIFÓRNIA: MAIS MINAS DE OURO ABERTAS.** — Então, ela abriu o jornal sério e leu: — **NAVIOS PARTINDO PARA CALIFÓRNIA TODOS OS DIAS: MAIS MINAS DE OURO ABERTAS.**

E, acima de todas as manchetes lidas por Regina e do som do tráfego do lado de fora, Rillie ouviu os sinos de Trinity Church e da St. Paul's Chapel tocarem de forma não tão simultânea, e uma carroça dos bombeiros passou tocando o próprio sino e, em sua gaiola, o canário amarelo, de repente, se juntou ao barulho, assoviando, alegre.

Rillie pensou em Monsieur Roland, praticando sua arte delicada com todo o barulho de Nova York como pano de fundo, pois as salas de trabalho de Monsieur Roland ficavam apenas a algumas ruas de distância. Uma pequena placa na janela dizia de forma simples: *Monsieur Roland: mesmerista*. Embora ele quase nunca trabalhasse em hospitais, de alguma forma, era conhecido na região como alguém que podia curar certos tipos de doenças físicas ou acalmar almas atormentadas: aquelas almas que, naquela cidade grande, excitante e cheia de gente, não conseguiam lidar com a nova vida ou com suas dores particulares. Antes de vir para a América, costumava morar sozinho em seu pequeno quarto, meticulosamente arrumado, em Londres, na Elephant com a Castle e Rillie sabia que a vida comunitária que levavam devia ser difícil para ele. Mas toda semana depositava seus módicos ganhos; além disso, com infinita indulgência, erguia os olhos dos livros que estava lendo para conversar com as duas senhoras idosas. Em algumas ocasiões, jogava pôquer com Regina: às vezes, conversava com paciência por um longo tempo com a Sra. Spoons para ver se encontrava sinais da própria Sra. Spoons dentro daquele pequeno corpo frágil e ansioso, pois ele, Rillie, Regina e Arthur, todos notaram a mudança. A Sra. Spoons apresentava um novo olhar perdido, pois agora não se lembrava de mais nada: nem de si, nem de qualquer pessoa que já conhecera.

Rillie trancou as finanças na gaveta e olhou para o outro lado de Maiden Lane, para os cômodos do outro lado da rua, onde, sem dúvida, haveria pessoas contando dinheiro também. Rillie adorava a primavera, o ar ficava diferente e, agora, por fim, moravam em um lugar que parecia um lar. E, no final do mês, Cordelia e Gwenlliam estariam de volta a Nova York, e Arthur, que estava trabalhando longas jornadas (e bastante insatisfeito, pensava) para a polícia de Nova York, estaria com elas sempre que possível, e sua pequena e unida família, nas novas acomodações na pensão, estaria, enfim, completa. Esses eram os melhores momentos.

Ergueu olhar em direção ao daguerreótipo da família pouco usual pendurado na parede. Olhou atentamente para a querida amiga, Cordelia Preston. Ela e Cordelia se conheciam e trabalhavam juntas há tanto tempo que se entendiam sem a necessidade de palavras. Certa vez, Rillie dissera a Cordelia:

— Eu sou seu espelho.

E Cordelia perguntara:

— O que quer dizer com isso?

— Todos precisam de um espelho. Alguém que os conheça melhor do que eles mesmos. Se você não tem um espelho, você não se vê e isso é ruim para as pessoas.

Rillie enxergava Cordelia e a amava muito — e percebia as diferenças. Como foram alegres um dia: como riam do sucesso inesperado com o negócio arriscado e audacioso do mesmerismo que planejaram montar; como bebiam vinho do Porto e se maravilhavam com o fato de terem ficado a um passo de morarem em um abrigo para pobres e como haviam escapado; como eram alegres e exuberantes. Rillie desejava que *aquela* Cordelia pudesse voltar, mesmo depois de tudo que acontecera. (Essa era a única maneira que Rillie conseguia explicar para si mesma: *volte Cordelia*.) Mas Rillie estivera lá, naquelas poucas semanas terríveis do julgamento de assassinato, quando os filhos de Cordelia haviam partido, assim como seu trabalho e reputação.

Talvez ninguém conseguisse voltar de uma coisa como aquela.

13

O Sr. James Doveribbon deveria estar muito confortável no American Hotel na Broadway: água encanada e fartura. Mas o local também estava cheio de *americanos* que o engajavam em conversas, o enchiam de perguntas durante o dia inteiro, e o chamavam de *Jimmy*. Estava horrorizado. Em Boston, até mesmo acrobatas e treinadores de animais o chamaram de Jimmy e se comportaram com uma familiaridade que considerava muito desagradável.

Sempre lhe perguntavam "O que acha do nosso lindo país?" E a verdade era que ele achava o país barulhento, vulgar e com total ausência de respeito a um cavalheiro inglês.

Entrou em contato com cinco circos em Boston e arredores, mas nenhum deles ouvira falar de Cordelia Preston, até que, por fim, um palhaço irritante sem nada para fazer bateu com o dedo ao lado do grande nariz vermelho acima da boca pintada e perguntou de forma desagradável e insinuante:

— Mas para que você precisa *dela*, Jimmy?

(Já que o plano do Sr. Doveribbon para Cordelia Preston era algo muito mais sinistro do que as insinuações do palhaço, sua reação contrariada foi um tanto injustificável.) Então, o palhaço acrescentou:

— Se conseguir encontrar o Incrível Circo do Sr. Silas P. Swift talvez a encontre.

E o coração do Sr. Doveribbon saltou no peito, até compreender que tal circo estava em turnê pela selvagem América, a qual não tinha a menor intenção de visitar: a analogia "agulha no palheiro" era bem apropriada, já que ouvira falar que não havia nada além de grãos no país. No entanto, seguiu para Nova York, onde se hospedou no American Hotel e pediu um caro champanhe como consolo.

Ouvira dizer que um homem chamado Phineas Barnum também era empresário. Dirigiu-se, então, para o American Museum do Sr. Phineas Barnum, na Broadway, onde viu um homem-leão, uma sereia-humana e um interessante anão. Também assistiu a um melodrama, o que lhe despertou desejo imediato por uma bebida, mas não havia bares no museu, apesar de haver cerca de vinte tavernas no mesmo quarteirão. Tentou encontrar o Sr. Phineas Barnum para lhe fazer algumas perguntas, mas ele não foi encontrado. Finalmente, teve uma conversa longa e cortês com general Tom Thumb, o interessante anão (desejoso de estudar os trejeitos de um inglês) que convidou o Sr. Doveribbon para ir a um bar nos arredores e lhe pagou mariscos e cervejas, sempre o chamando de Sr. Doveribbon. (James Doveribbon se sentiu um tanto estranho na companhia de um anão, pensando que as pessoas poderiam olhar para ele, mas ninguém prestava atenção ao inglês: estavam interessados apenas no seu companheiro.) No entanto, sobre Silas P. Swift, o general Tom sabia tanto quanto o Sr. Doveribbon: seu circo estava em turnê pela América.

Em outro dia, o Sr. Doveribbon saiu do hotel e seguiu (de mau-humor, pois não conseguira encontrar uma carruagem livre naquela cidade, onde todos se empurravam, se acotovelavam e se apressavam) para as docas do rio East, onde os gurupés dos veleiros alcançavam as ruas, as cordas se enroscavam nas rodas das carroças e o som do tráfego, das fábricas, dos vendedores, dos sinos de navios e os gritos dos irlandeses descarregando as cargas nos navios eram difíceis de suportar. Enquanto observava as docas barulhentas, também era observado. Um cavalheiro se aproximou e tirou o chapéu.

— Bom dia — cumprimentou o cavalheiro em tom bastante respeitoso.

— Bom dia — respondeu o Sr. Doveribbon, cauteloso, evitando que as próximas perguntas fossem "Como se chama?", "Quantos anos tem?", "O senhor é casado?", "Em que trabalha?", "Quanto ganha?", "Onde está hospedado?" e "O que acha do nosso lindo país?".

Porém o cavalheiro ao seu lado apenas agia com cordialidade e logo estava acompanhado de outro cavalheiro, que, gentilmente, o tiraram do caminho de uma grande carroça que passava. E, logo depois, apertaram sua mão de forma jovial e seguiram seus caminhos. Mais tarde, o inglês percebeu que, de alguma forma, seu relógio de bolso havia sido roubado.

Ficou tão furioso que atravessou as docas à procura deles com o novo punhal em mãos. *Como se atrevem a me fazer de idiota?* Todavia, os agradáveis cavalheiros haviam desaparecido e, quando deu por si, estava cercado por marinheiros e estivadores de todas as cores e sotaques que trabalhavam nas docas e esbarravam nele de forma rude. Segurou firme o afiado punhal, pronto para usá-lo. Dirigiu-se para o posto de vigília do lado de fora da delegacia de polícia, mas eles apenas riram e lhe disseram para prestar mais atenção.

— Não há nenhuma chance de encontrar seu relógio de novo, camarada — informaram eles. — Já deve ter sido vendido para algum judeu!

No entanto, sua sorte mudou naquele mesmo dia. Em um quadro de avisos público leu:

URSO-POLAR BRANCO À VENDA. TODAS AS OFERTAS SERÃO CONSIDERADAS. TAMBÉM PRECISAMOS DE MACACOS PERFORMÁTICOS.

SILAS P SWIFT.

PEARL STREET PRÓXIMO À PINE STREET.

14

Era início de noite quando Cordelia e Gwenlliam retornaram a Nova York. A CASA DE REFEIÇÕES DE CELINE estava cheia como sempre; Celine, sentada à sua escrivaninha, supervisionava tudo e cuidava do dinheiro; a pérola em seu tapa-olho negro brilhava ocasionalmente à luz dos lampiões. Nas compridas mesas, havia uma família alemã, empresários, contadores (homens jovens e solitários que vinham para a cidade em busca de fortuna), marinheiros das docas: todos muito bem recebidos por Celine desde que não perturbassem os demais clientes. Normalmente, não perturbavam: aquela era Nova York. As pessoas iam até lá para comer e o faziam depressa, querendo voltar logo ao trabalho. Mas se perturbassem outros clientes, o homenzarrão chamado Jeremiah, que vendia bebidas atrás de um balcão no canto, entrava em ação de forma surpreendentemente rápida considerando seu tamanho: logo ficaram sabendo que ele trabalhara como halterofilista no circo.

— Senhor, isto aqui não é uma taverna! — advertiria Jeremiah, providenciando para que qualquer confusão fosse resolvida fora do estabelecimento, antes de voltar para as suas pequenas prateleiras de cerveja, uísque, vinho do Porto, sarsaparilla e cerveja preta.

Naquela noite, havia várias senhoras atrás do biombo grande e decorado na parte especial do salão de jantar, reservada apenas para mulheres: uma delas morava no andar de cima, e outras duas viviam em uma pensão próxima; embora não estivessem acompanhadas por nenhum cavalheiro, se sentiam perfeitamente confortáveis ali. As duas garçonetes, que diziam ser sobrinhas de Celine, eram caprichosas, eficientes e bem treinadas por ela; anotavam os pedidos, recebiam comentários rudes ou elogios com a mesma atenção solícita. O serviço também era rápido: da cozinha no andar de baixo, ouvia-se o som contínuo de passos e gritos de pedidos, enquanto as garçonetes ou as empregadas negras que limpavam os pratos subiam e desciam as escadas. O que talvez fosse incomum em estabelecimentos como aquele era o fato de um jovem tocar as músicas da moda em um harmônio. Às vezes, cantava também; enquanto novos clientes entravam, ele cantava a última música, "Oh! Suzana!", mas se ouviam não davam qualquer sinal, e se conversassem durante a refeição, o assunto era sobre negócios, ou sobre a busca ao ouro na Califórnia: *dizem que lá existem pepitas de ouro do tamanho de ovos de galinha!* O jovem continuava tocando, animado, o harmônio.

> *O, Susanna!*
> *O don't you cry for me!*
> *I am come from Alabama*
> *With my banjo on my knee.**

La Grande Celine, contando o dinheiro, pôde dar apenas um rápido aceno quando as duas mulheres do circo finalmente chegaram, olhando-as com grande interesse. Mas Celine não perdeu nada: logo percebeu o entusiasmo dos hóspedes quando se reencontraram, abraçando-se de forma calorosa ainda na grande porta da frente. Eram, sem dúvida, uma família, percebeu ela, uma estranha família. Viu Monsieur Roland inclinando a cabeça, sorrindo ao ouvir a conversa animada de Gwenlliam. Observou como Rillie e Cordelia cumprimentaram-se com prazer e entusiasmo: como se fossem irmãs — talvez fossem irmãs? — isso nunca lhe havia ocorrido. Viu o inspetor Rivers se virar para beijar o rosto de Cordelia, e pegar seu braço enquanto conversavam. Ela pousou a mão sobre a dele e logo Celine compreendeu e seu coração ardeu no peito. Sentiu uma pontada inesperada de solidão, enquanto todos se apressaram para estarem juntos no andar de cima.

La Grande Celine era, porém, americana, e, apesar do romantismo e esperança que nutria por Monsieur Roland, sentiu em seu coração que deveria conhecer os interessantes hóspedes e descobrir suas histórias.

---

* Tradução livre: "Oh, Susanna! / Não chores por mim! / Eu venho do Alabama / Com meu banjo no joelho." (N.T.)

Com isso em mente, na mesma hora, enviou um convite para o andar de cima, tão especial que seria impossível recusar: La Grande Celine reservou a mesa atrás do biombo para, talvez, uma hora mais tarde. Por volta desse horário, as damas solteiras já teriam terminado o jantar; todos do andar de cima foram convidados para a ceia, até mesmo as senhoras mais idosas. Serviria as grandes ostras de Staten Island, as melhores de Nova York, que tinham acabado de chegar.

Celine, supervisionando o salão de jantar e o dinheiro que entrava como uma pirata excêntrica, observou enquanto os sete hóspedes desciam; a Sra. Regina colocara uma pena brilhante e festiva no chapéu que sempre usava. Sorrindo para todos os clientes, Celine analisava com cuidado o pequeno grupo e as duas recém-chegadas. Cordelia Preston era extremamente atraente, e a filha, Gwenlliam, muito bonita e, de alguma forma, confiante. Percebeu de imediato como todos, talvez até mesmo a senhora louca que carregava uma luva amarela, formavam uma aura amorosa em torno da garota. Isolados dos demais clientes pelo biombo, houve muita conversa e sorrisos enquanto comiam as ostras. Regina ouviu a música: Celine observou como ela esticava o pescoço para observar o harmônio, enquanto batia os pés no ritmo. Viu também como todos se dirigiam a Monsieur Roland com respeito, embora ele mesmo não falasse muito; apenas ouvia com atenção as histórias que as duas mulheres contavam sobre o circo. La Grande Celine olhava para ele — sem perceber talvez — com grande desejo, como se, de alguma forma, ele fosse a resposta para o que procurava; então, teve de se virar rapidamente, jogando o grande cabelo ruivo por cima dos ombros de forma desinteressada, ao perceber que o inspetor Rivers a observava. Entendeu que o inspetor era o protetor natural daquele estranho grupo.

Por fim, a maioria dos clientes já havia ido embora, e Celine viu que o pequeno grupo especial dava sinais de cansaço. Sra. Spoons bocejou, olhando vagamente ao redor, e Rillie voltou-se para ela.

— Já vamos subir, mamãe — disse, amorosa.

Cordelia e Gwenlliam estavam exaustas e pálidas. Cordelia descansou um pouco seu ombro contra o corpo do inspetor Rivers, o que deixou Celine muito feliz. O harmonista tocava a última música da noite, o momento que sugeria uma balada de amor, mas como o músico era jovem e vigoroso, o tom foi alegre, não lento.

O whistle and I'll come to you, my lad,
O whistle and I'll come to you, my lad,
Though father and mother and all should go mad
Thy Jeannie will venture with thee, my lad.*

E, entre todas as pessoas, foi a Sra. Spoons que se juntou a ele no refrão; com voz aguda e trêmula, ela se lembrara de algo e cantou, com doçura, a versão escocesa original: *o whistle and I'll come to ye, my lad, though father and mother and a' should gae mad,* sorrindo e balançando a cabeça enquanto cantava. Celine percebeu que a atenção de Monsieur Roland se voltara para aquilo, pois ele se inclinou para a frente com grande interesse. Também observou Rillie, surpresa e emocionada, escutando a mãe cantar.

Ao amanhecer, o inspetor Rivers partiu para as docas. Viu um pequeno grupo de homens na esquina da Water Street, apenas observando o mundo, ou, talvez, observando a ele, já que raramente se enganava com aquelas coisas. Afinal, era, acima de tudo, um detetive, e, duas noites antes, havia frustrado a ação de uma das gangues enquanto se esgueiravam discreta e silenciosamente pelas águas com seus remos em direção a um dos barcos com um carregamento de joias. Um marinheiro estrangeiro levara um tiro: mas o detetive efetuara quatro prisões. Eles estariam, certamente, observando o inspetor.

Mais tarde, naquela manhã, na grande sala de jantar, com a luz do sol entrando pelas janelas, La Grande Celine foi devidamente apresentada a Cordelia Preston e a sua filha, Gwenlliam, que apreciaram, assim como os outros, a extravagante e agradável senhoria com tapa-olho de pirata. Agradeceram-lhe a agradável ceia e sentaram-se na grande sala com pôsteres coloridos de circo e das cataratas do Niágara nas paredes. Aceitaram uma xícara de café e insistiram em pagar. Em volta delas, duas empregadas negras varriam e poliam o chão.

— Maybelle e Blossom — chamou Celine, e as garotas sorriram, tímidas, exibindo dentes brancos e polidos. Abaixou o tom de voz. — É pos-

---

* Tradução livre: "Basta assoviar e irei até você, meu rapaz / Basta assoviar e irei até você, meu rapaz / Embora papai e mamãe e todos fiquem loucos / Tua Jeannie se aventurará contigo, meu rapaz." (N.T.)

sível conseguir empregadas irlandesas por menos — confidenciou ela.
— E cocheiros, estivadores e engraxates também. Todos tão desesperados e dispostos a trabalhar recebendo menos que os negros. Mas onde isso vai terminar, eu me pergunto, se toda população negra de Nova York está desempregada? Eles já estão se matando, formando gangues! Pago pouco a essas garotas, mas ainda assim são boas trabalhadoras.

As três mulheres trocaram mais histórias animadas sobre a vida no circo, e Celine suspirou:

— Eu digo que não sinto falta do circo, mas, para ser honesta, às vezes eu sinto. O que Silas está planejando agora?

— Estamos aguardando para saber. De repente, recebemos uma mensagem dizendo que deveríamos encurtar a turnê e retornar a Nova York. Ele nos disse que em poucos dias tudo seria resolvido. Mas os rumores são que vamos nos apresentar na cidade por um tempo.

— Vocês vão precisar de sorte! Como sabem, circos estão sofrendo grande desaprovação hoje em dia.

— Sabemos muito bem! Mas Silas já deve ter algo planejado.

La Grande Celine soltou sua gargalhada franca e cativante.

— Aquele louco do Silas, é claro que já deve ter algo em mente! — divertiu-se ela.

Quando Gwenlliam soube que Celine havia queimado o olho enquanto engolia fogo, mostrou-se horrorizada.

— Engolidores de fogo fazem uma preparação tão cuidadosa, a parafina e os bastões com fogo. Já os observei em diversas ocasiões.

— Realmente — respondeu Celine. — Eu, é claro, era meticulosa.

— Então, como isso pode ter acontecido?

Cordelia adivinhou na hora.

— Outra pessoa?

— Outra pessoa.

— Mas por quê?

— Acho que vocês sabem, tanto quanto eu, que essa coisa chamada amor nem sempre é como cantam nas canções. *Basta assoviar e irei até você.* Pois sim! O amor também pode ser uma energia negativa, que toma formas estranhas e causa grandes danos.

Ela teria dado qualquer coisa para retirar o que acabara de dizer; pois ambas as mulheres empalideceram, de repente, e pareceram desprotegidas.

Era como se as tivesse esbofeteado. Recuperaram-se, mas já era tarde demais para ela não ter entendido e sentiu-se envergonhada. Tentou se desculpar oferecendo a história de sua vida.

— Um acrobata estava apaixonado por mim. Ou pensou estar, pobre rapaz. Era alemão, povo que costuma ser contido. Conheço muitos cavalheiros alemães que não tiram o chapéu da cabeça por nada, sem falar nas outras partes do vestuário. — Percebeu que despertara um leve sorriso. — Ele implorou que eu abandonasse o circo para nos casarmos e morarmos em uma fazenda. Uma fazenda de porcos! Conseguem imaginar? Ele dizia que os porcos davam muito dinheiro. Tentei ser gentil, mas, é claro, que não consegui ser o suficiente. — Soltou um leve suspiro de pesar. — Meu bastão de fogo foi sabotado. Havia tanta parafina e, consequentemente, tanto fogo, que perdi o tempo certo de engolir e meus cabelos pegaram fogo na hora, deixando-me tão aterrorizada que acertei meu próprio olho com o bastão. Meus colegas ajudaram, foi muita sorte não ter queimado ainda mais o rosto. Foram meses até que meus cabelos crescessem até o comprimento de antes e eu perdi a visão do olho queimado. — Sacudiu os cabelos ruivos que caíam ao redor do rosto, e seu olho bom brilhava. — Tento ver isso como uma bênção disfarçada. Uma engolidora de fogo velha não é nada digno. E aqui estou no comando de meu próprio mundo. — E, naquele exato momento, as sobrinhas apareceram e foram apresentadas. — Na verdade, não são minhas sobrinhas, não tenho família, mas eu as chamo assim, com o objetivo de parecer que tenho parentes! — Celine riu. — Ruby e Pearl de Cincinnati. — As garotas sorriram. — Sem elas eu não conseguiria gerenciar este estabelecimento. — Então, as três tiveram que sair, pois o açougueiro chegara trazendo a carne e chamava na porta da frente.

— Ela está apaixonada por Monsieur Roland — contou Rillie quando voltaram ao andar de cima. As duas olharam para ela surpresas.

— Mas ele é nosso! — exclamou Gwenlliam com firmeza, mas logo percebeu o que dissera e corrigiu-se envergonhada. — Não, ele não é *nosso* não, mas nós o amamos.

— Então você não deveria se surpreender se mais alguém também o amar — retorquiu Rillie.

— É diferente! — declarou Cordelia, sorridente.

— Nunca estive apaixonada, mas já vi "apaixonados" — declarou Gwenlliam em tom misterioso.

Embora ela e a filha estivessem lavando todas as roupas em grandes bacias, Cordelia começou a esfregar mais devagar e olhou para Gwenlliam com dúvida. *Mas o que posso falar a ela sobre o amor?* Pois entendia que Gwenlliam sabia e se lembrava de muitas coisas. Esfregou agora com força, como se pudesse limpar seu passado. E agora Gwenlliam se misturava com pessoas selvagens e excêntricas. Certa vez, a filha lhe contara:

— Hoje beijei um marinheiro no cais.

Cordelia tentava disfarçar surpresa ou espanto à filha forte e segura.

— Ele era seu amigo?

— Não, mas estava só, não havia ninguém para se despedir dele. E era muito bonito. — Sorriu com delicadeza.

— Celine realmente quer casar com Monsieur Roland — dizia Rillie agora. Ela tirava as roupas limpas da água e as colocava em um recipiente.

Cordelia e Gwenlliam digeriram o assunto, enquanto batiam e esfregavam as roupas. O cheiro de sabão tomou o sótão de forma agradável. Regina estava lendo o jornal, mas escutava atentamente a conversa, apreciando a discussão e o cheiro de limpeza que impregnava o ar.

— O que o velho senhor acha disso? — perguntou Cordelia por fim.

— Acho que ainda não percebeu — respondeu Rillie. — Mas agora que você conheceu La Grande Celine, há de concordar que é uma questão de tempo até que ele perceba.

Objeto daquela discussão romântica, Monsieur Roland levou Cordelia e Gwenlliam para assistir a uma operação médica em um dos hospitais de Nova York: as duas estavam acostumadas a participar de operações. No começo, pensaram que Gwenlliam acharia perturbador, mas foi o oposto, ela conversou com a primeira paciente de forma gentil, uma jovem americana, mesmerizou-a permanecendo com ela sem empalidecer, mantendo-a mesmerizada enquanto abriam seu estômago. Agora conheciam, é claro, a descoberta do éter como anestésico.

Monsieur Roland lhes disse que naquele dia veriam algo diferente.

— Talvez o éter já tenha sido ultrapassado — contou ele. — Confirmei com o cirurgião e hoje usarão clorofórmio. É muito mais eficiente e a utilização de inaladores não é mais necessária. No entanto, é preciso muito mais cuidado do que com o éter, pois o clorofórmio pode ser fatal se utilizado de forma errada.

O cirurgião cumprimentou cordialmente Monsieur Roland e suas acompanhantes: ele o conhecia e o respeitava muito. Também se lembrava das mulheres. Colocou os convidados onde poderiam observar a operação sem problemas. O paciente teria o pé gangrenado amputado e estava bastante agitado. Logo testemunharam como uma esponja embebida no líquido transparente, o clorofórmio, e colocada sobre o rosto apavorado do paciente foi o bastante para deixá-lo inconsciente de forma quase instantânea. Quando o homem mostrava sinais de que poderia acordar, ou de que sentia algum desconforto, simplesmente cobriam seu rosto uma vez mais com a esponja enquanto o cirurgião serrava o pé.

Mais tarde, quando o paciente foi levado embora, foi permitido aos visitantes, devido ao respeito que todos no hospital tinham por Monsieur Roland, que dessem uma leve inspirada na esponja com clorofórmio.

— Tenham cuidado — alertou o cirurgião.

— Mmmm. Sim, eu conheço este — declarou Gwenlliam, com calma, devolvendo a esponja. — Mas nunca experimentei propriamente. Já cheirei éter algumas vezes, mas esse é diferente. Mais doce, mais agradável, não acham?

O cirurgião pareceu espantado; Monsieur Roland e Cordelia também ficaram, de certa forma, confusos.

— Como você sabe? — todos perguntaram. Ela sorriu.

— Os anões — respondeu ela. — Eles experimentam de tudo para ficarem "altos". E me deixam experimentar também. Todos sabem sobre a embriaguez de éter! Um grande negócio. Eles gostam mais de óxido nitroso. Disseram-me que o gás do riso é o melhor de todos, como se fosse gargalhada e champanhe misturados!

Monsieur Roland respondeu a ela de forma severa (para ele):

— Isso é perigoso, minha querida. Tudo isso. Clorofórmio, éter, óxido nitroso podem ser muito perigosos quando não compreendidos.

O cirurgião escutava a conversa com interesse. *Anões?* Só então se lembrou de que a mulher trabalhava em um circo. Mas acrescentou a própria advertência:

— Sim, de fato, clorofórmio, em especial, deve ser manuseado com muita precaução. Sabe-se que essa substância — explicou ele, em tom de alerta — se utilizada de forma imprópria, ou em grande quantidade, pode causar uma parada cardíaca. Inúmeras fatalidades já ocorreram. É como Monsieur Roland disse: perigoso.

— Os anões vivem perigosamente — respondeu ela, como quem soubesse tudo. — Não costumo me juntar a eles, pois acho alguns deles, de certo modo, muito difíceis de lidar; ficam muito furiosos e violentos. Mas me sinto triste por eles. Acreditam que foram, de certa forma, trapaceados por causa do tamanho. Sabem que estão no circo somente devido à baixa estatura, mas mesmo assim vários deles são excelentes malabaristas. De qualquer maneira, eu não fui atrás de clorofórmio; os anões me falaram que não gostaram.

O cirurgião estava fascinado.

— Eles disseram por quê?

Ela riu novamente.

— Bem, eles querem alegrar a vida! Disseram que clorofórmio os deixa inconscientes ao invés de eufóricos, como se tivessem bebido champanhe.

15

Marylebone
Londres

Estimado Arthur,
Continuamos preocupados com o surto de cólera. Os seus oito netos — sim, Arthur, vou repetir uma vez mais, para o caso de ter esquecido de que são oito agora — continuam crescendo e eu agradeço à misericórdia divina nesta cidade infestada de doenças. Eles têm muitas necessidades. Mas escrevo novamente em tão pouco tempo porque preciso fazê-lo compreender que o casamento de sua filha Faith está passando por muitos problemas. Ela carrega uma cruz e precisa das orientações do pai, pois não aceita as minhas. É com grande pesar que devo informar que Fred desapareceu (pelo que devemos ser gratos), mas a sua filha aceitou um trabalho remunerado! Pronto! Essas são as consequências de ter um pai do outro lado do oceano. E nem ao menos foi um emprego de governanta ou algum trabalho delicado como de bordadeira. Ela está trabalhando — e não consigo acreditar que esteja escrevendo estas palavras — em uma fábrica de conservas em Paddington. Cebolas são transformadas em tempero. Millie toma conta das sobrinhas e do sobrinho. Nada mais direi na esperança de que essa notícia, por fim, o traga de volta à razão.

O príncipe alemão conseguiu o que queria — todos os tipos de planos estão sendo oferecidos e analisados para a construção de um edifício em Hyde Park para a Grande Exposição que, creio, será realizada em menos de dois anos. Os jornais só escrevem sobre isso. Não sei como nossa querida rainha consegue lidar com o assunto, embora tal exposição seja, conforme os jornais nos

informaram, um modo de tornar a Grã-Bretanha ainda mais notável. Isso nós veremos, se o Senhor tiver misericórdia de nós.
 Continuo, como sempre, sua zelosa cunhada,
 Agnes Spark (Srta.)

Recebemos sua ajuda financeira. Sexta parcela.

Querido pai, nenhum de nós mostra qualquer sinal de cólera e estamos ajudando Faith. Fred já tem problemas com a bebida há anos. O querido Charlie diz que sair para trabalhar proporcionou uma mudança para melhor em Faith, mas o senhor sabe como ele é brincalhão. Ela fica cansada, mas está tudo bem, pai. Fred é um caso perdido, constantes recaídas. Nunca podemos contar com ele, mas tomamos conta de todas as crianças e estamos nos arranjando e, se Fred desaparecer para sempre, Charlie diz que vamos convidar Faith e as crianças para morar conosco (só esperamos que isso não inclua tia Agnes.) Ai, meu Deus, mais um bilhete inadequado, com amor, de sua princesa Millie. PS: Todos mandam lembranças. Um dia o senhor verá todas as crianças, as minhas e as de Faith e tenho certeza de que ficará orgulhoso delas e o querido Charlie sempre me diz que o senhor encontrará em mim uma filha melhor do que a que deixou. E o pequeno Arthur de Faith não o esqueceu, não importa o que tia Agnes diga, ele guarda todos os seus desenhos. Dia desses, ele o desenhou em um navio! Ele copiou o navio de um de seus desenhos e eu fiquei muito orgulhosa! Mas, pai, nesse meio-tempo, não se preocupe. Prometo que avisaremos se realmente estivermos com dificuldades. Beijos.

O inspetor Rivers leu as duas cartas duas vezes e, com determinação, assoviou "Lavender Blue", enquanto caminhava do posto dos correios, voltando para o rio East sob a luz do sol. Sua Cordelia estava de volta. No entanto, embora as flores de maio brilhassem nas cercas e nos jardins e mesmo nos buracos do pavimento das ruas que levavam às docas, ele não as viu. Havia ainda mais rumores sobre um departamento de polícia adequado para o rio estar sendo desenvolvido: então, ele poderia viajar, talvez para Londres, onde obviamente também era necessário.

Lavender blue, dilly dilly
Lavender green

Ele assoviava.

Mas essa foi a última vez que assoviou em muito tempo, fosse com determinação ou felicidade: naquela noite seu rosto foi esmagado com uma pedra da pavimentação da rua e sua clavícula e seu braço foram quebrados.

Quando as pessoas falavam sobre o acontecido mal podiam acreditar no motivo da revolta: uma multidão de homens se juntou dentro e fora da Astor Place Opera House, lutando, de forma violenta, sobre quem era o melhor ator para a peça shakespeariana *Macbeth*: um ator americano ou um inglês. Dentro do teatro, membros violentos e debochados da plateia interromperam a apresentação. Do lado de fora, a polícia não conseguiu conter a multidão que arrancava pedras do pavimento e as jogava contra o teatro. O exército foi chamado com suas armas e vinte e três pessoas foram mortas, muitas por balas de revólveres. Casas e prédios na parte mais respeitável da cidade também foram danificados. Os garotos que vendiam jornais gritavam "**REVOLTA NA BROADWAY.**"

Cordelia, recém-chegada da turnê com o circo não via o marido há quase dois dias, nenhum garoto viera com uma mensagem; ela e Gwenlliam não encontravam ninguém que pudesse responder às suas perguntas no comando da polícia que estava sendo protegido por soldados; o público era mantido afastado de Astor Place por um cordão de isolamento. Cordelia olhava para as grandes manchetes dos jornais: **VINTE E TRÊS MORTOS**, as quais Regina não lia em voz alta. Cordelia esfregava o chão do lado de fora da porta de entrada.

— Onde ele está? — perguntava ela repetidas vezes para o chão.

— Cordie, ouça isto! Venha ouvir isto! — Mas Cordelia continuava a esfregar. — Cordie, é William Macready! — Chamou Rillie novamente, sem acreditar. — Tudo isso aconteceu por causa dele! — William Macready era um ator de Londres com quem trabalharam há muito tempo. — As pessoas estavam se matando por causa de *William Macready*. Se ele é melhor do que um ator americano chamado Edwin Forrest! — Ela continuava olhando para os artigos de jornal, admirada.

Cordelia pegou o jornal e o descartou rapidamente.

— Onde está Arthur? Ele sempre manda uma mensagem se não for voltar para casa e nós o estamos esperando. Ele ainda faz isso?

— Claro que sim — respondeu Rillie.

— Então, onde ele está? Por que as pessoas estão se matando por causa de William Macready?

Quando Arthur Rivers, por fim, retornou à Maiden Lane com braços, mãos e cabeça enfaixados e sangue seco no rosto, Cordelia apenas olhou para ele. E, então, chorou de alívio, surpreendendo a todos, inclusive a si mesma. Enquanto se dirigiam à sala de estar do sótão e Celine apareceu com tortas e cerveja, a Sra. Spoons se levantou de repente da cadeira de balanço, fazendo pequenos sons de sofrimento. Talvez visse apenas um homem enfaixado, mas alisou o braço do policial com a pequena luva amarela e ele sorriu segurando sua mão e dizendo ter a sorte de conhecê-la. Monsieur Roland, também aliviado pelo retorno do amigo, observou a Sra. Spoons, perguntando-se como era possível ela não conhecer o inspetor Rivers que vivia com eles e, ainda assim, demonstrar tanto carinho.

A polícia foi castigada; cartas em todos os jornais falavam de "nova-iorquinos respeitáveis impossibilitados de dormirem tranquilos em suas camas".

— A multidão estava *organizada* — repetia Arthur diversas vezes. — Digo a vocês que a confusão não foi sobre atores. Devia haver pelo menos dez mil pessoas lá. — E Gwenlliam, sentada ao lado dele, teve de se controlar para não chorar: seu amado padrasto tão ferido, pálido e enfaixado. — *Reconheci muitos deles* — continuou ele. — Havia gangues lá. Centenas de Bowery com seus chapéus e calças chamativas. Edwin Forrest é um herói de Bowery. Eles lutavam como animais selvagens, com facas e pregos, botas e pedras. Também havia gangues de Five Points, arrancando o pavimento.

Ele não disse que também tinha visto membros da gangue Garotos do Alvorecer que agiam na região do rio. Também não disse que acreditava que ele e Frankie Fields, seu sargento mais confiável, foram o alvo específico de alguns homens violentos e que escaparam de ferimentos mais graves quando o exército chegou armado com espingardas. E, sobretudo, não disse que não tinha certeza se fora verdade ou alucinação: quando os soldados armados chegaram e o arrastaram para um local seguro, pensou ter visto uma mulher alta, descabelada, gritando impropérios para ele no meio da multidão que continuava lutando. Ele se lembrou de ter tocado a orelha antes de perder a consciência.

— Aqui está o vinho do Porto — disse Cordelia e ele tomou, desajeitado, mas continuou falando.

— Alguém ou várias pessoas, eu não entendo bem os meandros da América, mas certamente há alguém por trás disso. Há pessoas instigando a confusão, usando Forrest e Macready como desculpa!

Monsieur Roland olhou atentamente para as bandagens do amigo e, de forma gentil, trocou a do ombro.

— Uma vez eu representei o papel de empregada de Macready — contou Rillie, pensativa. — Goldsmith.

— E eu, uma vez, fui sua amada — acrescentou Cordelia. — Sheridan.

— Será que ele está seguro? — perguntou Rillie.

— Ele saiu pelos fundos e, se tiver bom senso, já terá deixado Nova York. Deve ter tido ajuda para fugir, pois tem muitos amigos poderosos na "Sociedade de Nova York", como começaram a ser chamados, ou "Nova-Iorquinos antigos". Foram eles que insistiram que atuasse mesmo quando estava claro que os ânimos estavam exaltados. Eles simplesmente não compreendem a energia oculta nas ruas não muito longe de onde pensam estar tão seguros. A Bowery e a Broadway se *encontram* em Astor Place. Pelo amor de Deus! Qual é o problema dessas pessoas que parecem não enxergar? Milhares de jovens desesperados e insatisfeitos com demasiada energia, vivendo como animais. É claro que isso é receita para confusão! Será que a "Sociedade de Nova York" não lê os jornais da cidade? Será que não sabem da onda de ódio que irrompeu na França, na Alemanha e na Inglaterra? As docas estão cheias de gente chegando, pessoas zangadas de todas as partes do mundo! Nova York vai explodir e o resultado será pior do que o daquele dia!

— Ouçam isto — interrompeu Regina, começando a ler um artigo no jornal:

> *A revolta deixa para trás uma sensação até então desconhecida nesta sociedade: a oposição de classes, os ricos e os pobres. Na verdade, para falar de forma direta, uma sensação de que há, agora, neste país, na cidade de Nova York, e que até então todos os bons patriotas sentiam ser seu dever negar: uma classe alta e uma baixa*

É exatamente o que quero dizer! — exclamou Arthur.

Ouçam este outro — disse Regina.

A rapidez com que as autoridades chamaram as forças armadas e a firmeza inabalável com que os cidadãos obedeceram a ordem de atirar contra os revoltosos é uma propaganda excelente para os capitalistas do velho mundo. Tão boa que talvez eles enviem seus bens para Nova York na certeza de que estarão seguros...

— Seguros! — indignou-se Arthur.

...contra as garras de republicanos vermelhos ou do cartismo ou de qualquer tipo de movimento comunista.

O detetive das docas ouviu a leitura dramática de Regina sem conseguir acreditar.

— Os membros da gangue Garotos do Alvorecer vão adorar isso! — declarou ele. — Embora eu não possa dizer que "comunistas" signifique "gangues do rio". — Dizendo isso, o inspetor Rivers levou a cabeça enfaixada às mãos igualmente enfaixadas.

16

Silas P. Swift era desconfiado por natureza. Não se tornara um bem-sucedido empresário circense sem aprender muitas coisas: poderia ser malicioso, assim como desconfiado, se assim lhe conviesse. Detestava que o questionassem quando não entendia os motivos para isso. Felizmente, acabara de vender o urso branco comedor de gente e ninguém lhe fez perguntas. Quando um daqueles *pedantes* (palavra que havia aprendido com os caubóis mexicanos — junto com seu rude significado) cavalheiros ingleses apareceu em seu escritório, sem bater, e majestosamente perguntou o paradeiro de Cordelia Preston, sem mais explicações, Silas o encarou em silêncio.

Sr. Doveribbon olhou à sua volta. O "escritório" consistia, na verdade, em uma grande confusão de jaulas, caixas, papéis, lixo, com um homem grande de bigode sentado atrás de uma bizarra mesa, feita com caixas e latão, abarrotada de coisas, a qual ficava no centro do aposento. Sr. Doveribbon podia ouvir alguns macacos guinchando, mas não conseguiu vê-los.

— O senhor é Silas P. Swift?
— O urso já foi vendido. — informou Silas.
— Não desejo comprar um urso, e também não possuo macacos performáticos.
— Já comprei os macacos.
Os macacos continuaram guinchando em algum lugar confirmando a informação.
— Minha missão é outra. Estou à procura de Cordelia Preston.
— É mesmo?
— Sim.
Silêncio.

Eu trago notícias... Notícias vantajosas para ela.

— Então, é só me dizer do que se trata e tentarei fazer com que as notícias cheguem até ela assim que encontrá-la.

— Não, não, o senhor não entendeu, Sr. Swift. Presumo que seja o Sr. Swift ou será que estou perdendo o tempo de ambos? — Silas apenas o fitou. — É urgente, tenho informações para a filha dela. O senhor talvez não saiba, mas ela tem uma filha. Tenho notícias maravilhosas para a garota, muito vantajosas.

Os pelos do pescoço de Silas Swift se eriçaram em alarme. Certamente não queria, a essa altura, que ninguém fornecesse informações para Cordelia e Gwenlliam a não ser ele mesmo: planejava visitá-las naquele dia mesmo para lhes explicar sobre a próxima apresentação delas no circo. Aquele indivíduo não devia saber muito sobre elas já que não sabia que Gwenlliam também trabalhava no circo.

— Não tenho ideia de onde elas possam estar, camarada.

— Cordelia Preston fez uma turnê com seu circo e notei que o senhor agora não está apenas vendendo animais, mas também comprando novos, o que me leva a crer que o senhor tem planos futuros.

— Não sei seu nome, camarada.

— Doveribbon, Sr. James Doveribbon. — E o inglês fez uma inesperada e *pedante* (palavra de Silas) reverência.

— Bem, Jimmy, deixe uma mensagem e eu tentarei fazer com que a recebam. É o máximo que posso fazer pelo senhor.

— Elas estão em Nova York?

— Não, não, elas já partiram.

— Para onde?

— Eu não sou dono delas, Jimmy. Posso ser dono de ursos e de elefantes também. Agora também de macacos, se conseguir suportar esses cruéis sodomitas. Mas não dono de mulheres.

Sr. Doveribbon compreendeu que estava sendo enganado, mas percebeu que não conseguiria mais nada àquela altura. Silas P. Swift, porém, não escaparia agora que encontrara a sede de seus negócios.

— Eu tive o cuidado de escrever uma carta — disse ele em tom suave. — Talvez o senhor possa fazer a gentileza de entregá-la para mim. — E colocou a carta selada sobre a mesa abarrotada de coisas com ar de desgosto.

— Tenha um bom dia, senhor.

Assim que o inglês partiu, Silas abriu a carta.

Prezada Sra. Preston,
Trago excelentes notícias. A presença imediata de sua filha se faz necessária em Londres para receber um benefício financeiro. Preciso encontrar-me com a senhora urgentemente. No momento, estou hospedado no American Hotel, na Broadway.
Permaneço seu respeitoso criado,
James Doveribbon, (Ilmo.)

— Somente sobre o meu cadáver — declarou Silas, rasgando a carta em pedacinhos e os espalhando pelas jaulas e caixas. Um macaco que havia acabado de fugir defecou sobre o envelope: quando Silas o capturou, o animal furioso tentou morder seu rosto.

17

Todos os dias esperavam saber o que estava acontecendo com o circo.

— Será que Silas fugiu com todo o dinheiro? — perguntou Gwenlliam.

— Se isso acontecer, você e eu nos tornaremos populares senhoras da daguerreotipia — disse Cordelia. — *Retratos, grupos, memoriais, a lua.*

— Talvez o próprio Sr. Swift tenha decidido se tornar o fantasma acrobata — sugeriu Monsieur Roland sem afastar os olhos do livro que lia.

— Talvez o leão o tenha devorado — zombou Rillie, mexendo algo em um enorme caldeirão.

— Sabemos muito bem que aquele leão é só rugidos e nenhuma mordida — disse Cordelia. — Eu mesma o vi outro dia dormindo profundamente, aconchegado ao Kongo. — Ela estava cortando batatas e havia uma grande pilha de ervilhas para serem descascadas. — Mas espero que o circo de Silas não feche como todos os outros!

— Ai! — reclamou Arthur, enquanto Gwenlliam limpava seu rosto machucado antes que começassem a jogar pôquer. Era tão raro estarem todos juntos, essa família que vivia no sótão de Maiden Lane: final de tarde, o ar leve e morno de primavera, todos os sete sentados no quarto com o daguerreótipo da família pendurado na parede. O canário estava em um canto da gaiola, silencioso, mas podiam ouvir carruagens, cavalos e pessoas andando pela rua. Rillie preparava bife e torta de ostras. Regina lia o jornal e a Sra. Spoons segurava a luva amarela, e ambas balançavam em suas cadeiras de balanço.

— Escutem isto! — exclamou Regina, segurando o jornal ainda mais próximo do rosto do que de costume, pois não conseguia entender o que estava lendo.

AFINAL DE CONTAS SERÁ QUE OS MORTOS ESTÃO VIVOS?

Os primeiros boatos dessa história já haviam chegado a Nova York, mas os jornais agora davam mais destaque do que antes: um pequeno parágrafo se tornou maior. Duas meninas novas, as irmãs Fox, em um lugarejo chamado Hydesville, no estado de Nova York, aparentemente ouviam sons de batidas no quarto em que viviam. De alguma forma, acreditavam que se tratava de mensagens de almas que já haviam partido: estranhas batidas que talvez trouxessem mensagens de outra galáxia, ou do paraíso. Muitos artigos faziam comparações com o novo telégrafo: se sinais elétricos podiam ser transmitidos por entre estados e países, então, será que não seria possível que sinais espirituais pudessem ser transmitidos por entre mundos? Pessoas de todos os cantos se aglomeravam agora na pequena cidade de Hydesville: **AFINAL DE CONTAS SERÁ QUE OS MORTOS ESTÃO VIVOS?**, leu Regina.

— Ora, isso é inacreditável — comentou em voz alta.

Para Monsieur Roland, isso era *definitivamente* inacreditável ao extremo, e, de repente, levantou-se de forma intempestiva na pequena sala de estar e caminhou até a janela, como se não conseguisse respirar: todos na sala o observavam com ansiedade. Monsieur Roland era um homem espiritualizado, e não era tolo o bastante para pontificar o que acontecia com uma pessoa após a morte; quando se virou da janela, havia se controlado e falou com calma:

— Em meu trabalho, presenciei diversas vezes quando a vida deixava um corpo. Vi a mesma energia que é o ingrediente essencial para o mesmerismo e a hipnose, *essa mesma energia,* desaparecer de uma pessoa quando ela morre. Eu já vi: ela abandona o corpo algumas vezes de forma selvagem e em outras gentil. É tudo o que sei. Dizer que essa energia, ou espírito, pode ser recuperada e bater três vezes para *sim* e duas para *talvez,* em resposta a perguntas mundanas, ofende tudo o que mais prezo na vida. — Falou ainda com calma, mas com tanto fervor quanto um sacerdote. — Isso tudo é cruel, assim como ridículo, mal informado e perigoso. Tais promessas alimentam a esperança de pessoas de luto e ignorantes, ou de pessoas cuja tristeza as torna ignorantes, *mon Dieu,* o luto faz com que pessoas outrora inteligentes percam o bom senso; é claro que vão se agarrar a qualquer esperança de contato com um ente querido! Mas acho imoral sugerir que logo poderão se encontrar novamente em uma agradável sessão de batidas em uma pequena cidade americana.

Gwenlliam se aproximou dele por um momento, ele acenou para seu amável rosto e sentou-se novamente.

— Não importa, *monsiê* — disse Regina. — Muitos concordam com o senhor; escute este poema grosseiro sobre isso. Veja bem, este poema não é tão bom quanto os meus costumavam ser. — Mas ela leu com gosto.

Sobre a cama deitam-se as crianças
Escutam batidas, surgem desconfianças.
E sendo preenchidas de medo e pavor
Contam aos pais sobre tamanho terror.

Os pais no começo não acreditam
Mas com o tempo até eles cogitam
À cabeceira e à cama o medo impera
Foi certamente assombrada pela quimera!

Agora para concluir a minha canção
Embora não seja de tão longa duração
Eu nunca tive uma vida estudantil,
No entanto, vou arriscar PRIMEIRO DE ABRIL!

Arthur e Gwenlliam estavam agora distribuindo as cartas sobre a mesa, o policial usava a mão esquerda para lidar com as cartas e os centavos. Cordelia estava sentada perto deles, descascando ervilhas em uma grande cumbuca.

— Ah! — exclamou Regina. — Ouçam isto: *Foi informado de que um reverendo pretende prender as irmãs Fox por blasfêmia contra as escrituras sagradas.*

— Ai meu santo Deus! — disse Cordelia. — Quantas vezes já ouvimos isso? Era exatamente o que diziam sobre nós!

— Você se lembra, Cordie? — perguntou Rillie. — Em Londres, quando recebemos a visita daquele sacerdote da igreja do outro lado da rua? Ele se vestia de roxo, lembra? — Voltou ao seu assento e segurava ostras nas duas mãos. — Ele se sentou no porão e disse que devíamos parar com o mesmerismo *imediatamente*! "É uma *blasfêmia*!" exclamara ele enquanto você lhe servia uma taça de vinho do Porto. E depois ele acabou com a garrafa inteira!

Cordelia, observando Rillie agitando as ostras e rindo, começou a rir também.

— Não gostávamos de beber na frente de sacerdotes, lembra? Então, ele tomou a garrafa *inteira* sozinho e continuava dizendo "vocês devem reconsiderar o que estão fazendo! O trabalho de aliviar as dores só pode ser feito pelo SENHOR!".

— Ele estava bêbado! — Rillie gargalhava. — Mesmo enquanto se empanzinava de vinho do Porto com tanto entusiasmo e mesmo enquanto nos criticava violentamente, não conseguia tirar os olhos de você!

— E ele ainda me acusou de insinuar que Jesus era um mesmerista, enquanto terminava com as últimas gotas da garrafa, lembra-se Rillie? Não podíamos mais comprar outra garrafa de vinho até conseguirmos um novo cliente. E isso foi logo depois que começamos e só tivemos um novo cliente uns dois dias depois, então tivemos de ficar sem beber por esse tempo também!

— Vocês deveriam ter me procurado — gracejou Regina. — Deveriam ter me contado o problema e eu ajudaria vocês. — E, no final, estavam todos gargalhando de maneira contagiante, inclusive Monsieur Roland. E Gwenlliam pensou: *é assim que nossa mãe costumava rir conosco quando éramos crianças, ela raramente faz isso agora* e olhou para o outro lado da mesa de pôquer, onde Arthur Rivers, machucado e enfaixado, observava o divertimento delas. Sorria para a esposa e para Rillie, mas parecia que seus olhos também estavam machucados.

— O que é isto? — indagou Regina, aproximando ainda mais o jornal do rosto e afastando-o, em seguida, para se assegurar de que não se enganara.

— Onde está a lente de aumento que compramos? — perguntou Rillie.

— Não *gosto* daquilo — respondeu Regina com firmeza, ainda tentando compreender as palavras. — O que esta manchete quer dizer: **EMPURRADO PARA JESUS**?

— Trata-se de um enforcamento — explicou Arthur, seco.

— Que tipo de enforcamento?

Arthur explicou que, às vezes, na América, um homem negro era enforcado, mas não de maneira legal, por um carrasco, como na Inglaterra, mas sim por cidadãos comuns fazendo justiça com as próprias mãos, e é assim que eles descrevem seus feitos.

Regina lançou um olhar incrédulo.

— Tem certeza?

— Temo que sim, Regina.

— São essas claras verdades que carregamos que dizem que todos os homens são iguais e foram agraciados pelo Criador com direitos inalienáveis, entre eles, a vida, a liberdade e a busca por felicidade?

— Ah — disse Arthur.

Regina virou as páginas furiosamente e resmungou:

— Empurrado para Jesus! Eu nunca escreveria algo assim, nem nos meus dias de glória. — Agitou as folhas. — Todo o resto das manchetes do jornal é sobre o maldito ouro. Qualquer um pode ir, é o que dizem, só pelo preço da passagem. Ouro. Bom, por que não vai todo mundo para lá para as coisas ficarem mais calmas por aqui? Ouro, ouro, nada a não ser ouro.

— Mas demora muito até *chegarem* ao ouro! — disse Gwenlliam. — É um país tão vasto, eu não tinha percebido o quão grande era até começarmos a cruzar uma pequena parte dele. Sabe no vagão do telégrafo onde tivemos que abrir alguns caminhos? Mesmo entre cidades às vezes. E não existem nem trilhas para todas as gigantescas partes da América. Existem grandes montanhas entre Nova York e a Califórnia.

Regina agora lia para eles anúncios de navios de correio que desciam pela costa da América do Sul, contornando o cabo Horn, para subirem pelo outro lado até chegarem à Califórnia; uma jornada extremamente longa, que levava muitos e muitos meses. Mas aquela era a América: as pessoas com certeza já haviam encontrado caminhos mais rápidos.

> **DIMINUA O TEMPO DE SUA VIAGEM PARA AS MINAS DE OURO! PASSAGENS DISPONÍVEIS ESSA SEMANA PARA CHAGRES!**

— Onde fica Chagres? — perguntou Regina.

— Fica ao lado do istmo do Panamá — respondeu Arthur. — São apenas algumas semanas de viagem de Nova York até lá, mas, depois, as pessoas devem encontrar seus próprios meios para atravessar cerca de noventa quilômetros de rios e florestas tropicais para chegar à Cidade do Panamá, na costa do Pacífico. E de lá devem tentar pegar um navio que suba a costa até São Francisco.

— Bem, então escutem isto — pediu Regina. — Pode ser mais rápido, mas me parece bastante insalubre! — E começou a ler em voz alta uma carta de um minerador aspirante, usando um tom dramático e adequado.

> *Depois de navegar de Nova York para o istmo do Panamá em um barco malconservado até Chagres, indígenas perspicazes e nada confiáveis nos levaram rio acima, onde crocodilos espreitavam nas sombras sem fazer alarde. Fizemos uma jornada inacreditável através da floresta tropical úmida, fétida e infestada de cobras, onde a cólera está por toda parte. A chuva chega, a rota fica intransponível, vários homens adoecem e têm de ser abandonados imediatamente naquele inferno de vegetação e morte. Na mesma hora que o caminho se tornara transitável de novo, resolvi voltar para poder ver novamente meus entes queridos ainda nesse mundo.*

Enquanto ainda digeriam essa informação, Regina encontrou um grande anúncio:

> **GRAXA DE OURO DA CALIFÓRNIA**
> **Se o comprador untar-se completamente com nosso fantástico produto e então rolar em uma encosta fértil em ouro na Califórnia, apenas o ouro, e mais nada, irá se aderir à pele. APENAS $10 por caixa.**

Ainda estavam rindo quando Silas P. Swift chegou para lhes informar sobre seus planos para o circo; enquanto falava, Cordelia e Gwenlliam, conhecendo bem a Silas, sussurraram, *é claro* e se perguntaram como não tinham adivinhado qual seria o plano antes de ele contar.

O empresário estava cuidando dos negócios e ofegava devido aos lances de escadas até o último andar (também estava ciente de que havia acabado de rasgar a carta que arruinaria seus planos completamente). Começou a falar logo antes de entrar na sala:

— Senhoras, eu sei por fontes seguras que os mineradores californianos têm muito dinheiro para gastar! Pepitas de ouro em seus bolsos! Pepitas do tamanho de maçãs! E não há nada em que gastar nem qualquer tipo de entretenimento! Quisera eu ter pensado nisso antes. Vamos ganhar mais dinheiro do que nos áureos tempos em Nova York, mais dinheiro do que podemos imaginar em nossos sonhos mais loucos. **O INCRÍVEL CIRCO DO SR. SILAS P. SWIFT** está a caminho! — Sentou-se na cadeira mais próxima e prosseguiu. — As carroças e os animais grandes partiram há dois dias para uma viagem pelo mar. Menos o urso, eu me livrei do maldito urso que nunca dançava. A organização de tudo isso tomou todo meu tempo até agora, mas a viagem pode durar 150 dias ou mais se o tempo estiver ruim, então tive que mandá-los logo. Agora, *nós* não queremos levar 150 dias para chegar às minas! Então, nós, seres humanos, partiremos em uma semana, com os cavalos e os animais pequenos, pelo mar também pela costa do Atlântico até um lugar chamado Chagres e, de lá, cruzaremos facilmente o istmo do Panamá. — E estalou os dedos como se tudo fosse simples. — Minhas investigações mostraram que estão reduzindo o tempo de viagem, organizando os indígenas de forma adequada para que possam levar as pessoas e os animais em segurança rio acima até a cidade do Panamá. De fato, planejei levar os elefantes dessa maneira. Aníbal e Alexandre, o Grande, não cruzaram continentes com elefantes? Mas fui informado de que o istmo do Panamá não são os Alpes Suíços. No entanto, devemos torcer para que nossas carroças com a tenda e os animais grandes não cheguem muito atrasados agora que já partiram e a rota do istmo possa ser feita, com sorte, na metade desse tempo! E você, Cordelia, é *imperativo* que, finalmente, se *torne* uma clarividente, assim como um fantasma e uma acrobata. Você pode explicar a eles, de forma vaga, com termos fantasmagóricos, é claro, onde podem encontrar ouro; vou arrumar uma bola de cristal para você olhar. E tudo será feito no trapézio, com misteriosas sombras fantasmagóricas! Eu posso descrever: **A FANTASMA CLARIVIDENTE**! Você balança vinda de lugar nenhum, segurando a bola de cristal, clamando: "EU VEJO OURO!" Você pode descrever um morro, um riacho, uma curva em certo caminho, qualquer coisa, até que "puff", a bola de cristal e a Fantasma Clarividente se dissolvam no nada e o trapézio seja deixado vazio como sempre, só que de forma muito mais instigante. Arranjaremos fumaça e espelhos para fazê-la dissolver para o nada!

— E onde eu estarei realmente, Silas?

— Oh, você pode pular, desaparecer na fumaça, arranjaremos um fio invisível para você se segurar ou faremos algo com os lampiões. Podemos cobrar até dez dólares por ingresso por apenas um número. Ganharemos muito dinheiro! E podemos começar com isso até antes de os animais grandes chegarem!

Estava tão animado, tão mergulhado em seus sonhos e tão ansioso em levar suas mulheres embora de Nova York, direto para o navio, que mal se deu conta de que Monsieur Roland, o inspetor Rivers, todo enfaixado, Rillie e as senhoras idosas também estavam na sala. Como Monsieur Roland era um cortês cavalheiro, o pobre Silas P. Swift foi pego de surpresa com o que aconteceu a seguir, assim como os demais presentes na sala, que ficaram todos em completo estado de choque.

Monsieur Roland ergueu o proprietário do circo pela gravata, deixando-o na ponta dos pés.

— Monsieur Swift. Eu nem vou começar a discutir com o senhor sobre este temerário e perigoso plano de colocar tantas vidas em risco! Gostarei de saber se o leão e os elefantes que o senhor enviou aos seus próprios destinos chegarão em segurança do outro lado da América sem que enlouqueçam! Mas *irei* discutir o mesmerismo com o senhor uma vez mais. Durante anos, suportei ver o senhor afastar Cordelia Preston cada vez mais da integridade do seu legítimo papel de notável mesmerista e aproximando-a do caminho desonroso e fraudulento de seu circo. Se ela não fosse uma mulher de moral e fibra já teria se perdido há anos! — Embora Silas P. Swift fosse maior e mais forte do que o francês, não conseguia se mexer, mesmo depois de Monsieur Roland já o ter soltado. Sentiu os olhos do mesmerista queimarem-no. — Quantas vezes mais terei de lhe explicar isso, Monsieur Swift? *Mesmerismo é uma filosofia de honra. Não se trata de adivinhação. Não prevê o futuro ou fala com os mortos ou encontra ouro. É a armadura da energia humana usada para o poder do bem, especialmente para aliviar dores físicas e emocionais. Isso é o mesmerismo!* No entanto, Monsieur Swift, tenho duas artistas para sugerir ao senhor. Há boatos de duas irmãs que batem em mesas e falam com os mortos e tenho certeza de que elas podem ser convencidas a verem ouro também. São chamadas Irmãs Fox, creio eu. Contrate-as para subirem em trapézios e verem ouro em bolas de cristal em seu circo!

Monsieur Roland, geralmente tão observador, não notou a expressão preocupada no rosto de Rillie, a surpresa nos olhos das boquiabertas idosas, o choque de Gwenlliam, que estava ao seu lado. Sequer olhou para Cordelia.

Por fim, controlou-se: Silas P. Swift percebeu a extraordinária força interior do francês quando este recomeçou a falar em voz baixa.

— Perdoe-me, Monsieur Swift. Falo do trabalho de minha vida. É claro que não posso falar por minhas queridas amigas e pupilas. Elas são donas da própria vida e contam com meu respeito e amor não importando o que façam. Mas não consigo ficar sob o mesmo teto que uma pessoa que fala com tanta ignorância. *Excusez-moi.*

E Monsieur Roland deixou o recinto e todos os corações pulsando. Escutaram seus passos descendo pesadamente as escadas.

Por alguns momentos, ninguém falou nada. A Sra. Spoons soltou um pequeno suspiro após o fim daquele drama, pois certamente percebia que um drama se desenrolara diante de si, mesmo que não entendesse o conteúdo, e o canário, como se quisesse animá-la, começou a cantar, e o canto animado era o único som no sótão naquele momento. Por fim, Cordelia fez um gesto para que dono do circo voltasse a se sentar. Viu o rosto da filha: Gwenlliam amava o circo de todo o coração. Também notou o olhar estranho de Regina: perguntava-se se as senhoras idosas também teriam de atravessar florestas tropicais infestadas de cólera, onde crocodilos espreitavam em silêncio. Ainda não lançara um olhar em direção ao marido.

— Silas — começou Cordelia, com a voz calma. — Seus sonhos são sempre ousados. Mas, animais e pessoas viajando por caminhos quase intransponíveis pela floresta tropical? Além de todos nós, já pensou nos cavalos? Eles não são cavalos de carga, mas sim de circo: altamente treinados e sensíveis. Quantos deles você acha que chegarão lá vivos? Ouvi dizer que a península do Panamá possui cerca de noventa quilômetros de extensão. Pelo que lemos, isso significa meses de viagem extremamente perigosa.

Silas P. Swift nunca fora um homem de reconhecer o perigo.

— Noventa quilômetros! Mas já não viajamos muito mais do que isso com esses cavalos neuróticos? Para que servem os *charros* e o cacique? O que acha que andei fazendo em Nova York nessas últimas semanas? Tratando de todos esses assuntos, planejando tudo com cuidado como sempre! As carroças e os animais maiores já estão descendo a costa! Será que não entende o que estive preparando enquanto você aproveitava suas pequenas férias? Em uma semana, meu circo estará a bordo em uma das embarcações diárias para Chagres e, para ser franco, partiremos com ou sem vocês. Com meu ótimo planejamento, e a sorte do nosso lado, creio que chegaremos a São

Francisco, às minas de ouro, antes da época das chuvas. Planejei tudo. — Ele falou com muita autoridade e segurança. Mas, de fato, reconhecia que precisaria das duas mulheres e, em particular, de Cordelia: seu número ainda era o que diferenciava seu circo dos demais.

— Com *muita* sorte do nosso lado pelo que entendi — declarou Cordelia, seca. — Muito bem. Mas você tem que nos dar um tempo para que possamos decidir sobre seguir com você.

— O que quer dizer? Vocês devem vir! Eu as trouxe da Inglaterra! Devemos partir o mais rápido possível!

— Então permita que respondamos amanhã à tarde, Silas. Trata-se de uma decisão muito importante. Isso significa deixar Nova York por muito tempo. — Lançou um olhar rápido para o marido; mas a expressão estava neutra enquanto ouvia tudo.

— Haverá mais dinheiro, Cordelia, muito mais dinheiro assim que chegarmos lá.

— Sabemos melhor do que a maioria das pessoas sobre a importância do dinheiro, Silas. Mas, você sabe, temos uma família com quem devemos discutir tudo isso. — Silas fez uma pequena reverência para o inspetor de polícia cheio de bandagens, para Rillie e as duas senhoras idosas nas cadeiras de balanço: não tinha nada a ver com aquele estranho grupo. Confiava implicitamente em Cordelia: se ela dissera amanhã, então amanhã ele teria sua resposta. Vislumbrara ouro e glória e, por um momento, esquecera a estranha intransigência dela, mesmo quando precisava de dinheiro, e agora havia uma grande fortuna a ser feita. Mas precisava de Cordelia, por Deus, estaria perdido se ela dissesse não ou se o sujeito pedante a encontrasse.

— É claro que se você não puder prever o futuro ou indicar onde encontrar ouro, ainda teremos a fantasma acrobata, como de costume — apaziguou Silas. — Em consideração ao velho francês.

— Amanhã, Silas — foi tudo que Cordelia disse.

Ao sair, Silas passou por um jovem alto que também parecia ser da força policial. Assim como outro, este também estava cheio de bandagens: Silas lançou um olhar de desgosto para a estrela de cobre.

Antes que pudessem fazer qualquer comentário sobre Silas e seus planos, o policial alto e enfaixado apareceu à porta do sótão.

— Ah, se não é meu bom e fiel parceiro, Frankie Fields — disse Arthur. — Ele também apanhou como podem ver! Como você está, Frankie?

— Estou bem, senhor, foi apenas do lado esquerdo. Os nós dos meus dedos estão bem piores. Fico feliz de saber que o rosto de alguém está mostrando o motivo! Estava me perguntando como estaria o senhor. Trouxe todos os relatórios sobre o tumulto e o chefe quer o seu. Houve grande cobertura dos jornais.

— Eu vi — respondeu o inspetor com indiferença. — É melhor eu falar com o chefe. Não dá para escrever um relatório desse jeito.

— Eu escrevo! — ofereceram Gwenlliam e Frankie Fields em uníssono, então os dois riram, e ela, apesar de estar com os pensamentos voltados para a Califórnia, ergueu os olhos para o policial alto e bonito com interesse, e ele, apesar de estar com a cabeça no tumulto, olhou para a bela jovem com simpatia. Isso não passou despercebido pelo inspetor.

— Assuma o meu jogo de pôquer com Gwenlliam enquanto eu leio toda essa papelada — disse Arthur a Frankie. — Depois escrevo meu relatório com sua ajuda. — Olhou para Cordelia enquanto se levantava rigidamente do seu lado: a expressão do seu rosto era indecifrável. *Você vai para a Califórnia?* Talvez estivesse perguntando.

— A torta não ficará pronta em menos de uma hora — informou Rillie.

— Vamos dar uma volta, Arthur, enquanto você escreve seu relatório — disse Cordelia.

Encolheu os ombros, impotente, como se dissesse: *Eu não sei*, mas para Arthur mais pareceu: *Eu não me importo*.

O Sr. Doveribbon (que havia, discretamente, seguido o Sr. Swift), estava exausto pela caminhada rápida que dera por Nova York. Esperava, é claro, que policiais usassem uniforme, e não suspeitou que um policial tivesse acabado de entrar na CASA DE REFEIÇÕES DA CELINE e que outro já estivesse lá dentro, no sótão. (O Sr. Doveribbon também não sabia que uma casa de refeições de Nova York poderia ter quartos para alugar e que aquele era o lar de Cordelia e Gwenlliam Preston.) Ele se virou quando Silas P. Swift reapareceu e, então, o seguiu novamente; dessa vez, passou por grandes e fétidas pilhas de lixo nas docas do rio East até um lugar no qual havia uma placa em que se lia Terminal de Embarcação do Brooklyn, onde multidões se acotovelavam enquanto embarcavam. Silas P. Swift embarcou junto com a multidão e o Sr. Doveribbon, tolo, fez o mesmo. A travessia não era longa; assim que a balsa estava sendo puxada para a costa com as pessoas se empurrando para desembarcarem primeiro, Silas tirou vantagem da incontrolável multidão, deu um passo para trás, como se estivesse escorregando, e simplesmente empurrou o Sr. Doveribbon por cima da grade da barca, nas águas rasas e insalubres do rio East.

As pessoas se voltaram para olhar o que causara o barulho na água seguido pelo grito de um homem; alguém da tripulação suspirou e se virou para procurar o croque, que estava submerso.

Enquanto isso, Silas P. Swift seguia para resolver seus assuntos.

18

Casa de Celine. Maiden Lane

Querido irmão Alfie,
Ando me perguntando se recebeu minha carta. Não, claro que não, ou já teria me encontrado, pequeno Alfie, conheço você. Sei que já teria me encontrado. Não consigo imaginar nenhuma outra maneira para encontrar você, então, continuo escrevendo.

Também me pergunto se talvez tenha partido atrás de ouro, Alfie? Você teria ido quando jovem, mas tenho pensado muito e acho que já deve ter uns setenta anos. É uma senhora viagem para alguém de setenta anos, Alfie! De qualquer forma, sei que teria feito isso no passado.

Também estamos falando sobre ouro aqui em casa. O dono do circo quer levar o espetáculo para a Califórnia. Bem, Alfie, sou mais velha do que você, também estou na casa dos setenta e acho que sou velha demais para partir em busca de ouro, não que eu me sinta velha, veja bem, mas me sinto mal quando ouço falar sobre atravessar istmos, passando por crocodilos, cobras e essas coisas. Aquela senhora idosa, a Sra. Spoons, perdeu-se completamente dentro de si e nunca conseguiria. Há poucos anos, atravessamos o Atlântico e acho que já chega de viagens para ela.

Depois que o dono do circo foi embora, um policial chegou com os relatórios do nosso inspetor ferido durante o tumulto. Moramos em um pequeno sótão, então, as mulheres saíram para caminhar. "Só uma caminhada", me disseram, como se eu fosse tão louca como a mãe, "enquanto os policiais trabalham". Mas sei que elas estão discutindo sobre a Califórnia e gostaria que falassem na minha presença para saber o que estão decidindo. "Cuida da mamãe", Rillie me pediu — e isso é o que sempre fiz; faço há vários anos desde Londres, quando aluguei um quarto delas e já impedi várias vezes que ela caísse na lareira! De qualquer forma, elas saíram para essa "caminhada" e me deixaram em paz. A velha senhora está dormindo profundamente na cadeira de balanço, enquanto nosso policial e seu parceiro estão murmurando e escrevendo à mesa, então, agora posso escrever novamente para você, Alfie. Esse inspetor Rivers é um bom homem, mesmo sendo um deles, acho que se machucou muito no tumulto, mais parece que foi espancado. E essa Cordelia, sobre quem já comentei e que trabalha no circo, ela precisa dele, mesmo que ache que não. Ela já foi muito popular! Ah, e está mais quieta do que costumava ser. Mas a filha dela, Gwenlliam, aposto que vai para a Califórnia. Eu conto histórias para ela à noite, antes de dormirmos, nós dividimos um quarto. Ela se aninha na cama e pede "conte uma história, Regina", eu conto e ela dorme. Se ela for, sentirei saudades.

Em todo caso, tenho sentido vontade de voltar a escrever, Alfie. Escrevi um novo poema outro dia, para nós dois, para você na verdade, depois de ler aquele Sr. Poe. Então aqui vai. De qualquer forma, você saberá bem do que estou falando.

    Às vezes quando estou a adormecer,
    Acordo com o coração a bater,
        A bater, a bater na noturna escuridão.
    De tempos remotos, às vezes vem a recordação
    Do abrigo com as luzes fracas a pouco iluminar

E o pai com pancadas a nos castigar
Por tudo que não tínhamos como considerar
　　A bater, a bater na noturna escuridão.

Não precisava de motivos para nos dar uma lição
Mas Alfie e eu agarramos nossa canção.
O amor às palavras também nos ensinou
Tais palavras soavam como um pássaro que cantou
E a nossa cabeça as palavras segurou
Quando ele ficou
　　A bater, a bater na noturna escuridão.

Aí está, Alfie, para você.
De qualquer forma, continuo à sua procura. Realmente não acho que poderei enfrentar a Califórnia. Ontem eu perguntei novamente por você nas docas, principalmente para os marujos mais velhos, com certeza alguns deles o conhecem. Alfie Tyrone, eu digo e eles negam com a cabeça. Gostaria muito de encontrá-lo. Isso é como enviar uma mensagem ao vento.
　Espero que essa carta o encontre bem, pequeno Alfie, se é que o encontrará.
　Sua irmã
　Regina.

19

Deixaram os policiais tratarem dos seus assuntos e desceram pela sempre movimentada Broadway. Não falaram muito e, mais tarde, ao anoitecer, como muitos outros nova-iorquinos, sentaram-se entre as árvores de Battery Park: Cordelia, Rillie e Gwenlliam. O sol estava baixo no horizonte, brilhando sobre o rio Hudson, parecendo incendiar as velas brancas das embarcações. Salgueiros chorões inclinavam-se sobre o rio e alguns homens magros pescavam. Estava mais frio agora e as mulheres puxaram seus mantos quando se sentaram juntas na grama. Gwenlliam olhou para os galhos sombrios dos plátanos, mas nada disse.

Bem? — perguntou Rillie, por fim.

— Realmente — disse Cordelia. Novamente ficaram em silêncio até que Cordelia explodiu: — Ele está *louco!* Só de pensar. *Califórnia!* A ideia é absurda: Kongo e Lucky já estão em algum navio descendo a costa do Atlântico e o pobre e velho camelo, com suas pernas finas e compridas, o leão em sua jaula e as carroças pintadas batendo de um lado para o outro! — Cordelia riu, mas pareceu um riso de raiva. Gwenlliam não dissera nada, mas olhou para elas com atenção.

Então, seguiu-se silêncio até que Rillie o quebrou:

— Cordie, mamãe e Regina não conseguirão chegar a Califórnia! No final, não podemos carregá-las de um lado para o outro, sempre mudando. Essa viagem deve levar uns seis meses, não importa o que Silas diga. — Então, Rillie respirou fundo. — Dessa vez, não poderei ir. — Ela deu sorriso cansado para a velha amiga. — Uma de nós tem de dizer.

Cordelia suspirou em um misto de exasperação, raiva e resignação.

— Sei que está certa, Rillie. É claro que está. O velho e louco Silas Swift! Não posso imaginar como não adivinhei antes qual seria seu próximo plano.

Com a palavra OURO estampada em todos os jornais. — Cordelia meneou a cabeça e disse:

> *Ouro? Ouro amarelo, brilhante, precioso?*
> *Este escravo amarelo*
> *Fará e desfará religiões; abençoará os réprobos;*
> *Fará prestar culto à alvacenta lepra; assentará ladrões,*
> *Dando-lhes título, genuflexões e aplauso,*
> *No mesmo banco em que se sentam os senadores.**

— Shakespeare. *Titus Andronicus* — disse Rillie e todas riram.

— E quanto deste *ouro amarelo, brilhante e precioso* viria para nós, eu me pergunto? — continuou Cordelia. — Não estou muito entusiasmada para desaparecer na fumaça de Silas presa a um cabo invisível do outro lado do continente. Ainda assim, o que faremos para ganhar dinheiro? Oh, meu Deus, aqui vamos nós de novo. Por que, no final das contas, sempre voltamos à velha história, não importa o quanto superamos tudo? *Dinheiro, dinheiro, dinheiro.* Por quanto tempo podemos viver com o que ainda temos, sem o ouro reluzente?

— Você sabe que sempre conseguimos sobreviver, Cordie. Guardei tudo que podia dos bons tempos do circo. Arthur e Monsieur Roland também me dão dinheiro. Nós teríamos de mudar para algum lugar mais barato do que a Casa de Celine, mas sobreviveríamos com a ajuda deles.

— Eu irei para a Califórnia — declarou Gwenlliam, de repente. — Vou ganhar dinheiro e mandar para vocês. Eu gostaria de ir.

Cordelia se inclinou no ombro da filha, sentada ao lado dela no parque ao anoitecer. Arrependimento e dor e a dificuldade das decisões também estavam ali.

— Seria uma aventura maravilhosa, Gwennie, é claro que seria. — Ela suspirou. — E a verdade é que você seria uma acrobata fantasma muito melhor do que eu. Meus joelhos estão acabados.

— Mas eu não sou você, mamãe — declarou Gwenlliam.

— Você seria *melhor* do que eu — repetiu Cordelia. — Você é mais bondosa. Monsieur Roland sempre disse que a bondade é importante em um

---
* Shakespeare, *Timon de Atenas*. Ato IV, Cena III. (N.T.)

mesmerista. — Pensou por um momento. — Sou muitas coisas, mas acho que não sou particularmente bondosa.

Ao ouvir isso, Rillie a cutucou na escuridão, como se dissesse *não seja boba*. Por um longo tempo, a noite fria se fechou sobre elas. Cordelia sentia o coração batendo e a velha sensação de aperto no estômago. *Será que cruzo a América ou é aqui que perco Gwenlliam também?*

— O policial bonito disse que poderia me vencer no pôquer — contou Gwenlliam, indignada. — Não são muitas as pessoas capazes de me vencer depois das minhas aulas com cacique Great Rainbow.

— Se você ficar olhando para os olhos do policial bonito em vez de para as suas cartas — comentou Rillie. — É claro que vai perder, minha jovem!

— Sou uma ótima jogadora de pôquer — reiterou a menina. — Só não posso me distrair.

Todas riram e o rosto de Gwenlliam ficou rosado e, mais vez uma, Cordelia se apoiou na amada filha.

— Bem, preciso encontrar nosso velho Monsieur Roland e levá-lo de volta para casa — disse Cordelia, por fim, sentando-se ereta. — Acho que nunca o vi tão zangado. Silas é tão pouco diplomático.

— Para não dizer grosseiro, imprudente e rude — acrescentou Rillie, secamente. — E irracional e louco, como você bem disse.

— Mas ele é um produtor artístico — protestou Gwenlliam. — Eles têm de ser assim!

E todas riram de novo, as três mulheres sentadas na grama do parque.

— Temos de conversar sobre tudo isso juntos — declarou Cordelia, rápido. — Arthur também. Temos de dar uma resposta para Silas. — Mas estava pensando *meu Deus, o que farei agora?* Ela balançou o corpo de leve. — Vou procurar o velho homem — repetiu. — Não o queremos vagando pelas ruas de Nova York à noite. Ele nem tem uma capa grossa o bastante. — Ela se levantou da grama. — Pobre homem, deve ter ido para Nassau Street em busca de um pouco de paz. Ah, é tão surpreendente que tenha vivido tanto tempo sozinho e que agora consiga viver em um pequeno sótão com mais seis pessoas.

— Diga a ele que a torta estará quase pronta — orientou Rillie. — Essa é a vantagem de morar com outras pessoas. Diga a ele!

Elas fizeram um movimento indicando que acompanhariam Cordelia, mas ela já se fora na meia-luz, andando rápido como sempre, com joelhos acabados ou não. E, quando Rillie e Gwenlliam, por fim, se levantaram, seguiram na direção de Maiden Lane e viram a capa clara de Cordelia à frente delas, refletindo a luz enevoada dos lampiões a gás por entre as árvores e as pessoas ocupadas e apressadas da cidade.

Nem Gwenlliam nem Rillie falaram sobre Arthur Rivers, mas ambas pensaram nele. Ainda não havia se passado duas semanas desde que Cordelia voltara.

Quando virou na direção de Nassau Street, Cordelia parou um pouco na frente do estúdio de daguerreotipia do Sr. L. Prince. Observou as fotografias na vitrine ao lado da placa em que se lia RETRATOS, GRUPOS, MEMORIAIS, A LUA. Ao anoitecer, sob a luz suave dos lampiões a gás ao longo da Broadway, os rostos capturados ali pareciam pinturas escuras: assombradas e misteriosas; *cada qual uma vida*, pensou ela. Na parte inferior da placa, estava escrito em letras pequenas, e aquela não era a primeira vez que notara: MINISTRAMOS AULAS DE DAGUERREOTIPIA: INFORME-SE AQUI.

Na pequena placa na Nassau Street onde se lia: *Monsieur Roland: Mesmerista*, havia luz na janela. Ela bateu na porta e ele a atendeu da forma cortês de sempre e a levou para a segunda sala, um pouco maior do que a primeira. Se ainda estava zangado, não demonstrou.

— Rillie disse para o senhor voltar logo, pois haverá uma torta — informou Cordelia.

— Obrigado — agradeceu ele e, lentamente, juntou os papéis espalhados em uma pilha que colocou na lateral da mesa. — Mas sente-se aqui, minha querida, apenas um momento.

Ofereceu a ela a própria cadeira. A luz de um dos lampiões iluminava a mesa, os papéis e os livros. Monsieur Roland se sentou na cadeira do cliente, do outro lado da mesa e, então, começou a falar, antes que ela o fizesse:

— Gwenlliam irá, é claro, para a Califórnia.

Monsieur Roland raramente falava de amor. Mas ele amara a tia de Cordelia, Hester, e amara e protegera Cordelia e, acima de tudo, amara e protegera Gwenlliam, que carregava doces semelhanças com Hester no rosto e no jeito de ser. Fora o professor dela, assim como o de Cordelia. *Ela tem o dom*, dissera ele a Cordelia. *E tem algo mais. A presença de bondade. Ela sempre fará as pessoas se sentirem melhor. Assim como Hester.*

Se Gwenlliam fosse para a Califórnia, Monsieur Roland sentiria muita saudade dela.

— Ela quer muito ir — confirmou Cordelia, tentando soar positiva e alegre. — Maldito Sr. Silas P. Swift e seus planos loucos, mas é claro que seria uma aventura brilhante.

Ele assentiu.

— É claro que se trata de uma aventura. Mas esta será uma decisão difícil para você, querida. — Ele não deixou claro se se referia à decisão de Gwenlliam ou a dela própria, e ela nada respondeu.

Ouviram o som leve da chama que tremulava no lampião. As pessoas passavam apressadas pela pequena janela, vozes e passos, carroças e cavalos trotando. *Até logo, camarada!* Disse uma voz na rua. *Até logo, camarada! Até logo.*

Mas ele repetiu a pergunta:

— E você, Cordelia? O que vai decidir?

Ela olhou para ele, em desespero, apenas por um momento. Então, deu de ombros.

— Para dar ao diabo o que lhe cabe, como diz Shakespeare, Silas sempre nos pagou bem. Tenho de trabalhar, pois somos muitos para o senhor e Arthur sustentarem e é claro que sei, embora ele ache que não, que Arthur precisa mandar dinheiro para a família na Inglaterra. Sei que ele sente que elas deveriam ter algum apoio de sua parte já que está tão longe.

— Ele não fala muito da família.

— Não — respondeu Cordelia. — Ele não fala. — Uma pequena pausa: nenhum deles falava. — Isso se deve ao fato de que ele tem uma cunhada que cuida da casa dele e ela é... — Ela fez uma careta de resignação, ao se lembrar do infeliz encontro em Marylebone. — ... um tanto difícil.

Monsieur Roland a ouviu e ela nada mais disse.

— Acho que temos outras coisas sobre as quais conversar neste momento de decisão, tanto quanto sobre a Califórnia.

Uma expressão assustada cruzou o rosto de Cordelia. *É claro que ele não vai fazer perguntas sobre Arthur e eu? Sobre o meu casamento. Eu não quero conversar sobre isso.* Os dedos compridos e magros de Monsieur Roland descansaram sobre os papéis ao lado do lampião. Ela viu anotações com sua letra pequena e caprichada e, quando recomeçou a falar, não foi sobre o casamento dela.

— Cordelia, os grandes dias do mesmerismo se acabaram de forma irrevogável. — Ela deu sinais de que iria falar, mas ele ergueu a mão de forma gentil. — Ouça por um momento. Por mais que pareça, não estou mudando o assunto do nosso futuro. Se as minhas palavras parecem caóticas é porque meus pensamentos ainda não estão ordenados de forma perfeita.

Ela percebeu que os olhos dele passaram por todos os livros do aposento e sobre sua mesa. Ele respirou fundo e começou a falar:

— É claro que, para mim, não é nada fácil perceber que os estudos e o trabalho da minha vida foram, no final das contas, suplantados por novas descobertas. Falo sobre o éter e o clorofórmio e não sobre essas baboseiras excruciantes de psíquicos e espiritualistas e batidas em mesas que enchem os jornais. — Tamborilou os dedos sobre os papéis. — Entretanto, meus estudos e meu trabalho talvez tenham me levado, mesmo agora, por novos caminhos. Talvez tenham me guiado para novos modos de cura. A dor física não é a única dor no mundo.

Naquele momento, ouviram uma batida na porta da rua e Monsieur Roland deixou a sala. Ela ouviu vozes abafadas e consultas sendo marcadas. As pessoas ainda procuravam por aquele curandeiro. *É isso que ele é acima de todas as outras coisas,* pensou ela, de repente. *Como sempre, desde épocas imemoriais. Ele é um sábio e um curandeiro.* A luz do lampião tentou chegar do outro lado da sala escura e esparsa.

Quando Monsieur Roland voltou, inclinou a cabeça como um pedido de desculpa pela interrupção, caminhou até a pequena janela e olhou para a rua movimentada.

— Surpreendo-me repetidas vezes por toda a *energia* cheia de esperanças que sinto aqui. É impressionante observar. Assim, nunca pense, Cordelia, que me arrependi de ter vindo para Nova York. Esta é uma cidade extraordinária e, de alguma forma, otimista.

E ela conseguiu perceber a alegria em sua voz.

— Toda a minha vida estudei a energia humana, aquilo que vemos de forma tão clara nas ruas e creio que essa energia venha da mente humana. Você e eu bloqueamos a dor, só que em vez de usar meios químicos usamos nossa própria energia para desbloquear a energia de nossos pacientes para o mesmo fim. Creio que, de certa forma, isso seja um milagre. — Ele se voltou para ela. — E, ao estudar as pessoas, eu sempre pensei que *a força da energia mental* era o que tornava as pessoas quem elas eram. Que essa energia mental era, de alguma forma, a base da personalidade.

Ele voltou e se sentou com Cordelia à mesa.

— Mas então eu comecei a morar e a passar algum tempo com a Sra. Spoons.

Cordelia ficou tão surpresa que repetiu suas palavras:

— A Sra. Spoons?

— Nesses últimos anos — continuou ele. — Vivendo tão próximo à Sra. Spoons, acho que aprendi algo muito importante, mas estou apenas começando a reconhecer e a transformar isso em um pensamento coerente. Eu só pensava na energia e em seus usos. Nunca compreendi inteiramente a importância da memória.

— Memória? — Ele não poderia tê-la surpreendido mais.

— Mas pense bem nisso, Cordelia. — Ele se inclinou sobre a mesa. — Pense nisso. O que somos? O que nos faz saber quem somos? Nós *somos* as nossas lembranças. A nossa memória é que nos torna quem somos. Que utilidade poderia ter toda a energia mental do mundo se não soubéssemos quem somos? Sabemos quem somos porque nos *lembramos,* pois o que mais nos torna quem somos e nos dá consciência de quem somos na nossa vida? — Ele bateu com os dedos em um dos livros sobre a mesa. — É claro que não sou a primeira pessoa a pensar nisso. Há muito tempo, filósofos pensam sobre a memória. John Locke aqui diz que *a memória é a pessoa.* A Sra. Spoons ainda funciona como um ser vivo, não há dúvida, ela ainda respira, come e dorme, mas não é mais ela mesma porque não tem qualquer lembrança. Ainda assim, foi uma jovem, criada em Londres, que casou com o Sr. Spoons e que teve filhos, e Rillie. Ela morou com Rillie, Regina e você em Londres, embarcou em um navio e veio morar em Nova York. Tragicamente, começo a perceber que ela não se lembra de nada disso. Não é de se estranhar que tenha se tornado ansiosa e perturbada. Não acredito que não tenha pensado nisso antes. *A Sra. Spoons tem uma doença.* Ela está presa em um mundo de nada.

Ele a ouviu arfar.

— Nossa, isso parece tão... solitário.

— Realmente. Trata-se de uma doença terrível e solitária. Ainda assim, é claro, nada é tão simples. Você e Rillie sempre falaram sobre como ela era bondosa quando jovem. Percebemos que, de um modo estranho, ela *ainda* é bondosa. Pense em Arthur e em suas bandagens; de alguma forma ela percebeu que havia algo errado e quis confortá-lo. Mesmo que não se lembrasse de quem ele era. Será que isso significa que a bondade não é uma memória?

E, por fim, você estava lá, acompanhou a canção: *whistle and I'll come to you*, cantou ela. Conhecia a letra, conhecia a versão original escocesa como se algo ainda permanecesse dentro dela. Será que talvez a música e a bondade continuem com alguém mesmo depois que essa cruel doença acabe com tudo? — Ele falava bem devagar, como se nada do que estava dizendo fosse certo. Percebeu a expressão confusa no rosto de Cordelia. — Tenha um pouco mais de paciência — pediu ele, sorrindo. — Como eu disse, não estou fugindo do assunto Califórnia. Como tenho pensado muito sobre a Sra. Spoons e a perda de sua memória, comecei a pensar nas pessoas que (algo que notei no meu trabalho e não dei a devida importância) não *perderam* a memória, como aconteceu com a Sra. Spoons, mas que... Como posso dizer isso de forma correta? Pessoas que afastam as memórias, que as bloqueiam, por serem difíceis demais de suportar.

Monsieur Roland viu a expressão do rosto dela e continuou rapidamente:
— Moro com você, Cordelia. Vejo em seu rosto todos os dias que se lembra. — Ela deu um breve aceno de cabeça e, por um momento, ficaram sentados em silêncio. — Embora também raramente fale do passado — acrescentou ele.

— Não — respondeu ela, por fim. — Não falo do passado. Mas vivo com pessoas que sabem o que aconteceu. Vocês estavam todos lá. Não preciso *discutir* o que se passou. Creio ser indigno ficar repetindo a história, chorar e me lamentar. Simplesmente não consigo imaginar uma situação em que poderia contar a minha história para qualquer outra pessoa. — Lançou um olhar firme ao amigo. — Isso não significa que eu tenha bloqueado minhas lembranças. Mas tenho uma nova vida agora. E a antiga se acabou.

Ele apenas tomou a mão dela nas suas e a segurou sobre a mesa. Se discordava, nada disse naquele momento. Ficaram sentados em silêncio. Então, de forma gentil, soltou sua mão e aumentou um pouco a intensidade da luz do lampião.

— Mas, minha querida, algumas pessoas, e agora (mesmo que tardiamente) reconheço a partir dos muitos anos de trabalho, algumas pessoas talvez bloqueiem suas lembranças *sem saber que estão fazendo isso*. E agora chegamos ao que realmente quero dizer: assim como usamos os passes do mesmerismo para desbloquear o fluxo de energia em outra pessoa... Preste atenção a este pensamento... Eu me pergunto se não seria possível *desbloquear lembranças*. Pois talvez lembranças bloqueadas causem nas pessoas, pelo menos um pouco, a dor emocional que nós, como mesmeristas, às vezes tentamos curar e, algumas vezes, como você bem sabe, essa dor emocional se manifesta como dor física.

Cordelia, de repente, viu a tenda do circo em Hamford: a jovem Emily com suas dores de cabeça cegantes, que faziam com que balançasse a cabeça para a frente e para trás, as crianças queimadas sobre as quais não conseguia falar.

— Sim — respondeu ela, devagar. — Tenho certeza de que isso pode ser verdade.

— E você sabe, Cordelia, aqui neste país, as pessoas não se prendem ao passado, ao modo antigo de se pensar. Acho que não é coincidência que essas invenções modernas, o telégrafo, por exemplo, e o trabalho do Sr. Morton com o éter sulfúrico para "desligar" o cérebro, tenham sido feitas aqui e não no velho continente. A tradição não sufoca as pessoas daqui.

— Mas o daguerreótipo do Sr. Daguerre foi inventado em nosso país!

— É claro que estou generalizando. As pessoas inventam coisas em todos os países. Mas quem percebeu rapidamente como ganhar dinheiro com daguerreótipos? Onde surgiram os primeiros estúdios para tirar retratos baratos o suficiente para que várias pessoas pudessem tê-los? Na América! Em que país o Sr. Daguerre é mais festejado e reconhecido? Onde recebeu fitas de honra? Na América! A América *abraça* as novas ideias! Bem, esta é a *minha* nova ideia: se as pessoas pudessem *falar* conosco, se viessem procurar nossa ajuda para suas dores, talvez nós mesmos pudéssemos observar os sinais das lembranças que elas escondem, mas que, ainda assim, as fazem sofrer. E se conseguíssemos fazê-las perceber o mal que fazem a si mesmas, será que tornaríamos mais fácil curar a dor física? Será que conversar conosco talvez as fizessem compreender melhor a si mesmas?

— Certamente as pessoas adoram falar na América — comentou ela, seca.

— É claro! É exatamente o que quero dizer! Na América, as pessoas falam o tempo todo com estranhos sobre assuntos bastante íntimos sem qualquer receio. Também costumam fazer perguntas íntimas sobre a outra pessoa. La Grande Celine, por exemplo, há um tempo me perguntou, sem o menor pudor, se eu possuía outro casaco e quanto exatamente eu ganhava como mesmerista! — exclamou ele. Mas ela viu que ele sorria sob a luz do lampião e sorriu também.

— E o que respondeu?

— Não fora um bom dia aqui em Nassau Street, embora, às vezes, ainda tenha alguns bons dias. Eu havia atendido dois pacientes. Cobrei um dólar e cinquenta centavos do primeiro e o outro me ofereceu meio guinéu, pois era tudo que possuía, então acenei com a cabeça e aceitei. Mas não conseguiria pagar o aluguel aqui em Nassau Street com aquilo! Dei a Celine essa informação como ela pediu e, imediatamente, insistiu que eu tomasse um chocolate quente misturado com conhaque!

Ambos riram, porém ele suspirou e se levantou novamente, afastando-se da mesa e da luz, seguindo para a janela e retornando, andando de um lado para o outro como se, de repente, precisasse de mais espaço.

— Dr. Mesmer reconheceu que a energia podia ser bloqueada — continuou. — Estou tentando e reitero que estou tropeçando nessa direção, mas me pergunto se as lembranças são bloqueadas por serem dolorosas demais. E se fossem liberadas, será que uma cura verdadeira aconteceria? Será que ajudaríamos no processo apenas ao ouvir mais? Se pudéssemos ajudar um homem a enxergar o próprio coração, talvez isso fosse capaz de acabar com a dor em sua cabeça. Isso é tudo.

— Mas e se as pessoas não quiserem lembrar?

— Então talvez estejamos fazendo um convite à loucura. Se as pessoas não se permitirem lembrar, não poderemos ajudá-las. E eu nem ao menos sei se essa nova forma de ajudá-las seria bem-sucedida. Mas poderíamos tentar.

— Mas como, exatamente? Você ainda não disse *como*!

— Talvez apenas ao convidá-las para conversarem conosco?

— E ainda usar o mesmerismo?

— Sim. Talvez. É *isso* que ainda tenho de resolver. — E ele encolheu os ombros frágeis e velhos. E olhou para ela, sentada à sua mesa de trabalho. Caminhou com cuidado e falou em tom gentil: — Talvez você mesma um dia tenha necessidade de falar novamente sobre tudo o que aconteceu com você. — (Ele falava de forma cuidadosa e gentil.) — Para que o passado não a assombre tanto. Talvez não *viva* a sua nova vida de forma completa.

— É claro que vivo! Não estou doente! Não sinto dores! Eu me casei com Arthur!

As palavras dele a chocaram. Sentia-se quase afrontada, ainda assim o adorado Monsieur Roland nunca a afrontava. Ele ergueu a mão, indicando que compreendera.

— Minha querida, eu já falei demais e você, Arthur e Gwenlliam precisam conversar sobre tantas coisas. Não estou, de forma alguma, e acho que me conhece bem, tentando mantê-la em Nova York. Estou apenas sugerindo que talvez haja um novo trabalho para você, caso decida ficar. E agora temos de voltar para casa.

Então, ela se deu conta de que ele estava oferecendo uma alternativa às acrobacias de Silas, caso precisasse. A chama do lampião tremulou quando passaram para sair. A conversa extraordinária se esgotara, mas ela não conseguiu evitar perguntar, curiosa:

— O senhor diz que começou a desenvolver essas ideias porque observou a Sra. Spoons. Não acha que as lembranças da Sra. Spoons talvez estejam bloqueadas? Que talvez pudéssemos ajudá-la com suas novas ideias?

— Conversei incontáveis vezes com a Sra. Spoons nesses últimos meses. Acredito que ela saiba que somos coisas familiares, assim como a sua cadeira de balanço, e ela é bondosa conosco, pois sempre foi bondosa, mas não reconhece a si mesma e não nos reconhece. Nem ela nem nós fazemos parte de suas lembranças. Acho que devemos supor, se é que podemos fazer qualquer suposição sobre algo tão complexo e desconhecido quanto o cérebro humano, que, em algumas pessoas, partes do cérebro morrem, que as lembranças da Sra. Spoons já morreram, se foram e nunca mais voltarão. Essa é a doença dela e não podemos fazer nada para ajudá-la. Gostaria que fosse diferente, minha querida, e ficaria muito feliz se provassem que estou errado amanhã, mas acho que essa é a verdade.

Naquele exato momento ouviram uma batida na porta e ambos tiveram um leve sobressalto. Mas era Gwenlliam que entrou nos pequenos aposentos com o rosto corado devido à corrida desde Maiden Lane até Nassau Street.

— Algum problema? — perguntou Cordelia, aproximando-se da filha.

— Não! — Gwenlliam começou a rir ao ver a expressão de susto no rosto deles. — É claro que não! Mas vocês sabem que horas são? Quando vão voltar para casa? Queremos tê-los conosco! O belo policial, o Sr. Frankie Fields levou o relatório de Arthur, um documento bastante inflamado, diga-se assim, até a delegacia de polícia e já voltou para jantar conosco a convite de Rillie; o bife e a torta já estão prontos. Rillie, Arthur, Sr. Fields e Regina já tomaram uma taça de vinho do Porto e eu até tive tempo de jogar pôquer com o Sr. Fields e, até o momento, estamos empatados! Estamos confortáveis como uma família real em nosso pequeno sótão, mas precisamos de vocês para nos sentirmos completos. Então, venham logo para casa! Espero que o verão de verdade chegue logo. Está muito frio agora.

Nenhum deles notara. Mas Gwenlliam estava lá, tão jovem, animada, cheia de vida e desejo por aventuras e eles sabiam que o que ela realmente queria dizer era *Vamos para casa e vamos conversar sobre a Califórnia!* E, de repente, Cordelia emitiu um som baixo e abraçou a filha, apertado, segurando-a por um longo tempo. Então, ergueu a cabeça e fez um leve aceno com a cabeça, quase imperceptível, para Monsieur Roland. E ele entendeu que ela dizia: *Vou ficar.*

Então, se voltou para a filha.

— *É claro* que não podemos fazer as malas e partir para a Califórnia, minha querida, como fizemos quando deixamos a Inglaterra! A Sra. Spoons nunca sobreviveria à viagem, Rillie nunca a deixaria para trás e para onde vamos Regina também vai e nunca a deixaríamos agora. E também há os meus velhos joelhos acabados! Ai, meu Deus, imagine todos nós em canoas passando por crocodilos, cobras e florestas tropicais! Mas você quer ir, Gwennie, eu sei. Sei e prometi que seja lá qual for a sua decisão, eu nunca a impedirei. Pronto! — Por fim, Cordelia soltou a filha, acariciou seu cabelo e, depois, afastou os cabelos dos olhos. — E, meu velho — disse ela carinhosamente para Monsieur Roland que ouvia tudo em silêncio. — Sem o senhor teríamos desmoronado há muitos anos e não conseguirá se livrar de nós agora! Só sob o meu cadáver é que o senhor viajaria no meio de crocodilos para chegar à Califórnia! Mas Gwenlliam é diferente, ela é a única entre nós que realmente é jovem e tem toda a vida pela frente e o resto de nós ficará aqui, esperando seu retorno. É claro que *sei* que você quer ir para a Califórnia com o circo, Gwennie, sei o quanto ama essa vida.

— Mas você não virá? — Gwenlliam lançou um olhar incerto para a mãe. Eu também amo você, mãe.

— Eu sei, querida. Mas essa *não* é uma decisão entre dois amores! São diferentes tipos de amor. — Cordelia, então, respirou fundo e declarou: — falaremos com Peggy Walker. — Ela se voltou para Monsieur Roland e explicou: — A maravilhosa costureira de figurinos sobre quem você já nos ouviu falar. É ela que sempre faz roupas brilhantes. Tenho certeza de que ela aceitará ser a guardiã de Gwenlliam e eu ficarei em Nova York e trabalharei com o senhor.

E Monsieur Roland uma vez mais compreendeu a força de Cordelia Preston.

— Acho que já sou crescida o suficiente para precisar de uma guardiã, mamãe!

— Que seja apenas para tomar conta de você enquanto estiver jogando pôquer e aproveitando a "embriaguez de éter"! Sabemos muito bem que você pode ser qualquer tipo de oráculo fantasma e acrobata que Silas possa inventar. E fazer isso tão bem quanto eu e com muito mais agilidade e eu farei com que Silas pague a você um salário muito bom.

Gwenlliam olhou para Monsieur Roland. Estava bastante contido, aquele senhor que tanto amava, mas fora ele que encontrara o seu talento e a ensinara tudo que sabia.

— Você sabe que terá meu apoio seja qual for a sua decisão — disse ele em tom grave. — Confio em você quanto ao uso da nossa arte.

Mas as palavras não ditas pairaram no ar: como poderia ser diferente? *Só podemos esperar que todos fiquemos juntos de novo.*

— Eu ainda não decidi — declarou Gwenlliam em voz baixa.

Monsieur Roland disse:

— Dependeremos muito de você, *ma chère*. Dependeremos de você para nos sustentar na velhice!

E o momento passou e ele logo estava sorrindo e Gwenlliam o abraçou e sentiu os ossos finos do velho senhor.

— Celine tem *devorado* os jornais — contou ela, então. — É claro que tendo trabalhado em circos, conhece Silas e ele contou à ela, quando nos deixou hoje, sobre seus planos e sonhos, então ela subiu para o sótão com todos os jornais que encontrou e ficou lendo para nós todos os artigos para mostrar como a Califórnia é perigosa e terrível! Ela e Regina competiam entre si para ver quem lia o pior desastre! Celine não consegue suportar a ideia de nos ver partir. Acho que ela gosta de nós, mas o mais importante é que se apaixonou pelo senhor, Monsieur Roland.

Ele pareceu envergonhado.

— As pessoas não se apaixonam por homens velhos, querida. Embora eu tenha de admitir que ela realmente prepara um excelente *chocolat chaud*.

— Já se cansou de homens jovens — provocou Gwenlliam. — O senhor a faz lembrar da sua infância na França e ela o acha bonito e bondoso. Ela só se apaixona por homens franceses, sabe? Pois bem, o grande amor da vida dela, e confidenciou isso apenas para mim, foi *Pierre l'Oiseau*, Pierre, o Pássaro. Vocês sabem? O meu parceiro de acrobacias, com seu grande bigode. Ela não sabia que ele trabalhava no nosso circo ate eu o mencionar ontem.

— Será que há alguma forma de convencermos *Pierre l'Oiseau* de continuar em Nova York quando o circo partir para a Califórnia? — perguntou Monsieur Roland, fazendo uma piada com um fundo de verdade.

Cordelia começou a rir ao ver a expressão de desconforto no rosto de Monsieur Roland e ele tentou rir também. Por fim, meneou a cabeça e olhou nos olhos da amiga.

— Amei a sua tia Hester — declarou ele. — Aquilo era *amor* para mim. — Então, em voz baixa, continuou: — Ela era a alegria da minha vida. Essa é a minha lembrança: a que me faz saber quem sou.

— Mas Celine tem tantas esperanças! — lamentou Gwenlliam.

Contudo, Monsieur Roland apenas meneou a cabeça novamente, mesmo com um sorriso nos lábios enquanto trancava a pequena porta da frente, onde se lia de forma discreta: *Monsieur Roland: Mesmerista*, e os três caminharam para casa, seguindo pela Broadway até o sótão, onde encontraram a família e comeram torta.

As folhas estavam verdes e as flores podiam ser vistas nos lugares mais estranhos: ao longo da Broadway, em Battery Park, nas redondezas do reservatório de água Croton e, até mesmo, ao lado das quitandas com repolhos empilhados do lado de fora e cortinas nos fundos. Arthur insistiu em voltar ao trabalho: ele e Frankie Fields caminharam livremente pelas docas, exibindo escoriações e bandagens como se dissessem: *ainda não, irlandeses de Bowery, ainda não*.

Sr. Doveribbon, resgatado por um grande gancho de navio das águas rasas, imundas e nojentas do rio East, seguiu direto para sua cama no American Hotel, esperando ter contraído alguma febre perigosa; sentia tanta pena de si mesmo e estava tão zangado que pensou em voltar para Londres. Teve de repetir o mantra *dez mil libras, dez mil libras* para se recuperar. Então, não tendo morrido afogado ou de contaminação e apenas espirrando bastante, tirou as medidas em um alfaiate judeu para outro terno cinza *(na verdade, dois)*: ficou impressionado, mesmo sem querer, com a velocidade com que aqueles americanos trabalhavam, embora, obviamente, a mão de obra nunca chegasse aos pés do trabalho de um alfaiate inglês.

Naquele meio-tempo, Cordelia e Gwenlliam desceram a Maiden Lane em direção ao escritório em Pearl Street para se encontrarem com o Sr. Silas P. Swift, como prometido. Eles conversaram e planejaram e decidiram entre si qual seria a melhor forma de transformar Gwenlliam da princesa com tiara na estrela do circo (uma que, na verdade, não lesse a sorte ou previsse o futuro, mas que dançasse nas sombras e mesmerizasse aqueles que precisassem dela). Elas chegaram ao escritório e Cordelia apresentou seus planos.

— Será ainda mais excitante, Silas! — afirmou Cordelia. — Gwenlliam é jovem e uma acrobata maravilhosa, como o senhor bem sabe. E uma excelente mesmerista! Como consequência, Gwenlliam terá de ganhar pelo menos o dobro do salário que costumava pagar a ela e ainda mais se forem um sucesso na Califórnia.

Cordelia Preston, nascida no teatro, ainda assim tivera tanta prática em ser uma dama de classe na Inglaterra que não conseguia falar de qualquer outra forma: e não se esquecera de impressionar, sendo fria e firme.

Silas P. Swift não dava a mínima para o modo de falar dos ingleses de classe, ainda assim, Cordelia o intimidava um pouco. Além de indeciso, estava zangado e decepcionado com a deserção de sua estrela.

— Eu a trouxe para a América! Você sempre foi a estrela do meu circo! É a você que as pessoas fazem fila para assistir. — Então, falou como se ela não estivesse presente, dirigindo-se a Gwenlliam. — Há algo nela. Algo estranho e poderoso e não tem nada a ver com juventude ou idade. Sinto calafrios quando aparece lá nas sombras; até hoje. Cordelia, pense bem, camarada! Eu pagarei mais!

Entretanto, Cordelia manteve-se firme.

— O senhor sabe quantos anos eu tenho?

Ele explodiu, desconcertado:

— Esse não é o ponto. Pois eu mesmo acabei de fazer 40 anos e já tenho netos.

— Bem eu tenho *quase* idade para ser sua mãe, Silas e, desse modo, avó dos seus netos. E tenho certeza de que o senhor não permitiria que sua própria mãe, juntamente com toda sua família, cruzasse a América em busca de ouro!

— Uma família se constitui de pais e filhos — disse Silas, sombrio, acostumado a conseguir tudo o que queria. — E não senhoras idosas e cavalheiros.

— Ainda não se esquecera da ira de Monsieur Roland.

— Não, Silas, *família* é uma palavra com muitos significados. É constituída pelas pessoas com as quais vivemos, amamos e que dependem de você também. Mas meu querido, o senhor deveria estar animado! Gwenlliam é jovem, bonita e os mineradores vão amá-la: como vivo dizendo, a juventude é uma grande vantagem, ela poderá fazer muitas coisas que eu não sou mais capaz. Foi treinada no mesmerismo da mesma forma que eu e é escandaloso pensar em como o senhor a subaproveita! E o senhor sabe muito bem que ela é uma acrobata muito melhor do que uma senhora idosa como eu, com almofadas amarradas nos joelhos, jamais poderá ser. Ela será um sucesso!

Ele considerou as palavras de Cordelia enquanto alisava o bigode, pensativo.

— Você será chamada de **A FANTASMA CLARIVIDENTE** — disse ele para Gwenlliam, por fim. — Caso contrário, não aceitarei isso.

Nenhuma das duas respondeu: as negociações haviam começado.

— O que aconteceu como o urso, Silas? — perguntou Gwenlliam.

— Não faço ideia. Aquela grande fraude. Provavelmente virou uma torta. Eu o vendi. Apenas ursos *marrons* dançam, sei disso muito bem. Não sei como fizeram aquele velho urso branco me enganar, mas conseguiram. Bem, ele deve ter ido para o paraíso dos ursos. O velho enganador, imprestável e ameaçador. Nunca me senti seguro com ele. Esses ursos comem seres humanos.

Por fim, olhou para Gwenlliam com atenção.

Hmmm. Gwenlliam, talvez oráculo? — sugeriu ele. Aquela ideia que eu tive de... mostrar talvez mais ou menos onde o ouro está ao olhar em uma bola de cristal? Eu poderia cobrar vinte dólares por isso!

Gwenlliam riu.

— Pare com isso, Silas! Já conversamos! Eu penso exatamente como mamãe e Monsieur Roland sobre o mesmerismo. Mas aparecerei das sombras como... — Ela lançou um olhar para a mãe, ambas teriam de ceder um pouco. — ... A Fantasma Clarividente, se você insiste, mas nada de bolas de cristal. O número ainda deve ser de mesmerismo como conhecemos e entendemos. Mas ouça, Silas, ouça bem. Tenho algumas ideias. Ouça. O que acha de uma varinha dourada brilhando como ouro lá em cima? *Ouro*, entende? Varinhas de ouro em campos de ouro, captando a luz...

E ela começou a descrever para Silas suas ideias sobre como despertar mais excitação do público, sua voz dançando e cintilando como sempre.

E demonstrando confiança em si, como sempre. Cordelia observou a filha, ouviu em silêncio, não se permitindo ser nada além de incentivadora.

— Então, Silas — disse Cordelia, por fim. — O entusiasmo de Gwenlliam é óbvio. Com todos os talentos que possui, ela será um sucesso ainda mais estrondoso do que eu. E *quer* ir com o senhor, Silas. Olhe para ela, mal pode esperar para começar a ensaiar as novas ideias. Vocês podem começar no navio enquanto seguem para o Panamá. Há muitas cordas em um navio. Ela ama o circo e nós já conversamos com Peggy Walker sobre ela assumir o papel de guardiã de Gwenlliam quando não estiver bordando contas ou lavando as calças dos palhaços! Entretanto, — A voz de Cordelia ficou inflexível naquele ponto. — Sabemos muito bem todas as dificuldades e perigos para se chegar à Califórnia e, em troca do que acordamos aqui, devemos fazer um contrato em que ela será paga antecipadamente assim que o senhor começar a ganhar dinheiro e que, em dois anos, voltará para nós. Afinal, são apenas dois anos — disse ela para Gwenlliam, mas a voz firme tremeu um pouco.

— Bem — respondeu Silas, ainda decepcionado e incerto, mas reconhecendo que uma delas era melhor do que nenhuma já que planejava partir logo e, na verdade, poderia ter perdido ambas se aquela carta tivesse sido entregue. — Bem, ninguém é como você, Cordelia e, quando eu voltar, terá de se juntar a nós de novo.

— Dou a minha palavra que me juntarei a vocês quando voltarem se não estiver satisfeito com a minha talentosa filha. O que lhe parece?

Silas passou a mão no bigode repetidas vezes.

— Bem, eu concordo apenas porque sou obrigado. Sem querer ofender, Gwen. — Com as mãos, ele fez um gesto pensativo sobre a cabeça delas, já planejando o novo cartaz: **A FANTASMA CLARIVIDENTE** em letras enormes. — E talvez apenas uma pequena bola de cristal. — Novamente, ele fez um gesto amplo com as mãos. Conseguia visualizar tudo: **ESTE É O CAMINHO PARA O OURO!**

— Não! — exclamou Gwenlliam. — Nada de bolas de cristal, Silas. Podemos fazer mais saltos mortais e usar uma varinha mágica feita de ouro, é claro. Ainda mesmerizaremos todos os mineradores com uma varinha de ouro!

E o Sr. Silas P. Swift teve de se contentar com aquilo.

20

Peggy Walker, a responsável pelas fantasias, a pessoa que fazia tudo e todos brilharem no circo, realmente concordara em ser a guardiã de Gwenlliam: assim que convidada, saiu de sua pensão no Brooklyn e seguiu para Maiden Lane para conhecer todo mundo, ser avaliada e aprovada. Abraçou Gwenlliam quando saiu.

— Pode fazer as malas, camarada, teremos uma aventura — disse Peggy.
— Escreveremos cartas cheias de ouro!

E, no sótão da Casa de Celine, todos ficaram animados, mesmo que odiassem ver Gwenlliam partir. O rosto de Cordelia permaneceu pálido enquanto sorria para todos.

Assim que todos os arranjos foram feitos com Silas, Cordelia disse que tinha de sair para comprar um chapéu novo. Isso era tão improvável que ninguém na pequena sala de estar acreditou, embora nunca sonhassem em dizer isso.

— Quer que eu vá com você, Cordie? — Rillie conhecia Cordelia muito bem: essa saída não tinha nada a ver com um chapéu, mas sim com outra coisa.

— Não, não. Farei uma surpresa para todos vocês.

(Mas Rillie havia se oferecido para acompanhá-la porque percebera um tremor nas mãos de Cordelia quando calçava as luvas. Cordelia estava travando uma batalha interna sobre *algo*. Rillie tinha certeza.)

Tentando evitar a lama suja, as fezes e a poeira levantada pelos cavalos puxando carroças e os ônibus, Cordelia caminhou em direção ao Terminal de Embarcações do Brooklyn. Bandeiras americanas erguidas orgulhosamente tremulavam sobre os prédios, mesmo quando o lixo inundava as ruas, as moscas e os ratos andavam por todos os lugares e o verão ainda nem tinha chegado. O fedor das pilhas de lixo piorava cada vez mais à medida que se aproximava das docas. Nova York até podia ser uma próspera cidade portuária, mas as docas próximas às barcas eram imundas e em total estado de decadência. Havia placas de madeira perigosamente soltas sobre as águas turvas do rio e, ao lado de uma pilha de lixo particularmente fétida, um negro baixo estava de pé, batendo na pilha com uma vara enquanto gritava "NEGRA VADIA! NEGRA VADIA!" Batia no lixo sem parar e as pessoas passavam apressadas por ele.

Os passageiros subiram a bordo da barca, Cordelia foi carregada pela grande multidão, mal notando que havia sido empurrada e acotovelada, mesmo que de forma amigável. Como sempre, o rio East estava lotado com uma centena de embarcações: grandes, pequenas, velhas, novas, americanas e estrangeiras. Lixo e ratos mortos podiam ser vistos na água. E, à medida que a barca partia e Cordelia olhava para a água suja, notava ainda outras coisas estranhas: ferro, madeira, um manequim de alfaiate sem braços, jornais ensopados, parte de um estrado de cama. E algo que parecia com ossos.

Brooklyn também era tumultuado e Peggy Walker a encontrou na margem do rio, usando incontáveis xales brilhantes. Acompanhou Cordelia pela colina até o quarto colorido que alugava em uma grande casa de pensão que tinha vista para o rio East e para Manhattan. Da janela de Peggy, podia ver as docas e os prédios do outro lado do rio e, acima de tudo, o pináculo da Trinity Church. Cordelia tentou captar o aposento com cores fortes, decorado com todos os tipos de objetos estranhos e interessantes, assim como a cama de Peggy: desenhos pintados, a cabeça de um alce, uma águia americana, um espelho decorado com conchas e um relógio no formato de George Washington em seu uniforme, com as mãos apontando para os minutos e as horas. Peggy estava fazendo as malas: havia roupas e materiais de costura e contas brilhantes espalhadas por todos os lados.

— Recebi sua mensagem, Cord — disse Peggy. — Sente-se aqui. — E ela esvaziou uma cadeira que estava lotada de coisas e ofereceu cerveja e biscoitos. A almofada na cadeira de Cordelia era decorada com a bandeira americana.

Ela segurou a cerveja, mas não bebeu. Peggy percebeu que ela travava uma batalha interna, como se quisesse dizer algo, mas não conseguisse.

— Sou muito grata a você, Peggy — começou Cordelia, por fim. — Sei que você olhará por Gwenlliam da melhor forma possível.

E Peggy riu: ambas sabiam que Gwenlliam era eficiente, alegre e inteligente e que talvez fosse ela a tomar conta de Peggy.

— Pare de se preocupar, Cord. Eu estarei lá. Nem índios nem crocodilos nos pegarão! — Enquanto conversavam, Peggy estava bordando um novo cobertor brilhante com contas, sem dúvida para o camelo exótico, caso ele sobrevivesse à viagem. — Ainda assim, eu poderia ter sido derrubada com uma pena quando Silas chegou aqui para me contar sobre seus planos e sonhos. Conhecendo Silas, posso dizer que não vai ser para sempre e estou certa de que não quero viver com mineradores de ouro para sempre. Ouvi dizer que eles fazem competição de cuspe: dez dólares por cuspida! Eu preferiria um pouco mais de cultura a isso. Bem, se conseguirmos fazer nossas fortunas, terá valido a pena! Vamos cruzar os dedos! — Ela continuou costurando, mas com o canto dos olhos viu que Cordelia fazia um grande esforço para engolir. — Vamos lá, o que está se passando com você, Cord?

No último dia antes de partirem de Londres para sempre, Cordelia e Gwenlliam voltaram ao pequeno cemitério da igreja que ficava na esquina da Elephant com Castle. Encomendaram uma pequena lápide sobre o túmulo dele, na qual se lia apenas:

MORGAN
AMADO IRMÃO E FILHO ADORADO

Apesar do frio congelante, havia pequenos sinais de primavera. Viram açafrão aos pés de uma árvore desfolhada e traços de amarelo e roxo. Mas elas sentiam um pesar terrível e doloroso que aquele menino que tanto sonhara em partir para a América teria de ficar ali. Uma vez mais choraram; viram a antiga casa galesa: a casa de pedras e as ruínas do castelo mais além e o mar infinito e os cascos de navio quebrados atraídos pelas rochas por contrabandistas — navios que talvez tivessem vindo do novo país sobre o qual Cordelia lhes contara: América. "É um novo país", dissera ela. "Deveríamos ir para lá".

Por fim, de braços dados, vestidas pela última vez em roupas pretas de luto, as duas mulheres se afastaram do túmulo e caminharam em direção à saída do cemitério. Viraram-se apenas uma vez. Ergueram as mãos protegidas com luvas pretas por um momento e deram um aceno de adeus para uma vida que se fora.

***

— Se algo... qualquer coisa. Isto é, se alguma coisa acontecer com Gwenlliam, se ela ficar doente, por exemplo...

— Você está sendo pessimista.

— Eu sei. Não quero, mas tenho de fazer isso. Vocês estão indo para longe e se... Se alguma coisa acontecer, gostaria que conhecesse um pouco mais sobre ela, de modo que não esteja com uma estranha. Não, é claro que você não é uma estranha.

Cordelia virou a maior parte da cerveja em um gole, colocou o copo ao seu lado. As mãos estavam trêmulas. Peggy percebeu como ela, literalmente, se obrigava a falar.

— Ouça, Peggy. Gwenlliam tinha uma irmã e um irmão. Manon e Morgan. Talvez ela queira conversar sobre eles. — Cordelia não se deu conta, mas, à medida que falava, seu sotaque inglês ficava mais carregado, como se quisesse fugir da emoção. — Eu... Eu era uma atriz conhecida em Londres. Trabalhei com Edmund Kean. Trabalhei com William Macready, o ator envolvido nos tumultos de Astor Place. — Peggy ouviu estoicamente, ela não dava a mínima para o estilo inglês de atuar. — Abandonei os palcos. Na época, acreditei que para sempre, quando eu... — Ela gaguejou. — Quando me apaixonei e me casei. Tive três filhos. E eles me foram tirados pelo pai

— Bastardo cruel, não é?

— Vivemos juntos por oito anos, todos nós, incluindo ele, em uma linda casa de pedras ao lado de um castelo em ruínas na costa de Gales.

A praia deserta era a vida deles: ela podia ver as três cabecinhas louras brincando na areia molhada enquanto as ondas quebravam na praia, eles se inclinavam e catavam pedras e conchas; o dia inteiro suas vozes ecoavam no ar, ela os ouvia rindo e falando sobre os tesouros estranhos que encontravam; aves marinhas sobrevoavam a praia e havia sempre o cheiro de sal e de algas marinhas. E, então, viria uma forte tempestade galesa e a chuva intensa castigaria o mar, e o vento levaria as crianças de volta para a casa cinzenta de pedra que era o seu lar enquanto as ruínas do antigo castelo lançavam sombras atrás deles e as lareiras eram acessas por criados e, de vez em quando, Cordelia cantaria:

When that I was and a little tiny boy
With a heigh ho, the wind and the rain

A foolish thing was but a toy
For the rain it raineth every day...

— Quando meu marido nos deixava por longos períodos, eu simplesmente achava que ele tinha negócios a resolver em Londres. Ele era um membro da aristocracia e eu, como já disse, não passava de uma atriz. Então, deveria ter desconfiado. Havia sinais... Sinais de que o casamento não passava de uma fraude.

— Bem, que surpresa aqui — interrompeu Peggy, com ironia. — Aqui, nós bem sabemos que não devemos confiar em nenhum nobre inglês! Você veio para o lugar certo quando decidiu se mudar para a América.

Mas Peggy Walker era uma mulher sensata e viu que suas interrupções não ajudariam Cordelia a contar sua história. Ela se esforçou para se concentrar nas contas reluzentes.

— Em um dia terrível, ele enviou uma mensagem para que eu partisse para Londres com urgência e, enquanto estava ausente, planejou para que as crianças fossem levadas da nossa casa para serem criadas como filhos dele com a nova esposa nobre. Só os encontrei de novo dez anos mais tarde. Nessa época, Rillie e eu já tínhamos nosso negócio de mesmerismo para sobrevivermos.

— Dez anos! Nossa! Que história triste! Como você os encontrou?

— Gwenlliam. Gwenlliam me encontrou. — Peggy se perguntou se Cordelia iria desmaiar. Então falou em um tom alegre:

— Eu deveria ter desconfiado! Gwen é uma garota muito inteligente e espirituosa. A melhor combinação para qualquer garota.

Foi a voz. Por mais absurdo que parecesse depois de tantos anos e apesar das palavras entrecortadas e das vogais prolongadas, típicas da nobreza, tinha certeza de que reconhecia a voz que vinha do aposento ao lado. E, ao ouvi-la, Cordelia emitiu um pequeno som, como um choro engasgado: o quarto girou e o suor brotou em sua testa e sobre os lábios, no peito e nas pernas.

Será que Rillie sabia? Será que Rillie achava que se tratava simplesmente de uma nova cliente? Será que aquela era apenas uma nova cliente? **Será que estou enganada?** *A qualquer momento, Rillie traria a dona daquela voz para o grande quarto onde Cordelia praticava o mesmerismo.*

O pânico de Cordelia era tanto que, por um instante, apenas olhou freneticamente ao redor do quarto decorado com estrelas, como se procurasse um lugar para se esconder. Por fim, sentou-se no mesmo canto escuro, apagando rapidamente duas das velas mais próximas para que a penumbra fosse mais intensa do que o usual. Envolveu a cabeça com xales esvoaçantes, como sempre fazia antes de um cliente entrar: seu coração batia forte no peito.

A porta se abriu e uma jovem entrou. Rillie indicou, como sempre, que a cliente deveria se sentar no sofá e, então, fechou a porta atrás de si. Cordelia viu que a jovem — uma garota muito pálida — tentava adaptar os olhos à escuridão e, então, percebeu que a jovem a vira.

Cordelia teria de falar.

— Como posso ajudá-la? — perguntou em uma voz que mais parecia um sussurro.

A jovem não respondeu de imediato. Seus longos cabelos louros estavam presos na altura do pescoço. Estava mais velha e muito pálida, mas o rosto era o mesmo rosto amado. Sem emitir qualquer som, lágrimas escorreram pelo rosto de Cordelia. Ela viu o rosto que conhecera, mas que não mais conhecia: os olhos cinzentos e inquiridores, a mesma expressão aberta e peculiar de tia Hester e os olhos.

— Disseram-nos que estava morta — começou a jovem e Cordelia percebeu que sua voz tremia.

Lentamente, perguntando-se se estava sonhando ou se perdera a razão, Cordelia desenrolou os xales que envolviam sua cabeça: eles caíram sobre seus ombros onde descansaram. Devagar, caminhou até o sofá e, enquanto caminhava, as palavras surgiram:

— Eu não morri — e a garota acenou com a cabeça e o quarto escuro girou.

Mas era um antigo provérbio da família: as mulheres da família Preston nunca desmaiavam. Jamais.

As duas mulheres se avaliaram. Rillie começou a tocar flauta no quarto ao lado, como sempre fazia enquanto Cordelia criava o clima.

— Reconheci a sua voz, Gwenlliam — afirmou Cordelia.

— Eles disseram que você estava morta — repetiu a jovem.

Bem devagar ainda, como se estivesse doente, Cordelia se sentou ao lado da filha.

— Procurei por você em Gales tantas vezes, mas a velha casa foi trancada há muitos anos e o castelo está em pior estado do que antes.

— Sim. — *A flauta continuava tocando, bem baixinho. Ainda assim, elas ficaram sentadas, um pouco separadas.* **Dez anos se passaram.** *Por um momento o silêncio ficou tão intenso que era como se o quarto estivesse vazio. Então, seguiu-se uma avalanche de palavras.*

— Gwenlliam, para onde levaram vocês? Devem tê-los levado para algum lugar logo depois que eu parti, porque voltei logo para casa e...

— ... Sim. No mesmo dia em que partiu para Londres, alguns homens e uma mulher chegaram em uma carruagem e simplesmente nos pegaram. Pude apenas deixar um bilhete na nossa casa da árvore. Não sabia para onde estávamos sendo levados, mas pensei...

— ... e procurei na nossa casa da árvore, parecia óbvio...

— ... e sabia que você procuraria lá. Tinha certeza. Se estivesse viva, sabia que procuraria na casa da árvore.

A voz delas estava um pouco ofegante.

— Mas houve uma tempestade. Quando cheguei, nossa casa estava trancada e caíra um terrível temporal. Não havia bilhete algum. Eu subi na casa da árvore. Não havia bilhete, mas eu sabia que você teria deixado um se pudesse...

— ... e eu escrevi "eles estão nos levando embora", mas não sabia para onde. Eles apenas nos pegaram e nos levaram para o norte, algum lugar próximo de Ruthen, soube depois. Ficamos em outra casa de pedras antiga, mas não era próxima ao mar. E eles nos disseram que você estava morta. — *E durante todo o tempo em que falavam, estavam sentadas eretas e distantes, apenas olhando uma para a outra como se são acreditassem.* — Vivemos lá por muitos anos.

— O que... O que vocês faziam? Como viviam? Quem tomava conta de vocês?

— Tivemos muitos tutores. Morgan não fazia nada além de ler e pintar, mesmo quando o enviaram para uma escola de verdade. Mas Manon e eu aprendemos as etiquetas de jovens damas. — *Cordelia os imaginou com tutores, tão longe, seus aniversários passando enquanto ela tentava retomar a vida nos palcos, uma atriz mais velha agora, fazendo papéis de bruxas e rainha das fadas.*

— Eles, eles... — *Nenhuma delas especificou quem eram "eles".* — Eles cuidaram... — *Cordelia tentava desesperadamente manter a coerência.* — Vocês foram bem cuidados?

— De certo modo.

— Manon? — Ela disse a palavra com cuidado, como se fora porcelana chinesa.

— Manon acabou de ser apresentada à corte. Ela vai se casar na sexta-feira. Com um duque.

Cordelia tentou esconder o choque. **Manon, casada? Com um duque?** Manon tinha apenas 7 anos quando Cordelia se despedira dela.

Ela disse a próxima palavra:

— Morgan? — Não houve resposta. — Morgan? — repetiu ela em tom de urgência.

— Ele está... Ele é como sempre foi. — E Cordelia, uma vez mais, emitiu um som como um choro engasgado. Olhou para as mãos. Viu o rosto do pequeno menino angustiado enquanto a cabeça doía, a raiva, a mão passando pela cabeça, o silêncio; ouviu não mais a flauta de Rillie, mas o som do mar, as vozes das crianças gritando umas para as outras pela praia deserta embaixo da antiga casa da árvore; flores selvagens azuis, vermelhas e amarelas inclinadas pelo vento. Ergueu o olhar e viu a jovem sentada à sua frente. Acima dela, estrelas de mentira captavam a luz das velas no quarto escuro.

Tinha de fazer mil perguntas ou nenhuma. Por fim, disse:

— Como me encontrou?

— Há alguns meses, Morgan foi levado para Cardiff por causa das dores de cabeça e...

Ele ainda tem dores de cabeça?

Elas são diferentes das de antes. Em Cardiff, Morgan achou um anúncio no jornal. MÃE PROCURA POR CRIANÇAS NA CASA DA ÁRVORE. Você colocava um anúncio à nossa procura todas as semanas? Depois de todos esses anos?

— Eu coloco uma vez por ano. No aniversário dele. Mas nunca houve qualquer resposta.

— Ele encontrou e me mostrou, eu disse que era bobagem dele que ficou zangado e rasgou o jornal. — Novamente, Cordelia viu o pequeno rosto angustiado de outrora. — Não pensei que Morgan conseguisse encontrá-la de novo — continuou Gwenlliam com simplicidade. — Ele demorou muito para se recuperar da sua partida. Mas é claro que fiquei na dúvida se realmente era você e respondi, ao anúncio, em segredo, quando estávamos vindo para Londres para Manon ser apresentada à Rainha Vitória e se casar.

— Mas... Eu não recebi nenhuma carta.

— A Srta. Spoons a encontrou. — Ela ouviu Cordelia arfar, chocada. — Ela logo entrou em contato comigo. Tivemos tanta sorte, mamãe, pois a minha madrasta exige ver todas as cartas que recebo, mas eu estava chegando de uma caminhada na praça e o carteiro estava lá e me entregou a carta da Srta. Spoons. Eu apenas dei meia-volta e vim para cá. Peguei um cabriolé sozinha e nunca tinha feito isso antes.

Cordelia precisou de todas as suas forças para se manter coerente, para falar normalmente. As velas tremulavam.

— Então, todos vocês estão em Londres? Manon? Morgan? E você.

— Sim. Morgan e eu nunca estivemos aqui, mas Manon ama Londres e a vida da nobreza. Mas Morgan e eu sempre planejamos fugir para o novo país. Para a América.

— O que quer dizer?

— Sempre sonhávamos em ir para a América. Você nos contou sobre aquele novo país que surgiu no mar. Mas nosso tutor nos disse que a América sempre esteve lá.

— Oh! Gwenlliam, inventei isso para divertir vocês! Eu não sabia nada sobre a América!

E as duas mulheres, ao se lembrarem, começaram a rir por um segundo, surpresas porque parte do passado as tocava como um fantasma. E, então, pararam de rir e o silêncio pairou no ar.

— Mas Londres sempre fora o sonho de Manon. Nosso avô, o duque de Llannefydd, um homem velho, cruel, terrível e mau, está sempre bêbado e fede a uísque e tem os dentes podres. Somos obrigados a beijá-lo e é ele quem controla nossas vidas e toma todas as decisões. Acho que até mesmo nosso pai tem medo dele. O duque tem uma casa em Grosvenor Square.

— Sim — disse Cordelia. — Eu conheço aquela casa. Uma vez, tentei procurar por vocês lá.

Havia muitas perguntas não respondidas no ar: nenhuma delas sabia bem como navegar por aquelas águas turbulentas. Ouviam apenas o som da respiração irregular e de alguém limpando a garganta.

A jovem pálida, de repente, se inclinou para a frente.

— Caminhei pela Little Russell Street assim que cheguei aqui. Eu me lembrei do nome e das histórias sobre sua mãe e tia Hester e sobre sua vida no teatro. E lembrei da Tia Hester quando foi nos visitar em Gales. Lembro que dei a mão para ela e lhes mostramos as nossas conchas.

E, pela terceira vez, Cordelia emitiu o som de choro engasgado.
— **Sua** *tia-avó Hester!* — *sussurrou ela.* — *Você se parece tanto com sua tia-avó Hester.*
E ela, por fim, abraçou a jovem de cabelos claros e a manteve em seus braços, juntamente com os xales, e ambas choraram.
E, enquanto choravam, a jovem repetia:
— *Não entendo nada.* — *Por fim, ela olhou para a mãe através das lágrimas.* — *Há tantas perguntas na minha cabeça: por que meu pai se divorciou de você? Por que disse que estava morta? O que aconteceu quando a chamou para vir a Londres?*
— *Não falemos sobre essas coisas agora* — *respondeu Cordelia, rapidamente, enquanto abraçava a filha.*
E, durante todo o tempo, Rillie continuava tocando flauta no quarto ao lado, desejando, de todo o coração, que elas pudessem viver felizes para sempre.

A voz de Cordelia parecia vir de um sonho.
— Quando ela me encontrou, Peggy, eles eram jovens em uma sociedade, tendo a vida dominada pelo avô ditatorial e cruel. As pessoas não sabiam... E não tinham como saber, é claro, que eles tinham nascido fora do casamento. O pai deles tinha casado com uma prima distante da Rainha Vitória. — Peggy mordeu a linha, impaciente. — Minha filha mais velha, Manon, se casou com um duque. Rillie e eu fomos, em segredo, até a igreja usando nossas melhores roupas e vimos tudo de um banco lateral. Ela estava linda.
Nesse ponto, Peggy não se conteve:
— Cord, veja bem! *Meu* avô morreu na Revolução lutando contra esses malditos ingleses com sua pomposa nobreza, achando-se superior a todos os outros e todo esse lixo cruel de classes sociais! Eu sou americana. Com certeza, você não pode esperar que eu fique impressionada porque sua filha se casou com um duque! — A agulha em suas mãos não parava de coser. — É muito triste ter perdido seus filhos por todo aquele tempo, mas me parece que Gwen ficará bem melhor indo para a Califórnia do que casando com um daqueles esnobes. Acho que você a salvou de um destino pior do que a morte ao trazê-la para a América.
Cordelia arfou. Seu rosto ficou tão lívido que Peggy abrandou o tom.
— Bem, não ligue para mim. Espero que a menina tenha se tornado uma linda duquesa e vivido feliz para sempre.

— Ela... Eu não pude revelar a minha presença para ela, é claro. As pessoas não poderiam descobrir que a duquesa de Trent era ilegítima. Ela foi tão infeliz com seu marido nobre que... acabou se matando.

A agulha parou. Peggy desejou ter guardado na boca suas últimas palavras.

Em uma autópsia imediata, não restou dúvida sobre como Manon, a jovem duquesa de Trent, morrera; os jornais logo tinham todos os detalhes. Ela pedira ao noivo um pouco de antimônio de potássio, pois tinha um cavalo muito doente com o qual lidar. Morrera por volta das três horas daquela tarde, em grande agonia com órgãos internos queimados: vestira-se com seu vestido de noiva, o rosto estava retorcido devido a dor terrível pela qual passara. Estava deitada no leito matrimonial na nova casa da duquesa de Trent em Berkeley Square, Londres.

— E o meu filho — a voz de Cordelia era quase um sussurro. — Também morreu. Gwenlliam é tudo o que me resta.

O silêncio pairou no quarto do Brooklyn. O tique-taque do relógio de George Washington era o único som que se ouvia. Peggy se inclinou como se quisesse tocar o braço de Cordelia, mas ela se afastou um pouco.

— Ainda tem mais. Logo depois que me encontraram, o pai deles foi assassinado pela madrasta, assim que ela descobriu que havia sido enganada, que eu ainda estava viva. — As palavras agora vinham em uma torrente. — Assim como as crianças, ela também acreditara que eu estivesse morta e concordara em assumir as crianças como se fossem dela quando descobriram que não poderia conceber. — Naquele momento, Cordelia fez um som que parecia um suspiro irônico. — Por diversas razões, *eu* fui logo acusada pelo assassinato. — Então, Peggy parou de costurar, mas Cordelia parecia não vê-la, tamanho esforço que fazia para terminar a história o mais rápido possível. Então falou muito depressa. — Foi assim que conheci Arthur, ele era o detetive responsável pelo caso. Fui inocentada, mas a minha vida se tornara pública. Naquela época, eu era uma próspera e conhecida mesmerista em Londres. Monsieur Roland foi meu professor e mentor e Rillie cuidava dos negócios. É claro que depois de tudo aquilo a minha reputação estava perdida para sempre e eu nunca conseguiria trabalhar de novo. Por fim... — Um sorriso soou na voz tensa de Cordelia. — Por fim, foram todas as histórias pavorosas nos jornais, até mesmo aqui, que fizeram com que Silas me oferecesse trabalho na América. Quando seu circo estava no auge. Então, eu vim para Nova York e nós moramos no American Hotel e, por um breve tempo, ficamos famosas e prósperas!

Por fim, Cordelia se calou.

Peggy Walker assoviou, sentada ali, segurando o cobertor brilhante do camelo.

— Isso é o que eu chamo de história, madame!

Mas Cordelia apenas deu de ombros.

— Creio que a maioria das pessoas tenha suas histórias. Elas talvez não sejam tão públicas quanto a minha.

— Agora, não me diga que aquela madrasta horrenda, a tal da prima da Rainha Vitória, rainha da Inglaterra e do Império, foi enforcada por assassinato.

— É claro que não! Era apenas uma prima distante, creio eu. Mas também tentou me atacar, mas por ser parte da realeza e como as investigações tornaram impossível para o juri chegar a qualquer veredito que não fosse que o pai dos meus filhos foi "assassinado por pessoa ou pessoas desconhecidas".

— Deve ter sido muitíssimo difícil para você, Cord.

E a bondosa Peggy Walker, que, afinal, era americana, não conseguiu evitar: fez mais uma pergunta. Ela a formulou de forma gentil, mas perguntou assim mesmo:

— E o seu filho... Como ele morreu?

— Eu... Eu... — Cordelia ergueu da cadeira. — Peggy. *Não. Eu não consigo mais.* — Ela caminhou até a janela e olhou novamente para Manhattan. O ponto mais alto era o pináculo de Trinity Church, que cortava o céu como uma faca.

Gwenlliam correu para o médico: Cordelia ficou com ele.

— *Mamãe, essa é diferente. A dor na minha cabeça é diferente dessa vez. Ajude-me, mamãe. Eu não consigo suportar. Tem algo acontecendo dentro da minha cabeça!*

E ele vomitou de novo.

Cordelia respirou fundo e ficou ao lado dele. O cheiro de vômito se elevou no ar, mas ela não notou. Por um momento segurou a cabeça dele como costumava fazer há muito tempo, quando ele era um garotinho, e acariciou seu cabelo. Então, sentiu o corpo do rapaz de 15 anos se convulsionar mais uma vez. Ela se afastou um pouco e passou as mãos sobre o rosto dele, fazendo passes do mesmerismo, repetidas vezes. Ela não podia chorar. Se chorasse, não conseguiria ajudá-lo. Suor, não lágrimas, escorria pelo seu rosto, enquanto tentava, com todas as forças, passar para ele a energia do próprio corpo. Atrás dela, sua sombra agigantava-se na parede, enquanto passava as mãos bem acima da cabeça dele, as sombras dos braços em movimento passavam pelo teto, repetidas vezes, sem parar. Ele se encolhia na cama e gritava, mas era de dor.

— *Nós nunca nos separaremos de novo, mamãe? Agora que nos encontramos?* — *A voz começou profunda e terminou como o sussurro de uma criança. Ela sorriu para ele, suas lágrimas, e ela viu a areia molhada interminável, até chegar aos rochedos e ao mar.*

— *Nunca. Nunca* — *respondeu ela, sorrindo.* — *Agora que nos encontramos.*

Ela passou a mão sobre a cabeça do filho repetidas vezes; ele aguardou pelo alívio que ela sempre trazia quando segurava sua cabeça ainda menino. E tão grande era sua confiança nela que quando se sentiu flutuando para longe acreditou que ela o havia salvado.

Ela continuava passando as mãos sobre ele repetidas vezes, sem parar, com todas as suas forças e com todo seu amor, todo aquele amor reprimido por anos. Não ouviu os outros chegarem, não ouviu nada. Até que Monsieur Roland a pegou gentilmente pelos ombros.

— *O mesmerismo não pode trazer a vida de volta, querida. Não é mágica. Então, Cordelia olhou para Monsieur Roland e compreendeu.*

— Ele sempre sofreu de dores de cabeça terríveis. Logo depois que nos reencontramos, ele teve uma apoplexia causada por uma hemorragia cerebral. Não tinha como sobreviver àquilo. — Cordelia ainda olhava para o outro lado do rio e, de repente, se voltou para a Peggy, enquanto lágrimas escorriam pelo seu rosto. — Essa é a minha história, Peggy Walker.

— Sinto muito, Cordelia.

— Qual é a sua?

— O quê?

— Qual é a sua história?

— Ora, Cord, você já ouviu a minha história umas vinte vezes à beira de uns vinte rios! Da minha mãe, orgulhosa filha da revolução, casada por amor e humilhada por um tolo. Eu fugi da fazenda e entrei para o circo e nunca mais voltei. Todas aquelas esposas dos fazendeiros pioneiros, por todo o Meio-Oeste levando a vida com suas caras chocadas — disse ela, debochada. — Tinham a cabeça cheia de ideias românticas. Não imaginavam como a vida seria difícil, mas como achavam que seria? Trabalhei com La Grande Celine quando aquele alemão louco a perseguia para se casar e morar em uma fazenda de porcos. Eu disse a ela *Não faça isso, Celine!* É claro que a história dela também surgiu. Ela é uma mulher corajosa, aquela Celine. Viu, aí está outra história. Veja bem, acredito que haja centenas de pessoas que não possuem histórias tão trágicas, mas, então, nós não as conhecemos, não no nosso ramo!

E Cordelia tentou forçar um sorriso e, ao perceber que ela se recuperara, Peggy se aproximou da janela e, por um instante, segurou a mão de Cordelia e a apertou.

— Estou muito satisfeita por ter me contado. Tomarei conta de Gwenlliam da melhor forma que conseguir e não falarei nada disso com ela, a não ser que ela fale primeiro. Dou minha palavra. Agora — disse ela, agitada, voltando para o cobertor do camelo —, todos concordamos em um ponto: Silas P. Swift é louco. Essa ideia de irmos para a Califórnia é insana. Mas é verdade que chegam notícias de trupes que fizeram a viagem e que agora estão ganhando uma fortuna. Então talvez tenhamos a mesma sorte. Ou, por outro lado, terminaremos como as esposas dos fazendeiros, chocadas por termos sido tão tolas. Mas, pelo menos, aqueles de nós que leem o jornal estão cientes dos perigos e das dificuldades. As cartas demorarão muito para chegar, é claro. Entretanto, a viagem agora é sobre *dinheiro* e, guarde bem minhas palavras como americana que sou, dinheiro significa viagens cada vez mais rápidas e *hão* de descobrir uma maneira de fazer as entregas de correio. Esse é o modo americano. E, Cord, acho o seguinte: não somos apenas um, somos o circo, e temos de rezar, creio eu, para que com tantos de nós, que já nos conhecemos e nos ajudamos, conseguiremos chegar lá.

— Incluindo um leão, dois elefantes e um camelo?

— Talvez eles viajem melhor do que nós, humanos — declarou Peggy, secamente. Cordelia olhou para o relógio com a imagem de George Washington.

— Oh! — exclamou ela, cansada. — Não havia percebido que já era tão tarde. Não contei a eles que vinha aqui conversar com você novamente. Disse que ia sair para comprar um chapéu. Tenho de comprar um chapéu.

Mas Peggy viu como Cordelia estava cansada. Ela nem se afastou da janela.

— Ah! — disse Peggy. — Creio que eu tenha exatamente o que precisa.

Ela começou a mexer em um dos armários repletos de coisas e um lindo chapéu cinza, muito estiloso, apareceu. Cordelia soltou uma exclamação de admiração. — Era da minha pobre mãe.

Oh. Então ela morreu?

Peggy ficou em silêncio por um instante.

No final das contas, eu não contei toda a minha história. Engraçado, não é? Como não contamos tudo? Sei que você só me contou o principal. Ela suspirou. — No final, minha mãe não aguentou a vida. Humilhada por um tolo. Um dia, ela mergulhou em um lago. Foi nesse dia que fugi e trouxe comigo alguns poucos pertences dela. Você me confiou a sua filha, então, eu gostaria de presenteá-la com o bonito chapéu da minha mãe. Sei que eu levei a melhor nessa negociação!

Com muito cuidado, Cordelia colocou o refinado chapéu na cabeça.

— Ora, ora, Cordelia Preston! Você parece uma... Você está linda! É tão estranho que o chapéu não tenha ficado antiquado. Ou talvez a moda tenha voltado. Você parece... — Ela parou. — Posso entender por que Silas está tão zangado com você.

— Ele está muito zangado comigo?

É claro que está. Você é a estrela do circo. Tem algo que os outros não têm, nem mesmo Gwen. Sempre teve isso, um ar estranho e etéreo. Isso afeta as pessoas. Olhe para você, principalmente agora, com o rosto tão branco.

— Gwenlliam é uma mesmerista tão boa quanto eu. Monsieur Roland também ensinou tudo para ela. Silas não sabe como tem sorte de tê-la. Ela será uma Fantasma incrível, ainda mais sendo acrobata *de verdade*. Uma que não precisa amarrar almofadas aos joelhos! — Cordelia, com seu chapéu novo, tentou rir, mas sem sucesso. — Ah, Peggy, cuide bem dela.

— Somos todos sobreviventes no circo — respondeu Peggy Walker, cheia de vida. Ela pegou uma garrafa de uísque e serviu uma dose nos copos de cerveja. — Gwen ama o circo, qualquer idiota consegue ver isso.

— Eu sei. E é por isso que não posso impedi-la de seguir em frente, mesmo quando não posso suportar... — E a voz de Cordelia falhou. — Deixá-la ir. — Tomou um gole da bebida.

— Silas P. Swift é louco — afirmou Peggy. — Mas eu o admiro muito! Ele tem corrido por toda Nova York, fazendo todos os tipos de arranjos. Não deve ter sido nada fácil enviar os animais e toda a parafernália do circo quando há tanta gente lutando para conseguir um lugar nos navios para partirem em busca de ouro. E você sabe que ele já mandou gente na frente para atravessar o istmo, anunciar o circo e observar o terreno. Um tipo de carroça do telégrafo seguindo pelo mar para sinalizar o caminho quando chegarmos!

Então, as duas começaram a rir e Cordelia terminou a bebida e pensou ironicamente em Monsieur Roland: no final, ela se obrigara a contar sua história para outra pessoa.

21

O Sr. Doveribbon poderia ter esfaqueado Silas P. Swift com alegria usando a nova arma que comprara em Londres enquanto se arrastava e espirrava pelo American Hotel: de fato, havia planejado retornar ao circo o quanto antes e fazer exatamente isso. Mas tinha consciência de que esse ato, apesar de lhe aliviar o orgulho ferido e o terno arruinado, não traria nenhum avanço à sua missão. Como o dono do circo havia se comportado de maneira suspeita (e tentado lhe matar afogado! Aquele criminoso!), sem dúvida deveria ficar bem próximo de sua presa: tudo que tinha de fazer era seguir o circo.

O que ajudaria sua missão seria, no dia seguinte, passar um tempo nos arredores do escritório de Silas P. Swift em Pearl Street (tentaria ser o mais discreto possível: queria evitar mais violência — mas se fosse agredido de novo, daria o troco no mesmo nível). O local estava fervilhando de atividade — barulho, entrega e coleta de malas, caixas e jaulas. Havia algo realmente grande por trás daquilo. Havia um pátio na parte de trás: o Sr. Doveribbon não havia percebido na primeira visita: via agora uma jaula onde macacos histéricos, os quais ouvira na visita anterior, tentavam escapar, desesperados. No pátio, cavalos eram colocados no curral por rapazes de pele escura e roupas coloridas: parecia que os jovens iriam cavalgar até algum lugar e falavam com os animais com suavidade. Por fim, o Sr. Doveribbon encontrou uma posição bastante vantajosa. Uma das centenas de tavernas da região das docas ficava bem do outro lado da Pearl Street; daquele local não conseguia ver tudo o que se passava, mas era possível observar se algo chegasse ou saísse do local. Primeiro, porém, foi cuidadoso com sua segurança: Nova York certamente era um lugar selvagem. Mas aquela taverna não parecia tão perigosa e violenta quanto as outras que visitara na cidade; naquela, havia mesas de madeira polida. Comeu ostras e cerveja, já que era o que os clientes costumavam pedir. Depois de um tempo, os jovens estrangeiros e exibidos retornaram com os cavalos: certamente haviam exercitado os animais. Parecia que o circo se preparava para se apresentar em algum lugar; com certeza, Cordelia e Gwenlliam Preston estavam próximas, embora o Sr. Doveribbon se perguntasse se a mãe permitiria a filha se aproximar dos arredores de um circo: a filha do duque de Llannefydd! É claro que não! Havia anões lá, nenhum tão bonito quanto o general Tom; chegavam homens e mulheres que poderiam muito bem ser palhaços ou acrobatas; algumas vezes se ouviam gritos, outras, gargalhadas; certa vez, alguém explodiu em lágrimas. Mas Cordelia Preston deveria ser uma dama mais madura e a única senhora de idade que apareceu pediu a ajuda de Silas sobre o que fazer a respeito — e ele deve ter ouvido errado — de calças de cetim em uma voz americana bem alta.

Sr. Doveribbon tirou vantagem da amizade e da informalidade das pessoas que o rodeavam. Broadwalk era o nome da taverna, por alguma razão desconhecida. Também fingiu ser uma pessoa amistosa, jogou todo seu charme nessa atmosfera de *camaradagem* entre homens fora do serviço. Naquele primeiro dia e no seguinte, conheceu homens de negócio, capitães de navios, estivadores e comerciantes, todos misturados entre si de forma bastante livre, notou; ele se sentou com eles em um grupo discreto, porém com carteiras cheias. Comportou-se de maneira agradável com os novos companheiros, falou com todos, pagou-lhes drinques, e ainda fez piadas sobre ser inglês:

— Estou viajando pelo mundo! — contou a eles. — E amo a América!

— Bom para você, camarada! — disseram batendo em suas costas; avistou facas e, às vezes, até revólveres, usados de forma casual; ouviu histórias sobre lutas, brigas com punhos, mulheres e dinheiro. E, durante todo tempo, observava as idas e vindas do Incrível Circo do Sr. Silas P. Swift.

O capitão de um dos novos e rápidos veleiros, chamados clíper, gabava-se das novas velocidades alcançadas, contou sobre o ouro na Califórnia, a viagem ao outro lado da América e as violentas tempestades que castigavam o cabo Horn, através do estreito de Magalhães: Sr. Doveribbon tremia só de pensar naquilo. Os estivadores se vangloriavam a respeito da riqueza do porto de Nova York. Todos pareciam abertos e amigáveis, não como seus desonestos conhecidos de Londres, e podiam falar por horas a fio sobre um assunto. Irlandeses baderneiros que mal conseguiam segurar suas bebidas se amontoavam em um canto e gritavam; o barulho da taverna aumentou de forma gradativa, mas tudo servia como um disfarce para o Sr. Doveribbon, sentado no meio do salão, protegido pelos novos colegas, enquanto observava as atividades no outro lado da rua: Silas P. Swift berrava ordens, quase arrancando os cabelos e o bigode de tanta agonia e impaciência, evidentemente, para deixar tudo pronto.

Sr. Doveribbon agia com cautela — suas habilidades de detetive estavam bem melhores — também não bebia demais naquela taverna volátil; mantinha a bebida que considerava adequada no American Hotel, onde, ao menos, se sentia entre pessoas de sua classe. No Broadwalk, não mencionara que estava vigiando o circo do outro lado da rua. Disse a eles que seu nome era Frederick e, logo, chamaram-lhe Freddie, implicaram com o belo terno cinza e ele riu e bebeu cerveja, contou mentiras e, algumas vezes, se comportou como um bom camarada. Mantinha-se atento também para contratar um homem que pudesse "dar um sumiço" em alguém; parecia haver vários candidatos prováveis: por certo, estava cercado de trapaceiros e oportunistas, assim como (ou talvez incluindo) capitães de navios e estivadores. Estava no local certo para fechar negócios de todos os tipos.

Na terceira manhã, porém, quando chegou à taverna, encontrou o pátio e o escritório de Silas P. Swift vazio e com os portões trancados.

— Onde estão eles? — vociferou com raiva. — Onde está o circo? — Não acreditou que poderiam ter viajado *à noite*. Seus companheiros de bebida lançaram olhares surpresos.

— Por que se importa com o circo, Freddie?

— Eu tenho... Um amigo que esperava encontrar antes que partissem. Para onde foram?

— Ora, para a Califórnia, camarada. Seu amigo não lhe contou? Partiram ao amanhecer levando tudo para as docas!

Sr. Doveribbon partiu, descendo correndo pela margem do rio East, como se estivesse possuído, suando e quase chorando. E, enquanto corria, o mesmo pensamento passava repetidas vezes em sua cabeça: *Califórnia! O outro lado do mundo! Tenho de impedi-la e nem sei como é seu rosto! Como vou achar Cordelia Preston e impedir que parta se nem ao menos sei como ela é?*

22

A família ficou ali em Battery Park numa linda manhã no início de julho, todos eles, incluindo a Sra. Spoons e, por vontade própria, La Grande Celine, que comprara para Monsieur Roland um paletó novo para a ocasião (em um tom de roxo, pois ouvira dizer que o dr. Franz Mesmer costumava vestir a cor), o qual, por bondade, ele usava naquele momento. Cordelia usava o elegante chapéu cinza e a dor em seus olhos escondida de quase todos pelo véu. Já era verão: Silas P. Swift parecia transtornado, sabendo que deviam chegar às minas de ouro a tempo de ganhar dinheiro, antes da temporada de chuvas.

Todos choraram. Gwenlliam chorara ao encher os baús com suas roupas, xales e as sapatilhas cor-de-rosa para caminhar na corda bamba e as botas, velas e seu REMÉDIO INDÍGENA DO DOUTOR WRIGHT e muitas barras de sabão, mas nada podia esconder sua animação para começar a tremenda aventura, mesmo enquanto lágrimas lhe escorriam pelo rosto. Ela implorara repetidas vezes pelo daguerreótipo que ficava pendurado na parede; Cordelia a levara de novo ao estúdio e tirara um retrato da menina para substituir o da família na parede.

— Olá novamente! — cumprimentou o Sr. L. Prince.

Cordelia observara tudo com atenção: vira como o Sr. Prince movia o espelho, inclinava a luz para, em seguida, desaparecer por apenas dez minutos e voltar com um retrato de Gwenlliam já emoldurado, conforme solicitado. Ele captara sua expressão — a jovem sensata e espirituosa — com exatidão. Enquanto Gwenlliam guardava o retrato da família no baú, Cordelia pendurava o de Gwenlliam na parede de Maiden Lane.

***

O veleiro *Beauty*, com destino a Chagres, no istmo do Panamá, fora carregado nas docas do rio East. O bagageiro ficou lotado com exóticas malas. Embora os elefantes, o leão, o camelo, as carroças pintadas com os dizeres **O INCRÍVEL CIRCO DO SR. SILAS P. SWIFT** cheias de tábuas de madeira para servirem de bancos tenham partido para a Califórnia havia mais de uma semana, junto com a Grande Tenda dobrada em um grande pacote — ainda assim, havia muito a ser transportado. Algumas das barras acrobáticas; as caixas de figurinos de Peggy Walker; a enorme sacola contendo os sapatos grandes e pretos dos palhaços, suas bolas saltitantes e os narizes de borracha; cavalos; cachorros: tudo aquilo foi levado a bordo do *Beauty* e os novos macacos dentro de suas jaulas, os quais berravam sem parar. Os cavalos, agrupados por assovios e gritos dos *charros* mexicanos, pisoteavam, nervosos, as próprias fezes, enquanto eram levados dentro das grandes jaulas, o branco de seus olhos aparecia enquanto jogavam a cabeça de um lado para o outro e o cacique, sem o penacho, tentava acalmá-los com encantamentos e música. Os cães latiam sem parar, enlouquecidos dentro de suas caixas, para não serem confundidos com porcos que seriam servidos como alimento. Grandes barris de água foram carregados também para consumo dos passageiros. Silas P. Swift estava fora de si, gritando instruções enquanto as caixas com cachorros balançavam e batiam nas jaulas dos cavalos e a água vazava dos grandes barris e se espalhava pelo convés. Por fim, soltaram as amarras e o navio partiu do píer.

A cacofonia selvagem emanando do *Beauty* que desaparecia no horizonte deixou claro para o homem de terno cinza, esbaforido e suado que acabara de chegar correndo ao rio East que o circo estava a bordo daquele navio em particular. No entanto, entendeu pelos gritos à sua volta que o *Beauty* com suas velas ainda a meio mastro estava dando a volta, com a ajuda de uma balsa, para seguir até Battery no rio Hudson para o embarque dos passageiros. Então, o Sr. Doveribbon continuou correndo e não conseguia encontrar um carro de aluguel nas ruas lotadas, por isso, continuou correndo por Manhattan, chegando a Battery para ver que os passageiros já haviam entrado a bordo do *Beauty* e acenavam as últimas despedidas. Parou e dobrou o corpo, tentando recuperar o fôlego: estava tão zangado, frustrado e afogueado pela corrida que vomitou no píer sobre as próprias botas: sentiu um aperto no peito e achou que talvez estivesse sofrendo um ataque do coração.

O *Beauty* era uma embarcação sólida, com uma história também sólida, o que era muito. A família ali reunida viu, com horror, alguns navios velhos e acabados que ainda transportavam passageiros: as pessoas não ligavam como chegariam às minas de ouro desde que chegassem logo. Havia brigas no cais e passagens sendo sacudidas para entrar a bordo de embarcações de aparência arriscada. Então, Cordelia, Rillie, Regina, o inspetor Rivers e Monsieur Roland — e, certamente a Sra. Spoons, se ainda tivesse suas faculdades mentais — agradeceram a quaisquer deuses que pudessem estar ouvindo o fato de Gwenlliam estar a bordo de um veleiro muito melhor. Tudo fora explicado diversas vezes: o circo desembarcaria em Chagres e cruzaria o istmo do Panamá em canoas nativas e, depois, a pé, em mulas ou em seus próprios cavalos. Silas P. Swift acreditava não apenas que aquele era o modo mais rápido, mas também o melhor jeito de transportar os animais. Arthur Rivers, tentando se animar, pois se apegara bastante à adorável enteada, imaginou Silas P. Swift navegando calmamente pelo rio em uma canoa nativa, com macacos berrando e cachorros enlouquecidos, com tudo sob controle. Ele se virou para dividir os pensamentos com Cordelia, mas percebeu que ela apenas observava o navio que partia.

Um pouco antes, La Grande Celine de repente avançou alguns passos e bateu no ombro de *Pierre l'Oiseau*, Pierre, o Pássaro, que se despedia da imensa família: em um primeiro momento, ele apenas a observou com surpresa e, depois, com prazer. Ele a pegou no colo por um momento (e ela não era uma mulher pequena) e a jogou para cima e a pegou de novo, antes de se juntar aos outros passageiros enquanto eles lotavam o passadiço em resposta ao sino do navio. La Grande Celine corou. Todos subiram a bordo com olhares para trás: o mestre de cerimônia, os palhaços, os membros da banda carregando cornetas e tambores, os anões e os engolidores de fogo, Peggy e Gwenlliam e o restante dos acrobatas, Silas P. Swift e suas listas. Sem mencionar todos os jovens esperançosos seguindo para a Califórnia e que não sabiam estar viajando com um *circo*. O barulho de cavalos aterrorizados, cães latindo e macacos berrando vinham do fundo do navio e todos ouviram.

— Oh, coitadinhos! — exclamou Rillie, mas foi Regina quem respondeu a ela:

— Em geral, são seres humanos trancados lá embaixo, Rillie. Você sabe muito bem disso.

E Rillie acenou com a cabeça, lembrando-se da primeira viagem e da sorte que tiveram ao partirem de primeira classe da Inglaterra, graças ao Sr. Silas P. Swift.

Pierre, o Pássaro, acenou para a família e para Celine, que ainda parecia corada; um dos anões vira Cordelia no cais e estava sendo erguido por um dos palhaços para acenar. Cordelia ergueu a mão de forma automática, como se fosse uma figura de madeira sem vida. E o Sr. Doveribbon, esbaforido e ofegante, tentava se aproximar dos passageiros que partiam, apesar de ter vomitado nas próprias botas, mas parou ao se deparar com o rosto pálido e extraordinariamente belo quase ao lado dele, embora não conseguisse ver os olhos.

As velas do *Beauty* se abriram totalmente e foram erguidas enquanto o navio era puxado por uma balsa e deixava Battery, sendo levado pelo vento. Arthur viu a expressão no rosto de Cordelia, o pequeno véu no elegante chapéu não escondia nada dele. Pegou o braço dela e o colocou sobre o dele. Sentiu sua pele gelada. E disse as palavras que foram ouvidas (com grande surpresa) pelo homem ofegante de terno cinza:

— Querida Cordelia, em apenas dois anos Gwennie estará de volta, sã e salva.

Rillie viu o rosto abatido de Monsieur Roland e também pegou o seu braço. La Grande Celine, já recuperada, pegou o outro. Todos acenaram várias vezes; a Sra. Spoons vendo todos acenarem, copiou o gesto e também acenou. A banda do circo começou a tocar "O Susanna!" no convés do navio. E agora todos conheciam a nova letra cantada pelos mineradores:

> I soon shall be in Francisco, and then I'll look around,
> And when I see the gold lumps there I'll pick them off the ground,
> I'll scrape the mountains clean my boys, I'll drain the rivers dry,
> A pocket full of rocks bring home, so brother don't you cry!*

Todos cantavam *O Susanna! O Don't you cry for me!* E Regina cantava o O de *O Susanna!* quando viu um homem velho. Ele usava um chapéu estranho, como uma cartola achatada e paletó de cor forte e falava animadamente, ges-

---

* Tradução livre: "Logo estarei em São Francisco e olharei em volta / E quando vir pepitas de ouro eu as pegarei do chão / Limparei as montanhas, meninos, eu secarei os rios / E trarei os bolsos cheios de pedras, então não chores!" (N.T.)

ticulando com os braços, com dois outros homens, e todos estavam prestes a entrar a bordo de um veleiro bem menor.

Então, enquanto o *Beauty* partia do porto de Nova York e embora a mão de Regina estivesse erguida em um aceno e a boca aberta formando um *O!*, seu rosto se voltou para o veleiro menor, na direção do homem de chapéu.

O Susanna! cantou Regina, com assombro. E então:

— Alfie? — perguntou Regina, quase para si mesma. E então, ela gritou, muito alto, muito alto mesmo. — *Pequeno Alfie!*

23

No momento em que voltou dos negócios urgentes que tinha para cuidar em New Haven, para onde embarcara naquele dia, o pequeno Alfie seguiu diretamente para a Casa de Celine em Maiden Lane. Levava consigo carne fresca, dois abacaxis, ostras e um buquê de flores de verão, alguns livros e uma caixa enorme de chocolates ingleses. No bolso, também tinha duas garrafas de rum.

No píer de Battery naquele dia, ele se virara brevemente e ficara quase tão branco quanto as velas do *Beauty* que levava a trupe do circo para a longa viagem.

— Queenie! — repetira ele diversas vezes, sem acreditar, enquanto ainda estava no passadiço do seu pequeno barco, incapaz de crer no que via. — Queenie, em minha vida! — dissera ele e, para total espanto dos seus companheiros de negócios que o aguardavam para embarcarem, ele abraçara repetidas vezes uma velha senhora de aparência estranha, com uma pena em seu chapéu, enquanto lágrimas escorriam pelo seu rosto envelhecido.

Agora, no sótão abafado, todas as janelas estavam abertas enquanto a noite úmida de verão caía; eles adiaram o máximo possível o momento de acender os lampiões para manter o ar mais fresco. Uma vez mais, Alfie abraçou Regina diversas vezes, sorrindo sem parar e entregou-lhe os livros e os chocolates ingleses: o restante, entregou para quem estivesse disposto a pegar. Sentou-se à vontade onde lhe indicaram, com seu paletó claro e a cartola achatada sobre o joelho. Encheu a pequena sala de estar do sótão com seu entusiasmo, enquanto todos comiam chocolate com alegria. Cordelia e Rillie haviam tirado as botas e caminhavam descalças. Ao perceber aquilo e ver que Monsieur Roland abrira o colarinho da camisa e retirara o casaco,

Alfie fez o mesmo. Rillie abriu o último botão da camisa da mãe para refrescá-la: eles podiam ver a pele pálida e enrugada. Apenas Regina parecia não notar o calor, tão extasiada com a aparição do irmão.

Depois de todos aqueles anos, Alfie ainda tinha sotaque londrino, mas seu discurso era recheado com as novas *gírias* americanas das quais Rillie tanto gostava. Do lado de fora, a luz do sol diminuía aos poucos. Lá dentro, Alfie lhes contou que trabalhava com importação e exportação de bens e entenderam que ele tinha muitos negócios com navios.

— Então, por que não o vi antes, Alfie? É isso que quero saber. Há um grande mistério aqui. Tenho perguntado por você nas docas há anos. Ultimamente, até escrevi cartas para o grande posto dos correios.

— Por quem você perguntava, Queenie? Para quem escrevia?

— Ora, para quem poderia ser? Eu perguntava por você, pequeno Alfie! E escrevi para Alfie Tyrone. Sempre perguntava por Alfie Tyrone.

— Sim. Bem, esse é um erro compreensível. — Alfie esfregou o nariz e limpou a garganta. — Lembra-se que o sobrenome da família de nossa mãe era Macmillan?

— E então?

— E que o nosso avô se chamava George. George Macmillan.

— Um velho bobo ele era. Então?

— E se lembra, Queenie, que fugi de casa logo depois que você fugiu e, então, a encontrei escrevendo poemas para os jornais em Seven Dials?

— Então?

— Então, o nosso pai foi nos procurar.

— *Ele foi?* Você nunca me contou isso.

— Bem, eu dei um soco naquele velho trapaceiro.

— Você não se atreveria!

— Pois me atrevi. Depois de todos aqueles anos. Eu dei um soco bem na cara dele e esmaguei seu nariz e os dentes. Não sabia a minha própria força, Queenie. E isso é fato! E disse que se voltasse a nos procurar, eu contaria para todos no abrigo de Cleveland Street que ele os enganava, pegando coisas.

— Alfie!

— Vocês sabiam — informou ele para os ouvintes fascinados no sótão. — Que aquele homem nos batia até ficarmos marcados. Em mim, em Queenie e em nossa mãe. Era um homem podre e quando o vi na Strand

Street e descobri que procurava por nós para nos obrigar a voltar, eu o soquei por todas as vezes que ele nos socou. Mas o machuquei e não sabia o quanto. Talvez o tenha matado. Então, fugi rápido, naquele mesmo dia, mas assinei um nome diferente só por precaução. Naquele dia, eu a procurei e disse que viria para a América, Queenie, só não contei por que era tão urgente a minha partida. Então, todos na América, a não ser por minha família, é claro, me chamam de George Macmillan. Não é de estranhar que não conseguisse me encontrar, mesmo eu sendo bem conhecido! Todo mundo me conhece! Pergunte sobre George Macmillan amanhã e aposto que conseguirá me achar bem rápido, em qualquer lugar nas docas!

Naquele momento, o inspetor Rivers voltou do departamento de polícia. Alfie ficou um pouco desconfortável ao saber que havia um policial inglês morando sob o mesmo teto que a irmã, mas não precisou de muitos cálculos para perceber que quando Alfie deixara a Inglaterra, com 16 anos, depois de espancar o pai na rua, o inspetor Rivers nem sequer havia nascido. Rillie, por fim, acendeu os lampiões, mesmo que isso significasse que as mariposas entrariam e voariam ao redor das chamas.

Alfie Tyrone bebeu chá com eles com bastante educação, enquanto todos o observavam. A risada enrugara seu rosto e o canto dos olhos.

— Muito bem, Queenie! — disse ele. — Muito bem. Somos velhos agora, mas você está igualzinha, sabia? Sempre pareceu um pássaro louco. Eu trouxe alguns livros de poesia, olhe! Vocês sabiam que ela era uma poetisa? Todos os jornais populares que tinham poemas sobre assassinatos e essas coisas?

— Alfie!

— Ora, Queenie, você era uma poetisa de renome quando a deixei. — E ele declamou, orgulhoso:

COM UMA BARRA ESMAGOU-LHE A CABEÇA
UMA SOPA DE MIOLOS PELO CHÃO SE ESPALHOU
A BRUXA DEIXOU O CORPO PARA QUE APODREÇA
E A ELA SOMENTE A FORCA RESTOU

Nunca me esqueci desse. Acho tão inteligente. Sempre o declamo para os meus amigos e conto que a minha própria irmã o escreveu. Você tem escrito mais, Queenie?

Regina pensou em seu poema influenciado por Edgar Allan Poe, aquele que enviara para Alfie Tyrone, aos cuidados do posto dos correios de Nova York.

— Talvez — respondeu, enigmática.

— Sabíamos que ela era poetisa, Alfie — respondeu Rillie. — Acho que talvez fosse a única poetisa de Londres a ganhar algum dinheiro! Era a única pessoa que conhecíamos que *tinha* dinheiro e nos emprestou para que pudéssemos começar nossos negócios em Londres. Não teríamos conseguido sem ela.

— Eu também acho que Regina uma vez salvou a minha vida — informou Cordelia.

— Bem... — começou Regina com modéstia, mas, então, começou a rir. — Sim, fiz tudo isso Alfie. A terrível prima da Rainha Vitória tinha uma faca e estava gritando com Cordelia e eu cheguei correndo com a primeira coisa que consegui pegar. Adivinha o que era, Alfie! Não, você não vai conseguir adivinhar, era um penico! E eu acertei a cabeça dela com ele, e o melhor de tudo: estava cheio!

Mesmo sentindo que faltava grande parte da história, Alfie rolou de rir e Cordelia se viu rindo com os outros, mesmo que, às vezes, pesadelos daquela noite escura com a mulher gritando a acordassem.

— Ora, Queenie — disse Alfie, enxugando os olhos com um lenço que tirara no bolso. — Uma heroína e uma pessoa de bom coração sob a voz zangada. E não sou só eu que digo que você é uma poetisa! — Ele se voltou para Rillie e perguntou de forma polida: — E que tipo de negócios vocês duas tinham, minha querida?

Rillie e Cordelia trocaram um olhar e um sorriso amargo e seco nos lábios.

— Bem — respondeu Rillie. — É uma longa história, Alfie, mas nós tínhamos um negócio... Hã... Bem, na verdade, éramos atrizes e não queríamos mais atuar e ficamos com pouco dinheiro. Na verdade não tínhamos dinheiro algum e precisávamos trabalhar para sobreviver. Então, com a ajuda de Regina, montamos um negócio. Cordelia era conhecida como freno-mesmerista na época. E eu era sua... hã... gerente.

Alfie parecia admirado.

— Seu próprio negócio? E mulheres ainda! Eram corajosas. Vocês eram como as irmãs Fox sobre as quais tenho ouvido falar?

— Elas ainda continuam com essa história de bater na mesa, Monsieur Alfie? — perguntou Monsieur Roland, surpreso. — Não ouvi isso.

— Ah, monsiê, eu tenho as minhas fontes. Por causa dos negócios, posso descer, usar o telégrafo e ver todo tipo de mensagem chegando.

— Alfie, você não se atreveria!

— Claro que sim, Queenie! Sou um homem de negócios. — Ele se virou para Monsieur Roland. — Às vezes, algumas novidades chegam pelo telégrafo, senhor — contou ele. — E essas irmãs Fox são uma novidade. Acho que começaram uma turnê para fazer sessões de batidas na mesa em outros lugares. Dizem que o Sr. Phineas Barnum demonstrou interesse, então, acho que logo chegarão a Nova York!

Monsieur Roland não quis estragar aquela noite fascinante se zangando novamente com o assunto.

— Aquelas fraudes — foi tudo o que disse.

— Pequeno Alfie, quando diz que é um homem de negócios, você quer dizer um homem de negócios de verdade? Como na Inglaterra?

— Quer dizer como aqueles *cavalheiros* pomposos na Inglaterra? As coisas são diferentes aqui, Queenie! Qualquer um pode fazer a própria sorte se trabalhar duro e não vagabundear por aí. Esse sou eu! E acho que temos de agradecer ao velho trapaceiro do nosso pai por ter nos ensinado a ler e escrever.

— Eu sei. Sempre digo isso.

— Ainda assim, fico feliz de tê-lo socado.

— Então, pequeno Alfie, conte-me. Você mencionou uma família. Você é casado?

— É claro!

— Bem, então eu sou tia?

— Uma tia? Você já é tia-avó! E se tudo correr bem, logo serei bisavô e acho que isso a tornará, o quê? Uma tia-bisavó? Então, se prepare.

— Tia-bisavó! — Ela olhou para ele boquiaberta.

— Não somos galinhas, sabe!

Todos riram: nunca nenhum deles vira Regina sem palavras.

— O senhor vive próximo às docas, Alfie? — perguntou o inspetor Rivers.

— Tenho algumas propriedades, senhor. Na verdade, viajo muito a trabalho. Próximo às docas, tenho um lugar para descansar a cabeça, sim. E eu e Maria, minha esposa, temos uma casa em Washington Square, mas ela está viajando, visitando duas das nossas filhas que moram em Tarrytown, subindo o Hudson. Ela tenta sair da cidade no verão. Alguns dos meus filhos... Seus sobrinhos, Queenie! Eles trabalham para mim e moram em vários lugares onde precisamos de organização: Nova Jérsei, Nova Orleans. Estou muito bem de vida, senhor — terminou ele.

— Realmente, deve ser — respondeu Arthur, impressionado. — Que tipo de comércio o senhor faz?

— Sou um facilitador. É como chamo o que faço. *Facilitador*. Isso significa que faço o transporte por terra e as negociações. Sou um negociador de preços. O senhor poderia dizer que coloco o ferro fundido em contato com as máquinas. Ou o milho em contato com o pão, o algodão em contato com os vestidos. Tudo: frutas, temperos, pode escolher. Já andei por toda Nova York, mesmo durante a longa depressão depois de 1837. Nunca perdi a calma. Eu *organizo*, entende? Sempre amei e sou muito bom nisso. Já estou no ramo há anos. O senhor sabia que uma vez eu trabalhei em um escritório de contabilidade no porto para ajudar a cobrar impostos. Sabe o que fazem por lá? Eles contam feijões, milho, algodão! Que monte de trapaceiros! Estou surpreso de não estarem todos em um manicômio!

Cordelia, Rillie e a Sra. Spoons estavam enfeitiçadas; Monsieur Roland parecia maravilhado com a energia daquele homem que não poderia ser muito mais novo do que ele; o inspetor Rivers ouvia a tudo atentamente e Regina olhava em volta, orgulhosa como se dissesse: *eu disse que tinha um irmão caçula.*

— De qualquer forma — continuou ele. — Eu logo saí de lá e entrei em ação de verdade. Dirigi por todos os lugares: grandes carroças de pão e enormes carroças de algodão e até de ostras. Agora pago para pessoas dirigirem essas enormes carroças para mim. Vocês sabem a fundição lá perto do rio? Então, fui eu que os ajudei e organizei no início. Entregava ferro de Nova Jérsei para as máquinas e cascos de navio, sempre no prazo, sempre confiável. Algodão? Ia para o sul e voltava para as docas. Mas não gosto nada do negócio da escravidão. Creio que ainda enfrentarão muitos problemas por conta disso. Homens não podem ser tratados como animais, ter sua liberdade retirada, não importa a cor da pele. Nosso pai, que certamente não está no céu, não é Queenie? Ele nos ensinou a ler e a escrever como reis. Pena que tivesse que nos espancar até ficarmos com manchas negras e azuladas pelo corpo. Vocês sabem no que ele trabalhava? Era um zelador no abrigo de Cleveland Street. Ele tinha muito poder sobre a vida das pessoas e o pouco que possuíam ele lhes tirava, o maldito. Então, eu não gosto que as pessoas não tenham liberdade. Nós logo conseguimos fugir, não é, Queenie? Mas, meus amigos, nós fomos educados!

E ele estava rindo enquanto falava e os outros não podiam evitar, mas rir também, mesmo que chocados com a história. E olharam para Regina, surpresos. Em todos aqueles anos, ela jamais mencionara o pai ou o abrigo.

— Alfie — disse o inspetor Rivers. — O senhor sabe alguma coisa sobre as gangues que trabalham no rio?

— O senhor quer dizer as que roubam os navios?

— Sim.

— Malditos irlandeses. Tudo bem. Tudo bem. Nem todos são irlandeses e sei também que Queenie e eu temos ascendência irlandesa. Tyrone, bem, não dá para ser mais irlandês do que isso, não é? Nosso velho pai era irlandês. Mas temos muitas outras misturas também, não é, Queenie? Nossa avó era escocesa e nossa mãe nasceu em Glasgow antes de morar em Londres, e nosso maldito pai pode até ter ser chamado Tyrone e se achar irlandês, mas era londrino, então temos muitas outras coisas em nós, assim como nosso nome. Afinal, dá para imaginar um irlandês de verdade dando para a filha o nome de Regina?! Às vezes sinto pena dos irlandeses de Bowery, alguns deles não têm nada além da própria merda. Oh, perdoem-me senhoras, mas eles são tão pobres como piolhos e chegam aos montes em Nova York todos os dias achando que esta é a terra prometida. E mesmo a gangue dos irlandeses de Bowery, com suas brigas de punhos e botas pesadas, almas perdidas com camisas enfeitadas, muitos deles nascidos na América, não se sentem parte disto tudo. Mas o senhor está falando das gangues do rio, não é?

— Sim, estou.

— Eles são uma mistura de tudo, aquele bando. Há muitos irlandeses, é claro, mas como eu disse, há muitos dos que se chamam de verdadeiros americanos. Além de alemães, italianos e sabe-se lá o que mais. Eles provocam muitos prejuízos à prosperidade de todos, aquelas gangues das águas, mais até do que um tornado. Bem, essa é minha opinião sobre o assunto.

— Alfie, acho que Deus o enviou! — exclamou o inspetor Rivers. — O senhor é o homem que eu procurava e realmente é um prazer tê-lo conhecido.

— Digo o mesmo, inspetor. Embora eu não goste muito dos policiais de Nova York, temo dizer.

— Eu tampouco — declarou Arthur.

E embora o sótão estivesse triste com a partida de Gwenlliam, o aposento vibrava com risadas e histórias, e Rillie serviu bolo e Cordelia, com as mãos um pouco trêmulas de cansaço depois de tantas noites insones desde a partida da filha, serviu o rum que Alfie trouxera para todos, e fez os demais adivinharem onde Gwenlliam poderia estar naquele momento. (E Gwenlliam Preston navegava pela costa do oceano Atlântico para ganhar sua fortuna; por fim, conseguiram ver o istmo à distância e, embora estivesse triste por tudo que deixara para trás, também estava animada e ria com Peggy Walker e os acrobatas, os *charros*, o cacique e os palhaços.)

— Ei, Queenie, você ainda canta?

— É claro. Às vezes.

— Oh, como cantávamos naquele abrigo! — contou Alfie. — Quando nosso pai vinha cambaleando de bêbado, eram músicas irlandesas, é claro. Lembra Queenie? — E para surpresa de todos, Alfie e Regina, que não se viam há cinquenta anos, começaram a cantar, ao mesmo tempo a mesma música. Ambos afinados:

> *Tis the last rose of summer*
> *Left blooming alone*
> *All her lovey companions*
> *Are faded and gone.*
> *No flower of her kindred*
> *No rosebud is nigh*
> *To reflect back her blushes*
> *To give sigh for sigh.* *

Todos no pequeno sótão foram surpreendidos ao verem essas duas pessoas idosas cantando com suas vozes afinadas e apenas assistiram em silêncio. No final, aplaudiram pelo prazer de ouvi-los e Rillie enxugou uma lágrima no canto do olho.

---

* Tradução livre: "Esta é a última rosa do verão / Abandonada a florescer sozinha / Todas as adoráveis companheiras / Já estão murchas e acabadas. / Nenhuma flor como ela / Nenhum botão de rosa por perto / Para refletir seu rubor / Para responder um suspiro com outro." (N.T.)

— E você se lembra de nossa querida mãe cantando, Queenie, suas músicas escocesas, quando papai não estava lá? Vamos todos juntos agora, não nos deixem sozinhos desta vez!

E antes que percebessem, todos os habitantes do sótão, incluindo a Sra. Spoons que batia os pés no ritmo da música, sorria e cantava, começaram a cantar uma alegre canção e suas vozes ecoaram no andar de baixo da Casa de Celine e na esquina da Broadway com a Maiden Lane.

O whistle and I'll come to ye, my lad,
O whistle and I'll come to ye, my lad,
Though father and mother and a' should gae mad
Thy Jeannie will venture wi' thee, my lad.

24

Marylebone
Londres

Estimado Arthur,
    Os jornais dizem que a epidemia está aqui, que está em todos os lugares e que as pessoas estão morrendo à nossa volta. Dizem que está perto de nós, Arthur, asseguro ao senhor. Millie me cercou com hipoclorito de cálcio, uma coisa horrorosa. Como pode deixar sua família à mercê de uma epidemia violenta? Ficará a meu cargo a responsabilidade da sua própria — e eu repito — da sua própria família enquanto o senhor vive em um país desolado com sua esposa pomposa? O senhor realmente acha que a essa altura estamos interessadas em pimenta e em quinina chegando de forma segura às docas de Nova York? Eu não ligo se o Senhor me levar, tamanho é o meu fardo. O seu lugar é aqui e como o senhor não o ocupa eu sou obrigada a ser a chefe da sua família, em vez de descansar na velhice. Oito netos bagunceiros, sete dos quais não chegaram a conhecer o avô e o primeiro o esqueceu há muito tempo.
    O marido de Faith Fred parece que voltou em busca de dinheiro. O marido de Millie, Charlie, o socou. Foi o que vi aqui nessa vida solitária que levo — eu não teria ficado sabendo de nada, mas o pequeno Arthur me contou.
    Continuo, como sempre, sua zelosa cunhada,
    Agnes Spark (Srta.)
PS: recebemos sua ajuda financeira. Nona parcela.

Querido pai, a epidemia de cólera não atingiu todas as partes de Londres, houve duas mortes em Marylebone, mas é uma área mais segura do que muitas outras e nenhum de nós está doente e estamos todos tomando muito cuidado, usando sabão e hipoclorito de cálcio. O senhor se lembra que o meu querido Charlie trabalha na companhia de água local? Eles acham que talvez a água esteja causando a epidemia e estão estudando algumas ideias. Pai, ignore a tia Agnes. Charlie e eu <u>estamos</u> interessados no seu trabalho nas docas de Nova York, parece muito excitante. Só espero que nunca ninguém lhe soque!

Oh, Pai, Fred com suas bebedeiras tem sido uma constante preocupação. É verdade que ele foi à casa de Faith e tentou pegar dinheiro. Por sorte eu estava lá e corri para casa para chamar Charlie e ele ficou tão zangado que socou a cara de Fred e o mandou embora só que de um modo muito rude, e Faith e as crianças acabaram chorando. Bem, agora Faith deverá vir morar conosco, isso é certo. Tia Agnes jamais os acolherá em Marylebone, ela diz estar muito doente, pobre velha. Embora eu não queira parecer desrespeitosa. Oh, querido pai, adoraria ouvir seus conselhos! O pai de Charlie nos conta suas terríveis velhas piadas e tenta nos fazer rir, é um sujeito bem alegre. E eu tentarei escrever uma carta mais alegre da próxima vez. Beijos.

25

Tendo seguido Cordelia Preston e seu estranho grupo formado por senhoras idosas, uma senhora pirata e um senhor estrangeiro (novamente sem saber que policiais de Nova York não usavam uniforme) até a Casa de Celine, para onde mais o Sr. Doveribbon poderia ir (tendo é claro trocado as botas vomitadas no American Hotel e tê-las entregado a um serviçal) senão de volta para os seus únicos amigos na América: os estivadores, os oportunistas e o capitão de navio em Broadwalk, próximo aos portões trancados de Silas P. Swift que debochavam dele e o provocavam com os dizeres: PARTIMOS PARA A CALIFÓRNIA.

Bebeu muito e com raiva — seus camaradas acharam que sofria de coração partido; comprou bebidas, resmungou, xingou obscenidades e se comportou cada vez mais como se fosse um deles e não como um advogado, cavalheiro de Londres.

— Meu coração está partido — admitiu ele.

— Vá atrás dela na Califórnia, rapaz! Consiga algum ouro enquanto estiver por lá! — E o Sr. Doveribbon cuspiu a bebida e, de fato, riu.

— É certo que estarei atrás de ouro! — disse ele.

O capitão do clíper *Sea Bullet* estava nas docas, pois havia alguns reparos a fazer no casco da embarcação. O capitão era um homem escuro, taciturno e desagradável de muitas formas, mas também era o melhor amigo do Sr. Doveribbon naquele momento.

— Você teria de esperar por um tempo por mim — disse o capitão. — Pegue um navio a vapor, não tão rápido quanto eu e o meu *Sea Bullet*, porém o mais próximo possível, e eu o encontrarei lá!

Sr. Doveribbon, de repente, ficou muito alerta.

— Você vai ficar muito tempo por lá?

— Irei apenas entregar a carga e recarregar. — E o capitão lançou um olhar astuto sob as sobrancelhas grandes e escuras. — Correio e passageiros. E um pouco disto ou daquilo.

— Quanto tempo leva a viagem até São Francisco?

— Em um navio a vapor? Cento e vinte dias ou mais.

— *Meu Deus do céu!* — exclamou o Sr. Doveribbon, empalidecendo.

— Eu e minha belezura? Noventa, se eu for esperto e tiver sorte.

— Você poderia nos trazer de volta? Eu e minha garota?

Suas cabeças se aproximaram até que a lua de junho estivesse cheia do lado de fora, mas eles não notaram. Sr. Doveribbon contou mais verdades do que de costume. Assim como o capitão do navio. Para grande surpresa de ambos, descobriram que poderiam chegar a um acordo.

Sr. Doveribbon reservou uma passagem de primeira classe em um navio a vapor para a Califórnia com dificuldade e tendo de subornar algumas pessoas devido ao grande ímpeto do ouro: ainda assim, teve de esperar por dois dias. Novamente, ele e o capitão do navio se reuniram e beberam muito em um canto do Broadwalk e conversaram com as cabeças tão próximas que quase se tocavam.

Pois o Sr. Doveribbon tinha mais um assunto a resolver.

A essa altura, ele e o capitão do navio sabiam muito um sobre o outro.

— Eu posso ajudá-lo, camarada — afirmou o capitão do navio.

Na tarde do dia seguinte, os dois homens foram vistos em um prédio conhecido em Five Points: a antiga fábrica de cerveja. A construção realmente abrigara uma cervejaria, mas agora não passava de um cortiço, cujas laterais se afundavam na lama do pântano sobre o qual fora construída: um prédio escuro, fétido e tortuoso com corredores sombrios e sem esperança, e o Sr. Doveribbon acreditou que adentrara o próprio inferno. No entanto, havia apenas entrado nas instalações do lar de alguns membros da gangue Coelhos Mortos. Os dois visitantes desceram (e só estavam seguros pela escolta de um dos companheiros de bebida da taverna Broadwalk) para níveis cada vez mais inferiores até chegarem aos porões do purgatório. Lá, o Sr. Doveribbon, aconselhando-se com o capitão do navio, deu instruções para alguns irlandeses e pagou 25 dólares, referentes a um terço do pagamento: o restante seria pago pelo capitão ao receber a prova do sucesso, caso o Sr. Doveribbon já tivesse partido para São Francisco. O capitão levaria a prova para ele.

Algumas vezes, naquelas noites quentes de verão, depois de passar o dia planejando e conversando com Monsieur Roland sobre seus novos negócios, Cordelia caminhava sozinha até Battery Gardens, próximo do local onde vira a filha pela última vez: isso era contra todas as regras emocionais que se autoimpusera: aqueles eram os momentos mais depressivos.

Naquela noite, observara os últimos navios partindo dos píeres. A multidão que acenava se dispersou, todos retornaram para seus negócios em Nova York. Cordelia não teria como saber ou se preocupar que o navio a vapor que desparecia no horizonte levava um homem chamado Doveribbon. Uma suave brisa de verão vinha do rio, a lua estava oculta atrás das nuvens, amantes se afastavam, e ela andava quase sozinha na escuridão. Observou as sombras e as luzes dos navios que partiam sem perceber os dois homens que se aproximavam — (e, dessa vez, não havia Regina para cantar alto

The Lord's my Shepherd I'll not want
He makes me down to lie

e chamar a atenção) — até que estes a tivessem carregado até a margem do rio e enfiado algo dentro de sua boca para evitar que gritasse e traziam algo mais: *tesouras para o seu cabelo?*

Ela os ouviu cochichando um com o outro e percebeu o sotaque irlandês.

— *Cê tá* enxergando alguma coisa? *Cadê* a faca?

Cordelia lutava ferozmente, enquanto tentava gritar.

— Bruxa! — Ele acertou o rosto dela novamente e, uma vez mais, ela lutou contra eles. — Jesus! Eu *deixei ela cair.* Aqui, *usa* isto.

— Não a *tesôra*, seu pateta! *Num dá pra* cortar *os dedu* com *tesôra*! Eles querem um dedo!

— Droga! — Eles ainda cochichavam. — Deixei a faca cair em algum lugar. *Tá* escuro. — Começaram a tatear o chão ao redor deles, enquanto seguravam a mulher amordaçada e que se debatia. Algo caiu na água ao lado deles com um *splash* baixo. — Diabos! Agora já era!

— Jesus, *cê* é um grande idiota!

— Bem, já *temu* bastante cabelo aqui, este duque galês, que aqueles dois *tava falano*, vai ter de se contentar com isso. Rápido!

Então, eles se apressaram em puxar e cortar o cabelo comprido dela e, em seguida, a lançaram nas águas escuras do rio. Carregavam consigo um bastão comprido e, toda vez que ela emergia para tentar respirar e suas roupas flutuavam à volta até ficarem encharcadas, eles a empurravam para o fundo.

— Certo, *vamu* logo! Tem gente vindo. Olha lá!

E partiram apressados, voltando para o Broadwalk com sua prova a fim de coletar o restante do dinheiro. Todo o incidente levara apenas alguns instantes.

— O que é aquilo? — perguntou um garotinho que passeava com o pai que iluminava o caminho com um lampião. — É um peixe grande?

O pai olhou com atenção, então, pediu ao garoto que segurasse o lampião e iluminasse a água: o pai rapidamente despiu o paletó, mergulhou no rio Hudson e puxou a mulher inconsciente até a margem. Eles a viraram, todo o senso de regras de etiqueta esquecido naquele momento, a água escorria pelos cabelos da mulher (ou o que sobrara dele), assim como da boca e das roupas.

Eles a deitaram na grama, nada indicava quem seria a mulher de rosto estranho e atraente — *será que estava respirando?* — havia algo estranho sobre o cabelo e as roupas rasgadas. As pessoas que se juntaram para assistir à comoção nada podiam fazer; alguns simplesmente deram de ombros e partiram, *outro suicídio*, mas, de repente, ali estava Rillie, que viera em busca da querida amiga, preocupada com o modo como desaparecera, tão discreta, uma vez mais e adivinhando que talvez ela tivesse ido novamente ao píer do qual Gwennie partira. E Rillie nunca, jamais, *em momento algum* acreditaria que Cordelia teria se lançado ao rio Hudson, não importava como se sentia: conhecia a amiga bem demais.

Ela abriu caminho e se ajoelhou ao lado do corpo.

— Cordelia — chamou com voz viva. — Cordelia. — E esbofeteou o rosto da amiga de leve, enquanto, na escuridão, curiosos paravam para assistir ou seguiam seu caminho. — Cordelia — chamou Rillie com urgência na voz.

Outra mulher que passava apressada pela escuridão de Battery Gardens, seguindo caminho para resolver negócios bem diferentes, parou ao ouvir o nome: *Cordelia*. A mulher que caminhava era bem alta, tinha cabelos desgrenhados; se houvesse como enxergar naquela noite escura, as pessoas teriam notado que sua saia era presa por um suspensório masculino. Ela lançou um olhar para a figura encharcada deitada na grama escura.

— Parece morta para mim — declarou um homem.

O pai herói, com água ainda escorrendo pelas roupas, não querendo impressionar ainda mais o filho, pegou o lampião, o casaco e o filho e desapareceu; a mulher alta, selvagem e curiosa também seguiu seu caminho, refletindo, no entanto, que nunca antes conhecera alguém chamado *Cordelia;* ou *Shylock* também; ou ainda *Lady Macbeth* ou *Titus Andronicus* e riu sozinha enquanto caminhava na escuridão, voltando para o bar Hole in the Wall, perto de Paradise Buildings e uma pessoa que passasse por ela poderia tê-la ouvido murmurar:

> *Muito tempo, porém, não demorou, sem que os vestidos*
> *se tornassem pesados de tanta água e que de seus cantares*
> *arrancassem a infeliz para a morte lamacenta.**

Mas Rillie Spoons não podia aceitar tal destino para a amiga. Agindo rápido, sentou Cordelia e empurrou sua cabeça para a frente; bateu em suas costas o que fez com que Cordelia cuspisse ainda mais água do Hudson; Rillie, então, enrolou a própria capa bem firme ao redor da mulher trêmula, semiconsciente e engasgada e pediu a um homem que ainda assistia a tudo para ajudá-la a encontrar uma carruagem de aluguel e levar a amiga para casa. Por sorte, Arthur estava lá: pálido, desceu e pegou o fole da lareira do salão de refeições de Celine e subiu os cinco lances de escada até chegar ao sótão. Colocou o fole na boca de Cordelia para a preocupação de Regina e total incompreensão da Sra. Spoons; Cordelia respirou, tossiu e cuspiu ainda mais água. Arthur acenou para Monsieur Roland, devastado com o que via e que o ajudara a erguê-la e virá-la de forma gentil, empurrando-lhe a cabeça, agora com aparência extraordinária, em direção à bacia. Também o ajudou a cobrir a mulher com vários cobertores para aquecê-la. Arthur esquentou as mãos e os pés da esposa repetidas vezes. Compreendeu na hora que se tratara de algum ataque relacionado com as gangues do rio, mas, enquanto Cordelia se recuperava, voltando a si e perdendo a consciência por diversas vezes, ela murmurou uma vez: *o duque galês vai ter de se contentar com isso.* Parecia tão *pouco provável* que não conseguiram entender. Olharam, assus-

---
* Shakespeare, *Hamlet*, Ato IV, Cena VII. (N.T.)

tados, para os resquícios do seu cabelo, enquanto ela ainda vomitava mais água. E tudo o que Cordelia dizia era: "*o duque galês vai ter de se contentar com isso*". Por fim, horas depois, ela começou a respirar com menos dificuldade e adormeceu, e eles a deitaram em sua cama.

No dia seguinte, estava mais consciente e forte.

— Foram dois irlandeses — declarou ela. — Eles tentaram me afogar e, por alguma razão, esse incidente está ligado ao duque de Llannefydd.

— Mas por que aquele porco gordo e bêbado ia querer o seu cabelo? — perguntou Regina.

Grande parte do cabelo dela se fora, tanto da mecha branca quanto das mechas escuras. Parecia estranha, frágil e violentada de certa forma, também trazia no rosto um olho roxo e manchas da agressão.

— Você não deve nunca mais, *nunca mais*, sair à noite sozinha — disse Arthur.

— Quem a salvou? — questionou Rillie, de repente. — Acabei de me dar conta de que alguém deve tê-la resgatado das águas. — Mas Cordelia não se lembrava de ter sido salva pelo heroico pai.

Então, Cordelia arfou.

— Graças aos céus que Gwenlliam está a caminho da Califórnia! Nenhum de vocês deve contar a ela sobre esse incidente quando escreverem. Não quero que se preocupe. Pelo menos, ela está segura e fora de alcance.

Devagar, começou a se recuperar. Rillie teve de cortar as madeixas que sobraram. Na verdade, o cabelo da amiga fora tão atacado que não havia muito que fazer. Rillie tentou dar alguma forma às mechas, esperando que voltassem a crescer.

— Não importa — declarou Cordelia, sem expressão. Zangou-se e a raiva a exauriu.

— Cordelia — disse Monsieur Roland, com voz gentil. — Cordelia.

Arthur Rivers acariciou o cabelo da esposa ou o que sobrara dele, com um misto de amor e exasperação. Com voz baixa e suave, tentou conseguir mais informações: será que conseguira vê-los? Onde estava exatamente quando fora atacada? O que acontecera realmente?

— Não preciso dos seus serviços de detetive policial! — irritara-se ela, e todos ouviram a raiva em sua voz. — Não tenho mais nada a dizer, Arthur, então, pare de perguntar: estava escuro, tudo aconteceu muito rápido, eles eram irlandeses, assim como metade de Nova York. Eles disseram que o duque galês teria de se contentar com o cabelo. — E naquele momento ela se lembrou de algo que a fez empalidecer ainda mais. — Oh, meu Deus, eles disseram que queriam um dedo. — E essa recordação a deixou ainda mais zangada. — *Eu não quero mais falar sobre isso!*

— Mas preciso que você fale, querida Cordelia — replicou ele, gentil. — De modo que eu consiga encontrar quem a atacou.

— Saia daqui Arthur! Não preciso das suas habilidades como detetive! Sei exatamente o que aconteceu: é o passado voltando e o passado não pode ser "resolvido" por um detetive. O duque de Llannefydd talvez ache que pode me destruir, mas é claro que ele nunca conseguirá. Eu andarei por onde quiser, mas me *esforçarei* para não mergulhar em pensamentos dolorosos à beira do rio no escuro. O maldito velho cruel nunca levará a melhor sobre mim e minha filha. Graças a Deus ela partiu para a Califórnia.

— Sabe de uma coisa, Cordelia? — interrompeu Regina. — Agora que Rillie cortou o seu cabelo, você parece uma margarida.

— O quê?

— Uma margarida preta e branca, com pontas espetadas e curtas. E ainda com rosto zangado, como as margaridas.

E Cordelia deu uma risada breve.

— Eu não *ligo* — disse.

Monsieur Roland olhou para ela e, em seguida, para o rosto pálido de Arthur, agora sem expressão. Cordelia Preston era a mulher mais forte e corajosa que conhecera, e ele a amava muito. Mas ela não era nada *fácil*.

26

Noites de verão quentes, úmidas, pegajosas; janelas abertas no pequeno sótão quente; barulho, odores, insetos e calor, tudo entrando pela janela.

Alfie se tornou um visitante regular em Maiden Lane quando seu trabalho o trazia de volta a Nova York. Ele sempre se sentava e falava primeiro com a irmã, mas, depois, era comum ser visto em discussões profundas com Arthur, as cabeças próximas em um canto da pequena sala enquanto discutiam os problemas no rio East. Ou ele diria a Rillie onde comprar carnes e legumes de melhor qualidade pelo menor preço. Ou calcularia a distância e contaria os dias e confortaria Cordelia enquanto sua mente criava imagens horríveis de naufrágios, selvagens, cólera e morte.

Obviamente, Alfie percebeu que o cabelo de Cordelia estava diferente: contaram a ele o que acontecera.

— Alguém foi pago para fazer isso — declarou ele, alarmado. — Vocês têm alguma ideia do motivo?

— Não importa, Alfie — respondeu Cordelia, rápido, e algo em seu tom de voz impediu que Alfie fizesse mais perguntas naquele momento. Em vez disso, em tom sensato, ele aconselhou:

— Bem, você deve andar com um grande bastão agora, querida, como os policiais.

Mas Cordelia retrucou:

— Quando eu era menina, sempre me mandavam brincar na praça Bloomsbury à noite porque tia Hester, que também era mesmerista... — Lançou um breve olhar para Monsieur Roland. — ... tinha clientes e minha mãe tinha... — Fez uma pausa de um segundo. — ... clientes também. Então, me mandavam para a praça Bloomsbury com um centavo para comprar um *muffin* e um antigo ferro de passar roupa no bolso do meu manto para me defender! Costumava pesar muito quando eu tentava subir em árvores. E, agora, encontrei esse ferro. Eu o trouxe comigo para Nova York. Olhem! — E ela o mostrou antigo ferro de passar roupa. — Como é engraçado e pesado! Fico feliz de saber que agora temos ferros mais modernos.

— Eu me lembro dessa velharia! — exclamou Rillie.

— Ora, Queenie — disse Alfie. — Nossa mãe tinha um igual a esse! Olhe!

— E eu vou passar a carregá-lo no bolso novamente — informou Cordelia e, por algum motivo, todos riram, mesmo preocupados com sua segurança.

Ela se manteve fiel à promessa que fizera: estava sempre alerta e preparada, mas ninguém se aproximou. Seu cabelo começou a crescer de forma lenta e desigual e Rillie tinha de continuar cortando-o. Cordelia os escondia sob o lindo chapéu. Por fim, conseguiu conter a raiva violenta e incontrolável; sorriu para Arthur como um pedido de desculpas. Quase sempre, alguém do grupo conseguia um motivo para passear com ela: compreendia a bondade deles, mas desejava sair sozinha, como costumava. Carregava o antigo ferro de passar roupa consigo, mas recusava se sentir intimidada: acreditava que os homens que a atacaram haviam conseguido o que queriam e achavam que estivesse morta. (O que não sabia é que não apenas seus atacantes achavam que tinham feito o trabalho, e foram pagos por isso, mas também que o capitão de um clíper chamado *Sea Bullet* levava consigo todo seu cabelo arrumado em uma pequena bolsa: a prova para o duque de Llannefydd de que se afogara e que não seria mais problema para ele.)

Algumas vezes, porém, ela não conseguia comer nem dormir, tão forte era o medo que sentia de perder Gwenlliam nas florestas do Panamá ou no oceano Atlântico ou na Califórnia: *será que tomara a decisão errada? Será que deveria ter partido com ela? Graças a Deus ela estava fora do caminho.* Não parava de pensar sobre isso à medida que as semanas e meses se passavam e não recebia notícias ou informações. Era como se Gwenlliam tivesse desaparecido nos céus.

— Esta é Gwenlliam — diria Cordelia para Alfie uma vez mais, mostrando novamente o novo daguerreótipo na parede do sótão. — Eu escrevo bastante para ela — continuaria. — Para que quando chegue, haja um grande número de cartas seguindo-a pela América!

E, na visita seguinte, Alfie calcularia de novo. Às vezes levava consigo mapas que conseguia por meio de seus diversos contatos. Juntos, estudavam os mapas, marcando as possíveis datas e distâncias.

— Mas ainda levará muito tempo, minha querida, até que ela chegue a São Francisco, e um tempo ainda maior antes que uma carta chegue até você. Não adianta esperar cartas agora.

Alfie ficou particularmente fascinado pelas ideias de Monsieur Roland e sempre fazia perguntas sobre o mesmerismo.

— Quando essas irmãs Fox, que o deixam tão furioso com suas batidas nas mesas, vierem a Nova York, monsiê, como tenho certeza de que virão, nós vamos vê-las. O senhor e eu. Seremos um bom par para avaliá-las.

— *Oui*, Monsieur Alfie. Gostaria muito disso. Se conseguir me conter! O senhor disse que, no seu trabalho, usa o novo telégrafo, que também envolve batidas, e eu presumo que essas jovens senhoritas tenham lido sobre isso e transformado o conceito em algo diferente em suas mentes jovens, férteis e criativas. O senhor sabe como esse novo telégrafo transmite as mensagens? Estou falando do telégrafo elétrico é claro, e não das batidas na mesa!

— Bem, não sou nenhum cientista, monsiê, e tudo tem a ver com a eletricidade. Mas, pelo que entendo, os sons feitos pelos toques sibilam como loucos ao longo dos cabos elevados. O Sr. Morse teve de colocar cabos entre Washington e Baltimore antes que conseguisse enviar a primeira mensagem, então isso significou 64 quilômetros de cabos, só para começar.

— E qual era a mensagem? — perguntou Regina.

— QUE DEUS SEJA LOUVADO? — respondeu Alfie, e ele e Regina começaram a rir quando disseram ao mesmo tempo: — Números, capítulo 23. — Para a surpresa de todos os presentes. — Nosso pai nos fez aprender a Bíblia, como contei a vocês — explicou Alfie. — Podemos fazer citações por horas a fio!

— O Sr. Morse apenas colocou os cabos ao longo das linhas de trem e bateu as palavras? — perguntou Monsieur Roland.

— Nada disso! Foram muitas conferências, mas aquele Sr. Morse estava determinado. Sabia que ele, na verdade, é um pintor e não um cientista? Sempre achei que esses artistas fossem sujeitos sonhadores, mas não esse

Sr. Samuel Morse! No início, ele colocou cabos de cobre dentro de canos embaixo da terra, mas algo deu errado com os canos, acho que ficaram isolados. De qualquer modo, eles tentaram, então, colocar os cabos no alto. Então, as árvores danificaram os cabos e eles caíram. Mas, agora, conseguiram colocá-los de maneira organizada, como o senhor disse, e podemos ver os cabos nos postes de telégrafo ao longo das vias férreas onde conseguirem colocar e, atualmente, podemos enviar notícias de Nova Orleans para Washington! Existem toques curtos e longos e a combinação de toques resulta em palavras. Todos que transmitem e recebem mensagem têm o alfabeto de Morse à sua frente. Se bem me lembro, um toque curto significa E. Dois toques, um curto e um longo, resultam em A. Três toques curtos dão um R e assim por diante. E os toques sibilam ao longo dos cabos.

— Isso é incrível, Alfie! — exclamou Regina.

— E muito útil para os negócios, Queenie: *CARROÇA DE ALGODÃO PARTIU QUA, 10H*. E, um dia, eles colocarão um cabo sob o oceano Atlântico, monsiê. Imagine se conseguíssemos enviar uma mensagem rápida para Londres!

— Imaginem se conseguíssemos enviar uma mensagem rápida para a Califórnia! — disse Cordelia.

— Agora que penso nisso, há muita coisa no mundo que tem a ver com energia, não é? — perguntou Alfie e Monsieur Roland concordou com a cabeça, sorrindo para o homem vigoroso. — Energia humana para o seu mesmerismo, energia elétrica para o telégrafo e, acho que podemos dizer, energia a vapor para os navios! O que mais hão de inventar, eu me pergunto.

— Bem, Monsieur Alfie — respondeu Monsieur Roland, limpando a garganta de um modo nervoso que lhe era pouco característico. — Eu mesmo estou tentando inventar algo novo. E seria muito grato de receber conselhos de um homem de negócios como senhor.

Alfie pareceu bastante interessando. Monsieur Roland ficou em silêncio.

— Então, pode falar, monsiê.

Monsieur Roland parecia constrangido.

— Bem... Ah, *mon Dieu*... É sobre anúncios. Esse é um novo campo para mim, esse modo americano. Minhas salas na rua Nassau são cercadas por anúncios pintados em pôsteres, paredes e portas, janelas e árvores. Até em telhados. Em cores bastante fortes. Eu já contei: Pernas e Braços de Madeira à Venda, Tortas de Ostra do Oliver, Passarinhos, Documentos, Remédios para Mulheres, Extrações Dentárias Baratas, Remédios para Homens, Restauradores de Cabelos, Daguerreótipos Agora Coloridos... E eu poderia continuar por um bom tempo, Alfie. Minhas salas são pequenas, assim como a placa que anuncia meu negócio. Cordelia e eu estamos prestes a começar um empreendimento diferente. Como eu posso anunciá-lo, sem parecer...

— Vulgar, é o que o senhor quer dizer, não é?

— Sei que mal sou notado na rua Nassau — declarou o francês. — Mas a mim me parece ofensiva a ideia de pintar **MESMERISTAS** em letras enormes, cores fortes e chamativas na porta. Ainda assim, percebo que isso não passa de um melindre tolo de minha parte. Essa falta de discrição está em tudo que é feito aqui em Nova York, e aqui estou eu, por fim, querendo propor novas ideias e, de alguma forma, tenho de... de usar a palavra que acho tão difícil... Eu tenho de divulgar. E chamá-lo de outra coisa. Criar um novo nome.

— O senhor sempre nos contou que o dr. Mesmer usava ternos roxos para chamar atenção para si — declarou Rillie. — Ele não era tão avesso à publicidade!

— Você está sugerindo que eu use ternos roxos e chame minhas novas ideias de *Rolandismo* e distribua anúncios coloridos por aí? — perguntou ele em tom suave, e todos riram. O casaco arroxeado que La Grande Celine lhe dera de presente fora guardado no armário: Monsieur Roland era muito apegado ao seu casaco velho, muito bem cuidado, e não o trocaria. Rillie sempre cerzia os punhos quando ficavam muito puídos. — Não paro de pensar que essa nova ideia precisa de algo diferente — continuou ele. — Que precisa de uma palavra completamente nova. Existe uma palavra grega para a cura: THERAPEIA. Sinto que quero descrever o que faremos como Therapeia Mesmérica. Ou Therapeia Hipnótica. Mas não de forma espalhafatosa.

Regina interveio:

— Bem, *esse* tipo de linguagem não vai atrair as pessoas de jeito nenhum! E, se o senhor não se importar que eu diga poderia colocar alguns quadros para animar um pouco o ambiente.

— Que tal: Cura Mesmérica? — sugeriu Rillie.

Agora, Cordelia fez uma careta.

— Fica parecendo aqueles novos anúncios que as igrejas estão usando. JESUS CURA: ENTRE AGORA. Quem poderia imaginar que a religião começaria a divulgar e fazer anúncios?

Mas tanto Monsieur Roland quanto Alfie riram.
— A Igreja *inventou* a divulgação e os anúncios — declarou Alfie.
— A Igreja sempre se divulgou de forma brilhante, minha querida Cordelia! — concordou Monsieur Roland. — O que você acha que são aquelas grandes catedrais espalhadas por toda a Europa? Mas, oh, *mon Dieu*, não é de se estranhar que eu não consiga decidir como divulgar essas novas ideias quando nem ao menos as compreendo. Talvez, Monsieur Alfie, o senhor possa me ajudar, sendo um homem de negócios.
— Mas o que foi que o senhor inventou, monsiê? O senhor ainda não me deu nem uma ideia do que seja! O que precisa anunciar e divulgar?
Monsieur Roland explicou que ele e Cordelia planejavam sobre como modificariam o seu trabalho e o levariam em outra direção; queriam que os pacientes talvez falassem mais, se pudessem, sobre si e o que os angustiava. E queriam começar um novo experimento. Alfie ouviu tudo com atenção, fez uma ou duas perguntas como fazia quando ouvia outras pessoas e, então, se levantou, olhou para todos como faria em uma reunião; esfregou os bigodes e ficou de pé com as mãos enfiadas nos bolsos do casaco de cor vibrante.
— Agora, estamos no meu território. Aqui, eu posso ajudar. O senhor quer clientes, certo?
Monsieur Roland concordou com a cabeça.
— Certo. Agora, o senhor e Cordelia querem que as pessoas falem mais antes de curá-las. E, para ser franco, isso faz sentido. O que quero dizer é: quem poderia explicar melhor do que a própria pessoa que sofre de alguma angústia? Os médicos se acham deuses e mal deixam você abrir a boca! — Ele espantou com a mão uma mariposa que passou na frente de seu rosto, atraída pela luz dos lampiões. — Certo. Sabe do que mais, Monsieur Roland? Fico feliz que o senhor esteja começando a compreender Nova York! Vi a sua pequena placa na rua Nassau. Eu já havia passado por lá umas vinte vezes e nunca havia notado até que Queenie me contou. É claro que aqui usamos palavras que se sobressaem e cores que chamam a atenção, esta é a América. Agora, não entendo por que o senhor não pode anunciar esse novo modo usando a vulgaridade (de qualquer forma, o que o senhor chama de *vulgaridade* por não ser americano). Eu tenho sorte, porque fui londrino antes: Queenie e eu, nós já éramos um pouco vulgares logo no início. Bem, acho que o senhor deverá ceder um pouco. Concordo com Queenie que o senhor

não deva soar esnobe, pois isso afasta as pessoas, mas *quer* chamar atenção para si, não é mesmo? Então não pode ser *inglês* demais, desculpe a franqueza; caso contrário, não terá clientes porque, no fim das contas, eles são clientes, não é? Clientes com problemas, o senhor poderia dizer.

Monsieur Roland concordou com a cabeça.

— O senhor quer que eles falem, certo? Então, tem de dizer isso a eles. E é melhor ter cuidado, porque pode se deparar com alguém como eu que vai falar até a sua cabeça explodir! — E todos riram, mas ele ergueu a mão. — Não, o que quero dizer é, por que não apenas *dizer isso* em vez de ficar dando voltas? Por que não colocar uma placa bem maior na porta, grande o suficiente para atrair as pessoas, mas sem usar cores vulgares, pois isso não combinaria com um cavalheiro tão refinado quanto o senhor, e dar a mensagem de forma o mais simples possível: poderia estar escrito — disse ele, erguendo a mão como se escrevesse no ar. — PROBLEMAS? FALE COM UM MESMERISTA.

Ouviram Arthur subindo as escadas, então, quando ele entrou na sala, Alfie repetiu com o mesmo floreio:

— PROBLEMAS? FALE COM O MESMERISTA!

— Problemas causando dores? — disse Arthur. Havia algo na voz dele, um tom talvez, que fez com que Cordelia, de repente, lhe lançasse um olhar severo, mas ele estava se dirigindo a Alfie e Monsieur Roland.

Então, aconteceu que uma placa bem diferente foi colocada em uma porta, outrora imperceptível, da rua Nassau, embora sem cores chamativas: uma grande placa branca com letras pretas dispostas por Alfie em um artesão:

> **PROBLEMAS CAUSANDO DOR?**
> **FALE COM O MESMERISTA.**
> **Monsieur Roland**
> **Sra. Preston**

Alfie queria que a frase **FALE COM O MESMERISTA** fosse seguida por vários pontos de exclamação; mas não conseguiu convencer Monsieur Roland.

— Ainda assim, não sei bem o que acontecerá — disse Cordelia para ele, nervosa, no dia em que a placa foi colocada.

— Tampouco eu — concordou o velho homem. — Mas se recebermos qualquer visitante inesperado que queira cortar o seu cabelo novamente, bata imediatamente na parede!

— Não, não. Eu não estou nervosa por causa *disso* — retrucou Cordelia. — O que quero dizer é que estou nervosa porque isso é algo novo e não sabemos qual será a reação das pessoas.

— Bem, eu também estou nervoso — declarou ele, gentil. — Mas temos de ser corajosos o suficiente para começar. É mesmerismo acompanhado por uma conversa.

27

A esposa de Alfie, Maria, retornou de Tarrytown para Washington Square quando o clima quente e úmido chegou ao fim, e, na mesma hora, Regina começou a ser bombardeada com convites: deveria ir até lá conhecer sua grande família. Regina, porém, recusou-se a ir a Washington Square: na verdade, estava nervosa, embora não transparecesse isso.

— Talvez ele convide muitos deles para me conhecer, todas essas novas pessoas de quem sou tia. Talvez eu nem goste deles — disse com firmeza. — E essa Maria. Ele diz que é uma dama do sul. Sobre o que posso conversar com ela? E como voltarei para casa depois? Eu não ficarei por lá!

La Grande Celine, que, como sempre, se envolvia nos dilemas dos hóspedes, tinha a resposta.

— Ora, eu posso resolver isso! — respondeu na mesma hora. — Eles devem vir à minha casa de refeições!

Então, foi Celine quem fez todos os preparativos para a visita da família de Alfie a Maiden Lane: Regina ficava cada vez mais nervosa e insegura conforme o dia se aproximava. As sorridentes garçonetes, Ruby e Pearl, moveram o biombo que protegia a área das mulheres do restante do salão de jantar para que uma mesa maior pudesse ser trazida e, ainda assim, manter a privacidade.

— Trarei apenas seis pessoas — protestou Alfie quando soube dos planos e compreendeu o nervosismo da irmã. — Não queremos assustar Queenie!

— Então, teremos uma mesa para doze, podendo chegar a dezesseis pessoas! — apaziguou Celine.

Monsieur Roland sorriu para ela.

— A senhora é muito gentil, minha cara — declarou ele. — Temos muita sorte em tê-la encontrado.

— Talvez o senhor queira usar seu novo casaco roxo — sugeriu ela.

— É claro — respondeu o francês, e Celine cantou "Frère Jacques" na cozinha do porão enquanto sorria e ajudava nos preparativos do banquete.

Alfie ofereceu dinheiro para essa refeição comemorativa, mas Rillie e Cordelia, mesmo sabendo que a situação financeira da família estava cada vez mais precária, sequer consideraram a sugestão.

— Regina viveu conosco e nos ajudou por mais tempo do que consigo me lembrar — dissera Rillie a Alfie com firmeza. — Esse jantar de comemoração à sua recém-encontrada família será, com muito prazer, pago por nós.

O inspetor Rivers a acompanhou até o Bank of America, e ela retirou dinheiro extra. O inspetor sabia muito bem que ela estava ansiosa em relação à situação financeira à medida que as semanas passavam: ele mesmo estava ficando preocupado; apesar de ainda possuírem algumas economias, sabia que o FALE COM O MESMERISTA ainda não estava dando lucro. No momento, era o único apoio financeiro que a família possuía. Não podia nem começar a pensar que Charlie, o marido de Millie que trabalhava na Companhia de Águas de Londres, era a única fonte de renda para sustentar as outras 19 pessoas pelas quais Arthur se sentia responsável. Mas aprendeu a nunca interferir na conta bancária de Rillie: era apenas o signatário da conta e nada mais. Assim, não fez qualquer menção às dificuldades financeiras e assinou o formulário.

Rillie e Cordelia compraram flores e as distribuíram ao longo da mesa antes de subir e vestirem as melhores roupas que possuíam; Blossom e Maybelle davam risadinhas enquanto poliam repetidas vezes as cadeiras e os espelhos; Ruby e Pearl dispuseram à mesa os melhores talheres.

Regina, ainda nervosa, murmurou vários salmos no andar de cima e leu em voz alta manchetes dos jornais: **GAROTAS SE ESFAQUEIAM POR AMOR DE BANQUEIRO**. Pareceu se interessar bastante, até que percebeu que lera errado: na verdade, era **GAROTAS SE ESFAQUEIAM POR AMOR DE PADEIRO**, que era, de alguma forma, diferente. Quando se deparou com uma história de um grupo de pessoas com intenção de se tornarem mineradores na Califórnia, e que partiram de Nova York havia mais de um ano em busca do ouro e tiveram seus corpos encontrados nas montanhas Rochosas, virou a página e leu mais propagandas. Disse a todos que aquele era apenas mais um dia, apesar de tudo: no entanto, colocou a pena festiva no chapéu. A Sra. Spoons, parecendo incerta sobre para onde ia enquanto era levada lentamente pelas escadas, ou mesmo sobre quem era, pegou a pequena luva amarela: um pouco mais cedo, demonstrara muita ansiedade quando Rillie insistiu em lavar a luva em um balde d'água.

Duas matronas robustas e com muito estilo e charme foram apresentadas como filhas de Alfie. Um dos maridos trabalhava para Alfie e o outro em um jornal: ambos vestiam paletós claros, assim como Alfie. Apenas dois dos inúmeros netos de Alfie foram autorizados a comparecer àquela importante visita: eles olhavam para todos com grande interesse; analisavam os pôsteres do circo, quando não estavam observando a nova tia Queenie com seu chapéu engraçado.

Então, Alfie, orgulhoso, apresentou a esposa (por suas visitas a Maiden Lane, haviam entendido que foram muitas): essa Maria era uma viúva que conhecera enquanto fazia vendas de algodão pelo sul.

Maria carregava um leque que agitava de forma vagarosa, mais como se fosse uma peça de seu vestuário do que pelo clima, pois os dias estavam frescos naquela altura. Havia muitos cachos sob o grande chapéu e ela tinha praticamente a mesma altura das robustas enteadas. Perguntou, em tom sulista lânguido, onde poderia se sentar; saudou Regina com graça quando foram apresentadas. Mas, então, arruinou a imagem de dama do sul ao dar um grande e repentino abraço em Regina, envolvendo-a em seu xale, mangas e perfume.

— Declaro que há anos não vejo Alfie chorar! — informou ela, sorrindo de alegria, segurando Regina um pouco mais longe a fim de observá-la melhor. — Estou muito feliz que ele a tenha encontrado. Quantos anos a senhora tem?

Todos prenderam a respiração. Regina olhou para a mulher calorosa e cheia de boas intenções à sua frente e respondeu:

— Para dizer a verdade, Maria, não tenho tanta certeza. Acho que tenho 73. E a senhora, quantos anos tem?

Maria não ficou nem um pouco desconcertada.

— Tenho sessenta. — respondeu. — E sabe? Eu trabalho para Alfie igualzinho aos filhos dele! Quando conheci Alfie, há uns vinte anos e nós viemos para Nova York, onde as mulheres fazem coisas diferentes de Nova Orleans, ele me disse que seria ótimo se eu aprendesse a ler melhor, então arrumei uma professora para mim e não só melhorei minha leitura como também aprendi contabilidade. Hoje cuido de todos seus livros contábeis! O que acham disso? — perguntou ela. — E vejam isso. Ajude-me com esse embrulho, Dolly. Mesmo que o verão tenha acabado, eu pensei em apresentar a todas vocês, senhoras, o costume sulista de se refrescar quando necessário!

E distribuiu belos leques para todas elas, até mesmo para La Grande Celine. Então, a dama do sul se abanou (dando a elas uma lição, embora Cordelia e Rillie, tendo sido atrizes, soubessem usar leques muito bem). Por fim, sentou-se, mas não antes de ser simpática com Arthur e cumprimentar Monsieur Roland em francês. Alfie continuava olhando tudo, orgulhoso, observando a reação das pessoas.

Ruby e Pearl serviram ostras de Staten Island, pão fresco do padeiro alemão de Maiden Lane, bife, batatas fritas, torta de maçã e montanhas de creme. Jeremiah, o garçom, serviu cerveja, vinho do Porto e uísque, e sarsaparilla para as crianças. A Sra. Spoons estudava seu leque com grande interesse e emitiu um pequeno som de prazer quando Rillie abanou o ar sobre seu rosto por um momento.

— É claro, eu o teria encontrado anos atrás — disse Regina. — E não seria necessária toda essa busca se ele não tivesse mudado o maldito nome para George Macmillan, que era nosso tolo avô, que deve ter entrado para a Sociedade da Temperança.

— Ora, *nós* todos o chamamos de Alfie, é claro! — informou Maria. — Ele sempre dizia que gostava mais do próprio nome, mas, como sabemos, teve que trocá-lo por conveniência tempos atrás.

Os netos haviam ensaiado:

— Prazer em conhecê-la, tia-avó Queenie. — E tendo dito isso pelo menos quatro vezes, ambos queriam tocar o harmônio.

Os outros clientes ergueram o olhar de forma breve quando escutaram os estranhos sons vindos do instrumento, mas, como sempre, logo voltaram a comer, apressados, a fim de voltarem ao trabalho. Um raio de sol da tarde de outono brilhou nos talheres polidos. Depois de um tempo, os netos haviam esgotado as possibilidades de brincadeiras no harmônio, voltaram a observar a estranha e interessante tia.

— O vovô nos disse que a senhora é poetisa! — declarou a menina com voz estridente devido à excitação do dia. — A senhora conhece o Sr. Edgar Allan Poe?

— Oh, eu ensinei a ele tudo que sabe — respondeu Regina, e enquanto os olhos da menina se arregalaram, continuou: — Não, estou brincando, mas eu aprendi, sim, os poemas dele. — E, sentada na longa mesa de jantar, recitou:

E o corvo, na noite infinda, está ainda, está ainda
No alvo busto de Atena que há por sobre os meus umbrais.
Seu olhar tem a medonha cor de um demônio que sonha,
E a luz lança-lhe a tristonha sombra no chão há mais e mais...

A Sra. Spoons, que já havia escutado essas palavras várias vezes, ainda que não se lembrasse, acompanhou o ritmo do poema com os pés. Os netos — novos parentes de Regina — olharam maravilhados para a tia Queenie; o menininho agarrou a saia da mãe, enquanto fitava aquela estranha senhora. Os maridos bateram os copos na mesa e todos se juntaram ao aplauso.

Então, Alfie se levantou para fazer um discurso, com os polegares repousados nos bolsos do paletó. Agradeceu à família pela agradável hospitalidade e, então, disse:

— Durante toda minha vida, disse à minha família que tinha uma irmã. Minha irmã Queenie, eu dizia, era poetisa, mas nós nos separamos. Sempre me recordei de um ou dois de seus poemas e os recito às crianças. "Esse é da sua tia", costumava lhes dizer. — E as filhas robustas concordaram com a cabeça. — Agora. Vocês podem pensar que, depois de cinquenta anos, dois irmãos podem se esquecer um do outro. Mas não nós. Eu descobri que minha irmã tem me enviado cartas para o grande posto de correios de Nova York; não, Queenie, — pediu ele, quando ela quase se levantou, surpresa. — Eles não jogam fora simplesmente as cartas depois de um mês, não com tantas pessoas chegando e partindo: eles possuem um depósito. Fui até lá e perguntei se havia alguma correspondência para o Sr. Alfie Tyrone, dei um dólar ao garoto e disse "procure com cuidado, rapaz, e lhe recompensarei mais tarde", e ele retornou com as cartas, Queenie, suas cartas. Eu guardarei essas cartas para sempre, minha irmã, elas são agora meu tesouro pessoal. Agora escutem: em uma das cartas, ela me escreveu um poema. Ela o escreveu para mim, disse isso, e vou lhes contar, eu chorei ao ler esse poema, e nunca o mostrei a Maria, mas vou lê-lo agora para todos. — Retirou do paletó seus óculos.

A esposa lhe lançou um olhar surpreso; Cordelia e Rillie se olharam, admiradas, e ambas se voltaram para Regina, a quem conheciam há tanto tempo — mas talvez não tão bem quanto imaginavam. Foram tantas as emoções que transpareceram no rosto de Regina que Monsieur Roland, que também a observava, perguntou-se se ela iria desmaiar (embora isso fosse bastante improvável). Os netos observavam o avô com os olhos arregalados enquanto ouviam a história.

> Às vezes quando estou a adormecer,
> Acordo com o coração a bater,
>   A bater, a bater na noturna escuridão.
> De tempos remotos, às vezes vem a recordação
> Do abrigo com as luzes fracas a pouco iluminar
> E o pai com pancadas a nos castigar
> Por tudo que não tínhamos como considerar
>   A bater, a bater na noturna escuridão.
> Não precisava de motivos para nos dar uma lição
> Mas Alfie e eu agarramos nossa canção.
> O amor às palavras também nos ensinou
> Tais palavras soavam como um pássaro que cantou
> E a nossa cabeça as palavras segurou
> Quando ele ficou
>   A bater, a bater na noturna escuridão.

— Ela contou a história da nossa vida nesse poema.

Lágrimas de surpresa escorriam pelos rostos de Cordelia e Rillie. E os olhos dos netos pareciam saltar do rosto.

— Agora me digam se ela não poderia ter sido a professora do tal Sr. Poe? — perguntou Alfie, e assoou o nariz em um grande lenço. — E Maria e eu conversamos muito sobre Queenie e eu nos reencontrarmos. — Maria concordou com a cabeça enquanto sorria, chorava e se abanava com o leque. — Ficaríamos muitos satisfeitos, se parecer apropriado, é claro, se minha irmã viesse morar conosco em Washington Square. — Ele viu a expressão assustada no rosto da irmã. — Se isso lhe parecer apropriado, ouça bem o que estou dizendo, Quennie!

***

Por fim, depois de várias semanas, com muito estímulo da família recém-encontrada, Regina tomou coragem para viajar, pelo menos para uma visita, a Washington Square.

— Só vou dar uma olhada — disse ela, rápido, para Cordelia e Rillie. — Não vou ficar muito tempo, não quero abandonar a senhora idosa por um período longo demais.

Alfie chegou pela manhã para buscá-la em uma pequena carruagem: ele não aprovava muito essas coisas e teria ido a pé, mas queria proporcionar todo o conforto à irmã.

— O senhor acha que as cartas já estão para chegar, Alfie? — perguntou Cordelia.

— Ainda não, minha querida. Eu farei mais alguns cálculos em uma semana ou mais, mas não agora. Você está se cuidando bem e carregando aquele ferro de passar? — (Regina havia recontado a ele toda a história).

— Carrego ele comigo para onde quer que eu vá — confirmou Cordelia.

— Assim como nos velhos tempos, em Londres, Alfie!

— Boa garota! — E ele riu e brincou com a irmã. — Vamos embora agora, Quennie. — E a ajudou a subir os degraus do veículo com a pequena mala com seus pertences enquanto todos acenavam em despedida. Estava frio, ele colocou uma manta sobre os joelhos da irmã. Regina Tyrone nunca havia andado de carruagem e observou tudo à sua volta com um ar de desagrado.

Não ficarei muito tempo! Voltarei em breve! — gritou para os outros. A Sra. Spoons, observando os outros, acenava e sorria, imitando-os.

28

O rosto pálido da Sra. Spoons ficou ainda mais branco, enquanto retorcia e retorcia e retorcia a luva amarela e seu olhar vazio nada compreendia. Era Regina quem se sentava na outra cadeira de balanço. Era Regina, a quem a Sra. Spoons não mais conhecia — mas sentia falta, em Londres e em Nova York: era Regina quem, por anos, a tirava de perto do fogo quando os outros haviam saído, ou quando Rillie estava no trabalho. Era Regina quem cantava com sua voz forte. Também era a voz de Regina que lia os jornais por horas a fio.

Então, quando Sra. Spoons acordava de manhã, Rillie a colocava na cadeira de balanço junto à janela no sótão de Maiden Lane. Ela se sentava, pálida, na própria cadeira, e seus olhos perscrutavam a sala. Não conseguia compreender a cadeira de balanço vazia ao seu lado e o silêncio que a envolvia. Tornou-se cada vez mais agitada conforme as horas passavam, começava a balançar loucamente, produzindo barulhos agoniantes. Por vários dias, Rillie se sentava na cadeira vazia e tentava explicar, mas a Sra. Spoons não compreendia. Quando Rillie disse *Regina* não houve qualquer sinal de reconhecimento no olhar da idosa, apenas incompreensão, conforme as horas passavam. Olhou para a luva amarela com o mesmo olhar confuso e a deixou cair no chão.

Então, certa manhã, ela disse de maneira repentina e clara:
— Está tudo bem por causa do bolo, é claro, mas Bert disse que eu não deveria sair.

E sua voz, o balançar da cadeira e suas palavras incoerentes ficaram cada vez mais agitadas. Durante o dia, Rillie banhou gentilmente o rosto angustiado da mãe com um pano fresco e falou com ela várias vezes. Tentou fazê-la prestar atenção no canário amarelo, mas os olhos da idosa desviaram-se mesmo quando o valente pássaro cantou alto e inspirado. Quando Monsieur Roland e Cordelia retornaram das salas da rua Nassau no começo da noite, ouviram os lamentos de sofrimento curtos e altos da Sra. Spoons enquanto subiam as escadas para o sótão; e perceberam que Rillie chorava. Monsieur Roland compreendeu que, embora a Sra. Spoons não se lembrasse de Regina, ela se lembrava de que *algo não estava lá*. Pegou a mão da idosa e falou com ela por bastante tempo. Cordelia serviu uma grande dose de vinho do Porto para Rillie e envolveu a amiga angustiada em um forte abraço. Monsieur Roland explicou à senhora que sua amiga mais antiga, Regina, havia partido para ver a família de Alfie, que eles viviam em outra parte de Nova York, e que ela retornaria com muitas histórias interessantes; enquanto falava, passava as mãos, de forma gentil e vagarosa, repetidas vezes, sem parar e sem tocá-la, sobre o rosto e o corpo pequeno e agoniado da idosa. Ela se acalmou por um tempo: não adormeceu, mas também não estava acordada, porém parecia calma e tranquila.

— Ela esteve assim o dia todo? — perguntou a Rillie com voz baixa.

Rillie tentou não chorar de novo enquanto olhava para a mãe, que agora parecia estar em paz.

— Ela nunca ficou tão mal assim. Quem poderia imaginar que sequer perceberia que Regina não estava aqui. Como posso ajudá-la?

— Você a ajuda, Rillie, minha querida — afirmou ele. — Você a ajuda todos os dias de sua vida.

Quando a Sra. Spoons abriu os olhos e viu Rillie sentada ao lado dela, deu um sorriso gentil, como se a reconhecesse e Rillie sorriu de volta, se inclinou e beijou a mãe. Logo em seguida, porém, o olhar da senhora voltou a ficar confuso. E eles observaram o rosto querido e pálido e o olhar perdido e sem compreensão.

— Venha para a cama agora, mamãe — chamou Rillie com voz suave, por fim.

A senhora idosa de rosto frágil, pálido e miúdo olhou para Rillie, de forma intensa, por um longo tempo e, então, a Sra. Spoons, que cruzara de forma corajosa e sem reclamar o oceano Atlântico de Londres a Nova York, provavelmente sem saber o que estava acontecendo, estremeceu e morreu em Nova York, enquanto a filha Rillie segurava sua mão de forma gentil e amável.

***

Enviaram uma mensagem para Regina, e Alfie a trouxe de volta para o funeral.

— Eu não deveria ter ido! — exclamou Regina, muito aflita. Havia ido contra todos seus instintos; e é claro que isso mudava tudo. Mas Rillie e Cordelia a abraçaram e falaram sobre como ela havia sido uma boa amiga durante todos aqueles anos, e Monsieur Roland disse:

— Ela era uma senhora muito idosa.

Rillie lamentou:

— Tentei fazer alguns cálculos. Acho que já devia ter quase oitenta anos.

Alfie organizou tudo: a Sra. Spoons foi enterrada no cemitério da Capela de St. Paul na Broadway, e Rillie, chorando durante a cerimônia curta e impessoal, colocou a luva amarela sobre o caixão que abrigava o pequeno corpo, enquanto o desciam para a terra sob o jardim do cemitério, voltado para o rio Hudson e talvez (Rillie queria acreditar), à distância, para Londres.

— Então — disse Alfie, rapidamente.

Um amigo dele era dono de uma adega bastante barulhenta que servia ostras e cerveja, e ficava nos arredores do cemitério. A pedido de Alfie, conseguiram uma pequena sala privativa no estabelecimento. Lá, Cordelia, Rillie, Monsieur Roland, Regina, Arthur Rivers e Alfie Tyrone beberam em memória da Sra. Spoons e contaram a Alfie histórias de sua vida em Londres; e também em sua memória, lembraram como ela ainda sabia a letra e a melodia da antiga canção escocesa e, quando acabaram as histórias, cantaram de forma serena:

> *O whistle and I'll come to ye, my lad,*
> *O whistle and I'll come to ye, my lad,*
> *Though father and mother and a' should gae mad*
> *Thy Jeannie will venture wi' thee, my lad*

Todos insistiram para que Regina retornasse a Washington Square após o funeral, pois ela mal havia partido: novamente todos acenaram enquanto os dois velhos irmãos tagarelavam pela noite virando a esquina de Maiden Lane, Alfie como sempre, calculara para Cordelia o progresso estimado da viagem de Gwenlliam.

— Ela já deve estar saltando pelos trapézios agora! — disse ele da carruagem. — Ainda vai demorar até você receber uma carta!

Naquela noite, Rillie Spoons foi para a cama sozinha pela primeira vez em tanto tempo que nem se lembrava ao certo. Embora a Sra. Spoons dormisse quieta e encolhida do outro lado da cama, Rillie se sentiu só ao se lembrar de todos os anos em que dormiram juntas, e chorou; sentiu que essa mudança era, de alguma forma, mais do que havia compreendido, que agora não restava mais nada de seu passado distante. Cordelia entrou no quarto: não precisaram dizer nada, tão profunda era a relação entre ambas depois de tantos anos. Cordelia apenas se sentou na cama e envolveu a amiga nos braços até que dormisse. Escutou, por fim, a respiração profunda e constante de Rillie, mas continuou lá, envolvendo-a gentilmente e pensando em como tudo havia sido, e como conseguiram chegar tão longe. Lembrou-se que certa vez Rillie lhe dissera: *Eu sou seu espelho. Todos precisam de um espelho. Alguém que os conheça melhor do que eles mesmos. Se você não tem um espelho, você não se vê e isso é ruim para as pessoas.* Mas Cordelia também era o espelho da amiga: Rillie sempre fora leal, amorosa e cuidava de todos eles, mas também possuía um coração que precisava ser cuidado. Certa vez, um caçador de fortunas perseguira Rillie presumindo que fosse rica: Monsieur Roland, Regina e Cordelia frustraram os planos dele bem na hora, mas Cordelia percebera na época quanta esperança Rillie depositara em outras alegrias. Ela era cheia de amor; amara sua querida mãe com muito carinho, e Cordelia compreendia melhor do que qualquer pessoa o que aquela perda significava, e durante toda a noite manteve a amiga em seus braços.

É claro que não haviam contado com La Grande Celine.

Várias semanas após a morte da Sra. Spoons, ela subiu para falar com Rillie: certificou-se de que todos estariam presentes também. Era tão óbvio que tinha algo importante a dizer que Arthur ofereceu cortesmente uma cadeira para ela.

— Ora, obrigada, Arthur. Boa noite a todos. — Deu então um profundo suspiro, agitou os cabelos ruivos e sorriu. — Rillie, há muito tempo quero lhe fazer um pedido, mas pensei que talvez fosse demais para você. Nunca tive ninguém com quem pudesse dividir minhas responsabilidades na casa de refeições. Eu nunca, nunca mesmo, tive um dia ou uma noite de folga. Por favor, *por favor*, será que você poderia trabalhar comigo lá embaixo quando se sentir forte o suficiente para isso? — (Escutaram um gritinho de satisfação?) — Podemos chegar a um acordo sobre o turno e pagarei a você muito bem, eu prometo. — E a pérola do tapa-olho reluziu e Celine deu um longo sorriso, que incluiu também Monsieur Roland, como se dissesse: *podemos dar uma volta pelos jardins de Battery qualquer noite dessas, você e eu.*

Rillie, na verdade, soltou uma risada:

— Eu *adoraria*! — respondeu, deixando todos tão satisfeitos que ela riu novamente. — E ficaria muito feliz em poder ganhar algum dinheiro para nossa família.

— Como a última pessoa que trabalhou com Rillie — disse Cordelia em tom solene e brincalhão. — E ela foi, Celine, minha sócia por muitos anos, eu não poderia deixar de recomendá-la, ainda que, devo alertá-la, ela pode ser mandona às vezes! Também gostaria de sugerir que pedisse para ela tocar sua flauta quando o movimento estiver tranquilo. — E Cordelia e Rillie riram juntas como costumavam fazer, e Monsieur Roland acenou para Celine como se dissesse *obrigado, querida* e Celine sentiu-se levemente extasiada.

Então, em algumas noites, Rillie se sentava à mesa do caixa: cortês, firme, afável, hospitaleira: toda a tristeza que havia em seus olhos se fora. Apenas de vez em quando, caminhava até a Igreja de St. Paul pela manhã, sentava-se e conversava com a querida mãe, contando tudo o que vinha fazendo. A Sra. Spoons não podia responder, mas como já não respondia fazia anos, então, talvez, as coisas não tivessem mudado tanto assim.

29

FALE COM O MESMERISTA pode ter sido considerado um sucesso por alguns: os que falavam.

Para Monsieur Roland e Cordelia, porém, a experiência foi um grande fracasso: um terrível engano de proporções gigantescas. Tratou-se de um erro tão impressionante que Monsieur Roland, ao cair do primeiro floco de neve do inverno, convenceu Arthur a cobrir totalmente o presunçoso anúncio que Alfie fizera, para a decepção de alguns nova-iorquinos que haviam aproveitado os serviços de FALE COM O MESMERISTA com muito prazer pagando dois dólares por vez.

Monsieur Roland lera muitos livros, pensara muito e conversara bastante com Cordelia.

O que realmente me interessa, as lembranças bloqueadas, não será óbvio no começo, é claro — dissera ele. — E, em muitos casos, não será nem mesmo relevante, mas não consigo imaginar nenhuma outra forma de começar, a não ser convidando as pessoas para falarem conosco. Esse será um processo contínuo para podermos realmente ajudá-los. Assim, talvez, ainda possamos aprender muitas coisas, mas vamos ver o que acontece. Em um primeiro momento, tenho certeza de que falarão sobre as dores físicas imediatas e talvez sobre os problemas atuais.

Nem mesmo esse homem sábio compreendera como estava certo.

O problema não foi que as pessoas que chegavam — os clientes, como Alfie as chamava — não fossem sociáveis. Elas certamente eram. Tão sociáveis que quase afogavam os mesmeristas em uma montanha de palavras, por vezes ditas em voz alta demais. Ainda assim, os mesmeristas traçaram um plano (ou assim pensaram) com muito cuidado: Cordelia, com seus cabelos curtos cobertos por um longo xale amarrado, e Monsieur Roland com seu paletó antigo e bem-cuidado, sentariam cada qual em uma das duas salas da rua Nassau, com um lampião a óleo em cada mesa de duas cadeiras. Em vez das antigas palavras *Entregue-se aos meus cuidados*, que os mesmeristas usavam quando as pessoas apresentavam dores de cabeça ou nas costas e mãos trêmulas, passaram a dizer: *Existe algo que poderá ajudar os passes do mesmerismo e lhe beneficiar de maneira mais proveitosa. Diga-me como acha que a dor começou e como se sente*. E, meu Deus, eles *falariam* como se sentiam, esses americanos: com riqueza de detalhes, sem parar, então, as horas passavam e as vozes não cessavam, a não ser para tomarem mais fôlego.

— *Sinto* muito! — exclamara Cordelia, desesperada, para Monsieur Roland depois de uma tarde particularmente difícil em suas salas recém-pintadas, mas junto com o desespero veio um acesso de riso. Ela não conseguia parar de rir: lágrimas escorriam pelo rosto. — Eles não param! *Não param de falar!* Não consigo fazê-los parar!

Foi quando ele respondeu:

— De fato, entendo o que quer dizer. — E ela ergueu os olhos e se deparou com a expressão amarga e confusa e compreendeu: Monsieur Roland também não conseguia fazer com que parassem.

Como Monsieur Roland predissera, as pessoas tinham problemas: algumas grandes, outras pequenos; alguns se manifestando como verdadeira angústia física, outras causando dor de cabeça ou queimação no estômago. Muitos dos problemas tinham a ver com dinheiro. Monsieur Roland e Cordelia (que enfrentavam alguns problemas financeiros) aprenderam rapidamente que, naquele país, com riquezas inimagináveis para alguns, os que podiam pagar para falar com o mesmerista, para começar, provavelmente possuíam dinheiro suficiente para sobreviver — no entanto, em geral, o problema não era tão simples: eles queriam ganhar *mais* dinheiro —, muitas pessoas, quando ganhavam muito dinheiro, desejavam ainda mais. Sentiam dores de cabeça ou desenvolviam reumatismo porque havia mais dinheiro para se ganhar e não estavam conseguindo. E havia também amor, morte, filhos, solidão e decepção. Se os praticantes estavam procurando memórias bloqueadas, parecia que não encontrariam nada dessa maneira. O experimento como um todo estava tão distante das ideias iniciais de Monsieur Roland quanto poderia estar. O fluxo de conversa naquela terra de falantes não parava

— afinal, todos haviam sido convidados a falar, e ainda pagavam uma boa quantia para isso, não é mesmo? Nada era mais fácil para essas pessoas do que contar seus segredos mais íntimos. Como Monsieur Roland e Cordelia não haviam pensado em traçar parâmetros ou cronometrar o tempo dos clientes — não tinham ideia de que precisariam disso nesse estágio inicial do experimento —, então, uma tarde inteira poderia se passar, o frio chegar e a noite cair e os americanos continuariam falando: todas as tentativas de silenciá-los eram vãs. Algumas vezes, Monsieur Roland e Cordelia se davam conta de que escutavam não uma, mas duas vozes: de cada uma das pequenas salas se escutavam vozes altas e incessantes, contando seus problemas, um atrás do outro, para os mesmeristas, bem de acordo com o convite que receberam. E o pior: agora que a conversa fazia parte do processo, os clientes ainda costumavam fazer perguntas aos mesmeristas, "O que o senhor acha da América?", "Quantos anos o senhor tem?", "O senhor é casado?", "Quanto o senhor ganha?".

Às vezes, quando finalmente chegavam em casa em Maiden Lane, Cordelia anunciava que achava que Nova York era cheia de loucos; Monsieur Roland, mesmo com toda sua experiência, não conseguiu se dar muito melhor e disse para Arthur:

— Preciso de você na entrada, para expulsar os clientes que não param de falar. É muito difícil interrompê-los no meio de uma frase e cobrar os dois dólares quando chega a hora do pagamento. Isso quando consigo definir a hora do pagamento! — E, embora todos tenham rido, não conseguiram encontrar uma solução.

Alfie exclamou:

— Eu não disse? Falei que as pessoas poderiam falar até que sua cabeça explodisse.

Rillie sugeriu, sensata:

— Vocês deveriam ter uma campainha alta e tocá-la depois que certo tempo se passasse.

Mas Cordelia tentou explicar uma vez mais: esses clientes tinham certas expectativas, pagavam uma boa quantia para falarem e era impossível interrompê-los. Havia exceções, é claro. No geral, porém, se aqueles americanos pagavam dois dólares para falar, eles realmente falavam o tanto quanto quisessem e nada os faria parar.

Insistiram por vários meses, mas a verdade era que a América borbulhava com novas ideias. Havia tantas placas e propagandas: mormonismo, shakerismo, batismo, espiritismo, ocultismo, e o mesmerismo era algo do passado. Embora os clientes aproveitassem os dois dólares gastos, seu número não cresceu de forma repentina: a palavra *mesmerista* não tinha mais o poder de atrair as pessoas. FALE COM O MESMERISTA não foi apenas um fracasso filosófico, mas também um desastre financeiro: cobria o aluguel das salas em Nassau Street, mas não sobrava muito mais dinheiro.

— A culpa foi minha, minha querida — lamentou Monsieur Roland. — Agora vejo que não pensei em todos os detalhes. Esse não é o caminho. Tenho certeza de que há algo aqui, algo que está bem próximo. É claro que há, tem de haver, pois as pessoas parecem ter uma necessidade de falar, mas este não é o caminho certo.

— E como eles aproveitam essa chance! — exclamou Cordelia. — Ao pagarem dois dólares, acham-se no direito de falar até que todos os lampiões a gás da Broadway sejam acesos! — Então, ela lembrou-se dos clientes contidos que costumava atender em Londres, dos quais, às vezes, era difícil extrair qualquer palavra.

— Os americanos são uma nova geração — ironizou ele. — No final da tarde de ontem, chegou um cliente com uma forte dor nos ombros. Ele me perguntou como eu investiria os dois dólares que me pagaria e se poderia se tornar meu consultor financeiro.

Cordelia riu.

— E o que o senhor respondeu?

— Pensando em como nossa querida Rillie cuida com tanto desvelo do nosso dinheiro e como faz com que dure por tanto tempo, respondi que eu investia em uma mulher, e ele, *imediatamente*, começou um discurso com informações sobre especulações em "tavernas com garotas" na Pearl Street. "O senhor tem interesse nessa área?", perguntou-me ele. "O senhor poderá ganhar uma fortuna."

Cordelia ria, solidária.

— E os ombros do homem?

— Ele falou por mais de duas horas, sem parar. Posso dizer que agora aprendi bastante sobre Wall Street e que um dia poderei usar esse conhecimento, mas não hoje. De todas as lembranças que ele havia tido na vida, não deixei de descobrir nenhuma. Por fim, consegui convencê-lo de que eu já possuía informações suficientes para mesmerizá-lo e ajudar a aliviar a dor nos ombros. Ele se sentou, inquieto, e continuou falando. Precisei de cada grama da minha concentração para realizar os passes, acalmá-lo e ajudá-lo. Ele me agradeceu profusamente, afirmou que foi bom conversar comigo e que seus ombros estavam ótimos! — Monsieur Roland suspirou. — Mas eu poderia ter aliviado a dor dos ombros sem toda aquela conversa! Como já disse, isso tudo é minha culpa, Cordelia. Mesmerismo, dinheiro, lembranças e monólogos combinados é um total e completo fracasso. Ainda creio que existe alguma maneira de seguirmos adiante com os ensinamentos do dr. Mesmer. E não estou falando de hipnose. Estou tentando descobrir algum outro tipo de cura. De qualquer forma, creio que ambos concordamos que FALE COM O MESMERISTA pode ser considerado um grande fracasso.

Cordelia apenas concordou, aliviada.

Alfie, relutante, mudou a placa na porta, pois sabia que precisavam pagar o aluguel das salas e que tinham de trabalhar de alguma forma.

— Daqui a poucas semanas, você poderá esperar por cartas da Califórnia — informou ele. — Mas não agora.

Alfie estava trabalhando na nova pintura da placa, que continuou um pouco grande, mas, mediante a insistência de Monsieur Roland, as letras agora eram menores. Alfie contraiu os lábios e meneou a cabeça, mas a placa anunciava simplesmente:

> **MESMERISTAS**
> **Monsieur Roland**
> **Sra. Cordelia Preston**

Uma vez mais, Alfie implorou para incluírem alguns pontos de exclamação: **MESMERISTAS!!!!** Ou ainda: **HIPNOTIZADORES!!!!!!** Monsieur Roland, porém, achou que a palavra "hipnotizadores" não seria compreendida da forma correta.

— Nós, *de fato*, hipnotizamos. É isso que todo bom mesmerista tem feito nos últimos anos, empenhando-se em unir as nossas energias com a energia do cliente, para usar o termo que o senhor usa, Alfie. Mas a palavra *hipnose* já está deveras associada a charlatanismo e golpes baratos. Pelo menos algumas pessoas sensatas sabem que o mesmerismo é uma ciência séria, mesmo que seus dias de glória tenham ficado no passado. — Mas encurvou os ombros ao dizer isso. Estava mais abatido pelo fracasso do que poderiam compreender.

E todos sabiam que, mesmo com Rillie agora trabalhando para La Grande Celine, as finanças da família já não eram tão sólidas e as economias estavam diminuindo rapidamente. Arthur Rivers se preocupava bastante; fosse ele religioso, teria rezado para que Charlie não perdesse o emprego na Companhia de Água em Londres.

Preciso ganhar dinheiro de alguma forma, pensou Cordelia.

Então, certa manhã, encaminhou-se, apressada, ao Estúdio de Daguerreotipia do Sr. Prince na Broadway, olhou a janela com cuidado e viu que o anúncio ainda estava lá: MINISTRAMOS AULAS DE DAGUERREOTIPIA: INFORME-SE AQUI.

Nos últimos apavorantes e cômicos dias de FALE COM O MESMERISTA, enquanto Cordelia observava os rostos dos americanos falantes, pensava: *meu trabalho sempre envolveu observar rostos. Mesmo há muito tempo, quando ainda era atriz, aprendi a minha arte de encenação observando os rostos de outras pessoas.* Lembrou-se do rosto louco e maravilhoso do ator Edmund Kean, em sua interpretação de Rei Lear, quando ela representava a filha mais nova: a homônima Cordelia. Lembrou-se do começo da sua carreira como freno-mesmerista, quando procurava na expressão do rosto dos primeiros clientes pistas sobre o que gostariam de ouvir. Lembrou-se ainda da primeira operação médica da qual participou como mesmerista: apavorou-se ao ver os cirurgiões com aventais impermeáveis e serras, mas, quando olhou para a mulher pálida deitada embaixo do lençol também impermeável, compreendeu, de repente: aquela mulher também olhava para o cirurgião e estava muito mais apavorada do que Cordelia, pois eles iriam usar a serra para lhe remover o seio. Ao observar o rosto daquela paciente, Cordelia entendeu claramente seus sentimentos e encontrou dentro de si a coragem para ajudá-la. *Creio que meu trabalho me fez compreender, algumas vezes, o rosto das pessoas. Talvez eu possa aprender a capturar expressões de forma permanente.*

Apressou-se em entrar no estúdio de daguerreotipia. Usava seu lindo chapéu.

O Sr. Prince a reconheceu imediatamente: a mulher com uma mecha branca de cabelo e rosto inesquecível.

— Bom dia, Sra. Preston — saudou ele. — Como está sua linda filha? A senhora veio para uma nova sessão?

— Gostaria de ter aulas — respondeu ela.
Ele ficou bastante surpreso (certamente, ela era velha demais, além de ser mulher). No entanto, negócios eram negócios.
— Dez aulas de meio período custam cinquenta dólares. Ao final desse tempo, a senhora será capaz de fazer um daguerreótipo.
Já havia planejado tudo com Rillie: *tenho de tentar ganhar dinheiro e gostaria de aprender isso, o que você acha, Rillie?*
— Tenho o dinheiro aqui — afirmou Cordelia.
— Nesse caso, me chame de Larry — disse o Sr. Prince.
Cordelia retirou o chapéu: era melhor vê-la naquele momento do que mais tarde. Mas na verdade ele disse:
— Ora, ora. Ouvi dizer que existem novos estilos de cabelo.
Com a anuência de Monsieur Roland, Cordelia marcou algumas consultas de mesmerismo na parte da tarde. Todas as manhãs, ela se apresentava a Larry Prince, o daguerreotipista. Havia quatro alunos, Cordelia não só era a mais velha como a única mulher. Toda manhã, Larry reiterava aos pupilos os princípios mais importantes da daguerreotipia: trata-se de uma ciência com base em dois elementos vitais, um químico e um óptico.
— E se vocês não possuírem uma intuição para a luz e a sombra, estão perdendo o dinheiro de vocês e fazendo com que eu perca o meu tempo. Eu fui à Inglaterra. Vi a nova fotografia, sei que podem fazer cópias, mas os retratos não são tão belos. Ainda creio que a daguerreotipia seja a melhor maneira de se conseguir um bom retrato.
Sr. Prince sempre pedia a Cordelia, e não os jovens cavalheiros, para limpar a poeira dos retratos da galeria de recepção todas as manhãs: o que ela fez sem reclamar, observando tudo. Não era de se estranhar que Larry falasse tanto sobre a luz: a primeira coisa que fazia ao chegar de manhã era correr para o estúdio, no andar superior, e observar a luz do dia entrando pela grande claraboia, estudar a luz, discutir a luz e lamentar quando o dia estava cinzento. Observou como Larry era paciente e meticuloso, como movia os espelhos repetidas vezes até que ficasse satisfeito e convencido de que aquela era a melhor forma possível de iluminar o rosto do cliente antes de tirar o retrato. *Ele é como Silas Swift*, pensou Cordelia. *Ele usa a luz para obter um efeito.*
Logo ela não estava apenas tirando a poeira dos retratos, como também polindo as lâminas que eram usadas nas daguerreotipias: folhas finas de cobre revestidas em prata; lâminas inteiras, meias-lâminas e outras menores.

— Quanto mais polidas as lâminas, melhor será a imagem capturada — explicou Larry aos alunos. Ele tinha uma sala escura onde cobria as lâminas com ingredientes "secretos". — Todos nós temos nossos segredos para melhorar as imagens e tornar a lâmina mais sensível à luz — continuou. — Somos como os pintores de antigamente. O próprio Michelangelo tinha seus segredos. — Então ele colocava a lâmina finalizada no suporte e permitia que um dos alunos a utilizasse na grande câmera que aguardava de pé no estúdio. Ali todos aguardavam ansiosos, afofando os cabelos.

O tempo real de captura da imagem (Larry dizia, orgulhoso, que agora podia fazer isso em dez segundos) era a etapa que levava menos tempo de todo o processo. Enquanto o cliente aguardava na nobre recepção no andar de baixo junto aos retratos limpos nas paredes, Larry, ou um de seus alunos, aperfeiçoava a imagem sobre o vapor do mercúrio aquecido.

Depois das dez aulas, Cordelia foi autorizada a fazer seu primeiro retrato, como prometido. Arthur, sob protestos, posou para ela, com a cabeça presa no apoio.

— Mas você não deve sorrir, Arthur!

— Eu não vou sorrir — respondeu Arthur, sério, em consideração à esposa. Permaneceu totalmente imóvel por dezessete segundos.

— Nada mal, companheira! — elogiou Larry quando Cordelia desceu à galeria de recepção com o daguerreótipo finalizado em uma pequena moldura. Até mesmo Arthur percebeu que o trabalho estava bom. Havia algo no rosto, algo gentil, mas também havia algo mais, talvez os dilemas de sua vida refletidos ali. Talvez nem mesmo Cordelia tenha compreendido o que havia capturado.

— Ora, ora, ora — disseram Rillie e Celine admiradas.

— Você capturou a alma de Arthur — declarou Monsieur Roland.

Certo dia Larry Prince fez um daguerreótipo de Cordelia.

A luz capturou seus olhos negros, os ossos de seu rosto pálido e o estranho corte de cabelo. Seus cabelos ficaram tão destruídos que mal cresciam: quase sempre envolvia a cabeça com um longo xale, cujas pontas caíam sobre os ombros conferindo-lhe um ar alegre e garboso.

— Eles não me assustam — declarou ela. — Minha filha está segura longe daqui.

30

Cordelia correu.

Começara a assombrar o posto dos correios: Alfie dissera que já estava quase na hora. Primeiro, ela só se permitia ir uma vez a cada dois dias. Por fim, começou a ir todos os dias, cada vez mais ansiosa. Quando um pacote finalmente chegou da Califórnia, Gwenlliam já havia partido de Nova York há 221 dias.

Quando Cordelia recebeu o pacote e viu sob ele todos os carimbos e selos, seu nome escrito com a letra elegante e feminina de Gwenlliam, correu o mais rápido que conseguiu para casa, desviando-se da multidão e segurando firme o precioso pacote com as mãos enluvadas. Quando chegou à esquina da Broadway ouviu um assovio, o assovio de Arthur: ele estava subindo a Maiden Lane pelo outro lado, vindo das docas e a vira.

Rápido! — gritou ela para ele. — *Rápido!* — repetiu, com dificuldade de falar.

— Cordelia, qual é o problema? — Ele correu em direção a ela para verificar se estava sendo seguida

Gwenlliam.

O quê? O que foi, Cordelia? — perguntou ele, sentindo o coração dis. parar de repente.

— Uma carta de Gwenlliam. Bem, eu espero que seja uma carta. — Ela tentou se acalmar. — Pois parece que ela nos enviou um livro.

No sótão, Arthur pegou sua faca, Cordelia a tomou de sua mão; os dedos trêmulos enquanto cortava o barbante e quebrava a cera, recusando ajuda. E todos se sentaram à sua volta, Rillie, Monsieur Roland e Arthur Rivers: aquela família reduzida.

Rapidamente, retirou o papel.

Não havia carta alguma. Apenas uma enorme Bíblia Sagrada. Todos trocaram olhares confusos entre si. BÍBLIA SAGRADA, liam de forma bastante clara. Devagar, Cordelia abriu o livro. Deparou-se com o capítulo do Gênesis, mas as páginas pareciam estranhas, meio penduradas. Ela virou as primeiras páginas e, de repente, compreendeu que não havia mais páginas imaculadas, mas sim um grande buraco no meio delas.

— Oh! — exclamou ela, com voz fraca.

Pois lá, ajustadas dentro do orifício, pepitas de ouro brilhavam para eles.

— Oh! — repetiu Cordelia com a voz bastante fraca.

A maior parte das pepitas tinha o tamanho talvez de uma noz ou até mesmo de um ovo pequeno. A que estava na parte de cima era disforme e encaroçada, não muito maior do que uma cereja. Parecia uma pequena lesma. E, sob as pepitas, havia uma carta volumosa.

Queridos mamãe e Arthur, Monsieur Roland e Rillie, Regina e Sra. Spoons, tenho a fotografia de vocês ao meu lado enquanto escrevo, imagino todos vocês em Maiden Lane, todas as pessoas mais queridas da minha vida.

Escrevo da Cidade Acampamento — é como a chamamos — ou seja, de um lugar chamado Sacramento, subindo um rio mais para o interior de São Francisco — onde o Incrível Circo do Sr. Silas P. Swift não é a única atividade realizada em um espaço coberto por uma lona! Embora algumas construções estejam começando a ser erguidas por aqui (e nós moramos, Peggy e eu, em um hotel de verdade!), aqui realmente é uma Cidade Acampamento. Creio que tudo que vemos só esteja aqui há alguns poucos meses: os mineradores vivem em tendas, as lojas são abrigadas em tendas, assim como lojas de bebida, casas de refeições, salões de dança e de jogos — até mesmo as tavernas são de lona! Existe até mesmo uma "Tenda Cultural", onde eles têm um clube e charutos e o único piano de Sacramento fica lá e há quadros bastante rudes como decoração! Estou bem acostumada com essa decoração já que foi nessa "Tenda Cultural" que fizemos as primeiras e bastante estranhas apresentações porque nossa tenda e as carroças e os animais chegaram um pouco depois de nós. Peggy e eu concordamos que não sabemos como descrever tudo: Sacramento não passa de uma cidade de lona e ouro. Possui o próprio jornal — cheio de anúncios de lojas e rumores de ouro e avisos de mineradores querendo comprar ou vender equipamento de mineração e sempre um grande anúncio do INCRÍVEL CIRCO DO SR. SILAS P. SWIFT! E é uma grande aventura estar aqui — mas, sob tudo isso, não há nada, nem história, nem passado, apenas a busca por ouro — e muitos problemas de saúde e decepções, creio eu. Mas é — quase — romântico nas noites quando eles acendem os lampiões em todas as tavernas e lojas. Nesse momento, uma luz suave brilha e a música se eleva no ar. E não dá para ver a lama e a sujeira e há um bosque de carvalhos que leva até o rio. E os muitos mineradores voltando do leito do rio — se não estiverem morrendo de disenteria ou de cólera — se amontoam na tenda do circo no início de todas as noites, sempre comemorando e gritando e cuspindo tabaco nas paredes da tenda.

Cordelia ergueu o olhar incerto neste ponto.

— Cólera? — murmurou ela. — Será que Gwennie pode pegar cólera do cuspe dos mineradores? — Mas Arthur tocou seu ombro e indicou a carta.

Chegamos a São Francisco em setembro: o barco ancorado no cais ao lado de vários veleiros — completamente vazios — pois, as tripulações, ao que parece, simplesmente os abandonaram e seguiram para a corrida do ouro! Mas nós logo descobrimos que outro circo já tinha aparecido e estava organizando sua parafernália em São Francisco. Vocês podem imaginar a raiva de Silas ao ver um concorrente — zangado, ele nos levou rapidamente para Sacramento, onde parte do trabalho de mineração é centralizada — ele foi, de certa forma, inteligente ao fazer essa aposta maluca, pois se não contarmos os jogos de carta e as tavernas com suas damas (onde os mineradores fazem fila) e a mencionada Tenda Cultural e seu piano, não havia nada mais para os mineradores fazerem depois de voltarem, exaustos, para Sacramento, trazendo consigo o seu ouro. Oh, o ouro, o ouro "amarelo, brilhante, precioso", mamãe. Então, eles gastam muito do ouro conosco. Na verdade, eles parecem não <u>guardar</u> dinheiro esses jovens rapazes — eles apenas gastam! Oh, esse lugar é muito louco, selvagem, excitante e extraordinário! (São Francisco parece um lugar mais real do que Sacramento, tendo construções de verdade, mas a maior parte das construções foi elevada rapidamente e elas parecem frágeis, ainda mais com o grande nevoeiro que todos os dias vem do mar.) Os mineradores precisam de entretenimento — qualquer coisa. Na Tenda Cultural, alguém toca "The Last Rose of Summer" e "Whistle and I'll Come to You" e "O Susanna!" e músicas religiosas e os mineradores cantam e, às vezes, choram. Eles também têm um salão de danças com um clarim e alguns violinos, mas quase nenhuma mulher, embora haja algumas mulheres. Quando vamos até lá, Peggy e eu dançamos sem parar — e é comum se ver mineradores dançando um com o outro. Eles adoram a valsa, a valsa imprópria a qual todos desaprovam e acho que é apenas pretexto para abraçarem alguém. Eles são tão solitários. Talvez sejam as lojas, as tavernas, as tendas de garotas e de jogatina e o circo os que mais se beneficiem desta corrida do ouro...

A viagem de Chagres até a cidade do Panamá foi tão terrível quanto ouvimos falar, só que pior: o caminho era úmido e perigoso, subimos o rio em canoas de índios. O principal problema para subirmos o rio foram os cavalos — os charros queriam montá-los e seguir por terra, mas a maior parte do caminho é intransponível, então os cavalos tiveram de nadar ou serem colocados em canoas. Vocês conseguem imaginar aqueles cavalos? Silas compreendeu, então, que deveria ter providenciado para que fossem transportados de navio, que em sua pressa de começar logo a se apresentar com o circo, mesmo que de forma parcial, onde o ouro de verdade estava, ultrapassou o seu bom senso, mas sendo Silas, ele não conseguiu admitir isso e gritou à beça, principalmente quando dois cavalos, por fim, morreram — um quebrou a perna de forma tão grave que teve de ser sacrificado com um tiro e o outro apenas se deitou em uma manhã e não conseguiu, ou simplesmente não quis, mais se levantar. Os charros ficaram sem falar por vários dias. Havia vapor subindo das águas do rio e todos riram de mim porque eu achei que a água do rio fosse quente. Ainda assim, eu vi tantas coisas incríveis — vi crocodilos com seus olhos estranhos e frios e cobras venenosas, mas também vi flamingos e macacos e palmeiras e bananeiras carregadas de bananas e flores com cores inacreditáveis. Dois dos novos macacos logo desapareceram — *é claro* que preferiram ser livres — então, os outros tiveram de ser mantidos presos em caixas por todo o caminho e eles são violentos e zangados e têm olhos arregalados; e até mesmo agora, enquanto apresentam seu número para os mineradores, eu os acho bem assustadores. E, então, sim, nós e os cavalos e os cachorros e alguns dos macacos, finalmente, chegamos ao fim do rio. Mas dois dos anões morreram e foi horrível, coitadinhos, era como se não fossem grandes o suficiente, ou fortes o suficiente, para todas as dificuldades, pois, realmente, enfrentamos muitas dificuldades. Talvez tenha sido a cólera, ou foi o que nos disseram. Fizemos um funeral rápido em Cruces, um lugar horrível na ponta do rio Chagres, os outros anões choraram e se drogaram e xingaram. E ainda tivemos de enfrentar muitos quilômetros de viagem, andando ou a cavalo, através da floresta tropical úmida e trilhas repugnantes e estreitas, passando por cobras e outros animais como grandes morcegos saindo do meio da vegetação escura batendo suas asas bem na frente do nosso rosto. Nem acredito que o restante de nós tenha conseguido sobreviver a travessia pelo istmo até a cidade do Panamá e eu espero nunca, *jamais*, em momento algum, ter de fazer essa viagem novamente. E quando finalmente chegamos à cidade do Panamá, achamos que nunca conseguiríamos partir: centenas — não, milhares — de homens lutando para entrar em qualquer navio que chegasse ao porto, lutando para chegar à Califórnia. Algumas pessoas já estavam aguardando há meses por navios que nunca chegavam. Éramos apenas uma pequena parte dessa enorme massa de pessoas em busca de ouro. Quando os navios chegavam, as pessoas pagavam o triplo ou mais por uma passagem, gritavam contra os passageiros estrangeiros, subornavam os capitães. Alguns estavam tão desesperados que se propunham a navegar pela costa do pacífico em canoas artesanais, ou tentavam seguir pelas montanhas. Silus teve de subornar, permutar e implorar para conseguir nos levar e os animais até São Francisco, quem sabe como ele finalmente conseguiu nos colocar a bordo — foi como um milagre de Silas. As pessoas dormiam em todos os lugares no navio, nos deques, nos botes salva-vidas e todos os navios estavam lotados de forma perigosa.

Então, por fim, chegamos à Califórnia de um modo ou de outro. E agora as carroças de Silas P. Swift chegaram a Sacramento e são uma vaga *lembrança do que costumavam ser, os condutores nos disseram que elas quase foram esmagadas quando cruzaram o Cabo e Silas as enviou para serem pintadas. Mas, pelo menos, agora temos a nossa própria tenda e todos os mastros e cabos acrobáticos e todo o resto.*

No entanto — oh, eu fico protelando falar dos animais — o bebê Lucky conseguiu sobreviver às tempestades e às calmarias do Cabo, mas morreu no segundo dia em Sacramento. Ele apenas se deitou e morreu. Todos choraram, parecia cruel quando ele, na verdade, sobrevivera à viagem. E, agora, a mamãe elefante, Kongo, enlouqueceu e bate com a cabeça nos mastros e nas árvores e fica girando sem parar e balança a cabeça de um lado para o outro. É muito triste de se ver. Lembra-se daquela mulher em Hamford, mamãe, cujos filhos morreram queimados? Isso me faz pensar nela. Dizem que é perigoso demais manter Kongo agora que ela pode ter um rompante repentino e causar danos porque está louca. Silas está muito zangado, disseram a ele que apenas os elefantes africanos eram perigosos e não os indianos. Ouvi dizer que ela será sacrificada hoje — então, toda essa viagem horrorosa e para quê? Ah, lembra, mamãe, como o bebê Lucky parecia sorrir para a gente quando erguíamos a sua pequena tromba e como ele batia as orelhas? E como ele saltitava e nos fazia rir? E agora, não teremos mais elefantes. Silas despediu o treinador, disse que era culpa dele, mas ele nem ligou, disse que, de qualquer modo, preferia ser um minerador e partiu, subindo o rio. O leão e o camelo estão bem abatidos, mas ainda vivos — como você deve se lembrar, Silas não manteve o urso branco, um dos treinadores disse que aquele urso era o animal mais perigoso do circo, mesmo que as pessoas não acreditem que um urso possa ser mais perigoso do que um leão. O treinador do leão se recusa categoricamente a vestir a toga porque os mineradores riem e assoviam.

Os mineradores são rudes (ou talvez tenham se tornado rudes por estarem aqui) e também muito brigões, eu acho, pois o trabalho deles é duro demais e nos disseram que nem todos são bem-sucedidos, embora, como eu já disse, os que são, joguem seu dinheiro para gente. Silas não consegue acreditar na quantia que recebe todas as noites. Diz que ficaremos ricos em seis meses, mas a temporada das chuvas está para chegar, dizem que em novembro e já estamos em outubro, então, acho que talvez essa seja sua esperança em vez da verdade. Embora esteja ganhando muito dinheiro mesmo, Silas ainda não está com seu olhar astuto de volta. Em vez disso, seus olhos têm um toque — é difícil de descrever, eles têm um brilho de surpresa o tempo todo agora, como se não esperasse que as coisas tivessem saído como saíram. Sabia que os índios nativos aqui sabiam do ouro, mas nunca o tocaram por acreditarem ser "um remédio ruim" que pertencia a um demônio que vivia em um lago? Às vezes, em um dia difícil aqui, quando você vê alguns dos mineradores, é difícil não acreditar que os índios talvez estivessem certos.

    Oh. Acabei de ouvir um tiro. Kongo.

Os melhores momentos são quando estou de cabeça para baixo no trapézio aguardando nas sombras, ali eu posso estudar o público com calma — não que a Grande Tenda fique calma! Pois os mineradores, em geral, bebem antes de virem para o circo e gritam e comemoram e, como sempre, cospem grandes pedaços de tabaco. Aliás, nunca vi cuspirem como o fazem por aqui. As laterais da tenda estão quase negras, mesmo sendo lavadas toda semana. Continuo sem qualquer poder clarividente (ou talvez eu fosse capaz de informar a data em que voltarei para casa em Maiden Lane e abraçar todos vocês bem próximos do meu coração), mas Silas não fez mais qualquer exigência nesse sentido e parece satisfeito com o nome e com as minhas acrobacias na escuridão e com a minha varinha de ouro! Mas tenho obtido algum sucesso com o mesmerismo, querido Monsieur Roland, apenas no caso de o senhor achar que agora são só tambores e saltos do trapézio. Obtive sucesso com dores de cabeça e algumas dores reumáticas e, às vezes, sinto que estou ajudando um pouco com a decepção, a tristeza e a solidão. Às vezes — espero que vocês aprovem isto, é quase como — é como se fosse um "mesmerismo coletivo", se é que posso chamar assim. Por causa da solidão e da decepção de tantos eu tento — bem, tento abranger todos com um grande gesto e — é claro, talvez isso não seja exatamente mesmerismo, mas parece que consigo abraçar a todos, apenas por um momento, e eu desejo a eles esperança ou mágica ou sorte — algo assim. "Tudo ficará bem" é tudo o que digo, mas parece tocar-lhes o coração.

E, apenas por um momento, não há qualquer som. Será que isso faz sentido? Será que isso é mesmerismo? Parece que sim — como se apenas por um momento eu os abraçasse a todos e os ajudasse. Pois a vida deles é extenuante e muitos parecem estar se matando, literalmente, e eu não posso ajudá-los com isso. Milhares de homens tentando ficar ricos de forma rápida. Nos últimos tempos, os mineradores têm trazido amigos doentes para me encontrarem no hotel, para meu horror — eu digo a eles que não sou médica e eles retrucam em tom sombrio, "os médicos daqui também não são".

Existem oito ou nove médicos por aqui — bem, as placas em suas tendas dizem isso e eles cobram <u>dez dólares</u> por uma consulta — mas não estou bem certa de que sejam realmente médicos. Alguém na tenda de pôquer me disse na outra noite que alguns deles são mineradores que ficaram doentes por trabalharem demais!

Já ouvi muitas histórias sobre o que os mineradores fazem. Eles ficam fora da cidade por cerca de três semanas de cada vez, escavando no rio, acampando aos pés das montanhas. Pegam água e terra do fundo do rio e peneiram em círculos até que consigam ver se há qualquer coisa dourada no fundo das peneiras. Mas também há muita escavação pesada: às vezes compensadoras, às vezes, não. Ontem, um minerador voltou e veio ao circo, mas ele passou mal durante a apresentação e chamou pela mãe e estava sofrendo muito. Eu o acalmei, o abracei e conversei com ele até que morresse.

O maior teste para a nossa saúde e sanidade são os pequenos insetos picadores, os <u>mosquitos</u>, como os charros os chamam. De todas as pessoas (e isso interessará bastante a La Grande Celine!), Pierre, o Pássaro, é quem mais sofre — os <u>mosquitos</u> o amam e ele os odeia; ele xinga, bate e coça, tudo em francês e insiste que vai abandonar o circo e Silas afirma que o sistema dele vai se tornar imune a eles e lhe compra tequila. Os <u>mosquitos</u> estão em todos os lugares, embora agora com a mudança do tempo, não haja tantos quanto antes, graças a Deus. Alguns transmitem doenças, outros apenas nos picam e sugam nosso sangue, eu acho, e todos eles zunem nos nossos ouvidos!

Há um banco aqui (um banco na Cidade Acampamento!), mas alguns mineradores preferem usar o ouro como moeda — flocos ou pepitas. Silas está cobrando cinco dólares pela entrada (lembra-se de que eram apenas 40 centavos em Hamford, mamãe?) e eles pagam! Há tanto dinheiro por aqui (ou melhor dizendo, ouro — eles o pesam e usam em transações o tempo todo, todos têm balanças, inclusive Silas!). Vinte e oito gramas de ouro que é o que talvez consigam obter em um dia (embora possam conseguir muito mais ou nada) equivalem a 16 dólares, é o que dizem — mas 450 gramas de café custam quatro dólares! Dá para acreditar? Como você se lembra, mamãe, acordamos que Silas teria de me pagar um grande adiantamento assim que chegássemos aqui. Quando eu o lembrei disso, ele fez questão de me lembrar que eu ainda estou ligada a ele e ao circo por muito tempo. Mas sei que ele já está, como disse, ganhando uma grande quantidade de dinheiro e ele disse recentemente que eu valia o meu peso em ouro (e ele não me pagou tudo isso, mas, como puderam ver, me pagou bastante!). Além disso, aconteceu algo bem estranho ontem à noite. Alguns mineradores insistiram em me dar uma pequena pepita que se parece um pouco com uma lesma. Ela foi encontrada pelo minerador que morreu em meus braços — ainda assim, muitos deles poderiam ter-se beneficiado e ficado com ela. Seu irmão chorou e entregou a pequena pepita para mim e os outros mineradores comemoraram — ainda assim, eles se matam por ouro também... Esses mineradores chegam de todos os cantos do mundo e são um misto de ganância e generosidade, violência e bondade. De qualquer modo, a pequena pepita na bíblia é a que eles me deram. Eu obriguei Silas a me pagar em ouro de verdade e vocês verão — se esse pacote chegar como rezo para que chegue — que enviei para vocês de uma forma interessante e segura (espero) de enviar com esta carta. Eu pensei muito em como poderia enviar isso de modo seguro e espero que o Senhor me perdoe!

Bem, tudo é muito interessante. Peggy e eu muitas vezes olhamos uma para a outra e dizemos "Isso é muito interessante!" se achamos que estamos de mau humor. Já recebemos muitas propostas de casamento, mesmos as damas que trabalham nas tavernas de jogo e nas casas de *bebida são pedidas em casamento, mas elas respondem "podemos ganhar mais dinheiro estando solteiras, obrigada". Às vezes, quando Peggy e eu estamos caminhando, os mineradores passam e apenas nos encaram; não de um modo assustador, pelos menos eu não sinto medo, eles olham para uma de nós como se dissessem "aquilo é uma mulher. Eu devo ter esquecido com uma mulher se parece". Coitados, eles conversam o tempo todo sobre voltarem para casa — assim que estiverem ricos.*

Você pode escrever para mim e mandar a carta para São Francisco, aos cuidados do Incrível Circo do Sr. Silas P. Swift, como eu disse mamãe, e tenho certeza de que a receberei. (Eu entrei na fila da Agência dos Correios logo no primeiro dia que chegamos a São Francisco, só para o caso de já haver uma carta, mas foi bobagem minha achar que já haveria uma carta de vocês tão rápido.) Eu ficaria muito feliz em receber notícias, pois isso me faria lembrar que a vida não se resume a tendas e mosquitos! A vida aqui é selvagem, na verdade, não é como nada que eu já tenha visto ou experimentado na vida, mas também é excitante e vocês não precisam se preocupar comigo. Você sabe muito bem, mamãe, que seja o que for que aconteça, eu sei tomar conta de mim mesma!

Peggy Walker está comigo, cosendo o figurino dos acrobatas enquanto escrevo e ela manda seus cumprimentos e eu envio meus sonhos e esta bíblia e todo o meu amor. Por favor, querido Monsieur Roland, me avise se o que eu faço é mesmerismo. Abraçar a todos por um momento na tentativa de lhes dar esperança? Parece que sim. Querida mamãe, um abraço bem apertado.

Gwenlliam.

Então o silêncio: todos ficaram calados, enquanto as pepitas de ouro brilhavam; a bíblia furada e as páginas da carta sobre a mesa, enquanto Gwenlliam olhava para tudo, com olhar bondoso, da parede do sótão.

— Sim — respondeu Monsieur Roland. — Aquilo é mesmerismo.

— Sim — concordou Cordelia, devagar, segurando a carta contra o coração.

— Sim, no palco, apenas uma ou duas vezes, acontece isso. Você *abraça o público,* algo sobre a energia dos atores e dos espectadores, ambas se unindo por um momento. Você pode sentir. É como mesmerismo. — E o velho francês concordou.

— Gwenlliam, bondosa e inteligente — disse ele.

No dia seguinte, Rillie, acompanhada por Arthur, como sempre, levou as pepitas de ouro até Wall Street. Estava nevando e eles se uniram contra o frio. Trenós passavam por eles ao longo de Broadway e a neve conferia uma estranha serenidade nas ruas ainda agitadas. Dentro do banco, Rillie retirou as luvas e pegou o pacote precioso dentro do manto e colocou as pepitas sobre o balcão. O bancário assoviou.

— Uau, senhor! — exclamou ele para Arthur. — Terei de pesá-las, elas devem valer um dólar ou dois! Mas precisarei de algumas explicações. Vou chamar o meu chefe.

— Sou um oficial da polícia — declarou Arthur Rivers, mostrando sua pequena estrela de cobre, que ele mantinha no bolso do casaco.

A expressão do rosto do bancário relaxou.

— Oh — disse ele. — Um policial. Isso é diferente. Eles depositam todo tipo de coisa.

31

Queridos mamãe e Arthur, Monsieur Roland e Rillie, Regina e Sra. Spoons,
Recebi duas cartas! Oh! Sinto tanta falta de vocês todos, embora eu não soubesse o quanto até que vi sua letra, mamãe. Foi maravilhoso, tão maravilhoso ouvir todas as notícias, os planos para o FALE COM O MESMERISTA e em pensar em Regina encontrando o irmão Alfie, <u>por fim</u>! Depois de tantos anos e que o nome dele agora seja George Macmillan e ele seja um homem de negócios nas docas!! Ela costumava me contar histórias dele antes de eu dormir em Maiden Lane, lembra Regina? Por favor, diga a Alfie Tyrone — ou George MacMillan se é assim que o chamam agora — que eu espero conhecê-lo um dia. E ele usa o telégrafo! Silas sempre foi obcecado com o telégrafo — mas é claro que não há nada assim na Cidade Acampamento — ou em qualquer outro lugar neste lado da América! Todo mundo aqui deseja comunicação com o mundo de verdade. Ouvimos dizer que mais de 40 mil cartas chegaram a São Francisco em um navio trazendo correspondência na semana passada. Eles tiveram de <u>trancar</u> a Agência dos Correios enquanto classificavam as cartas, porque havia muitas pessoas na fila e eles começaram a bater nas portas e nas janelas! E, então, os mensageiros pegam todas as cartas para Sacramento em São Francisco e as trazem de balsa pelo rio e a minha foi entregue bem aqui no circo, em vez de seguir para a Agência dos Correios. O mensageiro (que já veio ao circo) disse que seguiria para as escavações, e que resolvera trazer a minha carta também, e eu lhe paguei dois dólares, e ele me entregou as cartas. (Eu teria pago dez!) Ele me disse que sempre há uma sentinela aguardando no alto da Telegraph Hill em São Francisco

e, assim que avistam um navio no horizonte, acenam com bandeiras e todos correm e começam a formar uma fila na Agência dos Correios!! Tentarei escrever com mais frequência agora que percebi a alegria de receber notícias de casa. Espero que meu pacote chegue em segurança à Casa de Celine. É um caminho longo para cruzar o cabo Horn, mas não tão longo quanto costumava ser e eles dizem que é seguro e logo será ainda mais rápido, pois ouvi dizer que agora existem clíperes que quase voam... O rumor é que um deles fez a longa viagem em 89 dias! Seis meses atrás, era o dobro disso...

E esses navios que chegam trazem mais homens desejosos de seu quinhão de ouro, ansiosos por talvez acharem que estão chegando tarde demais e que El Dorado já esteja vazia. E eles, na verdade, estão atrasados para as escavações deste ano. Todos os dias agora, tudo o que se ouve falar é sobre a temporada de chuvas e todos olham para o céu, mesmo que não haja qualquer sinal de chuva — as pessoas dizem que será a qualquer momento em Sacramento, mas Silas diz que vamos ficar até o último momento, antes de voltarmos para São Francisco já que é provável que nunca mais ganhemos tanto dinheiro assim de novo. As conversas dizem que, com certeza, o ouro "acabará" em Sacramento. As montanhas estão cobertas com centenas de trilhas à medida que os mineradores pegam rotas diferentes de escavação seguindo para o rio e saindo dele, a fim de encontrarem mais e mais ouro, sempre seguindo um rumor ou outro e ninguém pode evitar, mas pensar que logo tudo estará acabado. Nesse meio-tempo, o circo ainda fica lotado todas as noites e ainda tenho tido sucesso com as coisas que sabemos que podemos curar; e com aquele momento com todos sobre o qual eu contei a vocês.

Sacramento ainda cresce todas as semanas, principalmente com a construção de casas de madeira — o lugar mudou desde que escrevi a primeira carta, já não sendo mais a Cidade Acampamento que descrevi antes. E, agora, há apresentações de teatro de verdade até mesmo aqui! Eu consegui assistir a uma apresentação de uma breve temporada de "The Bandit Chief or: The Forest Spectre" estrelado por uma dama chamada (no pôster) Sra. Ray, do Royal Theatre, Nova Zelândia. "Chame-me apenas de Colleen", ela me pediu mais tarde, pois ficamos muito felizes *quando temos mais companhias femininas e ela e eu adoramos jogar pôquer na tenda de jogos, nós duas tivemos bastante sorte. Mas eu só jogo pôquer e me mantenho bem longe da roleta e do* <u>monte</u>, *um jogo de cartas espanhol! Essa peça "The Bandit Chief" era muito ruim, com um enredo incompreensível (embora eu e Peggy Walker não tenhamos dito nada disso para Colleen, é claro); muitas lutas com espadas, embora os motivos para isso não ficassem claros; então, Colleen corre pelo palco, parecendo muito angustiada e erguendo os braços (nus) para os céus e rasgando seu vestido (fraco). Os mineradores adoram! Colleen é um pouco mais velha do que eu, mas muito divertida. Ela se parece um pouco com Celine, com os mesmos cabelos vermelhos, só que Colleen tem seios maiores, os quais usa para obter vantagens. Mas a temporada de apresentações da peça acabou e eles seguirão para outro lugar. Ou ela conheceu — não sei bem — um capitão de navio e partiu com ele com um aceno feliz e ninguém sabe para onde. Assim, nossa companhia feminina, infelizmente, ficou menor.18*

La Grande Celine, que foi convidada para ouvir a leitura da carta, riu.

— Sempre quis conhecer alguém parecida comigo! — exclamou ela. — Tomara que "The Bandit Chief" venha para Nova York e, talvez, o senhor e eu possamos assistir, Monsieur Roland!

Seria um prazer — murmurou ele, bondoso.

Há pessoas de diferentes raças aqui (além de todos os americanos que chegam todos os dias vindos por todas as rotas), há chineses, peruanos, chilenos, ilhéus de Sandwich* franceses, ingleses, italianos. E, é claro, muitos mexicanos que atravessam a nova fronteira entre a América e o México, assim como nossos charros. No início, nossos charros estavam felizes — tantos <u>amigos</u>, *tanta gente conversando em espanhol, tantas músicas e riso. Logo que cheguei, eu adormecia ouvindo lindas canções tocadas em violões espanhóis em algum lugar na noite, como quando estávamos em turnê, mamãe, mas de forma muito mais intensa. Mas agora está acontecendo uma coisa horrível que está causando apreensão aqui no circo também e os violões pararam de tocar. Estão acontecendo*

---

* Até a década de 1840, o Havaí era conhecido como ilhas Sandwich. (N.T.)

roubos, não sei se é verdade, mas, na semana passada, um grupo de mineradores pegou um mexicano (não um dos nossos, graças a Deus) e amarrou uma corda em volta de seu pescoço e o pendurou para a morte em uma árvore, e <u>ninguém fez nada para impedir</u>. Como "Empurrado para Jesus", lembra Regina? Nossos charros estão zangados e ressentidos e houve ainda mais brigas. Na verdade, esse lugar está cada vez mais violento à medida que novos grupos de homens esperançosos chegam. No início, tudo era tão excitante que eu não compreendia bem todas as tensões subjacentes. Não há qualquer tipo de governo aqui, apenas os militares e são apenas os que restaram depois da guerra do México quando a América ganhou este lugar, a Califórnia, dos mexicanos. Mas os mineradores não gostam de seguir regras ou ordens dos soldados — nem de qualquer outra pessoa. De qualquer modo, muitos dos soldados (assim como muitos dos marinheiros dos navios) desertaram e agora são mineradores também! (Um soldado recebe sete dólares por semana, então quem poderia culpá-los?) Então, quando há alguma confusão, os mineradores fazem justiça com as próprias mãos. Queria muito que você, querido Arthur, estivesse aqui, um policial de verdade (com o seu assistente bonito e alto, o Sr. Frankie Fields, por favor, mande meus cumprimentos para ele e diga que ganhei muito dinheiro jogando pôquer e que vou jogar com ele outra vez e, provavelmente, com mais sucesso!) Sacramento, às vezes, parece um lugar muito perigoso, mas vocês não devem se preocupar porque nós, no circo, tomamos conta uns dos outros o tempo todo, e todos têm um cuidado especial com as mulheres. Juro.
Tudo é muito excitante e terrível ao mesmo tempo, e eu estou bem. Muito bem. Estou ganhando tanto dinheiro, logo enviarei outra bíblia e estou aprendendo muitas coisas e ainda amo o circo. Mas eu sinto muitas saudades de vocês e, enquanto escrevo, consigo visualizá-los todos em Maiden Lane, o canário cantando e, talvez, a Sra. Spoons e Regina balançando na cadeira de balanço como sempre e isso me reconforta.
Com amor a todos,

Gwenlliam.

32

Queridos mamãe e Arthur, Rillie e Monsieur Roland e Regina e Sra. Spoons e La Grande Celine e Alfie Tyrone (ou George Macmillan), se estiver por perto, e Frankie Fields, se ele também estiver de passagem vindo da delegacia de polícia.

Recebi mais cartas. Agora sei que estão planejando com Celine um jantar para Alfie e sua família. Oh, Regina, eu gostaria de estar aí e conhecer todos. Bem, voltarei um dia. Também quero muito saber como o FALE COM O MESMERISTA está indo; isso talvez mude o mundo! Vocês não sabem o que as cartas significam para mim; as de todos vocês e as suas, querida mamãe.

Estou em São Francisco agora e escrevo apenas uma carta rápida porque um dos novos clíperes partirá esta noite e quero enviar algo em outra Bíblia Sagrada! Dizem que esses navios podem contornar o cabo Horn e seguir até Nova York em menos de cem dias se os ventos forem favoráveis! É mais rápido do que os navios a vapor! Que navio lindo é este <u>Greyhound</u>, parece um pássaro com suas velas, eu estava agora no cais olhando para ele e parte de mim deseja voar com ele para vocês, junto com essa carta... "Silas", eu digo — assim como muitos outros, principalmente Pierre, o Pássaro, que odeia este lugar — "vamos voltar para casa agora, todos ganhamos dinheiro e as coisas estão mudando por aqui", mas Silas diz: "Logo, logo, mas ainda não..." Eu já disse para vocês quantas pessoas chegam aqui todos os meses e ainda chegam aos milhares em resposta ao chamado do ouro. Quinhentas "damas de tavernas" chegaram ontem, diretamente da Austrália.

— Pierre, o Pássaro? Ele quer voltar para casa? — e a voz de Celine estremeceu um pouco enquanto interrompia a leitura.

Olhou para Cordelia em busca de confirmação. Cordelia confirmou com a cabeça rapidamente:

— Foi o que ela disse.

E prosseguiu com a leitura.

E aqui novamente está o meu ouro. Espero que o Senhor não se importe que eu envie o ouro deste modo. Todo mundo sabe que milhares, provavelmente milhões, de dólares saem da Califórnia — ainda dizemos entre nós que é o dinheiro das lojas de bebida e dos salões de jogos! —; esperamos que os mineradores também enviem bastante dinheiro para suas famílias já que estão fazendo um trabalho difícil e perigoso. O prédio do banco ficou enorme nesse tempo que ficamos aqui.

As chuvas chegaram, conforme esperado, e quando chegaram não pararam mais. Silas, porém, estava preparado e nós e os animais e a Grande Tenda estávamos em uma balsa descendo de Sacramento para São Francisco antes que tivéssemos tempo para pensar. Parece que o nosso circo é melhor do que o outro e nós também estamos indo bem em São Francisco! Mas faz muito frio aqui nesta época do ano e estamos felizes de estarmos hospedadas, Peggy e eu, em um grande hotel. São Francisco mudou muito nos poucos meses desde que chegamos: mais ruas, mais casas, mais hotéis — e tavernas e lojas de bebida, é claro! E muitos dos grandes veleiros — barcos de carvão e de pesca — que estavam abandonados no cais logo que chegamos porque as tripulações queriam participar da corrida ao ouro — foram comprados por pessoas de bom senso — que os usam para pegar passageiros e mercadorias no Panamá — não apenas porque ainda há muitas pessoas e cargas aguardando no Panamá, mas porque alguns dos primeiros mineradores estão partindo agora, voltando para casa com o ouro que conseguiram, pois não gostam do que está acontecendo por aqui e eu não os culpo. Muitos americanos já chegaram vindos de todas as partes deste enorme país e agora há um sentimento ruim contra os "estrangeiros" — mesmo que a Califórnia fosse, até pouco tempo atrás, um território mexicano... Agora eles estão cobrando impostos dos mineradores estrangeiros, dizendo que o ouro pertence apenas aos americanos, mas metade dos mineradores é formada por mexicanos, chilenos, peruanos, brasileiros, ingleses e franceses e pessoas de muitas outras nacionalidades... Nossos charros estão inquietos, dois deles abandonaram o circo. E os recém-chegados matam índios (que costumavam ajudar no início) como se eles fossem animais. O cacique Great Rainbow quase não fala agora, nem joga muito pôquer. Costumo vê-lo depois do show, sentado sozinho na escuridão, fumando tabaco e acho que o que ele viu aqui o desiludiu. E há muitas brigas e muita violência. Para ser sincera, não acho mais as coisas por aqui excitantes como logo que cheguei — mas, sim, cada vez mais difíceis e perigosas e não há mais tantas risadas quanto antes. Mesmo quando nós chegamos, as pessoas já diziam "Oh, vocês não pegaram a melhor época" — mesmo que ainda houvesse muito ouro a ser descoberto, e agora somos nós que meneamos a cabeça como os mais antigos e dizemos "ah, os melhores dias se foram" — mesmo que ainda haja ouro! Lembra-se de quando aqueles mineradores pegaram a pequena pepita parecida com uma lesma que enviei? — é isso que quero dizer: não consigo imaginar algo como aquilo acontecendo agora, não temos mais aquela atmosfera.

Embora muitas pessoas ainda venham ao circo, Silas teve de diminuir o preço das entradas para 2,50 dólares (2,50 por uma entrada! Ainda é uma fortuna, não é?) porque agora os mineradores não estão recebendo e a riqueza da cidade se baseia totalmente na chegada deles com ouro. Várias vezes, alguns deles tentaram voltar a Sacramento, mas a cidade está inundada pela água das chuvas de inverno. Pequenos barcos sobem pela rua principal, é o que nos dizem. Tudo o que as pessoas fazem é olhar para o céu à espera da primavera.

Mas ele — Silas — me pagou novamente e, portanto, aqui estão as pepitas dentro da bíblia e tenho certeza de que logo receberei uma carta dizendo que este "ouro sagrado" chegou em segurança — principalmente, tendo partido no lindo clíper que aguarda esta carta que escrevo e que será enviada em um dia com muita neblina e ventos.

Envio todo meu amor. Penso sempre em vocês todos. Mamãe, para você, um abraço apertado.

Gwenlliam.

33

Pepitas de ouro. Elas despertavam uma sensação peculiar nos habitantes de Maiden Lane. Uma vez que o conteúdo da segunda Bíblia Sagrada, cheia de ouro, chegou no *Greyhound* e foi depositado no Bank of America em Wall Street, a conta bancária deles era extraordinária. Mesmo no auge do sucesso, Rillie e Cordelia nunca se sentiram seguras, sabiam como a vida poderia mudar rapidamente. Mas a não ser que o banco falisse, elas estavam quase ricas: uma riqueza vinda do solo, enviada de forma despreocupada por Gwenlliam, dentro de Bíblias Sagradas. Uma fortuna casual quase que para provar a verdade: a América era a terra dos sonhos e das fortunas.

Já há algumas semanas o fluxo usual de cartas da Srta. Agnes Spark parara de chegar. Arthur não sabia se deveria se sentir feliz ou triste, mas ele se preocupava com sua família em Londres, enquanto vigiava as docas.

A primavera chegou a Nova York e Regina não retornou a Maiden Lane. Como sentiam falta de suas interpretações dramáticas das manchetes e artigos de jornais: outras pessoas lendo o jornal não era o mesmo. Cordelia e Rillie se revezavam para lerem as manchetes e os anúncios, mas de alguma forma:

> **CANCHALÁGUA DA ALEGRIA**
> **Planta californiana de rara ação medicinal**
> **para todos os tipos de indisposição:**
> **sucesso instantâneo garantido!**

Não tinham o mesmo impacto. Assim como a manchete: **IRMÃS FOX VISITAM NOVA YORK: MARQUEM UM HORÁRIO PARA FALAREM COM ENTES QUERIDOS**, que fez Monsieur Roland jogar o jornal no lixo. Rillie observou os punhos gastos do velho casaco (pois o novo casaco roxo ainda estava no fundo do armário) e fez um plano para comprar em breve um casaco para ele usar na visita.

Alfie contou a eles que Regina, na verdade, tinha 75 anos:
— Eu tenho 73! — disse ele. — Então, sei que ela tem 75!

Ele insistiu para que todos fossem a uma festa em honra à irmã que sua família estava organizando em Washington Square. Então, Arthur Rivers se viu liderando o pequeno grupo que pegou um ônibus em um domingo e, embora os chapéus batessem nas laterais e as saias fossem pisadas por outros passageiros, todos chegaram em segurança até a grande porta da frente em um dos lados da elegante Washington Square, onde altas árvores floresciam. Rillie e Celine carregavam um grande buquê de flores do campo; Cordelia levava as cartas de Gwenlliam.

Todos sabiam que Alfie era — como ele mesmo lhes contara — "muito bem de vida". No entanto, não imaginaram que ele fosse positiva e imensamente rico. Embora a própria Maria tenha atendido a porta "Declaro que esperei por vocês na frente desta porta por *uma hora*!", estava claro que tinham muitos criados negros e cinco andares de luxo. Regina não apenas tinha o próprio quarto (no segundo andar para que não tivesse de subir muitas escadas), mas tinha a *própria cisterna de água*. Havia tantos sobrinhos, sobrinhas e primos vindos de outras partes para conhecer esta extraordinária e recém-descoberta parenta que Regina resolveu seu dilema de lembrar todos os nomes ao chamar todo mundo de *querida*.

— O que acham disso, queridos? — perguntou para todos. — A minha própria cisterna! Eis um verdadeiro milagre!

Eles até podiam viver em uma grande e nobre mansão, mas a festa de aniversário foi bastante barulhenta. Em certo momento, um frio cavalheiro da casa ao lado em Washington Square bateu na porta para reclamar. De alguma forma, Alfie o seduziu e lhe serviu uma grande dose de uísque irlandês. Ao final de um banquete de sopa e peixe, bife e carne de porco, frango, tortas e ostras, que fizeram com que a própria Celine ficasse boquiaberta, trouxeram um grande bolo de aniversário. As crianças gritaram de alegria: tratava-se do maior bolo que já haviam visto e havia 75 velas acesas (as quais

Regina insistiu em apagar sem ajuda de ninguém, embora tenha ficado com o rosto bem vermelho quando conseguiu).

Então, sentaram-se em uma sala enorme e Cordelia entregou as cartas da Califórnia para Regina ler. Todos ficaram em silêncio, até mesmo as crianças: receber uma carta de verdade sobre ouro de verdade era bem diferente do que ler as manchetes dos jornais e todos adoraram ouvir falar de pepitas de ouro que valem centenas de dólares viajando pelo cabo Horn dentro de uma Bíblia Sagrada.

— Esta é a América! — exclamavam todos.

— Posso segurar uma? — pediu um dos netos de Alfie. — Pepita de ouro?

— Oh, eu sinto muito — desculpou-se Rillie, em tom bondoso. — Mas tivemos de guardá-las no banco.

— Não — interveio Cordelia. — Aqui está a pequena pepita com formato engraçado, encontrada pelo minerador que morreu e dada a Gwenlliam por seu irmão, lembra? Eu a carrego comigo para ter boa sorte, pelo menos, até Gwenlliam voltar para casa. Aqui está. — E ela exibiu a pequena pepita.

As crianças ficaram a sua volta, com olhos arregalados, tocando-a e a jogando para cima.

— Parece uma pequena lesma — diziam entre si.

E Cordelia pensou: *Então esta foi a jornada desta pepita de ouro: um jovem a encontrou no leito do rio em Sacramento e morreu por fazer isso. E aqui estão crianças brincando com ela como se fosse uma bola nesta mansão em Washington Square.*

Então, Alfie pediu a Maria para cantar. Sem falsa modéstia, ela foi até o piano.

— Eu vim do Sul — disse. — Temos músicas diferentes por lá, mas Alfie sempre gostou delas, assim como os criados — e ela começou a cantar.

> *Nobody knows the trouble I've seen*
> *Nobody knows, but Jesus*
> *Nobody knows the trouble I've seen*
> *Glory Hallelujah.* *

---

* Tradução livre: "Ninguém sabe os problemas que já vi / Ninguém sabe, a não ser Jesus / Ninguém sabe os problemas que já vi / Glória Aleluia. (N.T.)

Enquanto cantava, a sala ficou tão silenciosa que era quase possível ouvir um coração batendo. Os criados começaram a cantar de onde quer que estivessem, acrescentando uma acompanhamento suave e baixo. Os visitantes, incluindo o vizinho que viera reclamar e ficara para beber uísque irlandês (sentando-se bem satisfeito ao lado de La Grande Celine com seu tapa-olho), ficaram impressionados. Maria tinha uma voz muito bonita, como se fosse uma cantora treinada.

— Eu *fui* treinada, sim — contou ela, com modéstia, depois. — Cantava em público, mas isso já faz muito tempo. Agora só canto para Alfie e para a família. — E Alfie parecia orgulhoso e satisfeito.

— Imagine ouvi-la cantar ao acordar pela manhã — disse ele. — Sou um homem de sorte! — E sorriu para Maria e ela sorriu de volta.

Então, ele anunciou aos visitantes que as ainda mais famosas Irmãs Fox estavam, naquele exato momento, a caminho de Nova York.

— E eu vi um telégrafo e elas vão ficar no Howard Hotel. E onde fica o Howard Hotel, cujo proprietário, creio, seja primo de Phineas Barnum? Apenas a quatro portas de distância de vocês, em Maiden Lane, na esquina com a Broadway. Agora, quem poderia ter arranjado melhor as coisas? Elas realizarão quatro dessas coisas, as quais chamam *sessão espírita*, por dia, em uma das salas do hotel. As sessões comportam trinta pessoas de cada vez. Então vamos ver. Podemos ir todos. Não apenas o senhor e eu, monsiê Roland, mas Cordelia, Rillie e o inspetor. E Maria se recusa a ir.

— Acho isso uma afronta ao Senhor — declarou Maria com voz firme.

— Mas Queenie, é claro, faz questão de ir. E quando fiz as minhas pesquisas, perguntei quanto cobram e eles responderam, chocados (ha!) que não havia qualquer preço estipulado, mas que as pessoas talvez quisessem fazer uma doação para cobrir as despesas.

— Ha! — repetiu Monsieur Roland. Regina, conhecendo o ponto de vista do amigo, tinha separado vários artigos de jornais sobre o assunto, prontos para eles, os quais leu naquele momento em voz alta com grande contentamento:

Cremos que nenhuma pessoa de respeito estimulará o que não passa de um violento insulto contra Deus. Essas batidas blasfemas, que elas fingem ser realizadas por alguma Divindade, devem chegar a um fim, os grupos serem presos e todos serem enviados para um asilo de loucos.

— E eu digo amém — finalizou Maria.

— E por que será — começou Monsieur Roland — que depois de toda a história de toda a humanidade, depois de todo o conhecimento dos gregos antigos e de outros filósofos respeitados por tantas gerações, que sempre debateram essas antigas questões, por que você acha que a resposta para os mistérios do além-vida seria descoberta na *América*, onde a busca por filosofias antigas é bem baixa na lista de prioridades? Para ganhar dinheiro, é claro!

Mas Regina ainda não acabara.

— O que é o Estige, monsiê? — perguntou ela.

— Dizem que é o rio que separa os vivos dos mortos.

— Foi o que pensei. Ouçam isto: *"um telégrafo elétrico cruzando o Estige (antes que possam atravessar o Atlântico) tornaria a morte uma separação menor dos amigos do que uma viagem para a Europa!"*

— Viu, monsiê! — exclamou Alfie. — Não se pode enganar os nova-iorquinos! Vamos descobrir por nós mesmos.

— Eles são muito bons, mas eu fico feliz de ter o meu próprio quarto — confidenciou Regina de forma irritada para Cordelia e Rillie um pouco mais tarde, mostrando a elas a já citada cisterna, o grande guarda-roupas, a grande cama e todas as flores do campo que trouxeram e que, como um passe de mágica, apareceram no seu quarto, espalhando o cheiro de frésias e jacintos. — Às vezes tenho de subir até aqui para descansar e ler algumas poesias ou o jornal. — Ela olhou para elas. — Sinto falta de vocês — declarou, envergonhada. Então, começou o maior discurso que jamais a ouviram fazer em todos os anos que a conheciam: — E tão estranho, sinto muita falta da senhora idosa, pois ficamos juntas por muitos anos e costumo pensar nela, senhorinha engraçada. E sinto falta da jovem Gwennie, embora eu nunca tenha dito nada. Ela nunca reclamou de ter de dividir um quarto no sótão com uma velha senhora, e aposto que devo roncar! Mas ela partiu para fazer a própria vida. Pense naquelas cartas! E estou feliz e desejo boa sorte para ela. Mas é que também gosto de ficar perto de Alfie quando ele está aqui. Não falei sobre a minha infância por cinquenta anos e agora parece que conversamos sobre isso toda semana. Não sei por que, mas não é como se tivesse sido fácil. E eu sou útil com uma coisa: leio para os netos e faço com que aprendam um poema ou dois. São crianças tão inteligentes, alguns deles. — Ela ficou irritada, novamente. — Mas olhem para esses armários! — Mexeu nos puxadores adornados das portas. — Eles insistem para eu comprar roupas e não canso de repetir que não estou interessada em roupas! Já é tarde demais pra eu me interessar em roupas! — Ela remexeu as mãos e parecia claro que queria dizer algo mais. — Sinto falta de vocês — repetiu, por fim. — Depois de tudo que passamos. Mas Alfie realmente quer que eu more com ele e, bem, acho que talvez eu fique, se estiver tudo bem com vocês. Sei que não estaria aqui se não fosse por vocês.

E Cordelia e Rillie sentiram uma pontada de surpresa e pesar, mas só conseguiram dar um abraço em Regina e dizer *é claro* que está tudo bem, e que sentiam também a falta dela e nunca perderiam contato. Nunca mesmo.

Os aposentos pequenos e cheios em Maiden Lane, onde estabeleceram o seu lar, pareciam silenciosos e vazios. Sete pessoas se tornaram quatro; o pequeno canário cantava, como sempre, mas as cadeiras de balanço estavam paradas, e o quarto de Gwenlliam e Regina, vazio. Rillie queria que Monsieur Roland se mudasse para lá, mas ele disse estar satisfeito onde estava. Outro verão começava. Mas embora Cordelia fosse à Agência dos Correios todos os dias, não recebeu mais cartas de Gwenlliam.

Também não havia mais cartas para Arthur Rivers vindas de Londres. Ele escreveu e perguntou se estava tudo bem, incluindo as remessas de sempre.

— Por que ela parou de escrever? — perguntava Cordelia. Já fazia semanas e a preocupação crescia com o passar dos dias.

— Ela não deveria estar *apostando* — declarava Cordelia.

— Disse que as coisas estavam ficando mais violentas e *perigosas* — lembrava Cordelia.

— Talvez o ouro da Califórnia tenha acabado e ela esteja a caminho de casa! — sugeria Cordelia, enquanto olhava para o daguerreótipo na parede.

Os outros respondiam de forma otimista. Todo mundo sabia e reclamava sobre como era irregular o serviço dos correios da Califórnia.

— Eles devem estar voltando para Sacramento — disse Arthur. — Pois a temporada das chuvas com certeza já passou. Existem muitos motivos para uma carta demorar a chegar.

Embora as lições de daguerreotipia tivessem terminado, Larry Prince pediu para Cordelia continuar indo ao estúdio para ajudá-lo três manhãs por semana. É claro que ele lhe pagaria.

— Você não é ruim nisto, camarada — disse ele. Ela pintava as placas de prata, aprendia sobre elementos químicos e ingredientes secretos, entendia cada vez mais sobre sombras e luz e capturava rostos, mas o único rosto em sua mente era o da filha.

34

Era quase noite.

Gwenlliam estava sentada, com seu manto dobrado ao lado dela, dentro de uma velha cesta de madeira em um dos píeres de São Francisco. Nos fins de tarde, ela costumava sentar aqui para ver os navios que chegavam e partiam do porto. Gostava de assistir às atividades do cais, navios descarregando e carregando mercadorias e sempre esperava pelos lindos clíperes. Eram eles que lhe davam mais prazer de ver quando o vento enchia suas velas e eles pareciam voar. *Um dia talvez eu voe de volta para casa em um desses lindos e rápidos veleiros.* Naquela noite, não havia nenhum clíper, mas no convés de uma pequena escuna próximo a ela um marujo estava sentado de pernas cruzadas costurando uma vela e assoviando enquanto o dia escurecia. Os lampiões começaram a ser acesos, um a um, a bordo dos navios.

Quase todos os dias, grandes navios e pequenos barcos desapareciam em direção à Golden Gate e ao nevoeiro. Se tivesse escrito uma carta recente para a família a imaginava atravessando o oceano Pacífico, passando pelo Panamá e chegando a Nova York e, por fim, a Maiden Lane. E se avistasse bandeiras acenando em Telegraph Hill, o que significava que o navio dos correios estava chegando, correria e entraria na fila da agência junto com todas as pessoas de São Francisco. Toda a sua família escrevia para ela. As cartas de Regina a faziam rir e sua mãe era a que mais escrevia, contando novidades sobre as pessoas a quem ela queria bem e de quem sentia tanta saudade, dando a Gwenlliam amor e segurança.

Gwenlliam observava a agitação à sua volta. Naquela noite, havia barcos, navios de dois mastros, uma escuna e vários navios a vapor. E mesmo que houvesse um clíper, ela não poderia subir a bordo: Silas não queria nem pensar em deixar a Califórnia; ainda estavam ganhando muito dinheiro para irem embora. E mesmo sabendo que isso era verdade, havia uma sensação entre a trupe do circo de que as coisas haviam mudado. Tudo estava mais difícil e cruel, eles viam coisas que os perturbavam e o silêncio do cacique Great Rainbow falava mais do que tudo. Todos queriam voltar para casa.

Gwenlliam respirou o ar frio e fresco e se virou para voltar ao circo.

E quando ela se virou quase colidiu com um cavalheiro de beleza extraordinária que deveria estar bem próximo a ela.

— Boa noite, Srta. Preston — cumprimentou ele, em tom grave. — Um lugar com muitas atividades!

E ele inclinou a cabeça em uma breve saudação, como apenas os ingleses faziam, e retirou o chapéu.

Gwenlliam já estava acostumada a pessoas saberem o seu nome: a maior parte da população de São Francisco já tinha ido pelo menos uma vez ao circo do Sr. Silas P. Swift. Ela sorriu para o atraente inglês.

— Os navios costumam trazer cartas da minha família — informou ela. — Adoro imaginá-los descendo a costa da Califórnia.

— Onde está sua família? — perguntou educadamente o cavalheiro.

— Nova York. Dizem que uma viagem até lá pode ser feita em menos de cem dias em um clíper. Eles quase voam!

— A senhorita voa, em minha opinião, como um lindo pássaro! Perdoe-me por falar com tanta familiaridade, Srta. Preston. — (Ela quase riu: será que ele não sabia que agora vivia na terra da amizade?) — Mas eu já fui diversas vezes ao circo e admirei as suas habilidades. A senhorita parece maravilhosa quando voa pelo ar. Por favor, permita-me me apresentar: sou o Sr. James Doveribbon e cheguei há pouco a São Francisco.

— O senhor veio em busca de ouro?

O Sr. Doveribbon deu um sorriso muito atraente.

— De certa forma, eu vim em busca de ouro — respondeu ele. — Mas, Srta. Preston, não conheço muita gente em São Francisco e pensei em ir uma vez mais ao circo do Sr. Silas P. Swift esta noite. Será que posso acompanhá-la ao seu destino?

— É claro — respondeu Gwenlliam.

Então, Preston e Doveribbon, se afastaram do porto, um lindo casal, e seguiram caminho para o local onde os lampiões brilhavam e a luz suave fazia São Francisco parecer uma cidade menos enlameada, feita de tábuas de madeira, para onde as pessoas iam em busca de ouro e mais uma cidade de riqueza e sonhos, como diziam as propagandas.

35

Cordelia e Rillie caminharam em direção ao Howard Hotel onde uma multidão estava reunida. Naquele momento, as Irmãs Fox eram algumas das pessoas mais famosas de Nova York.

SESSÃO ESPÍRITA DAS IRMÃS FOX, dizia o cartaz. Vários homens seguravam grandes placas nas quais se lia NÃO INSULTEM NOSSO SENHOR e mensagens semelhantes.

— Mas você não acha, Cordie — perguntou Rillie, observando o interesse demonstrado pelos passantes — que essas irmãs estão tentando ganhar a vida exatamente como nós? Entre todas as pessoas, podemos julgá-las? É claro que é uma fraude, sabemos disso melhor do que ninguém, e elas devem saber o que estão fazendo.

— Exatamente o que eu estava pensando — respondeu Cordelia, irônica. — Tudo isso me lembra de como éramos em Londres, tempos atrás, mas em uma escala muito maior com toda essa publicidade americana! Veja as manchetes dos jornais!

Pois garotinhos ofereciam jornais em qualquer oportunidade.

Eram aguardadas no andar de cima, próximo à sala em que a sessão espírita aconteceria: Monsieur Roland, Arthur, Alfie e Regina. Estava bastante claro que Regina havia tido algumas discussões sobre *haute couture* com sua cunhada ou suas sobrinhas, pois se vestia na moda, de um modo que Cordelia e Rillie nunca haviam visto antes.

— Elas me obrigaram a isso — confidenciou Regina assim que as viu. — Mas eu disse a elas: só dessa vez. Olhe como esse chapéu é grande e exagerado! — E o tirou imediatamente voltando a se parecer com ela mesma, só que em um vestido pomposo.

Alfie conversava com o inspetor Rivers e com Monsieur Roland. Regina baixou a voz e assumiu um tom de conspiração.

— Eles são mesmo muito gentis — contou. — Compraram até uma cadeira de balanço para mim! Mas é que, às vezes, não parece *certo*. Ainda sinto falta da sua mãe, Rillie, aquela senhora engraçada. E sinto falta de vocês conversando na sala. Receberam mais cartas da nossa menina?

— Nenhuma outra carta — respondeu Cordelia rapidamente.

— Venham, senhoras! — chamou Alfie, pois haviam sido convidados a entrar no salão mal-iluminado, onde se acomodaram ao redor de uma grande e moderna mesa de mogno. O salão era realmente mal-iluminado: apenas uma vela acesa sobre uma prateleira atrás deles. As cortinas estavam cerradas.

Não era, porém, o que nenhum deles esperava.

O que chocou Cordelia e Rillie em um primeiro momento, e até mesmo Monsieur Roland, foi o fato de as irmãs que foram levadas até o salão e apresentadas como as Irmãs Fox, Kate e Margaret, serem inacreditavelmente jovens. Kate, a mais nova, devia ter apenas 11 ou 12 anos; a outra irmã, Margaret, parecia ter, no máximo, 15 anos. Muitas colunas e artigos de jornal foram dedicados a elas e às misteriosas batidas dos mortos; houve muitos exames relatados sobre as irmãs (realizados por respeitadas mulheres da cidade, é claro), para verificarem se escondiam algo por baixo das roupas ou nos sapatos para fazerem os estranhos sons: nada foi encontrado, mas registros das investigações e verificações das vestimentas e dos corpos das irmãs eram notícias de primeira página e tudo isso resultava em publicidade ainda mais ostensiva. Então, Cordelia e Rillie as imaginaram como jovens espertas (sabendo bem como eram quando começaram o negócio do mesmerismo em Londres). As Irmãs Fox, porém, com seus cabelos escuros e beleza singular, pareciam ser extremamente respeitáveis e respeitosas — e jovens demais para assumirem um papel e enganar toda Nova York. É claro que contavam com uma comitiva: a irmã bem mais velha, Leah, parecia estar no comando; uma mulher de aparência perturbada e que, na verdade, era a mãe das meninas; e vários cavalheiros que recolhiam discretamente as doações. Um desses cavalheiros fez um pequeno discurso pouco depois de ter apresentado as irmãs.

— As irmãs Fox são transmissoras — informou ele. — São um meio para que os espíritos conversem com os mortais. Pedimos agora que os senhores e as senhoras coloquem as mãos espalmadas sobre mesa. Agora, precisaremos esperar um tempo, como sempre acontece, para ver se os espíritos desejam se comunicar. — O homem e a mãe desapareceram. A irmã mais velha ficou de pé em um dos lados. Apenas as duas meninas mais novas estavam sentadas à grande mesa, cercada de estranhos.

A segunda surpresa que tiveram foi o fato de que a sessão espírita, na verdade, não chegou a acontecer.

E, de alguma forma, aquilo pareceu ter sido por culpa de Cordelia. A menina mais jovem, Kate Fox, possuía olhos grandes e expressivos que brilharam sob a luz da vela quando pousaram em Cordelia na grande mesa. E Cordelia e Rillie, que as observavam com bastante atenção, perceberam que Kate fez um sinal bem discreto para a irmã Margaret, que era mais bonita, e cujos olhos brilharam ainda mais quando viu Cordelia também. A irmã mais velha, Leah, que parecia não ter problema algum com a dama da mecha de cabelo branco declarou:

— Às vezes, usamos o mesmerismo em nosso trabalho. Agora, vou colocar as minhas irmãs em um sono magnético para que se comuniquem melhor com os espíritos. — Nesse momento, porém, tanto Kate quanto Margareth ergueram as mãos para impedi-la, mas não fizeram qualquer movimento.

Seguiu-se um longo silêncio, durante o qual não afastaram os olhos de Cordelia e pareciam estar ouvindo algo. Kate, com voz infantil, quebrou o silêncio:

— O espírito está aqui? — Mas não houve qualquer resposta. E não houve batidas na mesa, nem embaixo nem em cima como fora descrito nos jornais. Então, de forma educada e pesarosa, Kate disse: — Sentimos muito. Isto acontece algumas vezes. Os espíritos não conseguiram vir.

Todos se agitaram ao redor da mesa de mogno, demonstrando decepção, raiva ou ceticismo (e Leah parecia estar bastante zangada).

— Eu sou repórter do *Globe* — reclamou um jornalista, sem acreditar.

Mas a jovem Kate apenas repetiu com dignidade:

— Sinto muito. Os espíritos devem ter tido algum problema. Eles voltarão às 17 horas.

Sem querer, Arthur Rivers (se perguntando o que estava fazendo com as mãos espalmadas sobre a mesa de mogno junto com trinta outras pessoas crédulas) riu alto diante da precisão do horário. Entretanto, a jovem pareceu não ouvir: ela e a irmã simplesmente se levantaram e deixaram o salão; a mais velha nada pôde fazer, a não ser segui-las.

O séquito se apressou a se desculpar, o dinheiro foi devolvido e as reservas para outros horários foram feitas. Algumas pessoas foram embora. Ouvia-se o som de xícaras de chá vindo de outros aposentos do hotel com iluminação bem melhor: uma sala de jantar e outro salão.

— Talvez eu possa convencê-los a tomar um refresco comigo — sugeriu Alfie.

Então, todos se sentaram em bancos de madeira no outro salão para comer pão de gengibre e beber chá de sarsaparilla, enquanto ao lado deles alguns membros uniformizados e exaltados de uma banda de música comiam torta de ostras, com seus instrumentos ao lado da mesa. Regina começou a conversar com o tocador de tuba e perguntou quais músicas conhecia.

Arthur Rivers disse em voz baixa:

— Elas a reconheceram, Cordelia.

— Parece que sim. Mas por que será que isso as fez parar?

— O circo foi a Rochester?

— Sim.

— É provável que tenham assistido ao seu número. Se elas forem uma fraude, talvez achem que você será capaz de descobrir.

— Mas já descobri. É claro que tudo não passa de fraude! Mas não interromperia os procedimentos. Meu Deus, Rillie e eu fizemos coisas bem semelhantes a isso.

— Elas não sabem disso — respondeu Arthur.

— E você não é uma fraude, minha querida — interveio Monsieur Roland, de forma irônica. — E as irmãs devem saber disso. Tudo isso será explicado a irmã mais velha e não haverá nenhum transe de mesmerismo às 17 horas se você estiver na grande mesa. E quem sabe elas não terão tempo de verificar alguns fatos sobre a sua vida (se conseguirem jornais velhos até esse horário) de modo que os espíritos comecem a regurgitá-los?!

— Espero que não façam isso — declarou Cordelia, de forma decidida.

— Bem, espero que nosso velho e podre pai não venha nos assombrar — desejou Alfie, melancólico. — Isso sim seria uma péssima surpresa! Ali é tudo muito escuro para o meu gosto.

— Se ele aparecer, vou esbofeteá-lo, Alfie, e dizer-lhe para ir embora — prometeu Regina. Então, ela se voltou para o músico cuja boca estava cheia de torta de ostra e disse: — Sim, é sempre bom ouvir "Whistle and I'll Come to You", não é mesmo?

Às 17h, todos voltaram ao salão pouco iluminado. Algumas pessoas da sessão anterior voltaram e havia alguns rostos diferentes, incluindo uma mulher chorosa com um grande chapéu. Todos se sentaram ao redor da mesa de mogno. As meninas foram uma vez mais conduzidas até o salão e todos ouviram a mesma mensagem: as irmãs Fox eram *transmissoras*. As duas jovens se sentaram, serenas, à grande mesa e, daquela vez, não olharam para Cordelia em especial. A mulher com o grande chapéu continuou a chorar.

Cordelia ficou extremamente surpresa com a preocupação estampada no rosto da menina mais jovem. A pequena Kate Fox se levantou da cadeira, caminhou até a mulher e pousou a mão de forma gentil no braço dela e a manteve ali por um instante. Nada mais. A mulher ergueu o olhar, parou de chorar e, por alguma razão, retirou o grande chapéu. Ela pareceu muito mais humana e ainda triste, porém não chorava mais. A jovem retornou à cadeira. Então, o grupo de pessoas permaneceu sentado, em silêncio, na penumbra. Todos, incluindo as Irmãs Fox, colocaram as mãos espalmadas sobre a mesa conforme foram instruídos.

O que também não ficou claro nos artigos dos jornais foi como entrar em contato com os espíritos demorava. Talvez tenham se passado dez minutos.

— O espírito está disposto a conversar? — perguntou Kate.

Passaram-se mais cinco minutos de silêncio. Regina estava começando a ficar agitada nessa segunda vez e chegou a tossir alto algumas vezes. Não havia qualquer outro som no aposento, exceto a respiração das pessoas ou algum cavalheiro limpando a garganta. Então, um suspiro quebrou o silêncio, como se alguém já impaciente: Rillie tinha certeza de que fora Monsieur Roland, mas não se atreveu a olhar para Cordelia, pois poderiam rir.

Por fim, Regina disse em voz alta:

— *E eu farei que a tua língua se pegue ao teu paladar, e ficarás mudo, e não lhes servirás de repreendedor; porque eles são casa rebelde*. Ezequiel 3 — acrescentou ela como explicação.

Essa interrupção foi tolerada, mas não discutida. Então, aconteceu. Apenas uma batida baixa vinda de lugar nenhum quebrou o silêncio.

Margaret Fox perguntou:

— Alguém deseja falar?

Três batidas. *Sim.*

— Com alguém nesta sala?

Três batidas. *Sim.* As mãos das irmãs Fox permaneciam na mesa, paradas e espalmadas, como as dos demais em torno da mesa. Seja o que for que estivesse acontecendo ali, não eram elas que provocavam os sons de batidas na mesa.

— Um cavalheiro? — perguntou Margaret.

Silêncio.

— Uma dama?

Três batidas. *Sim.*

— Com quem deseja falar? — Seguiu-se uma cacofonia de batidas. — Deseja usar o alfabeto?

Três batidas. *Sim.*

À medida que o alfabeto foi lido, as batidas que vinham de lugar nenhum começaram a escrever um nome: G.E.O. o que fez com que Alfie Tyrone (também conhecido como George Macmillan) se contraísse na cadeira. No entanto, de repente, em vez de continuar escrevendo aquele nome, ouviram outra investida de batidas escrevendo H.E.R.B. Então, outras batidas altas se seguiram escrevendo V.Á. E.M.B.O.R.A.

— Peço que tenham paciência — pediu Margaret, educada. — Os espíritos estão brigando para ver quem deve falar primeiro.

O som de risadas abafadas serviu para relaxar um pouco a tensão. Ninguém ao redor da mesa reivindicou os nomes Geo ou Herb como seus ou como o de uma pessoa com a qual desejavam entrar em contato.

— Tu disseste uma mulher — declarou Margaret em tom educado. Seguiu-se uma série de batidas, resultando em *E.L.I.Z.A.B.E.T.H.* Cordelia sentiu mais do que viu a reação de Arthur Rivers: ele, de repente, ficou muito tenso ao seu lado. Cordelia sabia que o nome da primeira esposa dele era Elizabeth.

— É ele! — exclamou a mulher chorosa. — Ele está me chamando. Sou Elizabeth! — informou ela para a mesa parecendo confusa. Arthur Rivers relaxou. — Meu marido está me chamando! John! John! — Ela se inclinou para a frente como se quisesse abraçar a mesa.

Kate disse com sua voz infantil:

— Ele está ouvindo a senhora. O que deseja perguntar a ele?

A mulher se sentou mais ereta, tentou se recompor e pareceu não saber mais o que fazer. Por fim, falou com voz trêmula:

— Mas... Você está bem, querido?

Três batidas. *Sim.*

— Você pensa em mim?

Três batidas. *Sim.*

A mulher chorosa, de repente, pareceu muito frágil e digna enquanto encarava a mesa de forma intensa, como se conversasse com ela.

— Isso é um truque, querido? — perguntou ela para a mesa. — Você pode me provar que não é?

Não houve qualquer batida. Apenas o silêncio. A mulher pareceu chocada, como se talvez o encanto tivesse sido quebrado, mas nada disse, apenas ergueu o olhar para a menina mais jovem, que tinha nas mãos o poder de sua sanidade. As batidas recomeçaram.

EU AMO VOCÊ. LEMBA DE MIM.

E embora o espírito não tenha sido capaz de escrever "lembra" de forma correta, a mulher chorosa olhou para as médiuns com uma expressão de gratidão e alívio no rosto. Então, pegou seu grande chapéu e saiu do salão em silêncio. E Cordelia pensou consigo mesma: *de algum modo, elas estão fazendo algo que nós fazemos também. Elas oferecem conforto para as pessoas.*

As batidas recomeçaram quase que imediatamente: ao que parecia H.E.R.B. estivera aguardando uma chance para falar, embora ninguém no salão quisesse falar com ele. Mas antes que terminasse o que queria dizer com as batidas, uma banda de música passou pelo corredor do lado de fora. H.E.R.B. não ficou nem um pouco chateado. Enquanto acordes não de "Hail Columbia" ou da onipresente "O Susanna!" — mas sim uma versão bem alegre de "Whistle and I'll Come to You" passou por sob a porta (como se, na verdade, a velha Sra. Spoons estivesse fazendo contato pela porta que dava para o corredor), o espírito apenas batucou alegremente no ritmo da música (fazendo Rillie e Cordelia rirem) até que a banda de música, depois de terem consumido suas tortas de ostras seguiu pelo corredor, desceu as escadas e saiu para a rua. Então Herb continuou:

Ouvi dizer que encontraram ouro, disseram as batidas. *A corrida do ouro ainda está acontecendo?*

— Diga a ele que há milhares de pessoas partindo para a Califórnia — respondeu um cavalheiro.

— Há milhares de pessoas indo para a Califórnia — repetiu Margareth Fox, conforme solicitado.

Obrigado, camarada. Boa sorte! Adeus.

— Adeus — despediu-se Regina, como se fosse a coisa mais natural do mundo falar com uma mesa de mogno.

Toc toc. Outra mensagem chegou logo depois. A.L.F.R.E.D.

Alfie, que estava recostado na cadeira, não se moveu.

— Alguém aqui está esperando por Alfred? — perguntou Margaret, mas ninguém respondeu.

— Alguém aqui se chama Alfred?

Regina, por fim, cutucou Alfie com o cotovelo de forma nada sutil, mas ele não olhou para ela. Ninguém respondeu.

Um cavalheiro arriscou:

— Será que não querem dizer Fred? Meu velho avô se chamava Frederick.

Isso deu início a uma conversa sobre a família do cavalheiro, cujo avô se chamava Frederick. Na verdade, a conversa foi bastante mundana, já que o cavalheiro sentado à mesa contou para o espírito todas as novidades da família. De repente, as batidas se tornaram uma cacofonia do mesmo modo que antes quando G.E.O. e H.E.R.B. estavam brigando para ver quem falaria primeiro.

— Há crianças aqui — informou Kate Fox e, pela primeira vez, olhou diretamente para Cordelia.

Cordelia emitiu um pequeno suspiro de surpresa e raiva. Logo depois, porém, seu rosto se tornou completamente inexpressivo, embora as batidas agora viessem em rápida sucessão. As batidas resultaram em E.U., seguido de N.Ã.O. E.U. P.R.I.M.E.I.R.O.

— Há duas crianças. — Kate e Margaret olharam para Cordelia que as olhou com expressão neutra no rosto.

Os espíritos bateram. C.

No entanto, outra mulher na mesa declarou:

— É para mim! É Algernon. Ela começou a chorar compulsivamente e, por fim, houve um intenso contato com uma criança falecida chamada Algernon e as batidas ficaram bastante animadas em determinado momento e a mãe de luto, através das lágrimas, disse:

— Ele sempre foi um problema, Deus o abençoe.

As batidas estavam intensas naquele momento, parecendo vir de lugar nenhum, mas era provável que viessem de baixo da mesa. Então, Margaret declarou:

— Um pai está chamando. Será que alguém aqui perdeu o pai recentemente?

E várias pessoas gritaram para falar com os pais falecidos e houve uma troca de mensagens de amor e afeto além de notícias. Então, as batidas pararam e a sessão espírita chegou ao fim. As irmãs Fox retiraram-se em silêncio.

Entretanto, à medida que as pessoas saíam lentamente do salão para o ar mais leve do corredor do hotel, colocando doações em uma grande caixa próxima do local onde mais pessoas aguardavam pacientemente pela sua vez, um cartão foi entregue para Cordelia por um dos cavalheiros que recolhiam o dinheiro. Nele estava escrito com uma letra infantil e apressada: *Amanhã. Sessão Espírita Privada. Meio-dia.*

Alfie puxou o paletó e alisou o bigode enquanto caminhavam de volta para casa em Maiden Lane onde La Grande Celine os aguardava a fim de ouvir um relato (pois não pôde deixar o caixa do seu restaurante).

— Venham! — chamou ela. — A mesa atrás do biombo está livre. Temos torta de maçã e melão e amendoim. Já vou me juntar a vocês.

— Não acredito em nenhuma palavra daquilo! — exclamou Alfie, sentando-se ao lado de Regina. — Mas não respondi quando ouvi meu nome, Queenie, só para *me prevenir* caso o papai estivesse procurando por mim!

Regina soltou uma gargalhada, enquanto Cordelia, em tom alegre, contou a Celine sobre o erro de grafia, *lemba de mim*, e Rillie relatou com grande animação sobre a banda local tocando no corredor e o espírito batendo na mesa no ritmo de "Whistle and I'll Come to You" como se a Sra. Spoons tivesse enviado um pedido de algum lugar.

— Era como quando eu tocava Schubert com a minha flauta! — exclamou Rillie, ainda rindo. — Para promover uma atmosfera agradável para Cordelia enquanto ela praticava o mesmerismo. Querida mamãe, eu derramei uma lágrima, mas também ri! Isso me fez pensar nela.

— Existem tantas citações da Bíblia que eu poderia ter usado! — exclamou Regina. — Não é de se estranhar que a Igreja não esteja muito entusiasmada com isso. Vocês viram todas aquelas pessoas protestando com cartazes do lado de fora sobre Deus ser o único milagreiro? Isso é uma competição de milagres! — E soltou outra gargalhada, explicando a Celine sobre a citação de Ezequiel 3.

Monsieur Roland olhou para Cordelia.

— Então?

Ela esperou um pouco antes de falar. Não mencionou o pequeno cartão que recebera.

— Não sei como fazem o som das batidas — declarou por fim. — Observei com muita atenção, assim como o senhor, e não faço a menor ideia de como elas fazem aquilo. Talvez sejam os ossos do joelho ou dos pés. Talvez haja mais alguém as ajudando. O senhor tem alguma resposta?

Ele meneou a cabeça. Os outros ainda contavam os eventos para Celine. Monsieur Roland e Cordelia se sentaram à extremidade da mesa.

— Quanto aos nomes — continuou ela. — Creio que às vezes elas reconheçam algumas pessoas ou pesquisem informações sobre seus clientes quando eles chegam. Mas aposto que quase sempre usam nomes populares ou fazem perguntas que as orientam na resposta. O senhor notou como elas *recebiam* informações de forma tão esperta do público? Tanto "Elizabeth" quanto "Fred", nomes bastante comuns, provocaram informações do público. Tudo isso é facilmente explicado e, é claro, que o pai de alguém já terá morrido. Mas não é estranho que não sejam "espertas" como eu esperava que fossem, elas são bem comportadas, agradáveis e muito atraentes. Além de serem tão jovens! De alguma forma, entraram nesse negócio para confortar as pessoas, o senhor não acha? Assim como nós. — Ele nada respondeu. — Mas é claro que sei que aquilo não passa de um truque — concluiu Cordelia.

— É claro que é um truque, mas concordo com você que havia algo ali. — Ele fez uma pausa antes de dizer a palavra. — As meninas mais jovens tinham algo de *empático*. O desejo de ajudar e de confortar as pessoas era genuíno. Eu mesmo achei que elas seriam mais traiçoeiras. Achei que fariam mais truques.

— Entendo o que quer dizer — concordou Cordelia. — E achei engraçado de uma maneira positiva. Meninas jovens se divertindo. Adorei quando o espírito começou a batucar no ritmo da música! É óbvio que, de alguma forma, uma das meninas estava fazendo aquilo. Mas é exatamente o tipo de coisa que um jovem faria e isso me fez rir! Sempre cercamos a morte com tristeza e nunca esperei rir. Mas fiquei zangada quando tentaram falar comigo. — Seus lábios se contraíram. — No entanto, elas têm um jeito gentil, empático, como o senhor disse. Ajudam as pessoas.

— E como o senhor acha que elas produzem os sons de batidas, Monsieur Roland? — perguntou Celine do outro lado da mesa. Ele meneou a cabeça e Cordelia respondeu:

— Rillie Spoons, você às vezes estala os dedos dos pés quando tira as botas! Tire as botas e mostre a eles! Tem de ser um truque, mas se trata de um muito inteligente. Talvez consigam estalar os ossos das pernas? Caso não sejam os dedos dos pés?

Rillie acatou o pedido e estalou os pés, produzindo, na verdade, um som de batida, e todos riram.

— Adoraria que minha idosa mãe aparecesse quando eu estalasse os dedos dos pés — declarou Rillie em tom irônico. — Gostaria de vê-la e abraçá-la uma vez mais.

— Eu me pergunto — começou Monsieur Roland. — Eu me pergunto se talvez tudo não tenha começado como uma brincadeira de criança, para provocar os pais e os vizinhos e, de repente, elas perderam o controle e a irmã mais velha se juntou a elas. Li em algum lugar que havia quacres que as apoiavam. E se religiosos afirmaram que era real, elas provavelmente não souberam como acabar com tudo aquilo. E quem é que pode dizer que elas mesmas talvez não acreditem, já que parecem despertar a crença de muitas pessoas? Sei que a tristeza e a perda fazem com que as pessoas enlouqueçam. Algumas chegam a procurar por qualquer coisa para aliviar a dor, mesmo que seja obviamente um truque. Mas, em nosso trabalho, não mentimos para essas pessoas. Não lhes dizemos que elas, na verdade, não morrem e que podem, de alguma forma, voltar e conversar por meio de batidas na mesa. Essas meninas Fox, pois, creio que não passem de meninas, se transformaram em algo perigoso por causa da promoção feita por adultos, que deveriam ser responsáveis, e que se aproveitam delas para ganhar dinheiro.

— Talvez nada disso tenha importância, querido Monsieur Roland — interrompeu Cordelia em tom gentil. — Se o que elas fazem ajuda as pessoas a lidar com a dor. Aquela mulher de chapéu. Elas a ajudaram.

— Certamente, você não acredita que ela estava conversando com o falecido marido.

— É claro que não! Mas talvez, em sua tristeza, *ela* acreditou que estava. Será que importa o fato de não estar falando com ele? O senhor sabe o que acho? Acho que elas deveriam ser deixadas em paz para fazerem o que quer que façam, pois as pessoas estão dispostas a gastar alguns dólares em troca de conforto.

— Minha querida, seu argumento não tem qualquer rigor intelectual.

Cordelia riu.

— Meu querido Monsieur Roland, eu não tenho nem um osso com rigor intelectual no meu corpo!

Em um lugar mais distante da mesa, Arthur Rivers se levantou para seguir para as docas. Ele se dirigiu a Alfie:

— Estou muito feliz que tenha organizado essa saída — disse ele. — Muito obrigado. Eu me diverti! E eles chamaram por Alfred!

— Agora, ouça bem, Arthur, ninguém me chama de Alfred! — indignou-se Alfie. — Nunca fui Alfred. Nem mesmo meu pai me chamava de Alfred. Diga a eles, Queenie! — E Regina concordou com a cabeça. — E se ele nunca me chamou de Alfred enquanto era vivo, tenho certeza absoluta de que não me chamaria assim depois de morto! As senhoras me desculpem a franqueza, queridas senhoras, mas estou aliviado de não ter de confrontar meu pai mais de cinquenta anos depois de ter me livrado dele!

Quando Arthur se dirigiu para a porta, Cordelia o acompanhou e, de forma pouco usual, puxou o seu braço.

— Elas sempre escolhem nomes conhecidos, Arthur. É claro que se trata de um truque. Certamente haveria mais de uma pessoa para quem o nome Elizabeth significava algo.

Ele olhou para a esposa por um momento.

— Eu sei disso, Cordelia — respondeu ele, na porta da casa de Celine.

Como ela tem sorte, pensou La Grande Celine, vendo-os juntos. Quem poderia acreditar que ela deixava algo passar?

— Oh! — exclamou Regina. — Esqueci meu grande chapéu.

Na manhã seguinte, Cordelia mostrou para Rillie o pequeno cartão, no qual se lia *Sessão Espírita Privada. Meio-dia.*

— Você irá? — perguntou Rillie, curiosa.

— Sessão espírita privada. Pois sim! Estou interessada em analisá-las melhor, mas temo que comecem a dizer "há crianças aqui", como fizeram na noite passada.

— Meu Deus! Elas são tão jovens e cometem erros de grafia! Talvez tenham pesquisado a sua história como bem disse Monsieur Roland e pensaram que poderiam confortá-la.

— Não quero que meninas estranhas que não sabem nada sobre mim tentem me confortar! — exclamou Cordelia de forma uma tanto acalorada e Rillie percebeu que ela trazia uma expressão estranha e tensa no rosto. — Oh, sinto muito, Rillie — desculpou-se ela, tentando rir. — Talvez eu esteja encarando isso de forma muito grosseira. Afinal, são apenas meninas com boas intenções. E talvez seja porque eu sinta muita falta da minha menina bonita e esperta. É que eu... Bem, acabei de voltar da agência dos correios. Sei que é um absurdo, mas eu vou à agência dos correios todos os dias, às vezes, duas vezes. Por que não chegaram mais cartas? Já passaram várias semanas. Comecei a me preocupar com ela. Acho que talvez tenha acontecido algo de ruim. Penso no duque. E se ele também mandou irlandeses atrás dela?

— Cordie, ouça com atenção o que tenho a dizer! Tenho certeza absoluta de que, a essa altura, se algo de ruim tivesse acontecido, já teríamos recebido alguma notícia de Peggy Walker ou de Silas.

— Eu sei. Eu sei. No fundo, eu sei. Mas é que os meus instintos fazem com que eu tema pelo pior. E simplesmente não quero que essas meninas Fox comecem a falar dos meus filhos, qualquer um deles. Mesmo sabendo que elas devem ter encontrado informações antigas sobre mim e sei que querem ser bondosas. Mas é apenas o meu instinto — lamentou-se. — Ah, eu sou tão supersticiosa quanto todo mundo!

— Onde está o seu instinto, Cordie? — perguntou Rillie, tentando fazê-la rir. Mas Cordelia não riu. Em vez disso, levou a mão ao estômago e respondeu:

— Bem aqui.

Cordelia, por fim, apareceu no salão do Howard Hotel ao meio-dia, atendendo ao convite. Apenas a irmã mais velha, Leah estava ali, deitada em uma *chaise longue* e não parecia nada bem.

— Tenho terríveis dores de cabeça — declarou ela em tom de desculpas, segurando uma das duas garrafas de láudano, enquanto a outra estava ao seu lado. Seus olhos estavam um pouco vidrados: estava bastante claro que havia tomado uma grande quantidade de ópio bem ali, no salão do hotel.

A porta se abriu e as duas irmãs mais jovens entraram, seguidas pela mãe e por dois cavalheiros que sempre aceitavam "doações". As jovens pareceram hesitar quando perceberam que a convidada já havia chegado. Sorriram para Cordelia e falaram com timidez e respeito. Kate, corando um pouco, trazia um pequeno buquê de flores escondido atrás das costas e o entregou a Cordelia.

— Queríamos conhecê-la — explicaram ambas em uníssono.

— Nós a vimos no circo em Rochester — contou Margaret. — Não muito antes de ouvirmos as batidas em nossa casa.

— Nunca esquecemos a senhora — declarou Kate. — Lemos tudo a seu respeito. A senhora é muito famosa.

— Vocês também são famosas agora — respondeu Cordelia, segurando o pequeno buquê, cheirando as flores e sorrindo para as meninas, porque não conseguia evitar. Havia algo de muito sincero e simples nelas.

— Nós tínhamos de vê-la. Os espíritos estão chamando a senhora — contou Kate com sua voz suave e infantil. — E nós nos perguntamos se poderíamos aprender rapidamente a sermos mesmeristas se houver tempo.

Aprender rapidamente a ser mesmeristas!

— Creio que sua irmã tenha dito que já era mesmerista — respondeu Cordelia, seca.

Leah ainda estava deitada de olhos fechados na *chaise longue*.

— Bem, às vezes, fingimos estar em transe — contou Margaret, sem qualquer subterfúgio. — As pessoas parecem gostar e queremos fazer tudo para que fiquem mais receptivas. Na verdade, porém, gostaríamos de aprender a fazer isso da maneira correta. Para ajudarmos outras pessoas! Podemos fazer isso depois de conversarmos com os seus espíritos?

Cordelia lhes lançou um olhar penetrante e tirou as luvas bem devagar.

— Talvez eu possa ajudar com a dor de cabeça de Leah — sugeriu ela. Mas a irmã mais velha agora dormia com a garrafa vazia caída no chão ao seu lado.

— Todas nós sofremos com dores de cabeça — informou Margaret. — E precisamos de láudano. Acho que deve ser algum problema de família.

— Talvez seja porque tenhamos de nos concentrar tanto e com bastante frequência — opinou Kate. Ela olhou para Cordelia com seus olhos grandes e escuros, e Cordelia, tão habituada a intuir o que as outras pessoas sentiam, pensou que ambas eram jovens e sinceras demais para mentir ou enganar. Uma sensação estranha de queda passou por sua cabeça, mas ela se empertigou e pensou: *não seja tola*.

— Sente-se aqui, Kate — convidou Cordelia, por fim.

— Ah não, eu não quero ser mesmerizada. Não mesmo. O que eu quero é *aprender* a mesmerizar outras pessoas. Não como Leah, mas sim do modo correto.

— Creio que ninguém consiga ser um mesmerista sem nunca ter sido mesmerizado antes, Kate. É parte do aprendizado e do treinamento.

A jovem se sentou, um tanto relutante. Cordelia começou a fazer os passes longos e lentos, repetidas vezes, sem parar, sobre a cabeça e os ombros de Kate, sem tocá-la e sem parar. Kate pareceu adormecer rápido demais: todos no aposento assistiram em silêncio. Cordelia parou com os longos passes. Então, todos permaneceram silenciosos em seus assentos.

Ouviam o som da respiração profunda de Leah em seu sono induzido pelo láudano; um dos cavalheiros presentes tossiu, inquieto. Observavam Kate que, depois de um tempo, moveu um dos braços. Então, abriu os olhos. Olhou para Cordelia e não afastou o olhar. O rosto de Cordelia era uma máscara. Por fim, Kate falou algo que nada tinha a ver com o mesmerismo.

— Tenho uma mensagem para a senhora — declarou ela. — Do seu filho.

O rosto de Cordelia não demonstrou qualquer sentimento e ela nada disse. Depois de um momento de silêncio profundo, Kate disse:

— É verdade, não é? Que, às vezes, há energia entre as pessoas?

— Sim — respondeu Cordelia. — Creio que sim.

— É isso que sentimos — explicou a menina, de forma simples. — A senhora verá. Obrigada por me mesmerizar. Agora, vamos conversar com os espíritos.

Cordelia se virou para as outras pessoas no salão. Notou que Leah agora parecia parcialmente acordada.

— Gostaria de saber — começou Cordelia —, se os senhores fariam a gentileza de permitir que eu fique sozinha com Kate e Margaret. Existe algo sobre o mesmerismo que eu, como praticante, preciso passar para elas reservadamente.

— Mas nós queremos conversar com os espíritos. Eles querem muito falar com a senhora!

— Eu preciso conversar com vocês — afirmou Cordelia. — Vocês têm capas?

— Mas elas não podem sair, há pessoas aguardando por elas nas escadas no hotel.

— Eu moro aqui perto — informou Cordelia. — E conheço outro caminho.

— Seria muito bom sair para um passeio — concordou Margaret. — Nós nunca saímos para passear porque as pessoas sempre nos reconhecem.

— Mas há uma sessão espírita pública marcada para as 15 horas. — A Sra. Fox parecia confusa com a mudança nos planos. — Não acho que isso seja uma boa ideia.

— Estaremos de volta bem antes desse horário — garantiu Cordelia, com firmeza. — Um pouco de ar puro lhes fará bem.

Então, as irmãs Fox e Cordelia Preston caminharam pelos becos dos fundos até terem se afastado de Maiden Lane. Cruzaram a Broadway enquanto as meninas olhavam a sua volta com grande interesse e alegria. Além disso, conversaram com Cordelia e riram sobre a primeira vez que ouviram batidas na casa delas, ao lembrarem-se dos próprios temores. Contaram que chamaram os pais e que estes chamaram os vizinhos. Contaram também sobre a longa viagem que fizeram até Nova York e sobre como era estarem com ela na cidade. Então, chegaram ao Battery Park, sentaram-se com Cordelia sob um plátano e olhavam os navios que chegavam e partiam. Cordelia as observava durante toda a conversa: estavam tão animadas e, de algum modo, tão alegres, abertas e sinceras. Eram jovens adoráveis e era difícil não admirá-las. Cordelia desejou poder capturar a imagem delas. *Gostaria de fazer daguerreótipos desses rostos.* Não era de se espantar o fato de fazerem sucesso, principalmente com os cavalheiros. Afinal, quem não gostaria de olhar para esses rostos atraentes?

— Olhem para todas essas pessoas acenando e chorando! — apontou Margaret. — Eu não gostaria de deixar a América.

Mas Kate respondeu:

— Oh, Maggie, um dia nós iremos para a Inglaterra, para a França e para muitos outros lugares.

Com voz muito suave, Cordelia falou. Levou o buquê de flores até o nariz para cheirá-las.

— Por que você não quis ser mesmerizada, Kate? — A menina pareceu se assustar, mas Cordelia continuou. — Sou uma mesmerista muito experiente. Você achou que conseguiria me enganar?

Kate corou.

— Eu... Eu senti algo. Com certeza senti. — Sua irmã a ouviu com muita atenção. — Mas lutei contra o que senti, eu acho. Eu... quero ajudar as pessoas. Maggie e eu conseguimos sentir o que as pessoas desejam. Apenas fingimos estar em transe para tornar a experiência um pouco mais dramática, mas não queremos entrar num de verdade, pois assim não poderíamos ajudar as pessoas!

Margaret declarou simplesmente:

— Às vezes, é como se eu pudesse sentir o que eles querem ouvir. É exatamente assim, na verdade.

Elas são tão encantadoras, pensou Cordelia. *Não é de se estranhar que as pessoas as achem intrigantes.*

— Sim — concordou Cordelia. — Acredito que vocês duas possuem uma empatia pouco comum em relação às pessoas. Consigo perceber isso. — Então, ela perguntou em voz baixa: — Vocês precisam de ópio frequentemente?

— Ah, sim — responderam ambas. — Quase todos os dias. Para nossas dores de cabeça. Ficamos muito excitadas e, se não tomarmos, não conseguimos fazer nosso trabalho.

Cordelia não permitiu que sua expressão demonstrasse qualquer sentimento. Não fez perguntas sobre as misteriosas batidas, porque, estranhamente, não era aquilo que a intrigava: elas faziam os sons de alguma forma, talvez estalando os ossos como Rillie. Ela permaneceu sentada, em silêncio, com as irmãs.

Então, ficou assustada ao notar que os grandes olhos escuros de Kate estavam cheios de lágrimas. Olhos que pareciam quase roxos à luz do dia.

— Não é por isso que pedimos para a senhora vir, para que pudéssemos ser mesmerizadas! Pensamos que a senhora poderia transmitir alguns ensinamentos rápidos e úteis, mas o que realmente queríamos era lhe passar mensagens dos seus filhos e a senhora não permitiu que o fizéssemos. Ora, nós lemos tudo sobre a sua vida! Sabemos que enfrentou situações terríveis. Costumávamos guardar os jornais. Fomos ao circo duas vezes só para poder vê-la! Por que a senhora nos impediu? Por que não permitiu que lhe déssemos algum conforto? Foi por isso que a convidamos para uma sessão privada, para que seus filhos pudessem vir e ninguém mais ouviria, apenas a senhora! — Kate agora chorava copiosamente. Cordelia pegou em seu casaco claro um lenço e o entregou para ela. Margaret também começou a chorar.

— Queríamos ajudá-la!

Uma reação perversa e terrível dentro de Cordelia fez com que quisesse rir da situação: duas meninas jovens, estranhas, chorosas e talvez histéricas sob um plátano em Battery Park. Às 15h e às 17h e, sem dúvida, às 20h, levariam mensagens dos mortos às pessoas. Naquele momento estranho, daria qualquer coisa por uma taça de vinho do Porto.

— Sim, vocês poderiam ter me confortado de alguma forma e sou muito grata por terem pensado nisso. — Cordelia respirou fundo. Ela entendia essas meninas talvez melhor do que elas mesmas e não tinha a menor intenção de machucá-las ou magoá-las. — Eu nunca faria mal a vocês — disse ela, com cuidado. — E estou muito feliz por termos passado um tempo juntas. Mas creio que sei — continuou em voz baixa e ambas prestavam atenção em cada palavra. — E creio que também sabem que o conforto que querem me dar viria de vocês, o que é muito gentil, mas não seria dos meus próprios filhos.

Nenhuma das meninas falou. Margaret enxugou as lágrimas com a manga do vestido, num gesto estranho e infantil. O choro bastante real de Kate foi ficando cada vez mais fraco e ela olhava para Cordelia sem dizer nada. O silêncio se estendeu por um longo tempo, enquanto Nova York seguia em seu ritmo frenético. Margaret mordeu o lábio várias vezes, Kate mexia nervosamente nas dobras do vestido e no lenço de Cordelia.

— Bem — disse Margaret, de repente, como se as palavras de Cordelia não tivessem sido ditas. — O menino Algernon passou de toda forma. Muito pomposo chamar uma criança de Algernon! — E ela e Kate se esqueceram das lágrimas e soltaram uma gargalhada infantil.

Cordelia se lembrou da mulher afirmando: "É Algernon!" Não foram as meninas que escreveram aquele nome. *Como elas aprenderam,* pensou Cordelia, com ironia. *Perguntar se alguém perdeu um dos pais ou um filho quando a resposta de mais de uma pessoa provavelmente fosse sim.* As meninas agora trocavam nomes ridículos que apareciam durante as sessões espíritas: St. John, Marmaduke, Puss.

— Puss? — perguntou Cordelia. — Era um gato?

— Não, uma tia! Tia Puss! — E as meninas começaram a rir no ar morno.

Elas são cheias de boas intenções. Pensou na garrafa vazia de láudano caída no chão do salão. Sabia que deveria condenar; mas, não importava o que dizia Monsieur Roland, Rillie e ela, já bem mais velhas, haviam feito o mesmo e isso as sustentara. E à noite (quando mal podiam acreditar em como estavam sendo bem-sucedidas), tomavam taças de vinho do Porto. Sentiu uma onda de afeto por essas jovens: seus segredos desafiadores e sua coragem.

— Deixem-me ler o futuro de vocês — sugeriu ela. — Deem-me suas mãos. — E como uma grande charlatã, segurou as palmas e declarou: — Vejo que ambas serão ricas e famosas e farão as pessoas felizes. Margaret, você conhecerá um estranho alto e moreno. Kate você conhecerá um estranho alto e louro. E ambas viverão felizes para sempre.

E juntou as palmas das meninas e as segurou nas mãos por um momento e depois as soltou. Elas sorriam como se ao juntarem as mãos tivessem estabelecido um pacto sem palavras.

— Será que a senhora poderia dizer o nome do meu homem alto e moreno? — pediu Margaret, ansiosa. — Para que eu saiba assim que conhecê-lo. — Era como se ela acreditasse em todas as palavras.

— Oh, mas você saberá — afirmou Cordelia. — A pessoa sempre sabe! — E as irmãs Fox riram juntas como qualquer menina jovem e, por uma fração de segundo, Cordelia se permitiu imaginar que eram Manon e Gwenlliam, suas adoráveis filhas, que estavam ali sentadas com a mãe, rindo e cheias de vida sob os plátanos. E, enquanto subiam a Broadway, as meninas começaram a conversar de forma distraída, como se Cordelia nada dissesse. Elas lhe contaram, animadas, sobre as pessoas famosas que haviam participado das sessões espíritas e para onde viajariam depois de Nova York.

Ela as deixou em segurança na porta dos fundos do hotel. Ainda carregava o pequeno buquê.

— Mas não façam brincadeiras com mesmerismo.

E ambas concordaram com a cabeça, obedientes.

— Mas a senhora virá de novo? — perguntou Kate, bastante ansiosa.

— Talvez — respondeu Cordelia. Mas sabia que não. — Agora, vão — disse ela, e as meninas acenaram um tanto tristes, talvez, e olharam para trás uma vez mais, como se também soubessem que não a veriam de novo.

Então, Kate voltou.

Um pequeno som se elevou no ar, quase inaudível e Cordelia não tinha certeza se realmente o ouvira.

— As batidas são um truque. — As palavras se foram como se nunca tivessem sido ditas. Tudo que Cordelia ouvia agora era a respiração irregular da menina. — Mas não o *sentimento*. O sentimento é real. Então, as palavras se agitaram: — Seja o que for que a está perturbando, Sra. Preston, espero que melhore. — E, uma vez mais, Cordelia sentiu a sensação de algo se virando e caindo dentro de sua cabeça. E Kate, parecendo compreender isso, deu de ombros como se também não entendesse. — Eu não sei como, mas consigo sentir — afirmou ela de forma simples. — Aqui. — E colocou as mãos sobre o estômago.

Então, partiu.

36

Marylebone
Londres

Estimado Arthur,
O senhor escreveu perguntando por que não recebeu mais cartas! Pois bem, eis a resposta: o pequeno Arthur faleceu há dois meses. Lembra-se dele? O único neto que conheceu? Ou será que já esqueceu? O pequeno caixão foi enterrado e Faith não contou com o conforto do marido nem do pai. Conviva com isso, Arthur Rivers, se for capaz.

Rogo para que volte a Londres para cumprir seu dever.

Deus parece achar que mereço ainda mais sofrimento. Tenho dores de cabeça durante todo o dia e toda a noite também. Não fosse por Millie, não sei o que seria de mim. Os médicos são imprestáveis. Não estou mais em condições de cuidar de forma satisfatória da casa do senhor em Marylebone e não temos dinheiro para contratar um criado. Millie sugeriu que TODOS deveriam morar comigo! Sete crianças! Estou muito doente e sentindo muitas dores em todas as partes do corpo. Também sofro de inchaços e é claro que não tenho como conviver com crianças agitadas. Quanto ao marido de Faith, aquele bêbado, quanto menos eu falar, melhor.

Ninguém se importa comigo, ainda assim, abri mão da minha própria vida para cuidar de sua família, Arthur Rivers, <u>sua família</u>.

Londres está um verdadeiro caos. Há estrangeiros por todos os lados, todos se preparando para a Grande Exposição do Príncipe Albert. É impossível ir a qualquer parte (não que eu tenha saído ultimamente) sem trombar com um estrangeiro. E Hyde Park agora está cheio de bordéis e prostíbulos abertos por eles.
    Continuo, como sempre, sua zelosa cunhada,
    Agnes Spark (Srta.)
PS: recebemos cinco pagamentos.

Oh, papai, eu <u>sinto muito</u> por ter ficado tanto tempo sem escrever. As coisas por aqui estão cada vez mais difíceis. Foi tão triste o que aconteceu com o pequeno Arthur, papai. Não foi a cólera, que já se foi, mas sim outro tipo de febre, e Faith sem poder contar com o apoio do marido! Foi muito difícil para ela. Aquele velho e bêbado do Fred desapareceu e nunca mais foi visto. Ficamos sempre muito felizes com suas cartas e com o dinheiro que envia, mas a vida anda tão exaustiva. Oh, papai, será que o senhor não poderia vir para casa agora, mesmo que por pouco tempo, só para tentar resolver as coisas por aqui? Tentei conversar com a tia Agnes como o senhor sugeriu, mas ela se mantém inflexível. Seremos bem mais amáveis com a Sra. Preston agora que estamos mais velhas, pai. Como fomos horríveis naquela época! Ninguém mais se lembra daquele escândalo. Afinal, surgem escândalos novos e maiores toda semana — ontem, um homem esquartejou duas mulheres em Islington e colocou os pedaços em um vagão de trem, e os jornais baratos dizem que 15 mil estrangeiros inundaram Londres na semana passada e que, assim que chegaram, alugaram casas para abrir bordéis e cassinos clandestinos para atender aos milhões de pessoas que virão para a Grande Exposição do Príncipe Albert no ano que vem, mas Charlie diz "se acreditar em tudo que os jornais dizem, não vai mais sair de casa" (como tia Agnes). Gostaria que o senhor continuasse insistindo para que nos mudemos para Marylebone, pai, apesar dos protestos da tia Agnes. Seria mais barato — somos onze pessoas vivendo apenas com o salário de Charlie na Companhia de Água e da sua gentil contribuição (sem a qual já teríamos nos afogado em dívidas há muito tempo, pai). Talvez o senhor <u>possa</u> vir para casa por pouco tempo, apenas até ajeitarmos as coisas? Estou quase enlouquecendo tentando agradar a todos e cuidar do dinheiro. Graças a Deus por eu poder contar com o

*querido Charlie, que sempre me ajuda e apoia. Faith está morando conosco agora, e não ouso deixar nenhuma das crianças com ela no momento; ela perdeu o emprego na fábrica de conservas, está muito triste e deprimida. Chora muito. E nós achamos os desenhos que o senhor fez para o pequeno Arthur, ele sempre os guardou, na despensa, atrás das geleias e das conservas. Chorei quando os encontrei, pobre menino. Oh, papai, não consigo descrever o quanto sinto sua falta. Mas também sei que o senhor tem sua própria vida agora e fico contente que esteja feliz. Então, se não puder vir para casa agora — bem, então quando o senhor puder, querido pai, seria maravilhoso recebê-lo, mas nós vamos nos arranjando até lá.
Com amor, Millie. Beijos.*

Era uma noite quente e úmida. O inspetor Arthur Rivers se encontrava sozinho na delegacia. Logo, nenhum outro policial de Nova York (que simplesmente não acreditaria nos próprios olhos) viu o rosto do chefe banhado de lágrimas. Porque, é claro, ele se lembrou do pequeno Arthur; o neto que carregara, amara e do qual se orgulhara: seu primeiro neto, que recebera seu nome, e ele lhe desenhara navios no mar. E partira.

Talvez as lágrimas fossem também por coisas pelas quais não havia chorado; pois homem, é claro, não chorava.

Sentado no ar quente e úmido da noite, cercado por relatórios sobre violência, roubos e assassinatos nas docas de Nova York, pensou no menino e na querida filha Millie tentando lidar com todos os problemas da família, sem dinheiro suficiente e, mesmo assim, não pressionando o pai; pensou na primeira esposa, Elizabeth, que falecera jovem demais. Pensou em Cordelia e, de repente, sentiu dificuldades para respirar. Viu-a com os cabelos curtos cheios de pontas, segurando o ferro de passar. Cordelia lhe dissera: "o passado não pode ser resolvido por um detetive."

Fitou novamente os relatórios das docas, mas as palavras estavam embaçadas. Não releu as cartas, mas as colocou, não em sua gaveta trancada a chave na delegacia, mas sim no bolso da sua capa. Sabia que já deveria ter contado a Cordelia há muito tempo sobre essas cartas, mas havia muitas coisas sobre as quais não conversavam.

Talvez, no fim das contas, os cacos de vidro entre eles fossem realmente intransponíveis.

O pensamento se formou sozinho em sua mente.
Voltarei para Londres.

37

Mais tarde, naquela mesma noite quente, úmida e insuportável de Nova York, quando La Grande Celine contava os ganhos do dia e estava prestes a se despedir das duas criadas negras, Maybelle e Blossom, que sempre ficavam com ela até que encerrasse o trabalho para só depois descerem para o pequeno quarto que ocupavam no porão, ouviram uma batida na grande porta da frente.

— Sempre há alguém chamando — reclamou ela para as garotas. — E é sempre a mesma ladainha: *só mais uma bebida, Celine, só mais uma dose!*

Ainda assim, ela pediu que as garotas ficassem um pouco mais, pegou o grande bastão que mantinha sob a mesa do caixa. Jeremiah já fora embora; os inquilinos na pensão, assim que se mostravam dignos de confiança, recebiam uma cópia da chave. Caminhou até a porta e a abriu, pronta para usar o bastão se necessário fosse.

Havia uma figura parada na escuridão. Elas conseguiram sentir o cheiro dele (presumindo-se que fosse um homem), antes de conseguirem realmente enxergá-lo.

— Já fechamos — informou Celine, firme, fechando a porta novamente, mas antes que o fizesse, o homem perguntou:

— Sra. Cordelia Preston? Estou no lugar certo?

Elas ouviram um carregado sotaque irlandês.

La Grande Celine pegou-lhe pelo braço e o puxou para dentro.

— O que aconteceu? — perguntou ela, sabendo que o inspetor Arthur Rivers não se encontrava ali e temendo receber notícias das docas sobre sua segurança, pois ninguém conseguira esquecer os tumultos de Astor Place.

O homem era tão magro que parecia prestes a quebrar. Celine conseguia sentir seus ossos. Vestia farrapos; a barba, o bigode e os cabelos estavam imundos. Os sapatos não passavam de uma sola esburacada e uma tira de couro. Nos ombros, carregava uma bolsa gasta. Perceberam na hora que o homem mal se aguentava em pé. Com o auxílio de Blossom, ele se sentou cuidadosamente no sofá próximo à porta e puxou a bolsa para a frente do corpo com grande dificuldade, como se já estivesse sem forças.

— Pelo amor de Deus, abram — pediu ele, quase sem fôlego. — Uma carta.

— Pegue uma dose de uísque — ordenou Celine a Maybelle.

Blossom se ajoelhou aos pés do homem e abriu a bolsa. Por um breve momento, o irlandês pareceu se ofender ou estar enojado com o fato de uma negra estar tão próxima dele, mas não tinha forças para fazer nem para dizer algo. Celine se agachou tentando não vomitar pelo mau cheiro que o homem emanava e olhou dentro da bolsa. Ali, havia uma carta embrulhada em uma tira de tecido imunda, uma carta endereçada — a tinta escorrera um pouco, mas ainda dava para ler — SRA. CORDELIA PRES e CASA DE CEL. No remetente, lia-se DE SILAS P.

— Rápido! — exclamou Celine para Maybelle enquanto levava a dose de uísque aos lábios do homem. — Chame Cordelia.

Ouviram os pés de Maybelle correndo escada acima e, depois, vários passos descendo apressados. Cordelia e Rillie foram as primeiras a chegar, ambas já de camisola, seguidas por Monsieur Roland, que ainda segurava o livro que estivera lendo e os óculos de leitura.

Celine entregou a carta a Cordelia e esta percebeu que a caligrafia quase ilegível não era de sua filha. Ela se inclinou para o homem.

— O senhor está vindo da Califórnia?

— Sim e eu voltei — respondeu ele com dificuldade. — É um lugar selvagem e muito ruim e ela não deveria estar lá. — Ele pareceu, de repente, ter recebido uma onda de energia ou de raiva. — É como uma fossa de homens se rastejando e morrendo à procura de ouro. A cidade do Panamá é uma visão do inferno com todos indo e vindo e para quê? — Então, mesmo com a ajuda do uísque, ou por causa disso, ele caiu para trás, nos braços de Blossom que, heroicamente, ignorou o fedor de suas roupas e do seu corpo.

— Será que ele morreu? — perguntou Rillie, temerosa.

Blossom aproximou o ouvido do peito do homem.

— Não, madame — respondeu ela. — Consigo escutar o coração dele batendo.

O homem abriu os olhos por um instante.

— Ela é um anjo dos céus — declarou ele.

— Eu? — indagou Blossom, um tanto ofendida. O desdém que ela sentia pelo irlandês era o mesmo que os irlandeses nutriam pelos negros.

— Tem um lugar nos fundos — disse Celine e ela, Blossom e Monsieur Roland entre ambas, ergueram o homem inconsciente e todos arfaram quando três pepitas de ouro caíram da bolsa esfarrapada. Rillie as colocou de volta. Carregaram o homem até uma cama em um pequeno quarto que mais parecia um armário de louças e o deitaram ali. Colocaram a bolsa ao seu lado e ele abriu os olhos por mais uma vez.

— Ela levou o meu irmão para o Céu — informou ele. Ela é um anjo, mas agora... — Ele foi sacudido por um espasmo. — Agora eu cruzei o istmo e meus camaradas morreram como o meu irmão e não me importo se eu morrer ou não. — Então fechou os olhos novamente.

Pensaram que estava delirando. Rillie murmurou para ele:

— O senhor está em casa e em segurança. — Mas voltou-se para Monsieur Roland e sussurrou em tom urgente: — *será que ele está dizendo que Gwennie está morta?*

— Corra até a casa do nosso vizinho médico, Blossom — ordenou Celine. E Blossom logo partiu, mas Celine meneou a cabeça, com cenho franzido, enquanto observava o homem. — Será que você poderia ficar com ele, Maybelle — perguntou ela, em tom de desculpas.

— Ele realmente não pode ficar sozinho — respondeu Maybelle, mas ela se posicionou o mais longe possível do irlandês.

Os outros voltaram para o salão onde Cordelia os aguardava sentada: corajosa, estoica e valente. Cordelia Preston estava temerosa demais para abrir a carta sozinha. Segurava nas mãos o envelope imundo e olhava fixamente para a letra estranha, enquanto esperava por eles. Então, a porta da frente se abriu e Arthur Rivers entrou, segurando nas mãos as próprias cartas. Pareceu bastante surpreso ao ver as pessoas com roupas de dormir reunidas ali no salão de jantar. Então, percebeu a expressão no rosto da esposa.

— Um homem trouxe notícias de Gwenlliam — sussurrou Cordelia. — Não é a letra dela.

Arthur não teve tempo de fazer qualquer pergunta, pois o médico chegou logo em seguida.

— Rápido — pediu ele. — Eles estão trazendo a febre.

— O que quer dizer? Febre? — perguntou Cordelia, assustada.

Ele respondeu de forma sucinta:

— Cólera. Onde ele está?

Celine acompanhou o médico até o pequeno quarto, o policial os seguiu, enfiando as suas cartas no bolso da capa.

— Ele trouxe uma carta para Cordelia da Califórnia — explicou Celine. — Não sabemos nada mais sobre ele.

O homem estava inconsciente. O médico o examinou com bastante cuidado.

— Os senhores têm muita sorte — declarou ele depois de alguns minutos. Ou talvez estivesse falando com o homem inconsciente. Era difícil saber. Mas, então, ele se voltou para Celine e Arthur. — Sabemos que os viajantes estão pegando cólera na viagem de volta da Califórnia. Foi por isso que vim tão rápido. Ele não está nada bem, mas não está com cólera. É bem provável que sobreviva. Quem é ele?

Arthur respondeu:

— Acabei de olhar na bolsa dele, mas não há qualquer documento informando sua identidade, encontrei apenas algumas pepitas de ouro e alguns farrapos.

— É provável que sobreviva — repetiu o médico. — Mas queimem os farrapos. Homem de sorte de ter chegado à casa de Celine. Ele deve morar em Five Points! Alimentem-no e deixem que durma por muito tempo.

A carta era de Peggy Walker. Cordelia, por fim, segurou as folhas nas mãos, que ficaram trêmulas quando percebeu quem era a remetente e que a carta fora escrita há dois meses e meio.

Querida Cordelia,

Não sei bem como começar esta carta, então mergulharei de cabeça no assunto porque a carta precisa ser levada às docas dentro de uma hora. Silas e dois dos líderes dos mineradores já seguiram para verificar o único navio que partirá de São Francisco hoje, talvez haja outros e ele ordenou a um dos charros para esperar por esta carta e, então, galopar o mais rápido que puder para ser entregue a alguém de confiança partindo naquele navio, alguém que tenha optado por tomar a rota pela cidade do Panamá. Este é o caminho mais rápido para que a carta chegue até você.

E graças a Deus você decidiu me contar a história de Gwen. Caso contrário eu não entenderia nada.

Gwenlliam desapareceu. Ou melhor: <u>achamos</u> que sabemos o que aconteceu e ela foi levada por um inglês. Esse homem chegou há algum tempo a São Francisco, fingindo ser um inglês encantador e agradável — um daqueles que realmente são bonitos por fora, mas, na verdade, possuem almas negras. Você sabe, aqueles que acham que são um presente de Deus. Acho que você conhece o tipo, Cord, e, para falar a verdade, eles não se dão muito bem por aqui. De qualquer forma, achamos que ele estava aguardando pela temporada de mineração, como todos os outros. Ele disse que era fã do circo, se apresentou como um lorde e reclamou sobre como demorara para chegar até aqui, 132 dias no mar, ele sempre repetia como se fosse o único viajante entre nós! Vivia perguntando se não seria mais rápido viajar por terra, mas nós contamos a ele sobre a viagem pelo istmo e todas as dificuldades que enfrentamos e ele exclamou: "Nunca atravessarei uma floresta tropical cheia de cobras!" Então, se calou. Depois de alguns dias, Gwen enjoou da constante presença dele, qualquer um percebia isso. Mas ele não se afastava. Por fim, insistiu que tinha de falar com ela a sós sobre assuntos importantes. Todos imaginamos que a tinha visto no circo e se apaixonara por ela. Existem vários casos assim por aqui e ela já recebeu inúmeras propostas de casamento, mas quando percebemos que não estava interessada, dissemos a ele para sumir, mas ele não desistiu até que concordasse em conversar com ele em particular — todos nós, porém, ficamos de olho e bem próximos dela (ela contava com cerca de vinte guardiães naquela tarde, Cord!) para nos certificarmos de que ele não cometeria qualquer covardia contra nossa menina, aquele inglês presunçoso, chamado Sr. Doveribbon (o que, em minha opinião, já é o bastante para levantar suspeitas.)

E lá estava ela, nossa menina favorita se desabrochando para o mundo e, de repente, depois do encontro a sós com aquele camarada, ela voltou para nosso quarto de hotel e estava tão pálida que imaginei todos os tipos de coisas. "Estou bem, Peggy", assegurou ela, mas respondi não, você não está nada bem, querida, e eu sou sua guardiã e prometi à sua mãe que cuidaria de você. Agora, diga, o que aconteceu? Ela meneou a cabeça. "É difícil explicar", começou. — "É sobre o passado." E você sabe o que ela fez Cord, ela vomitou em uma bacia e isso realmente me chocou. E eu contei a ela que sabia tudo sobre o passado, que a mãe dela havia se certificado de que eu soubesse de tudo. Ela pareceu surpresa:

"*Sobre papai e sobre o casamento falso e sobre o nosso sequestro?*" *Sim, eu respondi. Sua mãe me contou tudo. Então, ela lavou o rosto e sentou na cama. Vamos lá, Gwen, pedi. "Ele sabe tudo sobre mim", declarou ela com voz sem emoção, bem diferente do modo como costuma falar. Quem? Mas é claro que eu sabia a resposta. "Sr. Doveribbon. Ele foi enviado aqui pelo pai, que é advogado, para me levar de volta a Londres. Ele sabe que fui criada em Gales com meu irmão e minha irmã. Ele sabe que Manon se casou com um duque e que se matou. Sabe que Morgan estava morto e <u>falou sobre tudo isso</u>, como se tivesse o direito de falar sobre essas coisas comigo. Essa é a minha história. Minha. E ele não tem o direito de falar sobre ela como falou. Ele disse que eu tenho de voltar para a Inglaterra imediatamente, que o meu... O meu avô" (e ela mal conseguia pronunciar a palavra "avô", Cord), "está velho e doente e insiste que eu retorne, pois quer me tornar sua herdeira".*

Então, ela olhou para mim, Cord, seu olhar estava zangado e cortante e eu fiquei muito preocupada. Você sabe o quanto ela é gentil e sensata e, apesar de tudo, você poderia até achar que ela estava me dando boas notícias, já que disse que se tornaria uma herdeira? Certamente, é bem mais fácil do que o circo! Mas ela continuou: "Ele estava tão convencido! Como se estivesse me trazendo boas novas! Eu <u>odiava</u> aquele velho. Ele era cruel, principalmente com o meu irmão. Ele o intimidava e não permitia que ele pintasse e Morgan era um excelente pintor. Aquele duque decrépito e fétido bebia uísque e gritava e controlava nossas vidas. Nosso pai era fraco e tenho certeza de que tinha tanto medo do pai que não casou de verdade com a minha mãe. Aquele velho duque era um monstro e eu o <u>odiava</u>. Ele era um monstro nojento e minha mãe sofreu tanto, eu esperava que ele já tivesse morrido há muito tempo. Não quero nada com ele. E o Sr. Doveribbon me disse que tenho obrigação de voltar, que todos estão tentando me encontrar porque há uma enorme quantia de dinheiro e de terras envolvida. Eu serei a herdeira, ele disse, e tenho de voltar imediatamente. Então, sabe o que ele disse, Peggy? Disse que se casaria comigo porque eu preciso de <u>proteção</u>! Eu!"

Então, eu ri, não consegui evitar. Nossa Gwen, tão independente e espirituosa, ela é feliz quando está no circo, vivendo com a trupe. Sei que você me disse que ela foi criada para ser uma lady inglesa, mas em nada se parece com uma lady! Ela é maravilhosa no circo, Cord, um grande sucesso. É claro que ela não é você, ela não tem o "algo a mais", como Silas chama, aquele algo a mais que faz com que as pessoas não consigam afastar os olhos de você, Cord, mas você ficaria orgulhosa dela, Cord. Os mineradores a adoram, a veneram e os acrobatas franceses, os charros e os anões (em número bem menor agora, como você já deve saber) que sempre dividiram seus segredos com ela. E o cacique Great Rainbow, ela começou a jogar pôquer <u>com</u> ele, antes que ficasse triste demais com a matança dos índios aqui. Um cacique jogando pôquer com uma mulher. Você já ouviu algo parecido? Mas acho que ele estava orgulhoso de como ela aprendeu bem.

O que você disse para o Sr. Doveribbon, Gwen?, perguntei ainda rindo, mas logo parei porque, Cord, ela começou a chorar. Nossa querida e jovem Gwen. Ora, eu nunca a vira chorar antes. Acho que ficou feliz por eu conhecer o seu passado, Cord, então, você tomou a decisão certa quando decidiu me contar tudo, embora eu nunca tenha mencionado nada até aquele dia. Acho que ela não teria me contado nada do que havia acontecido com o Sr. Doveribbon se tivesse de me explicar tudo. "A arrogância!", repetia ela. "Ele foi tão arrogante, tão certo de que estava fazendo o melhor para mim — <u>Estou fazendo isso por você</u>, dissera ele. <u>Atravessei o mundo por você!</u>" Então, ela disse que a ideia de abandonar o circo e voltar para aquela vida que impuseram a ela quando era mais jovem e estar com o duque velho e cruel era algo tão terrível que a fazia sentir vontade de vomitar. Então, depois de um tempo, ela enxugou as lágrimas. "Eu não sei por que chorei, Peggy", disse ela. "Acho que é porque lembrei daquela época".

Você não <u>precisa</u> ir, Gwen, afirmei para ela, você é dona da própria vida e ela me respondeu "sim, eu disse a ele que não queria nada daquilo e que queria que ele nunca mais me dirigisse a palavra. Além disso, vou falar para os charros que ele está me incomodando e eles vão mantê-lo longe de mim!" Então, ela riu e finalizou: "Todo pomposo vindo de Londres para <u>minas de ouro</u> para falar sobre fortunas! Como isso tudo é inapropriado quando temos a nossa própria fortuna! Nem sei por que estou chorando!" e eu ri e ela ainda ria daquele jeito corajoso quando (eu notei isso Cord, já que você me contou a sua história) se lembrou do passado. E no final, Sr. Doveribbon parecia não ser nada mais do que um sonho ruim.

Ela não olhava para ele e nem lhe dirigia a palavra. É claro que ele vinha ao circo, mas os charros ficavam por perto quando viram que ela realmente não queria nada com ele. Esses mexicanos são muito devotados a ela; simplesmente disseram para ele sumir e você sabe que eles podem ficar bem violentos quando não gostam de alguém. Então, ele desapareceu e é claro que pensamos que tivesse partido para sempre e Gwen ficou muito feliz. E acreditamos que aquele era o fim da história e esquecemos dele. Mas eu percebi que aquilo tudo a abalara. "Estou com dificuldades de escrever para mamãe", confidenciou ela. "Para contar sobre o que aconteceu. Tudo aquilo ficou no passado e nós achamos que estivesse acabado." E algumas vezes ela repetia a mesma frase: "a arrogância!"

Cord, quando Gwen estava voltando para o hotel depois do jogo de cartas na noite passada — saí quinze minutos antes dela, disse que ferveria água —, ela simplesmente desapareceu em algum lugar entre o salão de jogos e o hotel.

Não temos certeza. São Francisco, onde estamos agora, é um lugar selvagem e violento, e ocorrem muitos crimes por aqui. Há muitos trapaceiros e vagabundos. Ainda assim, duvidamos que qualquer pessoa em São Francisco pudesse fazer mal a ela. As pessoas aqui se conhecem. Ela é especial e se tornou muito popular mesmo. Não são apenas as acrobacias, mas ela conseguiu muito sucesso com o mesmerismo. E as pessoas aqui ficaram bastante impressionadas e quase todo mundo na cidade sabe quem ela é. O treinador do camelo está certo de ter visto o Sr. Doveribbon próximo às tendas na noite passada antes da apresentação do circo, mas ninguém mais o viu. No entanto, eu suspeitei daquele inglês desde o princípio. Então, contei toda a história para Silas, sobre o Sr. Doveribbon ser o filho de um advogado e tentar levar Gwen de volta à Inglaterra e assim que eu contei tudo ele ficou muito estranho. Parece que um pouco antes de deixarmos Nova York, Silas recebeu a visita desse mesmo Sr. Doveribbon. "Ele esteve aqui?", perguntou Silas, surpreso. "Se pelo menos eu o tivesse visto", mas você conhece Silas, sempre correndo de um lado para o outro, fazendo planos e contando dinheiro. Ainda contamos com uma grande audiência. De qualquer forma, o Sr. Doveribbon descobriu que trabalhávamos no circo e entregou a Silas uma carta destinada a você, Cord, com notícias vantajosas.

Bem, você conhece Silas, Cord, ele não é mau. Não mau de verdade, o que quero dizer é que ele tem boas intenções. Ai meu Deus, os charros estão pedindo a carta. De qualquer forma, Silas não contou a você sobre a carta porque queria que ambas subissem a bordo daquele navio para a Califórnia. Ele me disse que a rasgou.

Então, Gwen desapareceu, Silas ordenou uma grande busca e está investigando o caso e, como eu disse, nesse momento está verificando os navios de partida. Todos estão à procura dela. Ninguém ouviu gritos ou brigas, mas sabemos que nunca teria abandonado o circo ou ido com ele. Mas não existem policiais de verdade por aqui, nem um governo nem nada. O que quero dizer é que só podemos contar conosco para resolver isso. Se alguém pode encontrá-la, esse alguém é Silas. O circo não é nada sem ela.

O que quero dizer é que, sem ela, não temos nada de especial e sei que Silas também está se sentindo culpado.

Ela está desaparecida desde ontem à noite; hoje é 14 de maio e nenhum navio grande partiu desde ontem de manhã. Graças a Deus que estamos trabalhando em São Francisco e podemos controlar essas coisas. Se estivéssemos em Sacramento, quando as minas de ouro são reabertas depois do inverno rigoroso, mas estamos indo bem aqui agora que há ouro de novo. Pelo menos estávamos trabalhando até ontem à noite. Os charros seguirão com esta carta direto até as docas, por isso tenho de terminar. Ela seguirá pela rota mais rápida que conhecemos e, se houver qualquer sinal do Sr. Doveribbon no próximo navio de partida, ele será arrancado de lá e a carta não seguirá o caminho. Mas existem embarcações particulares menores, até mesmo barcos de pesca partindo para o Panamá o tempo todo, já que as pessoas não têm paciência neste lugar. Embora de alguma forma se este Sr. Doveribbon conseguir levá-la até o Panamá sem que o impeçamos, ainda terá de fazer a segunda parte da viagem. Agimos o mais rápido possível, mas talvez não o suficiente. A única coisa que me incomoda é que não acredito que alguém possa obrigar Gwen a fazer algo que ela não queira a não ser que tenha sido impedida fisicamente de se defender. Talvez apareça sã e salva amanhã e, nesse caso, escreverei novamente para você. Adeus, Cord, os charros não param de chamar, eles têm de entregar esta carta para alguém de partida para Nova York pelo istmo do Panamá, a não ser que encontremos Gwen primeiro.

Sinto muito, Cord.
Peggy Walker.

Cordelia não percebeu que deixara a carta cair no chão. Não percebeu que caminhou até a janela, olhou para Maiden Lane à noite e que carroças ainda passavam pela rua pavimentada.

Somos o nosso passado, dissera-lhe Monsieur Roland. A memória — evasiva e enganadora que, às vezes, sufoca — nos define e nos torna quem somos.

Ellis lhe mandara uma mensagem. Deveria partir para Londres imediatamente, sem as crianças e seguir para um endereço próximo à Strand Street. Ela nunca se separara dos filhos e prometeu que voltaria logo, que traria papai com ela e que ele nunca mais iria embora. Quando a carruagem se afastou, ela viu Morgan, com 5 anos de idade, chorando e lutando, sua irmã de 6 anos segurava-lhe pela mão: os longos cabelos claros de Gwenlliam voavam ao redor do rosto enquanto se inclinava para ele. Manon, com 7 anos, olhava insensível para a carruagem que partia: também queria ir para aquele lugar chamado Londres e não acenou para a mãe. Algo, algum instinto talvez, fez com que Cordelia batesse no teto da carruagem. Ela rapidamente desceu e o forte vento que soprava quase a derrubou para fora da estrada enquanto observava os filhos, mas ela já estava longe demais e as crianças eram apenas sombras, na grama alta; a pedra quebrada do antigo castelo galês se erguia à distância, sobre eles enquanto o vento forte soprava.

Na longa viagem para Londres, Cordelia pensou na própria vida e na reviravolta romântica e inacreditável. As dúvidas que ela havia mantido afastadas ao longo dos anos em que vivera no interior de Gales ressurgiram e seu coração disparou à medida que se aproximava de seu antigo lar: Londres.

Aguardando por ela no endereço que lhe fora dado em uma rua próxima a Strand Street não estava Ellis na residência de Londres, mas sim um procurador em um gabinete legal. Ele tinha documentos e dinheiro.

— Lorde Morgan Ellis sente muito, Srta. Preston...

Ela lhe lançou um olhar surpreso.

— Por favor, não se dirija a mim como Srta. Preston. Sou Lady Ellis.

— Temo que não, Srta. Preston. Hum, a cerimônia de casamento realizada há tantos anos na capela foi realizada por um... um amigo. Não passou de pilhéria.

— **Pilhéria?**

— Ah... não. Talvez essa não seja a palavra correta. Mas a cerimônia não foi legal nem os une. — Ele fungou. — A senhora não é e nunca foi Lady Ellis.

Ela se manteve ereta.

— Eu gostaria de ver o meu marido.

— Temo que isso não seja possível. E eu devo dizer que Lorde Morgan Ellis não é e nunca foi seu marido. A senhora não deve voltar para Gales. A residência de vocês foi fechada. E temo que esse seja o fim da história.

Ela repetiu as palavras, incrédula:

— O fim da história? **O fim da história?**

De repente, ela empurrou o procurador, pegando-o desprevenido, pois jamais fora empurrado por uma mulher. Ela bateu a cabeça dele contra a parede do escritório próximo à Strand, antes que conseguisse escapar.

— E quanto aos meus filhos?

— Sua messalina! — gritou ele. — Sua atriz e prostituta!

— **E quanto aos meus filhos?**

— Eles não são seus filhos. Perante a lei, eles pertencem a Lorde Ellis. Tenho aqui duzentos guinéus por seu incômodo.

Então, percebendo a incredulidade nos olhos de Cordelia, o procurador deixou o aposento antes que ela pudesse atacá-lo novamente e aproveitou para *contar em vários jantares a história da atriz messalina que acreditou ter se tornado uma lady.*

Cordelia voltou a Gales imediatamente. Alugou uma carruagem particular e nem parou para visitar a tia Hester. Viajou dia e noite, se recusando a parar, a não ser para trocar os cavalos. Ao chegar, descobriu que uma tempestade de primavera castigava a costa de Gwyr, a chuva lavava o caminho e o vento soprava forte. Enquanto se aproximava da mansão de pedras, das ruínas do castelo nas rochas e via através do véu da chuva que a maré estava baixa à distância e, à medida que se aproximava dos portões, ela sabia: as crianças não estavam mais lá, seu lar havia sido trancado e não haveria mais cabelos louros brincando entre as algas na areia e nas rochas da praia. Um relâmpago rasgou o céu enquanto ela estava parada ali e foi seguido por um trovão. Conseguiu pular o portão de ferro pelo muro de pedra, que rasgou a sua capa, mas a casa estava fechada e trancada. Não havia sinal dos filhos, exceto pela casa que haviam construído entre os galhos de um carvalho. A árvore. Ela subiu rapidamente até a pequena casa da árvore onde sempre deixavam cartas uns para os outros. A chuva pesada e o vento forte já haviam destruído um pedaço pequeno de papel que acabara sendo carregado para o céu e já havia desaparecido bem antes de Cordelia ter chegado em casa.

Um grito alto ecoou através da chuva, do mato alto, das flores do campo, das ruínas do castelo e da praia deserta abaixo, enquanto Cordelia corria como uma alma demente e atormentada em volta da vazia construção de pedra. **Onde estão meus filhos?** O que aconteceria com Morgan e sua raiva e as tempestades que aconteciam dentro de sua cabeça? Ninguém sabe quanto tempo Cordelia Preston permaneceu sob a tempestade do lado de fora da mansão, mas a maré subiu de novo e o mar que sempre pareceu tão bom se arremessou contra as rochas, em um constante vaivém.

Cordelia Preston também poderia ter se jogado contra os rochedos, mas ela era sobrinha da Srta. Hester Preston. E agora, ao que tudo indicava, ainda era uma Srta. Preston. As mulheres da família Preston, no final das contas, não se atiravam em nenhum lugar, apenas mergulhavam de cabeça na vida.

Mas ali, em Nova York, tantos anos depois, as folhas da carta de Peggy Walker espalhadas pelo chão, Cordelia Preston levou as mãos ao rosto, enquanto os soluços vindos do fundo de sua alma sacudiam-lhe o corpo.

E tudo isso é **minha culpa**.

38

Clorofórmio. Não foi o éter, nem o óxido nitroso que os anões usavam todos os dias depois do espetáculo para ficarem "altos". *Clorofórmio.*
Gwenlliam sabia que era clorofórmio.
Já sentira o cheiro antes: os anões experimentaram clorofórmio, mas o descartaram; também cheirara a substância no hospital com Monsieur Roland. Então, reconheceu na hora: o odor estranho e ligeiramente adocicado.
Não fazia ideia de onde se encontrava, ou há quanto tempo estava ali, mas percebeu um leve movimento. Talvez estivesse em uma carruagem silenciosa com cavalos trotando suavemente sobre a relva do campo. Estava sendo levada por cavalos silenciosos. Não abriu os olhos — na verdade era muito difícil abri-los, pareciam tão pesados... Preferiu flutuar... Flutuar por sobre os campos. Estava sendo levada, devagar, vagando até chegar, abruptamente, aos próprios pensamentos. O circo, o trapézio vazio balançando em um vaivém lento enquanto os mineradores gritavam, aplaudiam e cuspiam tabaco como sempre faziam. Os mineradores se esparramando pelas tavernas e assediando as garçonetes como de costume, *é a minha vez de dançar,* encontrando-se com outros acrobatas na penumbra iluminada por lampiões, perambulando pelas tendas de apostas, jogando, ganhando? Então, uma lembrança fugaz de estar caminhando, caminhando e ouvindo passos. Será que eram passos? Mas precisava se esforçar muito para pensar nos passos, então, se deixou flutuar pelos campos de sonhos levada por cavalos silenciosos e graciosos.
E, então, lembrou-se.
Algum instinto imediato fez com que mantivesse os olhos fechados. Tentou escutar algo. Um som. Um som como a correnteza de um rio... Estavam

sentados à beira do rio fora de pequenas cidades, enquanto ela, os engolidores de fogo, os acrobatas e o cacique jogavam cartas, o bebê elefante esguichava água por cima da cabeça e Peggy Walker costurava sem parar. *Peggy Walker. Onde estou?* Novamente escutou o som, o rio, e então ouviu: o estalar de uma vela atingida diretamente pelo vento. *Estou em um barco e alguém colocou clorofórmio no meu rosto. Ainda conseguia sentir o cheiro, mesmo que fraco, da substância* como se estivesse impregnado na sua pele ou no seu cabelo.

De novo, o som de uma vela ao vento. *Clorofórmio.* Já ouvira histórias. Garotas jovens dominadas por homens diabólicos que usavam clorofórmio para satisfazer seus desejos perversos. Analisou a si mesma, com cuidado, sem abrir os olhos, para verificar se havia sido vítima de tais desejos, mas parecia bem e — de maneira delicada e suave tentou se mover, mexeu um braço, depois outro e as pernas — ainda estava completamente vestida, os pés ainda calçavam as pequenas botas.

Clorofórmio. O que aquele cirurgião do hospital dissera sobre essa substância? *Clorofórmio administrado da forma errada pode causar uma parada cardíaca.* Seu coração, é claro, não havia parado, pois podia senti-lo, batendo forte no peito enquanto uma onda de pensamentos passava por sua cabeça. Uma vez mais, escutou o som de velas ao vento. *Mas onde estou?*

Tentou se lembrar mais uma vez de quando voltava da tenda de apostas, havia ganhado vinte dólares e os guardara no bolso da capa. Lembrou-se de ter acenado boa noite para os *charros*, que cuidavam dos cavalos, para uma das acrobatas que estivera no salão de dança e que passeava de braços dados com o proprietário de uma das lojas. Lembrava-se de ter acenado para os anões reunidos na esquina onde um dos médicos mostrava remédios, acenava para as pessoas e caminhava, viu as luzes do hotel para onde Peggy Walker se encaminhara um pouco antes para ferver água e, então, passos, passos atrás dela e... Nada mais... Apenas a escuridão.

Naquele momento, uma luz pareceu se acender em sua mente... Se abrisse os olhos agora ela o veria: Sr. Doveribbon, o filho do advogado.

Respirava de forma suave e gentil como se ainda dormisse.

Compreendeu com absoluta clareza. Sua fortuna não poderia ser reivindicada se não estivesse lá para cuidar do avô, e como optara por não se associar com o Sr. Doveribbon, ele usara clorofórmio para garantir sua presença. *Uma quantidade excessiva de clorofórmio poderia causar uma parada cardíaca.* Será que ele estava ciente dessa importante informação?

Manteve a respiração suave e lenta.

Sr. Doveribbon cometera um erro, pois Gwenlliam Preston nunca, *nunca mesmo*, cooperaria com algum membro da família do duque de Llannefydd, que parecia achar perfeitamente aceitável sequestrá-la duas vezes e afastá-la de sua vida.

Manteve a respiração suave e lenta enquanto seguia com suas deduções.

Peggy Walker sabia de tudo. Será que Peggy desconfiava do que realmente acontecera? Peggy escreveria para Nova York de imediato. No entanto, uma carta não chegaria a Nova York mais rápido do que uma pessoa e não havia nenhum posto telegráfico que ligasse Nova York a São Francisco para que levasse sua mensagem. Arthur. Arthur era um policial, um policial de verdade, um detetive da Scotland Yard. Peggy encontraria uma maneira de enviar uma carta urgente para Nova York. Os *charros* a ajudariam. Arthur era um detetive. Ele a encontraria...

A respiração continuava calma.

Será que o Sr. Doveribbon planejara a viagem pela rota segura, contornando o Cabo, a rota que ele conhecia, ou será que optara pela rota mais rápida e perigosa, através do istmo do Panamá? De alguma forma, a sensação que tinha era de que estava em um barco pequeno. Se esse fosse o caso, a embarcação deveria seguir de São Francisco até o Panamá. Ela percebera o interesse dele por outras rotas: será que estava considerando atravessar o temido istmo? Ou talvez tomar a rota pelo México? Se gritasse naquela loucura que era o Panamá, quem a escutaria? O Sr. Doveribbon sabia que ela tinha família em Nova York. Será que sabia que estariam procurando por ela? Caso se recusasse a seguir com ele, será que, sem conhecer os riscos, continuaria a drogá-la com clorofórmio, provocando, talvez, uma parada cardíaca? Será que deveria resistir? Ou seria melhor viajar de maneira tranquila de volta a Nova York sob a proteção do Sr. Doveribbon?

Gwenlliam não estivera presente quando Cordelia Preston e Peggy Walker concluíram que ela era uma garota sensata e corajosa. A corajosa e sensata Gwenlliam Preston, agora conhecida como A ACROBATA CLARIVIDENTE (que, ora, vejam, não possuía os poderes clarividentes para prever a situação em que se encontrava), compreendeu que tinha apenas uma opção naquele momento: ser sensata (pelo menos até descobrir os planos dele), e depois ser corajosa (quando tentasse frustrá-los). *Serei sensata e agradável até chegarmos ao Panamá e, então, de alguma forma, vou fugir e voltar para São Francisco.*

Ela se perguntou o que teria acontecido com os vinte dólares que ganhara no pôquer. Será que ainda estavam no bolso de sua capa?

Com a respiração ainda lenta e suave, começou a dar pequenos suspiros como se estivesse despertando apenas naquele momento e, por fim, abriu os olhos e viu, sob a luz que entrava por uma pequena escotilha elevada, o Sr. Doveribbon (como previra sem a necessidade de poderes mágicos). Ele estava sentado em um pequeno banco e a observava. Ela olhou ao redor da pequena cabine. Conseguia ver o céu azul através da diminuta janela, podia sentir o mar: tinha certeza de que se tratava de um barco pequeno, não um grande. Parecia estar na cama de baixo de um beliche. Havia uma pequena mala: provavelmente dele, já que ela não tivera a chance de arrumar as próprias malas. Não havia qualquer sinal visível de um recipiente de clorofórmio, mas não queria correr riscos.

— Olá, Sr. Doveribbon — cumprimentou Gwenlliam. — É melhor usar essa substância com bastante cuidado ou poderá acabar com uma herdeira morta em suas mãos. — Ela se sentou. — O senhor sabia que clorofórmio, administrado da forma errada, pode causar uma parada cardíaca?

39

Uma vez que Gwenlliam tomara sua decisão, tornou-se completamente submissa ao Sr. Doveribbon e parecia acatar os planos dele sem qualquer objeção, como ele previra. Afinal, estavam lidando com muito dinheiro. É claro que não confiaria totalmente nela, mas quem neste mundo jogaria fora a chance de receber uma enorme fortuna? (Como era tolo o Sr. Doveribbon, que a conhecia tão pouco.)

— Clorofórmio, administrado da forma errada, pode causar uma parada cardíaca — dissera ela. Gwenlliam notou o desconforto dele ao ouvir as palavras. Talvez fosse por ela ter percebido tão rápido que ele havia usado clorofórmio, e ter demonstrado um inesperado conhecimento sobre tal anestésico. — Conte-me, Sr. Doveribbon, qual foi a proposta do meu... — Ela fez uma pausa, odiando ter de proferir a palavra, mas forçando-se a dizer: — ... *avô* para que o senhor arriscasse tudo ao me sequestrar e me levar neste barco ao Panamá?

Uma vez mais, notou o desconforto dele: não gostava da palavra *sequestro*. Além disso, como descobrira tão rápido para onde o barco estava indo? Ela permanecera inconsciente por um bom tempo: ele a carregara pela escuridão de um dos menores cais de São Francisco e a colocara na escuna (previamente arranjada) apenas quinze minutos depois de ter coberto seu rosto com clorofórmio. Dissera à tripulação que ela era uma prima e que estava muito doente, como se qualquer pessoa desse a mínima para isso. Afinal, São Francisco era uma cidade violenta. Agora que estavam seguros, falava mais com irritação do que qualquer outro sentimento mais forte: sentia-se relaxado naquele momento, mas ela lhe causara muitos problemas; achava difícil perdoá-la pela longa, tediosa e tempestuosa jornada pelo mar que tivera de empreender por causa dela. Também sabia que era um homem muito bonito: estava acostumado a ver jovens senhoritas se jogarem aos seus pés, sem a necessidade de recorrer ao sequestro.

— Se a senhorita tivesse se comportado como qualquer jovem sensata, eu não precisaria ter lançado mão desse — pronunciou a palavra com desgosto — *subterfúgio*. Estou fazendo isso pela senhorita. Pediram-me apenas que a levasse de volta à Grã-Bretanha, para seu grande benefício.

— Eu não sou um pacote, Sr. Doveribbon. — Mas disse isso com um leve sorriso nos lábios. — Que grande benefício seria esse exatamente?

— A maior parte de Gales — respondeu ele de imediato.

— Ele não é proprietário da "maior parte de Gales", Sr. Doveribbon — afirmou ela com tranquilidade.

— Ele possui uma grande parte. Como eu lhe disse de forma bastante clara em São Francisco, ele objeta veementemente que um primo de segundo grau receba tudo que pertence a ele. A senhorita deve se lembrar de que é neta dele, e que esse laço de sangue traz uma recompensa, embora carregue consigo também algumas obrigações.

Gwenlliam lhe lançou um olhar tão forte que lhe causou certo constrangimento. Pensou que não gostaria que ela descobrisse o que havia acontecido com a mãe.

Seu objetivo, porém, fora cumprido e estavam a caminho não de Nova York, mas de Londres. Encontrara a joia. *Dez mil libras.*

Eram os únicos passageiros. Alugara a pequena escuna e pagara pela discrição da tripulação: usava o dinheiro do pai até que recebesse o pagamento do duque, mas esse custo seria zero no final. Sorriu para a garota pálida deitada no catre da minúscula cabine.

— Apesar dos fatos infelizes que cercam o seu nascimento, a senhorita ainda é a única filha viva do filho do duque, e ele deseja modificar a lei em seu benefício. Ele é um senhor idoso e não muito saudável. É um dos homens mais ricos da Grã-Bretanha e insiste em vê-la antes de assinar a complexa documentação. Assim, todo esse assunto se tornou urgente e necessário. — Sorriu de novo para ela. — Eu digo isso para seu benefício, Srta. Preston. E também para o meu. — Ele conhecia seus atributos físicos: nenhuma mulher que conheceu jamais resistiu aos seus encantos. (Como era tolo esse Sr. Doveribbon: não sabia que o pérfido pai de Gwenlliam também fora avassaladoramente bonito?)

— Presumo que eu possa caminhar pelo convés?

— Comigo ao seu lado, pode ir a qualquer lugar. A tripulação é composta por quatro homens e o capitão, mas você vai escutar muito pouco inglês.

— Eles são espanhóis? — perguntou, tentando se mostrar esperançosa; ele não tinha como saber que sua longa amizade com os *charros* mexicanos lhe ensinara o básico de espanhol.

— Não são espanhóis. São das ilhas Sandwich e possuem um idioma estranho só deles. Apenas o capitão fala inglês, e eu lhe expliquei que minha prima apresentava alguns momentos de insanidade, assim creio que ele não acreditará em nada que diga. Também tenho mais clorofórmio à minha disposição. — Ele estava bastante satisfeito consigo mesmo e não demonstrava qualquer sinal de desconforto naquele momento.

— Você compreende, eu espero, os perigos do mau uso do clorofórmio.

— Eu não tenho feito mau uso, Srta. Preston.

Aquele foi o único momento em que ela quase perdeu a compostura. *Não fez mau uso? Colocar clorofórmio sobre o meu rosto e me sequestrar. Arrancar-me da minha vida pela segunda vez por causa daquele velho monstruoso e odioso.* Lembrou-se de como o cacique Great Rainbow lhe ensinara a esconder as emoções: inspirou profundamente algumas vezes. O céu azul parecia mover-se através da diminuta janela acima, ouviu o som do mar e o vento soprando nas velas.

— Joga pôquer, Sr. Doveribbon?

Ele pareceu se divertir com a pergunta.

— É claro. E percebi que a senhorita também se interessa por esse jogo.

— Talvez nós possamos jogar para passar o tempo. Apostando dinheiro. *Precisarei de dinheiro para minha passagem de volta, só Deus sabe o quanto, já que há muita gente esperando por uma passagem no Panamá, ainda atrás de ouro.*

— A senhorita tem dinheiro consigo?

— Não tanto quanto deveria ter se soubesse da minha viagem. A menos que — fez uma pausa — eu tenha sido roubada, tenho sim dinheiro comigo.

Ele sentiu-se ofendido.

— Não sou um *ladrão!*

— Além disso, de acordo com o que o senhor me disse, logo receberei uma grande quantia de dinheiro, então se eu perder muito feio, sinta-se à vontade em me bancar — Ela sorriu de novo. — Então, talvez, possamos caminhar pelo convés e, mais tarde, jogar uma partida ou duas para passar o tempo.

Ele não poderia estar mais impressionado pelo poder de recuperação e a calma que ela demonstrava. Ele assentiu. Ela se levantou devagar da cama de baixo do beliche. Sentiu-se tonta e enjoada, mas não deixou transparecer isso para o seu sequestrador.

— Posso lavar meu rosto?

Ele assentiu de novo, totalmente relaxado dessa vez. Ela não sabia que parecia frágil e pálida (mas as aparências costumam enganar).

— Vou me retirar e esperarei a senhorita no convés — declarou ele. — Nem mesmo a senhorita, creio eu, seria tão tola a ponto de se atirar ao mar.

— Acho que o senhor pode contar com isso.

Assim que ele saiu, ela vomitou em um balde. Depois, sentiu-se melhor, mas gostaria de ter roupas limpas. Havia água em uma tigela. Lavou o rosto várias vezes. Também havia uma garrafa de água e, sedenta, bebeu, esperando pelo melhor. Por fim, ainda um pouco oscilante, subiu a pequena escada até o ar fresco primaveril da Baixa Califórnia e do oceano Pacífico.

Quase poderia ter aproveitado a viagem. Pelo menos podia contar com a própria cabine e a chave para ela. Ao que tudo indicava, o Sr. Doveribbon não planejava lhe causar nenhum mal. Passaram pela península meridional da Califórnia: o sol quase sempre brilhava, um dos membros da tripulação pescou um peixe para comerem, o ar era fresco.

— Onde são as ilhas Sandwich? — perguntou ela ao capitão. Ele apontou para o oeste.

— *Hawai'i* — respondeu ele. — Chamamos minha terra de *Hawai'i*.

Apurou que o barco se chamava *Moe'uhane*; o capitão de pele amarronzada que só lhe dirigia a palavra quando o Sr. Doveribbon estava presente, contou que a palavra significava *sonho,* e Gwenlliam sorriu para ele, com seus próprios sonhos de retornar logo ao circo de São Francisco.

Muitos navios passavam por eles, indo e voltando; uma vez o vento os tirou da rota e os homens da pequena tripulação subiram e desceram dos mastros, puxando as velas, e soltando-as novamente. Depois de mais de duas semanas sem poder trocar de roupa, Gwenlliam, para dizer de forma educada, fedia. Até aquele momento já havia ganhado catorze dólares do Sr. Doveribbon para somar aos vinte dólares que ainda estavam no fundo do bolso de sua capa. Tentava fazer com que ele sempre jogasse com ela. *Precisarei de dinheiro.*

— Quando chegaremos ao Panamá? — indagou ela ao capitão certo dia, enquanto um belo clíper passava a oeste deles como um pássaro veloz, e, a leste, havia nuvens, ou terra, calmos como um sonho.

— Deixe esses detalhes comigo — respondeu o Sr. Doveribbon, afastando-a do leme, também observando o clíper com atenção. Na verdade, ele ergueu a mão em cumprimento.

— Bonitos barcos, não? — perguntou ele. — Parecem pássaros, como a senhorita me disse logo que nos conhecemos.

Ela olhou novamente para as velas brancas à distância e, com atenção, observou a costa distante que se tornara visível naquele dia; supôs que estavam passando pelo México: os *charros* haviam lhe mostrado, com orgulho, o México no caminho para a Califórnia. Estavam próximos ao Panamá. Pela primeira vez ela o provocou:

— Preciso de *roupas* — declarou ela. — E linho. Coisas necessárias para as mulheres. Preciso arranjá-las no Panamá. Isto é nojento.

Ele ficou envergonhado.

— Faça uma lista — orientou ele. Na mesma hora ela ficou alerta. *Fazer uma lista? Para quem? Não é certo que pararemos no Panamá?* — Faça uma lista — repetiu ele de forma categórica.

— Eu mesma gostaria de comprar essas coisas.

— Isso não será possível.

— Nós vamos trocar de barco no Panamá?

— Deixe esses detalhes comigo — respondeu o Sr. Doveribbon.

— Como uma pessoa sequestrada — começou ela com firmeza —, preciso saber se viajarei de volta pelo istmo. Eu já fiz essa viagem uma vez, e o senhor não: deparei-me com crocodilos, indígenas, cobras e o rio fumegante. Seria aconselhável me ouvir sobre certos quesitos. E posso garantir ao senhor que lhe causarei muitos problemas se não permitir que eu compre as roupas de que tanto preciso. Não acho necessário que eu exale *mau cheiro.*

— Faça uma lista — repetiu ele pela terceira vez. — Mas posso lhe garantir que tenho grande aversão por cobras. E não nos encontraremos com crocodilos. — *Sem crocodilos.* Isso significava que não passariam pelo istmo. Por certo, ele não tinha coragem para atravessar as selvas mexicanas com ela e já haviam deixado as montanhas para trás. Isso significava que planejava seguir por navio. Esse pequeno barco nunca contornaria o cabo Horn ou o estreito de Magalhães, sobre o qual ouvira falar muitas vezes nas conversas dos viajantes quando trocavam histórias de suas jornadas em manhãs ensolaradas e poeirentas de Sacramento. De alguma forma ela tinha de escapar do *Moe'uhane* com seus 34 dólares e fugir do Sr. Doveribbon: *estarei pronta, apenas saltarei para o cais e correrei*. Mas na mesma hora ela se lembrou. Havia uma barreira do lado de fora da Cidade do Panamá: a maré e as pedras tornavam o lugar muito perigoso para barcos se aproximarem: os navios deveriam ancorar afastados da praia e os passageiros eram levados e trazidos por pequenas balsas. Será que o *Moe'uhane* era pequeno o suficiente para passar pelas ondas e pedras até a costa? Ou será que teria de ancorar? Qual era o plano? Algumas vezes, tentava escutar as conversas dele com o capitão do *Moe'uhane*; mas eles paravam de falar assim que ela se aproximava.

Gwenlliam traçou os próprios planos. Obrigou-se a lembrar de tudo que sabia sobre o Panamá: havia muitos navios no porto e as balsas iam e voltavam da barreira o tempo todo, transportando passageiros, mercadorias e animais. Muito bem. De alguma forma, mesmo se tivesse de pular (afinal de contas, era uma acrobata), teria de ser transportada também, se o *Moe'uhane* ancorasse na barreira. Ficava sempre alerta: à noite, trancava a porta da cabine e também colocava um banco debaixo da maçaneta. Assim, ele não conseguiria entrar sem que ela soubesse. Estava sempre alerta.

Mas não alerta o bastante. Sentia-se segura no convés, certa de que ele não lhe atacaria na frente dos havaianos. Ela estava, na verdade, se inclinando pela grade do convés em uma manhã ensolarada e clara na qual conseguia ver ao longe algumas das antigas construções espanholas da Cidade do Panamá se aproximando, quando, de repente, foi surpreendida com o cheiro estranho e doce e foi engolfada pela escuridão.

40

Por toda uma noite, a primeira após a chegada da carta de Peggy Walker, Rillie e Monsieur Roland ficaram acordados em suas camas, cada um em seu quarto, pois podiam ouvir o choro terrível de Cordelia. Às vezes, escutavam o som abafado da voz de Arthur Rivers, seguido pelo som angustiado e sofrido: o som da dor. E o som do passado.

Ao amanhecer, Rillie e Monsieur Roland ouviram Arthur se levantar e sabiam que ele não dormira nada. Ele fechou a porta e desceu as escadas. Embora o ar da manhã já estivesse quente enquanto descia Maiden Lane em direção às docas do rio East, o policial puxou a capa e a ajustou melhor ao redor do corpo como se buscasse conforto.

Na Casa de Celine, explicaram a Cordelia repetidas vezes como se ela fosse uma criança: se a carta chegara, era bem possível que Gwenlliam estivesse em um navio que poderia chegar a qualquer momento. Em algum navio que tomara a rota que contorna o cabo Horn, vindo da Califórnia. Ou vindo de Chagres, no istmo do Panamá. Qualquer que fosse a rota escolhida, era bem provável que Gwenlliam Preston apareceria em uma das docas acompanhada por um inglês. E sua família estaria esperando por ela quando isso acontecesse. Não havia outra forma de pensar na questão. Todos se ocuparam. Recusaram-se a considerar qualquer pensamento sobre agulhas no palheiro. Além disso, contavam com Alfie Tyrone ao lado deles.

A cada dia que passava, Cordelia sentia como se estivesse flutuando sobre si mesma, olhando para o caos sem fim que o seu passado acarretou na vida das pessoas que mais amava. *Tudo isso é minha culpa.* Então, olhava para o daguerreótipo na parede e para as feições amadas. Com todo autocontrole que lhe restava, ela também seguia para o trabalho.

***

Com os contatos dos jornais (em cada um havia um genro de Alfie Tyrone trabalhando) e dos píeres de Battery Park e do rio East (com os quais Alfie Tyrone e seus filhos tinham contatos íntimos, assim como o policial e inspetor Arthur Rivers), todos os navios vindos da Califórnia eram verificados. Os marujos gritavam e cantavam enquanto enrolavam as últimas velas; barcos a vapor pequenos soltavam fumaça negra; navios de passageiros e de mercadorias chegavam ao porto de Nova York. Nos píeres do rio Hudson Cordelia e Rillie perguntavam com urgência: *de onde vocês vieram? Em que navio?*, enquanto as multidões desembarcavam.

Oi!, ouviram. Lá estava Regina, ligeiramente enfeitada pela família, mas vestida como de costume, e sem qualquer chapéu.

— Fiz com que Alfie me trouxesse — disse. Carregava uma pequena sacola. — Estou de volta — prosseguiu — até que a encontremos! Por todo o dia, sua voz alta pôde ser ouvida: *de onde vieste? Que navio tomaste?*

Alfie e Monsieur Roland tentaram verificar os barcos que chegavam ao rio Hudson: todos os navios ordinários e com vazamentos e botes que subiam e desciam pela costa do Atlântico entre Nova York e Chagres, além dos navios mais suntuosos e barulhentos barcos a vapor. Em geral, não existia qualquer tipo de lista de passageiros em algumas das embarcações com menos reputação: mineradores, ex-mineradores, oportunistas, desordeiros, jogadores, damas da noite — nenhum dos quais talvez tenha pensado em usar o nome de batismo e alguns dos quais não respondiam a nenhuma pergunta. Às vezes, Regina se juntava a eles e sua voz ecoava: *de onde estão vindo? Em que navio vieram?* Em raras ocasiões cantava o salmo 23.

No rio East, o inspetor Arthur Rivers, com a ajuda de seu fiel tenente, Frankie Fields, trabalhava durante o dia e em muitas noites, fazendo por esta filha o que não podia fazer, pelo menos por enquanto, pelas outras. Verificava cada chegada e partida que conseguia, checava as importações e as exportações de mercadoria, investigava as gangues do rio East, assim como os passageiros que chegavam pelo rio Hudson, dando aos seus homens algumas instruções especiais. Mal voltava à Maiden Lane. Frankie Fields também não voltava para casa: ele vira aquela garota, jogara pôquer com ela e até recebera recados em suas cartas, e a família dividira com ele as cartas. Pensava muito nela. As gangues locais que vigiavam o inspetor Rivers e seu tenente com cada vez mais suspeitas ficaram em alerta total naquele momento: *o que significava toda aquela atividade extra?* Será que ele não entendera a mensagem depois dos tumultos de Astor Place? E mais reuniões foram organizadas atrás das cortinas das quitandas. Agora, havia ouro chegando. Fizeram um roubo muito bem-sucedido e não seriam impedidos de continuar. Mesmo que compreendessem bem a lei não escrita da cidade, determinada pelos País da Cidade, de não matarem policiais.

Alfie Tyrone não conhecia essa Gwenlliam, mas analisara seu retrato na parede e agora o carregava na bolsa. Contaram muitas coisas sobre ela para ele. E Alfie Tyrone sabia mais do que qualquer pessoa de Nova York sobre o tráfego marítimo e as entradas e saídas da cidade portuária. Alfie mandou pessoas para todos os lugares, fez todo tipo de investigação, inquiriu o genro que trabalhava em um jornal. Alfie contou para a família sobre os novos e velozes clíperes, os quais Gwenlliam descrevera em suas cartas, semelhantes aos navios que velejavam a toda velocidade para a China e para a Índia com carregamentos de ópio e chá; agora aqueles navios contornavam o cabo Horn, levando menos de cem dias, cortando as ondas, cortando o tempo e trazendo cartas, ouro e, algumas vezes, passageiros. À noite, Alfie e Arthur se sentavam, dividiam suas anotações e comparavam suas listas.

— Bem — disse Alfie, por fim, no sótão, enfiando os dedões nos bolsos do paletó. — Vamos tentar simplificar as coisas. Se eu estivesse transportando alguém contra a sua vontade, acho que eu iria... principalmente se tivesse a chance de subir a bordo de um desses novos clíperes, tomaria a rota que contorna o cabo Horn. Não arriscaria o istmo do Panamá, infestado de cólera e crocodilos com uma pessoa relutante, mas valiosa ao meu lado, não até que encontrassem um modo de tornar essa rota mais segura. E eles farão isso, não duvidem!

"E quanto ao México? Com certeza é rápido, e um navio atravessando o golfo seria uma boa opção, mas duvido que um inglês faça isso. Não mesmo. Todo mundo sabe que há corpos sem cabeça de pessoas que acharam que a rota pelo México seria mais rápida, corpos que são largados ao léu sob o sol. E há muitos grupos agora se empenhando em fazer a viagem por terra, atravessando as montanhas, mas também não acredito que ele tenha optado por isso. Também é perigoso demais, lento demais e já houve muitas mortes. Se eu estivesse transportando alguém contra sua vontade, acho que tentaria trazê-la sã e salva, e bem rápido, em um clíper contornando as Américas."

— A carta foi entregue para Danny, o irlandês, no mesmo dia em que foi escrita — lembrou Arthur. — Ele ainda não está bem o suficiente para responder a perguntas, mas hoje à noite conversamos um pouco e ele me disse que os *charros* e Silas P. Swift subiram a bordo com a carta um pouco antes de o navio a vapor zarpar do porto de São Francisco. É claro que muitos mineradores conheciam Silas e Danny se ofereceu para trazer a carta quando soube o que acontecera com Gwenlliam. Peggy escreveu a mensagem no dia 14 de maio e nós a recebemos há três dias. Isso significa que a carta levou 74 dias para chegar aqui. Danny saiu do navio no Panamá e tomou a rota do istmo. Abençoado seja. Nenhum navio, nem mesmo um clíper poderia ter concluído a viagem nesse tempo. Acho que devemos supor que nosso amigo, o Sr. Doveribbon esteja com pressa, mas que será sensato, considerando o quanto está em jogo. Acho que também podemos supor que ele deve ter partido de São Francisco na noite anterior a da partida de Danny e, provavelmente, em um nos navios menores que seguem para o Panamá, os quais Gwennie descreveu em suas cartas. Caso contrário, teriam sido encontrados com tanta gente procurando por eles e ela sendo tão conhecida por trabalhar no circo.

Alfie disse:

— OK, mas o que teria acontecido com ela uma vez que chegassem ao Panamá? Fiz algumas investigações sobre o Panamá e a corrida do ouro. Atualmente, todo mundo diz que a cidade é um buraco dos infernos. Desculpem o meu linguajar, senhoras, mas ouvi muitas histórias! Trata-se de uma cidade espanhola famosa e antiga, é claro, com seu *camino real* que atravessa o istmo. Estrada real, pois sim! Estou certo de que Gwenlliam não a chamaria assim! Hoje em dia, a cidade do Panamá não passa de um terminal entre o norte e o sul ou entre o Pacífico e o Atlântico. As pessoas estão ficando presas lá, como sua filha descreveu na carta dela, Cordelia: americanos, ingleses, franceses, italianos, chineses, índios, mexicanos; todos ali se movimentando entre botequins, mesas de jogos e garotas, aguardando por navios. Ouvi dizer que eles passam uns por cima dos outros para entrar em qualquer coisa que flutue. Só existe uma rota segura para subir a costa do Pacífico até São Francisco e é por mar, e dizem que não existem navios suficientes para realizar essa viagem, mesmo agora, para as pessoas que ainda querem procurar ouro. *Assim:* muitos navios vindos de São Francisco só chegam até o Panamá e, depois, retornam para São Francisco. *Assim:* não há muitos navios contornando o cabo Horn se é essa a rota que tomaram. E não podemos ter certeza, mas achamos que é isso que estamos procurando.

Arthur Rivers falou em tom baixo:

— Sr. Doveribbon é um inglês possivelmente com acesso a dinheiro e ele teve tempo de planejar. Então, se algum clíper chegar a Nova York, acredito que encontraremos nossa menina.

Danny, o irlandês, o mensageiro, começou a se recuperar de forma bastante lenta — mas sua recuperação se deveu principalmente aos cuidados constantes de Blossom e Maybelle (embora elas tenham chamado Jeremiah, o enorme barman, para banhá-lo e torná-lo suportável). Alimentaram-no com sopa, frango e arroz e lhe serviram um pouco de cerveja irlandesa. Sempre que abria os olhos, uma delas estava com ele de forma indistinta. À noite, ele gritava, chorava e se revirava na cama: quando se sentava de repente, uma delas estava lá, Blossom ou Maybelle; mesmo que estivessem cochilando na cadeira, elas se levantavam e se aproximavam dele, arrumavam os cobertores e murmuravam que estava seguro. Durante o dia, ele achava difícil conversar sem se chatear: costumava chorar e, sempre que chorava, vomitava. Ainda assim, Blossom ou Maybelle envolviam os ombros dele em um abraço. Como a maior parte dos seus compatriotas, o irlandês nutria um desdém contra os negros (e a recíproca era verdadeira), ainda assim, nunca ficara em um lugar tão confortável e nunca fora tão paparicado na vida, tendo vindo ainda criança da Irlanda e se instalado em Cherry Street, próximo ao rio. Estava se habituando ao jeito cantado que falavam e com os gentis braços negros que, às vezes, tentavam sentá-lo na cama. Ainda assim, achava que elas tinham um cheiro engraçado. La Grande Celine o intimidava um pouco com seu tapa-olho preto e seu jeito expansivo, mas percebia que era bondosa.

Cordelia, então, veio vê-lo.

Ficara acordada quase a noite toda, tentando pensar em alguma maneira de saberem mais. Deveria conversar com o irlandês, mesmo que Arthur dissesse que ele ainda estava muito debilitado para responder às perguntas. *Eu preciso*, ele era a única conexão que tinham com a Califórnia. Uma vez mais, Arthur não voltara para casa. Ela se revirara na cama durante a noite quente e úmida.

Tia Hester conhecia muito bem o modo como o mundo funcionava.

— Ellis pode colocá-la em algum lugar e pagar suas contas. Mas nunca abra mão da sua carreira, pois nem sempre ele estará disponível para você.

— Eu não vou ser "colocada" em algum lugar. Não é isso que eu quero.

— Ellis não se casará com você, Cordelia. Ele é um nobre. Um dia ele será o duque de Llannefydd, é impossível para ele se casar com uma atriz. Você não deve construir sonhos que são impossíveis de se realizar.

— Ele me ama! Ele me ama!

A tia tentou uma vez mais:

— Cordelia, você não entende a diferença entre o mundo dele é o nosso. As barreiras de classe são intransponíveis. Aparecer de braços dados em eventos respeitáveis não significa nada, nada mesmo: jovens lordes têm licença para fazer esse tipo de coisa. Não pode se casar com alguém tão superior. E eu não digo superior a você como pessoa, pois não há ninguém neste mundo que possa ser superior a você aos meus olhos. — Ela lançou aquele olhar irônico e carinhoso. — Mas superior perante a sociedade. Isso é impossível, Cordelia, e você está investindo em um futuro de problemas.

Cordelia chegou ao quartinho. Blossom estava lá e tentou ajudá-lo a se sentar.

— Esta aqui é a mãe — informou ela com voz gentil. — Esta é a mãe para quem você trouxe a carta.

Danny se esforçou para se sentar e ficou surpreso. Para ele, mães eram velhas. Cordelia era bonita.

Cordelia também ficou surpresa. Ela o vira muito rapidamente na noite em que chegara e, naquele momento, sem o bigode e a barba imunda, ele parecia magro e jovem. Tentou controlar a própria ansiedade.

— Gostaria de agradecer a você, Danny, por trazer notícias da minha filha. Sem você não saberíamos nada sobre o que aconteceu com ela.

— Como eu disse, ela é um anjo. Então, era meu dever chegar até aqui.

— Por que diz isso?

— Foi ela quem segurou meu irmão. Foi quem o acalmou e ficou com ele até que a morte o levasse. Ela não se afastou e não se importou se ele estava com a febre ou com qualquer outra coisa; o abraçou e conversou com ele até que morresse porque ela é um anjo. Foi por isso que prometi trazer a carta.

Cordelia, de repente, emitiu uma pequena exclamação de surpresa quando compreendeu. Do bolso lateral do seu vestido, retirou a pequena pepita de formato estranho que sempre carregava consigo.

— Foi você Danny, que deu isto para Gwenlliam?

Ele pareceu surpreso ao ver a pequena pepita de ouro e estendeu a mão. Ela o entregou a ele, que revirou a peça nas mãos. Então, começou a chorar.

— Foi meu irmão Johnny. Sim. Achamos que parecia uma lesma. Eu dei a ela. Como a pepita chegou às suas mãos? — E o rosto pálido, manchado de lágrimas, parecia confuso. — Então, ela foi encontrada?

— Não, ela ainda não foi encontrada. Ela nos enviou essa pepita dentro de uma Bíblia e, em sua carta, nos contou a história do seu irmão. E graças a sua determinação e coragem, nós agora temos muitas informações e esperamos ser capazes de encontrá-la.

Ele devolveu-lhe a pepita e lágrimas brilhavam em seus olhos.

— É uma história bonita — disse Danny. — Sobre o ouro chegar para a senhora dentro da Bíblia Sagrada.

— Você cruzou o istmo. Nós sabemos disso.

— Sim.

— Você conseguiu chegar mais rápido do que qualquer navio, Danny. Também sabemos disso.

— Acho que essa viagem drenou toda a minha vida. Ou assim parece. Tudo que nós *queria* era chegar em casa. Nunca mais na vida quero ver a Califórnia, o Panamá ou qualquer outro lugar. Então, eu não vou.

Toda a agitação que as negras tentavam acalmar tomou conta dele, e Blossom tentou recostá-lo nos travesseiros. Ele falava tão rápido e seu sotaque era tão forte que tiveram dificuldades de entender.

— Meu irmão Johnny morreu em Sacramento e, depois, meus dois melhores amigos morreram na floresta fétida do Panamá e eu queria morrer também, mas tinha a carta sobre o anjo, então continuei o caminho. Todos aqueles índios enganadores, os barcos furados, o calor, as cobras e crocodilos, os macacos e o vapor horrendo se elevando do rio fétido como espíritos do mal... No final, só eu desci em Chagres, aguardando para ser pego por qualquer navio velho. Eu paguei uma pepita pela minha passagem, pois havia prometido para o homem do circo que entregaria a carta pela segurança do anjo. E foi só por isso que tive forças de colocar um pé na frente do outro, sem parar. Não fosse isso, acho que teria deitado em Chagres e morrido.

— Por quanto tempo ficou no Panamá? — Ela percebeu que ele não queria mais falar sobre o assunto, mas ela não conseguia parar, pois só conseguia pensar naquilo. — Eu não o aborreceria, Danny, mas talvez consigamos alguma pista sobre a minha filha, pois me parece que vocês dois devem ter estado no Panamá na mesma época. Você é a *única* pessoa, Danny, que pode nos ajudar.

Ele balançou a cabeça, devagar, concordando com ela. Mas, em seguida, meneou a cabeça.

— A senhora quer saber as datas? Não notamos o passar dos dias. É claro que eu não vi o anjo ou já teria contado a vocês.

— Você chegou e logo partiu? Ou ficou no Panamá por um tempo?

Ele negou com a cabeça.

— Ficamos lá por um tempo. Queria que não tivéssemos parado. Meus companheiros e eu ficamos por alguns dias. Acho que nos embebedamos antes de retomarmos a viagem.

— Será que poderia tentar se lembrar de algo?

Ele concordou dessa vez, mas parecia incerto.

— Tipo o quê?

Cordelia tentou se controlar. Estava sendo ridícula. *Do que ele poderia se lembrar?*

— Onde fica a sua casa, Danny?

— Cherry Street, perto do rio. A senhora não gostaria de conhecer o lugar.

Cordelia ouvira Arthur Rivers falar de Cherry Street. Não fora lá que ele vira um vidro cheio de orelhas humanas conservadas em álcool? Engoliu em seco.

— Você gostaria que eu tentasse entrar em contato com alguém de lá? Alguém de sua família? — Ele riu, o que causou um som engraçado em seu peito.

— Acho que lá não é um lugar adequado para pessoas como a senhora.

— Posso ir, encontrar alguém e trazê-los até aqui, se você quiser.

— Pode deixar que eu vou. A senhora não conseguiria, não pode ir até lá.

Ele tentou se levantar da cama. Blossom o deitou de volta com mãos gentis.

— Não, Danny — disse Cordelia. — O médico disse que você ainda tem de descansar. Esteve muito doente.

— Ora, madame, eu sou assim mesmo! — Ele pensou por um momento. — Se a minha mãe e o meu irmão viessem, se é que ainda estão vivos, pois parti há quase dois anos, mas se ainda viessem, poderiam me levar para casa. — Ele mordia o lábio inferior. — Tenho de contar a eles sobre a morte de Johnny e acho que seria melhor fazer isso em casa. — E ela viu que ele estava sofrendo de novo. — E meus companheiros — continuou ele. — Tenho de contar para os pais deles. — E começou a chorar de novo.

Tentarei ir agora mesmo — prometeu Cordelia, em tom suave. Talvez você ainda não tenha forças para ir para casa, mas, pelo menos poderão se ver. Onde em Cherry Street?

— Paradise Buildings, Cherry Street. Pergunte por Bridget O'Reilly e Kenny O'Reilly. — Levou as mãos à cabeça.

— Irei agora mesmo — repetiu ela, seguindo para a porta. — Bridget e Kenny O'Reilly, Paradise Buildings. Enquanto eu estiver fora, será que poderia tentar se lembrar de algo? Sobre o Panamá. Qualquer coisa. *Qualquer coisa mesmo*. Qualquer informação pode ser de grande ajuda. — Então, de repente, percebendo a angústia do irlandês, ela se forçou a deixar seu sofrimento de lado e perguntou: — Você sabe aquilo que viu a minha filha fazer no circo? O mesmerismo? Você se lembra?

Ele ergueu os olhos.

— Sim — respondeu. — Costumávamos brigar para ser o próximo da vez. — Esfregou o nariz com o braço. — Meu irmão Johnny — começou ele, falando rápido. — Johnny estava muito mal e ela apenas passou as mãos acima do seu rosto e ele se acalmou, mesmo depois que acordou e sabíamos que estava morrendo. É por isso que eu a chamo de anjo. Ela tornou a morte dele melhor. Ela fez isso, então, eu tinha de trazer a carta.

Então, o corpo dele todo se retesou de sofrimento e Blossom tentou acalmá-lo.

Cordelia entrou no quarto e ficou ao lado da pequena cama.

— Ouça com atenção, Danny — começou ela. — *Entregue-se aos meus cuidados.* — Ela respirou profunda e longamente, então, sobre o corpo magro, ansioso e agitado, fez os longos movimentos dos passes do mesmerismo, concentrando-se apenas em Danny, em sua dor, enquanto passava as mãos repetidas vezes, sem parar e, bem devagar, ele começou a se acalmar e, mesmo depois de um tempo, Cordelia não parou os movimentos até que os olhos dele se fechassem e ele adormecesse.

Blossom olhou para ela com olhos arregalados.

— A senhora é uma bruxa? — sussurrou ela.

— Você sabe que não sou uma bruxa, Blossom! É como... É como ir ao médico. Isso se chama mesmerismo — explicou ela. — Às vezes, ajuda as pessoas, faz com que se acalmem por um tempo. Ele deve dormir um pouco agora e eu tentarei encontrar alguém que o conheça.

41

O inspetor Rivers estava nas docas. Monsieur Roland estava nas docas. Rillie e Regina estavam nas docas. Cordelia dissera que se encontraria com todos lá. La Grande Celine estava na cozinha ajudando Maybelle, enquanto Blossom cuidava de Danny. Então, Cordelia foi sozinha para Cherry Street.

Caminhou pela rua onde George Washington dançara (segundo Arthur lhe contara). Caminhou em direção a um beco escuro entre duas construções: ela não sabia, nem teria acreditado, que a passagem estreita e suja se chamava Paradise Alley. Caminhou sobre o lixo. Não sabia que costumavam jogar cinzas quentes sobre estranhos, que, depois, tinham todos os pertences roubados. Sua capa clara se destacava e se ocultava conforme passava por trechos ora iluminados ora sombrios até chegar a um bloco enorme e decrépito com janelas quebradas e penduradas de forma precária. Viu uma abertura onde outrora existira uma porta. PARADISE BUILDINGS, dizia a placa quebrada. Arthur lhe contara muitas coisas sobre a cidade: talvez ele tenha lhe contado algo sobre Paradise Buildings? Será que esse era o prédio em que todos os banheiros ficavam no porão? Recusava-se a sentir medo. *Por que eu deveria estar com medo? Trata-se apenas de um prédio residencial. Pessoas moram aqui e eu estou procurando por Bridget O'Reilly.* Recusava-se a pensar em qualquer coisa que não fosse curar Danny O'Reilly para que ele pudesse pensar de forma coerente e clara sobre a Cidade do Panamá. Como não vira Gwenlliam lá, que outro tipo de informação o rapaz poderia lhe dar? *Será que estou ficando louca? Não. Estou fazendo isso por Gwennie.* Ela avançou em seu caminho. Na porta, viu que poderia seguir em frente ou descer escadas que a levariam para porões escuros e fétidos.

Pessoas nas janelas mais altas olhavam, surpresas, enquanto a mulher solitária entrava pela porta escura. Foi o cheiro que a atingiu primeiro: um odor fétido e nojento de corpos, fezes, comida estragada e decadência: parecia subir por entre as tábuas do piso, vindo diretamente do porão. Sentiu ânsia de vômito. Viu uma fileira de portas, passagens estreitas tão escuras quanto o céu à meia-noite. Estava ciente do som da respiração de pessoas na escuridão. A única claridade vinha da capa que usava enquanto se movia na penumbra e adentrava o prédio, tentando encontrar alguém, qualquer pessoa.

— Olá — chamou ela, mas a voz ficou presa na garganta e não conseguia afastar a sensação de que iria vomitar. Por fim, levou a luva ao nariz.

O coração batia, descompensado. Uma luz brilhou na escuridão: ouviu vozes gritando, crianças chorando. Seguiu em frente e viu uma pequena escada para o andar superior. O corrimão estava quebrado e pendia precariamente, uma viga comprida parecia sustentar a escada. A luz do sol entrava por um tipo de claraboia e iluminava os degraus. Sentiu algo correr sobre seus pés e soltou um grito abafado. Uma vez mais, sentiu a respiração de alguém bem próximo a ela, mas oculto nas sombras. *Talvez aqui seja o lugar onde cortam a orelha das pessoas. Como pude pensar em vir até aqui sozinha?*

— Olá — chamou ela, novamente, mas a voz demonstrava que estava aterrorizada.

Por fim, alguns homens lhe barraram o caminho. Ela arfou. Poderia jurar que um deles simplesmente se materializara a sua frente, como que surgindo do chão: sob a luz que brilhava acima da escada quebrada, ele pareceu emergir das tábuas do chão, saindo da escuridão, com lama e água escorrendo da pele, como se fosse um grande peixe. Seus olhos se ajustaram à penumbra e o feixe de luz que vinha do telhado iluminou os rostos que a encaravam. Rostos sujos, zangados e *jovens*. Respiração. Perigo. O brilho dos brincos. O som da água. O fedor. Mas ela respirou fundo para acalmar as batidas do coração.

— Procuro por Bridget O'Reilly ou Kenny O'Reilly.

Os homens estreitaram o olhar.

— Por quê? — perguntou um deles.

— É aqui que moram? Fui informada de que vivem por aqui.

— Por quê? — repetiu outra voz.

— Trago uma mensagem para eles. — Engoliu em seco. — Uma mensagem para Bridget O'Reilly do seu filho.

— Nome?

— Danny. — Engoliu em seco de novo. — E Johnny.

Naquele momento, um dos homens deu um passo à frente, aquele que emergira do chão. Lama e água ainda escorriam por suas roupas.

— Onde eles estão? — perguntou.

Parecia ser o líder. O feixe de luz revelou um rosto cruel. O brilho dourado do brinco que usava na orelha parecia ameaçador. Ainda assim, ele não passava de um jovem, não muito mais velho do que Danny O'Reilly, e sua voz era de garoto.

— Preciso conversar com a mãe deles.

— A senhora é uma mulher pomposa que acha que pode ir entrando em nossa casa, madame. A senhora nos vê entrando na sua?

— Oh, sim. Sim. Eu sei disso. Sinto muito. Danny está muito doente e precisa ver a mãe. Prometi a ele que viria até aqui para encontrá-la e levá-la até ele.

Sentiu que eles a analisavam. Talvez tenha vislumbrado o brilho de uma faca. Naquele momento, percebeu que cometera um terrível erro, terrível. Talvez o mais terrível de toda sua vida. Então, aquele jovem que parecia ser o líder deu mais um passo para a frente e a olhou com mais atenção. Ele a encarava: algo, algo em seu rosto, no seu olhar, ela percebeu um brilho de reconhecimento: *será que eles têm como saber que sou a esposa de um policial?* Os pensamentos pareciam gritar dentro de sua cabeça. *Como eu imaginei que poderia fazer algo desse tipo?* O homem ainda a encarava.

— Eu já a vi antes — declarou ele, devagar. E repetiu as palavras, demonstrando certo desassossego. — Eu já a vi antes. — Ele a olhou na penumbra. — A senhora não trabalhava naquele circo?

Uma voz estranha, de repente, soou na escuridão:

— Charlie!

Então, uma figura alta se materializou atrás deles.

— Inglesa, não?

— Sim. — A figura alta cuspiu e um perdigoto respingou no braço de Cordelia.

— Eu sou o único rosto inglês aceitável em Paradise Buildings. — A voz era profunda, rouca e estalava como fogo. E a voz começou a declamar uma série de impropérios imundos sobre a Inglaterra e os homens riram e ouviram. A declamação terminou assim:

— Onde você mora, inglesa do circo?

E Cordelia ouviu o clique de uma arma: o homem ia atirar nela.

Algum instinto despertado pelo terror e pelo senso de preservação não apenas pela sua segurança, mas também pela dos demais, a fez dizer:

— Cheguei da Califórnia. Danny O'Reilly está doente e quase morreu. Prometi que traria uma mensagem. — Sentia o suor escorrendo pelo corpo: *Tenho de sair daqui.* — Peço desculpas pela invasão. Por favor, diga à mãe dele, ou ao seu irmão, que eu os aguardarei no Bowling Green Park, próximo ao chafariz.

— Perto da estátua quebrada de George, aquela que usamos para fazer as balas que mataram seus soldados!

— Sim. Ali. Meu nome é Cordelia.

— *Cordelia?* — A figura alta nas sombras a olhava com cuidado e demonstrando surpresa. — A senhora se afogou alguma vez?

Cordelia sentiu os cabelos da nuca se eriçarem e o coração disparar no peito. Mas algo, algum instinto instantâneo a fez responder:

— Não. Não. Quem se afogou foi Ofélia.

A figura alta e selvagem riu de maneira muito estranha.

— Ora, ora, ora. Uma lady que conhece Shakespeare. — E sem qualquer pausa a voz rouca declamou:

> *Creio vos conhecer e, assim, a este homem,*
> *mas em dúvida me acho, pois ignoro*
> *de todo onde me encontro, sem que possa*
> *lembrar-me destas vestes.*
> *De igual modo não sei onde passei a última noite.*
> *Oh! Não riais de mim! Porque tão certo como eu*
> *ser homem, quer afigurar-me que esta dama*
> *é Cordelia, minha filha.*[*]

Ao que Cordelia sem perder o ritmo, respondeu:

> *Sou ela mesma, meu senhor, sou ela.*

E a figura alta riu de novo e deu um passo em direção ao feixe de luz. Cordelia ouviu um som de metal e, naquele momento, percebeu que falava com uma

---

[*] Shakespeare, *Rei Lear*. Ato IV, Cena VII. (N.T.)

mulher: o rosto era frio, duro e selvagem; suspensórios se esticavam sobre os seios para segurar sua saia. Uma mulher. E ela tinha uma pistola na mão e várias facas na cintura.

— Salva pelo poeta, Cordelia! — exclamou a mulher. — Mas só desta vez. Agora suma daqui.

— Obrigada — murmurou Cordelia, virou-se e caminhou pela passagem estreita, comprida e escura, sem saber se realmente fora salva por saber algumas falas de *Rei Lear* de Shakespeare ou se uma bala ou uma faca lhe arrebentariam as costas. Conseguia ver a luz do dia mais adiante, através da abertura da porta e se conseguisse chegar até ali, se não caísse, nem desmaiasse de medo. Continuou caminhando, não se permitiu correr. Chegou à porta; ainda estava viva. Ao longo do caminho lamacento próximo à porta e nas sombras do beco entre os prédios, continuou andando, ainda sem se permitir correr. Seguiu pela Cherry Street. Não se atrevia a procurar Arthur. Certamente estava sendo seguida. Também não se atrevia a voltar para Maiden Lane. Enquanto o sol a iluminava, Cordelia Preston apenas caminhou sem rumo. Por fim, se encontrou em Pearl Street, onde parou e comprou uma bebida em uma loja. Chegou ao início da Broadway, passou pelos trilhos de ferro e entrou no Bowling Green, onde realmente havia apenas a base da estátua de George III. Sentou-se em um banco de ferro sob a sombra abençoada de uma árvore e chorou por muito tempo, mas os soluços eram de alívio. Então, abriu a garrafa e bebeu tudo.

Então, aguardou.

Eles vieram quando o sol já se punha. Ela os viu assim que se aproximaram: uma senhora idosa (que deveria ser mais jovem do que Cordelia) mancava em um caminhar apressado, quase uma corrida em direção a ela e o homem era jovem, como Danny. Cordelia ficou de pé e ergueu o braço.

— Foi a senhora que veio nos procurar?
— Sim. Meu nome é Cordelia.

O homem disse de forma rude:

— Bem. Onde eles estão?
— Silêncio, Kenny. — Mas ela ergueu o olhar para Cordelia e repetiu a pergunta: — Onde eles estão? — Ela parecia ansiosa. — Onde estão os meus meninos?

Cordelia estava tão cansada por falta de sono, pelo medo e pela bebida que tomara; além de estar zangada consigo mesma pelo papel ridículo e idiota de se envolver em tudo isso quando deveria estar nas docas junto com os outros, que tudo que queria era apenas acompanhá-los até Maiden Lane e sair de novo. Olhou, porém, para o rosto da mulher, tão maltratado pelo tempo, e se lembrou do que o filho dela fizera por ela e sabia que não poderia fazer aquilo.

— Por favor — começou ela. — Bridget e Kenny, sentem-se aqui e permitam que explique o que aconteceu.

Eles se sentaram, um pouco desconfiados. Da forma mais clara que podia, contou a eles a história. Tentou ser bem gentil ao contar que Johnny morrera meses antes, nas minas de ouro de Sacramento. A mãe urrou como um animal e fez o sinal da cruz, lamentando-se. As pessoas que estavam nos jardins olharam para ela.

— Mas Danny está vivo, Bridget! E ele precisa de você. — Explicou que Danny voltara para Nova York e que estava muito doente, mas que já estava melhorando e que ela os levaria até ele. Contou que estava ali porque Danny lhe trouxera uma carta muito importante com notícias de sua filha na Califórnia. Não revelou o conteúdo da carta. Lembrou-se novamente da sujeira e da sordidez de Paradise Buildings. — As pessoas que estão tomando conta de Danny estão felizes em fazê-lo. Mas ele precisa de vocês dois.

— Então, vamos — disse Kenny, levantando-se. O rosto da mãe estava sombrio. Ela não disse nada.

— Eu contei a vocês a história de Danny — continuou Cordelia — porque acho que não é nada fácil para ele falar sobre essas coisas.

E, em silêncio, caminharam até Maiden Lane.

— Uma negra! — exclamou Kenny quando viu Blossom.

— Mamãe! — sussurrou Danny quando viu Bridget O'Reilly.

— Contei a eles o que aconteceu, Danny — informou Cordelia, enquanto liberava Blossom para sair do pequeno quarto e fechava a porta para dar privacidade à família.

Celine estava no salão de jantar. Cordelia deu uma explicação rápida sobre a família de Danny e sobre Paradise Buildings.

— Tenho de voltar para as docas — disse Cordelia. — Alguma novidade?

— Nada de novo — respondeu Celine. — Você parece uma morta-viva, Cordelia! Pelo menos, tome um pouco de café antes de ir. Você também, Blossom. Você e Maybelle tomaram conta de Danny e fizeram um ótimo trabalho.

— Nós *fez* o que qualquer um faria — disse Blossom, encolhendo os ombros. — Mesmo para um irlandês imundo. — E abriu um meio sorriso. — Vou chamar Maybelle. — E ela desceu as escadas até a cozinha no porão.

Cordelia fechou os olhos. Quando os abriu, sobressaltada, achou que a mulher com a saia presa por suspensórios estava ali. Mas era apenas Celine, com uma caneca de café.

— Eu adormeci?

— Adormeceu sim. Apenas por cinco minutos, mas estava tendo um pesadelo! Cordelia Preston, você foi sozinha a Paradise Buildings?

Cordelia confirmou com a cabeça.

— Eu sei, sei que devo estar louca. Fiquei aterrorizada.

— Nem mesmo policiais vão até lá sozinhos, Cord!

— Nem eu, posso assegurar a você. Nunca mais. Não conte a Arthur.

Um pequeno grupo apareceu na porta: Bridget e Kenny, cada um segurando um braço de Danny. Kenny carregava a pequena bolsa arrebentada de Danny com as pepitas.

La Grande Celine voltou-se para eles. Cordelia viu como Bridget e Kenny olharam para o tapa-olho.

— Oh, por favor, deixem que fique mais um pouco. Ficaremos felizes em continuar olhando por ele — ofereceu Celine.

Danny deu um meio sorriso.

— Quero ir para casa com a minha mãe — declarou. Ele olhou em volta da sala. — E diga para aquelas duendes pequenas e engraçadas que tomaram conta de mim que eu farei uma oração para Santa Maria por elas.

Cordelia caminhou até Danny e lhe deu um beijo no rosto.

— Obrigada por sua coragem e bravura e pela rapidez com que me trouxe a carta — agradeceu ela.

— Eu tinha de fazer isso pelo anjo — disse ele. — Também rezarei por ela. — Ele se apoiava no braço de Kenny. — Tentei me lembrar de mais coisas sobre o Panamá, senhora, mas estou tentando esquecer de tudo. Nós ficamos lá por alguns dias. — Ele lançou um olhar rápido para a mãe. — Como eu já disse. A cidade estava cheia de gente, todos brigando para partirem por uma ou por outra rota. Conhecemos pessoas a caminho das minas de ouro, todas com aquele olhar esperançoso. Pobres coitados. Ficamos felizes de partir, a cidade do Panamá enlouquece as pessoas. Nós enlouquecemos. A única beleza que vimos por lá... A senhora sabe que os grandes navios têm de ancorar fora das docas por causa da barreira? Então, a única coisa bonita que vimos foi um clíper grande e branco, ancorado bem na barreira, aguardando para voltar para casa.

— Um clíper?

— Sabíamos que viria para casa porque conversamos sobre tentar seguir nele, já que era rápido e tudo e eu tinha de trazer a carta, mas é claro que eles transportam cargas, assim como passageiros, e não havia lugar.

— Um clíper?

— Lindo. Veleja como a neve à distância.

— Será que esse clíper tinha um nome? — perguntou Cordelia em voz baixa.

— Claro e nós tínhamos olhos de telescópio! — exclamou Danny. Sua mãe estava ao seu lado segurando firme o braço do filho. O rosto dele estava corado. Caminharam lentamente até a grande porta da frente.

— Esperem! — pediu Cordelia, que também estava corada. Ela retirou a pepita em forma de lesma do bolso. Caminhou até a mãe.

— Bridget O'Reilly.

— Partiremos para casa agora, senhora.

Mas Cordelia segurou a outra mão da mulher.

— Aqui Bridget. — E ela colocou a pequena pepita na mão da mulher, uma mão que poderia ser mais jovem do que a de Cordelia, mas que estava marcada pelo sofrimento e pela idade. As unhas tinham pontas pretas e estavam quebradas. — Danny lhe contará a história dessa pepita de ouro. Ela pertenceu a Johnny. Eu gostaria que ficasse com ela. Se minha filha for encontrada será graças ao seu filho, Bridget O'Reilly.

— Eu acabei de lembrar, senhora — disse Danny, enquanto a mãe chorava, segurando a pepita. — O clíper que admirávamos, acho que se chamava *Sea Bullet*. Gostamos do nome. *Sea Bullet*.

E Cordelia partiu em direção às docas.

— Existe... Como será que chamam isso? Será que existe uma tabela de navios? Um cronograma de partidas e chegadas? — perguntou Monsieur Roland, no cais do rio East com Alfie, Arthur e Cordelia com suas notícias. Seus olhos agora pareciam brilhar no rosto pálido. — Uma tabela que pudesse nos dar mais informações sobre os clíperes?

— Programação de embarques — disse Alfie, que conhecia bem esse meio. — Programação de embarques servem apenas como guias, é claro, mas esses clíperes costumam trazer cargas valiosas. Não são grandes carregamentos, sabe? Mas cargas valiosas para nós: temperos, joias, chá. E, certamente, ouro da Califórnia. Então, acompanhamos o seu caminho da melhor fora que conseguimos. E, é claro, todos ficam muito orgulhosos da velocidade dessas embarcações, então estão sempre comparando os recordes. — Como sempre, Alfie retirou vários documentos de sua bolsa. — Acabei de verificar mais uma vez a história de Danny. Sabemos que há um clíper para chegar, ele traz passageiros e carga. Estamos quase certos de que se trata do *Sea Bullet*, mas não sabemos quando, pois ainda não passou por Washington ou teríamos recebido um telegrama. — Alfie falou como se fosse o proprietário dos negócios marítimos de Nova York.

Arthur disse:

— Li outra vez a carta de Peggy Walker. Se pudéssemos pensar como o Sr. Doveribbon, e é claro que podemos, afinal, somos ingleses! Então, acho que ele é o tipo de homem que, com certeza, procuraria saber *quando* um clíper partiria de São Francisco para conseguir fazer uma viagem mais rápida. Assim, ele teria como planejar a época certa de sequestrar Gwenlliam. Seria arriscado demais subir a bordo de um navio em São Francisco quando todos estariam procurando por ela. Mas, se ele tivesse conseguido deixar São Francisco em um barco menor bem antes e cronometrado bem as coisas, eles poderiam pegar o clíper no Panamá. Danny disse que o *Sea Bullet* ficou ancorado. Então, ele deve ter parado para pegar passageiros ou suprimentos, mas poderia ter pegado esses suprimentos em São Francisco. De acordo com Peggy Walker, o Sr. Doveribbon reclamara sobre a duração da viagem, mas dissera que não atravessaria florestas tropicais. A boa e velha Peggy. Ela nos contou mais na carta do que imaginava. Ou talvez tenha imaginado.

— Mas também temos de verificar os navios vindos de Chagres — interveio Cordelia. — Não podemos *supor* nada.

— É claro. Mas, Cordelia, *podemos* presumir que o Sr. Doveribbon esteja bastante preocupado com o bem-estar de Gwenlliam e acho que você deve se segurar nessa certeza.

Arthur vinha para casa por breves instantes no início de cada noite para que todos trocassem as notícias. E era apenas nesses momentos que o viam se não o encontrassem nas docas. Embora ele estivesse alojado na Delegacia de Polícia, sabiam que não dormia há dias: se não estivesse sempre atento, Gwenlliam poderia estar perdida para sempre. Seu rosto estava pálido e sulcado.

— Temos de torcer e rezar para que Gwennie esteja viajando naquele navio — disse Arthur e ele viu o rosto pálido e os olhos brilhantes da esposa. Cordelia não contou a eles sobre a mulher selvagem que perguntara se ela não havia se afogado. — Estaremos aqui para ela, Cordelia. Se ela estiver a bordo do *Sea Bullet,* nós a encontraremos. — Ele suspirou, por fim, enquanto o cansaço e a preocupação pareciam tomar conta dele. — Bem, se ela não estiver a bordo do *Sea Bullet*, então, teremos de verificar todas as chegadas.

Eles planejavam tudo sem contar com a garota sensata e corajosa que procuravam e sem o apoio inventivo da Sra. Ray, a estrela de "The Bandit Chief", do Royal Theatre, Nova Zelândia.

42

Toda vez que um navio deixava a Califórnia, dizia-se que milhares — talvez milhões! — de dólares em ouro estavam sendo transportados. De certo, o carregamento consistindo de caixas grandes e contêineres foi embarcado no clíper *Sea Bullet*, além de grande quantidade de correspondências, tripulação, alguns passageiros, água, comida e animais vivos para serem abatidos durante a viagem. No convés e nas cabines do *Sea Bullet*, rumores, mentiras e sonhos sobre o conteúdo da carga se espalhavam: *talvez estejamos carregando uma grande fortuna em ouro, sim, aposto que estamos carregando muito ouro*. E o *Sea Bullet* partiu do porto de São Francisco e desapareceu na bruma. Os passageiros mais afortunados, é claro, também traziam ouro em sua bagagem.

Rumores ainda mais excitantes se espalhavam pelo convés e pelas cabines quando o *Sea Bullet* partiu do Panamá algumas semanas depois, pois a partida teve um toque dramático. A ancoragem no Panamá era a única parada programada: o clíper seguiria, então, direto para Nova York sem escalas adicionais. No entanto, por razões que não ficaram claras para ninguém, a não ser para o capitão do clíper, o *Sea Bullet* não poderia partir do Panamá antes que o *Moe'uhane* chegasse, e o pequeno barco (pois nem embarcações grandes nem pequenas podiam prever o tempo) sofreu um atraso de um dia e meio. O capitão estava furioso e, assim que viu o *Moe'uhane* se aproximando, de forma dramática, gritou ordens para que o *Sea Bullet* levantasse as velas. Inconsciente, Gwenlliam foi carregada discretamente a bordo do *Sea Bullet*: os passageiros e a tripulação apenas vislumbraram a jovem pálida e inconsciente sendo levada a bordo em plena luz do dia, na mesma hora em que o clíper partira.

De alguma forma, quando Gwenlliam acordou uma vez mais do sono carregado pelos mesmos cavalos silenciosos que a levavam pelos campos de sonho, estava em uma pequena cabine particular (para impedir qualquer comunicação com as outras passageiras, muitas das quais compartilhavam o mesmo dormitório). De alguma forma, daquela vez o Sr. Doveribbon tinha a chave (então, ela realmente se tornara uma prisioneira). De alguma forma, alguém lhe trouxera roupas e linho.

Sr. Doveribbon, no entanto, não conseguiu que tudo fosse feito do modo que desejava. Apesar dos negócios mutuamente vantajosos com o capitão feitos há muito tempo na taverna Broadwalk, o *Sea Bullet* não era uma embarcação na qual o Sr. Doveribbon poderia mandar e desmandar conforme lhe conviesse: havia pessoas ali que viram a forma dramática como subiram a bordo, e, em particular, o auxílio e a preocupação do médico do navio deixou o Sr. Doveribbon profundamente desconfortável. Pois apesar dos modos calmos e agradáveis que demonstrou a bordo do *Moe'uhane*, não confiava em Gwenlliam nessa situação mais pública e, por isso, perigosa. Estranhava o fato de ela não perguntar mais nada acerca de sua fortuna e de seu futuro. O médico, intrigado, ofereceu seus serviços na mesma hora: mas quem poderia dizer se Gwenlliam não confiaria a ele os detalhes de sua situação? Muito sério, o Sr. Doveribbon pediu que a garota fosse deixada sozinha: a "prima" sofrera um terrível trauma, e passava por violentos episódios de insanidade. Precisava de paz. (Não queria que o médico sentisse o odor ou qualquer sinal de clorofórmio. No entanto, o auxílio do médico seria necessário, pois queria láudano para a paciente: havia comprado uma pequena quantidade, mas já a utilizara e percebeu que precisaria de suprimentos regulares para mantê-la o mais calma possível durante o tempo em que ficariam naquele navio junto com outros passageiros, em uma viagem tão longa.) Então, surgiu um novo boato no navio em quinze minutos: havia uma louca a bordo, possivelmente drogada.

Uma das criadas banhou a moça pálida e bela e a vestiu com roupas novas enquanto Gwenlliam permanecia sonolenta.

— Que navio é este? — murmurou Gwenlliam. — Onde estamos?

— Ora, este é o clíper *Sea Bullet*, senhorita — informou a criada. — Deixamos o Panamá hoje ao meio-dia. Nossa, como estamos orgulhosos. Chegaremos em apenas alguns meses a Nova York, menos de três, se tivermos sorte.

Três meses! Como sobreviverei por três meses? Esforçou-se para se concentrar em seus pensamentos, pediu água e tentou se sentar.

— Qual será a próxima parada?

— Não faremos nenhuma parada, senhorita. Seguiremos direto para Nova York. E a senhorita está em uma cabine de primeira classe. Ao lado da do capitão de um lado e da do seu primo do outro. Então, a senhorita está bastante segura.

Ainda sonolenta, tentando se manter acordada e adormecendo de novo, a única coisa que pensou em dizer foi:

— Alguém a bordo do *Sea Bullet* joga pôquer?

— Oh, todos os cavalheiros jogam — respondeu a criada. — Para passar o tempo. E eles já estão brigando, e só deixamos São Francisco há algumas semanas! Algumas vezes eles brigam feio por causa do dinheiro. Muitos estão voltando da Califórnia com dinheiro das minas de ouro!

— Bom — murmurou a agora limpa passageira, e caiu no sono novamente.

— Ela não é *tão* louca assim! — exclamou a criada, gentil, para o Sr. Doveribbon. — Lavarei as roupas dela e as devolverei o mais rápido possível, para que possa se vestir de maneira adequada. Só conseguimos nossas próprias roupas para dar a ela e são grandes demais, não fazendo justiça a uma moça tão bonita.

— Queime as roupas dela imediatamente! — ordenou o Sr. Doveribbon e, na mesma hora, arrumou uma nova criada para substituir a primeira: o que Gwenlliam poderia ter-lhe dito?

Então, uma segunda criada trazia as refeições e o Sr. Doveribbon sempre a acompanhava. Às vezes ela comia, outras, não.

— Preciso de ar puro — pediu.

O Sr. Doveribbon apontou para a pequena escotilha, que a criada abrira. Podiam ver o oceano Pacífico. Ele saiu novamente, trancando a porta atrás de si.

Depois do Panamá, a grande diferença para Gwenlliam era a raiva que sentia. No *Moe'uhane*, ela se sentia bastante calma porque sabia que seria capaz de retornar do Panamá para São Francisco, ainda mais com os ganhos extras no pôquer; consolava-se por saber que, em breve, estaria de volta ao circo. Naquele momento, porém, estava a bordo de um navio que contornaria as Américas sem paradas, gostasse ela ou não. De alguma forma, sabia que ele havia lhe dado láudano além do clorofórmio. Conhecia bem o láudano, feito da essência de ópio: os anões também tomavam aquela substância, assim como o cacique e vários palhaços. Gwenlliam experimentara: *alto-baixo* era como os anões chamavam o láudano, que os deixava alegres em um momento e, depois, os faziam adormecer. Sua raiva não era apenas por ter sido sequestrada e por não ter mais esperanças de escapar, mas também porque seu sequestrador lhe drogava de forma perigosa. *Como ele se atreve a usar o clorofórmio pela segunda vez e agora acrescentar outros sedativos? Falarei com o capitão, disseram que ele fica na cabine ao lado. Ele poderá deter o Sr. Doveribbon e largá-lo na costa de algum lugar, de preferência, bem violento.*

Gwenlliam tinha, como Monsieur Roland notara há tanto tempo, um coração bondoso. Sua vida esquisita — sequestrada pela nobreza quando tinha apenas 6 anos — poderia tê-la tornado uma pessoa cruel, mas isso não aconteceu. A vida tumultuada no circo — e as apostas e os experimentos com óxido nitroso que faziam parte daquilo — poderia ter feito com que se tornasse uma pessoa má, mas isso também não aconteceu. Pensava o melhor das pessoas, possuía paz de espírito e era bondosa. Mas uma lasca de aço se enterrou em seu coração depois que partiu do Panamá. No passado, a odiosa família galesa do pai mudara sua vida: não permitiria que a destruíssem uma segunda vez. Ela era, de fato, a filha de sua mãe.

Quando o médico finalmente foi autorizado a entrar na cabine, trazendo mais láudano, escutou o Sr. Doveribbon murmurando: ainda com os olhos fechados, se esforçando para ouvir o que ele dizia.

— Devemos dar láudano a ela agora mesmo. Ela tem tido delírios e ataques de raiva e insanidade. O senhor não deve acreditar em nada que ela lhe disser.

O médico se aproximou, ficou tão próximo que ela conseguia sentir o cheiro de creme do cabelo dele. Escutou quando colocou o frasco de láudano ao lado da cama.

— O que a atormenta tanto assim?

— Ela perdeu o irmão e a irmã.

Gwenlliam ficou tão furiosa por essa distorção de suas dores pessoais, que sentou-se ereta em um pulo: não conseguiu se conter. Mas, então, viu o rosto alarmado do médico, enquanto ele se inclinava em sua direção, e viu o Sr. Doveribbon. Sentiu uma tonteira muito forte. Devagar, voltou a se deitar e parecia ter adormecido por um momento.

Inspirava e expirava de forma profunda e lenta.

— O senhor viu isso?! — exclamou triunfante o Sr. Doveribbon. — O senhor viu por si mesmo como ela está profundamente perturbada. Creio que o melhor que eu posso fazer é continuar dando láudano a ela regularmente, até entregá-la à família na Grã-Bretanha.

— Entendo — disse o médico. — Histeria. Isso é bastante comum nas mulheres. Elas são tão fracas, em tantos sentidos. — Sua voz era pomposa e carregava um sotaque inglês. Estava muito satisfeito consigo mesmo: sem dúvida ele e o Sr. Doveribbon se mereciam. A garota inspirava e expirava, bem devagar. — Existem vários tratamentos. Banhos quentes. Esponjas frias. Massagem vibratória. No entanto, um pouco de exercício e ar fresco quando ela acordar não fará mal algum. Nunca subestimo as qualidades estimulantes do ar do oceano. — Gwenlliam emitiu um pequeno som e abriu os olhos de novo, bem devagar.

— Eu gostaria muito de tomar um pouco de ar fresco, doutor — declarou ela com voz gentil como a chuva fina.

— Exatamente o que eu estava sugerindo — concordou o médico. — Um pouco de ar fresco e uma caminhada diária. Não é nada bom para a senhorita ficar deitada o dia inteiro, minha jovem! Isso não é nem um pouco saudável. Sinto muito por sua triste inquietação, mas a senhorita deve tomar o láudano quando retornar.

— É claro — concordou Gwenlliam, e, dessa vez, levantou-se com bastante calma.

— Esperem um pouco! — contrapôs-se o Sr. Doveribbon naquele momento. — É melhor não apressarmos as coisas.

— Sinto que realmente preciso de um pouco de ar, Sr. Doveribbon — disse Gwenlliam, com doçura e humildade. — Talvez um dos cavalheiros possa me oferecer o braço, pois sinto que precisarei de apoio. — E deu um sorriso amoroso aos dois. E como Gwenlliam era uma moça tão linda, tocou o coração do médico. — Será que eu poderia apenas lavar o meu rosto e me encontrar com os senhores no convés?

— Vamos, velho amigo — chamou o médico pomposo.

— Veja bem... — começou Sr. Doveribbon.

— Uma dama precisa de alguns momentos de privacidade, e ela me parece bastante sensata, embora extremamente pálida.

— O láudano — apressou-se o Sr. Doveribbon a dizer, se virando para o frasco ao lado da cama. — Talvez seja melhor...

— Pode deixar comigo — afirmou Gwenlliam, depressa, pegando o frasco e levando-o ao peito como se fosse o objeto mais valioso de sua vida.

— Vou tomar um pouco assim que eu retornar. Na verdade, ficarei muito satisfeita em tomá-lo. — Sr. Doveribbon não poderia tentar lhe tomar o frasco que estava junto ao seu seio na frente do médico. De má vontade, permitiu que o médico o acompanhasse até o deque.

Rapidamente, Gwenlliam esvaziou o frasco no balde. Em seguida, levantou a saia, sentou-se no balde e cobriu o láudano com outro líquido (imaginava que o Sr. Doveribbon seria fresco demais para investigar o balde contendo suas necessidades). Lavou o rosto com água da tigela. O frasco de láudano era verde-escuro e não a entregaria: encheu o frasco com água de uma garrafa que fora deixada pela criada na prateleira. Recolocou o frasco na mesa ao lado da cama. Só então percebeu como estava vestida. As roupas estavam limpas, o que era importante, mas pareciam bastante inadequadas e eram grandes demais. *Sinto-me como uma órfã!* Mas logo reformulou a frase. *Não sou órfã*, e, naquele momento, foi tomada por uma tremenda saudade da mãe, um sentimento tão forte que a fez arfar. Ela se curvou e colocou os braços em torno de si. *Eu logo a verei. Tudo vai ficar bem no final. Afinal, estou voltando para Maiden Lane.* Levantou-se e tentou amarrar e dobrar as roupas da melhor forma que podia. Não havia nenhum espelho na cabine e Gwenlliam não fazia ideia de como estava. Não se importou. Por fim, saiu da cabine.

No convés, respirou bem fundo, deixando o vento soprar e levar tudo embora enquanto permaneceu ali parada. Não havia nada à vista: nem terra, nem outro navio. O vento enchia as velas do belo e lustroso navio enquanto o levava através das ondas e sobre o oceano. Ela se deu conta de que estava a bordo de um daqueles navios rápidos que tanto admirava, *a maneira mais rápida de se viajar de navio.* Então, Gwenlliam começou a observar tudo ao seu redor: o tamanho do navio, os demais passageiros: por certo eles a *ajudariam* quando ouvissem sua história — *onde estaria o capitão?* — mas seus modos e seu comportamento estavam impecáveis. Sr. Doveribbon relaxou um pouco. Ela deu o braço para o médico; Sr. Doveribbon manteve-se ao lado, caminhando altivo e saudando os outros passageiros que olhavam para Gwenlliam (ela mesma notou) com grande interesse. *Creio que talvez tenham ouvido dizer que sou louca!* O médico começou uma conversa fazendo perguntas; ela permaneceu em silêncio. Sr. Doveribbon respondeu pelos dois:

— Eu sou seu primo. Ela está doente. — Não havia qualquer sinal do capitão. Depois de algumas voltas em torno do convés, sentindo o balanço do navio, o médico disse:

— Creio que seja o suficiente para o primeiro dia, minha jovem.

Sentiu um aperto no coração, mas, com modéstia, pediu:

— Será que o senhor poderia me acompanhar novamente amanhã, doutor? Sinto-me um pouco melhor depois de respirar o ar fresco.

— Com prazer — respondeu o médico, erguendo o chapéu em despedida.
— Veja bem, senhor, sua prima já está com o rosto mais corado. No entanto, é muito importante que tome o láudano agora, minha jovem, e mantenha a calma.

— Obrigada, doutor — agradeceu Gwenlliam uma vez mais, exibindo um sorriso amável.

— Não perca seu tempo planejando nada nesses seus passeios pelo convés, Srta. Preston — avisou Sr. Doveribbon quando chegaram à cabine.

Ela se manteve em pé ao lado da mesa de cabeceira: não queria que ele investigasse o frasco de láudano. Mas Gwenlliam percebeu que ele — tolo que era — estava tranquilo e trazia um leve sorriso no rosto: as coisas tinham saído melhores do que poderia esperar; havia, inclusive, algo de triunfante em seu sorriso. — Devo informá-la de que há muitas conversas a seu respeito e ninguém acreditará em nada que disser. E espero que tenha observado bem suas roupas, Srta. Preston. A senhorita pode ter sido uma princesinha em Sacramento e São Francisco, mas isso mudou agora! Um navio é um excelente lugar para boatos se espalharem bem rápido, e todos nesse navio sabem que há uma jovem que sofre episódios de loucura a bordo, incluindo o capitão, então, não espere ser levada a sério por ninguém. — Ela baixou o olhar para que ele não visse a raiva em seus olhos. Respirou fundo: talvez ele tenha pensado que fosse um suspiro. Gwenlliam pegou o frasco de láudano da mesa e o segurou com ela.

— Sr. Doveribbon — começou com frieza. — O senhor me sequestrou. Fiz exatamente tudo o que mandou desde que deixamos São Francisco, posto que não tenho outra opção. Nunca o perdoarei por ter me obrigado a inalar clorofórmio, substância essa que eu creio conhecer bem melhor do que o senhor. No entanto, dizem que este navio seguirá direto para Nova York, sem paradas. Não planejo pular no oceano. Pretendo, sim, tomar este láudano, pois não conseguiria dormir de outra forma depois de tudo que aconteceu comigo. O mínimo que o senhor poderia fazer, como um cavalheiro, é me deixar um pouco sozinha agora, e também, enquanto estivermos a bordo desse navio, permitir que eu ande e fale livremente. E ele a viu tomar um gole bem grande de láudano direto do frasco, recolocando-o na cabeceira, retornando a sua cama e fechando os olhos. Por fim, ele ficou satisfeito, e a deixou, trancando a porta após sair.

Gwenlliam escutou o barulho da tranca e reabriu os olhos na hora. A pequena escotilha e o oceano Pacífico pareceram bem convidativos: ela de fato considerou, por alguns instantes, em se jogar para fora.

Vários dias se passaram: o médico vinha todos os dias, o láudano era fornecido quando necessário; Gwenlliam esvaziava os vidros no balde de dejetos que a criada levava embora diariamente, e bebia do frasco escuro todas as noites, para a satisfação do Sr. Doveribbon. As roupas de Gwenlliam haviam desaparecido, e nenhuma pergunta as trouxe de volta. Não fez alarde, comia na cabine e olhava pela escotilha enquanto o oceano azul se ondulava. *Tenho de ser forte. Eu preciso. Não estou exatamente em perigo, a não ser pelo clorofórmio. O capitão do navio vai me ajudar quando compreender a verdade. Estou na cabine ao lado da dele. Talvez eu possa bater na parede quando ouvi-lo lá dentro.* Prestava atenção com calma. Às vezes a porta de alguma cabine batia. Fora isso não escutava nada. Certa vez, bateu várias vezes na parede, provocando um som obscuro e abafado. Mas não obteve resposta.

Todas as tardes, os três passeavam pelo convés, a jovem acompanhada de perto pelo Sr. Doveribbon e pelo médico. As pessoas lançavam olhares discretos para a moça de roupas esquisitas e seus companheiros. No quinto dia, aproximaram-se do capitão pela primeira vez: parecia um homem intimidador e um pouco desagradável, enquanto gritava com algum membro da tripulação, mas Gwenlliam decidiu arriscar. Fugiu dos dois homens e correu em direção a ele com suas roupas largas e estranhas.

— Capitão, o senhor precisa me ajudar! — exclamou ela. — Eu sou mantida prisioneira na cabine ao lado da sua, contra minha vontade. — Outra pessoa que andava pelo convés parou e a encarou. — *Eu sou uma prisioneira!* — gritou ela, quase agarrando o casaco do capitão. Como poderia fazê-lo entender?

— Sim, sim — respondeu o capitão enojado, afastando-a de si. — Escutei tudo sobre a senhorita. Agora seja uma boa menina. — E fez um sinal impaciente para que o Sr. Doveribbon a levasse.

Aquele pequeno erro de cálculo significava que a história circularia pelo navio em pouco tempo: agora todos acreditariam que ela era, de fato, louca.

Sentiu um nó no estômago, como se a raiva lhe apertasse por dentro. Nem se levantou para ir ao convés no dia seguinte: quando finalmente voltou a caminhar com o médico, não repetiu o mesmo erro. O *Sea Bullet* continuava seu caminho. Os ombros de Gwenlliam estavam arqueados enquanto andava, mesmo que não percebesse: em suas roupas largas, parecia uma figura triste.

— *Gwen!* — Os três passageiros que caminhavam por ali pararam de forma repentina por causa da voz tão alta. — Gwen, o que está fazendo aqui? Por que não nos encontramos antes? Deixamos o Panamá há uma semana. Achei que já conhecia todos a bordo, e aqui está você, andando com o cavalheiro mais bonito do navio! Oh, meu Deus, não pode ser. Você não é a moça que dizem ser totalmente louca, não é mesmo?

Ela reconheceu a voz de imediato e seu coração disparou quando se virou e viu a dona da voz.

— Colleen! — Ela se dirigiu para os cavalheiros que a acompanhavam, quase cega de alívio ao ver o rosto espantado do Sr. Doveribbon. — Deixe-me apresentá-los à Sra. Ray, do Royal Theatre, Nova Zelândia! Sr. Doveribbon e dr. Barker. — Os cavalheiros a cumprimentaram, impressionados com a cor dos cabelos da Sra. Ray, quase tão vermelhos quanto os de La Grande Celine, e os seios da Sra. Ray já haviam feito homens fortes tremerem. Os olhos dela logo abandonaram o médico, mas demoraram-se no atraente Sr. Doveribbon. Ela sorriu.

— Já vi o senhor caminhando sozinho pelo convés — disse ela dirigindo-se a ele. — Quem poderia esquecer visão tão romântica! — A mente de Gwenlliam fluiu como o vento nas velas acima dela: *qual a melhor coisa a se fazer agora?* Colleen aguardou com expectativa por mais alguma explicação, tentando entender a estranha vestimenta.

— Estou doente — disse Gwenlliam antes que o Sr. Doveribbon pudesse apressá-la em ir embora. — Estou melhor agora e a caminho da Grã-Bretanha.

— Bem, aleluia! — exclamou Colleen. — Por você estar melhor, é claro, mas também por podermos jogar um pouco de pôquer para que essas horas tediosas passem mais depressa! Estou indo para Baltimore reencenar a peça "The Bandit Chief". Os demais atores seguiram antes, eu me atrasei... por *amour*. — Ela suspirou, seus lindos seios se elevaram, e o médico teve um leve *frisson* ao lado dela; até mesmo o Sr. Doveribbon, profundamente chocado pela infeliz situação como estava, não ficou indiferente.

— Colleen e eu costumávamos jogar pôquer em Sacramento — explicou Gwenlliam aos cavalheiros. — Que tal, talvez, jogarmos nós quatro? Valendo dinheiro, é claro — acrescentou com um sorriso doce nos lábios. Ignorou o rosto assustado do Sr. Doveribbon e se virou para o enamorado dr. Barker. — Sinto que uma partida de pôquer me faria imensamente bem.

— Isso pode ser muito estressante, minha jovem — advertiu ele, mas seus olhos brilhavam enquanto sorria para a Sra. Ray.

— Oh, doutor! — interveio a Sra. Ray, pousando a mão no braço do médico. — Gwen era a jogadora de pôquer mais calma de Sacramento, por isso sempre vencia. — Sorriu de forma graciosa de volta ao médico, e ele se perdeu.

— De certa forma, ficar trancada na cabine o tempo todo pode *causar* a tendência à histeria — informou o médico de maneira prodigiosa, e a paciente poderia abraçá-lo; então, dr. Barker, sorrindo para a Sra. Ray, insistiu mais uma vez com o Sr. Doveribbon, na frente dos outros passageiros, que um interesse em algo que não fosse si mesma, era um bom sinal.

Sr. Doveribbon concordou de má vontade.

Então, eles jogavam, os quatro, em um canto silencioso, quase todas as noites. Gwenlliam poderia ser louca, como diziam os rumores, mas era a melhor jogadora: ela e Colleen jogavam melhor do que os homens, e os ganhos de Gwenlliam eram os maiores. E, mesmo quando puxava as apostas para si, *tenho de ganhar o máximo de dinheiro que conseguir*, mantinha o rosto impassível: o cacique Great Rainbow ficaria orgulhoso. Todas as noites o Sr. Doveribbon consultava o relógio e pegava no braço de Gwenlliam, e assim, a diversão chegava ao fim.

Trancafiada uma vez mais na cabine, porém renovada por causa da comunicação humana e pelos seus ganhos, Gwenlliam ponderou: será que eu não poderia mesmerizar o Sr. Doveribbon para que se afastasse um pouco de sua constante presença e pudesse explicar as coisas à Colleen? Mas Monsieur Roland sempre deixava claro: *nossos pacientes devem estar dispostos a ser mesmerizados, apenas pessoas exaltadas e histéricas podem ser mesmerizadas contra a vontade*. E o Sr. Doveribbon nunca estaria disposto. E apesar de achar que ele era um criminoso, com certeza histérico ele não era.

***

Já haviam passado por Valparaíso, ou assim diziam, por Santiago, ilhas, arquipélagos (que só escutavam falar, mas dificilmente viam), antes que Gwenlliam tivesse uma chance de conversar com Colleen de forma adequada, pois o Sr. Doveribbon nunca, nunca mesmo, saía do lado dela, a não ser quando ficava trancada na cabine. Permanecia trancada lá uma boa parte do dia; não havia nada com que pudesse escrever uma carta explicativa para escondê-la consigo até o momento certo durante a partida de pôquer.

Mas à medida que o clíper se aproximava do estreito de Magalhães, finalmente a providência divina interveio: ventos os atingiram e os arremessaram várias vezes; no final, o *Sea Bullet* teve de se afastar do estreito e, com esforço, contornar o cabo Horn, onde o clima estava quase tão perigoso. E o Sr. Doveribbon ficou mal: de fato, para satisfação de Gwenlliam, ele vomitou não apenas no convés, mas também nas cabines, nem sempre conseguindo trancá-la em segurança antes de recorrer aos baldes de dejetos: por alguns dias, ele pensou que estivesse morrendo. Gwenlliam, que não sofria de enjoo marítimo, estava tão alegre pela enfermidade de seu captor, tão alegre em poder caminhar com liberdade, que fez uma pequena dança no convés durante a forte ventania, só para provar para qualquer passageiro ousado o quão louca era de fato. Sra. Colleen Ray, a encontrando lá como combinado, aplaudiu.

— Ah, agora sim. Essa é a Gwen que eu conheço! — exclamou ela.

Apenas algumas almas mais corajosas se aventuravam no convés. De maneira breve, por fim, com as duas mulheres de pé segurando-se na murada do navio enquanto este subia e descia junto com as ondas do mar pela forte e impetuosa ventania que soprava na popa, Gwenlliam explicou tudo. As palavras eram arrancadas de seus lábios pelo vento quase no momento imediato em que as pronunciava, o que de fato aconteceu. Colleen ficou boquiaberta de espanto.

— Bem, por que você não me falou isso no começo, sua boba? — gritou ela sobre o som do vento e das velas. — Eu achava que você precisava ficar na cabine porque estava doente!

— Eu *não* estou doente!

— Você mesma me disse que estava! Disse isso no primeiro dia em que a vi no convés! E vi essa pobre figura sendo carregada a bordo!

— Eu não estou doente de forma alguma! Não mesmo! Ele roubou minhas roupas! E me sequestrou colocando clorofórmio no meu rosto!

— O quê?
— Clorofórmio! — O vento levou as palavras embora.
— Você disse clorofórmio?
— Disse!
— Que canalha!
— *Exatamente!*
As palavras dançavam, gritavam e, então, desapareciam.
— Eu realmente achei que você estava muito estranha com essas roupas; mas parece a mesma, e ainda pode jogar pôquer. Oh, Gwen, pobrezinha! Por que ele quer que você se vista assim? E por que correu o risco de sequestrá-la e mantê-la em público para levá-la à Inglaterra? — E então gargalhou pela tempestade. — Ele está louco de amor por você, não é isso?
— É claro que não! Ele acha que sou uma herdeira. E parece que precisa me apresentar em pessoa em Londres.
Colleen riu novamente em uma mistura de prazer e fúria, seus cabelos dançavam ao vento.
— Aqui é a América! — exclamou ela, como se ainda estivessem no país.
— Não se pode sequestrar herdeiras por aqui. Devemos alertar o capitão. "Algeme este belo cavalheiro!", vamos dizer. Então, eu poderei visitá-lo à noite e enlouquecê-lo até que confesse toda sua culpa!
— Isso não é motivo de piadas, Colleen! Eu *tentei* alertar o capitão, mas o Sr. Doveribbon já havia dito que eu sou doente e maluca.
— Ele disse isso para mim também.
— Isso, ele disse a mesma coisa para todos a bordo! E você mesma disse que eu *pareço* estranha!
— Bem, vamos desmentir toda aquela história e contar a verdade! Agora eu sei de tudo! — O *Sea Bullet* de repente foi bem alto e, então, desceu novamente ao oceano; ondas cada vez maiores passavam de surpresa por cima da grade de proteção, surpreendendo-as, banhando-as com a água do mar, o que as fazia arfar e gritar, engolir e cuspir, em uma mistura de susto e alegria. Naquele momento, não havia mais ninguém no convés. Elas se seguraram com força nas cordas e grades.
— Vão acreditar em uma atriz e uma acrobata ou em um cavalheiro inglês? — gritou Gwenlliam. — E o doutor vai confirmar que ele estava me dando láudano suficiente para tranquilizar um elefante!
— Você também está tomando láudano?

— Não! Eu jogo o conteúdo nos baldes de dejetos.
— Não faça isso! Dê para mim! Eu amo essa substância!
Mais uma vez uma onda enorme bateu de encontro ao convés.
— Oh meu Deus, estou ensopada! Segure bem firme, Gwen; essas águas geladas seriam nosso fim!
— Estou bem, sou acrobata! — respondeu Gwenlliam, balançando com as cordas. — Mas o médico acha que eu tenho tomado, por vontade própria, grandes quantidades de láudano por semanas. Ele deve achar que tenho algum tipo louco de vício. E você já *ouviu* o capitão? Ele grita com a tripulação o tempo todo! Tentei falar com ele, mas fui dispensada sem que escutasse uma só palavra. Não é provável que ele escute dessa vez também, mesmo com você ao meu lado.
— Verdade. Ele é um valentão, a tripulação não gosta nem um pouco dele. — Uma onda se ergueu; Colleen se segurou com desespero em uma das cordas das velas e agarrou-se novamente à grade do convés. Ela se virou em direção ao leme e, com coragem, soltou uma das mãos e acenou para onde estava o capitão e o timoneiro, que puxava o leme.
— Devo seduzi-lo?
— O capitão ou o Sr. Doveribbon?
— O que você achar melhor. Os homens costumam me achar irresistível. Digo com certeza que aquele timoneiro, olhe para ele, concorda com isso. Aposto cinco preciosos dólares com você que me encontrarei com o rapaz sem demora em um dos botes salva-vidas durante uma noite. — Não se importando consigo mesma e nem com as perigosíssimas ondas que levantavam o convés, Gwenlliam riu. Acima, o capitão acenava loucamente em direção a elas.
— Sabia que essa foi a primeira vez que eu sorri desde São Francisco? Oh, Colleen, estou tão feliz por você estar neste navio. Aleluia, aleluia!
— Aleluia, sem dúvida! Nós vamos ser mais espertas do que ele, vou ajudá-la a ficar em segurança neste navio e a fugir dele quando chegarmos a Nova York. Vou gritar, histérica, pelas docas, atrizes possuem habilidades bem úteis, e vamos garantir que ele seja preso! Que canalha! Mas preste atenção, eu não tenho dinheiro, caso tenhamos de nos aventurar por aí. Eu subi a bordo apenas trazendo comigo dinheiro suficiente para ir de Nova York até Baltimore, ainda que o pôquer tenha ajudado. *Mon amour* pagou minha passagem e eu não quis contar a ele que não possuía nenhum dinheiro comigo quando nos separamos.

— Eu também não tenho muita coisa! Mas também ganhei bastante no pôquer.

— Eu sei, vejo muito bem!

— Vamos dividir tudo. Apenas continue ganhando! — E com suas roupas ensopadas coladas em seus corpos e segurando firme às grades e cordas, uma mão após a outra, elas escorregaram e deslizaram debilmente pelo convés molhado, fazendo o perigoso, porém divertido, caminho de volta para a porta. Um pálido Sr. Doveribbon procurava por Gwenlliam de maneira frenética.

— Mas meu querido Sr. Doveribbon, foi culpa minha, não percebi que seria tão perigoso, eu pensei que a forte ventania pudesse fazer bem a ela, para tirar o mofo! Tranque-a no quarto novamente, e eu o acompanharei de volta à sua cabine, o senhor parece péssimo; terrivelmente pálido e atraente.

E trancada de volta em sua cabine, com a escotilha também fechada e o mar furioso do lado de fora, Gwenlliam pensava em sua felicidade pela Sra. Colleen Ray não ter, em nenhum momento, mesmo quando falavam de sua miséria, sugerido que ser uma herdeira valia a perda da liberdade.

Os dias passaram bem devagar. O tédio a bordo era inacreditável: para todos, e para Gwenlliam em particular, quase sempre trancafiada em sua cabine. Mas os dias tinham de passar de alguma forma. *Logo estarei em casa*, repetia para si mesma todos os dias. Ela contava e recontava os ganhos do pôquer repetidas vezes. Contava os minutos para sua caminhada diária. Contava quantos segundos faltavam para que sua porta fosse destrancada e pudesse, então, jogar pôquer. Em desespero, começou a bordar: toalhas de mesa, guardanapos, agulhas e fios de algodão ficavam disponíveis para as damas: os produtos terminados, diziam, seriam usados nas mesas de jantar do *Sea Bullet*. Então, Gwenlliam bordou flores, como aprendera com nobres senhoras há muito tempo; sentava-se sempre ao lado da pequena escotilha, observando o céu e o mar. No convés, avistava alguns pássaros estranhos; às vezes, observava como eles mergulhavam, aparecendo do nada entre as velas; ali, trancada na cabine, ela via apenas como eles levantavam voo de volta ao céu azul e distante, *para onde será que vão?* Pela escotilha, conseguia ver golfinhos, brincando, pulando e parecendo sorrir. Via como o céu mudava de cor: azul, amarelo, cinza, vermelho, laranja: certa vez, viu a lua cheia tão abaixo do horizonte que sentiu que, se esticasse as mãos, poderia quase alcançá-la.

***

— Será que não posso fazer uma visita rápida à Gwen? — pediu Colleen de forma encantadora ao Sr. Doveribbon, encostando-se de leve contra ele enquanto o vento matinal soprava. — O senhor parece que a tranca por muito tempo. Será que isso é bom para ela?

— Ela está bem doente — respondeu ele, com suavidade. — De certo, não é mais a garota que a senhora conheceu em Sacramento.

Colleen não respondeu. E ele a olhou com atenção.

— Se, por ventura, ela disse algo diferente, não acredite. Eles se tornam muito dissimulados.

— Quem, Sr. Doveribbon?

— Os histéricos, Sra. Ray. Viciados em drogas. Converse com o médico, ele explicará melhor à senhora. — Colleen pensava (enquanto dava um sorriso como se estivesse concordando e seus belos seios subiam e desciam junto a ele) em como aquele belo inglês se tornara nem um pouco atraente para ela. Mas estavam cercados de água por todos os lados: não via como poderia mudar as coisas com o passar dos dias. Viviam em um mundinho de oceano onde o capitão era o rei. Mas a Sra. Colleen Ray vira Gwen equilibrando-se em fios altos e mesmerizando mineradores. Gwen era valente e destemida: teriam de desembarcar em Nova York e, então, ela se asseguraria de que amiga escapasse. Colleen se inclinou mais em direção ao Sr. Doveribbon, pegou seu braço e sorriu mais uma vez.

Por longas e intermináveis horas, Gwenlliam manejava a agulha com a mesma habilidade de qualquer dama respeitável e observava o oceano enquanto pensava em sua excêntrica família.

Pensava bastante na mãe corajosa e amada: que já sofrera muito por causa da destrutiva família de seu pai. Pensava em Arthur, o padrasto a quem tanto amava: já que não pularia do *Sea Bullet,* pensava, enquanto a água batia no casco do navio, que seria o detetive Arthur Rivers a encontrá-la. *Arthur saberá o que fazer.* Arthur. Sua mãe ficava leve e radiante com Arthur. Gwenlliam sabia que ela escondia do marido algo sobre seu passado: algo sobre sua história e sua dor. Algumas vezes, o olhar de Arthur ficava encoberto pela perda.

Gwenlliam mantinha o olhar para fora por um longo tempo, fitando o oceano cinza-azulado: vira a imagem de sua mãe radiante de amor e alegria.

Imaginava o rosto pálido e envelhecido, porém bonito, do querido Monsieur Roland; pensava em Rillie, querida e gentil, a melhor amiga de sua mãe. E também em Regina, forte e bondosa, e no quarto que dividiam em Maiden Lane; "Vou contar uma história, menina", ela costumava dizer para fazer Gwenlliam dormir. E pensava também na Sra. Spoons, querida e esquecida, e, algumas vezes, sozinha em sua cabine, cantava para si mesma a música que a idosa se lembrava:

> *O whistle and I'll come to ye, my lad,*
> *O whistle and I'll come to ye, my lad,*
> *Though father and mother and a' should gae mad*
> *Thy Jeannie will venture, wi' thee, my lad.*

E, em algumas ocasiões, ela também se permitia sonhar acordada com um policial alto, loiro, chamado Frankie Fields, que se igualara a ela no pôquer e, por vezes, aparecia em seus sonhos à noite.

Passaram-se dias e semanas. Navegavam agora pela costa sul do Atlântico, passaram por Montevidéu, Rio de Janeiro — nomes românticos, mas longe do alcance dos olhos. Os passageiros estavam cada vez mais entediados e mal-humorados. Várias pessoas dividiam cabines: discutiam com os companheiros de viagem e tornavam-se briguentos como crianças por um simples pedaço de sabão. De nada adiantava dizer-lhes da sorte que tinham por estarem navegando em um clíper, passando pelas águas da costa leste da América do Sul: a viagem podia ser uma das mais rápidas, mas também era *interminável*. Os passageiros simularam produções teatrais amadoras as quais a Sra. Ray estrelou com muito sucesso. E, então, tendo sido estimulados pela atriz, alguns passageiros nojentos começaram a insistir em ingressarem nas aulas de pôquer da noite; o canto silencioso tornou-se mais barulhento; nas noites, Gwenlliam e Colleen ganhavam muitas rodadas de pôquer dos homens da Califórnia com dinheiro nos bolsos.

— Bom — sussurrava Gwenlliam.

E assim os dias se passavam. Apenas algumas vezes, trancada na cabine durante tanto tempo, Gwenlliam se perguntava, com o coração apertado, se, de fato, enlouqueceria e tornaria verdadeiras as histórias do Sr. Doveribbon. E, trancafiada na cabine solitária, bordava.

Pensando na família, soube como era peculiar a forma como pensava sobre o irmão e a irmã mortos e sobre si mesma: nunca imaginou no que eles se tornaram depois de terem sido sequestrados e jogados em um novo mundo odioso, cruel e frio: pensava neles apenas como crianças, quando a bela mãe deles acenava do campo com as flores dançantes e os chamava para casa ao anoitecer, de onde brincavam por horas na extensa faixa de areia. Porque a época depois daquilo era muito dolorosa para se recordar.

Uma vez, porém, em um dia ruim, trancada na cabine com o mar cinzento e nada no horizonte, a não ser o céu também cinzento, as terríveis memórias venceram: Gwenlliam pensou em Manon chorando desesperadamente, andando em círculos em um dos grandes quartos com sua camisola (a linda camisola para a linda nova vida). *Eu ODEIO estar casada, ninguém me disse que seria tão horrível, Gwennie, tão horrível e asqueroso — ele tenta fazer coisas nojentas comigo, ele me machuca e depois ri — nunca se case, nunca mesmo, é uma cilada!* E, depois, ácido de potássio que queimava o estômago, e o vestido de noiva. E Morgan, o amado irmão e suas dores de cabeça, fazendo bagunça, roubando suas joias e fazendo pinturas violentas e raivosas. Mas quando tinha 15 anos, Morgan pintara também um lindo quadro de três belas crianças louras à distância em uma grande praia; estavam agachadas catando conchas, algas marinhas e madeiras flutuantes podiam ser vistas ao longe. Gwenlliam sabia que aquele quadro maravilhoso estava trancado em um dos velhos baús de viagem da mãe. Mesmo violento e incontrolável, Morgan ainda mantivera suas lembranças: *eu sei que Morgan não vira aquela praia de Gwyr desde os 5 anos de idade, mas ele a pintou simplesmente usando sua memória*. E, de repente, as lágrimas escorreram pelo rosto de Gwenlliam, o bordado caiu no chão, enquanto chorava copiosamente trancada na cabine. Os anos de infelicidade passavam por sua cabeça: o pérfido pai, que tentava sorrir, a madrasta fria e o avô intimidador e bêbado. Chorou sem parar: desesperada, colocou a cabeça para fora da escotilha; o vento bateu e chicoteou seu rosto e queimou sua pele, mas ela não se moveu. Não se moveria até que a crise incontrolável de choro cessasse. Mesmo assim, não se moveu: respirava fundo o ar que vinha do mar. Apenas a antiga canção a tranquilizava: *when that I was and a little tiny boy, with a heigh ho, the wind and the rain*, e dois pequenos fantasmas pareciam pairar ali, no céu cinzento, nublado e sem fim.

Shshshshshshshshshsh chamava o mar ao lado de fora da escotilha naquela noite enquanto o clíper navegava. *Shshshshshshshshsh* chamava o mar em seus sonhos.

Alguém começou um jornal no navio, entrevistando os passageiros. Os americanos simpáticos e curiosos fizeram todo tipo de pergunta pessoal ao belo Sr. Doveribbon: sobre sua viagem, a garota louca, se ele era rico, deixando-o extremamente irritado e desconfortável. Uma garota simples que viajava com a mãe se apaixonou por ele e o seguia para onde quer que fosse, deixando-o ainda mais irritado. Quando ela chorara e declarara seu amor, ele foi quase cruel. Àquela altura, os passageiros entediados apostavam em tudo, não só no carteado: na quantidade de ouro que era levada na carga; na data em que o clíper chegaria a Nova York; em que comida desagradável seria servida no jantar, já que as refeições tornaram-se menos variadas conforme o tempo de viagem passava. Se peixes frescos fossem pescados, a ocasião era comemorada por todos os passageiros, que compartilhavam a iguaria: apostava-se muito dinheiro no peso da pesca. O auge do tédio foi alcançado quando apostaram grande soma de dinheiro em quem conseguiria prender a respiração por mais tempo: um homem que fora dono de uma loja de tecidos em São Francisco, fazendo fortuna, e de quem ninguém gostava por cobrar preços ainda mais caros do que os já praticados na Califórnia, prendeu a respiração, teve um ataque cardíaco e morreu. Isso, pelo menos, animou um pouco as coisas. Envolveram o corpo do defunto em lona e o sepultaram no mar, em algum lugar no imenso oceano Atlântico, e o capitão pediu que Deus tivesse misericórdia da alma do homem. Gwenlliam, trancada na cabine, não compartilhou de nenhuma daquelas atividades. A Sra. Colleen lhe contava fragmentos dessas histórias durante as aulas de pôquer.

E o *Sea Bullet* seguia adiante: passavam por ilhas, outros lugares com nomes românticos que, novamente, não conseguiam vislumbrar: passaram por Martinica, disseram; Guadalupe.

Aproximavam-se da América do Norte: Gwenlliam e Colleen, nos raros momentos em que o Sr. Doveribbon não estava presente, conversavam e planejavam da melhor forma que conseguiam.

— Se ao menos esse navio fizesse alguma parada em algum lugar! — murmurou Gwenlliam entre os dentes, enquanto passavam um tempo precioso durante a tarde caminhando juntas junto à grade do convés, tendo atrás de si o Sr. Doveribbon, que mantinha os olhos nelas enquanto discutia com o médico assuntos de Londres.

— Eu sou acrobata! Poderia agarrar uma corda, balançar sobre o píer e fugir! É o meu trabalho! É o que eu faço! — Ainda assim, mantinha a voz baixa e o rosto inexpressivo o tempo todo. Elas achavam, mas não tinham certeza, que a família de Gwenlliam, de alguma forma, já soubesse o que acontecera com ela: Gwenlliam confiava que Peggy Walker tivesse, de algum modo, enviado uma carta pela rota mais rápida possível, ou seja, pelo istmo. Era possível ainda, comentou ela, que seu padrasto talvez estivesse, naquele exato momento, embarcando todos os tipos de navios com reforços policiais (talvez — embora não tenha dito isso a Colleen — Frankie Fields, o policial alto que se equiparava a ela no pôquer e se intrometia em seus sonhos, estivesse com ele).

— Mas eles não têm como saber em que navio estou. Como vão me encontrar?

— Talvez você possa apenas saltar pelo píer, como disse que poderia fazer, assim que chegarmos a Nova York!

— *É claro* que planejo fazer isso. Enquanto você grita e simula ataques histéricos! Mas, enquanto eu estiver trancada na cabine ele pode fazer o que quiser comigo. Oh, Colleen, ele *não pode* ter a chance de usar clorofórmio em mim de novo.

— Ele tem mais clorofórmio? Canalha!

— Eu não *sei*! E isso é o que mais me preocupa. Mas como posso entrar na cabine dele enquanto ele me tranca na minha?

— Deixe isso comigo. Descreva para mim como é o clorofórmio.

Gwenlliam começou a explicar, mas o Sr. Doveribbon se aproximou. Por sorte, o capitão o chamou, e ele retornou à ponte de comando.

— Você já cheirou clorofórmio? — apressou-se Gwenlliam a perguntar.

— Não!

— É um cheiro um tanto adocicado, não desagradável e o líquido é transparente. Lembro-me de que vimos no hospital um frasco com uma tampa. — Gwenlliam mantinha os olhos nos dois homens que conversavam acima delas. — Mas quem pode saber como o Sr. Doveribbon o transporta ou onde ele guarda.

Acima delas as velas brancas se curvavam ao sabor do vento, e um marinheiro estava em um dos mastros desatando uma corda emaranhada.

— Estamos procurando, então, algo parecido com uma garrafa de água?
— Sim, uma garrafa de água com um cheiro adocicado. E eu me lembro de que o cirurgião no hospital tirou o clorofórmio de um armário escuro. Os anões me disseram que algumas dessas substâncias devem ser armazenadas no escuro.

Naquele momento, o Sr. Doveribbon desceu os degraus da ponte, com um leve sorriso nos lábios.

— Pode deixar comigo — assegurou mais uma vez Colleen, também com um leve sorriso nos lábios.

Naquela mesma tarde ela abraçou um belo camareiro em um corredor escuro e pediu-lhe um favor, prometendo outro em troca. O camareiro usou sua chave-mestra para entrar na cabine do Sr. Doveribbon enquanto o jogo de pôquer acontecia no andar de cima. O líquido doce e incolor foi encontrado e derramado nas águas escuras do oceano; o conteúdo do frasco foi substituído por água. Cumprida a tarefa, o camareiro passou pela sala de pôquer e fez um sinal com a cabeça: naquela mesma noite, recebeu o favor prometido em retorno, e o belo camareiro contou a Colleen que encontrara uma outra coisa na cabine: uma bolsa com cabelos, cabelos de mulher.

— Não toquei naquilo — dissera ele. — Parecia um pouco fantasmagórico.

Essa informação pareceu desanimar a própria Colleen, que decidiu não mencioná-la para Gwenlliam.

Alguns dias depois, o Sr. Doveribbon reclamou em alto e bom som (pois checara o clorofórmio para o próximo desembarque) que sua cabine fora invadida e que objetos particulares lhe foram roubados. Quando, porém, o belo camareiro lhe perguntara, em tom preocupado, o que havia perdido, o Sr. Doveribbon não especificou. É claro que suspeitou de Gwenlliam, mas ela estava com ele o tempo todo quando não estava trancada na cabine. Ele se perguntou: será que o clorofórmio poderia se transformar em água se fosse sacolejado por uma tempestade, já que ele mesmo sofrera os efeitos da mesma? Ou será que a Sra. Ray poderia ter entrado em sua cabine e revistado sua bagagem? Passou a olhar todos a bordo com muita desconfiança e malícia; aquele homem traiçoeiro cogitava histórias de traição cometida por outras pessoas.

No entanto, para Gwenlliam, parecia que o pior havia passado: *não havia mais clorofórmio!* Abraçou a Sra. Colleen Ray: seus olhos começaram a recuperar o antigo brilho. Costumava baixar o olhar de forma discreta quando pensava que logo estaria com sua amada família: será que teria de esperar muito tempo mais para revê-los? Imaginava todos esperando por ela no Battersea Gardens, ou nas docas do rio East.

E Gwen e Colleen tinham, pelo menos, um plano a prova de falhas se todo o resto falhasse: Sr. Doveribbon não tinha autoridade sobre a Sra. Colleen Ray, do Royal Theatre, Nova Zelândia, e nem a chave para sua cabine. Assim, quando o *Sea Bullet,* por fim, aportasse, seguiria imediatamente para Maiden Lane antes de se reunir ao elenco de "The Bandit Chief" em Baltimore.

No entanto, as conversas entre o capitão e o Sr. Doveribbon, que começaram há muito tempo, na taverna Broadwalk, naquele momento, se aproximavam do clímax mutuamente vantajoso. E seus planos não incluíam a Sra. Colleen Ray, do Royal Theatre, Nova Zelândia.

43

Se a estrela de "The Bandit Chief" não estivesse intimamente envolvida por algum tempo com o belo timoneiro naquele lindo clíper, Gwenlliam nunca saberia o que aconteceria em seguida. No entanto, em uma noite quente e agradável (sobre travesseiros em um barco salva-vidas isolado, em um canto também isolado do navio), o timoneiro, em uma folga de quatro horas fora do comando do leme, confidenciou à atriz que o *Sea Bullet* faria um breve desvio pelo porto de Norfolk na Virgínia nos próximos dias.

Naquele instante, Colleen ficou alerta. Mas acariciou o peito do homem preguiçosamente, demonstrando grande admiração.

— Por que faremos esse desvio, meu belo, belo jovem? Achei que faríamos uma viagem sem paradas até Nova York. — Bocejou parecendo relaxada e realizada; mas completamente atenta.

— O capitão disse que o desvio é para deixar dois passageiros que seguirão direto para Boston. — Colleen sentou-se de forma lenta e cuidadosa, parte por causa da informação e parte porque o barco salva-vidas balançava e rangia como se fosse muito brusco.

— Dois passageiros?

— Mas eu o conheço, o velho arrogante, ele nunca faria um desvio quando velocidade é essencial e recordes estão sendo quebrados. Pelo menos não para o desembarque de passageiros. Eu acho, eu não sou uma pessoa brilhante, mas...

— Você é muito brilhante para mim — disse ela, beijando seu rosto, bem alerta naquele momento.

— Mas eu me pergunto, veja bem, apenas me pergunto, e faço suposições, entende? Já que não possuo qualquer prova disso, mas me pergunto se não há alguma transação de ouro envolvida.

— Ouro?

— Escutei os rumores antes de sairmos da Califórnia. Nunca contam nada para o timoneiro, sabe? Mas estamos levando uma grande quantidade de ouro, disso tenho certeza. Eles não conseguiriam fazer qualquer esquema em Nova York, não em um clíper, com todos esperando sua chegada e admirando sua beleza. Mas uma parada não programada em Norfolk, Virgínia... Uma parte poderia ser retirada, documentos alterados. Essas coisas acontecem o tempo todo.

— Norfolk, Virgínia — repetiu Colleen pensativa. Ele levantou seus longos cabelos bem devagar, segurou-os e a puxou para si.

— Sim. Eu já escutei os passageiros tentando adivinhar o que levamos na carga, chegando a apostar dinheiro nisso! Mas se eu sei com certeza que *estamos* levando ouro, então deve haver mais gente que também sabe. Não sei qual é o plano e talvez possa estar sendo um pouco desconfiado, mas há algo bastante suspeito acontecendo. — Sra. Ray encobriu o lindo timoneiro com os cabelos, e se curvou sobre ele enquanto o *Sea Bullet* navegava.

— Não ria, mas acho que descobri uma trama mais improvável do que a de "The Bandit Chief" — cochichou Colleen para Gwenlliam, aproveitando um momento particularmente violento em uma partida de pôquer. Os passageiros andavam bastante irritados agora que sabiam que o navio se aproximava de seu destino e contavam os dias. Por sorte, alguém estava acusando o médico de ter trapaceado, elevando o tom das vozes. Sr. Doveribbon foi obrigado a sair em defesa do médico quando os demais jogadores começaram a se levantar e ameaçá-lo. Colleen, bem depressa, explicou o que descobrira.

— Mas esqueça o ouro, você acha que os passageiros que desembarcarão podem ser vocês? Dois passageiros seguindo diretamente a Boston, foi o que ele me disse.

— Acho que somos nós sim, tenho quase certeza — declarou Gwenlliam, devagar. — Ele sabe que eu tenho família em Nova York. Além disso, vive tramando coisas com o capitão, eles parecem ser grandes amigos.

— Bem, eu poderia desembarcar em Norfolk também e ver o que acontece com você, de qualquer forma, Norfolk não é longe de Baltimore — ofereceu Colleen. — Acho difícil que ele sequestre nós duas!

E os olhos de Gwenlliam brilharam.

— E nada de clorofórmio! — exclamou ela. — Não podemos falhar! Céus, estou feliz que tenhamos ganhado dinheiro! Vou dividir nossos ganhos essa noite, e vou lhe entregar sua parte amanhã durante o jogo. — Pensou por um momento. — Escute, escute! — pediu ela, de repente, sussurrando sob a gritaria dos jogadores ainda aos berros. — Eu *não* vou para Boston! — Dois homens estavam sendo separados naquele momento, o médico tinha a aparência de quem acabara de levar um soco direto no olho. — Se realmente pararmos, e se, de fato, formos os passageiros a desembarcar, eu vou pular.

— No mar?

— Eu sou *acrobata*, lembre-se! E agora que ele está sem clorofórmio, não poderá mais me impedir fisicamente, senão eu mordo ele... a não ser... — E em algum lugar em meio a tanto barulho devido à confusão, a gargalhada da Sra. Ray pôde ser ouvida, pois Gwen, de maneira repentina, começou a soar como uma dama inglesa. — A não ser pelo fato de que eu não *suportaria* o gosto. Os camareiros estavam sendo chamados para apartar a briga, ou o próprio capitão.

— Escute, Colleen, se nós pararmos, eu consigo fugir, tenho certeza disso. E outra coisa: aconteça o que acontecer, *nós podemos, sem dúvida, enviar um telegrama de Norfolk, Virgínia!* É perto de Nova York, não é como estar do outro lado da América! Escute, escute bem, pensei em outra coisa: eu sei de um homem que todo mundo conhece, todo mundo de todas as docas de Nova York, e ele conhece meu padrasto, o policial. Vou dividir o dinheiro e o que quer que venha a acontecer, nós podemos enviar um telegrama para ele: George Macmillan, Docas de Nova York.

Quase aconteceu um assassinato naquele momento entre os apostadores: o capitão chegou gritando, por fim, dispersando toda a multidão que havia se formado, e o médico foi salvo de levar outro murro. Na noite seguinte, Gwenlliam cuidou de colocar 87 dólares nas mãos da Sra. Ray, embrulhados com cuidado na toalha de mesa do *Sea Bullet* que ela mesmo bordara.

— É um presente para você, Colleen — disse ela na mesa de pôquer. — Eu mesma bordei.

— Muito obrigada, Gwen! Que encantador! — agradeceu, colocando o embrulho ao seu lado com muito cuidado enquanto o jogo prosseguia.

Então, naquela mesma noite, depois que as aulas de pôquer terminaram (com o Sr. Doveribbon olhando seu relógio e pagando o que devia, como de costume), as velas começaram a oscilar para outro lado; ficou claro que o *Sea Bullet* estava mudando o curso. Gwenlliam fitou, animada, a pequena escotilha de sua cabine. Depois de algum tempo, achou que via luzes. Bem rápido, tratou de colocar seus ganhos no pôquer no fundo dos bolsos de sua capa. Em menos de uma hora, o Sr. Doveribbon entrou, de repente, na cabine carregando sua bagagem. Rapidamente, pôs os poucos pertences de Gwenlliam em uma mala pequena: ela, um tanto obstinada, adicionou à mala um de seus diversos guardanapos bordados.

— Uma lembrança da viagem — disse ela de forma breve. — Seja lá para onde estivermos indo agora, pois está claro que vamos para algum lugar.

Ele não forneceu a ela quaisquer informações.

— Venha comigo — ordenou de forma brusca. — Nem pense em tentar nada.

— E o que você acha que eu posso tentar? — perguntou ela, na mesma hora, enquanto vestia a capa. — Acha que vou pular?

— Você achou que eu não me lembraria, Srta. Preston, que, quando nos conhecemos, me contou que tinha família em Nova York? Não desejo ir a Nova York. — (Ele de certo não queria que Gwenlliam descobrisse que a mãe se afogara há algum tempo).

Olhou rapidamente a cabine, agarrou o braço dela com firmeza e a puxou para a escuridão do convés. Várias balsas pequenas e iluminadas de Norfolk já apareciam com lampiões, prontas para ajudar o navio a aportar, se movendo pela água enquanto o clíper arriava as velas, jogando cordas para cima. Uma voz vinda de um das balsas chamou.

— Nome e negócios.

— Clíper *Sea Bullet*. Transferência de passageiros para o *SS Scorpion* — respondeu o capitão, em tom de saudação. — Ancoragem breve.

Houve uma comoção entre os passageiros pelo navio ter feito uma parada depois de tanto tempo. Algumas pessoas queriam descer e, na verdade, insistiram nisso sem se importar com as ordens do capitão. *Desembarque!* Todos gritavam de alegria conforme o navio se aproximava cada vez mais da costa: podiam ver a civilização. *Desembarque!* No convés, os olhos de Gwenlliam se encontraram com os de Colleen e, depois, ela lançou um olhar para as cordas e os mastros. O capitão gritou ordens. Por baixo do som de sua voz, ela sussurrou para Colleen com uma voz muito firme: GEORGE MACMILLAN, DOCAS DE NOVA YORK.

Cordas foram jogadas para o cais. Do outro lado, podiam ver a forma de um navio a vapor e suas chaminés.

— SS Scorpion — chamou o capitão do navio a vapor, usando um megafone. — Direto para Boston. Estivemos esperando pelo *Sea Bullet*. Partiremos para Boston pela manhã. Os passageiros no convés do *SS Scorpion* acenavam para cima, em direção ao enorme e belo clíper.

— Temos passageiros para embarcar, *Scorpion* — informou o capitão. — E algumas bagagens — acrescentou.

No convés, Sr. Doveribbon ficou desconcertado ao ver que a Sra. Colleen Ray, do Royal Theatre, Nova Zelândia, cercada por malas e carregando um lampião, também se preparava para desembarcar; mas, então, ficou claro que vários passageiros do *Sea Bullet* estavam se aproveitando daquela parada imprevista e decidindo-se naquele momento, não importando o que o capitão falasse, continuar com a viagem por terra; alguns outros perguntaram se poderiam embarcar no *Scorpion* e seguir direto para Boston. Muitas negociações foram feitas, e havia muito tumulto por causa das bagagens, idas e vindas de pessoas, caixas e grandes contêineres naquela noite, cordas eram apertadas, homens corriam enquanto carregavam coisas, e uma prancha para o desembarque de passageiros foi colocada no cais, ligada ao clíper; lâmpadas tremeluziam, vozes chamavam. Colleen observava os olhos brilhantes de Gwenlliam, enquanto permanecia atenta aos estivadores e às cordas: Sr. Doveribbon segurava o braço de Gwenlliam, mas ela estava pronta para saltar.

Colleen deu um beijo de despedida em Gwenlliam e sussurrou em seu ouvido:

— Tenha cuidado. Eu vou iluminar a corda da melhor forma possível. Se você não conseguir fugir, eu mando o telegrama. — E então ela chorou bem alto enquanto beijava e se despedia da amiga de forma bem teatral. — Com quem vou jogar pôquer agora? — Afinal de contas, era uma atriz, e um pequeno grupo de pessoas se dirigiu a ela pelo convés, estendendo as mãos para se despedir da Sra. Colleen Ray, a mulher de cabelos cor de fogo que iluminou a viagem de todos. Sr. Doveribbon foi forçado a recuar um pouco e, naquele momento, Gwenlliam se libertou de seus braços, escalou a grade do convés com agilidade e pulou em direção à corda amarrada que descia até o cais: a corda podia ser vista com clareza à luz de diversos lampiões, incluindo, bem rapidamente, o de Colleen. Logo depois, passageiros de ambos os navios não tinham certeza do que tinham visto: tudo aconteceu tão rápido, mas houve um momento glorioso onde a louca que jogava pôquer muito bem voou para baixo, agarrou a corda enquanto a capa e a saia elevavam-se por trás dela, parecendo, por um segundo, com um pássaro sombrio e belo. Então, rápida como um raio, ela deslizou pela corda até o cais. O capitão saltou por cima da prancha, que ainda se mexia, seguido de perto pelo Sr. Doveribbon: ambos gritavam:

— PAREM-NA! ELA É LOUCA E PERIGOSA!

Gwenlliam correu, as pessoas do cais não a impediram, abrindo caminho para ela, espantados, enquanto a observam. Corria rápido ao longo do cais de madeira. E, então, na escuridão, a saia dela ficou presa em um gancho de carga, fazendo com que tropeçasse e caísse enquanto o gancho puxava a saia: mesmo conseguindo se levantar, o capitão a alcançou e a agarrou, o Sr. Doveribbon pegou o outro braço e estava acabado: as moedas caíram pelo chão do cais feito de tábuas de madeira, algumas rolaram para a frente, outras caíram na água escura enquanto Gwenlliam era carregada (puxada com violência, podia-se dizer) para o *SS Scorpion* do outro lado do mesmo cais. Tudo aconteceu tão rápido que Colleen se espantou muito: não podia acreditar. Ainda a bordo do *Sea Bullet*, viu que o capitão e o Sr. Doveribbon seguravam Gwenlliam com firmeza; os pés dela pareciam não tocar o chão até que estivesse a bordo do outro navio, aquele que seguiria para Boston.

— Era aquela garota louca — Colleen escutava as pessoas dizendo em volta dela. — Vocês a viram voando? — E as vozes carregavam um sinal de admiração.

Já no cais, alguns minutos mais tarde, enquanto as pessoas se moviam de maneira confusa na escuridão e as últimas caixas eram transferidas entre os navios, Colleen ergueu o olhar, mas não pôde ver se Gwenlliam estava no convés do *Scorpion*; supôs que a levaram imediatamente para baixo: estava chocada com o modo cruel que carregaram a moça. *Malditos*. Ela acenou para cima e disse alto, com uma voz que chegaria facilmente lá em cima:

— Adeus, minha querida Gwen! Adeus, querido Sr. Doveribbon! Que vocês façam uma boa viagem à Grã-Bretanha!

— Vamos partir imediatamente! — informou o capitão do *Sea Bullet* de volta a bordo do clíper. As pessoas assistiram àquela forma garbosa e escura afastando-se devagar das docas com ajuda das balsas, e escutaram as velas subirem e o vento as encherem, enquanto o *Sea Bullet* voltava ao mar, a caminho de Nova York.

O timoneiro olhava com o coração partido enquanto a mulher de cabelos ruivos e longos acenava em despedida.

Colleen Ray ainda segurava o lampião, assim ela poderia ser facilmente vista pelos homens do cais e, tinha esperança, por Gwen no navio a vapor.

— Alguém poderia me levar ao melhor hotel que vocês têm por aqui? — pediu em voz alta. — Estou com todas as minhas bagagens aqui. — E houve muitas respostas submissas.

— Aqui, nessa esquina, companheira — informaram eles e levantaram seu baú nos ombros e caminharam de volta pelo cais de madeira. — Apenas nos siga. Qual é o seu nome? O que está fazendo em Norfolk? É casada?

Ela se inclinou para pegar sua menor mala e os seguiu. Lançou mais um olhar para o *SS Scorpion* para tentar ver de relance a amiga, e escutou dois homens sussurrando no momento em que subiam a bordo.

— Correu tudo bem?

— Sim.

— Chamaremos isso de parada para abastecimento de carvão — murmurou um deles. — Meia-noite em Sandy Hook.

44

Eles ouviram Alfie subindo, apressado, os degraus para o sótão, antes de vê-lo, pois seus passos pesados soavam como os de um monstro gigante. Gritava sem parar: "CORDELIA! ARTHUR!" — com uma voz que acordaria todos os pensionistas que moravam na Casa de Celine, assim como o médico da casa ao lado. La Grande Celine, com seu tapa-olho, o seguia de perto, ansiosa para não perder nada. Entraram no sótão como balas de mosquete.

— Mal posso esperar para conhecer essa garota de vocês! — exclamou Alfie. — Esperta! Inteligente além de qualquer descrição! Quero que trabalhe para mim. Pagarei o quanto desejar!

— O que foi? *O que foi?*

— Ela é tão inteligente! Lembrou-se do nome que uso e não Alfie Tyrone, mas sim George Macmillan! E ela nem estava aqui quando Queenie e eu nos reencontramos! Sem a inteligência dela, a teríamos perdido para sempre.

— O que houve? — perguntou Cordelia, puxando o colete dele.

— O que aconteceu, Alfie? — indagou Arthur, puxando Cordelia para si.

— Ela descobriu um meio de usar um telégrafo! Uma jovem que foi sequestrada, se entendemos tudo direito, usando um telégrafo! De um porto: Norfolk, Virgínia. Chegou esta manhã.

Ele puxou um papel, mas em vez de lê-lo, entregou o telegrama para Regina.

GEORGE MACMILLAN, DOCAS DE NOVA YORK
DIGA A ARTHUR SS SCORPION DIRETO A BOSTON,
ABASTECIMENTO DE CARVÃO MEIA-NOITE SANDY HOOK
PARTINDO NORFOLK AM 19 G

— AM 19 G? — repetiu Regina, incerta.

— G! É Gwennie! Onde fica Norfolk? — Cordelia estava puxando novamente o colete de Alfie de uma forma que não lhe era característica.

— Norfolk, Virgínia! — exclamou Alfie. — Aqui perto. Saindo de lá na manhã do dia 19. Ela está a caminho agora! E vocês sabem o que está chegando em Battery Gardens? O clíper *Sea Bullet* que o nosso jovem Danny O'Reilly viu no Panamá! Nossos cálculos estavam corretos!

— AM 19 G. Sim, sim, agora entendi — disse Regina, acenando com a cabeça.

— Ela está viva e perto daqui! *Ela está perto daqui!* — Rillie abraçou Cordelia naquele momento.

Arthur começou a juntar os papéis.

Alfie gritou de novo, sacudindo os papéis em suas mãos.

— Não imaginamos que o Sr. Doveribbon seria tão inteligente! Eles desembarcaram do *Sea Bullet* em Norfolk por algum motivo. Deviam estar a bordo do clíper ou não teriam chegado tão rápido. Então, resolveu seguir direto para Boston, sem passar por Nova York, pois sabia que a família de Gwenlliam estaria procurando por ela! Então, tivemos um pouco de sorte, não é, Arthur? Que o navio terá de ser abastecido com carvão em Sandy Hook!

— Para seguir direto para Boston e, depois, para Liverpool — disse Monsieur Roland. — Muitos navios tomam essa rota. Nós viemos por essa rota.

— *Ela está perto daqui!* — exclamou Cordelia, novamente, com lágrimas de alívio escorrendo pelo rosto.

— Esperem um minuto — disse o detetive-inspetor Arthur Rivers devagar. E, depois, mais alto: — *Esperem um minuto!* — Até aquele momento, ele nada dissera depois de ouvir as notícias de Alfie. Todos ficaram em silêncio.

— Esperem um minuto — repetiu ele, pela terceira vez. — Há carvão em Norfolk, com certeza, o suficiente para chegarem a Boston. Não há nada de errado com o carvão de Norfolk, afinal, trata-se de uma cidade portuária como outra qualquer. — Eles apenas olhavam para Arthur, enquanto ele pensava em voz alta, organizando os fatos, tentando seguir a sua lógica enquanto falava. — Por que um navio a vapor precisaria abastecer mais carvão próximo ao porto de Nova York, à meia-noite, em tão pouco tempo? E mais: por que um clíper pararia em Norfolk? Os clíperes estão sempre competindo, voando pela costa, tentando quebrar os recordes e sem parar em portos pequenos.

— Será que o barco quebrou? — sugeriu Monsieur Roland.

— Pode ser.

Alfie disse:

— Eu conheço o *SS Scorpion*. Trata-se de um grande navio a vapor de rodas que faz o percurso de ida e volta para Chagres. Hmmmmm. Alguns desses capitães de navio são a lei dentro da embarcação. Isso eu posso dizer. Sei de histórias de capitães autocratas que os deixariam de cabelo em pé. Arthur, você sabe que alguns deles são quase piratas! Se querem parar em Sandy Hook, eles pararão em Sandy Hook.

— Exatamente — concordou Arthur Rivers. — E nós nem ficaríamos sabendo, não é mesmo? Eu apenas gostaria de saber que outro carregamento, além de nossa querida Gwennie, foi transferido do *Sea Bullet* da Califórnia para o navio a vapor de rodas *SS Scorpion* em Norfolk.

— Não *importa!* — exclamou Cordelia. — Desde que consigamos salvá-la.

— Acho que importa muito, Cordelia — contrapôs Arthur.

— Pare de pensar sobre cargas, tráfico e gangues! Como consegue? *Não importa!* Precisamos apenas encontrar Gwennie. Aonde você vai? Não pode ir até que tenhamos decidido o que fazer! — O rosto de Cordelia estava pálido e a pele fria no sótão quente e úmido. Arthur já tinha pegado o chapéu.

— Decidi o que fazer, Cordelia, e acho que seria uma boa ideia se você tentasse dormir um pouco.

— Arthur, por favor, *por favor,* deve haver algum modo de eu estar no barco da polícia em Sandy Hook com você!

— De modo algum. Vá para a cama agora.

— *Eu preciso estar lá!*

Todos perceberam que Arthur Rivers, mesmo no limite da exaustão, tentou se controlar.

— Ouça, Cordelia — pediu ele. — Ouça-me com atenção. O motivo por que o *SS Scorpion* planeja parar em Sandy Hook pode significar algo. Se o capitão tiver feito qualquer negócio em Norfolk com carregamentos da Califórnia que estavam no *Sea Bullet,* carregamentos esses que devem ser de ouro, isso pode significar que ele está de conluio com os Garotos do Alvorecer do rio East, ou com alguma outra gangue de criminosos. Talvez envolvendo até os abastecedores de carvão! Isso é novidade. De alguma forma, Gwenlliam obteve essa informação. E quando nos encontrarmos de novo, ficarei muito feliz de descobrir como. Nesse meio-tempo, porém, *preciso* parar o *SS Scorpion* para salvar Gwennie. Então, vou conseguir autorização, barcos e homens o suficiente para pararmos o *Scorpion* dizendo que suspeito de roubo de ouro da Califórnia. Não sei se realmente se trata de roubo, mas nem mesmo os Pais da Cidade permitirão roubo de ouro sob quaisquer circunstâncias. Assim, eu conseguirei salvar Gwenlliam independente de qualquer coisa. Mas talvez não seja nada agradável e certamente será perigoso. Podem aparecer armas e homens nervosos. E tenho certeza de que tudo acontecerá na escuridão da madrugada.

— Não tenho medo de armas e muito menos da escuridão!

— Será perigoso para Gwennie também!

— Então eu *preciso* estar lá!

— *Você vai nos atrasar!* — Ele se virou para descer as escadas.

Alfie o seguiu e disse, em tom gentil, para Cordelia:

— Se eu fosse você, querida, descansaria um pouco antes de amanhã. Sua filha vai precisar de você quando chegar aqui e você está muito cansada. — Mas Cordelia não ouviu.

Foi uma tremenda falta de sorte para muitas pessoas o fato de o Sr. Doveribbon ter escolhido o *SS Scorpion* para continuar sua viagem.

45

Havia seis barcos da polícia aguardando. Todos apagados; cada barco contava com dez policiais espremidos no espaço disponível. Esses barcos aguardavam atrás da estreita península de Sandy Hook, na extremidade final do porto de Nova York.

Havia outros seis barcos da polícia aguardando, sem qualquer iluminação (ocultos pela terra), quando vários conjuntos de remos quase silenciosos mergulharam na água escura do porto, também seguindo para Sandy Hook.

A lua apareceu e foi oculta pelas nuvens, deixando as águas uma vez mais na escuridão.

Existem vários tipos de sons na água durante a noite: às vezes, um peixe dá um salto; e o mar sempre vai e volta em um constante *shshshshshshshshshshsh* na praia: indo e voltando, de forma gentil, e na escuridão da noite calma, como aquela, *shshshshshshshshshsh*. É possível ouvir claramente as vozes na água à noite. O som abafado dos remos poderiam ser peixes ou as ondas quebrando na praia; as vozes talvez pertencessem a um barqueiro ou a pessoas na terra escura: quase sempre é difícil determinar.

A lua apareceu por entre as nuvens novamente, iluminando as pequenas ondas.

E eles ouviram a distância. O som de um vapor de rodas cortando as águas: o som de um navio a vapor.

Na escuridão, os barcos policiais trocaram sinais entre si, mas não emitiram qualquer som.

Nos outros barcos, os remos estavam na água, para a frente e para trás, quase sem barulho enquanto ouviam a aproximação do navio que aguardavam. Aproximando-se. Os barcos a remo não viam os barcos policiais, assim como os barcos da polícia, ocultos atrás da terra, também não viam os barcos a remo.

O único som a quebrar o silêncio da noite era o *shshshshshshshsh* contínuo, enquanto as ondas iam e viam, estimuladas pelo vento noturno. *Shshshshshshsh*: o som do mar.

Então, conseguiram ver lampiões se aproximando de Sandy Hook. À medida que se aproximavam, sem, de forma alguma, se esconder, viram que, realmente, se tratava de uma balsa para abastecimento de carvão. No meio da noite.

As nuvens ora ocultavam a lua, ora a mostravam.

O som do navio a vapor com rodas de pás ficou cada vez mais alto e a sombra do *SS Scorpion* se aproximava — então, o som diminuiu até o silêncio cair sobre a noite. Ouviram o barulho da âncora sendo jogada ao mar.

À medida que a balsa de abastecimento se aproximava chamando o *Scorpion*, como se fossem abastecer naquele horário estranho, os barcos a remo saíram lentamente do lugar em que estavam; os remos movendo-se de forma silenciosa na água, sem serem detectados sob os gritos dos homens da balsa e as respostas dos homens a bordo do *Scorpion*. Sombras se moviam pela água.

Sombras inesperadas: sombras de homens, dos barcos a remo, que subiam agora pelas cordas da âncora na escuridão, sem serem vistos pelos homens do *Scorpion* ou da balsa de carvão, mas certamente vistos pelo detetive-inspetor Arthur Rivers.

Foi apenas quando viu as sombras que Arthur Rivers compreendeu o perigo de tudo aquilo. Emitiu um assovio baixo, bem baixo. Não havia uma gangue, mas sim duas. Em vez de caixas sendo transferidas de forma discreta do *Scorpion* para a balsa de carvão, os inesperados Garotos do Alvorecer em seus barcos a remo tinham seu próprio plano: entrariam em uma batalha com quem quer que tenha se associado com a balsa: *uma outra gangue estava invadindo o território deles.*

O inspetor Rivers sentiu o coração disparar, *Gwennie estava no meio de tudo aquilo.* Passou a informação para seus homens: os pequenos barcos de polícia estavam prontos. Frankie Fields, no mesmo barco que o chefe, também sentiu o coração acelerar no peito: aquele não era o lugar que escolheria para o seu próximo encontro com a Srta. Gwenlliam Preston, que permanecera em seu coração e lhe mandara mensagens do outro lado da América.

Cada um dos barcos da polícia carregava um lampião bem grande. Arthur Rivers murmurou algumas instruções e, então, apenas o seu barco partiu, sozinho, em direção à outra extremidade do *Scorpion*. O barulho da balsa de abastecimento abafava o som do barco de Arthur. Quando seu barco estava nas sombras, deu o sinal: um assovio alto. Na hora, cinco lampiões a óleo se acenderam enquanto os barcos da polícia avançavam e iluminavam o *Scorpion*: as cenas que se passavam na água se tornaram mais claras, pois, de certo, não havia carvão. Homens escalavam por cordas, como macacos, para subirem a bordo do *Scorpion*; outros homens levavam caixas para a balsa de abastecimento; gritos selvagens se ergueram no ar da noite quando gângsteres se deram conta de que havia duas gangues naquele momento e não apenas uma. Quando dois homens se encontraram e não gostaram do que viram, a lâmina de uma faca brilhou e um corpo caiu na água. A polícia gritou e se aproximou dos barcos a remo. Iniciou-se a batalha. O som de um tiro ecoou de um dos barcos.

Havia várias cordas na extremidade do navio a vapor e caixas estavam sendo transportadas; enquanto três policiais lidavam com uma caixa, Arthur Rivers e Frankie Fields rapidamente subiram a bordo do *Scorpion*.

Ele tinha de arriscar:

— Gwennie! — chamou. — *Gwennie*!

Ouviu o som de passos apressados, lutas, mas nada de Gwenlliam.

Desceu as escadas de ferro a caminho das cabines de passageiros: *com certeza, estarão em uma cabine de primeira classe, caso contrário, Gwennie teria de compartilhar uma cabine com outras mulheres e o Sr. Doveribbon não permitiria isso, não é mesmo? Ou será que estava dividindo a cabine com ela?*

Os passageiros ou emergiam, aterrorizados, de suas cabines, ou trancavam suas portas. Todos pareciam temerosos do que acontecia no deque superior: ainda nem sinal de Gwennie.

As cabines de primeira classe: tinha de ser esse corredor. Tinha de ser. Ele gritou:

— Gwennie! *Gwennie*! Onde você está? — Ouviu, na hora, uma batida nervosa mais adiante no corredor e, então, pensou ter ouvido um grito abafado. Em algum lugar daquele corredor estreito. — *Gwennie*! — chamou uma vez mais. — Preciso saber onde você está! — E, da cabine, próxima ao fim do corredor, ouviu o som de uma pancada. *Ali? Talvez?* Com Frankie ao seu lado, não pensou duas vezes; usou seu corpo para arrombar a porta da cabine, que cedeu, parcialmente, ao primeiro impacto. Frankie também usou o próprio corpo e a pequena porta arrebentou e se abriu. Lá estava: Gwenlliam, presa por um homem que brandia uma barra de ferro e uma faca. Estava amordaçada por algo que parecia um guardanapo amarrado com um nó de gravata. O rosto sangrava, os olhos estavam arregalados e aterrorizados. Ela o viu e tentou escapar, jogar-se na sua direção, lágrimas escorriam pelos seus olhos. Ela tentava dizer algo, mas ele não conseguia entender. Foi Frankie que, naquele momento, derrubou o Sr. Doveribbon: atirou-se em direção ao homem e à barra. A faca voou pela cabine e o Sr. Doveribbon gritou e caiu sobre a cama e, então, ficou em silêncio, atingido pela própria barra de ferro e por Frankie Fields.

— Pegue ela! — ordenou Arthur para Frankie, desfazendo o nó da gravata e retirando o guardanapo.

— *Mamãe!* — gritou ela, assim que conseguiu falar. — Onde está a minha mãe? *Eu encontrei o cabelo dela! Ele está carregando o cabelo dela!*

Rapidamente ele a abraçou.

— Ela está viva e bem, aguardando por você em Maiden Lane! — Mas notou que ela olhava para ele sem acreditar. — Eles cortaram o *cabelo* dela, mas não a mataram, Gwennie — contou, com tom gentil, e só então ela se permitiu abraçá-lo, enquanto as lágrimas escorriam pelo seu rosto e tremia, sua menina amada. — Leve-a em segurança para a praia — disse ele para Frankie. — Não pense em mais nada. Vá com ele, querida menina — pediu rapidamente para Gwenlliam. Frankie não precisou ouvir mais nada, embora Gwenlliam olhasse para Arthur parecendo confusa. Mas Arthur já pegara a barra de ferro do Sr. Doveribbon, deitado inerte, e os apressou para fora.

Arthur voltou para o deque superior, onde reinava o pandemônio: homens da tripulação lutavam com membros das gangues que também lutavam entre si e com os policiais, tudo na escuridão quebrada pela luz dos lampiões. O capitão do *Scorpion* viu o inspetor e gritou:

— Tire esses criminosos do meu navio!

O inspetor Rivers soprou seu apito bem alto para que pudesse ser ouvido sobre o som da luta e, de algum lugar, ecoou o som de mais um tiro. Ele se abaixou encostado no parapeito do convés e chamou seus homens abaixo para aprenderem a balsa de reabastecimento e levá-la até o ancoradouro para ser revistada; chamou seus homens a bordo do *Scorpion* e ordenou que cercassem os membros das gangues e da tripulação. Alguns dos homens que lutavam correram para o parapeito do navio e pularam na água escura.

— Destruam os barcos a remo também — ordenou o inspetor. — Alguém lá embaixo tem uma arma. Vamos deixá-los nadar. — Então, voltou-se para o capitão do *Scorpion*. — Tenho de pedir para que o senhor leve seu navio até o ancoradouro.

— Mas estou a caminho de Boston! — exclamou o capitão. — E é para Boston que vou. Não há nenhuma lei contra o reabastecimento! — E ele despertou a ira do inspetor.

— Mas, por certo, há leis anticontrabando, capitão. — E a barra de ferro desceu, pesada, sobre o ombro do capitão. — Meu nome é detetive-inspetor Arthur Rivers. — Exibiu o distintivo. — Ordene que seu navio seja levado até o porto, capitão — repetiu com voz calma. — Ele será liberado amanhã de manhã se tivermos cometido algum erro.

Uma multidão de passageiros, por fim, se reuniu no convés e viu a situação de forma mais clara.

— Existe algo que possamos fazer para ajudá-lo, inspetor? — perguntou um jovem entusiasmado.

— Isto é um ato de pirataria — gritou o capitão. — Estou sendo atacado!

— Muito obrigado — agradeceu o inspetor Rivers. — Apenas convença o capitão aqui que ele terá de fazer uma parada rápida em Nova York. Gostaria de me desculpar com todos pelo drama da viagem. Se o capitão cooperar, os senhores não terão de esperar por muito tempo.

Então, passou por cima de muitos corpos estendidos sobre o convés e entregou a barra de ferro para o jovem que oferecera ajuda. De repente, o silêncio caiu sobre o *SS Scorpion*.

Tão rapidamente quanto a violência começou, terminou.

Ou assim parecia.

A balsa de abastecimento e o *Scorpion* seguiram lentamente até o porto, em direção às docas do rio East. Arthur Rivers contou os barcos da polícia escoltando a pequena flotilha, seus lampiões a óleo iluminando o caminho: seis. Um deles bem mais à frente dos demais, quase nas docas. Suspirou de alívio: Gwennie estava segura. De repente, cambaleou contra o parapeito do convés, compreendendo como estava exausto, mas não importava. A ação das gangues fora frustrada, mas, no fim, nada daquilo importava.

Gwennie estava segura.

Enviou alguém ao andar de baixo para prender o Sr. Doveribbon.

Os navios foram amarrados. Vários membros da tripulação de ambos os navios foram levados até a prisão e diversos gângsteres foram presos — alguns deles ainda gritando obscenidades uns contra os outros: Garotos do Alvorecer *versus* Coelhos Mortos e Pangarés Terríveis combinados — estavam agora em celas. E um Sr. Doveribbon, bastante pálido e também preso em uma cela, foi apresentado ao detetive-inspetor Arthur Rivers.

Era bastante óbvio que o Sr. Doveribbon estava aterrorizado, mas tentava esconder o fato por trás de desafios loucos:

— Os senhores não podem me prender aqui neste sanatório de loucos, perigosos! — exclamou ele, indicando os membros das gangues. — Isto aqui é um chiqueiro! O senhor não tem qualquer jurisdição sobre mim. Sou um inglês.

— Assim como eu e o senhor não tinha qualquer jurisdição sobre a minha filha.

Sr. Doveribbon, apesar de todos os seus desafios, parecia chocado. *Cordelia Preston se casara com um policial*. Mas — graças a Deus —, pelo menos, escolhera um inglês.

— Ouça bem e espere até entender. Tudo que fiz, eu fiz por ela. *Tudo*.

— Inclusive afogar a mãe dela?

— Não sei do que o senhor está falando. — Mas o policial, em silêncio, ergueu a bolsa contendo o cabelo. Sr. Doveribbon se desesperou e sua voz se elevou como se Arthur estivesse batendo nele, embora, até aquele momento, não estivesse. — Não tive nada a ver com isso. Estava viajando para a América em um navio. Posso provar. Ouça, ouça bem. O senhor também é britânico. Compreende essas coisas. Ela será uma das mulheres mais ricas de toda a Grã-Bretanha! Tudo que fiz, eu fiz por ela.

— Não, o senhor não fez. Tudo o que fez foi por si mesmo.

— O senhor tem noção da fortuna envolvida?

— Minha filha deixou bem claro que não tinha o menor interesse em tal fortuna.

— Sua filha! Sua filha! O senhor está fora de si — declarou o Sr. Doveribbon, audaciosamente. — Ela é filha e neta de membros da nobreza britânica!

— E o senhor será julgado por sequestro e tentativa de assassinato, Sr. Doveribbon. Asseguro-lhe isso. Creio que lhe fará muito bem passar algum tempo na América, como temo ser o seu destino, e reavaliar seus sentimentos em relação à nobreza.

— Não acredito nisso. Simplesmente não consigo acreditar como alguém pode recusar metade de Gales quando a oportunidade aparece. É claro que ela não entende.

Arthur Rivers, de repente, se sentiu muito cansado.

— Boa noite, Sr. Doveribbon — despediu-se ele em voz baixa, saiu da cela e trancou a porta, exatamente como o Sr. Doveribbon fizera tantas vezes enquanto viajava pelas Américas.

Quando Arthur subiu, Frankie Fields tinha acabado de chegar à delegacia, quase chorando de emoção por ter testemunhado as cenas de felicidade em Maiden Lane.

— Estão aguardando o senhor em casa.

Era quase de manhã.

46

O alvorecer se tornou manhã e a manhã virou o sol do meio-dia: todas as janelas do sótão estavam abertas; o aposento estava quente e abafado, mas ninguém ligava. Sapatos e casacas foram descartados e Celine e Rillie encomendaram gelo assim que amanheceu. Colocaram um pouco no rosto ferido de Gwenlliam também, pois o Sr. Doveribbon a atacara quando gritou ao encontrar o cabelo da mãe após ele tentar trancá-los na cabine para fugir da briga no convés. Ele batera nela uma vez mais quando havia tentado indicar a Arthur sua localização no *SS Scorpion*.

Logo que se encontraram, Cordelia e Gwenlliam apenas se abraçaram, sem conseguir falar nada. Depois de alguns momentos, Gwenlliam levou as mãos à cabeça da mãe e a acariciou.

— Eu *vi*. Eu vi o seu cabelo negro com a mecha branca. Sabia que era seu. — Lágrimas escorriam pelo seu rosto e Cordelia tentou secá-las.

— Estou aqui, querida. Nós duas estamos!

Rillie serviu grandes taças de vinho do Porto e todos riram e choraram, juntos, por fim. Gwenlliam abraçou Monsieur Roland, Rillie, Regina e Celine.

Então, Gwenlliam perguntou:

— Mas... Onde está a Sra. Spoons? — Olhou para o sótão familiar com o qual tanto sonhara, notando que havia algo diferente. Então, lançou um olhar para Rillie e compreendeu imediatamente ao ver a expressão no rosto da amiga. Seus olhos se encheram de lágrimas e ela abraçou Rillie bem apertado.

— Ohhhh — suspirou Gwenlliam. Era a mistura de suspiro e de choro combinados.

— Você esteve longe por mais de um ano, querida. E ela já era uma senhora muito idosa.

Gwenlliam ficou em silêncio, pensara tanto em estar com a família e não esperara que nada houvesse mudado.

— Achei que tudo estaria exatamente como deixei. — Lançou um olhar para o cabelo da mãe. — E nada está igual. — Enxugou as lágrimas do rosto. — Eu costumava cantar a música da Sra. Spoons, Rillie, quando estava presa na minha cabine.

— Ela ainda conseguia cantar — comentou Rillie, sorrindo e, por um momento, foi como se pudessem ouvir a voz alta e frágil: *Whistle and I'll come to ye, my lad.*

Regina, que nunca derramava lágrimas, também chorou e abraçou a menina de novo. Então, leu a manchete do jornal matutino em voz alta:

— **POLÍCIA DE NOVA YORK FRUSTRA CONTRABANDO DE OURO**, bem, isso deixará nosso Arthur muito orgulhoso!

Gwenlliam despiu, por fim, a estranha roupa de órfã, sabendo, como sempre soubera, que com todas as pessoas da família ao seu lado — embora uma delas estivesse diferente e outra tenha partido —, não era órfã.

La Grande Celine, não desejando perder nem uma palavra sequer, decidira não abrir o restaurante: fato inédito. Maybelle, Blossom e as garçonetes, Ruby e Pearl divertiram-se entre as mesas do grande salão vazio. Pearl tocou harmônio e cantou:

> *Gin a body*
>   *meet a body*
> *coming thru' the rye*
> *Gin a body*
>   *kiss a body*
> *Need a boy cry!**

A alegre e despreocupada canção ecoou por toda Maiden Lane. Um aviso na porta fechada dizia:

RESTAURANTE FECHADO ATÉ ESTA NOITE DEVIDO
A (FELIZES) CIRCUNSTÂNCIAS INESPERADAS.

---

* Tradução livre: "Alguém deve encontrar alguém / Vindo pelo campo de centeio / Alguém deve beijar alguém / Alguém precisa chorar?" (N.T.)

Monsieur Roland estava quieto, mas o rosto pálido e idoso irradiava vida e vigor e — simplesmente — felicidade. Celine, ao olhar para ele, pensou que seria um privilégio ser amada por aquele senhor. Nem mesmo Alfie conseguiu partir para tratar de negócios. Ele chegou, abraçou Gwenlliam e lhe disse o quanto era esperta, sentou-se ao lado de Regina e não parou de sorrir.

Sem seguir uma ordem coerente, Gwenlliam recontou a extraordinária história: o pavor quando encontrara o cabelo da mãe, enquanto o Sr. Doveribbon juntava as coisas quando a luta começara; as gangues e as brigas em Sandy Hook; e Arthur chegando com Frankie Fields para salvá-la, enviando uma flotilha de barcos para as docas de Nova York. Cordelia fechou os olhos por um momento, lembrando-se de como tentara insistir para ir com ele e de como fora burra. Então, Gwenlliam descreveu repetidas vezes toda a aventura do sequestro: Sr. Doveribbon, São Francisco, o *Moe'uhane*, clorofórmio ("Ele usou *clorofórmio*?", indignou-se Monsieur Roland.), Panamá, o clíper *Sea Bullet*, os dias infindáveis que passara trancada observando o mar e o céu, o estreito de Magalhães — e a Sra. Colleen Ray, do Royal Theatre, Nova Zelândia.

— Ela se parece muito com você, Celine. Eu escrevi sobre ela em uma das minhas cartas. Acho que devem ser parentes. Foi ela quem enviou o telegrama quando fui arrastada para o *Scorpion*.

— Ora, estou orgulhosa! Ficarei feliz de saber que tenho algum parentesco com tal heroína!

— Quero que ambas trabalhem para mim! — exclamou Alfie. — A sagacidade daquele telegrama.

— Conseguimos pagar o envio com o que ganhamos no pôquer! — exclamou Gwenlliam, e, então, descreveu a pequena escola de pôquer que atraiu mais jogadores, graças ao charme da Sra. Ray.

— No entanto, como ela poderia saber que o *Scorpion* faria uma parada em Sandy Hook quando enviou o telegrama?

— Não sei! Mas Colleen Ray age por meios misteriosos — disse Gwenlliam, com um sorriso nos lábios.

— Quero que ela venha trabalhar comigo! — repetiu Alfie. — Vocês duas! Tão destemidas!

— Será que ela virá nos visitar? — perguntou Cordelia, por fim. — Gostaria de abraçar essa Colleen Ray!

— Não dá para saber para onde irá em seguida, mas acho que ela nos encontrará. Mesmo que seja apenas para saber se o Sr. Doveribbon teve o que merecia. — E eles vislumbraram a dureza no olhar da menina, algo novo. — Ele tentou matá-la, mamãe!

— Sim, e agora eu entendo. Ele queria me tirar do caminho. Sem dúvida. Para que pudessem pegá-la. Eles passaram muitos anos tentando me tirar do caminho porque queriam os meus filhos!

— O que *aconteceu* com o Sr. Doveribbon? — quis saber Monsieur Roland, zangado.

— Estava inconsciente da última vez que o vi. Se não estiver morto, espero que Arthur o trancafie em uma cela da delegacia de polícia! — declarou Gwenlliam, veemente. — Espero que apodreça na prisão. Veremos o que ele acha de ficar trancado em um lugar. — Todos perceberam de novo o tom mais duro em sua voz.

E, durante todo o tempo, o sótão ficava cada vez mais quente. Gwenlliam e Cordelia estavam sentadas próximas, inclinando-se na direção da outra conforme conversavam. Às vezes, Cordelia acariciava os cachos quentes e suados da filha. Gwenlliam fazia o mesmo no cabelo curto da mãe, quase sem notar, enquanto falavam: era como se estivessem ligadas, e estavam mesmo, devido aos eventos da estranha vida que tinham. Gwenlliam ouviu a história de como a carta de Peggy Walker chegara até eles pelas mãos de Danny O'Reilly e do que acontecera com a pepita de ouro no formato de lesma. Todos falavam juntos e faziam perguntas, gritavam, riam e choravam e discursavam sobre a nobreza de Gales.

— *Não quero ser a herdeira deles!* — exclamou Gwenlliam.

— Você já é herdeira — disse Rillie, fria. — Graças a você, temos dinheiro suficiente para levarmos uma vida confortável por muitos anos.

— É claro que não é da minha conta, mas você tem certeza disso, querida Gwen? — perguntou Celine, por fim. — Se aceitasse ser herdeira, isso mudaria completamente a sua vida e lhe daria outras liberdades.

— *Esta* é a minha liberdade! — respondeu Gwennie com firmeza. — Fiquei trancada em uma cabine por meses! Eles tentaram matar a minha mãe! Sei bem a importância do dinheiro, todos nós neste aposento sabemos a importância do dinheiro bem melhor do que muita gente. — Ela olhou para Celine. — Não estou sendo romântica. Estou sendo sensata. Não fui feliz nem por um dia sequer depois que nos tiraram de mamãe: minha irmã morreu, meu irmão morreu, mamãe foi presa por assassinato. Aquilo não era liberdade. Nada de bom veio daquela família depois que papai nos traiu e eu *não quero* que minha vida volte a ser interligada a deles nunca mais!

— *Ah oui, ah oui*, essa é a garota que eu conheço — declarou Monsieur Roland e isso fez com que todos rissem. Celine inclinou a cabeça aceitando a explicação (mesmo que talvez tivesse sido mais pragmática se aquele problema fosse dela). Então, de repente, ergueu o olhar novamente.

— Gwen, diga-me, como vai *Pierre l'Oiseau*? Ele ainda está casado? — perguntou ela e seu olho brilhou enquanto Gwenlliam contava que não parecia haver qualquer esposa no momento.

Esperaram por Arthur. As horas da tarde sufocante se passavam e ele não chegava.

— Frankie Fields disse que foi uma grande operação policial envolvendo sessenta homens — repetiam entre si sem parar. — Deve ter muito trabalho a fazer ainda.

— Ele costuma mandar uma mensagem — disse Cordelia em tom preocupado, quando a tarde chegava ao fim. — Certamente teria enviado uma mensagem hoje. Ele iria querer ouvir a sua história. Ainda não a ouviu.

— E Frankie — interrompeu Gwenlliam. — Ele disse que o traria de volta.

— Sim, Frankie — disse Rillie. — Que jovem corajoso.

Estavam todos exaustos, mas não conseguiam descansar até que Arthur chegasse. Cordelia se lembrou uma vez mais de como haviam se separado: sentiu um frio no coração.

Celine precisou, por fim, abrir o restaurante.

— Venham comer! — convidou ela, quando finalmente se obrigou a descer. Mas logo subiu com uma grande cesta de frutas.

— Ela é uma mulher muito bondosa — disse Monsieur Roland.

— Ela ainda está apaixonada pelo senhor? — provocou Gwenlliam.

— É claro que está! — exclamaram Cordelia e Rillie em uníssono.

— Ela o presenteou com aquele casaco roxo! — lembrou Rillie. — Mas, para grande alívio de Monsieur Roland, ela dava sinais de palpitação sempre que o nome de Pierre, o Pássaro, era mencionado em suas cartas. Sabemos que fez isso de propósito, Gwennie! Então, talvez tenha outros planos para o caso de Monsieur Roland continuar constrangido!

— Pierre, o Pássaro, precisa de alguém como Celine. Ele foi um bebezão em relação aos mosquitos!

— Mas onde está Arthur? — perguntou Cordelia.

— Frankie Fields deveria ter voltado para nos dar alguma notícia — disse Gwenlliam. — Se tivesse acontecido algo de errado, não é? O sótão ficou no mais absoluto silêncio pela primeira vez desde o retorno de Gwenlliam. Conseguiam ouvir o som das carroças na rua pavimentada. Então, de repente, Gwenlliam se levantou. — Mas *ele* disse que voltaria também. — Elas se olharam. — Vamos mamãe, vamos até a Delegacia de Polícia para saber o que aconteceu.

Cordelia voltou a sentir um aperto no peito quando se levantou, mas tentou se controlar.

— Pode deixar que eu vou, Gwennie — disse ela. — Também procurarei por Frankie. Você não pode sair, querida, depois de tudo que passou. Fique aqui.

— Você não pode ir a nenhum lugar, menina — repetiu Regina para Gwenlliam. — Acabou de chegar de uma aventura! Olhe para você!

— O que quer dizer com "Olhe para você!"? Você viu a roupa que eu *estava* usando! Agora sou liiiivre! Estou em casa! Mamãe está aqui. Tudo que me dá força nessa vida, Regina. E estou usando um vestido que me serve pela primeira vez em meses!

— Vou com elas — informou Rillie. — Tomarei conta de ambas.

— Vou com elas — declarou Alfie. — E tomarei conta de todas.

— O senhor quer jogar pôquer apostando dinheiro, *monsiê* — perguntou Regina, seca. — Só até eles voltarem, considerando que já somos velhos? Alguém tem de ficar para o caso de ele voltar.

Monsieur Roland, sempre tão contido, envolveu Gwenlliam em um abraço e a segurou por um momento.

— Tenha cuidado, querida. Minha querida menina — pediu ele.

Naquela manhã, um pouco antes do alvorecer, Arthur e Frankie e dois outros policiais, cansados, porém relaxados depois de uma missão bem-sucedida, caminhavam pelos agradáveis jardins que cercavam a prefeitura. Ainda estava escuro. O inspetor Rivers convidara-os para tomar café da manhã em Maiden Lane.

Estavam nos jardins com o chafariz, onde outros também aguardavam.

Arthur foi o primeiro a ser atacado; enquanto tentava reagir, percebeu: havia pelo menos dez deles. Todos os policiais foram derrubados.
— *Filho da puta estraga-prazeres! Inglês filho da puta e estraga-prazeres!*
Sua cabeça foi atingida por um objeto pesado.

47

Os quatro caminharam no abafado entardecer: Cordelia, Rillie, Gwenlliam e Alfie caminharam juntos tentando se sentir despreocupados enquanto subiam pela Broadway iluminada por belos lampiões a gás. Gwenlliam não conseguia evitar as exclamações de prazer por ver tudo aquilo novamente: as lojas luxuosas sob as tendas californianas; as pessoas, os prédios, o brilho e a esperança. *Liberdade.* As pessoas abriam caminho, apressadas para atenderem aos negócios urgentes, como sempre na Broadway, mesmo no calor. Era quase noite quando chegaram à prefeitura, passando pelos jardins com chafariz. Atrás da prefeitura havia o palácio da justiça, conhecido como mausoléu devido à arquitetura peculiar; ali ficava a maior parte do departamento de polícia e a prisão abaixo, mas nem por um momento eles pensaram no Sr. Doveribbon, trancafiado em algum lugar bem próximo. Os passos deles ecoaram quando chegaram à recepção vazia: havia um homem e uma mesa de trabalho, algumas cadeiras e um longo banco de madeira em um dos cantos. Acharam que o homem sentado à mesa era um policial, embora estivesse lendo um jornal de um centavo e mal tenha erguido os olhos enquanto eles aguardavam de pé.

— Estamos fechados — declarou ele, indolente, sem se levantar ou lhes dirigir o olhar. — A guarita fica do lado de fora — informou. — Se os senhores tiverem sido roubados, mas acho que já deve ter fechado também.

— Procuramos pelo inspetor Rivers — disse Cordelia, firme.

— Bem, eu também — respondeu o policial, ainda virando as páginas do jornal. — Estamos esperando por ele e seus homens o dia inteiro. Existem muitos relatórios para serem preenchidos e isso ainda não foi feito; há muitos jornalistas querendo ouvir a história e ele não está aqui para atendê-los.

O policial ainda não se levantara. As três mulheres agora trocavam olhares preocupados.

— Ouça bem, camarada — começou Alfie, caminhando diretamente até a mesa e olhando para o jovem policial. — O inspetor Rivers é um herói depois de suas ações na noite passada e onde ele está? Ele não está em casa e não está aqui e nós estamos preocupados com ele e a sua mãe deveria ter lhe ensinado a ficar de pé na presença de damas.

— Estamos na América, camarada! — exclamou o policial. — As regras aqui são diferentes. — Ele suspirou e, de má vontade, fechou o jornal. — O inspetor, o Sr. puxa-saco Frankie Fields e os outros puxa-sacos saíram ao alvorecer quando tudo estava acabado. Não somos seus guardiões! Eles devem ter saído para beber! Não há nada mais que eu possa lhes dizer.

Os visitantes ficaram surpresos com a rudeza. Arthur não acabara de frustrar um grande roubo? Eles não se moveram.

— Queremos falar com seu superior. Não sairemos daqui. Esta é a esposa do inspetor Rivers.

O policial lançou um olhar vago na direção da mulher e, pela primeira vez, olhou para Alfie com expressão surpresa.

— Ora, ora, ora. Achei que a esposa dele era quem lhe enviava todas aquelas cartas — disse. — De Londres. — E, malicioso, indicou uma pilha de papéis. — Talvez o Sr. Bonzinho Rivers tenha duas esposas. Esta tarde decidimos arrombar sua gaveta para descobrir alguma pista de onde poderia estar. Só encontramos essas cartas.

Foi Rillie quem tentou juntar as páginas rapidamente, mas todos viram as palavras nas folhas de papel:

Venha para casa... O senhor não tem vergonha? ... Elizabeth, em homenagem a sua amada esposa...

Estamos bem, papai. Não se preocupe...

Como o senhor pôde fazer isso? ... Netos...

Estamos bem, papai, quando puder, pai, sinto sua falta, pai.

... imensa epidemia ... mulher pomposa... recebemos suas contribuições financeiras.

— Ele era muito discreto em relação a elas! — contou o policial em tom alegre.

E, apenas naquele momento, o policial mal-educado olhou para a esposa à sua frente de maneira adequada. Ela segurava uma das páginas na mão, mas não a lia. Um longo xale caíra de sua cabeça e envolvia seus ombros. Então, aquele policial se levantou. Viu aquela mulher (contaria ele posteriormente) e havia algo nela, algo nos cabelos curtos e espetados com a mecha branca na frente. Havia algo de estranho. *Seus olhos pareciam brilhar*, contaria ele depois.

Por fim, Alfie bateu na mesa.

— Qual é o seu problema, camarada? Como pôde arrombar a gaveta e olhar documentos particulares de alguém? E por que está sendo tão rude quando percebe que essas damas estão preocupadas?

— O inspetor Rivers não é um herói aqui, senhor. Isso é tudo. — Mas ele estava desconcertado pelo rosto pálido e os olhos brilhantes.

Naquele momento um policial sem fôlego entrou correndo. Mal podia respirar e fazer o comunicado. Acabara de chegar uma mensagem: quatro policiais haviam sido levados para Cherry Street algumas horas antes.

— O quê? — perguntou o policial que os atendera antes que o mensageiro tivesse chance de terminar.

— *Quem?* — quis saber Cordelia.

— Por favor, fique fora disto, madame — pediu o policial, assumindo, de repente, um tom oficial. — Isto não tem nada a ver com a senhora.

— Oh, tem sim! Sou a esposa do inspetor Rivers e parece que ele está desparecido.

— Quem? — perguntou Gwenlliam.

Cordelia viu a expressão no rosto de Gwenlliam.

— O inspetor Rivers é meu marido — disse ela para o mensageiro ainda sem ar. — Frankie Fields é nosso amigo. Eles não apareceram o dia todo. Estão em Cherry Street?

— Sim! — O mensageiro estava com a respiração pesada. — Meu Deus, como está calor! Sim, foi o que ouvimos. Sim. Sim. Ambos estão em Cherry Street. Sabíamos que haveria retaliação depois que o plano para o roubo do ouro foi frustrado. Esperamos o dia inteiro por algo. Mas já havia acontecido! — Ele lançou um olhar para as mulheres. — Só que tem mais uma coisa. Estão dizendo que Jem foi assassinado. Jem Clover!

— Jem? Jem foi *assassinado?* Como você sabe?

— De alguma forma a notícia chegou até nós. Parece que os irlandeses de Bowery os pegaram hoje de manhã bem cedo, acho que assim que souberam que o roubo do ouro dera errado. Houve uma briga violenta no parque da cidade e o inspetor Rivers, Frankie, Jem e Thomas foram levados pelos Garotos do Alvorecer. Vocês deveriam vê-los — disse ele para os visitantes. — Rapazes mal-encarados com brincos nas orelhas.

Cordelia sentiu o chão vibrar sob seus pés quando o policial que estava sentado à mesa entrou em ação: ela já estivera em Cherry Street. *Eu conheço os rapazes mal-encarados com brincos nas orelhas.* O policial assoprou um apito e gritou algo, enviando o mensageiro ao capitão com uma mensagem para os conselheiros municipais. Um policial havia sido morto: aquilo mudava completamente as coisas. Outros policiais apareceram depois de ouvirem o apito, meio sonolentos enquanto vestiam seus casacos e corriam. Rillie, Gwenlliam, Cordelia e Alfie foram empurrados para um canto próximo ao banco de madeira, ninguém lhes deu muita atenção no meio do barulho e da confusão. Rillie guardou as cartas de Arthur no bolso interno da sua capa.

— Cherry Street — gritou alguém. — Jem Clover foi assassinado. Eles estão com inspetor Rivers, Frankie e Thomas. É tudo que sabemos. Alguém tem mais alguma informação?

— Os irlandeses de Bowery perderam o juízo — murmurou um dos policiais para um colega, enquanto se sentavam no banco para calçarem as botas. — Sabem que não mexemos com eles desde que não mexam conosco. Eles perderam o juízo. Agora, temos de fazer alguma coisa! E aquela maldita Cherry Street é um inferno à noite. Vamos esperar. Devemos esperar até que o exército chegue.

E Cordelia que ouvira tudo, de repente, aproximou-se do policial enquanto eles estavam ali, sentados, com apenas uma bota.

— Como os senhores se *atrevem* a dizer para "esperarem", seus covardes! Não se atrevam a *esperar!* É o meu marido, inspetor Rivers, que está desaparecido e se os senhores não o encontrarem eu farei com que toda a força policial de Nova York e seus bravos homens se envergonhem!

— Sinto muito, madame — desculpou-se um dos policiais, desconcertado, enquanto se levantava em um salto.

Mas o outro respondeu assim que calçou o outro pé da bota sem erguer o olhar para Cordelia.

— Se a senhora não se importar que eu diga, senhora, seu marido enfia o nariz onde não é chamado. E isso é perigoso.

— O senhor verá o que é perigo se não encontrar meu marido! — exclamou Cordelia, chocando o segundo policial e fazendo com que se levantasse na hora e toda a correria, todos os chamados dos outros policiais diminuíram por um momento, distraídos pela onda de raiva que emanava da mulher que procurava o inspetor Rivers, a mulher com o cabelo curto e estranho e os olhos brilhantes. E Rillie pensou: *meu Deus, aí está ela, a Cordie vigorosa dos velhos tempos! Eu não a via há anos!*

Naquele momento, apareceu o capitão Jackson, o responsável pelos policiais. Ele informou que o sétimo regimento do exército já estava a caminho e qualquer desobediência foi esquecida. O contingente policial e o sétimo regimento do exército se encontraram a caminho das docas e marcharam juntos. Havia algumas leis não escritas no caos e na corrupção que reinavam em Nova York e uma delas era: não matarás policiais. Cordelia, Alfie, Gwenlliam e Rillie seguiram os homens na escuridão, aproximando-se cada vez mais da frente.

— Vá para casa Gwennie — pediu Cordelia, de repente, pensando em tudo que havia acontecido naquele dia. — Você deve voltar para casa. Isso será muito perigoso. — Cordelia sabia para onde estavam indo. — Não faça isso, Gwennie. Você não entende como será. Não pode passar por mais isso depois de tudo que aconteceu com você!

Mas Gwenlliam apenas meneou a cabeça na escuridão.

— Eu posso — respondeu ela com firmeza. — Não sou mais criança. Quero encontrar Arthur e Frankie Fields.

As ruas próximas à região de Cherry Street estavam enganadoramente calmas naquela noite. E ninguém estava mais calmo agora do que Cordelia Preston, que já estivera ali antes. Tão silenciosa quanto explosivos antes de serem detonados: Cordelia Preston. Os soldados se moviam em grupos, com lampiões e revólveres em punho, seguindo pela estranhamente silenciosa Water Street: mesmo nos bares que vendiam bebidas ilegalmente, a música estava baixa, como se não quisessem chamar a atenção; alguns soldados arrombaram a porta de uma taverna vazia na esquina onde o vidro cheio de orelhas humanas ficava atrás do balcão. Saíram e seguiram para

Cherry Street, que também estava estranhamente vazia. Quando chegou ao beco lamacento e estreito, Cordelia lembrou-se muito bem. Estava bastante próxima dos soldados da frente e algo a fez olhar para cima. Na noite quente e úmida, havia pessoas no telhado daquele famoso lugar tentando pegar uma brisa refrescante. Luzes estranhas brilhavam. Eles observavam o exército e a polícia se aproximarem em um silêncio bizarro e cansado, assim, o único som que se ouvia era o dos passos nos becos; alguns dos policiais que já tinham ido até lá olharam para cima, apreensivos. Por fim, o contingente chegou ao portal de entrada: a placa quebrada anunciava PARADISE BUILDINGS.

— É provável que estejam nos porões, se é que estão aqui — gritou Washington Jackson para todos os homens que quisessem ouvir. — Mas vamos entrar e ver quem está no comando desta pequena reunião primeiro, porque não tenho a menor dúvida de que sabiam que estávamos a caminho e que estão esperando por nós.

Assim, um grupo de policiais e soldados armados entrou em Paradise Buildings.

Aquele cheiro. Ele subia pelo prédio principal vindo das passagens subterrâneas abaixo: o cheiro fétido, nojento e terrível de fluidos humanos e lixo. Um dos policiais se virou, com ânsia de vômito, enquanto os lampiões iluminavam todos os cantos. Irlandeses, negros, italianos, americanos, mexicanos, um chinês com rabo de cavalo, muitas mulheres e crianças: pessoas dentro e fora de todos os cômodos. Um aglomerado de corredores aparentemente desconectados, lotados, estreitos que levavam para onde? Para o andar de cima, pela escada quebrada? Para as passagens subterrâneas que talvez os levassem até as docas? Quem poderia saber ao certo, a não ser as pessoas que moravam ali ou alguns deles: nenhum homem são, incluindo policiais e soldados, entraria de boa vontade naquele lugar, especialmente em uma noite tão escura, quente e carregada quanto aquela. Aquilo não era uma festa: aquilo (ou como pessoas como o Sr. Charles Dickens descreveram em livros lidos por todo o mundo) eram animais e não pessoas; ali era o inferno apenas a algumas ruas de distância da Broadway, com suas lojas, casas chiques, seus lampiões a gás e plátanos.

Policiais e soldados, suando de forma profusa, avançaram pelos corredores estreitos, iluminando o caminho e as portas estreitas com seus lampiões, seguindo por todos os cômodos. Se chutassem uma porta, ela não apenas se abria, como também despencava. Se um soldado apontasse uma arma não era apenas como aviso, mas sim para matar: já haviam disparado vários tiros, já havia um corpo no chão imundo, o corpo de algum idiota que atacara um soldado com uma faca. A multidão de habitantes se agrupava pelos corredores estreitos e olhava para os estranhos de forma grosseira. Vários policiais passavam empurrando e passando por cima do corpo, enquanto abriam caminho com seus lampiões, gritando e acompanhados pelos soldados. Um grupo seguiu até o final do prédio, empurrando as pessoas que obstruíam as passagens; outro grupo subiu as escadas, tirando os moradores do caminho: lá em cima, suas cabeças foram iluminadas por raios do luar que entravam pela clarabóia. Um nome ecoava pelas escadas, pelos corredores fétidos e por todos os cantos cheios de lixo:

— ARTHUR RIVERS! ARTHUR RIVERS!

Cordelia e Gwenlliam também avançavam; em algum lugar, uma criança gritou; ratos enormes saíam de baixo de pilhas de lixo, eram iluminados pelos lampiões e desapareciam em seguida.

— ARTHUR RIVERS! — gritavam as vozes enquanto uma criança gritava.

Uma outra começou a gritar: mulheres as admoestavam:

— Fiquem quietas! Fiquem quietas!

— ARTHUR RIVERS! — chamavam as vozes.

Gwenlliam piscou os olhos, observando os corredores, passando o olhar pelas pessoas de forma automática, como faziam sobre a multidão que enchia o circo: de repente, viu um homem de pé de forma despreocupada, braços cruzados, perto da escada: *este homem está no comando*. Mostrou para a mãe que estava ao seu lado, da mesma forma que faziam quando trabalhavam juntas no circo, mas ela não precisava falar, porque Cordelia já o vira: o homem no comando era o mesmo jovem que a reconhecera quando viera encontrar Bridget O'Reilly. Charlie, fora como a mulher de suspensórios o chamara. Estava de pé, relaxado, onde os corredores se encontravam, ao lado da escada quebrada. E onde ela estava? A mulher? A mulher conhecida por arrancar a orelha das pessoas com os dentes? A que perguntou se Cordelia havia se afogado? A que citava Shakespeare?

Charlie estava de pé um pouco afastado dos demais moradores de Paradise Buildings que se espalhavam por todos os cantos: ele observava tudo, com um ligeiro sorriso nos lábios, os brincos de ouro captavam a luz e brilhavam; mascava tabaco e seus braços estavam cruzados sobre o peito.

— Onde eles estão, Charlie? — perguntou o capitão Washington Jackson também de braços cruzados. — Você não conseguirá se safar desta. Sabemos que os trouxe para cá.

As armas apontavam para Charlie que continuava a mascar o tabaco, enquanto sorria.

— Não sei do que está falando, camarada.

Cordelia se lembrava da voz jovem e do rosto cruel.

— Que inferno, é Charlie Pack! — sussurrou Alfie quase que para si mesmo e, então disse para os outros: — Este é um dos líderes dos Garotos do Alvorecer. Trata-se de um vagabundo maldoso e violento. Não se deixem enganar. Sempre achei que ele era meio ruim da cabeça. É jovem, mas perigoso.

Os grupos de soldados com lampiões saíram dos cantos escuros e das escadas.

— Nada — murmurou um oficial para Washington Jackson. — Vamos descer para os banheiros. Que Deus nos proteja.

E eles se afastaram novamente na escuridão da noite, desparecendo nas escadas.

— ARTHUR RIVERS!

E as vozes foram ficando mais fracas:

— ARTHUR RIVERS!

Cordelia teve de lutar contra o pânico que crescia dentro do seu peito. *Ele não pode estar morto! Não pode ter morrido!* Olhou para a escada quebrada bem próxima a ela, com a grande viga sustentando-a, amarrada ao corrimão. Um raio de luar entrava pela clarabóia do telhado, quebrando a escuridão. Havia figuras obscuras na escada: será que ele estaria em algum lugar lá em cima? Se ela pudesse subir um pouco as escadas, talvez pudesse olhar para baixo e ver mais luzes dos lampiões da polícia. Seguiu para as escadas escuras enquanto Charlie encarava os soldados e os policiais, mesmo que as armas apontassem diretamente para ele.

— Não sei do que estão falando, camaradas — repetiu Charlie.

— ARTHUR RIVERS! — ouviu de algum lugar bem abaixo. Os gritos estavam cada vez mais distantes. Agora, mais pareciam um lamento distante e seu coração se apertou de medo. — ARTHUR RIVERS!

Chegou ao primeiro degrau da escada: *lembre-se de que ela está meio desmoronada*. Rapidamente, subiu com dificuldade. *Só tenho 51 anos e sei como me equilibrar*. Testava os degraus quebrados antes de transferir o peso: uma vez, pisou em um buraco e se assustou. Segurou-se no corrimão. Ouvia a respiração de pessoas nos degraus, havia pessoas bem próximas. O raio de luar iluminava o corrimão e um dos degraus quebrados como se a guiasse mais para cima. A viga estava amarrada no corrimão iluminado pela lua, a viga que mal sustentava a escada. Seus olhos se acostumavam à escuridão e à luz. Subiu mais. Sabia que havia pessoas ali, mas continuava subindo. Quando se virou para olhar para baixo, vislumbrou uma figura pairando em um lugar mais alto e pensou ter visto a luz da lua iluminado os suspensórios que seguravam a saia: *Oh, meu Deus! É ela!* Mas quando olhou de novo a figura havia desaparecido. Cordelia se perguntou se estava tendo alucinações: olhou para cima de novo, mas não viu ninguém. Virou-se, segurando o corrimão para se equilibrar. Seu coração batia descompensado no peito, esperando que uma faca ou uma bala de revólver rasgassem suas costas enquanto se equilibrava na escada quebrada. Ouvia o som da própria respiração aterrorizada.

A cena que se desdobrava abaixo parecia ter saído de alguma pintura macabra do mundo dos mortos. O calor se elevava no ar como gases venenosos. Na penumbra dos lampiões em movimento e da luz da lua acima, conseguia ver pessoas reunidas nas portas dos quartos: não esboçavam reação nem quando os soldados chutavam as portas, como se não tivessem energia e não ligassem para o que poderia acontecer. Os soldados estavam tensos enquanto apontavam suas armas. Os policiais gritavam perguntas às quais ninguém respondia. Conseguia ver Charlie claramente. Também via Gwenlliam olhando em volta de si. Ergueu o braço quando a filha olhou em sua direção: o brilho da sua capa clara atraiu o olhar de Gwenlliam e, por um momento, Gwenlliam apenas olhou para a mãe.

Alguns dos soldados voltaram.

— Eles não estão lá embaixo — disseram.

— Como eu disse — declarou Charlie com a voz jovem de que se lembrava. — Será que podem nos deixar em paz agora?

— Não — respondeu Washington Jackson. — Não deixaremos vocês em paz, Charlie Pack, todos nós vamos para as galerias subterrâneas de novo. Você faz seus negócios sujos nas galerias, não é, Charlie Pack? E não são apenas suas necessidades pessoais, não é mesmo Charlie Pack?

Então, do ponto de vista vantajoso em que se encontrava — enquanto o lampião dos policiais iluminava Charlie e ele não se mexia...

Mas é claro!

Ela sabia: *depressa*. De repente, soube que teria de ficar de pé ou se equilibrar para que a luz da lua iluminasse sua capa. Se conseguisse ficar em pé no corrimão se segurando na viga, captaria bem a luz. *Sou uma acrobata, pelo amor de Deus! E Silas me ensinou tudo sobre iluminação. Charlie me reconheceu do circo e aquilo o deixara inquieto.* Gwenlliam observava a mãe com atenção: Cordelia indicou Charlie. Gwenlliam viu a mãe enrolar rapidamente o xale em volta da cabeça e, então, assistiu, perplexa, a mãe se erguer e se equilibrar precariamente no corrimão e Gwenlliam entendeu. A mãe, sob a luz parcial do luar, parecia um fantasma.

Gwenlliam deu um passo à frente se afastando dos soldados, em direção do jovem com brincos e bateu de leve no ombro dele. O ligeiro sorriso desapareceu. Pego de surpresa, cuspiu o tabaco não em cima dela, mas no chão de madeira quebrada. Sua mão pousou na faca presa no cinto. Um soldado, incerto, preparou o rifle. Todo mundo ouviu o som. Gwenlliam simplesmente apontou para cima e voltou para o lado dos soldados.

— *Charlie!* — chamou a voz que parecia vir do céu noturno. Desconfiado, ele franziu as sobrancelhas, segurou a faca e se voltou para o lugar para onde a garota apontara. E viu o fantasma na escadaria. Não nos degraus, mas pairando sobre eles, iluminado pela lua. Ficou congelado, apenas observando. Ninguém se moveu: nem os soldados, nem os policiais. Todos viram a figura acima deles, iluminada pelo luar.

— *O que é isto?* — sussurrou o jovem com o brinco de ouro. E Cordelia respondeu:

— *Olhe para mim, Charlie.* — A voz era estranha, baixa e envolvente. O homem não conseguiu evitar. Olhou para cima, congelado. Como muitos dos homens violentos, mal-educados e enlouquecidos que moravam em Cherry Street, Charlie Pack era supersticioso: acreditava em bruxas e em mau-olhado. Conseguia sentir Cordelia: podia senti-la segurando seu olhar: *ele a conhecia, já a tinha visto antes.*

— *Espere por mim, Charlie.*

Aguardou até ter certeza de que tinha a atenção dele, então se afastou da luz da lua. Não tinha tempo para o medo. *Fui treinada para isto!* E saltou para a escuridão das escadas, agarrando o corrimão para se equilibrar. As luzes bruxulearam enquanto os policiais apontavam seus lampiões para cima. Washington Jackson indicou que seus homens deveriam ficar quietos, erguendo a mão em aviso. Seus instintos lhe avisaram que algo estava prestes a acontecer. Quase imediatamente, viram a figura de novo sob a luz dos lampiões, enquanto descia devagar pela escada perigosa.

— *Charlie* — chamou a voz estranha. A figura com a capa clara e os xales entrava e saía dos focos de luz, enquanto se aproximava do homem de brinco de ouro. Ele não se mexeu: a faca brilhava em sua mão. — *Charlie* — repetiu o fantasma.

— Eu conheço você — afirmou ele, rouco. — Conheço você. — Mas ele não se mexeu. Não conseguia afastar os olhos dela.

Cordelia aproximou-se de Charlie. Tinha a mesma altura que ele e parou bem à sua frente com os olhos brilhantes. Sem afastar o olhar, passou as mãos sobre ele, sem tocá-lo. Ele se mexeu, como que para se defender de um golpe, mas não afastou os olhos dela. As mãos dela não o tocaram, apenas se moviam sobre e em torno dele, repetidas vezes, em movimentos profundos e longos. Ele olhava para a senhora-fantasma e ela parecia brilhar sob a luz dos lampiões. Encarando-a, impressionado, pareceu perder o equilíbrio e caiu de joelhos, ainda segurando a faca, a centímetros do seio dela. Ainda assim, todos sem exceção — os soldados, os policiais e a multidão que vivia em Paradise Buildings — se mantiveram parados, como se estivessem petrificados. A mulher se inclinou sobre o rapaz de joelhos com a faca não mão. Passava calmamente as mãos por sobre ele, bem acima da cabeça e abrangendo os ombros também: repetidas vezes em movimentos longos e contínuos. Respirando. O único som que se ouvia era o da respiração das pessoas: dela mesma, dos soldados e a respiração insalubre dos moradores que raramente viam a luz do dia. E a respiração do homem que segurava a faca. Ainda assim, Cordelia movia as mãos e parecia murmurar algo enquanto se inclinava sobre ele. As pessoas próximas conseguiam ouvir sua voz, mas não conseguiam identificar as palavras.

Os olhos dele se fecharam. Ainda estava de joelhos.

Cordelia manteve os movimentos repetidos sobre a cabeça do rapaz por mais um tempo. Os policiais, os soldados e os moradores de Paradise Buildings, que eram chamados de animais, nunca esqueceram o que viram naquela noite. Sua capa era clara em meio à escuridão, e a luz dos lampiões dos policiais ora a iluminavam e ora não. Ela parecia, disseram depois, um fantasma. A faca caiu no chão duro de madeira e Charlie tombou para a frente.

Imediatamente, os soldados cercaram o homem.

— Meu Deus, madame! — exclamou um deles, enquanto o suor escorria pelo seu rosto.

— Tirem ele daqui — ordenou ela.

Eles pareceram não entender.

— Existe algum tipo de porta sob os pés dele que leva para baixo, talvez para os porões, talvez para outro lugar — disse ela. — Uma vez eu o vi subindo por ali, coberto de água. Meu marido deve estar lá embaixo.

Ele tem de estar. Quero acreditar que esteja.

Ouviram o arfar de uma mulher no meio de um dos grupos de pessoas e o capitão Washington Jackson compreendeu: a mulher fantasma era inglesa e era a esposa de Arthur Rivers. Ele nunca mencionara uma esposa. Charlie foi arrastado, começando a acordar. Na penumbra, talvez não tivessem notado caso não soubessem o que estavam procurando, então um lampião se aproximou do piso de madeira e eles viram uma porta.

— Não, senhora — pediu uma voz urgente. Então, ouviu-se um sussurro alto em um grupo de pessoas que morava ali. E a dona da voz se afastou das mãos que tentavam segurá-la e se dirigiu a Cordelia. — Se eu fosse a senhora, *num* descia lá embaixo não, se for o seu marido.

Era Bridget O'Reilly.

— O que há lá embaixo? — perguntou Cordelia, com o coração disparado como mil tambores, enquanto se aproximava de Bridget e agarrava seus ombros. — O que há lá embaixo? O que vou ver lá?

— Sinto muito.

— *O que eu vou encontrar?*

Bridget O'Reilly olhou para a mulher que a levara até seu filho e lhe dera uma pepita de ouro.

— Sinto muito, senhora — repetiu. — O canal leva até o cano de esgoto e, de lá, para o rio. É onde jogam os corpos.

Foi Gwenlliam, e não Cordelia, quem gritou.

E o grito pareceu, por fim, quebrar o encanto que pairava sobre todos em Paradise Buildings naquele momento estranho. Os soldados e os policiais se moveram. Charlie despertou do transe do mesmerismo e pareceu confuso por um momento e depois gritou como um animal selvagem ao perceber que estava cercado por soldados e policiais e que havia sido arrastado do seu posto. Agora, eles arrancaram as tábuas que formavam a porta oculta sobre a qual ele estivera.

Um menino pequeno e corajoso, vendo que o homem de brinco estava dominado, chamou por Cordelia:

— Ei, Senhora-Fantasma! Posso mostrar o caminho se a senhora me der um dólar!

Foi Rillie quem rapidamente encontrou um dólar no bolso de sua capa e mostrou para o garoto. Seus olhos brilharam no rosto selvagem, ele ergueu a mão para pegar o dinheiro, mas Rillie ergueu a mão.

— O caminho primeiro — pediu ela em tom gentil, mas seu rosto estava tenso.

O menino desapareceu pela porta e mergulhou na escuridão abafada. Os soldados, os policiais, incluindo o capitão, seguiram com os lampiões. Cordelia, de algum modo os seguiu. Alfie e Rillie não permitiram que Gwenlliam os acompanhasse. Todos desapareceram em uma construção caseira que parecia prestes a desabar sobre eles a qualquer momento. A água pútrida corria no fundo. Dentro de Paradise Buildings, os soldados encaravam a multidão com armas em punho, mas mesmo naquele momento, as pessoas se mantinham apáticas e sem energia, enquanto observavam o homem com brinco de ouro cercado pela polícia.

E eles desciam cada vez mais para um local quente como um forno aceso; sem ar, alguns lampiões se apagaram. Continuaram descendo pela lama e pela sujeira daquela galeria. O cheiro era sufocante e quase insuportável. Os policiais iluminavam o caminho. Havia uma rachadura na parede de concreto e luzes brilhando. Cordelia rapidamente olhou e percebeu que estavam em uma galeria separada. Estavam *atrás* das galerias com a fileira de banheiros nas quais se podia chegar pelo beco. Caminhavam atrás do garoto, envolvidos pelo fedor e pela sujeira. Alguém, ao compreender o que era a sujeira, vomitou. Não foi Cordelia. Um dos soldados desmaiou e caiu sobre a lama, um dos colegas o ergueu. Mas não foi Cordelia quem desmaiou. O garoto os guiava. Podiam ouvir algo: *água. Conseguiam ouvir claramente o som da água correndo em algum lugar próximo.* Será que estavam perto de algum cano? Ou será que era a água do rio East que ouviam? Em um canto mais afastado da galeria, havia outra porta oculta, levando ainda mais para baixo. Era muito pesada para o garoto: quatro soldados a levantaram e iluminaram o caminho abaixo.

No túnel estreito, pútrido e fétido, havia corpos. Primeiro os oficiais de polícia reconheceram o corpo de Jem Clover. Ele foi levado para fora. Uma das orelhas havia sido arrancada. Então, encontraram outro corpo: seguiram adiante: Thomas Duggan, murmuraram os policiais. Ele também foi levado para fora. Uma das orelhas havia desaparecido.

— Ela esteve aqui — informou Washington Jackson. — Gallus Mag. — O garoto olhou para eles. Cordelia continuou o caminho. O som de água correndo estava ficando mais alto. Os lampiões iluminavam o caminho estreito e escuro. Naquele momento havia apenas o vazio. Cordelia abriu caminho até a abertura do túnel, passando pelo capitão e por alguns soldados; ajoelhou na lama e olhou para baixo, dentro do túnel. Só conseguia ver a escuridão.

— Arthur! — chamou ela em tom angustiado, por cima do som da água, inclinando o corpo para dentro do túnel. — Arthur! Você pode me ouvir? — Apenas sua voz desesperada ecoou de volta.

— Não siga adiante — pediu um policial. — A senhora poderia ser arrastada para baixo. Suas roupas irão levá-la para o fundo. — Ele ergueu o lampião e tentou ver alguma coisa no breu.

— Arthur! — gritou ela de novo, e uma vez mais, em total desespero: — Arthur!

Achou ter visto algo se movendo na escuridão; o policial com o lampião também viu e se aproximou.

— **ARTHUR!**

Não era Arthur, mas sim Frankie Fields que, de alguma forma, rolou de uma curva no túnel em direção a eles.

— É Frankie!

Naquele momento, os policiais e os soldados a empurraram de forma rude e se aproximaram da entrada do túnel, um deles encontrou uma tábua grossa de madeira e a empurrou pelo túnel e testou para ver se ela aguentaria: Frankie conseguiu subir mais um pouco. Segurou a placa e, bem devagar, com bastante cuidado, os soldados o puxaram. Frankie estava completamente coberto de lodo e lama, mas lá embaixo, onde tentaram iluminar com os lampiões, acharam que viram olhos. Ele já estava próximo a eles, mas ainda dentro túnel. Vomitou lama e estava exausto, sem conseguir se mover mais.

— Onde está Arthur? — perguntou Cordelia em direção a Frankie e ele não conseguiu responder porque mal conseguia respirar.

Ouviam o som do rio.

Cordelia sentiu um lampejo na cabeça, como um golpe. A princípio achou que alguém a golpeara, então, o lampejo voltou: *meu passado bloqueou o meu amor.*

Quando conseguiu falar, Frankie estava com a voz abafada pela lama e pela água.

— Ele está lá — disse Frankie, engasgado, além da curva. Vou voltar e ele talvez consiga agarrar os meus pés.

— Nada disso, camarada! — gritou um soldado. — Você não conseguirá subir. Nunca conseguiremos tirar dois de uma vez. Você sobe primeiro.

Novamente, tiveram de esperar para que Frankie conseguisse falar.

— Mas eles o amarraram — informou, com a voz sufocada em direção à luz sobre ele. — Eu não sei. — Ele vomitou de novo. — Não sei se ainda está vivo. — Ouviram-no engasgar e se esforçar para respirar. — Ele soltou uma das mãos e manteve a minha cabeça fora da água, mesmo estando amarrado. Eles nos jogaram. Jogaram nós dois aqui um pouco antes de a mulher chegar. Nós a ouvimos, e ela pegou os outros. — Os soldados acharam que ele estava delirando. *Uma mulher?* Mas o capitão entendeu: Gallus Mag. Cordelia também compreendeu: a mulher que sabia citar Shakespeare. Frankie vomitou mais lama, cuspiu, mas ainda tentou falar: — Chamem por Arthur. — Talvez ele tenha ouvido Cordelia, talvez não. — Digam... Digam que ele precisa segurar o meu pé com a mão livre. *Ele tem de fazer isso.*

Cordelia se ajoelhou e olhou para a escuridão em direção ao som da água corrente e gritou, sua voz ultrapassou o corpo de Frankie e ecoou lá embaixo.

— Arthur! Arthur! — Ouviu apenas a própria voz ecoando de volta, além do som de água. — Arthur! Agarre os pés de Frankie! Ele descerá na sua direção! *Você deve segurar os pés dele!*

E bem devagar, Frankie Fields escorregou de volta. Daquela vez, porém, quatro soldados seguravam a placa de madeira na outra extremidade, descendo-a devagar, enquanto ele segurava firme na outra ponta. O garoto que lhes mostrara o caminho pelo túnel, observava a tudo, parado, como que enfeitiçado.

— Essa placa de madeira é usada para empurrar os mortos para baixo — contou ele a um dos soldados, indicando a tábua. — E não para puxá-los para fora!

Os quatro soldados estavam deitados na sujeira, inclinando-se para dentro do túnel e, juntos, seguravam a extremidade; quando sentiam a tábua se mexer, seguravam firme, tentando seguir o movimento para que não se quebrasse. Ela se movia e era puxada e, ainda assim, eles a mantinham segura. Nada. Um policial tentou iluminar a escuridão do túnel, mas tudo que conseguiam ver era a tábua coberta de lama estendida nas trevas.

Então, Cordelia e os quatro soldados ouviram um som fraco e extraordinário sobre o som da água. Ouviram alguém assoviar.

— É Arthur — sussurrou Cordelia. Então ouviram o som mais alto. — O assovio! *Tenho certeza de que é Arthur!* Podem puxar agora!

Os soldados puxaram e puxaram. Uma pequena parte da tábua apareceu na entrada do túnel. Outros soldados se juntaram a eles naquele momento, empurrando Cordelia para fora do caminho. Eram cinco ou seis soldados puxando, com cuidado, a tábua para cima. Eles erguiam a tábua, xingavam e puxavam de novo.

— *Devagar! Senão vai quebrar!*

Então, a parte de cima de Frankie reapareceu e eles viram o lodo, a lama e o branco dos olhos dele. Os braços erguidos e firmes: era como se Frankie tivesse encontrado uma força sobrenatural dentro de si para se erguer com a tábua, contra as laterais do túnel enlameado. E, ali, por fim, segurando firme nos tornozelos de Frankie com o braço livre e nadando, de alguma forma com o resto do corpo, metade dentro e metade fora da água imunda e fétida, conseguiram ver uma forma: um corpo amarrado. Os soldados começaram a puxar mais rápido. *Devagar... Com cuidado... Com calma... Atenção. Atenção.*

Primeiro Frankie Fields e, depois, o inspetor Rivers foram colocados no chão lamacento. As cordas que prendiam o inspetor foram desamarradas. Enquanto Arthur Rivers estava deitado na imundície, viram-no se mover bem devagar. Então, sob a camada de lama e esgoto, eles acharam que viram dois olhos olhando para cima para a figura com a capa coberta de lama que se inclinou sobre ele:

— Basta assoviar e irei até você, meu rapaz — sussurrou Cordelia.

Carregaram os dois sobreviventes pela galeria e subiram pelo túnel rudimentar, passaram pelo alçapão e entraram em Paradise Buildings. Colocaram-nos no chão, ao lado dos dois colegas mortos, preparando-se para carregá-los para fora dali. Todos viram os homens mortos e os semimortos e a lama preta e imunda. Gwenlliam se ajoelhou rapidamente entre Arthur e Frankie. Chorava com as mãos pousadas em cada um deles. O garoto abriu caminho, arrogante, pedindo a Rillie o seu dólar.

O homem com o brinco já estava algemado, depois de ter sido humilhado pela mulher-fantasma na frente de todos, traído pelo próprio sobrinho, fez um esforço quase sobre-humano, como Frankie Fields e Arthur Rivers haviam feito não muito antes. Quando o garoto passou, procurando por Rillie e seu dinheiro, o homem conseguiu se soltar da polícia, pular para a frente, agarrar o menino entre as algemas e jogá-lo contra uma das paredes de Paradise Buildings com um grito de raiva.

— *Seu viado!* — gritou ele.

O garoto bateu na parede e todos ouviram quando caiu. Os soldados amarraram apertado o homem que se debatia e gritava obscenidades. O garoto não chorou. Aproximou-se de Rillie, pegou o dólar, enquanto o sangue escorria pelo seu rosto. Quando lhe entregou o dinheiro, Rillie tentou confortar o menino por um momento.

— Vou ajudar você — disse ela em tom gentil.

Ele agarrou o dinheiro, socou o seu braço e saiu correndo, gritando.

— Vai se foder, sua cara de boceta velha. Vai se foder, sua velha bunduda... — As palavras ecoavam na escuridão abafada e imunda ao longo do beco que levara a Cherry Street, onde George Washington dançara.

Para ser substituído por outra voz, ecoando da escuridão bem abaixo deles, vinda no alçapão ainda aberto.

— *Cordelia!*

Cordelia congelou: reconheceu a voz profunda e rouca na hora. Assim como Washington Jackson. Rapidamente, ele se aproximou do alçapão, puxou a arma e atirou. Uma bala saiu imediatamente da escuridão, atingindo o ombro do capitão. Ele se afastou, segurando, em choque, o braço ferido e ensanguentado com a mão.

— *Cordelia!* — chamou a voz novamente. E foi Alfie quem rapidamente a afastou do alçapão e a puxou para as sombras. Mas não foi uma bala de revólver que saiu de lá, mas sim uma voz vinda da escuridão insalubre.

> *Ouve-me, biltre! Toma tua paga.*
> *Cinco dias te damos, para possas contra os*
> *males do mundo premunir-te; ao sexto*
> *voltarás o dorso odioso a todo o nosso reino;*
> *e se no décimo esse corpo banido for*

*achado dentro de nossas terras,
esse instante será tua morte.**

As palavras ecoavam, mas estavam desaparecendo nos recessos da galeria escura e imunda que levava a alçapões, passagens, canos e, por fim, ao rio.

Bem próximo dali, na Broadway, as casas bonitas estavam acesas e brilhavam depois da ópera italiana em Astor Place, com música sublime e emocionante.

---

* Shakespeare, *Rei Lear*. Ato I, Cena I. (N.T.)

48

Por fim, deixaram o hospital, caminhando por Anthony Street e subindo a Broadway. Os dois policiais sobreviventes, ambos alternando momentos de consciência e inconsciência — às vezes gritando e outras tremendo como se estivessem deitados sobre gelo — foram banhados e examinados e, por fim, deitados sobre lençóis limpos (que talvez parecessem gelo para eles). Também receberam doses de láudano.

Do lado de fora, era novamente um dia quente de fim de verão. Devagar, quase como em um sonho, Cordelia, Rillie, Gwenlliam e Alfie caminharam de volta para casa. Gwenlliam e Rillie trocaram algumas poucas palavras sobre Frankie Fields, cuja mãe aparecera: *Você é a jogadora de pôquer que foi atrás do ouro!*, dissera ela para Gwenlliam, antes de abraçá-la. A capa e o xale de Cordelia foram jogados fora, pois não tinham salvação. Seu rosto e seu vestido estavam cobertos de lama, mas os nova-iorquinos sempre apressados não pararam, seguindo seu caminho para ganhar dinheiro. Gwenlliam pegou o braço da mãe com crostas de lama enquanto caminhavam juntas bem devagar. Durante todo o caminho, Cordelia se manteve em silêncio: era como se tivesse ficado abobada diante de tudo que acontecera. Alfie queria chamar um cocheiro, mas sentiu que precisavam do céu azul, da luz e do calor do sol, além de normalidade e paz. Assim, ele manteve a calma até estarem de volta a Maiden Lane. Já haviam enviado uma mensagem para Monsieur Roland e Regina. La Grande Celine os aguardava junto com eles no sótão com bolinhos, bolo de milho e café.

Foi Alfie quem contou a história. Recontou os eventos terríveis pelos quais passaram nas últimas horas como um pesadelo. Alfie havia se sentado na cadeira que costumava usar, ao lado de Regina, mas acabou se levantando no decorrer do relato da horrível aventura. Rillie, Gwenlliam e Cordelia se apertaram no pequeno sofá, pálidas de exaustão, e ainda tensas. Embora tivessem tentado demonstrar gratidão, os bolinhos permaneceram intocados.

Mas, depois de contar a história, Alfie não conseguiu manter a calma.

— Vocês têm de partir de Nova York imediatamente, Cordelia. Você e Arthur não ficarão seguros aqui. Não em Nova York. Não mais.

Ela olhou para ele sem entender, como se nem tivesse ouvido as palavras. Gwenlliam respondeu, rápido:

— Mas eles foram pegos. Os Garotos do Alvorecer estão presos.

— Os Garotos do Alvorecer são um grupo de desordeiros violentos e perigosos. Eles estão sempre mudando, são espertos, frios e calculistas. Frankie Fields também não pode ficar. Nem sei se você ou Rillie ficarão em segurança. Vocês ouviram Gallus Mag.

Cordelia disse sem expressão.

— Era só uma citação de Shakespeare. Ela estava citando um trecho de *Rei Lear* porque sabia o meu nome. Cordelia é uma das personagens principais da peça.

Fazia tanto tempo desde que dissera algo que sua voz estava mais baixa e rouca do que de costume.

— Sei que era Shakespeare — disse Alfie, pacientemente. — Ela é conhecida por usar frases de Shakespeare em vez das próprias palavras cruéis. Ela deu um aviso a você, querida. A gangue foi desmantelada e humilhada por tudo que aconteceu em Paradise Buildings. Pessoas como você, Arthur e Frankie Fields não serão perdoados e vocês têm de sair daqui!

— E quanto a você, Alfie? — perguntou Regina, empertigando-se na cadeira. — Você *tava* lá.

— É diferente para mim — retrucou Alfie. — Eles me conhecem. Todos olharam para ele sem entender. — Já trabalho nas docas há muitos anos — explicou Alfie em tom paciente. — Eles me conhecem.

Um silêncio tenso e quente pairou no ar. O sol brilhava no sótão como em qualquer dia ensolarado de fim de verão. Então, por fim, Monsieur Roland se levantou. Algo em sua postura fez com que todos olhassem para ele.

— Creio que seja o bastante por hora — disse ele. — Estamos exaustos e nada pode ser decidido agora. Precisamos descansar.

Alfie se levantou. Celine percebeu que todos eles, até mesmo Alfie, estavam tão chocados com tudo que acontecera e ainda estava acontecendo que obedeceram ao senhor frágil e alto que falava com tanta gentileza como se fossem crianças. Ouviu Regina dizer para Gwenlliam.

— Venha menina, deite-se e eu contarei uma história.

Gwenlliam abraçou Monsieur Roland por um momento e, depois, permitiu que Regina a levasse para o quarto. Rillie beijou a cabeça do senhor francês quando passou por ele e Cordelia tocou o seu braço.

Alfie pegou o chapéu. Celine recolheu alguns pratos, mas não desceu. Em vez disso, pegou alguns papéis que estavam no grande bolso do seu avental.

— Tem mais uma coisa — disse Celine para Monsieur Roland e Alfie em voz baixa. — Talvez este não seja o momento certo, mas talvez seja, enquanto elas não estão aqui. Pois isto também é sobre Arthur e não creio que ele um dia vá mostrar isto. — Ela limpou a garganta como se estivesse constrangida (o que era bem improvável tratando-se de La Grande Celine). — Arthur deixou isto cair na noite que Danny O'Reilly chegou. Quando eu a encontrei na manhã seguinte, achei que tivesse caído da bolsa de Danny. É claro que peguei e comecei a ler. É uma carta. Ou melhor, duas cartas. E ela começou a ler as páginas para os dois homens:

Marylebone
Londres

Estimado Arthur,
O senhor escreveu perguntando por que não recebeu mais cartas! Pois bem, eis a resposta: o pequeno Arthur faleceu há dois meses. Lembra-se dele? O único neto que conheceu? Ou será que já esqueceu? O pequeno caixão foi enterrado e Faith não contou com o conforto do marido nem do pai. Conviva com isso, Arthur Rivers, se for capaz.

Rogo para que volte a Londres para cumprir seu dever.

Deus parece achar que mereço ainda mais sofrimento. Tenho dores de cabeça durante todo o dia e toda a noite também. Não fosse por Millie, não sei o que seria de mim. Os médicos são imprestáveis. Não estou mais em condições de cuidar de forma satisfatória da casa do senhor em Marylebone e não temos dinheiro para contratar um criado. Millie sugeriu que TODOS deveriam morar comigo! Sete crianças! Estou muito doente e sentindo dores em todas as partes do corpo. Também sofro de inchaços e é claro que não tenho como conviver com crianças agitadas. Quanto ao marido de Faith, aquele bêbado, quanto menos eu falar, melhor.

Ninguém se importa comigo, ainda assim, desisti da minha própria vida para cuidar de sua família, Arthur Rivers, sua família. Londres está um verdadeiro caos. Há estrangeiros por todos os lados se preparando para a Grande Exposição do Príncipe Albert. É impossível ir a qualquer parte (não que eu tenha saído ultimamente) sem trombar com um estrangeiro. E Hyde Park agora está cheio de bordéis e prostíbulos abertos por eles.

    Continuo, como sempre, sua zelosa cunhada,
    Agnes Spark (Srta.)
PS: recebemos cinco pagamentos.

Oh, papai, eu sinto tanto por ter ficado tanto tempo sem escrever. As coisas por aqui estão cada vez mais difíceis. Foi tão triste o que aconteceu com o pequeno Arthur, papai. Não foi a cólera, que já se foi, mas sim outro tipo de febre, e Faith sem poder contar com o apoio do marido! Foi muito difícil para ela. Aquele velho e bêbado do Fred desapareceu e nunca mais foi visto. Ficamos sempre muito felizes com suas cartas e com o dinheiro que envia, mas a vida anda tão exaustiva. Oh, papai, será que o senhor não poderia vir para casa agora, mesmo que por pouco tempo, só para tentar resolver as coisas por aqui? Tentei conversar com a tia Agnes como o senhor sugeriu, mas ela se mantém inflexível. Seremos bem mais amáveis com a Sra. Preston agora que estamos mais velhas, pai. Como fomos horríveis naquela época! Ninguém mais se lembra daquele escândalo. Afinal, surgem escândalos novos e maiores toda semana — ontem, um homem esquartejou duas mulheres em Islington e colocou os pedaços em um vagão de trem, e os jornais baratos dizem que 15 mil estrangeiros inundaram Londres na semana passada e que, assim que chegaram, alugaram casas para

abrir bordéis e cassinos clandestinos para atender às milhões de pessoas que virão para a Grande Exposição do Príncipe Albert no ano que vem, mas Charlie diz "se acreditar em tudo que os jornais dizem, não vai mais sair de casa" (como tia Agnes). Gostaria que o senhor continuasse insistindo para que nos mudemos para Marylebone, pai, apesar dos protestos da tia Agnes. Seria mais barato — somos onze pessoas vivendo apenas com o salário de Charlie na Companhia de Água e da sua gentil contribuição (sem a qual já teríamos nos afogado em dívidas há muito tempo, pai). Talvez o senhor possa vir para casa por pouco tempo apenas até ajeitarmos as coisas? Estou quase enlouquecendo tentando agradar a todos e cuidar do dinheiro. Graças a Deus por eu poder contar com o querido Charlie, que sempre me ajuda e apoia. Faith está morando conosco agora, e não ouso deixar nenhuma das crianças com ela no momento, ela perdeu o emprego na fábrica de conservas, está muito triste e deprimida. Chora muito. E nós achamos os desenhos que o senhor fez para o pequeno Arthur, ele sempre os guardou, na despensa, atrás das geleias e das conservas. Chorei quando os encontrei, pobre menino. Oh, papai, não consigo descrever o quanto sinto sua falta. Mas também sei que o senhor tem sua própria vida agora e fico contente que o senhor esteja feliz. Então, se o senhor não puder vir para casa agora — bem, então quando o senhor puder, querido pai, seria maravilhoso recebê-lo, mas nós vamos nos arranjando até lá.
 Com amor, Millie. Beijos.

Celine parou de falar.
— Isso é tudo — finalizou ela.
Ficaram ali em silêncio por um tempo, de volta a Maiden Lane, Nova York.
— Pobre Arthur — declarou Alfie, por fim.
Monsieur Roland apoiou a cabeça nas mãos por um momento e nada disse. Perceberam que ele estava exausto demais.
— Vou embora, *monsiê*. Descanse também. Vou passar no hospital e pegar todas as informações que puder e voltarei amanhã de manhã. Então, conversaremos sobre isto.
Alfie pegou o chapéu e pousou a mão no ombro do senhor idoso por um tempo.

***

Depois da partida de Alfie, Celine ainda se demorou por lá.
— Vou deixar isso aqui — disse ao francês, colocando as cartas sobre a mesa. — O senhor saberá o melhor modo de lidar com elas. — Mesmo assim, não desceu. Em vez disso, sentou-se ao lado dele. — Meu querido Monsieur Roland — disse ela, em voz baixa, ou tão baixa quanto era possível para La Grande Celine. Do lado de fora, a Maiden Lane estava tão movimentada e barulhenta quanto sempre e o ar quente entrava pelas janelas abertas.
O senhor idoso e exausto segurou um suspiro. Sentiu pelo tom de voz dela que Celine estava prestes a fazer uma proposta que o deixaria muito desconfortável, mas não queria magoar essa mulher gentil e bondosa com seu tapa-olho negro e garboso, intuição para os negócios e coração desejoso e bom.
E estava certo: Celine tinha uma proposta. Só que era um pouco diferente do que ele temia.
— Monsieur Roland, estive pensando sobre essas cartas. O senhor sabe qualquer coisa sobre essa Grande Exposição em Londres sobre a qual elas escreveram?

No início da noite, as primeiras sombras caíram sobre o sótão, enquanto o sol se punha no céu. Monsieur Roland ainda estava sentado à mesa. Tinha uma caneta e uma folha de papel. Estava trabalhando em um projeto que começara. Escrevera tudo o que pensara sobre a memória, sobre a perda dela, sobre memórias bloqueadas e o fracasso do FALE COM O MESMERISTA. Queria doar os documentos para um hospital ou, quem sabe, uma biblioteca, onde acumulariam poeira, mas que, um dia, talvez pudessem ser úteis a outra pessoa.
Talvez Monsieur Roland também tenha dormido. Quando ergueu os olhos parecia ainda estar dormindo. Hester, sua amada Hester estava em pé, diante dele.
— Não tive intenção de acordá-lo — disse ela em voz baixa e se sentou ao lado dele como se fossem jovens de novo.
Esfregou os olhos. Não era Hester, mas sim sua sobrinha-neta.
— Não conseguiu dormir, querida Gwenlliam?
— Eu dormi sim, mas acordei agora e não sabia onde estava.

— Não fico surpreso com isso, minha querida. Aconteceram tantas coisas com você! Há pouquíssimo tempo, estava trancada em uma cabine, cruzando o oceano Atlântico.

— *Parece* que isso já foi há muito tempo, depois de tudo que aconteceu desde então. — Ela esboçou um leve sorriso. — Mas agora há pouco, por um breve e terrível momento, eu estava sonolenta e ouvi passos e achei que fosse o Sr. Doveribbon do lado de fora da cabine do *Sea Bullet*. — Ela meneou a cabeça. — Mas era mamãe andando em seu quarto. Oh! Oh! — E ele percebeu que ela parecia ofegante. — Oh, estou tão feliz que tudo tenha terminado. Feliz por mamãe estar viva e não estar mais trancada em uma cabine e feliz por estar em casa. — Mas ele percebeu que ela tremia um pouco, como se estivesse com frio, embora o clima estivesse bem quente. — Espero que Arthur se recupere. Assim com Frankie. — Então, com voz ansiosa, fez a pergunta que queria fazer desde que entrara na sala: — Eles vão se recuperar, não é?

Ele assentiu.

— Creio que ficarão bem — respondeu para tranquilizar a ela e a si mesmo. Ela sorriu para ele como se tivesse a mais absoluta certeza de que, pela maneira que ele dissera, aquilo era a mais pura verdade.

— Onde está Rillie? — perguntou Gwenlliam. — O quarto dela está vazio.

— Creio que tenha ido até a St. Paul's Chapel para conversar com a mãe. Ela me contou que faz isso quando precisa pensar na vida. Regina foi com ela.

— Oh, querida Rillie. Querida Regina. Querida Sra. Spoons. Durante todos esses meses em que estive longe, nunca pensei, nem por um momento, que uma de vocês poderia não estar aqui quando eu voltasse. Então, eu vi o cabelo. O cabelo de mamãe em uma bolsa. E agora estou em casa... — ela deixou as palavras pairando no ar enquanto caminhava até as cadeiras de balanço vazias. Empurrou uma e observou até que parasse. Então, voltou-se para ele.

— Era mesmerismo? — perguntou de repente. Ele entendeu de imediato.

— Era — respondeu. — Creio que seja um tipo de mesmerismo.

— Parecia que, de alguma forma, eu abraçava todos eles, os mineradores. Eu costumava dizer *tudo ficará bem* para confortá-los.

— Creio que, às vezes, a energia pode funcionar dessa maneira — afirmou ele, devagar. — É a sua energia e a deles se unindo por um momento.

— Eu conseguia sentir — contou Gwenlliam.

— Sim — respondeu Monsieur Roland.

Ela ficou em silêncio e, então, empurrou a cadeira de balanço de novo e ele ouviu um pequeno suspiro.

— Quando estava trancada na cabine eu pensava nestas cadeiras de balanço! — A cadeira balançava para a frente e para trás e rangia um pouco. — O senhor acha que realmente teremos de partir?

— Vamos pensar sobre isso mais tarde, querida. Não hoje. Aconteceram muitas coisas para tomarmos qualquer decisão.

— O senhor acha mesmo que eles vão se recuperar?

— Acho que vão se recuperar sim — repetiu ele, pois não havia outra resposta possível.

— Vou pensar sobre Silas e o circo e em como encontrá-los amanhã. Mas espero nunca mais ver aquela varinha dourada. Sou uma acrobata e uma mesmerista, não uma fada! — E ambos riram um pouco. — Mas agora sei onde estou, sei que estou segura e que o *senhor* disse que *tudo ficará bem* — Monsieur Roland sorriu ao ouvir as palavras de Gwenlliam. — Vou dormir mais um pouco! — Ela beijou o rosto seco do velho senhor.

Vozes da rua entravam pela janela, mas ele não ligou e voltou a dormir.

Quando acordou, Cordelia estava sentada à mesa ao seu lado e já estava escuro. Ela se livrara de toda lama: na penumbra, ele viu o rosto pálido e cansado, os olhos grandes e a mecha de cabelo branco. Estava sentada, imóvel, com as costas arqueadas. Segurava a carta que Celine deixara sobre a mesa.

— Havia muitas outras destas na delegacia — disse ela. Então, como se estivessem no meio de uma conversa, declarou: — Não foram as minhas *memórias* que foram bloqueadas.

Ele aguardou.

— Foi o meu amor. *O meu amor ficou bloqueado!* — Ela ergueu o olhar para ele. — Será que o senhor não entende? *Eu achei que o amor fosse uma mentira.* — Abraçou o próprio corpo como se buscasse conforto. — De certa forma, eu era como a Sra. Spoons. Eu estava ali, mas não estava. Por tanto tempo. — As cartas de Arthur estavam sobre a mesa entre eles. E as palavras saíram de sua boca como uma explosão. — Como Arthur *suportou*?! Eu, ali, ao lado dele, mas sem estar ali. Ele compreendeu tudo e sempre foi tão bom, e eu aceitei a bondade dele como se pertencesse a mim, como se eu tivesse direito àquilo. E continuei com as minhas lembranças.

— Suas lembranças talvez fossem mais fortes do que a sua vida? — sugeriu ele com um sorriso.

Ela tentou sorrir também.

— Sim, o senhor tentou me dizer isso. Mas eu não quis ouvir.

Ele concordou com a cabeça e disse:

— Cordelia, minha querida. Você sabe como eu quis ajudar às pessoas a desbloquearem suas memórias, embora você, por causa delas, talvez tenha bloqueado o seu coração. O motivo por que eu ainda acredito que as minhas ideias estejam corretas, apesar do fracasso total do FALE COM O MESMERISTA, é porque comecei a acreditar que as pessoas não conseguem seguir adiante e crescer até que tenham lidado com determinada memória. — Então, de forma bem gentil, ele continuou: — Acho que talvez você tenha feito isso agora.

Ela se levantou em um salto.

— Sim — concordou. — Creio que talvez eu tenha feito isso agora. Eles sempre estarão na minha mente, Morgan e Manon. Como poderia ser diferente? — Olhou para ele. — Mas o amor não é uma mentira. E eu vou para o hospital e não voltarei sem Arthur.

Então, Monsieur Roland disse algo surpreendente.

— Talvez você queira pensar nisto — começou ele em tom sereno. — Pois isto pode interessar muito a Arthur quando ele acordar. La Grande Celine tem falado sobre a Grande Exposição do Príncipe Albert em Londres. Se a corrida do ouro da Califórnia está chegando ao seu esperado fim, como os jornais predizem, eu me pergunto se o Sr. Silas P. Swift está ciente das oportunidades e detalhes de tal evento.

Ela riu enquanto caminhava até a porta. Pensou que ele estivesse brincando.

No hospital, ninguém lhe perguntou o que queria, então, ela simplesmente entrou no quarto em que eles haviam sido acomodados. Ambos estavam adormecidos: o peito de Frankie Fields subia e descia de forma regular e a cor voltara ao rosto jovem e ferido. Mas o homem mais velho parecia ter dificuldades para respirar e seu rosto trazia uma cor acinzentada. Havia escoriações escuras por todo o seu corpo. Não havia ninguém ali. Nenhum médico ou servente. Seu coração estava disparado enquanto olhava para o rosto conhecido e, ao mesmo tempo, desconhecido. O rosto querido, machucado e cinzento. Cordelia Preston fechou os olhos por um longo tempo: então, postou-se ao lado do marido, ergueu as mãos sobre o corpo dele e começou os movimentos rítmicos, longos e repetidos, concentrando toda sua energia nas mãos enquanto as movia sobre ele, sem parar. Enquanto trabalhava, conversava baixinho:

— Não se *atreva* a morrer, Arthur Rivers. Tenho muitas coisas para dizer a você. Coisas que já deveria ter dito há muito tempo. E há muitas coisas sobre as quais temos de conversar e fazer juntos e dividir. Não se *atreva* a morrer agora.

Continuou com os movimentos contínuos e rítmicos, usando sua própria energia para curá-lo.

49

Em todos os lugares de Londres eram publicadas rapsódias poéticas gratuitas.

Que Mercado! Que atração! Que acordos valiosos!
Que excêntrica multidão, e que produtos preciosos!
Oh, que exuberantes tesouros vindos de terras distantes
Neste Palácio Industrial, os júbilos devem ser abundantes!
O dever da lealdade à Britânia até a morte
Pelo leste e pelo oeste, pelo sul e pelo norte;
Nações reunidas para testemunhar tal dádiva
De ordem e ostentação, nesta ilha cálida!
Onde negociantes aos milhares vêm do além-mar,
Para mostrar seus produtos nesse poderoso Bazar!

Foi previsto em certos círculos que a Ira de Deus certamente atingiria aquela construção ousada, arrogante, provocante, insolente e atraente feita de vidro que se erguia, como um milagre brilhante, em Hyde Park, Londres. Entretanto, Deus deve ter segurado a mão, pois a Grande Exposição dos Trabalhos da Indústria de todas as Nações foi inaugurada, conforme o planejado, em 1º de maio de 1851.

Vejam! Chegaram à nossa afortunada terra pelo mar
Nações adventícias peregrinam e põem-se a se espalhar,
Dispostos a insurgência, prontos para prestar auxílio
E ensinar John Bull a arte da barricada, grande utensílio
Vire-se e perceba quantos trajes estranhos surgem de repente.

Que figuras extravagantes alegram nossos olhos indolentes:
Turcos, persas, russos — se um bom leitor fores
Examine a frente da quadrilha de Jullien e suas cores:
E, então, contemple, turbantes, saiotes, túnicas;
E melhor ainda, sem uma imundície nativa única.

O PALÁCIO DE CRISTAL era como todos chamavam a construção (embora, conforme já mencionado, ela tivesse sido feita de vidro. Também não era um palácio, apenas um salão de exposições). Tratava-se de um projeto maravilhosamente belo: as pessoas arfavam quando entravam e viam ulmeiros se erguendo para o teto, flores se abrindo, palmeiras inclinadas, fontes jorrando água e luzes iluminando os 293.655 painéis de vidro.

Infelizmente, os pardais também acharam a construção bonita (e quente) e entraram no vasto espaço antes de o teto ser finalizado. Apesar da valiosa sugestão do duque de Wellington de usarem gaviões, algumas das exposições foram, de alguma forma, atingidas pela sujeira. Então, houve muita limpeza e polimento de centenas e centenas de ofertas britânicas e estrangeiras que foram colocadas na construção imensa, brilhante e iluminada antes que Sua Majestade Rainha Vitória e seu séquito real chegassem à abertura oficial. Enfrentaram uma dificuldade particular com o relógio despertador silencioso: a cama que acordava a pessoa ao se inclinar para o lado; foi necessária uma limpeza especial do aparelho para que a invenção funcionasse da forma espetacular que fora anunciada. Também foi um azar que a exposição russa não estivesse pronta para a abertura: o navio em que estavam sendo transportados ficou preso no gelo em algum lugar ao norte da Inglaterra durante semanas (embora dissessem que ele já estava a caminho, trazendo, entre outras peças um manto de pele de raposa prateada do próprio czar). Era verdade que havia incontáveis estátuas de mármore que precisavam ser expostas, e a Rainha Vitória teve de erguer a cabeça muitas vezes, não só para ver tais estátuas, mas também numerosos jarros, chaleiras e tapeçarias. Por fim, porém, durante a manhã, a prensa do *London Illustrated News* podia ser vista bem ali, dentro do Palácio de Cristal, imprimindo cinco mil exemplares por hora, e tudo estava pronto — as maravilhosas máquinas a vapor, estátuas, joias e a réplica das docas de Liverpool com todos os navios, e a máquina para virar páginas de música, porcelanas, candelabros, mapas, banheiras portáteis, o edredom de cetim vermelho feito com penas de êider da Heals, a mostarda Colman's, a goma

Reckitt's, o escafandro, as caixinhas de rapé, os pianos grandes e pequenos, com e sem decoração (incluindo um piano dobrável).

E graças à atenção do detetive-inspetor Arthur Rivers e de seus colegas, o grande diamante Koh-i-Noor da Índia estava exposto em segurança, dentro de uma grande gaiola de ouro: o plano de alguns visitantes, descritos nos jornais como "agentes estrangeiros", para roubá-lo foi frustrado bem na hora pela Scotland Yard.

Mas as bandeiras de todas as nações tremulavam nos mastros e das fontes dentro do Palácio de Cristal jorravam jatos de água (confundindo os peixinhos dourados nas piscinas abaixo); órgãos ecoavam de forma magnífica em diferentes partes da estrutura; grandes corais cantavam; árvores, flores e plantas tropicais floresciam no calor da espantosa estufa; bandas tocavam; e, aguardando pela rainha no dia da abertura, a multidão (que diziam chegar a um milhão de pessoas) estava em frenesi.

Alfie Tyrone, dentro do Palácio de Cristal, aguardando com todos os visitantes animados, riu.

— Que exposição maluca! — exclamou ele para o detetive-inspetor Arthur Rivers e seu novo assistente em Londres, o sargento Frankie Fields. — Você viu aquela cama que joga as pessoas para fora? E o piano dobrável? E aquele famoso diamante? Imagino que os Garotos do Alvorecer fariam aqui! — Mas Arthur apenas indicou todos os policiais ingleses uniformizados (havia um contingente extra de seis mil homens) espalhados por todos os lugares e informou a Alfie que Londres também estava cercada por soldados para entrarem em ação em caso de confusão e eles, sem dúvida, seriam capazes de deter até mesmo os Garotos do Alvorecer (se estivessem interessados). Então, ouviram uma saudação ruidosa de canhões. Os painéis de vidro não se quebraram com o som para transformar uma centena de jovens damas em carne moída (como fora previsto e anunciado pelo jornal *The Times*) e o glorioso séquito real adentrou o Palácio de Cristal, e as pessoas ovacionaram, e aquele velho republicano Alfie Tyrone olhou em torno de si e sentiu uma lágrima escorrer pelo rosto por estar lá, mesmo que apenas para uma visita, diante de toda pompa e circunstância da sua cidade natal, a qual vira pela última vez havia mais de cinquenta anos. *Oh, meu lar! Oh, Londres!*

As duas filhas de Arthur Rivers, Millie e Faith, estavam extasiadas por terem o pai, finalmente, de volta, mas também estavam bastante nervosas com o reencontro com a madrasta, a Srta. Cordelia Preston. Faith teve um ataque de soluço que não conseguiram curar e Millie derramou geleia de framboesa (feita para o recheio dos bolinhos) sobre o vestido assim que os visitantes chegaram, o que fez parecer que estava sangrando de forma bastante grosseira. Na pequena sala da casa em Marylebone onde todos viviam agora, os quadros de borboletas alfinetadas que haviam partido o coração de Arthur, embora Agnes tenha lhe dito que se tratava de uma ocupação bastante delicada para jovens damas, ainda enfeitavam as paredes. Tia Agnes inclinou a cabeça uma vez e seguiu para o piano onde tocou músicas religiosas com raiva.

Mas Arthur, tendo passado muitas horas alegres com a família e com os netos que não conhecera antes (*você deve achar que estou sendo tendencioso, mas os meus netos são muito inteligentes!*, repetia ele para Cordelia), agora estava confiante de que tudo se resolveria. E ele tinha várias armas secretas para aquele encontro. Em primeiro lugar, como acontecia com todos que conheciam Monsieur Roland, as três mulheres que moravam em Marylebone estavam hipnotizadas por ele, que se inclinou sobre as mãos delas e lhes falou com aquele sotaque estranho e charmoso, além de curar o soluço de Faith em três minutos. O canto de tia Agnes falhou quando viu o senhor idoso, frágil e belo sentando em sua poltrona. Gwenlliam, a meia-irmã que nunca haviam conhecido, estava ensaiando com o circo (recebida de volta nos braços de seus colegas, sem mencionar as exclamações de alegria do Sr. Silas P. Swift), mas Rillie Spoons, sempre gentil e calorosa, distribuiu entradas para o circo para todos, incluindo os netos e, como que por milagre, tinha um avental que ficou lindo sobre o vestido manchado de geleia de Millie.

— Eles estão ensaiando um novo número acrobático para a temporada de Londres! — contou Rillie para todos. — Pierre, o Pássaro, é o parceiro de acrobacias de Gwenlliam e está tentando lançá-la o mais *alto possível*! Não é o mesmo que jogá-la para baixo, pois requer um tipo diferente de força. Eu pergunto se isso não é muito perigoso, mas Gwennie apenas ri e diz que é mágico! Eles sempre quiseram fazer isso. Então, Silas teve uma ideia para a iluminação e agora eles acham que conseguem! Ele não a joga *muito* alto, diz ela, mas *parece* alto demais.

Todos, não apenas as crianças, ouviam as palavras de Rillie com os olhos arregalados. Para tia Agnes, tudo aquilo soava como o mais alto grau de imoralidade.

— Pierre, o Pássaro, consegue fazer isso! — exclamou La Grande Celine (outra arma secreta de Arthur) com o olho brilhante. — Ele tem força para jogá-la até o telhado! Eu me encontrei com ele novamente de forma bastante fortuita e interessante e posso afirmar que não perdeu a força. — Ela riu e sacudiu os cabelos cor de fogo e os netos de Arthur Rivers olharam para a dama que usava tapa-olho pensando que era a pessoa mais incrível que já tinham visto.

Talvez, porém, Regina fosse a arma secreta mais estranha de todas. Ao ouvir tia Agnes tocando o piano de forma séria e pesada, Regina, com seu amado e velho chapéu comemorativo enfeitado com uma pena, postou-se ao lado do instrumento e cantava qualquer hino religioso que fosse tocado. Ela poderia ter uma aparência bastante estranha, mas sabia cantar e não importava qual música tia Agnes tocasse, Regina conhecia a letra e tia Agnes, quase sem querer, por fim, juntou-se a ela:

> *Amazing Grace, how sweet the sound*
> *That saved a wretch like me!*
> *I once was lost, but now am found*
> *Was blind, but now I see.**

Cantaram em uníssono e, na verdade, pareciam melancólicas, mas soavam muito bem aos ouvidos.

E, por fim, Millie e Faith viram que a Srta. Cordelia Preston ainda era bonita, com o rosto fascinante, translúcido e estranho e um corte de cabelo peculiar com a mecha branca, e os grandes olhos. De alguma forma, fez com que o coração delas disparasse ao olhar para ela, como se não existisse. Entretanto, Cordelia sorriu para elas, como uma pessoa real, e lhes presenteou com um lindo daguerreótipo do pai delas na América. Ambas choraram e abraçaram o pai novamente.

Então, Millie olhou com mais cuidado.

— É muito bonito — declarou ela. — A luz e as sombras no rosto do papai. Esta é uma fotografia muito melhor do que qualquer outra que eu já tenha visto. As pessoas são muito inteligentes na América.

---

* Tradução livre: "Graça maravilhosa! Como é doce o som / Que salvou um infeliz como eu! / Eu estava perdido, mas agora fui encontrado / Era cego, mas agora eu vejo." (N.T.)

— Foi Cordelia quem tirou essa fotografia — informou Arthur.

Millie olhou para a Srta. Preston com assombro e, depois, voltou o olhar para o daguerreótipo.

— Como a senhora aprendeu? — perguntou, por fim, envergonhada. — Não há nada neste mundo que eu queira mais do que aprender a tirar fotografias como esta.

— Muito bem, então. Acontece que eu gostaria muito de ensinar a você — disse Cordelia com um sorriso no rosto. Ela olhou para as outras pessoas na sala com os olhos brilhantes e, então, disse para Millie e Faith:
— Temos um plano audacioso. E gostaríamos muito que vocês tomassem parte dele, se tiverem interesse.

— A senhora também, garota — disse Regina para tia Agnes. — Precisamos de todo mundo. E há muito tempo que não vejo alguém tocar piano tão bem.

— Ninguém chamava tia Agnes de *garota* há mais de quarenta anos.

Em Oxford Street, as bandeiras tremulavam em boas-vindas aos visitantes, principalmente sobre os restaurantes. Eles pensaram muito em relação às bandeiras: francesa e inglesa, com certeza, mas também a americana; todas balançado juntas sobre Londres.

CASA LONDRINA DE REFEIÇÕES DA CELINE dizia o letreiro pintado de forma chamativa (Alfie fora o responsável pela vivacidade da placa; quando chegara acompanhado pela irmã e pela esposa à sua terra natal, uma semana antes da inauguração da Exposição, insistiu que a placa tinha de ser não apenas maior, mas também vermelha).

A esposa de Alfie, Maria, que nunca estivera em Londres antes, estava boquiaberta com as construções antigas, a história e a idade de Londres.

— É a *Antiguidade!* — repetia ela sem parar. — Declaro que, na América, não conhecemos o significado dessa palavra! *Antiguidade!*

— Pode até ser antiga, mas esta cidade velha é maçante comparada a Nova York — declarou Alfie, abrupto. — E aqui está, cheia de estrangeiros. Todos aqui para a Exposição e essa não é a hora para as delicadezas dos restaurantes ingleses! A Exposição só durará seis meses e, então, todos os estrangeiros voltarão para casa e se você quiser ficar, Celine, poderá ficar a mais respeitável possível para os britânicos. Mas, por ora, estou dizendo para você, anuncie! Anuncie! — E seu conselho provou-se admirável: a CASA LONDRINA DE REFEIÇÕES DA CELINE ficava cheia desde a manhã até a noite, com visitantes de diferentes regiões: contavam com as mesmas mesas comunais de Nova York e os pratos ficavam no meio: a comida era boa e o serviço, rápido. Todos os membros daquela família estranha e agora estendida foram convidados a ajudar. A anfitriã nada usual e encantadora era ninguém menos do que a esposa de Alfie, Maria, com seu leque esvoaçante e sotaque do sul dos Estados Unidos: os clientes ficavam encantados ao serem acompanhados até seus lugares por uma mulher tão fascinante (que falava francês, conforme necessário). E, então — *que lugar interessante!*, diziam as pessoas —, havia também a gerente de cabelos ruivos e tapa-olho que parecia uma linda pirata. Celine e Rillie se revezavam no caixa que ficava ao centro, supervisionando os procedimentos. Quando não estavam no caixa, estavam na cozinha ou servindo as mesas. Empregaram duas cozinheiras e, para servir os clientes, contavam com Millie e Faith, contentes, depois da timidez inicial, com o novo emprego e a nova família. Faith, que não conseguira manter o emprego na fábrica de picles (pobre Faith, cujo marido bêbado desaparecera, pobre Faith, a mãe do falecido pequeno Arthur) e que aprendera que damas nunca deveriam ter um emprego, nunca poderia imaginar que um trabalho remunerado poderia ser *agradável*. Enquanto servia as mesas, conversava, pela primeira vez, com pessoas de diversos países, com *estrangeiros*, mesmo pessoas *negras* e *mulatas*: rindo e até flertando um pouco. Clientes de todas as partes do mundo não a olhavam com superioridade enquanto ela os servia: eles *gostavam* dela, compreendeu, depois de um tempo. Principalmente os americanos, que falavam com ela como uma igual, riam com ela ao contar suas aventuras na Grande Exposição.

— A Exposição é tão divertida! — diziam os visitantes, contando a Faith sobre o relógio despertador silencioso, o escafandro, a réplica das docas de Liverpool e todas as estátuas de mármore. — Mesmo que não seja para outra coisa, além da *diversão!* — E lá estava: muito riso e comilança dos bolos de milho e tortas de ostras de Celine. E, em geral, visitantes com dinheiro deixavam três centavos extras.

Havia dois grandes anúncios no salão do restaurante.

> **CELEBRE**
> **SUA VISITA A LONDRES**
> **DESÇA A RUA E, DEPOIS DE QUATRO PORTAS,**
>
> **LINDOS DAGUERREÓTIPOS**
> **DE CORDELIA**
> **ENQUANTO ESPERA** — apenas 10,6.
> Grupos 1 guinéu

> **CELEBRE**
> **SUA VISITA A LONDRES**
> **INCRÍVEL CIRCO DO SR. SILAS P. SWIFT**
> **LEÕES SELVAGENS, ENGOLIDORES DE FOGO, CAVALOS**
> **DANÇARINOS E A FANTASMA CLARIVIDENTE.**
> **E**
> **A ESCRAVA GREGA EM PESSOA**
> **HYDE PARK, PRÓXIMO À OXFORD STREET.**
> **ADULTOS: DOIS XELINS**
> **CRIANÇAS: SEIS CENTAVOS**

Millie só trabalhava para Celine à noite. Durante o dia, quatro portas abaixo na Oxford Street, no andar superior, ela e Monsieur Roland ajudavam Cordelia a gerenciar o estúdio de daguerreotipia.

— A senhora acha que eu conseguiria aprender corretamente? — perguntou Millie, com timidez, assim que percebeu que Cordelia sabia tudo, não apenas a tirar o retrato, mas também revelar o filme em um pequeno quarto escuro no estúdio. — Eu vi algumas das fotografias inglesas modernas, mas acho os daguerreótipos bem mais bonitos. Parece que eles têm mais ambiente. — Millie estava confusa e tentava descobrir a diferença.

— Eu ensinarei tudo o que sei, pois realmente preciso de você! Preciso que seja minha assistente! — E elas uniam as cabeças sobre as placas de fotografia, prata, mercúrio, brometo e iodo.

— A senhora *entende a iluminação* — disse Millie certo dia olhando para novos retratos. — Luz, então, com menos luz, as coisas ficam mais bonitas. Como aprendeu isso?

— Acho que aprendi sobre iluminação no Incrível Circo do Silas P. Swift — contou Cordelia rindo. — Silas entende muito de iluminação. Ele consegue mudar a aparência de tudo com a luz.

E ela mostrou a Millie como usar o espelho para direcionar a luz para iluminar o olhar dos clientes.

E, na entrada do estúdio, quem deveria ficar sentado a uma pequena mesa e se levantar graciosamente para dar boas-vindas aos clientes era Monsieur Roland. Ele usava seu charme francês antiquado para conquistar os clientes que lotavam o lugar, lhes mostrava onde deixar os chapéus e capas e onde estavam os espelhos para que pudessem se arrumar para encarar a câmera. E ele cobrava os dez xelins e seis centavos quando os daguerreótipos ficavam prontos; um guinéu para fotografias de família. Eles ganhavam cada vez mais dinheiro. Era uma loucura: os daguerreótipos faziam parte da loucura da época, do dinheiro que circulava em todos os lugares de Londres; eles poderiam ter feito mais daguerreótipos do que as horas do dia permitiam. Parecia que todo mundo queria uma fotografia para comemorar aquela época, aquele ano, aquela cidade e a Grande Exposição.

Monsieur Roland ria diante da nova carreira temporária.

— Considerarei meu envolvimento como assistente de daguerreotipia como uma das experiências mais interessantes da minha longa vida — disse ele a Rillie. — Pois, nos meus áureos tempos, nunca imaginei que acabaria vendendo fotografias em Oxford Street! E Cordelia me chama de gerente, me paga muito bem e estou ganhando mais dinheiro do que já ganhei na vida! — E ele entregava a maior parte para Rillie. — Eu preciso de muito pouco — afirmou quando ela não quis aceitar. — Não preciso de dinheiro. Fique com ele até que a minha renda caia novamente! — Ainda assim, alguns dos seus clientes antigos acharam, de alguma forma Monsieur Roland: um membro do governo; um médico renomado. O mesmerismo pode ter se tornado antiquado, mas sempre haveria clientes para as habilidades específicas de cura de Monsieur Roland. E Rillie sabia que, acima de tudo, o velho senhor ficaria muito feliz quando a Exposição chegasse ao fim e pudesse voltar para seus livros e artigos e para as questões relativas à memória. Ele já depositara um dos seus manuscritos concisos modestamente no Museu Britânico: esperava que um dia houvesse mais conhecimento e que outra pessoa interessada no estudo da memória encontrasse utilidade em seus artigos.

— E o senhor não se casará com Celine? — provocou Rillie.

— Não creio que seja a pessoa adequada para Celine — respondeu ele, sério, mas seus olhos brilharam. — E você sabe que ela encontrou alguém bem mais adequado. Agradeço aos céus por isso! Mas continuo admirando-a e sou mais grato a Celine do ela jamais poderá imaginar, pois foi devido aos seus planos entusiasmados, ideias e energia que acabamos aqui, em casa e em segurança.

Apenas uma vez Celine confidenciou-se com Rillie. Seu único olho era franco: a pérola no tapa-olho preto refletiu a luz do lampião.

— Sei que me apaixono com frequência. Jeremiah diz que é uma falha de caráter. E, é claro, eu *já* me apaixonei por *Pierre l'Oiseau* anos atrás! E... — Ela deu sua risada alta e contagiante. — É verdade. Eu *esperava* que Pierre viesse para Londres com o circo quando eu tive essas ideias grandiosas sobre nossa contribuição para a Grande Exposição! — Por um momento, ela ficou séria. — Quando conheci Monsieur Roland, pensei em tudo o que ele poderia fazer por mim, pela minha felicidade, pois era isso que estar apaixonada significava para mim. Ainda não tinha me dado conta do quanto poderia fazer por ele E não estou falando apenas do casaco roxo para que ele se parecesse com o dr. Mesmer. — Deu um pequeno suspiro, mas, então, jogou o cabelo ruivo para trás e riu. — Sou uma pessoa bem melhor. Até mesmo *Pierre l'Oiseau* diz isso! Eu não trocaria ter conhecido Monsieur Roland por nada deste mundo.

Além disso, quem costumava trabalhar na cozinha da CASA LONDRINA DE REFEIÇÕES DA CELINE era Regina, que adorava descascar batatas enquanto cantava — às vezes o salmo 23, às vezes as músicas rudes e antigas dos jornais populares de tantos anos antes, às vezes cantava *Whistle and I'll Come to Ye, my lad*, que a fazia se lembrar de sua antiga amiga, a Sra. Spoons e da época em que viveram em Londres. Às vezes, Alfie chegava de manhã e descascava batatas com ela (depois, costumava desaparecer para resolver negócios misteriosos nas docas das índias orientais) e a voz dos irmãos se erguia até onde as mesas iam sendo postas para o dia de trabalho, conforme cantavam canções da infância. Quando os quilos e mais quilos de batatas necessários estavam preparados, Regina se levantava, suas juntas estalavam e ela seguia para o restaurante, sempre cheio, onde a maior parte dos empregados estava a pleno vapor. Regina havia conseguido, de alguma forma, convencer a cunhada de Arthur, tia Agnes, a tocar piano no restaurante. E era a tia Agnes que, em determinados horários, sentava-se no banco especial e tocava canções durante horas. Os clientes costumavam se juntar a ela. *O Susanna!*, cantariam os franceses e alemães, *Não chores por mim!*

E, às vezes, tarde da noite, a esposa de Alfie, Maria, sentava ao lado do piano e cantava "The Last Rose of Summer". E o silêncio desceria sobre a Casa de Celine em Oxford Street e os clientes às vezes choravam (de modo confortável e sentimental) e se divertiam.

Por fim, havia o que Rillie chamava de "esquema das crianças".

— Precisamos da mãe delas — dizia ela com firmeza. — Então temos de ajudar. É um esquema temporário.

Millie tinha quatro filhos e Faith, depois da morte do pequeno Arthur, três. Todos agora moravam na casa de Arthur Rivers em Marylebone com as borboletas enquadradas e o pequeno jardim dos fundos. Então, de alguma forma, alguém precisava cuidar das crianças. O marido de Millie, Charlie, que entretinha a todos com histórias maliciosas da Companhia de Águas de Londres e sua responsabilidade pela epidemia, trabalhava por muitas horas, mas tomava conta das crianças sempre que podia. E seu pai idoso, frágil e de uma perna só, costumava sentar com ele e contar piadas antigas. As crianças alternavam entre boazinhas ou travessas, barulhentas ou silenciosas, impetuosas ou grudentas, gentis ou grosseiras, como a maior parte das crianças. Celine tinha sua vez e contava a elas histórias de quando era engolidora de fogo e trabalhava no circo e elas sempre achavam que ela era uma pirata por que usava um tapa-olho e gritavam, animadas. Arthur Rivers tentava arranjar algumas poucas horas de folga na Scotland Yard naquela época frenética para passar algum tempo com os netos inteligentes. Rillie lhes contava histórias sobre Nova York; retirou os quadros horríveis e empoeirados das borboletas espetadas sem pedir permissão a ninguém e os substituiu pelo daguerreótipo do avô bonito que tinham. Cordelia fez para elas câmeras de papelão e prometeu que um dia faria um daguerreótipo de todos para pendurarem na parede. Monsieur Roland tinha um estranho controle sobre as crianças: para ele, eram as crianças mais bem-comportadas e lhes levava desenhos que elas mesmas faziam com giz dado por Rillie.

Todos eles, sem exceção, trabalhavam muito e muito duro, sem nunca conseguir dormir o suficiente; estavam exaustos, mas também exultantes: todos sabiam que era temporário. A Exposição terminaria em outubro. Naquele momento, porém, um número cada vez maior de daguerreótipos era encomendado por dia; cada vez mais pessoas iam ao circo; mais gente comia e elogiava a excelente música, o serviço e a comida da CASA LONDRINA DE REFEIÇÕES DA CELINE.

— Tudo do que precisavam era o meu letreiro vermelho para começarem! — exclamava Alfie, animado. Estavam ganhando muito dinheiro, como muitas pessoas em Londres com a Grande Exposição.

Celine recebia relatórios regulares da sua Casa de Refeições em Maiden Lane, Nova York, escritos por Blossom (que aprendera a ler e a escrever na escola da igreja), mas ditados por Jeremiah, o ex-halterofilista do circo. Os negócios iam bem; Pearl, Ruby, Maybelle e Blossom estavam ajudando, mas *quando ela voltaria?*

— Ainda estou pensando — informou La Grande Celine de forma grandiosa para os outros. — Acho que talvez eu deva abrir a CASA **PARISIENSE DE REFEIÇÕES DA CELINE** antes de voltar para casa. O senhor não acha, querido Monsieur Roland? Tenho discutido sobre isso todos os dias com *Pierre l'Oiseau.* — E Monsieur Roland lhe lançava um olhar seriamente divertido.

O Sr. Silas P. Swift também estava fazendo ótimos negócios em sua pequena esquina de Hyde Park, próximo à Oxford Street que ele conseguira, de alguma forma, alugar (depois de muitas negociações e dificuldades e cartas exaltadas para o *The Times*) pelo período de duração da Exposição: até outubro. O Palácio de Cristal era sempre fechado e trancado ao anoitecer e que melhor lugar para terminar um dia maravilhoso do que o circo? A Grande Tenda erguia-se com sua bandeira tremulando no teto: **O INCRÍVEL CIRCO DO SR. SILAS P. SWIFT**, e as luzes e sombras estranhas, excitantes e brilhantes dentro da Grande Tenda atraíam o público como uma sereia quando a noite caía sobre Londres.

Silas P. Swift se superara para a visita a Londres. Contratara acrobatas extras, mais cavalos e uma bebê orangotango bastante charmosa, mas, na verdade, profundamente desorientada (ela grudara em Manuel, um dos *charros*, e chorava e mordia as pessoas se fosse separada dele). Silas, em especial, estimulava Gwenlliam e Pierre, o Pássaro, em seu novo número que já virara sensação: jogar a acrobata nas alturas. Percebia como tudo pareceria mágico, auxiliava com efeitos inteligentes de iluminação, espelhos e fumaça. Silas também contratara um encantador de cobras indiano que tinha uma cobra comprida e de aparência perigosa em um vaso decorado: ele tocava a flauta e a cobra se erguia, estalando a língua horripilante, enquanto subia e balançava ao ritmo da música. Todas as damas do circo que, às vezes, colocavam a mão no leão quase morriam de medo ao ver a cobra, até que o indiano lhes assegurasse de que todos os sacos de veneno haviam sido retirados. Então, as damas ficavam mais calmas e, por fim, deixavam que a cobra se enroscasse em seus braços enquanto gritavam.

A exposição mais popular — embora não seja necessário dizer que se tratava da de mais bom gosto — na Grande Exposição Industrial do Príncipe Albert no Palácio de Cristal não foi o escafandro, nem a réplica das docas de Liverpool ou as máquinas a vapor, nem mesmo o grande diamante sem brilho Koh-i-Noor, mas, sem sombra de dúvida, na seção americana, uma estátua excitante, provocante e drapejada, mas nua, chamada *A Escrava Grega*. As pessoas se amontavam em frente àquela peça específica desde manhã até à noite: ainda bem que *sir* Joshua Reynolds, o primeiro presidente da Royal Academy, havia morrido fazia tempo. Ele enaltecia a escultura e dizem que a última palavra que disse foi *Michelangelo*. A representação bastante vulgar (para ser sincero) da nudez de uma mulher acorrentada o teria ofendido sobremaneira. Certamente, porém, não ofendeu os visitantes da Exposição: ao contrário, ela parecia excitá-los (embora o *The Times* tenha recebido muitas cartas de reclamação). Assim, Silas P. Swift se superou ainda mais. Percebeu o *frisson* causado pela *Escrava Grega* no Palácio de Cristal e, assim, inventou a sua própria para ser exposta sob a Grande Tenda. Uma figura voluptuosa, escassamente envolta em tecido drapeado na exata pose da estátua exposta um pouco mais adiante em Hyde Park (um triunfo que apenas uma atriz conseguiria), aparecia dentro de uma jaula dourada puxada para o picadeiro do circo por quatro cavalos. A multidão explodia enquanto a estátua ficava lá. A escrava grega, intocável, desconhecida: uma escultura, assim como no Palácio de Cristal — exceto talvez por ser um pouco mais madura e ter um pouco mais de cor (principalmente o cabelo que era um pouco vermelho). Mas — *será que o peito se mexeu um pouco? Será que o olho se mexeu?* — A multidão agitava-se para ver aquele fenômeno e a Sra. Colleen Ray, do Royal Theatre, Nova Zelândia, e estrela de "The Bandit Chief" (pois era ela), se tornou a segunda artista mais bem paga do circo.

E a Sra. Colleen Ray foi muito bem-vinda em Londres e na família de Gwenlliam. Que boa sorte ela estar em Londres naquela época, a convite de um príncipe menos importante, que lhe oferecera um pequeno palácio.

— Não é o meu trabalho *usual* — explicou ela sobre seu último trabalho com o Sr. Silas P. Swift, mas Gwenlliam e sua família não se importavam com o que Colleen Ray fazia: ela era a heroína deles e, Alfie Tyrone disse:

— Não acredite nos nobres ingleses, querida. Venha trabalhar comigo no escritório de Nova York.

— Isso depende do meu pequeno príncipe — respondeu ela, rindo.

Celine e ela compararam a cor dos cabelos de fogo e dividiram seus segredos para mantê-los sempre assim.

E Gwenlliam floresceu porque, por fim, estava de volta ao seio da amada família e ao circo amado e porque estava apaixonada.

No navio a vapor voltando para a Inglaterra, ela e Frankie Fields costumavam se apoiar na murada do convés sob o luar. Ela contou a ele sobre outros conveses em noites enluaradas. Ele contou a ela sobre quando foi jogado no cano do esgoto que levava até o rio e sobre ter ouvido Gallus Mag e os gritos dos colegas. E, depois, o som da voz de Cordelia ecoando no túnel fétido e escuro, quando já tinha perdido todas as esperanças. E como Arthur, mesmo amarrado salvara a vida de Frankie ao mantê-lo mais ao fundo do túnel, antes que Gallus Mag pudesse pegá-lo, como fizera com os colegas deles e, depois, de alguma forma, manteve a cabeça de Frankie acima da água fétida e como ele, Frankie, talvez tenha retornado o favor ao puxar Arthur para cima de novo.

— Obrigada, Frankie — agradeceu Gwenlliam com brilho nos olhos. — Obrigada. Obrigada. Obrigada!

Então, por vários dias o clima do Atlântico ficou tempestuoso e perigoso: Frankie e Gwenlliam tinham de se segurar na murada e riam. Ela lhe contou sobre outras vezes em que teve de se segurar em outras muradas junto com Colleen, enquanto faziam planos e, certa vez, lhe contou sobre como se lembrava do irmão e da irmã e que colocava a cabeça para fora da escotilha. E, enquanto lhe contava essa parte, Frankie colocou seu braço gentilmente nos ombros dela para confortá-la e suas lágrimas foram levadas para o céu do Atlântico. Então, ela contou a ele sobre a pior parte de todas: ver o cabelo da mãe naquela noite a bordo do *Scorpion* e quando lhe contou aquilo, soluçou

convulsivamente e ele a abraçou bem apertado enquanto o navio cortava as ondas e o vento soprava.
— Ela está viva — disse ele. — Gwen, querida.
— Eu sei. Eu sei, mas é que foi um choque e agora estou tão feliz. — Então, se deu conta de que estava falando tolices, que Frankie Fields a abraçava apertado, que as ondas quebravam sobre o casco no navio e ela ergueu o rosto e o beijou vigorosamente. Então, Frankie Fields disse a Gwenlliam Preston sobre o som do mar que embora continuasse tentando vencê-la no pôquer, ele a amava muito. Então, por fim, ela admitiu que, em outros navios, em outros oceanos, sonhara com ele. E, naquele navio, naquele oceano, o Atlântico perigoso e tempestuoso, ficaram juntos, de pé sobre o convés, abraçados.

Frankie simplesmente adorava trabalhar na Scotland Yard, onde as regras da polícia e os policiais eram tão diferentes de tudo com o que estava acostumado. Tinha orgulho do seu uniforme. Costumava ir ao circo sempre que o trabalho permitia, mesmo que tivesse de ir de uniforme. Sentava-se na plateia e assistia à sua amada com um misto de ansiedade e orgulho. Às vezes, no início da noite, se estivesse livre, caminhariam juntos pela Oxford Street até Hyde Park, enquanto a multidão se encaminhava, animada, em direção à Grande Tenda.

Tolo Sr. James Doveribbon, tolo, *tolo demais* de mostrar o rosto de novo em qualquer lugar próximo ao **INCRÍVEL CIRCO DO SR. SILAS P. SWIFT**. Na verdade, ele mesmo achou o plano extremamente imprudente, mas seu pai não quis ouvir, pois o Sr. Doveribbon pai, o advogado bem conhecido em Londres, que costumava trabalhar para a nobreza resolvendo vários assuntos particulares, sempre pensando na satisfação do cliente, estava prestes a ser declarado — o escândalo era grande demais para considerar — falido.

Cada vez mais doente, o duque de Llannefydd prometera abrir a carteira: *todas as despesas pagas. Honorários altos.* Mas a carteira permanecera fechada, porque, não importava o que dissessem sobre os esforços caros, eles não lhe trouxeram a neta.

— Eu disse que pagaria se os senhores trouxessem o sangue do meu sangue. A minha neta. E eu a vejo aqui, diante de mim? Não! — E tomava uísque, respingando a bebida e sorvendo-a de forma ruidosa. — Não, tudo que vejo aqui é o cabelo da messalina e nada mais. Como posso ter certeza de que este é o cabelo *dela*? Poderia ser o cabelo de qualquer pessoa! — Mas sabia que era dela e não o tocou, pois isso o deixava nervoso, a mecha branca da qual se lembrava tão bem dos dias do julgamento, quando Cordelia quase fora condenada pelo assassinato do filho. Não conseguia aguentar agora que estava tão próximo a ele: algo maligno e úmido, preto e branco. — Tirem isso de perto de mim! — exclamou, sentindo frio. — Quero que a minha neta tome conta de mim — lastimou-se ele. — É o dever dela. Depois disso, ela terá Gales. Sei que o filho do meu desprezível primo de segundo grau assombra os corredores e espera a minha morte. O duque ficava na mansão em Mayfair que fedia como uma cervejaria, intimidando os empregados. O cabelo de Cordelia ficou lá, dentro de uma bolsa, no canto da sala onde ela nunca fora bem-vinda tantos anos antes. O duque se recusava a assinar qualquer documento ou pagar qualquer despesa prometida, a não ser que a neta aparecesse diante dele. Sr. Doveribbon pai estava fora de si: só a quantia necessária para subornar a polícia de Nova York, libertar o filho da prisão e retirar a bolsa com o cabelo de Cordelia do cofre da polícia — pois era verdade, é claro, que qualquer coisa podia ser comprada ou vendida em Nova York se o preço fosse adequado —, por fim, deixara a família à beira do precipício financeiro, na penúria e em absoluta desgraça social.

O médico do duque foi direto.

— Dou a ele apenas uma semana de vida e não mais. Ele parou de comer e apenas bebe uísque, sendo que a maior parte da bebida nem chega aos seus lábios. — A boca do médico se contorceu de nojo num gesto nada profissional. — Devo insistir para que os senhores advogados parem de importuná-lo ao virem à casa com tanta frequência. (O médico receberia o pagamento de uma grande quantia por seus serviços prestados: aquele documento já fora assinado, e ele não queria a interferência de ninguém.)

Então, o Sr. Doveribbon filho descobriu — como não poderia, considerando a grande publicidade feita pelo Sr. Silas P. Swift — que o **INCRÍVEL CIRCO DO SR. SILAS P. SWIFT** viera para a cidade.

— Acho que talvez seja possível que ela tenha voltado para a trupe — disse ele, relutante, ao pai. — Estão anunciando uma Fantasma Clarividente. Talvez seja ela. — Estava bastante insatisfeito de ter qualquer outro envolvimento com aquilo, mas ainda mais insatisfeito de se encontrar falido e acordava à noite, suando, enquanto uma vida sem dinheiro pairava sobre ele e problemas de gerenciamento em Edgware Road prometiam ainda mais dívidas.

O Sr. Doveribbon pai tomou a decisão de imediato. Estava em pânico: por mais desagradável que parecesse, deveriam ir imediatamente a um espetáculo do circo. O filho o acompanharia para alertá-lo se a herdeira estava presente; então, ele (o Sr. Doveribbon pai) se apresentaria, assim como suas credenciais, e, de forma simples e educada, convidaria a menina a ir com ele até Mayfair. Afinal, seria bastante simples: bastaria alugarem um cabriolé e não precisariam recorrer a nada tão vulgar quanto um sequestro.

— Não acredito que exista, neste mundo, uma pessoa que seja imune às riquezas. Afinal, apesar dos laços de sangue que possui, ela não passa de uma reles acrobata. Você simplesmente abordou o problema de forma atrapalhada. Vamos, vamos logo. Não podemos esperar mais um dia. Temos de conseguir hoje o que você falhou em conseguir antes, caso contrário, para colocar de forma direta, estaremos completamente arruinados! — A mão do Sr. Doveribbon pai tremeu enquanto ajeitava a gravata.

Para o azar dos Doveribbon, porém, estavam comprando as entradas para o circo enquanto Frankie e Gwenlliam corriam pela Oxford Street. Pela primeira vez, estavam atrasados (porque não notaram a hora quando ele a pedira em casamento na Cavendish Square e ela aceitara, enquanto uma ovelha pastava, solitária, ao lado deles). Os jornaleiros sempre gritavam enquanto mostravam sua mercadoria. Anunciavam a notícia e, por um segundo, Gwenlliam diminuiu o passo quando ouviu:

— **O DUQUE SE FOI PARA O CRIADOR! APENAS UM CENTAVO! O DUQUE SE FOI PARA O CRIADOR!**

Ela parou e pegou um centavo do bolso de sua capa. Então, Gwenlliam ficou sabendo da notícia que os Doveribbon não sabiam ainda: o duque de Llannefydd estava morto.

Por um momento, não se moveu, ficou ali, estática, entre as pessoas que se apressavam pela Oxford Street. Atrasaram-se ainda mais; no entanto, ela nada disse e nem se moveu na direção de Hyde Park. Gwenlliam Preston tinha apenas um pedaço de aço em seu coração gentil e amoroso. Por fim disse:

— Estou feliz, Frankie. — E ele viu que os olhos dela tinham um brilho frio, enquanto jogava o jornal em uma lata de lixo.

Peggy Walker segurava a roupa da fantasma clarividente nos braços, enquanto seus olhos buscavam, ansiosos, um sinal de Gwenlliam na multidão.

Estava em pé sobre o degrau da carroça de figurinos. Por fim a viu, correndo junto com Frankie Fields.

— *Gwen!* Onde estava? Você não é assim! Só estávamos esperando você para a banda começar. Venha, rápido! — Gwenlliam parou ao lado da carroça e tentou recuperar o fôlego. — Venha logo, camarada — reclamou Peggy. — Você não se atrasa desde que desapareceu em São Francisco! Eu estava muito preocupada.

Naquele momento, Gwenlliam só teve tempo de abraçar Peggy Walker enquanto vestia a fantasia. Desapareceu nas sombras dos bastidores da Grande Tenda, enquanto a banda, por fim, começava a tocar e a multidão, que agora contava com a presença de Frankie Fields, com seu uniforme policial, gritava com animação e cuspia tabaco.

Foi o cacique Great Rainbow quem viu o Sr. Doveribbon primeiro: ele se sentara com o pai na última fileira da plateia, bem no fundo. (James Doveribbon, na verdade, escolhera o lugar com cuidado — um lugar onde achou que não seria notado pelos artistas do circo — bem no fundo da Grande Tenda, onde havia pouca luz, para o caso de precisar sair rapidamente.) O cacique a meio galope com todos os cavalos: exóticos, estrangeiros; o penacho grande e o rosto pintado. Mas, para o cacique, o público em Hyde Park era estranho e exótico também: as roupas, as vozes, os chapéus das damas; a elegância. Nada daquilo poderia ser mais diferente da plateia violenta e assassina da Califórnia. Seu rosto impassível de jogador de pôquer — os olhos de águia, alertas, o olhar de uma tribo antiga e observadora, olhava para todos enquanto o observavam no centro do picadeiro: é claro que viu o Sr. Doveribbon. Lembrava-se bem do homem que passara tanto tempo no circo de São Francisco, fazendo a corte à menina dele e depois, levando-a embora. Emitiu um grito de guerra — alertando a todos os artistas do circo de que havia algo ou alguém de interesse na sua linha de visão. Os *charros* mexicanos ouviram e trocaram informações com o cacique Great Rainbow, passando-as adiante enquanto galopavam em volta do picadeiro. O domador do leão levou as informações para os acrobatas, o encantador de cobras e a Escrava Grega nas sombras. **CRACK!** Soou o chicote, enquanto os *charros* galopavam cada vez mais rápido. Em questão de minutos, todos os artistas do circo, incluindo a Fantasma Clarividente, que estava começando a subir para tomar sua posição no alto e no escuro, sabiam que o sequestrador de Gwenlliam estava sentado, calmamente, na última fileira, à direita, da Grande

Tenda. Frankie Fields, observando sua garota, Gwenlliam, não era um policial treinado por Arthur Rivers à toa: mesmo sentado junto com o público, notou um *frisson* de excitação entre os artistas. Havia algo de errado: e ele olhou para cima, apreensivo. Se não estivesse tão feliz por ela ter aceitado se casar com ele; se não estivesse tão animado, ainda assim sempre tão ansioso com as aventuras de sua garota no ar, também teria visto o homem que deixara inconsciente com uma barra de ferro a bordo do *SS Scorpion*, em Sandy Hook. Ao lado de Frankie, dividindo cerveja de gengibre com ele, estavam a filha de Arthur Rivers, Millie, e seu marido, Charlie: havia conhecido, por fim, a meia-irmã, e aquela era a terceira vez que iam ao circo.

Os palhaços sussurraram a notícia entre si, enquanto riam por baixo dos grandes sorrisos pintados no rosto: havia palhaços mais jovens agora: três dos mais velhos foram demitidos em São Francisco (*sinto muito, rapazes*, dissera Silas com firmeza, dando a eles vinte dólares a mais pela lealdade de tantos anos). Mas os palhaços mais novos também conheciam a história de Gwenlliam. Corriam ao redor do picadeiro, dançando e tropeçando, rindo e gargalhando; o público gritava e comemorava e as crianças riam e gritavam ao verem os sapatos enormes e os narizes vermelhos. Um dos palhaços estava sobre uma rede elástica sendo jogado para cima e para baixo, e a banda começou a tocar uma marcha britânica, e o leão rugiu, enquanto o treinador (de volta com sua toga) estalava o chicote contra a grade da jaula; e as mulheres gritavam, e o encantador de cobras corria com sua flauta e a serpente enrolada.

E, lá no alto, nas sombras, com o aço em seu coração, a Fantasma Clarividente balançava para a frente e para trás, no escuro, aguardando.

Naquele momento, leão e treinador terminaram seu número, o treinador entrara na jaula e saíra rapidamente, depois que um rapaz gritara (como sempre) *"Devore ele, garoto!"* para o leão. Os anões faziam malabarismo e os macacos audaciosos balançavam em barras. Os acrobatas levantaram voo e o bebê orangotango encantara a todos (embora o caubói mexicano, Manuel, estivesse exausto: não podia ir a nenhum lugar, nem fazer nada, sem que o pequeno orangotango estivesse pendurado nele: *estoy enfermo!*, reclamava Manuel, mas não conseguia deixar de consolar o bebê exigente e neurótico). Os engolidores de fogo entraram no picadeiro, cuspindo labaredas; os *charros* fizeram a pirâmide humana sobre os cavalos, enquanto continuavam a trocar mensagens entre si e com o cacique, depois que terminaram de contornar o picadeiro coberto de serragem.

— SENHORAS E SENHORES! — gritou o mestre de cerimônias com sua casaca vermelha. — APRESENTAMOS DIRETAMENTE DA GRANDE EXPOSIÇÃO: A ESTÁTUA DA ESCRAVA GREGA! — E o chicote estalou novamente, **CRACK! CRACK!** E a jaula dourada apareceu saída das sombras. A tuba e a trombeta tocavam uma música especial quando a Escrava Grega aparecera. Era uma música composta pelo maestro da banda (que estava louco pela Sra. Colleen Ray). No início, a melodia parecia digna e adequada à figura delicada e triste, mas, ao fundo, a tuba tocava um *oomp-pa-pa* como se estivesse rindo com malícia, atrás da banda: essa composição fora aprovada por Silas P. Swift.

A multidão arfou à medida que o conteúdo da jaula dourada se aproximava da luz e, então, rugiram, literalmente, em aprovação. Imóvel, trágica (apesar de definitivamente com um toque de vulgaridade, como a original), a estátua não se movia enquanto a jaula era puxada ao redor do picadeiro, até parar no meio. As mãos acorrentadas (o cabelo estranhamente vermelho e talvez com a aparência um pouco mais madura), o olhar submisso e ligeiramente inclinado: parada como uma pedra, diante de todos. E a estátua estava tão nua quanto a original da Grande Exposição (bem, apenas um fino tecido drapeado teve de ser feito). Como sempre, a multidão olhava, sussurrava e se cutucava: *Olhem!*, sussurrou um homem para outro. *Olhem! O peito! Parece que está respirando!* Então, no silêncio excitado, quebrado por sussurros, de repente, quebrando todas as regras de decoro (e, sem dúvida, de legalidade), a escrava grega não apenas se mexeu, mas também falou.

Ergueu um braço bonito e elegante e exclamou:

— Eu o conhecia! Eu o vejo! — Apontou o dedo acusatório diante de todo o circo: Sr. James Doveribbon, que estava sentado ao lado do pai, pensando na vida (poder-se-ia dizer) na extremidade de uma fileira no fundo da plateia.

A multidão, chocada, virou-se e tentou ver o homem assustado que se levantara: Sr. Doveribbon (que, no momento em que ouvira a voz, percebera se tratar da Sra. Colleen Ray). Então, os olhos da plateia se voltaram para o picadeiro sem entender: *será que tinham imaginado aquilo?*, pois lá estava a Escrava Grega de seios fartos, imóvel e impassível. Mas o cacique já estava galopando por entre os degraus do corredor central e capturou um Sr. Doveribbon filho aterrorizado diante da companhia horrorizada do pai como se estivessem em guerra no Oeste selvagem da América. Que susto e emoção despertaram na plateia (e mais ainda em James Doveribbon) quando o cavalo se ergueu sobre as patas traseiras sob o comando do cavaleiro. Então, delicadamente, eles desceram as escadas de madeira até chegarem ao picadeiro, onde o cacique Great Rainbow colocou o Sr. Doveribbon diretamente na rede dos palhaços que, animados, jogaram o Sr. Doveribbon, que gritava sem parar, para cima e para baixo. Toda ação foi executada de forma tão habilidosa que a plateia — *que equitação maravilhosa!* — acreditou que tudo aquilo fizesse parte do show. Então aplaudiram e os tambores rufaram de forma diferente.

De repente, A FANTASMA CLARIVIDENTE podia ser vista, aparecendo de forma difusa no ar obscuro e enfumaçado acima. Ela voava como um pássaro branco de trapézio em trapézio, cada vez mais baixo, até chegar ao mais baixo, bem próximo ao Sr. Doveribbon, mas ainda nas sombras devido à iluminação inteligente de Silas P. Swift com os lampiões para a primeira aparição dela. Gwenlliam balançou para a frente e para trás por um momento silencioso e assustador. Os tambores rufaram.

Tenho uma aversão particular por cobras, contara o Sr. Doveribbon enquanto navegavam para o Panamá.

Ela saltou lá de cima, caindo nos braços de Pierre, o Pássaro: **BRAVO! BRAVO!** Como a plateia gritou de novo e como Millie e Charlie bateram palmas e gritaram aliviados, como a multidão batia os pés com animação (como Frankie Fields, com seu uniforme policial, se erguera de repente, pronto para soar o apito — pois não fora ele quem derrubara o Sr. Doveribbon no porto de Nova York?). Em questão de minutos, o Sr. Doveribbon estaria cercado por policiais, pois Hyde Park era o lugar mais policiado na Europa naquele período.

Mas a Fantasma Clarividente, balançava nos ombros do enorme acrobata francês, ergueu a mão: Frankie viu. Eles ainda não haviam terminado. A fantasma se virou para o encantador de cobras e fez um sinal: o som lastimoso, estranho e assustador de sua flauta soou e a cobra começou a se desenrolar saindo do jarro de cerâmica, subindo cada vez mais, hipnotizada pela música, em direção ao Sr. Doveribbon, preso na rede dos palhaços, enquanto sua língua estalava para dentro e para fora. O Sr. Doveribbon gritou diversas vezes, aterrorizado, conforme a cobra se aproximava cada vez mais. E Gwenlliam pensou com frieza: *parece um idiota de terno e gravata e medroso.* Aquele inglês arrogante que passou por vários navios, carregando clorofórmio e chaves, escondendo o cabelo de sua mãe. Ela observou, impassível, enquanto a cobra se aproximava dele e ele berrava. Então, se virou.

O duque de Llannefydd não poderia mais lhe fazer mal. Isso era suficiente. Ao sinal da Fantasma Clarividente, os palhaços simplesmente viraram a rede. O Sr. Doveribbon caiu, tropeçou e correu (e a Sra. Colleen Ray, nua em sua pose dentro da jaula dourada, de repente, lembrou-se de Gwenlliam tropeçando e correndo na escuridão das docas de Norfolk e dos homens agarrando-a com força e suas preciosas moedas ganhas na mesa de pôquer caindo dos seus bolsos e escorregando por entre as frestas das tábuas de madeira das docas e no mar). Naquela noite, era o Sr. Doveribbon quem tropeçava e corria: direto para os braços do sargento Frankie Fields. Eles partiram. O número acabara.

BRAVO! BRAVO! BRAVO! gritou Pierre, o Pássaro, segurando os punhos da Fantasma Clarividente; os tambores rufaram, as luzes diminuíram e gritou para ele: **AGORA!**

E, de alguma forma, a Fantasma Clarividente alçou um voo alto até as sombras obscuras e pareceu mágica: mágica de verdade. A Fantasma Clarividente voou para cima, como um pássaro-fantasma: aquilo ia contra todas as leis da natureza e da gravidade, mas lá estava ela, subindo cada vez mais alto. Então, agarrou um trapézio escuro com uma das mãos. Balançou para a frente e para trás e ficou ali, em um leve balanço, e a plateia não conseguia tirar os olhos dela. Então, de forma bem lenta, ficou de pé com os braços esticados como se segurasse o público com algum tipo de magia.

— Ouçam — pediu a Fantasma Clarividente sobre eles. E ninguém emitiu nenhum som: ainda assim ouviram o som de lágrimas enquanto ela abraçava a todos. — Era uma vez — (e a plateia se inclinou para a frente para ouvir as palavras como se ela estivesse lhes contando um conto de fadas e, na verdade, era exatamente isso que estava fazendo.) — Era uma vez, em uma praia muito, muito comprida, onde a maré baixava até onde os olhos conseguiam enxergar, havia fantasmas de crianças que nunca conseguiam partir: *shshshshshshshshshs.* — E a plateia, em silêncio, presa nos braços dela, achou que ouvia o som do mar. E o Sr. Doveribbon pai, que não se atrevera a sair do lugar que ocupava na Grande Tenda também ouviu, por menos que quisesse: ouviu o som do mar. — E, nesta noite, nesta noite especial, aqueles pequenos fantasmas foram libertados. — E a figura sombria segurou o público por mais um momento nos braços, imóvel. Então, acrescentou com voz suave, como se as lágrimas que ouviram tivessem sido do fantasma, ainda assim todos ouviram: — E tudo ficará bem.

Então, de alguma forma, ela se balançou, para a escuridão — e desapareceu.

O maestro, que estivera paralisado como todos os outros, se recuperou e fez a banda começar a tocar "DEUS SALVE A RAINHA" e a multidão, se recuperando também, começou a cantar para a querida monarca. Ainda assim, compreenderam que algo havia acontecido: alguma coisa. E enquanto os artistas do circo faziam o desfile em torno do picadeiro, as pessoas aplaudiam, sorriam e olhavam para o alto da Grande Tenda. Mas não havia ninguém ali. E a multidão, por fim, saiu da tenda do circo para a noite em um tipo de perplexidade animada, respirando o ar de verão em Hyde Park, mais felizes, mas sem saber direito o porquê. Eles não tinham muita certeza de como explicar, mas algo tocara seus corações. Aquilo tudo fora tão eletrizante. O circo. E não pensaram, em nenhum momento, no homem que ficara preso na rede e que fora levado por um policial.

Na casa da Great Titchfield Street, próxima à Oxford Street, que Cordelia e Rillie encontraram e alugaram logo que chegaram a Londres, havia espaço para todos. O daguerreótipo de todos eles em Nova York estava pendurado na parede e, ao lado dele, uma linda pintura de três crianças brincando perto do mar. Todos se encontravam na casa de Great Titchfield Street tarde da noite, depois das variadas atividades, sempre exaustos e cheios de histórias sobre estrangeiros, comida, negócios, a Grande Exposição, e Cordelia e Rillie serviam taças de vinho do Porto para todos, como faziam antigamente, e Regina retomara o hábito de ler em voz alta os jornais como fizera no passado.

— Percebo que os ingleses ainda se acham os melhores — declarou ela em tom seco. Ouçam isto:

> *Quanto mais reflito, mais minh'alma inflama!*
> *Breve deixaremos o Tâmisa sob chamas!*
> *Oh! Qual a idade das Pirâmides do Egito,*
> *E tal colosso, que pelos turcos fora vendido*
> *Ou a maravilhosa Roma com seu incrível Coliseu*
> *Como nosso Palácio de Cristal, resistira a seu apogeu?*
> *Tornaram-se ruínas — breve deixarão a existência;*

Rápida será a queda, e indiferente a decadência!
Outrora foram lendas — mas agora perderam a vez
Extinguidos pelo brilho eterno do cristal inglês!

Então, Gwenlliam, a Sra. Colleen Ray e Frankie Fields entraram pela porta.

— O duque de Llannefydd está morto, os jornaleiros estão gritando por aí — contou Gwenlliam sem rodeios, embora a voz tenha tremido de forma inesperada. E ouviram apenas um som: Cordelia deixou a garrafa de vinho cair no chão. A garrafa não quebrou, apenas o conteúdo escorreu pelo chão enquanto rolava até parar debaixo da mesa. Cordelia olhou para filha.

— E esta noite pegamos o Sr. Doveribbon na rede dos palhaços durante a apresentação.

Suas palavras soaram tão improváveis e ridículas que todos, surpresos, começaram a rir: uma risada de surpresa e, então, tiveram de explicar tudo, embora a própria Gwenlliam não tenha dito nada, deixando a cargo dos demais recontar os eventos daquela noite. Porém, sempre prática, inclinou-se debaixo da mesa e pegou a garrafa com o pouco que havia sobrado, serviu uma taça e entregou para a mãe. E ela e Cordelia trocaram um olhar. *Enfim, estava tudo acabado.*

Frankie descreveu a contribuição do cacique, da Escrava Grega e do encantador de cobras. Colleen descreveu como a fantasma clarividente enfeitiçou a plateia. E Cordelia e Monsieur Roland viram a expressão no rosto de Gwenlliam, enquanto ela sorria para Frankie Fields: seus olhos brilhavam de felicidade enquanto olhava para ele e havia algo mais nos olhos dela também: algo perdido que havia sido encontrado.

— Pierre, o Pássaro, disse que esperaria no endereço de sempre — informou a Sra. Colleen Ray para Celine. E as duas mulheres com seus cabelos de fogo riram; Celine acenou e desapareceu.

Mas Celine primeiro entregou os bolos de milho de sua Casa de Refeições: havia comida, vinho, conversa e riso. Gwenlliam, enquanto Frankie ainda falava, *ele está trancafiado esta noite, senhor, pode acreditar!* (mas deixando as notícias para uma outra noite), arrumou a mesa de pôquer com Alfie e Rillie. Monsieur Roland estava sentado em sua mesa em um canto cercado por livros e papéis. Maria se abanava no calor, aproveitando toda a animação, com os pés apoiados no sofá. Regina lia o jornal.

— Ouçam isto — disse ela, apontando para o *The Times*.

*Por que há falta de banheiros públicos para os estrangeiros visitando Londres? Eles não são nem um pouco exigentes quanto ao lugar **onde aliviam** determinados chamados da natureza.*

A Sra. Colleen Ray também tinha um compromisso e nem tirara a capa. Tinha de encontrar o seu príncipe menor perto do Arco de Mármore.

— Ele ficará aborrecido porque estou atrasada, mas tinha de vir e ajudar a contar a história que aquele canalha... Oh, vê-lo quicar na rede para cima e para baixo me deu muito prazer!

— Espere — pediu Arthur. — Vamos com você. — E ele sussurrou algo no ouvido de Cordelia que nada dissera. — Venha para um passeio em Hyde Park, quero lhe mostrar algo.

E Cordelia vestiu sua capa. Um pouco antes de sair, envolveu a filha em um abraço apertado e disse:

— O pesadelo chegou ao fim.

Os três caminharam pela Great Titchfield sob o luar, Colleen ainda recontando os eventos com animação. Passaram por um jornaleiro e ele gritou a manchete como era de costume, só que não conseguia pronunciar o nome galês, mas eles leram no jornal: **MORRE O DUQUE DE LLANNEFYDD**.

E Arthur imediatamente tomou a esposa nos braços; ela se aconchegou a ele e nada disseram.

Mas a Sra. Colleen estremeceu de leve.

— Ela costumava chorar em sua cabine. Achava que eu não sabia. Nunca conheci uma garota mais valente do que ela, voando daquele navio como um pássaro para tentar escapar. Fico feliz que aquelas aventuras tenham terminado.

E Cordelia lhe deu um abraço caloroso e repentino em Oxford Street. E Colleen pensou ter sentido lágrimas caírem em seu cabelo.

Chegaram ao Arco de Mármore onde o nobre príncipe menor a aguardava. Estava aliviado, satisfeito, zangado e apaixonado, tudo ao mesmo tempo. Explicações e desculpas foram trocadas. Arthur e Cordelia se despediram na noite e seguiram para Hyde Park.

A Grande Tenda estava silenciosa e vazia depois dos acontecimentos daquela noite. Um policial em serviço cumprimentou o detetive-inspetor quando este passou. Cordelia olhou para a bandeira que tremulava no alto: **INCRÍVEL CIRCO DO SR. SILAS P. SWIFT.**

— Você sente falta do circo? — perguntou Arthur.

— Com esses *joelhos*? — replicou Cordelia com firmeza e ambos riram. Enquanto caminhavam pelo parque, uma brisa leve soprou um jornal no caminho, ele dançou na frente deles e, então, parou, preso nas raízes retorcidas de um carvalho. **MORRE** foi a única palavra que conseguiram ler. À distância, agora, conseguiam ver o Palácio de Cristal brilhando sob o luar.

Outro policial em serviço cumprimentou Arthur e permitiu que ele e Cordelia entrassem por uma porta lateral na construção grande e quase vazia. Ouviam, ocasionalmente, vozes conversando enquanto outros policiais faziam a ronda usando chinelos especiais para não arranharem o piso de madeira, verificando as alas leste e oeste. Todas as exposições estavam escuras e em silêncio. Estava tudo quieto na noite e o diamante Koh-i-Noor trancado em segurança no pedestal da gaiola dourada.

Arthur e Cordelia caminharam pelos corredores grandes e vazios enquanto os raios de luar atravessavam o teto de vidro. Passaram por detectores de tempestade, máquinas e âncoras; passaram por bustos de Shakespeare, do duque de Wellington, da Rainha Vitória; passaram pelo escafandro e pelo edredom de cetim vermelho feito com penas de êider da Heals e pela estátua da Escrava Grega. Caminharam em silêncio até a fonte de cristal, a peça central onde a nave se encontrava em um transepto elevado. Sentaram-se juntos nos degraus que levavam ao trono sob o olmeiro cativo, de onde a Rainha Vitória fizera seu discurso de abertura sobre a Providência Beneficente e a felicidade da humanidade. A capa de Cordelia refletiu a luz do luar em suas dobras e sombras estranhas pairavam sobre eles e a palmeira e o cheiro de flores.

Por um tempo, se sentaram sozinhos no enorme Palácio de Cristal, lindo, extraordinário e enluarado.

E quando ela deitou a cabeça sobre o ombro quente do marido e olhou para o modo como o luar atravessava o vidro, pensou: *este seria o daguerreótipo mais lindo do mundo*, e conforme sentia o calor do corpo de Arthur ao seu lado, *oh, como tenho sorte, apesar de tudo*, um dos policiais deslizantes começou a tocar um dos pianos. A música se ergueu pela nave até onde estavam.

— Arthur, eles realmente vão levar tudo isso para outro lugar? Todo o Palácio de Cristal?

— É o que dizem.

Ela meneou a cabeça, descrente.

— E suponho que a grama vai crescer novamente e que esta linda construção que foi visitada por tantas pessoas de todas as partes do mundo nunca tenha estado aqui em Hyde Park, nunca mesmo. É muito estranho pensar nisso.

— Mas você e eu lembraremos desta noite — disse ele em voz baixa. E como os pequenos cacos de vidro entre eles haviam desaparecido, por fim, ela sabia que ele também estava dizendo para ela *"aprendemos com o velho senhor francês: são nossas memórias que nos tornam quem somos"*. E ela apoiou a cabeça com cabelos curtos por apenas alguns instantes sobre o coração amado e o beijou. Ele a abraçou apertado.

Levantaram-se, por fim, e caminharam pela nave e ainda ouviam a música: uma valsa alegre, deslizante que até poderia ter sofrido censura, mas que estava na última moda.

Ele envolveu a esposa nos braços e ela pousou a mão sobre a dele e, no Palácio de Cristal vazio e bonito, sob o luar, eles dançaram ao som do piano distante.

Agradecimentos

Devo muito aos seguintes livros e seus autores:

New York Past, Present and Future (2ª Edição), por Ezekial Porter Beldon (GP Putnam, Nova York, 1849)
Valentine's Manual of the City of New York, editado por Henry Collins Brown (The Valentine Co., Nova York, 1916)
The Diary of George Templeton Strong (Volumes 1 e 2: 1835-1859), editado por Allan Nevins (Macmillan, Nova York, 1952)
American Social History as recorded by British travellers, editado por Allan Nevins (Allen & Unwin, Londres; impresso nos EUA, 1924)
American Notes for general circulation, por Charles Dickens (Chapman and Hall, 1842)
Gotham: A History of New York City to 1898, por Edwin G. Burrows e Mike Wallace (Nova York; Oxford University Press)
A History of the Circus in America (2ª Edição), por George L. Chindahl (Caxton Printers; Caldwell, impresso em 1959)
Step Right Up, por La Vahn G. Hoh e William H. Rough (Betterway Publications, White Hall, Va. c.1990)
The Development of Inhalation Anaesthesia with special reference to the years 1846-1900, por Barbara M. Duncum (Oxford University Press, 1947)
Cops and Bobbies, por Wilber R. Miller (University of Chicago Press, 1977)
The Blue Parade, por Thomas A. Repetto (Free Press, Nova York; Collier Macmillan, Londres, 1978).
Paddy Whacked: the untold story of the American Gangster, por T.J. English (Regan Books, Nova York, c.2005)

Gangs of New York: an informal history of the underworks, por Herbert Ashbury (Knopf, Nova York, 1928)
Gold Dust: the Californian gold rush and the forty-niners, por Donald Dale Jackson (Allen & Unwin, 1980)
The American Leonardo: a life of Samuel B. Morse, por Carlton Mabee (A. A. Knopf, Nova York, 1943)
Talking to the Dead: Kate & Maggie Fox and the Rise of Spiritualism, por Barbara Weisberg (Harper Collins, São Francisco, 2005)
The Spirit Rappers, por Herbert G. Jackson, Jr. (Doubleday, Nova York, 1972)
The American Daguerreotype, por Floyd e Marion Rinhart (University of Georgia Press, Athens Ga. c.1981)
The Origins of American Photography 1839-1885, por Keith F. Davis (Yale University Press, 2007)
1851 and the Crystal Palace, por Christopher Hobhouse (John Murray, Londres, 1937)
Crystal Palace Exhibition Illustrated Catalogue, com introdução por John Gloag (Dover Publications, Nova York; Constable, Londres, 1970)

Sou grata pela ajuda de Joshua Ruff, curador do New York City Police Museum: quaisquer erros sobre os sistemas policiais um tanto confusos na época da história foram cometidos por mim.

Obrigada também a Barry Creyton, Kitty Williston, Vanessa Galvin Buist, Lynne e Chuck Woodruff, Danielle Nelson Tunks e John Agace. E também ao professor Graham Smith e à equipe do Te Whare Pukapuka, em Te Whare Wananga o Awanuiarangi.

Por fim, porém mais importante, minha gratidão à cidade de Nova York, onde, pela primeira vez na vida, gastei um par de sapatos caminhando sem parar, tentando encontrar o que restava dos anos de 1845 a 1850 naquela cidade maravilhosa e elétrica.